LIÇÕES

IAN McEWAN

Lições

Tradução
Jorio Dauster

COMPANHIA DAS LETRAS

Grafia atualizada segundo o Acordo Ortográfico da Língua Portuguesa de 1990, que entrou em vigor no Brasil em 2009.

Título original
Lessons

Capa
Alceu Chiesorin Nunes, inspirado no design de capa de
Suzanne Dean/ Penguin Random House UK

Ilustração de capa
Tina Berning

Preparação
Beatriz Antunes

Revisão
Camila Saraiva
Paula Queiroz

Dados Internacionais de Catalogação na Publicação (CIP)
(Câmara Brasileira do Livro, SP, Brasil)

McEwan, Ian
Lições / Ian McEwan ; tradução Jorio Dauster. — 1ª ed. — São Paulo : Companhia das Letras, 2022.

Título original: Lessons.
ISBN 978-65-5921-121-0

1. Ficção inglesa I. Título.

22-118379 CDD-823

Índice para catálogo sistemático:
1. Ficção : Literatura inglesa 823

Cibele Maria Dias – Bibliotecária – CRB-8/9427

[2022]

EDITORA SCHWARCZ S.A.
Rua Bandeira Paulista, 702, cj. 32
04532-002 — São Paulo — SP
Telefone: (11) 3707-3500
www.companhiadasletras.com.br
www.blogdacompanhia.com.br
facebook.com/companhiadasletras
instagram.com/companhiadasletras
twitter.com/cialetras

Para minha irmã, Margy Hopkins, e
meus irmãos, Jim Wort e David Sharp

Primeiro sentimos. Depois caímos.
James Joyce, *Finnegans Wake*

PARTE I

Um

Isso era a recordação de um insone, não um sonho. Era a lição de piano outra vez — um assoalho com ladrilhos cor de laranja, uma janela alta, um piano novo numa salinha vazia perto da enfermaria. Aos onze anos, ele tentava tocar uma versão simplificada daquilo que outros conhecem como o primeiro prelúdio de Bach do livro um do *Cravo bem temperado*. Mas não sabia de nada disso. Não se perguntou se era uma obra famosa ou obscura. Não tinha quando nem onde. Era incapaz de conceber que alguém algum dia se dera ao trabalho de escrevê-la. A música simplesmente estava ali, coisa de escola, ou sombria como uma floresta de pinheiros no inverno, só dele, seu labirinto privado de tristeza fria. Nunca o deixaria ir embora.

A professora estava sentada ao lado dele no banco comprido. Cara redonda, ereta, perfumada, rigorosa. Sua beleza permanecia oculta sob seu jeito de ser: nunca exibia uma expressão de mau humor ou alegria. Alguns meninos diziam que era louca, mas ele duvidava disso.

Cometeu um erro no mesmo lugar onde sempre errava, e

ela se inclinou para ficar mais próxima e lhe mostrar. O braço era firme e quente em contato com seu ombro, as mãos, as unhas pintadas logo acima do colo. Ele sentiu um terrível formigamento que sugava sua atenção.

"Ouça. É um som simples, ondulante."

Mas quando ela tocou, ele não ouviu nenhum som simples e ondulante. O perfume invadiu seus sentidos e o ensurdeceu. Era uma fragrância redonda e enjoativa, como um objeto duro, uma pedra de rio lisa, penetrando em seus pensamentos. Três anos depois ele aprendeu que era água de rosas.

"Tente de novo", ela disse num tom crescente de alerta. Era um ser musical, ele não. Sabia que a mente dela estava em outro lugar e que a aborrecia com sua insignificância — outro menino sujo de tinta de um colégio interno. Seus dedos apertavam as teclas mudas. Ele podia ver o lugar ruim na página antes de chegar lá, estava acontecendo antes de acontecer, o erro vinha em sua direção, braços abertos como uma mãe pronta a abraçá-lo e erguê-lo, sempre o mesmo erro vindo buscá-lo sem a promessa de um beijo. E assim aconteceu. Seu polegar tinha vida própria.

Ouviram juntos as notas erradas se dissiparem no silêncio sibilante.

"Desculpe", ele sussurrou para si mesmo.

O desprazer da professora veio com uma rápida expulsão de ar pelas narinas, um fungar invertido que já ouvira antes. Os dedos dela encontraram a parte de dentro de sua perna, junto à bainha do short cinza, e o beliscaram com força. Naquela noite haveria ali um machucadinho azul. O toque era frio quando a mão subiu sob o short até onde o elástico encontrava sua pele. Ele desceu atabalhoadamente do banco e ficou de pé, ruborizado.

"Sente-se. Vai começar de novo!"

Sua severidade varreu o que acabara de acontecer. Desapareceu, e ele já duvidava da recordação que tinha. Hesitou diante de mais um daqueles atordoantes encontros com a maneira de ser dos adultos. Nunca lhe contavam o que sabiam. Escondiam de você os limites de sua ignorância. O que quer que tenha acontecido devia ser culpa dele, e não era da sua natureza desobedecer. Por isso se sentou, ergueu a cabeça à altura da emburrada coluna de claves de sol penduradas na página e começou outra vez, ainda mais inseguro do que antes. Não haveria ondulações, não naquela floresta. Ele já se aproximava do mesmo lugar ruim. O desastre era inevitável, o que foi confirmado quando o polegar idiota baixou no momento em que devia ficar imóvel. Ele parou. A dissonância sustentada soou como seu nome chamado em voz alta. Ela pegou seu queixo entre o polegar e o indicador, puxando o rosto para perto do dela. Até seu hálito era perfumado. Sem desgrudar os olhos dos dele, apanhou a régua de trinta centímetros sobre a tampa do piano. Não iria deixar que ela batesse nele, e, ao deslizar para fora do banco, não viu o que estava para acontecer. Ela o acertou no joelho, com a borda e não a parte chata da régua, e aquilo doeu. Ele recuou um passo.

"Você vai fazer o que lhe for mandado e se sentar."

Sua perna estava queimando, mas ele não ia tocá-la com a mão, ainda não. Olhou-a pela última vez, para sua beleza, sua blusa com a gola alta fechada com botões de madrepérola, para as dobras diagonais em leque formadas no tecido pelos seios dela, seu olhar firme e correto.

Fugiu dela ao longo de uma colunata de meses até ter treze anos e ser tarde da noite. Durante muito tempo, ela estivera presente em seus devaneios antes de dormir, mas dessa vez era diferente, a sensação feroz, o frio tomando conta de seu estômago, o que imaginava ser o que as pessoas chamavam de êxtase. Tudo era novo, bom ou mau, e tudo era dele. Nada havia sido mais excitante do que ultrapassar o ponto sem retorno. Tarde demais, não tinha como voltar atrás, e quem se importava? Pasmo, ele gozou na mão pela primeira vez. Depois de recuperado, se sentou no escuro, saiu da cama e foi até o banheiro do dormitório, o "pântano", examinar o pálido glóbulo em sua palma, a palma de uma criança.

Nesse ponto, suas recordações descambavam para o devaneio. Através de um universo reluzente, ele chegava cada vez mais perto do pico montanhoso que se elevava de um oceano distante, como aquele que o gorducho Cortés viu num poema que toda a turma, de castigo, foi obrigada a copiar vinte e cinco vezes. Um mar de criaturas que se contorciam, menores que girinos, milhões e milhões delas formando uma massa única que ia até a curva do horizonte. Ainda mais próximo, encontrou e seguiu determinado indivíduo que nadava em meio à multidão seguindo seu caminho, empurrando os irmãos e sendo por eles empurrado ao longo de túneis lisos e rosados, ultrapassando os demais à medida que tombavam exaustos. Por fim se viu sozinho diante de um disco, magnífico como um sol, que girava lentamente na direção do ponteiro dos relógios, calmo e prenhe de conhecimento, aguardando indiferente. Não fosse ele, seria outro. Ao penetrar pelas grossas cortinas cor de sangue, veio de longe um urro, e depois o clarão do rosto de um bebê chorando.

Era um adulto, gostava de pensar em si mesmo como um poeta, agora de ressaca e com uma barba de cinco dias, erguendo-se das águas rasas de um sono recente e cambaleando do quarto de dormir até o quarto do bebê, onde tirou seu filho do berço e o apertou contra o corpo.

Depois foi para o andar de baixo com a criança adormecida encostada ao peito e enrolada num cobertor. Uma cadeira de balanço e, ao lado dela, numa mesinha baixa, o livro sobre os problemas mundiais que comprara e sabia que nunca iria ler. Ele tinha seus próprios problemas. Parado em frente às portas-balcão, ficou contemplando um estreito jardim londrino com uma macieira nua na úmida e brumosa madrugada. À esquerda havia um carrinho de mão verde, emborcado e esquecido desde algum dia de verão. Mais perto, uma mesa de metal redonda que ele sempre tencionara pintar. Uma primavera fria e tardia ocultava a morte da árvore, pois não cresceriam folhas naquele ano. Em julho, durante a seca que durou três semanas, ele poderia ter salvado a árvore, mas estava proibido de usar a mangueira. E estava ocupado demais para carregar baldes de água pelo jardim.

Seus olhos se fechavam e ele se inclinava para trás, relembrando mais uma vez, não dormindo. Ali estava o prelúdio como devia ser tocado. Fazia tempo que não o visitava, agora estava ali de novo, aos onze anos, caminhando com outros trinta meninos na direção de uma velha cabana Nissen. Muito jovens para saber como eram infelizes, muito frio para poderem falar. A relutância coletiva fazia com que se movessem como um corpo de baile ritmado ao descerem em fila, quietos, por um gramado íngreme, esperando do lado de fora, em meio à neblina, a aula começar.

Lá dentro, bem no centro, havia um aquecedor a carvão e, depois de se aquecerem, a bagunça começava. Era possível ali, e não em qualquer outro lugar, porque o professor de latim, um escocês baixinho e bondoso, era incapaz de controlar a turma. No quadro-negro, na caligrafia do mestre: *Exspectata dies aderat*. Abaixo, nas letras desordenadas de um menino: "chegara o dia tão esperado". Na mesma cabana, lhes disseram, em tempos mais sisudos homens se prepararam para a guerra no mar aprendendo a matemática de plantar minas. Era o que estudavam. Agora, um menino grandalhão, famoso encrenqueiro, caminhou com passos firmes até a frente da sala para se curvar, rindo, e oferecer o satírico traseiro para receber umas pancadinhas inofensivas dadas com um sapato de lona pelo gentil escocês. Ouviram-se vivas ao encrenqueiro, pois ninguém mais ousaria tanto.

À medida que a barulheira e o caos aumentavam, tendo alguma coisa branca sido jogada de uma escrivaninha para outra, ele se lembrou de que era segunda-feira, o tão esperado e temido dia — de novo. Trazia no pulso o grosso relógio que seu pai lhe dera. *Não perca isso.* Em trinta e dois minutos começaria a lição de piano. Ele tentou não pensar na professora porque não havia treinado. Escuro e assustador demais o local na floresta onde seu polegar descia sem controle. Caso pensasse na mãe, se sentia fraco. Como ela estava muito longe e não poderia ajudá-lo, a pôs de lado. Ninguém tinha a capacidade de impedir que a segunda-feira chegasse. O machucado da semana passada estava se apagando, e o que era relembrar o perfume da professora de piano? Não o mesmo que senti-lo. Mais como um desenho sem cores, ou um lugar, ou um sentimento de um lugar, ou alguma coisa entre esses dois extremos. Mais além do receio, havia outro elemento: excitação. Que também precisava ser posto de lado.

Para Roland Baines, o homem carente de sono na cadeira de balanço, a cidade que despertava não passava de um longínquo ruído farfalhante, a cada minuto mais alto. Hora do rush. Expulsas de seus sonhos, de suas camas, as pessoas se deslocavam pelas ruas como o vento. Ali, ele nada mais tinha a fazer senão servir como cama para o filho. Sentia o coração do bebê batendo contra seu peito, quase duas vezes mais rápido do que o seu próprio. Sua pulsação entrava e saía de sincronia, e um dia se afastaria de vez. Nunca ficariam tão próximos. Ele o conheceria menos bem, e mais tarde ainda menos. Outros conheceriam Lawrence melhor do que ele, o que estava fazendo e dizendo, tornando-se mais próximo de algum amigo, depois da amante. Chorando às vezes, sozinho. Do pai, visitas ocasionais, um abraço sincero, notícias do trabalho, da família, comentários políticos, e adeus. Até agora, sabia tudo sobre ele, onde estava a cada minuto, em cada lugar. Ele era a cama do bebê e seu deus. O longo afastamento, gostasse ou não, podia ser a essência da paternidade, mas naquele momento era inconcebível.

Muitos anos haviam se passado desde que ele deixara de ser o menino de onze anos com a marca oval secreta na parte interna da coxa. Naquela noite, a examinara depois que as luzes foram apagadas, baixando a calça do pijama no "pântano", curvando-se para ver melhor. Ali estava a impressão dos dedos dela, indicador e polegar, sua assinatura, a marca impressa que tornava aquele momento verdadeiro. Uma espécie de fotografia. Não doeu ao passar seu próprio dedo pelas bordas onde a pele clara ganhava tons esverdeados, tendendo para o azul. Apertou com força bem no meio, onde estava quase preto. Não doeu.

Nas semanas seguintes ao desaparecimento de sua mulher, às visitas da polícia e à vedação da casa, ele tentou muitas vezes compreender o assombro daquela noite em que de repente ficou sozinho. A fadiga e o estresse o haviam empurrado de volta às origens, aos primórdios, ao passado infinito. Teria sido pior, caso soubesse o que vinha pela frente — repetidas visitas a um escritório decrépito, horas de espera ao lado de centenas de outros em bancos de plástico aparafusados ao chão até que seu número fosse chamado. Múltiplas entrevistas defendendo sua causa enquanto Lawrence H. Baines se contorcia e babava em seu colo. Por fim, recebeu uma ajuda do governo, o estipêndio pago aos pais solteiros, um óbolo para os viúvos, embora ela não estivesse morta. Quando Lawrence completasse um ano, teria direito a uma vaga numa creche e seu pai, a um emprego — num call center ou coisa semelhante. Professor de Escuta Útil. Completamente razoável. Será que ele permitiria que outros suassem para sustentá-lo enquanto passava as tardes debruçado sobre sextilhas? Não era uma contradição. Era um acerto, um contrato que ele aceitou — e odiou.

O que aconteceu em uma salinha ao lado da enfermaria muito tempo atrás foi tão calamitoso quanto seu problema atual, mas agora, como antes, ele seguiu em frente aparentando estar quase bem. O que podia destruí-lo vinha de dentro, o sentimento de estar errado. Se quando criança ele havia desviado daquilo, por que se entregar à culpa agora? Culpe ela, não você mesmo. Ele veio a conhecer de cor seus cartões-postais e seu bilhete. Por entendimento mútuo, deixavam bilhetes na mesa da cozinha. Ela deixara o seu em cima do travesseiro dele. Como um chocolate amargo de hotel. *Não tente me encontrar. Estou bem. Não é culpa sua. Amo você mas isso é definitivo. Tenho vivido uma vida errada. Por favor, tente me perdoar.* Na cama, no lado dela, as chaves da casa.

Que tipo de amor era esse? Uma vida errada era ter parido? Era em geral depois de exagerar na bebida que ele se fixava com ódio na frase que ela deixara de completar. "Por favor, tente me perdoar", quando devia ter acrescentado: "como eu me perdoei". A autocomiseração do fugitivo contrastava com a clareza amarga do abandonado. Mais intensa a cada gole de uísque. Outro dedo invisível que acenava. Ele a odiava sempre mais, cada pensamento uma repetição, uma variação sobre o tema da deserção egoísta. Depois de uma hora de reflexão judicial, ele sabia que o ponto da virada não se encontrava longe, o pivô do trabalho mental daquela noite. Quase lá, mais uma dose. Seus pensamentos iam se tornando mais lentos, até pararem sem razão, como o trem do poema que a turma decorava para não ser punida. Um dia quente numa parada em Gloucestershire e a quietude em meio à qual alguém tosse. Então a noção lúcida retornava, tão clara e brilhante quanto o canto de um pássaro nas redondezas. Enfim bêbado, estava livre para amá-la de novo, para desejar que voltasse. Sua beleza remota e seráfica, a fragilidade das mãos de ossos pequenos, o ligeiro sotaque graças à infância passada na Alemanha, a voz um pouco rouca, como se acabasse de gritar. Embora ela nunca gritasse. Ela o amava, o culpado era ele, dizer no bilhete que ele não era o responsável não passava de uma delicadeza. Como não sabia que parcela defeituosa de seu ser devia ser acusada, então devia ser ele por inteiro.

Vagamente contrito, envolto por uma nuvem doce e triste, ele subia a escada ruminando para ver como estava o bebê, dormia caído de lado sobre a cama, às vezes de roupa, até despertar na madrugada árida exausto e alerta, furioso e sedento, listando no escuro suas virtudes e como tinha sido injustiçado. Ganhava quase o mesmo que ela, ajudou a cuidar de Lawrence inclusive à noite, era fiel, carinhoso, nunca deu uma de gênio poético guiado por regras especiais. Mas devia ser um tolo, um trouxa, e por isso ela se foi, quem sabe com um homem de verdade. Não, não, ele era bom, ele era bom e a odiava. Isso era *definitivo*. Havia dado a volta toda — mais uma vez. Agora, o mais perto de dormir que ele chegaria era deitar-se de costas, olhos fechados, atento a qualquer som vindo de Lawrence, perdido em recordações, desejos, invenções, até mesmo versos passáveis que não tinha força de vontade para escrever, e isso por uma hora, duas, três, até o sol nascer. Logo estaria revivendo a cena dos policiais, a suspeita sobre ele, a nuvem tóxica contra a qual vedara a casa, perguntando a todo instante se ainda havia alguma falha a reforçar. Uma noite, esse processo sem palavras trouxe de volta a sua mente a lição de piano. O cômodo ecoante em que entrou por acaso e onde foi forçado a se manter vigilante.

Por conta do latim e do francês, ele estudou o tempo dos verbos. Sempre haviam estado lá, passado, presente, futuro, e ele não tinha reparado como a linguagem dividia o tempo. Agora sabia. A professora de piano estava usando o presente contínuo a fim de condicionar o futuro próximo. "Você está sentando com as costas retas, seu queixo está erguido. Você está mantendo os cotovelos em ângulo reto. Os dedos estão prontos, ligeiramente dobrados, e você está deixando seus pulsos relaxados. Está olhando para a página."

Sabia o que era um ângulo reto. Tempos verbais, ângulos, o constante soletrar. Elementos do mundo real que seu pai o mandara aprender a quase quatro mil quilômetros de distância da mãe. Questões de interesse dos adultos, milhões delas, que lhe pertenceriam. Chegando da aula de latim ofegante, na hora marcada, a professora de piano o interrogou sobre sua semana de treinamento. Ele mentiu. Voltaram então a sentar-se bem perto. O perfume o envolveu. A marca que ela fizera em sua perna na semana anterior havia se apagado, a recordação que guardava do incidente era incerta. Mas se ela tentasse machucá-lo de novo, ele sairia correndo da sala. Fingir que treinara por três horas na semana era uma espécie de força, um murmúrio de excitação em seu peito. Na verdade, não treinou nem três minutos, zero. Nunca tinha enganado uma mulher antes. Mentira para o pai, a quem temia, para se livrar de encrencas, mas à mãe sempre dizia a verdade.

A professora limpou a garganta com delicadeza. Indicação de que acreditava nele. Ou talvez não.

Sussurrou: "Muito bem, pode começar".

O livro de peças fáceis para principiantes estava aberto bem no meio. Era a primeira vez que via os três grampos na dobra que unia as páginas. Não eram notas que ele precisasse tocar — e esse pensamento bobo quase o fez sorrir. A rigorosa curva no alto da clave de sol, a clave de fá enroscada como o feto de um coelho em seu livro de biologia, as notas negras, as brancas que eram sustentadas por mais tempo, aquela suja e surrada página dupla que era a sua punição especial. Nada disso parecia o ameaçar ou mesmo lhe dizer respeito agora.

Quando começou, a primeira nota soou duas vezes mais alto que a segunda. Seguiu cautelosamente para a terceira, a quarta, e ganhou velocidade. Depois sentiu que o que era cautela se tornou furtividade. O fato de não treinar o havia libertado. Obedeceu às notas, mão esquerda e mão direita ignorando as indicações do uso de dedos feitas a lápis. Nada tinha a lembrar senão apertar as teclas na ordem correta. O trecho ruim chegou de repente, mas o polegar esquerdo se esqueceu de baixar, e então já era tarde demais, ele tinha escapado, estava na outra margem, movendo-se suavemente pelo terreno plano da floresta onde a luz e o espaço eram mais limpos e onde pensou ter distinguido uma melodia, suspensa como uma piada, pairando acima da marcha ordenada de sons.

Seguindo as instruções, dois, talvez três, cada segundo exigia toda a sua concentração. Esqueceu-se de si mesmo e até dela. O tempo e o espaço se dissolveram. O piano desapareceu junto com a própria existência. Foi como se despertasse do sono de toda uma noite quando se viu tocando sem dificuldade, com ambas as mãos, um acorde aberto. Entretanto não afastou as mãos como a breve na partitura mandava fazer. O acorde ressoou e então se dissipou pela salinha nua.

Ele não levantou as mãos do piano nem quando a mão dela apertou sua cabeça para girar seu rosto na direção do dela. Nada na expressão da professora lhe disse o que estava por vir.

Ela disse baixinho:

"Você...".

Só então ele tirou as mãos das teclas.

"Seu menininho..."

Num complicado movimento, ela abaixou e inclinou a cabeça de modo que seu rosto chegasse perto do dele num mergulho que terminou no beijo, seus lábios cobrindo os dele, um beijo macio, prolongado. Ele nem resistiu nem retribuiu. Aconteceu, e ele deixou acontecer, sem sentir nada enquanto durou. Apenas em retrospecto, quando viveu, reviveu e recriou o momento a sós, ele avaliou sua importância. Durante, os lábios dela estavam grudados aos seus e ele aguardou, entorpecido, que o momento passasse. Então ocorreu um súbito transtorno e tudo terminou. Uma sombra ou um movimento fugidio na janela alta. A professora se afastou dele e virou o rosto para ver, como ele. Ambos viram ou pressentiram alguma coisa ao mesmo tempo, na periferia da visão. Seria um rosto, um rosto desaprovador e um ombro? Mas a pequena janela quadrada só lhes mostrava farrapos de nuvens e retalhos do azul pálido de inverno. Ele sabia que, de fora, a janela era alta demais até mesmo para ser alcançada por uma pessoa alta. Era um pássaro, provavelmente vindo do pombal no velho prédio da estrebaria. Mas a professora e o pupilo tinham se separado num gesto cheio de culpa e, embora entendesse pouco, ele sabia que a partir de agora estavam unidos por um segredo. A janela vazia invocara o mundo das pessoas lá fora. Ele também entendeu como seria indelicado levar a mão à boca para aliviar a sensação de formigamento causada pela umidade que secava.

Voltando a encará-lo, ela disse com uma voz controlada e tranquilizadora que sugeria não ter preocupação com a bisbilhotice alheia, olhando no fundo dos olhos dele, a voz bondosa usando o tempo futuro para fazer o presente parecer razoável. E agora era. Mas ele nunca a ouvira falar tanto:

"Roland, daqui a duas semanas haverá um meio-feriado. Cai numa sexta-feira. Quero que ouça bem. Você vai de bicicleta até a minha cidadezinha. Erwarton. Para quem vem de Holbrook, a minha casa fica depois do pub, à direita, porta verde. Você deve chegar antes do almoço. Entendeu?"

Ele fez que sim com a cabeça, perplexo. Chocado por ter de atravessar a península de bicicleta, por caminhos estreitos e estradinhas vicinais até a pequena cidade dela para almoçar, quando poderia comer na escola. Tudo soava estranho. Ao mesmo tempo, a despeito da confusão, ou por causa dela, desejava muito ficar a sós para sentir o beijo e pensar sobre ele.

"Vou mandar um cartão para que se lembre. A partir de agora você terá aulas com o sr. Clare. Não comigo. Vou dizer a ele que você está indo muito bem. Por isso, meu rapaz, vamos fazer as escalas em tom maior e menor com dois sustenidos."

Mais fácil perguntar onde do que por quê. Para onde ela foi? Levou quatro horas para ele reportar o bilhete e o desaparecimento de Alissa à polícia. Seus amigos acharam que até mesmo duas horas era tempo demais. Ligue para eles agora! Resistiu, se opôs. Preferia pensar que ela poderia voltar a qualquer minuto. E também não queria que um estranho lesse o bilhete ou que a ausência fosse confirmada oficialmente. Para sua surpresa, veio uma pessoa no dia seguinte. Era um policial da delegacia do bairro, parecia apressado. Tomou nota de alguns detalhes, passou os olhos pelo bilhete de Alissa e disse que entraria em contato. Nada aconteceu durante uma semana, e nesse ínterim ele recebeu os quatro cartões-postais dela. O perito chegou sem avisar de manhã bem cedo num pequeno carro de patrulha, que estacionou ilegalmente na frente da casa. Tinha chovido sem parar, mas o homem não se importou com o rastro que seus sapatos deixaram no chão do corredor. O detetive Douglas Browne, com suas bochechas caídas, tinha o aspecto amistoso de um cachorrão de olhos castanhos. Sentou-se encurvado sobre a mesa da cozinha diante de Roland. Próximo às manzorras do detetive, cujas juntas eram cobertas de pelos negros, estavam seu caderno de notas, os cartões-postais e o bilhete deixado sobre o travesseiro. O casaco grosso, que ele não tirou, aumentava seu porte e acentuava o efeito canino. Em torno dos dois homens havia um monte de pratos e copos sujos, correspondência indesejada, contas, uma mamadeira quase vazia e as sobras do café da manhã de Lawrence junto a seu babador. Eram os anos da babação, como um amigo de Roland se referia àquele período da vida. Lawrence estava sentado na cadeira alta, mais quieto do que costumava ser, contemplando perplexo aquele brutamontes e seus ombros enormes. Durante o encontro, em nenhum momento Browne mencionou a existência do bebê. Roland sentiu-se ligeiramente ofendido por conta do filho. Irrelevante. Os olhos castanhos do policial estavam fixados apenas no pai, e Roland foi obrigado a responder às perguntas de rotina. O casamento não estava em dificuldade — disse isso em voz mais alta do que tencionava. Nem um tostão tinha sido retirado da conta conjunta. Ainda estavam no período das férias, por isso a escola em que ela trabalhava não sabia da partida. Ela levou uma pequena mala preta. Seu casaco era verde. Ali estavam algumas fotografias, sua data de nascimento, o nome de seus pais e o endereço deles na Alemanha. Talvez ela estivesse usando uma boina.

O detetive interessou-se pelo cartão mais recente, de Munique. Roland achava que ela não conhecia ninguém lá. Em Berlim, sim, e também em Hanover e Hamburgo. Era uma mulher do norte luterano. Quando Browne ergueu uma sobrancelha, Roland explicou que Munique ficava no sul. Talvez fosse o nome de Lutero que ele deveria ter explicado. Mas o detetive olhou para o caderninho e fez outra pergunta. Não, disse Roland, ela nunca fez nada assim antes. Não, não tinha uma cópia do passaporte dela. Não, ela não parecia deprimida. Os pais dela moravam perto de Nienburg, uma cidadezinha no norte da Alemanha. Quando ele ligou para falar de outro assunto, ficou claro que ela não tinha ido para lá. E ele não disse nada. A mãe, com seu ressentimento crônico, teria entrado em erupção com essa notícia sobre sua filha única. Deserção. Como ela ousa? Mãe e filha brigavam com frequência. Mas os pais dela, assim como os dele, teriam de ser informados. Os três primeiros cartões-postais de Alissa, de Dover, Paris e Estrasburgo, chegaram no intervalo de quatro dias. O quarto, o de Munique, dois dias mais tarde. Desde então, nada.

O detetive Browne estudou os cartões novamente. Todos iguais. *Está tudo bem. Não se preocupe. Dê um beijo em Larry por mim. Alissa.* A invariância parecia insana ou hostil, bem como a despedida sem carinho. Um pedido de ajuda ou uma forma de insulto. A mesma caneta azul de ponta porosa, nenhuma data, carimbos de correio ilegíveis, exceto o de Dover, a mesma paisagem rotineira da cidade com pontes sobre o Sena, o Reno, o Isar. Rios poderosos. Ela vagava para o leste, cada vez mais longe de casa. Na noite anterior, prestes a cair no sono, Roland a invocou como a Ofélia de Millais, boiando nas águas claras e calmas do rio Isar, percorrendo a floresta Pupplinger Au com seus banhistas nus esparramados nas margens verdes como focas na praia, deslizando rio abaixo de costas, a cabeça à frente, despercebida e silenciosa ao passar por Munique, pelo Jardim Inglês, até alcançar o Danúbio; e ainda sem ser notada, correndo suavemente por Viena, Budapeste e Belgrado, atravessando dez nações de histórias ferozes às bordas do Império Romano até chegar aos céus brancos e aos intermináveis deltas pantanosos do Mar Negro, onde uma vez fizeram amor a sota-vento de um velho moinho de Letea Veche, à vista de um bando de pelicanos barulhentos perto de Isaccea. Somente dois anos atrás. Garças roxas, íbis reluzentes, um ganso-bravo. Até então, ele nunca se importara com pássaros. Naquela noite, antes de dormir, deslizou junto com ela até um lugar de felicidade selvagem, uma fonte. Nos últimos tempos, ele precisava fazer um esforço para se concentrar no presente. O passado vinha se tornando um canal que ligava a memória ao fantasiar incansável. Ele atribuía isso ao cansaço, à ressaca, à confusão.

Douglas Browne, em tom consolador, disse ao se curvar sobre o caderno de notas: "Quando se cansou de mim, minha mulher me pôs para fora".

Roland começou a falar, mas Lawrence o interrompeu com um grasnido. Queria ser incluído. Roland se levantou para tirar o bebê da cadeira e o acomodar no colo. Um novo ângulo, cara a cara com o gigante desconhecido, fez Lawrence silenciar. Ficou olhando fixamente para Browne, de boca aberta e babando. Ninguém sabe o que se passa na cabeça de uma criança de sete meses. Um vazio com sombras, um céu cinzento de inverno contra o qual as impressões — sons, visões, toques — explodem como fogos de artifício e formam arcos e cones de cores primárias, logo esquecidas e substituídas por outras, que também são esquecidas. Ou um lago em que tudo que cai desaparece, embora permaneça presente e irrecuperável na forma de silhuetas escuras na água profunda, exercendo seu poder gravitacional mesmo oitenta anos mais tarde, nos leitos de morte, nas derradeiras confissões, nas súplicas finais pelo amor perdido.

Depois que Alissa se foi, ele passou a procurar sinais de tristeza ou de dano no filho, encontrando-os a cada instante. Um bebê deve sentir falta da mãe, mas como, se ela não estiver em sua memória? Às vezes Lawrence ficava quieto por muito tempo. Em choque, entorpecido, cicatrizes se formando nas regiões inferiores do inconsciente, se é que esses lugares e processos existem. Na noite anterior, chorou muito forte. Furioso pelo que não podia ter, mesmo que tivesse esquecido o que era. Não o seio. Desde sempre tomou mamadeira, por insistência da mãe. Ela já devia estar planejando, Roland pensava em seus momentos ruins.

O detetive terminou de tomar notas. "Você sabe que, se encontrarmos Alissa, não poderemos dizer onde ela está a não ser que ela permita."

"Você pode me dizer se ela está viva."

Ele concordou com a cabeça e refletiu por um instante. "Em geral, quando uma esposa desaparecida está morta foi o marido que matou."

"Então esperemos que esteja viva."

Browne se acomodou melhor e se balançou para trás na cadeira, fingindo surpresa. Sorriu pela primeira vez. Parecia amigável. "Em geral é assim. Ele mata, esconde o corpo na New Forest, vamos dizer, num lugar deserto, uma cova rasa, comunica o desaparecimento — e aí..."

"Aí o quê?"

"Aí começa. De repente o cara se dá conta de que adorava a mulher. Que os dois se amavam. Sente falta dela e começa a acreditar na própria história. Ela deu no pé. Ou um psicopata a liquidou. Fica choroso, deprimido, depois se torna furioso. Ele não é um assassino, não está mentindo, não agora que vê as coisas de outro modo. Ela se foi e ele realmente *sente falta* dela. E para nós parece real. Parece honesto. Difícil resolver esses casos."

A cabeça de Lawrence tombou sobre o peito do pai, começou a cochilar. Roland não queria que o detetive fosse embora ainda. Quando fosse, teria de arrumar a cozinha. Dar um jeito nos quartos, lavar a roupa, limpar o rastro de lama no corredor. Fazer uma lista de compras. Tudo que queria era dormir.

Ele disse:

"Ainda estou no estágio de sentir falta dela."

"É só o começo, meu amigo."

Ambos riram baixinho. Como se fosse engraçado e eles não passassem de velhos camaradas. Roland simpatizava com aquele rosto cansado, a expressão doce e abatida de um desgaste infinito. Ele respeitava o impulso do detetive de fazer confidências súbitas.

Após um silêncio, Roland perguntou:

"Por que ela te pôs para fora?"

"Eu trabalhava demais, bebia demais, chegava tarde toda noite. Ignorava ela, ignorava as crianças, três menininhos lindos, e tinha uma amiga de quem foram falar para ela."

"Bem feito então."

"Foi o que pensei. Eu estava quase me tornando um desses caras que têm duas famílias. A gente ouve falar neles. A antiga não sabe da nova, a nova tem ciúmes da antiga, e você fica correndo entre elas com um vergalhão de ferro em brasa enfiado no cu."

"Agora você está com a nova."

Browne suspirou profundamente pelas narinas enquanto afastava o olhar e coçava o pescoço. O inferno construído por iniciativa própria era um conceito interessante. Ninguém escapava de construir ao menos um durante a vida. Algumas vidas não eram outra coisa. O fato de que a infelicidade autoinfligida era uma extensão da personalidade não passava de uma tautologia. E Roland pensava com frequência nisso. Você constrói uma máquina de tortura e pula dentro dela. O ajuste perfeito e uma variedade de dores à disposição: certos empregos, um fraco por bebida ou drogas, o crime combinado com a propensão de ser pego. Uma religião austera era outra escolha. Todo um sistema político podia optar pelo infortúnio autoimposto — ele passara certo tempo em Berlim Oriental. Casamento, uma máquina para dois, oferecia imensas possibilidades, todas as variantes da *folie à deux*. Não havia quem não conhecesse alguns exemplos, e o de Roland era uma construção bem-acabada. Como sua amiga Daphne observou uma noite, muito antes de Alissa partir, quando ele confessou que vinha se sentindo deprimido há meses. "Você era brilhante nas aulas noturnas, Roland. Todas aquelas disciplinas! Mas queria ser o melhor do mundo em tudo que fazia. Piano, tênis, jornalismo, agora poesia. E essas são apenas as coisas que sei por acaso. Assim que você descobre que não é o melhor, desiste e fica se odiando. O mesmo com os relacionamentos. Você exige coisas demais, depois larga. Ou ela não consegue suportar sua busca pela perfeição e põe você para andar."

Diante do silêncio do detetive, Roland reformulou a pergunta.

"A mulher antiga ou a nova, qual das duas você quer afinal?"

Sem fazer o menor ruído, Lawrence estava fazendo cocô enquanto dormia. O cheiro não era tão ruim. Uma das constatações da meia-idade é que você se acostuma rápido à merda de quem você ama. É uma regra geral.

Browne levou a pergunta a sério. Seu olhar varreu o cômodo, distraído. Viu as estantes de livros caóticas, pilhas de revistas, uma pipa quebrada em cima do armário. Depois, com os cotovelos sobre a mesa e a cabeça baixa, contemplou a textura das tábuas de pinho enquanto massageava a nuca com as duas mãos. Por fim, endireitou o corpo.

"O que eu quero realmente é um exemplar da sua caligrafia. Qualquer coisa. Uma lista de compras serve."

Roland sentiu uma ondinha de náusea subir e descer. "Você acha que eu escrevi essas mensagens?"

Foi um erro ter pulado o café da manhã depois de uma noite pesada. Nem uma fatia de torrada com manteiga e mel para contrabalançar a hipoglicemia. Estava ocupado com Lawrence. Depois, as mãos trêmulas tinham feito o café ficar três vezes mais forte.

"Um bilhetinho para o entregador de leite seria o bastante."

Browne tirou do bolso do casaco um objeto de couro quadrado preso a uma correia. Com resmungos e um suspiro de exasperação, libertou a câmera de seu velho estojo, tarefa que implicou fazer girar um parafuso prateado pequeno demais para seus dedos gordos. Era uma velha Leica, de 35 milímetros, prateada e preta, com amassados na superfície. Manteve os olhos fixos em Roland e deu um sorriso de lábios cerrados ao tirar a capa da lente.

Pôs-se de pé. Com exagerada atenção, enfileirou os quatro cartões e o bilhete. Depois de fotografá-los de frente e verso, com a câmera de volta no bolso, o detetive disse:

"Maravilha esse novo filme rápido. Serve para tudo. Interessado?"

"Já me interessei mais." E Roland acrescentou ironicamente: "Quando era garoto".

Browne tirou de outro bolso do casaco um maço de plásticos. Um a um, pegou os cartões e os pôs dentro de envelopes transparentes, que selou apertando a borda com os dedos. No quinto, pôs o bilhete que fora deixado em cima do travesseiro. *Não é culpa sua*. Sentou-se e fez uma pilha ordenada, acertando as pontas com as manzorras.

"Se não se importa, vou levar isso comigo."

O coração de Roland batia tão forte que ele estava começando a se sentir recuperado.

"Me importo, sim."

"Impressões digitais. Muito importante. Vai recebê-los de volta."

"Todo mundo diz que as coisas se perdem nas delegacias."

Browne sorriu. "Vamos dar uma volta pela casa. Precisamos de algum modelo da sua caligrafia, uma peça de roupa dela, alguma coisa que só tenha as impressões digitais dela e, ahn, o que mais? Um escrito com a letra dela."

"Já tem aí."

"Alguma coisa do passado."

Roland levantou-se com Lawrence nos braços. "Talvez tenha sido um erro envolvê-lo numa questão pessoal."

O detetive já estava seguindo na frente em direção à escada. "Talvez."

Chegando ao estreito patamar, Roland disse:

"Primeiro tenho que cuidar do bebê."

"Espero aqui."

Quando voltou cinco minutos depois com Lawrence pendurado no quadril, encontrou Browne em seu quarto de dormir, diminuindo-o rudemente com seu porte avantajado ao se postar diante da janela, próximo à pequena mesa em que Roland trabalhava. Como antes, o bebê o olhou com assombro. Um caderno de notas e três cópias datilografadas de poemas recentes estavam espalhados em volta da máquina de escrever, uma Olivetti portátil. No quarto mal iluminado que dava para o norte, o detetive segurava uma página contra a luz.

"Desculpe. Isso é particular. Você está sendo intrometido pra cacete."

"O título é bom." Ele leu sem ênfase: "*Glamis assassinou o sono*. Glamis. Bonito nome de mulher. Galês". Pôs a página sobre a mesa e se encaminhou na direção de Roland e Lawrence ao longo do estreito espaço entre o pé da cama e a parede.

"Não são palavras minhas, e o nome é escocês."

"Quer dizer que você não vem dormindo bem?"

Roland o ignorou. A mobília do quarto havia sido pintada por Alissa numa cor verde-clara com desenhos em azul de uma folha e uma semente de carvalho. Abriu uma gaveta para Browne. Os suéteres estavam cuidadosamente dobrados em três fileiras. Os vários perfumes dela geravam uma leve fragrância mista, uma história cheia de detalhes. O momento em que se conheceram recoberto pela hora em que se falaram pela última vez. Era demais para ele, seus perfumes e a súbita presença da mulher, obrigando-o a recuar um passo como se ofuscado por uma luz forte.

Browne curvou-se com esforço e pegou o suéter mais próximo. Caxemira preta. Dobrou para enfiar com mais facilidade num de seus sacos plásticos.

"E o exemplar da minha caligrafia?"

"Já peguei." Browne endireitou o corpo e deu um tapinha onde o volume da câmera era visível no bolso do casaco. "Seu caderno de notas estava aberto."

"Sem minha permissão."

"Em que lado ela dormia?" Ele estava olhando para a cabeceira.

Roland sentia-se furioso demais para responder. No criado-mudo dela, em cima de um livro de bolso, havia uma presilha de cabelo vermelha com dentes de plástico. Browne apanhou o livro pela beirada: *Katz und Maus*, Günter Grass. Delicadamente, abriu a capa e olhou as páginas de dentro.

"Anotações dela?"

"Sim."

"Já leu esse livro?"

Roland confirmou com a cabeça.

"Este exemplar?"

"Não."

"Bom. Podíamos chamar os peritos técnicos, mas nesse estágio acho que não vale a pena."

Roland, recuperando o controle, tentou dar um tom de conversa a seu comentário. "Pensei que estávamos no começo do fim dessa história de impressões digitais. O futuro são os genes."

"Besteirada na moda. Não enquanto eu viver. Ou você."

"Sério mesmo?"

"Ou ninguém." O detetive encaminhou-se para o patamar. "O que você precisa entender é o seguinte. Um gene não é uma coisa. É uma ideia. Uma ideia sobre uma informação. Uma impressão digital é uma coisa, um vestígio."

Os dois e o bebê desceram a escada. Lá embaixo, Browne se voltou. Sobraçava o saco transparente com o suéter de Alissa. "Não investigamos a cena de um crime procurando ideias abstratas. Estamos procurando vestígios de coisas reais."

Foram interrompidos mais uma vez por Lawrence. Abrindo os braços de repente, ele lançou um grito a plenos pulmões que começou com uma consoante explosiva, um bê ou um pê, enquanto apontava sem motivo para uma parede com o dedo molhado. O som era um treino. Segundo Roland em geral presumia, para as conversas de toda uma vida. A língua precisava preparar-se para o que quer que viesse a dizer.

Browne caminhava pelo corredor. Roland, seguindo atrás, disse com um riso:

"Espero que não esteja insinuando que esta é a cena de um crime."

O detetive abriu a porta da frente, saiu e se voltou. Atrás dele, estacionado com dois pneus sobre a calçada, estava seu pequeno carro, um Morris Minor azul-claro. O sol baixo da manhã acentuava as bochechas caídas de seu rosto. Seu ímpeto professoral não foi muito persuasivo.

"Eu tinha um sargento que dizia que onde tem gente tem uma cena de crime."

"Me parece uma besteirada completa."

Mas Browne já tinha dado meia-volta e não ouviu. Pai e filho ficaram vendo o homem descer o curto caminho atapetado de ervas daninhas até o portão quebrado do jardim, que nunca fechava. Na calçada, levou meio minuto mexendo nos bolsos atrás das chaves. Por fim as encontrou e abriu a porta. E num único movimento, numa torção ágil do corpanzil, entrou de costas no carro e bateu a porta atrás de si.

Assim começou o dia de Roland, um dia frio da primavera de 1986, e ele já sentia o peso. As tarefas, a inutilidade agora com um elemento novo, a sensação desordenada e sórdida de ser um suspeito. Se é que era suspeito. Quase um culpado. Um fato — assassinato da esposa — estava grudado nele como uma crosta de comida no rosto de Lawrence. Coitadinho. Ficaram observando enquanto o carro do detetive ia tentando avançar pelo tráfego.

Perto do portão olhou para a árvore nova e fina sustentada por um tronco de bambu. Uma acácia. A vendedora garantia que ia dar flores, mesmo com a fumaça dos veículos. Do umbral, Roland sentia como se tivesse saído de algum lugar esquecido e ido parar na vida de outra pessoa, tudo ao redor parecendo aleatório e independente da sua vontade. A casa que nunca tinha querido comprar e que estava acima de suas posses. A criança em seus braços que nunca tinha esperado ou precisado amar. O trânsito fortuito que se movia lento demais diante do portão que agora era seu e que nunca iria consertar. A frágil acácia que nunca teria pensado em comprar. O otimismo ao plantá-la que não era mais capaz de sentir. Sabia que a única forma de escapar desse estado de desassociação era executar uma tarefa simples. Resolveu ir até a cozinha limpar o rosto do filho, e decidiu que o faria com ternura.

No entanto, ao fechar a porta com um pontapé, teve outra ideia. Agora com um único pensamento na mente, subiu a escada com Lawrence a tiracolo para examinar seu caderno de notas. Não conseguia lembrar da última entrada. Nove poemas publicados em revistas literárias num período de quinze meses — o caderno era o símbolo de sua seriedade. Compacto, com tênues linhas cinzentas, capa dura azul-marinho e uma lombada verde. Não permitiria que se transformasse num diário, registrando as minúcias da evolução do bebê, ou as flutuações de seu próprio estado de espírito, ou reflexões forçadas sobre eventos públicos. Lugar-comum demais. Sua escrita era superior. Seguir as pegadas obscuras de uma ideia refinada capaz de conduzir a um bem-afortunado estreitamento, um ponto candente, um foco súbito de luz pura capaz de iluminar o primeiro verso que conteria a chave secreta para os que viriam a seguir. Aconteceu antes, mas esperar por isso, ansiar para que acontecesse de novo, não garantia. A ilusão necessária consistia em que o melhor poema até hoje escrito estava a seu alcance. Estar lúcido não ajudava. Nada ajudava, ele tinha a obrigação de sentar e aguardar. Às vezes cedia e preenchia uma página de diário, com débeis reflexões de sua própria lavra ou passagens de outros escritores. A última coisa que desejava. Tinha copiado um parágrafo de Montaigne sobre a felicidade. Não tinha interesse na felicidade. Numa entrada mais antiga, parte de uma carta de Elizabeth Bishop. Não adiantava folhear, só fazia parecer que estava trabalhando. Seamus Heaney disse certa vez que o dever de um escritor era se postar diante da mesa. Sempre que o bebê tirava uma soneca, Roland comparecia ao batente e esperava, quase sempre terminando com a cabeça encostada na mesa, dormindo.

O caderno estava aberto, como Browne o deixara, à direita da máquina de escrever. Ele não deve ter precisado movê-lo para tirar as fotografias. A luz da janela de guilhotina era fria e estável. Os versos estavam no alto da página da esquerda: seus anos de adolescência transformados, o curso da vida desviado. Recordação, feridas, tempo. Certamente um poema. Ao pegar o caderno, o bebê se atirou para alcançá-lo. Roland o afastou, provocando um guincho de protesto. Atrás da máquina de escrever, acumulando pó, havia uma bola de *fives*. Ele nunca praticou o esporte, mas a apertava todos os dias a fim de fortalecer o pulso machucado. Foram para o banheiro limpar o rosto do bebê e lavar a bola. Alguma coisa para Lawrence morder com as gengivas. Funcionou. Deitaram-se na cama de costas, lado a lado. O menininho, com pouco mais de um terço do comprimento do pai, chupava e mastigava. A passagem não era como Roland se recordava, pois a lia através dos olhos de um policial. O que não parecia fazer bem ao texto.

Quando dei um basta, ela não lutou contra mim. Sabia o que havia feito. Quando o assassinato pairou sobre o mundo inteiro. Ela continua enterrada, mas em noite insone salta das trevas. Senta-se perto do banco do piano. Perfume, blusa, unhas vermelhas. Vívida como sempre, apesar da terra da cova nos cabelos. Ah, as tais escalas! Fantasma horrendo. Não vai embora. Sempre na hora errada, quando preciso de calma. Ela precisa continuar morta.

Leu duas vezes. Era perverso culpar as duas mulheres, mas foi o que ele fez: a srta. Miriam Cornell, a professora de piano que interferia em seus assuntos por novos meios, apesar da distância no tempo e no espaço; e Alissa Baines, nascida Eberhardt, esposa amada, que o mantinha preso num mata-leão mesmo estando seja lá onde estivesse. Até se comprovar que estava viva ele não iria se livrar de Douglas Browne. Na medida em que era responsável por moldar a compreensão do policial, Roland também se culpou. Na segunda leitura, pensou que a sua caligrafia era obviamente distinta da que aparecia nos cartões e no bilhete. Sua situação não era assim tão grave. Mas era grave.

Rolou para o lado e olhou para o filho. Eis uma descoberta que demorou a fazer — Lawrence era mais um consolo do que um fardo. A bola de *fives* tinha perdido o encanto e escapara das duas mãos que a seguravam. Pousada sobre um cobertor, brilhava coberta de saliva. Ele contemplava o teto, os olhos cinza-azulados incendiados pela atenção. Os artistas medievais representavam a visão como um raio de luz que se irradia a partir de dentro. Roland seguiu o caminho da luz até as placas antichamas do teto e o buraco com bordas irregulares de onde outrora pendia o candelabro do antigo proprietário. Audacioso para um cômodo baixo de três metros por quatro. Então viu, bem acima deles, uma aranha de pernas compridas subindo de cabeça para baixo rumo a um canto do quarto. Tanto propósito numa cabeça tão diminuta. A aranha parou de subir de repente, balançando-se nas pernas finas como cabelos, gingando como se movida por uma melodia oculta. Alguém saberia dizer o que ela estava fazendo? Nenhum predador para enganar, nenhuma outra aranha para seduzir ou intimidar, nada que a impedisse de subir. Mas ainda assim ela esperava, dançando no mesmo lugar. Quando a aranha enfim retomou seu caminho, a atenção de Lawrence já estava longe. Virando a cabeça desproporcional ao corpo e vendo o pai, seus membros entraram em espasmos, as pernas se esticando e dobrando, os braços se movendo em todas as direções ao mesmo tempo. Era um belo trabalho. Ele estava se comunicando, parecia quase interrogativo. Olhos grudados nos de Roland ao sacudir as pernas dc novo, esperando com um semissorriso de expectativa. *O que ele queria?* Ele queria ser admirado por seus feitos. Para que um bebê de sete meses se exibisse daquela forma era preciso que ele tivesse uma noção de como eram as mentes como a dele e do que significava ficar impressionado, como seria desejável e prazeroso ganhar o afeto de outros. Impossível? Estava bem ali. Complicado demais para entender.

Roland fechou os olhos e se brindou com uma sensação de que estava girando devagar. Ah, dormiria agora, se o bebê dormisse também, se pudessem dormir juntos ali na cama, mesmo por cinco minutos. Mas os olhos fechados do pai sugeriram a Lawrence um universo que se murchava numa escuridão gélida, deixando-o como único sobrevivente, sentindo frio e rejeição, numa praia deserta. Respirou fundo e urrou, um uivo patético e penetrante de abandono e desespero. Para seres humanos impotentes e sem linguagem, era uma grande coisa mudar violentamente de uma emoção para outra. Uma forma grosseira de tirania. Os tiranos do mundo real eram com frequência comparados a crianças pequenas. Será que as alegrias e tristezas de Lawrence eram separadas pela mais fina gaze? Ou nem isso. Elas estavam embrulhadas bem juntinho umas das outras. Tendo se recuperado, quando Roland estava no topo da escada carregando o bebê, o contentamento foi restaurado. Lawrence agarrou-se ao lóbulo da orelha do pai. Ao descerem, pesquisou seu pavilhão auricular com estocadas desajeitadas.

Não eram nem dez da manhã. O dia seria longo. Já era longo. No corredor, o rastro enlameado dos sapatos nos ladrilhos eduardianos de má qualidade o levaram de volta a Browne. Sim, sim, era ruim. Mas ali estava o lugar por onde começar. Eliminar. Com uma das mãos, pegou um esfregão, encheu um balde e limpou a sujeira, espalhando-a por toda parte. Era assim que se limpava a maioria das sujeiras, reduzindo-as a camadas tão finas que se tornavam invisíveis. O cansaço transformava tudo em metáfora. As tarefas domésticas faziam com que se ressentisse das exigências e atrações da vida lá fora, resistindo a elas. Duas semanas atrás havia se aberto uma exceção. Assuntos internacionais invadiram seu passado. Caças norte-americanos atacaram Trípoli, na Líbia, e destruíram a velha escola primária onde estudou, embora não tenham matado o coronel Gaddafi. Ler sobre o que Reagan, Thatcher ou algum ministro dela disseram só fazia Roland sentir-se excluído e culpado por não prestar atenção em nada do que diziam. Mas era hora de manter os pés no chão e ser fiel ao que se impusera como obrigação. Pensar menos tinha seu valor. Gerenciar o cansaço e cuidar do que era essencial, o bebê, a casa, as compras. Não tinha lido um jornal em quatro dias. O rádio da cozinha, ligado baixinho o dia todo, às vezes se valia de uma voz tranquila que exalava uma urgência máscula para o atrair. Ele tentava ignorar o chamado ao passar com o balde e o esfregão. *Isto é para você*, a voz murmurou. *Distúrbios em dezessete penitenciárias. Quando você estava ativo no mundo era exatamente esse tipo de coisa que despertava a sua atenção… Uma explosão… detalhes vieram à tona quando as autoridades suecas relataram radioatividade…* Ele acelerou o passo. Continue se mexendo, não cochile, não feche os olhos.

Depois do corredor, passou para a cozinha enquanto Lawrence, sentado na cadeira, comia uma banana e brincava com ela. Limpou a mesa e a pia. Levou Lawrence para cima. Nos dois quartos, a ordem que impôs foi cosmética, mas pelo menos interrompeu o deslizamento rumo ao caos. O mundo parecia um pouco mais razoável. No fim, restou no topo da escada uma pilha de roupas para a máquina de lavar. Alissa não faria melhor. Na verdade — mas não, hoje não iria pensar nela.

Mais tarde, Lawrence esvaziou uma mamadeira e dormiu, permitindo que Roland fosse para o quarto ao lado. Em vez de dormir, tinha em mente fazer algumas alterações no poema sobre a insônia. "Glamis." De maneira superficial — ele não conhecia o suficiente sobre o assunto —, o poema era sobre os conflitos na Irlanda do Norte. Em 1984, ele passara alguns dias em Belfast e Derry com um amigo irlandês de Londres, Simon, um idealista que acabou fazendo fortuna com uma cadeia de academias de ginástica. A ideia de Simon era abrir algumas filiais de tênis para crianças nos dois lados da fronteira. Roland seria o treinador principal. Estavam pesquisando as melhores localizações e buscando apoio local. Eram inocentes, bobos. Foram seguidos, ou pensaram ter sido. Num pub em Knockloughrim, um sujeito numa cadeira de rodas — devido a um tiro na rótula, eles decidiram — os aconselhou a "tomar cuidado". O sotaque anglicizado de Simon, característico de Ulster, provocava indiferença em toda parte. Nem sinal de crianças interessadas em jogar tênis. Foram mantidos por seis tediosas horas num bloqueio de estrada por soldados britânicos que não acreditaram na história deles. Naquela semana Roland mal dormiu. Chovia, fazia frio, a comida era horrível, as roupas de cama dos hotéis eram úmidas, todo mundo era feio e fumava sem parar. Ele se movia em meio a um pesadelo, relembrando constantemente que seu estado de pavor não era paranoia. Mas era. Ninguém tocou neles, nem sequer os ameaçou.

Incomodou-o o fato de seu poema dever tanto a "Punishment", de Heaney. A figura de uma mulher preservada num pântano evocava as "irmãs traidoras" irlandesas, cobertas de piche por se associarem ao inimigo, enquanto o poeta observava tudo horrorizado e ao mesmo tempo cúmplice graças à compreensão. O que um forasteiro, um inglês que estava ali havia uma semana, teria a dizer sobre os conflitos? Sua nova ideia era simplesmente isto, deslocar o poema em direção à sua ignorância e insônia. Dizer o quão perdido e temeroso estava. Agora um novo problema surgia. Aquele rascunho datilografado tinha estado nas mãos de Browne. Roland leu o título e ouviu em seus pensamentos a voz repulsiva e sem inflexão do detective dizendo "Glamis assassinou o sono". Fraco, pomposo, agarrado à crina de Shakespeare. Depois de vinte minutos, pôs o poema de lado para se entregar à sua mais recente ideia. Abriu o caderno de notas. O piano. Amor, recordações, feridas. Mas o detetive também havia passado por ali. A presença dele violara a sua privacidade. O pacto inocente entre pensamento e página, entre ideia e mão fora rompido. Conspurcado. Por conta de um intruso, de uma presença hostil, ele agora desdenhava das suas próprias formulações. Tinha lido seus escritos através dos olhos de outra pessoa e era forçado a lutar contra uma leitura provavelmente equivocada. A autoconsciência era a morte de um caderno de notas.

Empurrou-o para o lado e se levantou, repassando mentalmente as circunstâncias que o rodeavam e o peso que tinham. Foi o suficiente para sentar-se de novo. Ponha a cabeça no lugar. Ela foi embora faz uma semana. Chega de fraqueza! Artificialmente delicado quando deveria ser robusto. Alguma autoridade poética disse uma vez que escrever um bom poema era um exercício físico. Ele tinha trinta e sete anos, tinha força, resistência e o que escrevia continuava a lhe pertencer. O poeta não seria impedido por um policial. Cotovelos sobre a mesa, queixo apoiado nas mãos, ele se deu uma lição nesses termos até que Lawrence acordou e começou a berrar. O trabalho do dia estava encerrado.

No começo da tarde, enquanto vestia o bebê para irem às compras, o som de pássaros brigando na calha do telhado, nos fundos da casa, fez irromper um pensamento. No térreo, com Lawrence debaixo do braço, conferiu a folhinha junto ao telefone no corredor, em cima de uma pilha de catálogos. Não tinha se dado conta de que já era maio. Como era sábado, então era o dia 3. Ao longo de toda a manhã, a casa pequena e empoeirada foi se aquecendo. Abriu uma janela no andar de baixo. Que os ladrões entrassem enquanto ele estivesse no mercado. Não achariam nada para roubar. Debruçou-se para fora. Uma borboleta-pavão tomava sol pousada na parede de tijolos. O céu, que ele vinha ignorando há dias, estava limpo, o ar recendia a grama cortada pelo vizinho. Lawrence não ia precisar de casaco.

Roland não se sentia de todo despreocupado ao sair de casa com o bebê no carrinho. Mas sua vida limitada parecia menos importante. Outras vidas, preocupações maiores estavam por aí. Caminhando, tentou assumir uma indiferença jovial: se você perdeu a esposa, vire-se sem ela, encontre outra ou espere ela voltar — não sobravam muitas outras alternativas. O cerne da sabedoria residia em não se importar demais. Ele e Lawrence dariam um jeito. Amanhã ele jantaria com bons amigos a dez minutos de distância a pé. O bebê ficaria dormindo no sofá, protegido por uma fileira de almofadas. Daphne era uma velha amiga e confidente. Ela e Peter eram excelentes cozinheiros. Tinham três filhos, um deles da idade de Lawrence. Outros amigos estariam lá. Curiosos para saber das novidades. A visita de Douglas Browne, seu estilo de interrogatório, a cova rasa na New Forest, as assombrosas intromissões, a pequena câmera no bolso, o que o oficial disse — sim, Roland reformularia tudo aquilo numa comédia de maneiras. Browne se transformaria em Dogberry.

Sorriu para si mesmo a caminho das lojas, imaginando o clima descontraído com os amigos. Eles iriam admirar sua resiliência. Para algumas mulheres, um homem que cuidava de um bebê era uma figura atraente, quase heroica. Os homens o achariam um bobalhão. Mas ele se sentia um pouco orgulhoso de si próprio, das roupas girando na máquina de lavar naquele instante, do hall de entrada limpo, da criança contente e bem alimentada. Compraria algumas flores de um balde de zinco por onde havia passado dois dias antes, um ramalhete duplo de tulipas vermelhas para pôr na mesa da cozinha. A loja, mais para banca de jornais do que floricultura, estava logo adiante; chegando lá, iria comprar um jornal. Estava pronto para abraçar o mundo mais vasto e turbulento. Caso Lawrence permitisse, leria no parque.

Não era possível comprar um jornal e ignorar a manchete: "Nuvem radioativa atinge a Grã-Bretanha". O murmurante rádio da cozinha tinha deixado escapar alguma coisa daquela história de explosão. Enquanto aguardava junto à caixa registradora as flores serem embrulhadas, se perguntou como era possível saber alguma coisa, mesmo nos termos mais vagos, e ao mesmo tempo negá-la, rechaçá-la, contorná-la, para afinal sentir o luxo do choque no momento da revelação.

Puxou o carrinho para fora da loja e seguiu em frente. A normalidade da rua ganhou aspecto sinistro com tudo parecendo se mover em câmera lenta. Achou que podia se esconder, mas o mundo o alcançou. Não a ele. Alcançou Lawrence. Uma ave de rapina industrial, uma águia impiedosa, a serviço da maquinaria do destino veio roubar a criança do ninho. O pai idiota, sentindo-se virtuoso por conta dos pratos do café da manhã empilhados na pia, dos lençóis trocados no berço, de algumas tulipas para a cozinha, estava distraído olhando para o outro lado. Pior, estava decidido a olhar para o outro lado. Pensou ser imune porque sempre havia sido. Imaginou que o seu amor protegia o filho. Mas quando irrompe, uma emergência pública se torna um equalizador indiferente. As crianças não são poupadas. Roland não gozava de privilégios especiais. Lá estava com os demais, tendo de atentar para os anúncios públicos, tranquilizações pouco críveis de líderes que, como sempre, tratavam os cidadãos como inferiores. O que era bom como ideia das massas para um político talvez não fosse bom para um indivíduo qualquer, muito menos para ele. Acontece que ele era a massa. E seria tratado como o idiota que sempre foi.

Parou junto a uma caixa de correio. A antiquada insígnia vermelha real, Jorge V, já era uma lembrança de outros tempos, da fé risível na continuidade por meio das mensagens ali depositadas. Roland guardou as flores num saco que pendia do guidom do carrinho e abriu o jornal para ler a manchete mais uma vez. Ficção científica mesclada com cara de pau, simplória e apocalíptica. Claro, a nuvem tinha direção certa. Para chegar lá, saindo da Ucrânia, teria atravessado outros países que importavam menos. Tratava-se de um assunto local. Ficou chocado ao se dar conta de quanto da história já conhecia. O colapso de uma usina de energia nuclear, explosão e fogo num lugar distante chamado Tchernóbil. Um velho aspecto da normalidade, distúrbios em penitenciárias, ainda fervilhava mais abaixo na página. Sob o jornal, Roland tinha uma visão parcial da cabeça aveludada de Lawrence, quase careca, virando para cá e para lá ao acompanhar cada passante. A manchete não era tão alarmante quanto a linha acima dela, em caracteres menores: "Autoridades de saúde insistem em que não há risco para o público". Claro. O reservatório não vai ceder. A doença não vai se espalhar. O presidente não está doente. De democracias a ditaduras, calma acima de tudo.

Seu cinismo foi uma boa proteção. Levou-o a tomar medidas que o afastaram da ideia de ser um membro indistinto das massas. Seu filho iria sobreviver. Ele era um homem bem informado, sabia o que devia fazer. A farmácia mais próxima ficava a menos de cem metros de distância. Permaneceu na fila durante dez minutos, Lawrence impaciente, contorcendo-se, fazendo um arco com as costas contra o cinto de segurança do carrinho. Como só alguém bem informado sabia, o iodeto de potássio protegia a vulnerável tireoide da radiação. As crianças corriam um risco especial. A farmacêutica, uma amigável senhora, sorriu e deu de ombros estoicamente, como poderia fazer num dia de muita chuva. Tudo vendido. Desde a noite passada.

"Todo mundo está doido atrás disso, meu bem."

Duas outras farmácias na área lhe disseram o mesmo, embora em termos menos amistosos. Um sujeito mais velho, de jaleco branco, ficou irritado: ele não tinha visto o anúncio na porta? Mais adiante na rua, Roland comprou seis garrafas de litro e meio de água e uma sacola robusta para carregá-las. Os reservatórios poderiam receber radiação, a água da torneira devia ser evitada. Numa loja de ferragens, comprou folhas de plástico e fita adesiva.

No parque, enquanto Lawrence dormia agarrado a uma parte amassada de sua segunda banana do dia, Roland folheou as páginas e formou um mosaico de impressões. A nuvem invisível se encontrava a cerca de cem quilômetros de distância. Estudantes britânicos vindos de Minsk desembarcaram no aeroporto de Heathrow com níveis de radiação cinquenta vezes maiores do que o normal. Minsk ficava a mais de trezentos quilômetros do local do acidente. O governo polonês estava aconselhando as pessoas a não beber leite ou consumir laticínios. O vazamento radioativo foi inicialmente registrado pelos suecos a mil e cem quilômetros de distância. As autoridades soviéticas não tinham feito nenhuma recomendação acerca de alimentos ou bebidas contaminadas a seus próprios cidadãos. Isso nunca aconteceria aqui. Mas já tinha acontecido. Um vazamento em Windscale fora mantido em segredo. O terceiro-secretário da embaixada russa em Estocolmo foi instruído a buscar informações com as autoridades suecas sobre como lidar com um incêndio de grafite. Como os suecos não sabiam, sugeriram que os russos perguntassem aos britânicos. Nada mais chegara ao conhecimento público. França e Alemanha declararam que não havia risco para a população. Em todo caso, não beba leite.

Nas duas páginas centrais, um desenho mostrava em detalhes como tinha acontecido o acidente na usina de energia. Ele ficou impressionado com a quantidade de informação que um jornal podia reunir de um evento tão recente. Em outras páginas constavam as advertências feitas pelos peritos muito tempo antes sobre aquele tipo de reator. Na parte inferior da página, uma visão geral das usinas britânicas mais ou menos similares àquela. Um editorial defendia que estava na hora de usar energia eólica. Um colunista perguntou onde estava a política de transparência de Gorbatchev. Nunca passou de uma fraude. Alguém escreveu na seção de cartas que onde houvesse energia nuclear, no Leste ou no Ocidente, haveria mentiras oficiais.

Do outro lado da larga aleia asfaltada que cruzava todo o parque, uma mulher lia um jornal mais popular. Roland leu a manchete: "Catástrofe nuclear!". Toda essa história, o amontoado de detalhes, começava a nauseá-lo. Como estivesse se empanturrado de bolo. Doença causada pela radioatividade. Duas mulheres passaram na sua frente, cada qual empurrando um carrinho de bebê antiquado, desses com molas. Ouviu uma delas usar a palavra "emergência". A sensação geral era de alarde, todos falando do mesmo assunto. O país estava unido na ansiedade. O mais sensato era fugir. Se tivesse dinheiro alugaria um lugar seguro em alguma parte. Mas onde? Ou compraria uma passagem aérea para os Estados Unidos, para Pittsburgh, onde tinha amigos, ou Kerala, onde poderia viver com Lawrence sem gastar tanto. O que o detetive Browne ia pensar disso? Precisava conversar com Daphne, pensou.

A previsão do tempo na última página do jornal indicava uma brisa do nordeste. A nuvem estava a caminho. Seu primeiro dever era carregar a sacola de água para casa e começar a vedar as janelas. Tinha de manter o mundo do lado de fora. Caminhada de vinte minutos. Quando Roland tirou do bolso a chave da porta, Lawrence acordou. Sem nenhum motivo, como costumam fazer todos os bebês, começou a berrar. O truque era pegá-lo tão logo o choro começasse. Trabalho urgente e complicado. Soltar o cinto de segurança e pegar a criança que urrava com o rosto vermelho, para só depois levar o carrinho, a água, as flores e as folhas de plástico para casa. Ao entrar, viu no chão um cartão-postal de Alissa, o quinto, com a parte escrita para cima. Dessa vez ela havia escrito mais. Passou por ele e foi com Lawrence e as compras para a cozinha.

Dois

Ele e os pais deixaram o norte da África e chegaram a Londres no fim do verão de 1959. Falava-se então de uma onda de calor; 32 graus e já a chamavam de "sufocante", uma palavra nova para Roland. A temperatura não o abalava, sentia orgulho de ter nascido num lugar onde a luz da manhã era capaz de cegar de tão clara, o calor ricocheteava no chão e acertava em cheio o seu rosto e onde até as cigarras se calavam. Ele poderia ter dito isso a seus parentes. Em vez disso, disse a si próprio. Aqui, as ruas próximas aos aposentos de sua meia-irmã Susan, em Richmond, exalavam ordem e permanência. Calçadas e guias de pedras colossais, pesadas demais para serem arrancadas ou roubadas. Ruas negras e lisas sem vestígio de esterco ou areia. Nada de cachorros, camelos, burros, nada de gritaria, buzinas disparadas, carrinhos de mão com pilhas de melões ou galhos de tâmaras, blocos de gelo derretendo por baixo da estopa. Nenhum cheiro de comida na rua, nenhum chiado ou sino tilintando, nenhum fedor de óleo ou pneu queimando sob a lona das oficinas de recauchutagem. Nenhum muezim no topo de um minarete chamando para a oração. Aqui, a superfície da rua formava um arco discreto, como se houvesse um imenso tubo semienterrado sob o asfalto. Era assim para que a chuva corresse, seu pai explicou, o que fazia sentido. Roland reparou nos pesados ralos de ferro no meio-fio. Tanto trabalho para construir uns poucos metros de rua, e ninguém nem notava. Quando tentou explicar a ideia do tubo para a mãe, Rosalind, ela não compreendeu. Tube era uma estrada de ferro, ela disse. A parte subterrânea não chegava a Richmond. Na parte visível de seu tubo negro, o trânsito corria sem esforço. Ninguém tentava passar na frente de ninguém.

No meio da tarde do primeiro dia inteiro após a volta para "casa", ele foi com seu pai, o capitão Robert Baines, às lojas inglesas. A luz era dourada, densa. As cores dominantes eram o vermelho e o verde — os famosos ônibus e as surpreendentes caixas de correio sobre as quais se erguiam altos castanheiros e plátanos, e mais abaixo cercas vivas, gramados, bermas e ervas daninhas que brotavam nas rachaduras da calçada. Vermelho e verde, sua mãe disse, nunca deviam ser vistos. Essas cores conflitantes estavam associadas à ansiedade, com uma tensão em seus ombros que o fazia curvar-se para a frente ao caminharem. No dia seguinte, ele e os pais viajariam para um local situado a pouco mais de cem quilômetros de Londres para conhecer a escola nova. O período letivo ainda ia levar um tempo para começar. Os outros meninos não estariam lá. Isso o deixou aliviado, só de pensar nos novos colegas seu estômago se contraía. A palavra "meninos" lhes conferia certa autoridade, um poder violento. Quando seu pai se referia a eles como "rapazes", tornavam-se ainda mais altos em seus pensamentos, musculosos, irresponsavelmente fortes. Numa cidadezinha a dez quilômetros da escola — a sua escola —, ele e os pais iriam a um alfaiataria para encomendar seu uniforme. Essa perspectiva também fazia seu estômago se contrair. As cores da escola eram amarelo e azul. A lista incluía um macacão, galochas, dois tipos diferentes de gravata, dois tipos diferentes de paletó. Ele não disse aos pais que não sabia o que fazer com esse tipo de roupa. Não queria decepcioná-los. Quem poderia lhe dizer para que servia um macacão, o que eram galochas, o que era um blazer, o que significava "tecido de lã escocês com pedaços de couro na altura dos cotovelos e punhos", qual a hora certa de usá-los e de tirá-los?

Ele nunca usara um paletó. Em Trípoli, no inverno, às vezes usava um suéter tricotado pela mãe com o desenho de cabos retorcidos na frente. Dois dias antes de embarcarem no bimotor que os levou a Londres passando por Malta e Roma, seu pai lhe ensinara a dar nó na gravata. Na sala de espera, ele repetiu o procedimento várias vezes para mostrar aos pais que era capaz de fazê-lo. Era difícil. Roland duvidava que, quando ficasse sozinho com outros meninos, todos altos, centenas deles formando uma fila diante de gigantescos espelhos como os que tinha visto num filme sobre o Palácio de Versalhes, ele se lembraria de como ajustar a gravata. Estaria só, em maus lençóis, zombariam dele.

Estavam caminhando para comprar os cigarros do pai e escapar dos dois pequenos cômodos em que Susan vivia com o marido e a filha bebê. A mãe já havia fechado as camas de armar e estava passando o aspirador nos tapetes sem pó. A menininha, com dois molares brotando, não parava de chorar. Era esperado que "os homens" não ficassem zanzando por ali. Andaram lado a lado por quinze minutos. Os enormes castanheiros se erguiam onde a rua encontrava a via principal, formando uma avenida até as primeiras lojas. Roland estava acostumado com eucaliptos altos, suas farfalhantes folhas secas e poeirentas, suas cascas caídas, árvores que pareciam mortas de sede. Ele amava as palmeiras altas que buscavam alcançar os céus intensamente azuis. Mas as árvores de Londres eram ricas e grandiosas, como a rainha, tão permanentes quanto as caixas de correio. Ali estava uma angústia mais profunda. Os rapazes, o macacão e o resto não eram nada. As folhas individuais dos castanheiros, assim como a linha do horizonte mediterrâneo e as letras na escola primária de Trípoli, ocultavam um segredo que ele mal podia revelar a si próprio. Sua visão estava ficando enevoada. Um ano antes ele era capaz de ver mais claramente apertando as pálpebras. Isso não funcionava mais. Tinha alguma coisa errada com ele, alguma coisa em que não suportava pensar, de onde estava se aproximando. Cegueira. Era uma doença e um fracasso. Não podia contar aos pais porque temia desapontá-los. Todo mundo podia ver com nitidez, ele não. Tratava-se de um segredo vergonhoso. Ele levaria essa condição consigo para o colégio interno e lidaria a sós com ela.

Todos os castanheiros eram um penhasco de verde indistinto. Ao se aproximarem do primeiro, as folhas começaram a aparecer, cada qual um exemplar exuberante e amistoso de cinco pontas. Se aproximar demais para conseguir ver revelaria seu segredo. Examinar folhas não era o tipo de atividade que seu pai aprovava.

Chegando à banca de jornais, o capitão comprou, sem lhe ser pedido, uma barra de chocolate para o filho juntamente com o jornal. Anos como soldado de infantaria nos quartéis de Fort George, Escócia, antes da guerra, mal pago e sempre faminto, tinham feito o pai de Roland sensível às guloseimas com que poderia brindar o filho. Também era severo, um perigo desobedecê-lo. Mistura potente. Roland o temia e o amava. Como sua mãe.

Roland estava ainda na idade em que uma mescla de chocolate, caramelo, biscoito açucarado e amendoim picado podia dominar seus sentidos e obliterar tudo em volta. Quando voltou a si, estavam entrando em outra loja. Cerveja para os homens, xerez para as mulheres, limonada para ele. Mais tarde a televisão iria milagrosamente transmitir um jogo de futebol do Ibrox Park, em Glasgow. E no dia seguinte um show de variedades do

London Palladium. Não havia televisão na Líbia, nem se falava de sua ausência. Os programas radiofônicos de Londres eram transmitidos para as famílias dos militares com as distorções causadas pelos silvos e zunidos dos distúrbios cósmicos. Para Roland e seus pais, a televisão não era um novidade. Era uma maravilha. Assistir a algum programa constituía uma celebração. Normal que houvesse drinques.

Saindo do bar, pai e filho agora tomavam o caminho de volta com pesadas sacolas de papel grosso. Quando a avenida ainda se encontrava cinco minutos à frente, e a banca de jornais acabara de ser ultrapassada, eles ouviram um forte estrondo, como o disparo de um rifle semelhante aos que Roland ouvira muitas vezes no campo de tiro do Quilômetro Onze. O que Roland viu ao se virar ficou gravado na memória pelo resto da vida. No final, surgiria nas formas e sussurros moribundos quando sua consciência bateu em retirada. Um homem de capacete branco, jaqueta preta e calça azul voava num arco baixo. Como a cabeça seguia na frente, parecia uma escolha, um feito de ousadia e desafio. Ele aterrissou de quatro, batendo com o rosto na rua ao deslizar pelo asfalto com um ruído áspero. No momento do impacto, o capacete saiu rolando para longe. Numa estimativa conservadora, voou dez metros, talvez treze. Atrás dele havia um carro pequeno com a dianteira amassada e o para-brisa estilhaçado. O homem voara por cima do teto do carro. Os destroços emborcados de uma motocicleta jaziam retorcidos junto ao meio-fio. No carro, uma mulher gritava.

O trânsito parou e o silêncio desceu sobre a cidade. Roland atravessou a rua correndo atrás do pai. Como jovem soldado na Highland Light Infantry, o cabo Baines, aos vinte e três anos, estivera numa praia perto de Dunkirk e tinha visto muita morte, assim como soldados despedaçados por bombas ainda vivos. Sabia que não devia mover o motociclista. Encostou o ouvido junto à sua boca para verificar a respiração e sentiu o pulso nos cabelos salpicados de sangue junto às têmporas. Roland observou atentamente. O capitão virou o homem de lado e afastou suas pernas para lhe dar estabilidade. Retirou a jaqueta, a dobrou e escorou sua cabeça com ela. Foram até o carro. A essa altura, uma multidão se reunira. O capitão Baines não estava sozinho — todos os homens, exceto os mais moços, tinham estado na guerra e, imaginou Roland, sabiam o que fazer. As portas da frente do carro estavam abertas e três sujeitos se inclinavam para dentro. Concordaram que a mulher não devia ser removida. Ela era jovem, com cabelos louros encaracolados e uma blusa de cetim com bolinhas coloridas manchada de sangue. Havia um corte ao longo de toda a testa, Ela não gritava mais, agora repetindo apenas, sem parar: "Não consigo enxergar. Não consigo enxergar". A voz abafada de um homem veio de dentro do carro: "Não se preocupe, querida. É o sangue que escorreu para seus olhos". Mas ela continuou a repetir a lamúria. Roland virou de costas, aturdido.

Logo depois chegaram duas ambulâncias. A mulher, agora em silêncio, estava sentada no meio-fio com um cobertor sobre os ombros. Um enfermeiro fazia uma atadura no ferimento em sua cabeça. O motociclista inconsciente estava numa maca junto à ambulância. O interior era de um branco cremoso, iluminado por lâmpadas amarelas. Havia cobertores vermelhos, duas camas e espaço entre elas como num quarto de crianças. Seu pai e outros dois homens foram ajudar com a maca, mas não foi necessário. Ouviu-se um murmúrio de comiseração entre os presentes quando a mulher começou a chorar ao ser também posta numa maca. Foi envolvida no cobertor e levada para a outra ambulância. Roland reparou então que as luzes azuis das duas ambulâncias estavam piscando durante todo o tempo, piscando heroicamente.

Foram minutos assustadores. Diferentes de tudo o que experimentara em onze anos de vida. Desconexos como num sonho.

Ficariam indistintos na memória, para sempre fora de ordem. Talvez ele e o pai tenham corrido para o carro primeiro e só depois para o homem caído, porque ninguém estava cuidando dele. Depois, como se tivesse dormido, as ambulâncias já estavam lá. As sirenes devem ter soado, mas ele não as ouvira. Um carro da polícia também estava presente sem que ele o tenha visto chegar. Talvez uma mulher da multidão é que tivesse desmaiado e estava sentada no meio-fio com um cobertor nos ombros. Talvez a mulher no carro tivesse permanecido em seu lugar enquanto um enfermeiro estancava o sangue. A iluminação amarela pode ter sido a luz do sol refletida. Não era fácil examinar a memória para ver os detalhes, como faria com uma folha de castanheiro. O homem voando pelos ares era incontestável. Assim como a forma como aterrissou e escorregou para a frente, com o rosto no chão e o capacete indo parar no gramado junto à calçada. Mas o que ficou com Roland, e o modificou, foi o que aconteceu quando as portas traseiras foram fechadas com força e as ambulâncias partiram enquanto o trânsito permanecia parado. Ele começou a chorar. Afastou-se para que o pai não visse. Roland sentia pena do homem e da mulher, mas não se tratava disso. Suas lágrimas eram de alegria, por conta de uma doce e repentina compreensão que ainda não era possível definir precisamente: como as pessoas eram boas e carinhosas, como o mundo era generoso ao ter ambulâncias que apareciam rapidamente sabe-se lá de onde quando surgiam o sofrimento e a dor. Sempre lá, todo um sistema exatamente abaixo da superfície da vida cotidiana, esperando com atenção, pronto, com todo o seu conhecimento e competência para ajudar, enraizado numa rede ainda maior de bondade que ele estava por descobrir. Naquele momento, enquanto as ambulâncias se afastavam com as sirenes ligadas, teve a impressão de que tudo funcionava, tudo era decente, atencioso e justo. Não tinha entendido que estava prestes a sair de casa para sempre, que os próximos sete anos — três quartos de sua vida — seriam passados na escola e que, em casa, seria sempre um visitante. Nem que depois da escola vinha a vida adulta. Porém sentia que se encontrava no começo de uma nova vida, compreendendo agora que o mundo era compassivo e justo. O mundo o abraçaria e conteria com carinho, com correção, e nada ruim, realmente ruim, aconteceria a ele ou a ninguém, ou não por muito tempo.

A multidão se dispersava, todos retornavam à rotina. Roland reparou em três policiais junto ao carro de patrulha. Da ponta dos dedos ao cotovelo, o braço do capitão Baines estava coberto de sangue seco cor de ferrugem. Ele baixou as mangas quando foi com Roland apanhar o paletó na sarjeta. O forro de seda também estava manchado. Carregaram as sacolas para o outro lado da rua e pararam enquanto ele vestia o paletó. Seu pai explicou que tinha escondido o sangue dos policiais. Não queria ser chamado a depor como testemunha no tribunal. Ele e a mãe de Roland tinham de pegar um avião para casa na semana seguinte. O lembrete de que não viajaria com os pais pôs fim ao momento de iluminação de Roland. Em seu lugar, as velhas ansiedades. Caminharam até o apartamento de sua irmã em silêncio. Mais tarde, a eles se uniu o marido dela, Keith, um trombonista na banda do Exército. Enquanto o bebê dormia, beberam cerveja, xerez e limonada, vendo futebol na televisão com as cortinas fechadas.

Dois dias depois, Roland e seus pais pegaram o trem na Liverpool Street para Ipswich. Saindo da decrépita estação vitoriana, esperaram pelo ônibus 202, como a secretária do diretor da escola os instruíra a fazer por carta. Depois de quarenta e cinco minutos, apareceu um ônibus de dois andares vazio, exoticamente pintado de marrom e creme. Sentaram-se na parte de cima para que o capitão pudesse fumar. Fazia calor e Roland ficou junto a uma janela aberta. Seguiram por uma longa estrada central, ladeada por estreitas casas geminadas com fachadas de tijolos vermelho-escuros. Chegando a um estaleiro, dobraram numa estradinha que corria ao longo da costa. De repente, o largo rio Orwell se tornou visível, parecendo limpo e azul na maré alta. Como estava virado de costas para os pais, apertou os olhos na esperança de ver mais claramente. Na outra margem, rio acima, havia uma usina elétrica. A estrada solitária serpenteava por uma região pantanosa cujo cheiro de sal e podridão adocicada se erguia com o calor do fim do verão e enchia o ônibus. Na margem oposta surgiam agora bosques e prados. Ele viu uma barcaça com mastros altos e velas da cor do sangue do capitão na manga do paletó. Roland apontou o barco para a mãe, mas ela se virou tarde demais para vê-lo. Era uma paisagem nova, e ele se sentiu encantado. Durante vários minutos esqueceu o propósito da viagem à medida que o ônibus subia uma colina e passava por uma torre antiga, deixando o rio para trás.

O motorista galgou a escada para lhes dizer, com o sotaque local cantarolado, que deveriam saltar na parada seguinte. Desceram na sombra fresca de uma imensa árvore com galhos espraiados. Ela nascia no outro lado da estrada, junto a um banco de madeira. Embora não fosse um castanheiro, lembrou Roland de seu segredo, e com isso os prazeres da viagem de ônibus foram esquecidos. Seu pai tirou do bolso do paletó a carta da secretária a fim de consultar as instruções. Atravessaram o portão de ferro junto a uma casinha e seguiram pela aleia. Ninguém falou. Roland tomou a mão da mãe. Ela lhe deu um pequeno aperto. Roland achou que ela tinha um ar ansioso e tentou pensar em alguma coisa interessante e terna para dizer. Mas tudo em que conseguia pensar, e não podia mencionar, era o que estava por vir, invisível por trás das árvores. A separação iminente. Era seu dever protegê-la daquilo por mais alguns momentos. Passaram por uma igreja normanda e, numa depressão do terreno, por um pequeno prédio pintado de rosa de onde subiam os ruídos e o cheiro dos porcos. Quando o caminho voltou a subir, viram a trezentos metros, mais além do gramado, um edifício imponente de pedra cinzenta, com colunas, alas laterais em curva e chaminés altas. Berners Hall era um belo exemplar, como Roland leria um dia, da arquitetura palladiana inglesa. Situada a uma boa distância e semiencoberta por carvalhos altos, havia uma estrebaria encimada por uma caixa d'água.

Pararam para olhar. O capitão fez um gesto na direção do edifício e disse, sem necessidade: "Lá está".

Sabiam a que ele se referia. Ou melhor, Rosalind Baines sabia, e o filho tinha apenas uma noção vaga.

Poucas pessoas na Grã-Bretanha conheciam a Líbia. Menos ainda sabiam do contingente do exército britânico aí aquartelado, um resquício das vastas e abrangentes campanhas no deserto durante a Segunda Guerra Mundial. Na política internacional, a Líbia era um país pouco influente. Por seis anos a família Baines viveu numa fenda obscura da história. Uma vida boa para Roland. Havia uma praia, conhecida como Piccolo Capri, onde as famílias se encontravam à tarde, depois da escola e do trabalho. Oficiais de um lado, outras patentes do outro. Os melhores amigos do capitão Baines eram homens como ele, que haviam lutado na guerra e subido na carreira. Os oficiais formados na escola de cadetes de Sandhurst e suas famílias pertenciam a outro mundo. Todos os amigos de Roland e de Rosalind eram filhos ou mulheres dos amigos do capitão. Seus pontos de referência eram: a praia; a escola primária de Roland situada no quartel de Azizia, no lado sul da cidade — o alvo que os norte-americanos iriam um dia destruir; a Associação Cristã de Moços no centro da cidade, onde Rosalind trabalhava; a oficina de tanques e veículos blindados leves no acampamento de Gurji, onde o capitão trabalhava; e o Naafi onde faziam compras. Ao contrário da maioria das famílias, eles também compravam verduras e carne no *souk* de Trípoli. Rosalind sentia saudades da sua terra natal, onde tricotava sem parar para bebês que só iria conhecer depois de grandes, embrulhava presentes de aniversário quase toda semana e concluía as cartas para os parentes com um: "Agora preciso correr, senão o correio fecha".

Não havia escolas secundárias em Trípoli, e quando Roland fizesse onze anos, teria de ser despachado para a Inglaterra. O capitão Baines achava que seu filho era apegado demais à mãe, como uma menina. Ele a ajudava com as tarefas domésticas, dormia em sua cama quando o capitão participava de manobras, e ainda lhe dava a mão, mesmo com nove anos. A escolha dela, caso tivesse alguma, consistiria em voltar para a Inglaterra e levar uma vida normal, com um colégio próximo de casa para o filho. O Exército estava reduzindo seu efetivo e oferecia bons programas de aposentadoria antecipada. Mas seu pai, além de ser generoso e severo, bondoso e dominador, desconfiava das mudanças muito antes até de formular os argumentos contra elas. Ele tinha outros motivos para mandar Roland para longe. Duas décadas depois, tomando cerveja certa noite, o major (reformado) Baines diria a seu filho que as crianças sempre atrapalhavam um casamento. Encontrar um colégio interno estatal na Inglaterra para Roland beneficiaria "todo mundo".

Rosalind Baines, nascida Morley, mulher de militar, criatura de seu tempo, não se irritava ou desesperava com sua impotência, nem vivia amuada por causa disso. Ela e Robert tinham abandonado os estudos aos catorze anos. Ele para se tornar auxiliar de açougueiro em Glasgow, ela para servir como criada numa casa de classe média perto de Farnham. Uma casa limpa e bem-ordenada continuou a ser sua paixão. Robert e Rosalind queriam para Roland a educação que lhes fora negada. Essa era a história que ela contava a si mesma. A ideia de que o filho podia ter frequentado uma escola em regime normal e ficado junto a ela deve ter sido devidamente banida de sua cabeça. Era uma mulher pequena, nervosa, sempre preocupada com tudo, muito bonita na opinião de todos. Facilmente intimidada, temerosa de Robert quando ele bebia — que era todos os dias. Sentia-se melhor e mais relaxada numa longa conversa de coração aberto com um amigo ou uma amiga íntimos. Então contava histórias e ria com prazer, um som leve e líquido que o próprio capitão raramente ouvia.

Roland era um de seus amigos íntimos. Nos feriados, quando executavam juntos as tarefas domésticas, ela contava histórias de sua infância na aldeia de Ash, próxima à cidade de Aldershot onde havia uma grande base militar. Ela, os irmãos e as irmãs costumavam escovar os dentes com gravetos. Seus empregadores lhe deram a primeira escova de dentes. Como muitos de sua geração, ela havia perdido todos os dentes com vinte e poucos anos. Nos cartuns dos jornais da época, as pessoas deitadas na cama eram com frequência mostradas com a dentadura dentro de um copo d'água sobre a mesinha de cabeceira. Como a mais velha dos cinco, ela passou boa parte da infância cuidando das irmãs e dos irmãos. Era mais chegada a Joy, a irmã que ainda vivia na região de Ash. Onde ficava a mãe enquanto Rosalind cuidava das crianças? A resposta era sempre a mesma, uma visão infantil não revisada depois de adulta: sua avó pegava o ônibus para Aldershot e passava o dia olhando as vitrines. A mãe de Rosalind era ferozmente contrária ao uso de maquiagem. Na adolescência, nas raras noites em que Rosalind saía com a amiga Sybil, escondiam-se num lugar especial nos limites da cidade, uma galeria pluvial debaixo da estrada, para aplicar batom e pó de arroz. Disse a Roland que, aos vinte anos, já casada com o primeiro marido, Jack, e esperando o primeiro filho, Henry, acreditava que daria à luz pelo traseiro. A parteira tratou de corrigi-la. Roland riu junto com a mãe. Ele não sabia de onde saíam os bebês, mas sabia que não era correto perguntar.

A guerra chegou para Rosalind de forma chocante. Ela trabalhava como auxiliar de um velho motorista de caminhão chamado Pop. Eles estavam entregando suprimentos perto de Aldershot quando uma bomba atingiu a estrada e a explosão jogou o caminhão numa vala. Nenhum dos dois se feriu. Ela continuou com Pop depois da guerra. A essa altura, Jack Tate tinha morrido em ação e ela era mãe de duas crianças. Henry vivia com a avó paterna. Susan estava numa instituição para filhas de soldados mortos em combate. Durante a guerra, havia bastante trabalho para as mulheres. Em 1945, fazendo entregas regulares para um depósito do exército nas cercanias de Aldershot, ela notou um sargento bonito na guarita. Ele tinha um sotaque escocês, uma postura ereta, um bigode bem-aparado. Depois de vários encontros, ele a convidou para dançar. Sentia medo dele e recusou várias vezes antes de ceder. Casaram-se dois anos depois, no mês de janeiro. Um ano mais tarde Roland nasceu.

Ela sempre falava baixinho do primeiro marido. Roland veio a entender, sem que isso lhe fosse dito, que aquele homem não devia ser mencionado na frente do pai. Seu nome tinha um quê de heroico: Jack Tate. Havia morrido por causa de ferimentos no estômago sofridos na Holanda quatro meses depois do Dia D. Antes da guerra, costumava vagar à toa. Sempre que estava longe, Rosalind e os dois filhos viviam "da paróquia", ou seja, na pobreza. Às vezes, o policial da aldeia trazia Jack Tate de volta. Por onde ele andava? A resposta de Rosalind à pergunta de Roland era sempre a mesma: vagabundeando por aí.

O meio-irmão e a meia-irmã de Roland, Henry e Susan, eram figuras distantes e românticas, adultos que levavam a vida na Inglaterra com seus empregos, casamentos e bebês. Nas horas vagas, Henry tocava violão e cantava numa banda. Susan fizera parte do círculo íntimo até Roland completar seis anos. Ele a achava bonita e a amava. Mas os dois eram filhos de Jack Tate e por isso uma aura proibida os tornava figuras indistintas. Por que teriam sido mandados viver, em 1941, com uma avó ranzinza e que não os amava, a mãe de Jack, antes da morte do pai? Henry ficou lá até se tornar um adolescente e prestar serviço militar. Susan foi mandada mais tarde para um ambiente muito rígido em Londres, uma instituição fundada no século XIX que treinava moças para se tornarem empregadas domésticas. Quando teve um abscesso na garganta e adoeceu, foi trazida de volta para casa.

Por que Susan e Henry não foram criados perto da mãe? Ele não formulava perguntas como essa nem em pensamento. Eram parte da nuvem que pairava sobre as relações familiares. E a nuvem era um aspecto aceito da vida. Durante a metade da infância passada na Líbia, ele jamais foi encorajado a escrever ao irmão ou à irmã. Eles nunca escreveram para ele. Ouviu dizer que o casamento de Susan com Keith estava passando por dificuldades — por si só um conceito bem nebuloso. Ela devia vir de avião para Trípoli por algum tempo. No dia anterior à ida deles para recebê-la no aeroporto Idris da Força Aérea Real, Rosalind puxou Roland para um lado e falou com dureza. Repetiu tudo duas vezes, como se ele tivesse feito alguma coisa errada. Nunca, mas nunca mesmo, Roland deveria dizer que ele e a irmã tinham pais diferentes. Caso alguém perguntasse, diria que seu pai era o pai de Susan. Entendido? Ele concordou com um aceno de cabeça, sem nada entender. Assunto sério, de adultos, que pertencia à nuvem familiar. Não falar disso parecia correto e razoável.

No início, quando Roland e sua mãe chegaram a Trípoli para se juntar ao capitão, eles moravam num apartamento de terceiro andar com dois quartos e uma varandinha. O palácio do rei ficava perto. O calor, a cultura exótica do centro de Trípoli e as idas diárias à praia eram excitantes. Mas havia algo de errado com a família, e em breve algo de errado com o menino de sete anos. Pesadelos com muitos gritos, tentativas de pular da janela de seu quarto em surtos de sonambulismo. Às vezes ele ficava sozinho no começo da noite. Ele abraçava os joelhos e sentava numa poltrona, aterrorizado com qualquer ruído, esperando os pais voltarem.

Então se viu num apartamento próximo, passando as tardes com uma senhora gentil — de sangue italiano — e sua filha June, uma menina da idade dele que se tornou sua melhor amiga. A mãe de June era terapeuta, e deve ter sido quem sugeriu uma solução prática. O casal Baines se mudou para uma casa térrea numa fazenda nos limites leste de Trípoli onde se plantava amendoim, romã, azeitona e uva. Se ele pulasse pela janela do quarto, não cairia mais de quarenta centímetros. O filhote de cachorro, Jumbo, talvez tenha sido ideia da terapeuta também. June e a mãe voltaram para a Itália, e, por algum tempo, Roland ficou desolado. A fazenda o fez reviver. A um quilômetro e meio de distância, onde terminavam as plantações de oliveira e começava a vegetação do deserto, ficava o acampamento militar de Gurji, onde o capitão trabalhava. De vez em quando, Roland caminhava sozinho até lá para visitar um colega de escola, seguindo por uma trilha arenosa estreita, ladeada por altas cercas de cactos.

Em outra área da nuvem familiar residia a tristeza da mãe. Ele a aceitava como um dado. Ficava oculta sob seu tom de voz moderado, seu nervosismo, o jeito com que interrompia uma tarefa e olhava para longe, atraída por um devaneio ou uma recordação. Estava em seus repentinos surtos de irritação com ele. Sempre seguidos de uma reconciliação com palavras carinhosas. A tristeza os unia ainda mais. A cada três ou quatro meses, algumas semanas por vez, o capitão Baines participava de manobras no deserto. O plano consistia em estar preparados para o dia em que os egípcios, com apoio russo, atacariam a Líbia vindos do leste. Os tanques Centurion, cuja manutenção era feita na oficina do capitão, precisavam treinar seus movimentos defensivos. Roland, que sabia alguma coisa acerca dessas preparações bélicas, ia à noite para a cama da mãe não apenas a fim de receber consolo, mas também para dá-lo pelo simples fato de estar lá. Sentia necessidade de protegê-la mesmo sendo dependente dela.

Como também precisava do pai. A cautela e o senso de ordem militar se tornaram uma obsessão incapacitante na velhice do capitão Baines. Mas, aos quarenta anos, ele tinha o gosto pela aventura. Quando músicos árabes itinerantes iam à sua casa, ele descia para a areia com eles, pegava uma *zukra* — gaita de foles — e tocava com o grupo. Seus colegas do Exército jamais poriam a boca onde a de um árabe tivesse encostado. As excursões de carro só com o filho de nove anos devem ter sido parte de seu programa para nele instilar virtudes e habilidades masculinas. Iam para um campo de treinamento das tropas onde Roland aprendeu a subir por uma corda e se deslocar, pendurado apenas pelas mãos, por um trançado de cordas. No campo de tiro do Quilômetro Onze, ficava deitado ao lado do pai e olhava pela mira de um rifle .303 — número quatro, marca um, aprendeu a dizer — para alvos distantes num banco de areia. Roland puxava o gatilho e o capitão aguentava o recuo em seu ombro. O barulho, o perigo, o caráter mortal daquilo geravam euforia. Ele conseguiu que um sargento levasse Roland para dar uma volta num tanque no campo de treinamento com dunas íngremes de areia. Ensinou ao filho o código Morse, trazendo para casa dois aparelhos com as teclas e cem metros de fios. Levou-o ao grande pátio de exercícios em Azizia para que pudesse patinar por longas distâncias. O capitão Baines via a natação como uma atividade máscula. Ensinou ao filho como mergulhar e prender a respiração debaixo d'água por meio minuto, assim como o nado livre — já que o nado de peito era coisa de mulher. Na praia, desenvolveram juntos um jogo chamado Recorde. O capitão entrava na água até a altura do peito e fazia uma contagem lenta enquanto Roland se equilibrava de pé sobre seus ombros, escorregadios por causa da brilhantina. Pouco antes de tomarem o avião de volta para Londres, o recorde era trinta e dois segundos.

Quando Roland mencionou que gostaria de encontrar um escorpião, ele e o capitão foram para o deserto de vegetação rasteira a oeste de Trípoli. Nessas excursões, o pai dizia: "Três oitavos?". E Roland gritava de volta: "Zero vírgula trezentos e setenta e cinco!". Ou o capitão dizia: "Vinte milhas?". E Roland fazia o cálculo mental — dividir por cinco e multiplicar por oito para chegar ao número em quilômetros. Seu pai o treinava para o exame final do curso primário com o tipo de perguntas que imaginava que fossem cair. Não caiu nenhuma.

"Capital da Alemanha Ocidental?"

"Bonn!"

"Atual primeiro-ministro?"

"Sr. Macmillan!"

Estacionaram no acostamento da estrada deserta que levava à Tunísia. Durante dez minutos caminharam pelo imenso deserto pedregoso em meio a cactos baixos e à vegetação rasteira. Roland não se surpreendeu quando, de baixo da primeira pedra virada pelo pai, saiu um grande escorpião amarelo. Rabo e ferrão erguidos. O bicho os espreitava. O capitão o empurrou para dentro de um vidro com o polegar. Por uma semana, Roland serviu escaravelhos da espécie vaca-loura, mas o escorpião se acovardava. Rosalind disse que não podia dormir com aquilo em casa. Robert levou-o para a oficina e o trouxe de volta boiando em formol, num vidro lacrado. Por muitos anos, Roland imaginou que o fantasma do escorpião voltava para se vingar. Seu intuito era lhe ferroar o pé descalço enquanto escovava os dentes à noite. O único modo de impedi-lo era olhar para ele e sussurrar: "Desculpe".

Sua grande aventura formativa aconteceu quando Roland tinha oito anos. O pai desempenhou um papel importante no drama, personagem reservado e heroico. Rosalind estava excepcionalmente ausente. Foi a primeira vez que eventos remotos se intrometeram em seu pequeno mundo. A compreensão que tinha do que se passava fora do país era mínima. Aprenderia na próxima escola que as discussões entre os deuses gregos traziam consequências sérias para os meros seres humanos abaixo deles.

Em todo o Oriente Médio, o nacionalismo árabe ganhava força política, tendo como inimigos imediatos as potências europeias coloniais e ex-coloniais. O novo estado judaico de Israel, instalado em terra que os palestinos tinham como sua, também constituía uma provocação. Quando nacionalizou o canal de Suez, administrado pelos britânicos, em fins de julho, o presidente Nasser do Egito se tornou um herói da causa nacionalista. Presumia-se que o sentimento antibritânico ficaria exacerbado na vizinha Líbia. Assim que Grã-Bretanha e França, aliadas de Israel, atacaram o Egito para retomar o controle do canal, houve manifestações pró-Nasser em Trípoli. As multidões exibiam faixas contra o rei Idris, que julgavam excessivamente dócil aos interesses europeus e norte-americanos. Londres e Washington decidiram remover as famílias de cidadãos para locais seguros antes que pudessem ser evacuadas.

O que Roland podia saber disso? Somente o que o pai lhe dizia. Que os árabes estavam com raiva. Não havia tempo para perguntar por quê. Todas as crianças e suas mães deviam ir imediatamente para o quartel mais próximo a fim de serem protegidas. Quando estourou a crise do Suez, Rosalind estava na Inglaterra em visita a Susan. Havia problemas "em casa" de que Roland não sabia. Como também não soube quem havia ido até a casa branca enquanto ele estava na escola e colocado algumas roupas suas numa mala. Com certeza não foi o capitão, que era o oficial encarregado da evacuação e estava muito ocupado.

Naquele dia o ônibus da escola não parou perto da alameda que levava à sua casa, do outro lado do pomar de romãs. Seguiu por mais um quilômetro e meio, até Gurji. Perto da guarita havia sacos de areia protegendo ninhos de metralhadora e tanques leves estacionados na estrada. Tropas armadas acenaram para eles e fizeram saudações quando o ônibus entrou na base.

As grandes barracas com capacidade para vinte homens eram todas iguais, mas nem se discutia que os filhos dos oficiais deviam ser acomodados num lado e os filhos de militares de patentes mais baixas no outro. As esposas se uniram para improvisar uma cozinha, um refeitório e um banheiro. Nada importante aconteceu ao longo da semana seguinte. Árabes raivosos armados até os dentes não atacaram a base a fim de trucidar as crianças britânicas e suas mães. O campo era pequeno, ninguém tinha permissão de sair, e Roland nunca se sentira mais feliz. Ele e dois amigos podiam ir a qualquer lugar. Vieram a conhecer bem o cheiro de óleo de motor sobre a areia fina e quente. Exploraram as oficinas de veículos, falaram com os comandantes de tanques; jogaram futebol no campo de dimensões oficiais mas sem grama. Escalaram torres de andaimes para ficar perto das equipes encarregadas das metralhadoras. Ou a disciplina estava fraquejando ou a expectativa de um ataque desaparecera. Os oficiais de serviço e os soldados — todos jovens — eram amistosos. Um tenente levou Roland para fazer um giro pela base em sua motocicleta de quinhentas cilindradas. Às vezes, Roland vagava sozinho, contente em sua solidão. As mães — que supervisionavam as refeições, davam banho nas dezoito crianças, uma depois da outra, numa grande banheira de estanho e determinavam a hora de dormir — eram alegres e competentes. Roland recebia uma dose adicional de simpatia porque sua mãe estava ausente. Mas atenção maternal era tudo o que ele não queria.

Queixas e necessidades eram dirigidas ao capitão Baines e seus homens. Vez por outra, ele ia às barracas das famílias para resolver algum problema, com o revólver de serviço num coldre preso na altura dos quadris. Não tinha tempo de falar com o filho. Tudo bem. Roland era jovem demais para entender sua euforia naqueles poucos dias. A quebra da rotina e a excitação do perigo misturados a um senso exagerado de segurança. Horas de brincadeira sem supervisão com os colegas e mais outras ausências: as pálpebras apertadas para enxergar o quadro-negro na escola de Azizia, a ansiosa atenção e tristeza da mãe, a férrea autoridade do pai. O capitão não mais passando Brylcreem nos cabelos de Roland pelas manhãs antes de ir para a escola, fazendo um repartido preciso com a ponta do pente; a mãe não mais preocupada com os raspões nos sapatos. Acima de tudo, estava livre dos problemas familiares sobre os quais não se falava e que exerciam sobre ele um poder tão penetrante e misterioso quanto a gravidade.

As famílias deixaram a base tarde da noite e seguiram para o aeroporto Idris, da Força Aérea Britânica, escoltadas por uma proteção militar pesada, feita por veículos blindados e armados. Roland ficou orgulhoso de ver seu pai no comando, como sempre carregando o revólver, dando ordens às tropas, entregando mães e filhos em segurança diante da escada do bimotor que partiria para Londres. Não teve oportunidade de se despedir.

O episódio, com um gostinho fantástico de liberdade, havia durado oito dias. Aquilo o sustentou no internato, moldou sua inquietude e ambições sem foco aos vinte anos e fortaleceu sua resistência a buscar um emprego regular. Tornou-se um impedimento — fizesse o que fizesse, a ideia de uma liberdade maior em outra parte o perseguia. Uma vida emancipada seria negada, caso ele assumisse compromissos permanentes. Foi assim que desperdiçou muitas chances e se submeteu a períodos de tédio prolongado. Estava aguardando que a existência se abrisse como uma cortina, que uma mão se estendesse e o ajudasse a entrar num paraíso recuperado. Era lá que o propósito da vida, o prazer da amizade e da comunidade e o entusiasmo pelo desconhecido se encontravam e se distinguiam. Por não compreender ou definir tais expectativas até depois que elas haviam desbotado ao longo da vida, era vulnerável a seus apelos. Não sabia o que estava esperando no mundo real. Nas dimensões do irreal, desejava reviver aqueles oito dias que passou confinado nas oficinas de blindados da base de Gurji no outono de 1956.

Na Inglaterra, Roland e Rosalind passaram seis meses hospedados na casa de um empreiteiro em Ash, a aldeia natal dela. Roland frequentou a mesma escola local que a mãe havia frequentado no começo da década de 1920, e onde Henry e Susan também estudaram. Na Páscoa do ano seguinte, Rosalind e Roland viajaram de volta à Líbia, instalando-se num novo conjunto de casas mais perto da costa. Talvez a separação tivesse feito bem a seus pais, porque a vida ficou mais fácil, sua mãe menos tensa e o capitão começando a ter prazer nas aventuras com o filho.

Em julho de 1959, uma escola foi escolhida e uma visita combinada para setembro, poucos dias antes de começarem as aulas. Roland soube que teria aulas de piano. O capitão tocava gaita com improvisações espirituosas. Seu fraco era por canções da Primeira Guerra Mundial: "It's a long way to Tipperary", "Take me back to dear old Blighty", "Pack up your troubles in your old kit bag". Algumas canções escocesas, peças do velho Harry Lauder, ele cantava bem: "A wee deoch an' Doris", "Stop your tickling, jock!" e "I belong to Glasgow". Seu maior prazer era beber cerveja com os camaradas do Exército, tocar ou cantar para o grupo e ser acompanhado pelos outros. Sua maior queixa era nunca ter tido a chance de aprender a tocar piano. Roland ia ter o que faltara ao pai. O sujeito que tocava piano, ele dizia com frequência ao filho, sempre seria popular. Tão logo começasse a tocar alguma antiga música famosa, todos iriam se reunir a sua volta e cantar.

As aulas foram acertadas com o diretor, que escreveu de volta dizendo que tudo estava arranjado e que a srta. Cornell, recentemente formada no Royal College of Music, seria a instrutora de Roland. A escola levava a música muito a sério, e esperava que Roland participasse da ópera a ser encenada no ano seguinte, *A flauta mágica*.

Algumas semanas antes que a família partisse da Líbia para a Inglaterra, o capitão tomou outra providência audaciosa. Conseguiu que um caminhão de três toneladas do Exército entregasse em casa enormes caixotes de madeira. Um cabo e um soldado raso os levaram para o pequeno jardim nos fundos da casa. Pai e filho os juntaram com pregos a fim de criar uma "base" no jardim. Roland entrava de quatro naquele labirinto de caixotes para fazer experimentos químicos com misturas aleatórias de produtos domésticos — molho inglês, sabão em pó, sal, vinagre — juntamente com malva-rosa, gerânio e folhas de tamareira. Nada nunca explodiu como ele esperava.

Lá estava. Cada um a seu modo, eles compreenderam. O palacete palladiano do outro lado do campo de críquete marcava o fim do triângulo familiar. Seus ritmos e correntes de sentimentos e conflitos ocultos tinham sido intensificados num remoto posto avançado, um dos despojos esquecidos da guerra. Como ninguém tinha nada a dizer sobre o fim, foram adiante em silêncio. Roland largou a mão da mãe. Seu pai apontou, e eles olharam obedientemente. No gramado, um trator e um reboque traziam as balizas de rúgbi. Uma delas, em forma de H, estava sendo posta no lugar por quatro homens munidos de cordas. As árvores já não escondiam os trabalhadores. Não havia varetas plantadas no campo de críquete e o placar estava vazio. Fim do verão. Agora a alameda os levava por uma ampla curva que passava pelas estrebarias e a torre d'água. Mais além do edifício principal, vislumbraram uma balaustrada, samambaias descendo em direção aos bosques e, depois, a margem do largo rio azul, descendo em linha reta até uma curva longínqua. Rumo a Harwich, disse o capitão.

Roland não sabia se aquela ideia era dele mesmo ou se tinha ouvido de alguém: nada nunca é como você imagina. A assombrosa verdade apareceu. A escala, o espaço, a grandeza e a extensão da área verde — da casinha em Giorgimpopoli, ou da escrivaninha diante do quadro-negro nebuloso no quartel de Azizia, ou do mar calmo e envolto no calor costumeiro da Piccolo Capri ele não teria como saber o que o esperava. Estava agora pasmo demais para se sentir ansioso. Caminhou com os pais como se estivesse imerso numa paisagem de sonho em direção ao edifício imponente. Entraram por uma porta lateral. Dentro era bem fresco, quase frio. Num espaço estreito antes do hall de entrada, havia uma cabine de telefone público e um extintor de incêndio. A escada era íngreme e modesta. Eram detalhes tranquilizadores. Viu-se com os pais numa ampla recepção de teto alto e ecoante, com três portas de madeira escura bem encerada, as três fechadas. A família parou no centro, insegura. O capitão Baines estava procurando a carta de instruções quando a secretária da escola surgiu de repente. Depois das apresentações — ela se chamava sra. Manning — a visita começou. Ela fez algumas perguntas descontraídas a Roland, que as respondeu com educação e anunciou que ele seria o mais novo aluno naquele ano. Depois disso, ele não prestou mais atenção ao que se dizia e ela não voltou a falar com ele — um alívio. Seus comentários eram dirigidos ao capitão. Ele fazia as perguntas enquanto Roland e a mãe caminhavam mais atrás, como se ambos fossem potenciais alunos. Mas os dois não se olharam. O que Roland captou das falas da guia foram as menções aos "meninos". Depois do almoço, se não fosse rúgbi, os meninos vestiam seus macacões. Isso não soou bem. A mulher repetiu várias vezes como tudo parecia estranho, calmo e limpo sem os meninos. Mas sentia a falta deles, claro. A ansiedade de Roland voltou. Os meninos sabiam de coisas de que ele não sabia, já se conheciam, deviam ser maiores, mais fortes, mais velhos. Não iam gostar dele.

Saíram do edifício por uma porta lateral e passaram por baixo de um pinheiro. A sra. Manning apontou para uma estátua de Diana, a caçadora, com o que parecia uma gazela a seu lado. Não chegaram perto, como ele teria gostado. Em vez disso, do alto de alguns degraus, observaram um portão mais abaixo que, conforme ela explicou em pormenores, continha um monograma em ferro fundido. Roland contemplou o imenso rio e divagou em pensamento. Se estivessem em casa agora, iriam se aprontar para ir à praia. Pés de pato e máscara, com aquele cheiro único no calor, calções, toalhas. Grãos de areia de ontem ainda presentes nas nadadeiras e na máscara. Seus amigos estariam esperando. À noite, sua mãe passaria a loção cor de rosa de calamina em seus ombros e nariz, queimados e descascando.

Aproximaram-se então de um prédio baixo e moderno. Lá dentro, no andar de cima, inspecionaram os dormitórios. Ali estava o indício mais forte até então da existência dos meninos. Beliches de metal enfileirados, cobertores cinzentos, cheiro de desinfetante, armários arranhados com gavetas na parte de baixo. Nos banheiros, fileiras de pias baixas sob espelhos pequenos. Nada que lembrasse o Palácio de Versalhes.

Mais tarde, chá e uma fatia de bolo na secretaria da escola.

As aulas de piano de Roland foram pagas adiantado. O capitão assinou alguns papéis e, após as despedidas, caminharam de volta pela alameda, logo pegaram o ônibus que os levaria ao centro de Ipswich e foram até a alfaiataria abafada, cujas paredes forradas de madeira sugavam grande parte do ar disponível. Levou muito tempo para providenciarem cada item da lista. O capitão Baines foi para um pub. Roland vestiu um paletó de lã escocesa com pelos eriçados e pedaços de couro nos cotovelos e punhos. Seu primeiro paletó. O segundo foi um blazer azul. O macacão veio achatado numa caixa de papelão. Não era preciso experimentar, disse o vendedor. O único item de que gostou foi um cinto elástico amarelo e azul, com um fecho em forma de serpente. No trem de Ipswich para Londres, voltando ao apartamento da irmã em Richmond, cercado de sacolas com suas coisas, os pais lhe perguntaram cada qual a seu modo se ele havia gostado da escola, deste ou daquele aspecto. Ele não tinha gostado nem desgostado da Berners. Apenas estava lá, irrespiravelmente lá, e aquilo já era o seu futuro. Disse que tinha gostado, e a expressão de alívio no rosto deles o deixou feliz.

Cinco dias após fazer onze anos, seus pais o levaram para uma rua perto da estação de Waterloo onde os ônibus estavam esperando. Foi uma despedida desajeitada. O pai deu-lhe um tapinha nas costas, a mãe hesitou à beira de um abraço e depois se limitou a uma versão contida que ele recebeu envergonhado, sensível ao que os outros meninos iriam pensar. Minutos depois, testemunhou muitos abraços barulhentos e lacrimosos, mas era tarde para voltar atrás. Já dentro do ônibus, sofreu por quinze minutos vendo seus pais sorrindo na calçada, acenando e dizendo palavras de encorajamento que ele não ouvia através da janela, enquanto um menino sentado ao seu lado tentava puxar conversa. Quando o ônibus arrancou, o casal se afastou. O pai passou o braço pelos ombros de sua mãe, que se sacudiam.

O companheiro de viagem de Roland ofereceu a mão e disse: "Chamo Keith Pitman e vou ser dentista cosmético".

Roland já havia apertado a mão de muitos adultos, na maioria colegas de Exército do pai, mas jamais de alguém da mesma idade. Tomou a mão de Keith e disse: "Roland Baines".

Já havia reparado que aquele menino amigável não era maior que ele.

No primeiro momento, o choque não foi a distância dos pais, três mil e duzentos quilômetros longe dele. A surpresa foi a natureza do tempo. Era inevitável, uma hora ou outra iria a transição para o tempo e as obrigações dos adultos teria de se estabelecer. Até então ele florescera num nevoeiro quase invisível de eventos, despreocupado com o que aconteceria depois, à deriva, na pior das hipóteses tropeçando na horas, nos dias e nas semanas. Os aniversários e o Natal eram os únicos marcos de verdade. O tempo era o que vinha. Em casa, os pais regulavam o fluxo, na escola, tudo acontecia numa sala de aula, com mudanças ocasionais orquestradas pelos professores, que o acompanhavam e até lhe davam a mão.

Ali, a transição era brutal. Os meninos novos deviam aprender rápido a viver em função do relógio, a serem seus escravos, a antecipar suas exigências e pagar o preço do fracasso: a reprimenda de um professor irado, um castigo, ou, em último caso, a ameaça do chinelo. A hora de se levantar e fazer a cama; de tomar o café da manhã, seguir para a reunião geral e de lá para a primeira aula; deviam aprender a organizar o material escolar das cinco aulas do dia; a consultar seu horário e os quadros de aviso à procura de listas com seu nome; a passar de uma sala a outra a cada quarenta e cinco minutos sem atraso e a não se atrasar para o almoço depois da quinta aula; a saber quais eram os dias de jogos, onde pendurar e guardar o material usado e quando o mandar para a limpeza; não havendo jogo, deviam aprender em que momento estar na sala de aula ao final da tarde; e quando comparecer às aulas nas manhãs de sábado; e quando começar o trabalho de casa e de quanto tempo dispunham para terminar os exercícios de memorização e redação; o momento certo de tomar banho de chuveiro e se deitar quinze minutos antes de as luzes serem apagadas; deviam saber quais os dias de lavanderia e a que horas entrar na fila e entregar as roupas sujas à encarregada — meias e roupa de baixo em certos dias, camisas, calças e toalhas em outros; quando passar o lençol de cima para baixo e pegar um limpo para se cobrir; quando fazer fila para a inspeção de piolhos, unhas e cabelo ou para a distribuição de dinheiro para pequenas despesas; quando a loja de guloseimas abria.

Os objetos associavam-se tiranicamente ao tempo. Podiam desaparecer debaixo de seu nariz. Havia muitas coisas que você podia perder ou esquecer de trazer no começo do dia — a agenda, um manual, o trabalho feito na noite anterior, outros livros de exercício, questionários impressos e mapas, uma caneta que não vazasse, um tinteiro, lápis, régua, compasso, régua de cálculo. Se mantivesse todas essas coisas pequenas num estojo, também poderia perdê-lo e ter um problema ainda maior. Educação física era uma preocupação à parte, e terrível. Duas vezes por semana, você carregava consigo o equipamento de ginástica de uma aula a outra. O professor de educação física, o sr. Evans, um galês, era um bully que punia os atrasos e as incompetências físicas com torturas mentais e físicas. Naquela primeira semana, enfiou o polegar no fundo do ouvido de Roland por não se sentar corretamente de pernas cruzadas no campo de rúgbi. Enquanto a dor crescia, ele se contorcia sobre o gramado para encontrar a posição certa. Na Líbia, só os habitantes locais se sentavam no chão, que era pedregoso, duro e quente. No ginásio, no ginásio do sr. Evans, os gordos, os fracos e os desajeitados eram as vítimas prováveis. Depois do primeiro encontro, Roland escapou à sua atenção.

O tempo, que havia sido uma esfera ilimitada em que ele se movia livremente em todas as direções, da noite para o dia se transformou numa rua de mão única que percorria com seus novos amigos de aula para aula, de uma semana para a outra, até se tornar uma realidade inquestionável. Os meninos, cuja presença temera, estavam tão confusos quanto ele, e eram amigáveis. Apreciava o calor dos sotaques do leste de Londres. Eles se uniam, alguns choravam à noite, outros mijavam na cama, a maioria estava sempre alegre. Ninguém era ridicularizado. Depois de apagadas as luzes, contavam histórias de fantasmas, elaboravam teorias sobre o mundo ou se gabavam de pais que, ele soube depois, eram inexistentes. Roland ouvia sua própria voz no escuro tentando dar vida à narrativa da evacuação de Suez, sem conseguir. Mas a história do acidente foi um sucesso. Um homem voando pelos ares para uma morte certa, uma mulher cega e sangrando, sirenes, polícia, o braço ensanguentado do pai. Em outra noite, Roland a repetiu atendendo a pedidos generalizados. Ganhou status, elemento que nunca fizera parte de sua vida. Achou que estava se tornando uma pessoa diferente, alguém que os pais não reconheceriam.

Depois do almoço, três vezes por semana os alunos da série de Roland vestiam macacões — coisa simples — e iam brincar sem supervisão nos bosques e ao longo da margem do rio. Muito do que ele tinha lido nos romances de Jennings e sonhado na seca Líbia foi por fim realizado. Era como se houvessem recebido instruções da revista *Boys' Own*. Construíam acampamentos, subiam em árvores, faziam arcos e flechas, cavavam perigosos túneis sem suporte e os atravessavam rastejando para mostrar coragem. Às quatro horas, voltavam para a sala de aula. As mãos que seguravam as canetas podiam estar ainda lambuzadas com a lama negra do estuário ou manchadas de capim. Caso fosse uma aula dupla de matemática ou história, era uma luta permanecer acordado por noventa minutos. Mas como era sexta-feira e a última aula era de inglês, o professor resolveu animá-los com a leitura em voz alta, aguda e anasalada, de um novo episódio de "Shane", uma história de caubói. Que se estendeu por quase todo o período escolar.

Levou várias semanas para Roland entender que os professores na maioria das vezes não eram severos nem hostis. Só quando estavam em suas togas negras. Em geral, se mostravam simpáticos e alguns até sabiam seu nome, embora apenas o sobrenome. Muitos tinham sido moldados pelo serviço militar. Apesar de fazer catorze anos — toda a sua vida e quase mais um quarto — que acabara, a palavra "guerra" continuava presente como uma sombra, e também uma luz, uma fonte de virtude e propósito, tal como era na Líbia, na casinha de Giorgimpopoli e nas oficinas de Gurji na beira do deserto. O Lee — Enfield.303, cujo gatilho ele tinha tido permissão de apertar várias vezes, pertencera à Sétima Divisão de Blindados, conhecida como Ratos do Deserto, e certamente deveria ter matado alemães e italianos. Ali, na área rural de Suffolk, o edifício e seu terreno tinham sido requisitados em 1939 pelo Exército e, mais tarde, pela Marinha. Seus monumentos eram as barracas Nissen junto aos bosques que desciam em direção à margem do rio. Eram agora usadas para as aulas de latim e matemática. Seguindo por um curto caminho que atravessava o bosque, chegava-se ao píer de concreto da Berners pelo qual as embarcações eram levadas ou empurradas sobre rodas até a água. Próximo dali havia um cais de madeira, construído durante a guerra por engenheiros militares, de onde partiu, em 6 de agosto de 1944, um reforço de mil soldados, em quarenta barcaças de desembarque que desceram o rio Orwell para a grande travessia rumo às praias da Normandia e a libertação da Europa. A guerra estava viva nas letras que não desbotavam nas paredes externas de tijolos da enfermaria — o Centro de Descontaminação. Estava viva na maior parte das salas de aula, onde a disciplina não era imposta e sim esperada pelos ex-soldados que outrora cumpriram ordens em nome de uma causa grandiosa. A obediência estava dada. Todos podiam ficar descontraídos.

O terrível segredo de Roland foi revelado duas semanas mais tarde. Os alunos novos foram mandados em grupos para a enfermaria, onde, usando apenas cuecas, ficaram espremidos na sala de espera até serem chamados. Ele se apresentou diante da assustadora irmã Hammond. Dizia-se que ela "não tolerava conversa mole". Sem cumprimentá-lo, disse-lhe para subir na balança. Depois de medida sua altura, foram inspecionados juntos, ossos, ouvidos e até os testículos, que ainda não haviam baixado, para ver se existia alguma anormalidade. Por fim, a irmã lhe pôs uma venda e, virando-o pelos ombros, fez com que se postasse atrás de uma linha e olhasse para um cartaz com letras cada vez menores fixado na parede. Quase nu, estava prestes a ser desmascarado. Coração batendo forte. Apertar as pálpebras não o ajudaria, seu olho direito não era melhor que o esquerdo, e todos os seus palpites foram errados. Ele não era capaz de ir além da segunda fileira. Sem demonstrar surpresa, irmã Hammond fez uma anotação e chamou outro menino.

Dez dias depois da visita ao oculista de Ipswich, mandaram-no sair da sala para pegar um duro envelope pardo. Na manhã cálida de outono, o céu não tinha nuvens. Ele parou diante de um carvalho alto para fazer um teste antes de voltar à sala de aula. Olhou primeiro para certificar-se de que não havia ninguém por perto. Tirou o estojo do envelope, abriu a tampa de mola bem dura e pegou o objeto desconhecido. Pareceu vivo em suas mãos, repelente. Abriu bem os braços, levou os óculos ao rosto e olhou. Uma revelação. Gritou de alegria. A grande massa do carvalho saltou como de um espelho de *Alice no País das Maravilhas*. De repente, cada uma das milhares de folhas que cobriam a árvore se mostrou em sua individualidade brilhante de cor, forma e movimento, reluzindo na brisa leve, cada folha uma sutil variação de vermelho, cor de laranja, dourado, amarelo-claro e verde contra o céu azul. A árvore, como as muitas em sua volta, se apropriara de uma parcela do arco-íris. O carvalho era um complexo gigante que se *conhecia* a si mesmo. Estava se mostrando, se exibindo para ele, deliciado com a própria existência.

Quando ele timidamente pôs os óculos na sala de aula a fim de testar as possibilidades de ridículo e vergonha, ninguém notou. Em casa, nas férias de Natal, com o horizonte mediterrâneo restaurado na condição de lâmina afiada, seus pais somente fizeram comentários neutros de passagem. Ele reparou que dezenas de pessoas a seu redor usavam óculos. Durante dois anos, tinha se preocupado por nada e entendera tudo errado. Não foi apenas o mundo material que entrou em foco. Avistara pela primeira vez: era uma pessoa específica — mais que isso, peculiar.

Não era o único a pensar assim. De volta à escola um mês depois, mandaram que saísse da sala de aula levando uma carta para a sala da secretária. A sra. Manning não estava. Ao se aproximar da mesa dela, viu seu nome de cabeça para baixo num maço aberto. Deu a volta na mesa para ler o que estava lá. Num quadrado intitulado "QI" viu o número 137, que nada significou para ele. Abaixo, leu: "Roland é um menino íntimo...". Ouviu passos no corredor e saiu do escritório às pressas, voltando para a sala de aula. Íntimo? Achou que sabia o que significava, certamente você tinha de ser íntimo *de* alguém. Quando ficou livre à tarde, foi até a biblioteca em busca de um dicionário. Sentiu o estômago embrulhar ao abri-lo. Estava prestes a ler o veredito de um adulto sobre quem ele era. *Próximo em termos de amizade ou associação. Muito familiar.* Ficou olhando para a definição, sua perplexidade confirmada. Para quem ele era supostamente familiar? Para alguém que ele havia esquecido ou ainda não conhecera? Nunca descobriu. Mas manteve um sentimento especial pela palavra que continha o segredo de sua identidade pessoal.

Na segunda semana, ele teve a primeira lição de piano no prédio de música, perto da enfermaria. Nos dez dias anteriores, sua vida consistira em acontecimentos com os quais não estava familiarizado. Como esse não passava de mais um, não sentiu nada ao sentar-se balançando as pernas na sala de espera. Experiência nova, mas tudo era novo. Nenhum som de piano. Só um murmúrio de vozes. Um menino mais velho saiu da sala onde eram dadas as aulas, fechou a porta às suas costas e foi embora. Fez-se silêncio, depois o som de escalas vindo de um cômodo mais distante. Em algum lugar, um operário assoviava.

Finalmente a porta se abriu, a mão pertencente ao braço adornado por um bracelete fez sinal para que entrasse. A salinha estava impregnada do perfume da srta. Cornell. Ela estava sentada num banco duplo, de costas para o piano, e ele se plantou à sua frente enquanto era inspecionado dos pés à cabeça. Ela usava saia preta e blusa de seda creme abotoada até a garganta. Os lábios eram pintados de vermelho escuro e formavam um arco apertado. Achou que ela tinha uma expressão severa, sentindo um primeiro toque de ansiedade.

Ela disse:

"Deixe eu ver suas mãos."

Ele as mostrou, com as palmas para baixo. Com sua mão, ela examinou os dedos e as unhas dele. Coisa rara em sua idade, ele mantinha as unhas curtas e limpas. Exemplo do pai militar.

"Vire para o outro lado."

Vendo suas mãos, ela se moveu um pouco para trás. Então olhou no fundo dos olhos dele por vários segundos antes de falar. Ele a encarou não por ousadia, mas por estar amedrontado e não ter coragem de afastar o olhar.

"Elas são repugnantes. Vá lavá-las. E ande depressa."

Ele não sabia onde ficava o banheiro, porém empurrou uma porta sem nenhuma sinalização e o encontrou por acaso. A barra quebrada de sabonete estava suja e úmida. Ela tinha mandado outros meninos lá. Como não havia toalha, enxugou as mãos na frente do short. A água correndo lhe deu vontade de urinar, e isso tomou algum tempo. Com uma sensação supersticiosa de que ela o observava, Roland voltou a lavar as mãos e as enxugou no short.

Ao voltar, ela perguntou:

"Onde você esteve?"

Ele não respondeu. Mostrou as mãos limpas.

Ela apontou para o short. Suas unhas eram pintadas da mesma cor que os lábios. "Você fez xixi nas calças, Roland. É um bebê?"

"Não, senhora."

"Então vamos começar. Venha aqui."

Ele sentou ao lado dela no banco e lhe foi mostrado o dó central, sobre o qual devia pôr o polegar da mão direita. Ela mostrou na página à sua frente como a nota era escrita. Havia quatro delas naquele compasso, e ele deveria tocá-las dando igual valor a cada uma. Ainda estava perturbado por sua pergunta humilhante e pelo uso de seu primeiro nome. Não o ouvia desde que dissera adeus aos pais. Ali era Baines. Quando desdobrou meias limpas naquela manhã, uma bala embrulhada, um toffee de que ele gostava, posto pela mãe para que o encontrasse de surpresa, caiu. Foi invadido por uma onda de saudade de casa, que suprimiu imediatamente ao tocar a nota quatro vezes. A terceira soou bem mais alto que as duas primeiras, a quarta mal foi ouvida.

"Toque outra vez."

O truque para manter controle de si próprio consistia em evitar qualquer pensamento acerca da bondade que havia até então recebido dos pais, em especial da mãe. Mas podia sentir a bala no bolso.

"Pensei que você tinha dito que não era um bebê." Ela estendeu o braço por cima da tampa do piano, pegou uma caixa de lenços de papel e pôs um deles em sua mão. Ele ficou preocupado que ela o chamasse de Roland outra vez, dissesse alguma coisa reconfortante ou tocasse em seu ombro.

Quando acabou de assoar o nariz, ela tomou o lenço de sua mão e o jogou numa cesta de papéis a seu lado. Isso poderia tê-lo feito perder o controle, porém ela se virou em sua direção e disse:

"Saudades da mamãe, não é mesmo?"

Seu sarcasmo foi uma salvação. "Não, senhora."

"Muito bem. Vamos em frente."

No final, ela lhe deu um livro de exercícios com pautas. Seu trabalho de casa consistia em aprender a escrever mínimas, semínimas, colcheias e semicolcheias. Na semana seguinte, ela lhe mostraria como bater palmas para representar cada uma daquelas notas. No momento, ele se encontrava postado diante dela como no começo da lição. Embora sentada, ela era mais alta que ele de pé. Quando marcou baixinho o tempo de uma série de semicolcheias, seu perfume ficou mais acentuado. Ao terminar, ele pensou estar dispensado e deu meia-volta para sair. Mas ela indicou com um dedo que devia permanecer.

"Chegue mais perto."

Ele deu um passo em sua direção.

"Olhe só como você está. Meias caídas em volta dos tornozelos." Ela se inclinou no banco e as puxou para cima. "Vá procurar sua enfermeira para pôr um esparadrapo nesse joelho."

"Sim, senhora."

"E sua camisa." Puxou-o para perto, desabotoou o cinto com fecho de serpente e o botão de cima do short, enfiando a camisa na frente e atrás. O rosto dela estava próximo ao seu quando ela ajeitou a gravata, e Roland precisou olhar para baixo. Achou que seu hálito também era perfumado. Seus movimentos eram rápidos e eficientes. Não estavam prestes a fazê-lo sentir saudade de casa, nem o toque final, quando ela usou os dedos para afastar os cabelos dos olhos dele.

"Assim está melhor. E aí, o que é que se diz?"

Ele lutou para encontrar uma resposta.

"Se diz muito obrigado, srta. Cornell."

"Obrigado, srta. Cornell."

E assim começou — com medo, que ele não tinha escolha senão reconhecer, juntamente com outro elemento sobre o qual não era capaz de pensar. Apareceu diante dela para a segunda lição com as mãos limpas, ou mais limpas, mas suas roupas estavam sujas como antes, ainda que não mais sujas que as dos demais alunos do seu ano. Ele se esquecera do esparadrapo no joelho. Dessa vez, ela o arrumou antes de começar a lição. Quando desabotoou o short para ajeitar a camisa, as costas da mão dela roçaram em sua virilha. Mas isso foi acidental. Tinha treinado, e bateu palmas no tempo certo de cada nota. Não estudara por dedicação ou desejo de agradá-la, mas por medo.

Ele não ousava perder uma aula, chegar tarde ou desobedecê-la quando ela o mandava lavar as mãos, apesar de estarem limpas. Nunca lhe ocorreu perguntar aos outros meninos que tinham aulas de piano como eram tratados pela professora. A sua srta. Cornell pertencia a um mundo privado, à parte dos amigos e da escola. Ela nunca era maternal ou afetuosa com ele, e sim distante, às vezes desdenhosa. Logo no início, ao assumir autoridade sobre a aparência dele, em particular ao desabotoar seu short, ela conquistara direitos totais e o controle, mental e físico, da situação, ainda que depois das duas primeiras ocasiões ela não o tenha mais tocado de modo incomum. Com o passar das semanas, ela estabeleceu um vínculo entre os dois que ele não tinha como desfazer. Aquela era uma escola, ela era a professora, tinha de fazer o que lhe mandassem fazer. Ela tinha condições de humilhá-lo e fazer com que chorasse. Quando errou repetidamente um exercício e arriscou dizer que não era capaz de executá-lo, ela respondeu que ele era uma menininha inútil. Tinha em casa um vestido cor-de-rosa com babados, que pertencia à sua sobrinha, e o traria na próxima aula, confiscando suas roupas e o obrigando a vesti-lo para ir às aulas.

Passou a semana toda aterrorizado com o vestido cor-de-rosa. Não dormia à noite. Pensou em fugir, mas então teria de confrontar o pai, além de não ter para onde ir. Não tinha dinheiro para o trem e os ônibus que o levariam à casa da irmã. Não tinha coragem de se afogar no rio Orwell. Chegada por fim a hora da temida lição, não viu indício do vestido nem ouviu falar dele. A ameaça não foi repetida. Talvez a srta. Cornell nem tivesse uma sobrinha.

Oito meses depois, ele era capaz de tocar o prelúdio simplificado. Após o beliscão, a pancada com a régua, a mão dela em sua coxa e por fim o beijo, Roland começara a ter aulas em outro prédio com o diretor musical, o sr. Clare. Bondoso e eficiente, era o diretor e o maestro da montagem escolar de *A flauta mágica*. Roland ajudou a pintar os cenários e operar as mudanças de cena. O cartão prometido pela srta. Cornell não chegou a tempo, e foi essa a razão, ele assim se disse, para não ir de bicicleta almoçar na casa dela no meio-feriado, muito embora não tivesse se esquecido das instruções claras sobre como encontrar a casa. Ele ainda estava sentindo o alívio de sair de perto da professora quando, dois dias depois, o cartão chegou trazendo uma mensagem sumária: "Lembre-se", que ele acreditou poder ignorar.

Estava enganado. A srta. Miriam Cornell apareceu com frequência cada vez maior em devaneios excitantes. Esses devaneios eram vívidos e arrasadores, mas não podia haver uma conclusão, um alívio. Seu corpo jovem e sem pelos, com a voz aguda e o olhar doce de criança, ainda não estava pronto. Inicialmente, ela fazia parte de um pequeno elenco — as outras eram garotas no final da adolescência, amigáveis e deliciosas em sua nudez, os rostos lembrados das fotografias nos catálogos de roupa da mãe. Mas, chegando aos treze anos, a srta. Cornell as havia expulsado. Ficou sozinha no palco do teatro de seus sonhos a fim de supervisionar, com aquele olhar indiferente, seu primeiro orgasmo. Eram três horas da madrugada. Saiu da cama e, atravessando o dormitório, foi até o banheiro examinar o que tinha produzido na palma da mão.

Imaginou que a estivesse escolhendo, mas logo ficou claro que não podia haver uma libertação sem ela. Ela o escolhera. E o atraía silenciosamente para a sala do piano. Com frequência, como um prelúdio, o beijo era reimaginado, mais profundo, mais ávido. Ela desabotoava seu short até embaixo. E de repente estavam em outro lugar, nus. Ela lhe mostrava o que fazer. Ele nunca teve escolha. Ele não queria ter escolha. Ela era fria e decidida, até mesmo soberba. Então, no momento certo, ela lhe lançava um olhar profundo que sugeria afeição e até mesmo admiração.

Ela se introduziu como uma semente no cerne não apenas de sua psique, mas de sua biologia. Não havia orgasmo sem ela. Era o fantasma sem o qual não podia viver.

Um dia, o professor de inglês, o sr. Clayton, entrou na sala e disse:

"Quero falar com vocês sobre masturbação."

Ficaram imóveis, envergonhados. Ouvir um professor pronunciar aquela palavra era muito doloroso.

"Só tenho duas palavras a dizer." O sr. Clayton fez uma pausa para aumentar o efeito. "Aproveitem bem."

Roland aproveitou. Num longo e tedioso domingo, pensou que se livraria do fantasma de Miriam Cornell invocando-o seis vezes nesse mesmo número de horas. Pura indulgência, sabia que ela voltaria. Ficou livre por metade de um dia, precisando dela depois disso. Tinha de aceitar que ela se encontrava agora enraizada numa região especial de fantasia e desejo. E era lá que desejava mantê-la, aprisionada em seus pensamentos como o unicórnio domesticado atrás de um cercado circular — o professor de arte tinha mostrado à turma uma fotografia da famosa tapeçaria. O unicórnio não podia jamais sair da prisão, não podia jamais sair do diminuto cercado. No intervalo das aulas, ele às vezes a via à distância e se certificava de que nunca se encontrariam. Em longos passeios de bicicleta pela península, tomava cuidado para evitar a aldeia dela. Nunca iria vê-la, mesmo que ela ficasse muito doente, estivesse no leito de morte e enviasse uma mensagem de súplica. Ela era perigosa demais. Não iria até ela nem que o mundo estivesse prestes a acabar.

Três

Uma nuvem de autoengano cobria a Europa. Um canal de televisão da Alemanha Ocidental se convenceu de que o miasma radioativo não contaminaria o Ocidente, apenas o Império Soviético, como se num gesto de vingança. Um porta-voz do ministério da Alemanha Oriental se referiu a uma conspiração norte-americana com o objetivo de destruir as usinas elétricas do povo. O governo francês pareceu acreditar que a face sudeste da nuvem estava estacionada sobre a fronteira franco-alemã, não tendo autorização para cruzá-la. As autoridades britânicas anunciaram que não havia risco para a população, ao mesmo tempo em que fechavam quatro mil fazendas e sacrificavam quatro milhões e meio de carneiros, proibindo a venda de muitas toneladas de queijo e derramando um mar de leite pelo ralo. Moscou, relutante em conceder qualquer erro, permitiu que as crianças continuassem a beber leite irradiado. Mas logo depois o interesse próprio prevaleceu. Não havia escolha. A emergência precisava ser confrontada, e não se podia enfrentá-la em segredo.

Roland aderiu à retirada com base na razão. Enquanto Lawrence dormia à noite, passou a tapar as janelas com folhas de plástico, vedando a casa. Mas a nuvem já deixara Londres bem para trás. A presença de césio 137 foi detectada nas pastagens do País de Gales, no noroeste da Inglaterra e nas partes elevadas da Escócia, seguindo ainda mais adiante. Era uma tarefa demorada, pois a fita adesiva não parava no lugar a menos que as molduras das janelas ficassem totalmente livres de pó. A escada era bamba e baixa demais. Balançava perigosamente toda vez que ele, segurando um pano úmido e sujo, ficava na ponta dos pés sobre o último degrau. Só não caiu de costas porque, no desespero, se agarrou ao trilho da cortina. Sabia que o projeto era enlouquecido. Daphne o disse, tentando convencer o amigo a não continuar. Outras pessoas não estavam protegendo suas casas. Fazia calor, e a falta de ventilação seria insalubre e desnecessária. Não havia nenhuma poeira radioativa, aquilo era uma doideira. Ele sabia disso. Sua vida estava uma loucura e ele podia fazer o que quisesse. Parar agora significaria admitir que estava errado desde o começo. Ademais, o respeito pela ordem herdado do pai o levava a terminar o que havia começado. Roland teria ficado deprimido se tivesse percorrido a casa arrancando e jogando no lixo as folhas de plástico recém-colocadas. E era positivo não acreditar em nada que as autoridades afirmassem. Se diziam que a nuvem se movera para o noroeste, então ela devia estar parada no sudeste. Se estavam matando tantas ovelhas saudáveis, então era bom ficar de olho. Ele seria um guerreiro solitário. Consumia alimentos enlatados, atentando para a data de fabricação nas tampas. Nada posterior a fins de abril. Lawrence também participou ao fazer as primeiras tentativas com comida sólida. Seu leite era preparado com a melhor água mineral pré-Tchernóbil. Juntos, sobreviveriam.

Não era uma boa situação fingir que estava louco. Por fora, se mostrava bastante confiável, cuidando do bebê e brincando com ele, comprando mais água mineral, executando as tarefas domésticas com razoável presteza, falando com amigos ao telefone. Quando ligou para Daphne em outra ocasião — precisou dela nas semanas seguintes ao desaparecimento de Alissa —, foi atendido por Peter. Roland elaborou sua teoria de que o desastre de Tchernóbil marcaria o começo do fim das armas nucleares. Supunha que a Otan tivesse lançado um projétil tático na Ucrânia para sustar um ataque de tanques da Rússia — veja como todos nós sofreríamos, envenenados de Dublin aos Urais, da Finlândia à Lombardia. Tiro no pé. Um arsenal nuclear era inútil do ponto de vista militar. Roland erguera a voz, outro sinal de que não estava bem. Peter Mount, que trabalhava no setor elétrico nacional e entendia de distribuição de energia, pensou por um momento e disse que a inutilidade nunca havia impedido uma guerra. Anos antes, Peter mostrara a Roland seu local de trabalho, o centro de controle do país. Suas periferias pareciam uma base militar, com cercas de alta segurança, barreiras duplas operadas eletronicamente, dois guardas de cara fechada que levaram um bom tempo verificando o nome de Roland numa lista. O interior do centro parecia uma cópia envelhecida da sala de controle da Nasa, em Houston: técnicos silenciosos diante de suas bancadas, diversos mostradores e medidores, uma tela ampla e alta na parede. Ali, a tarefa essencial consistia em igualar oferta e demanda.

A visita foi tediosa. Roland, com pouco interesse no gerenciamento da energia elétrica, se esforçou para prestar atenção. Não estava tão animado quanto Peter diante da perspectiva de que os computadores um dia tomariam conta do processo. O único momento memorável ocorreu no início da noite. Monitores de televisão no alto das paredes da sala de controle estavam sintonizados na novela *Coronation Street*. Alguém falou alto ao telefone num francês anglicizado. Faltando dez segundos para o intervalo comercial, uma voz no sistema de comunicação geral começou uma contagem regressiva até o instante em que milhões de pessoas se levantariam dos sofás para ligar as chaleiras e preparar o chá. Zero. Duas mãos puxaram com força uma pesada alavanca negra. Megawatts foram enviados à velocidade da luz através de cabos que corriam sob o Canal da Mancha, comprados de franceses que não faziam ideia do que era *Coronation Street*. Qual o sentido de uma chaleira elétrica? Certamente nada tão grosseiro quanto uma alavanca foi acionado aquela noite. Mas Roland contava essa história com tanta frequência que passou a acreditar no próprio relato.

A tarde teve ares de excursão escolar. No final, terminaram numa cantina iluminada com luzes fluorescentes. Peter, alguns colegas e Roland se sentaram em volta de uma mesa de cerâmica ainda molhada depois de ser esfregada vigorosamente com um pano bem úmido. A conversa girou em torno da privatização da distribuição de energia. Era inevitável, todos concordavam. Muito dinheiro em jogo. Mas esse não era um tema que interessasse a Roland. Fingiu prestar toda atenção enquanto se recordava de uma visita com a escola a certa fábrica de bacon em Ipswich, aos onze anos, não muito tempo depois de faltar ao almoço de domingo na casa de Miriam Cornell.

A ideia era observar o que acontecia com os porcos que ele vinha alimentando para o Clube de Jovens Fazendeiros. Esse horror às cinco e meia da manhã. Dois baldes pesados de lavagem — restos de carne flutuando num creme — vindos das cozinhas da escola deviam ser levados até o chiqueiro por ele e Hans Solish, um amigo. Naquela idade e sob a penumbra úmida do outono, antes de amanhecer, não era simples acender o fogo debaixo de uma colossal panela de ferro a fim de aquecer a lavagem. Enquanto o fazia, os porcos ficam frenéticos por causa do cheiro. Os meninos então entravam no chiqueiro com aquela nojeira quente nos baldes, e os porcos esbarravam em suas pernas. O mais difícil era derramar a lavagem nos cochos sem ser jogado ao chão.

Na fábrica de bacon de Ipswich, como agora no local de trabalho de Peter, ele se sentou com outros colegas em torno de uma mesa de cantina com tampo de fórmica. A criança chamada Roland se encontrava em estado de choque, recusando-se a comer e a beber. O licor alaranjado servido em copos de papel cheirava a miúdos de porco. Ele tinha visto a matança e o sangue como se num pesadelo. Vítimas guinchando em pânico eram tocadas de dentro de um caminhão baú para uma rampa de concreto, que as levava até homens trajando aventais de borracha e galochas, os pés enfiados em poças de sangue fundas, segurando aparelhos de choque elétrico; o brilho de facas compridas cortando gargantas, corpos pelados suspensos pelos tornozelos por correntes sendo levados para dentro de portas maciças que, ao se abrir, mostravam o clarão branco de chamas ardentes; mais tarde, carcaças girando na água fervente e sendo esfregadas por cilindros giratórios com dentes de aço, lâminas estridentes e poderosas, cabeças empilhadas com olhos e bocas abertos, caldeirões de vísceras reluzentes deslizando por íngremes escorregadores de estanho a caminho das barulhentas máquinas de moer que faziam ração de cachorro.

A eletricidade era um negócio mais limpo. Mas cada qual deixava sua marca. Depois que saiu de ônibus da fábrica de bacon, Roland não comeu carne por três anos. Inconveniente, numa escola em 1959. O diretor mandou uma carta de reclamação para seus pais. O capitão, que nunca ouvira falar de ninguém que não comesse carne, não gostou do tom arrogante da carta e apoiou o filho. Ele devia receber formas alternativas de nutrição.

Sempre que, como agora, Roland pegava uma chaleira elétrica, pensava em duas mãos, reais ou imaginadas, puxando uma alavanca em nome do equilíbrio entre oferta, demanda e uma mágica conveniência. A vida cotidiana na cidade, de chá a ovos, bacon e ambulâncias, era sustentada por sistemas, conhecimentos, tradição, redes, esforço e lucro — todos ocultos.

Dentre os quais, o serviço postal que lhe trouxera o quinto cartão. Lá estava sobre a mesa da cozinha, com a ilustração para cima, ao lado das tulipas. Eram onze horas da noite. Ele vedara a última janela e improvisara uma tela em volta da porta dos fundos que dava para o jardim. O rádio murmurava as notícias — fazendeiros protestando contra a matança de seus rebanhos. Roland bebia chá porque abandonara o consumo de álcool. A decisão tinha sido instantânea e fácil, em parte propiciada por um telefonema do detetive Browne. Uma libertação. Para comemorá-la, despejou uma garrafa e meia de uísque na pia da cozinha.

O detetive lhe disse que, no dia de seu desaparecimento, o nome de Alissa apareceu na lista de pedestres que embarcaram às cinco e quinze da manhã no ferry de Dover para Calais. Ela havia passado a noite em Calais, no Hôtel des Tilleuls, próximo da estação ferroviária. Ela e Roland haviam se hospedado lá algumas vezes, sentando-se com seus drinques num pátio estreito e poeirento onde duas tílias lutavam para obter luz. Gostavam daqueles lugares sem frescura e baratos, com assoalhos crepitantes, móveis raquíticos, chuveiro pouco confiável com uma cortina antiga de plástico endurecida pela espuma de sabonete. No térreo, um menu fixo por trinta e quatro francos. Essas eram várias recordações embaralhadas. Um garçom alto, com as faces encovadas e cabelos grisalhos que desciam até a altura das maçãs do rosto, passava pelas mesas com uma terrina de sopa prateada. Havia dignidade na maneira em que a apresentava. Batatas e alho-poró. Depois, uma porção de peixe grelhado, uma batata cozida oleosa, meio limão ao lado, uma tigela branca de salada, um litro de vinho tinto numa garrafa sem rótulo. Queijo ou fruta. Um ano antes de se casarem. Transaram no andar de cima na cama estreita e barulhenta. Não era certo Alissa ter ido sem ele. Sentiu a deserção num momento concentrado de nostalgia. Pensou no hotel como seu amante, e sentiu ciúme dele. Mas talvez ela não estivesse sozinha.

Ainda estava em vigor o sistema centralizado, napoleônico e paranoico, de registrar e coletar o nome dos hóspedes em hotéis franceses. Nas duas noites seguintes, Browne lhe contou, ela ficou em Paris, no Hôtel La Louisiane, na rue de Seine no Sixième. Eles conheciam bem esse tipo de coisa. Traição a preços módicos. Depois de Paris, Alissa passou uma noite no Hôtel Terminus, em Estrasburgo. Foi bem recebida ali também, o que quer que fosse o estabelecimento. Sobre Munique, nada. A Alemanha Ocidental tinha menos interesse em seus visitantes que a França.

Browne soava distante. Por trás de sua voz, ouviam-se outras murmurantes, uma máquina de escrever e um gato que não parava de miar.

"Sua mulher está vagando pela Europa. Por livre e espontânea vontade. Não temos motivos para acreditar que esteja em perigo. Por enquanto, é até onde podemos ir."

Nenhuma razão para Roland mencionar a última mensagem. Aquele assunto era só seu, como deveria ter sido desde o início. Ele forçou um pedido de desculpa.

"Então você não acha que falsifiquei os cartões-postais. Não acha que matei Alissa."

"Não à luz do que sabemos no momento."

"Sou-lhe grato por tudo, inspetor. Poderia me trazer o que levou aqui de casa?"

"Alguém vai deixar aí."

"As fotografias que tirou do meu caderno."

"Sim."

"E os negativos."

A voz revelou cansaço.

"Vamos fazer o que for possível, sr. Baines." Browne desligou.

As mãos sujas de Roland seguravam a caneca de chá morno. O relógio de parede marcava onze e cinco. Tarde demais para ligar para Daphne e conversar sobre o último cartão de Alissa. Lawrence despertaria dentro de uma hora. Melhor tomar uma chuveirada agora. Porém não se moveu. Pegou o cartão-postal e contemplou de novo a imagem com cores acentuadas de um prado em declive tendo ao fundo os alpes da Baviária. Flores silvestres, gado pastando. Não muito longe da cidade onde ela nasceu. Por acaso, no último boletim de notícias, um fazendeiro das montanhas do País de Gales explicou que os moradores das cidades eram incapazes de entender o afeto que gente como ele e a esposa nutria por suas ovelhas e seus cordeiros. Mas os animais, os cordeiros com certeza, iriam de todo modo acabar numa fábrica como a de Ipswich. Doce justiça: despachados para a morte por aqueles que o amavam. Por alguém que insistia em dizer que ainda o amava. *Querido Roland, Longe de vocês dois = dor física. Sinceramente. Um corte profundo. Mas sei que a mtrndd iria me afundar. E falávamos de um 2º! Melhor a dor agora que dor/ caos/ amargura mais tarde. Meu único destino + meu caminho estão claros. Hoje, pessoas bondosas em Murnau me deixaram passar uma hora em meu qrt de infância. Em breve rumo ao norte, ver os pais. Por favor, não telefone para lá. Sinto muito, meu amor. A.*

Na corrida do sofrimento, ela tentava sair na frente. As abreviações ainda o irritavam após várias leituras. Ela tinha mais de dois centímetros de espaço livre ao longo da borda inferior denteada do cartão. Espaço bastante para escrever "maternidade" por inteiro. Na cidade-mercado de Murnau, do seu quarto de infância embaixo de um teto inclinado, ela teria contemplado, através da mansarda e por cima dos telhados cor de laranja, o Staffelsee e também seus trinta e oito anos, com a ruptura repentina, a fuga dos ônus de uma vida comum, o milagre lamentável da existência de Lawrence, o fato corriqueiro de um marido menos que brilhante. Mas seu "caminho"? Não era o tipo de palavra que usava. Ela não acreditava no predeterminado, implícito em seguir determinado caminho. Não era religiosa, nem mesmo em formas diluídas. Era, ou tinha sido, uma bem-organizada professora de língua e literatura alemãs que elogiava muito Leibniz, os irmãos Humboldt e Goethe. Lembrava-se dela um ano atrás, recuperando-se de uma gripe e sentada na cama absorta numa biografia em alemão de Voltaire. Era uma cética positiva por natureza. Ele não levava o New Age a sério. Nenhum guru relevaria o gosto dela por ironias sutis. Se ela passou uma hora no quarto que outrora dividira com o urso de pelúcia esfarrapado que agora estava jogado no berço de Lawrence, no andar de cima, então o caminho dela apontava para trás, rumo ao passado.

E, se ela estava viajando para o norte a fim de visitar os pais, isso confirmaria o entendimento de Roland. Era uma relação difícil. Tempestuosa na maioria das vezes. Ela e os pais passavam metade do ano separados, mas assim que se viam exasperavam-se. Embora fossem próximos, ou talvez por isso mesmo. A última vez que ele e Alissa, grávida de quatro meses, visitaram o casal Liebenau foi em abril de 1985. Tinham ido dar a alegre notícia aos pais dela. Uma briga curta mas ruidosa estourou na cozinha após o jantar. Jane e sua filha única lavavam os pratos juntas. O problema declarado foi o modo de empilhar os pratos limpos num armário. Heinrich e Roland bebiam conhaque no cômodo ao lado. Naquela família, os homens eram banidos de todos os aspectos das tarefas domésticas. À medida que as vozes se elevaram em alemão, explodindo finalmente em inglês, a língua da mãe, o sogro de Roland lhe lançou um olhar que dizia "fazer o quê?", completando-o com um sacudir de ombros e uma careta.

A verdadeira causa surgiu no café da manhã. Quatro meses? Por que Jane foi uma das últimas pessoas a saber, muito depois de todos os seus amigos londrinos? Como Alissa ousou se casar sem dizer a seus pais? Era assim que ela tratava quem a tinha amado e cuidado dela?

Alissa poderia ter dito à mãe que a criança que estava carregando tinha sido concebida no quarto do andar de cima. Em vez disso, ficou furiosa. Que diferença fazia? Por que sua mãe não estava feliz com o genro maravilhoso e a perspectiva de um neto? Por que não apreciava que ela e Roland tivessem feito aquela viagem longa para trazer a notícia em pessoa? Ela precisava estar de volta na sala de aula na segunda-feira de manhã. Alissa descreveu a viagem com grande energia e todos os agás aspirados. Boa parte do caminho coincidia com o que Roland fizera para chegar ao internato. De Londres para Harwich, de lá para Hook of Holland, então Hanover e enfim lá! Cara e cansativa. Esperava uma recepção calorosa. Ela devia ter pensado melhor! O alemão de Roland era suficiente para permitir que acompanhasse a conversa, mas não para fazer o tipo correto de observação apaziguadora. Isso coube a Heinrich, que disse subitamente, como dissera antes: "*Genug*!", "Basta!". Alissa saiu da mesa e foi se acalmar no jardim. Na manhã seguinte, o café da manhã transcorreu em silêncio.

Se estava lá agora, na limpa casa de tijolos e madeira cercada por um jardim de dois mil metros quadrados, ela devia ter um propósito específico. Se ia dizer aos pais que estava deixando filho e marido para trás, então a briga seria sem precedente.

Jane Farmer nasceu em Haywards Heath em 1920, filha de dois professores de línguas modernas. Depois da escola primária, em que obteve notas excelentes em francês e alemão, estudou para ser secretária — a questão da universidade "nunca existiu". Datilografava noventa palavras por minuto. No começo da guerra, trabalhou numa equipe de datilógrafas no Ministério da Informação e dividiu um apartamentinho sem aquecimento em Holborn com uma colega de escola. Influenciada por ela, que na década de 1960 se tornaria uma figura de destaque na Courtauld, Jane começou a ler poesia e ficção contemporâneas. As duas frequentavam leituras de poesia e fundaram um clube de leitura que durou quase dois anos. Jane escreveu contos e poemas, nenhum deles aceito para publicação por nenhuma das pequenas revistas que conseguiram sobreviver durante a guerra. Continuou a executar trabalhos de arquivamento e datilografia em diversos ministérios, vivendo romances com homens de aspirações literárias como as dela. Nenhum deles jamais teve sucesso.

Em 1943, ela respondeu a um anúncio classificado para uma vaga de datilógrafa em meio período na revista *Horizon*, de Cyril Connolly. Quatro horas por semana. Mais tarde, contou ao genro que se sentava num canto invisível e cuidava da mais tediosa correspondência. Não era bonita ou bem-relacionada e socialmente hábil como muitas outras moças que trabalhavam no escritório. Como era de esperar, Connolly mal reparava nela, mas de vez em quando Jane se via na presença de deuses literários. Viu, ou acreditou ter visto, George Orwell, Aldous Huxley e uma mulher que talvez fosse Virginia Woolf. Mas, como Roland sabia, Woolf já estava morta fazia dois anos e Huxley morava na Califórnia. Surgiu então uma pessoa glamorosa e bem-nascida, da mesma idade dela, que mostrou um interesse amigável por Jane e até lhe deu alguns vestidos que não queria mais. Era Clarissa Spencer-Churchill, sobrinha de Winston. Mais tarde, casou-se com Anthony Eden antes de ele se tornar primeiro-ministro. Em 1956, Clarissa fez a famosa observação de que às vezes tinha a impressão que o Canal de Suez passava pelo meio de sua sala de estar. Jane também tinha boas lembranças de Sonia Brownell, casada com Orwell, que lhe deu dois livros para resenhar, embora nunca tenha publicado seus trabalhos.

Jane era uma figura marginal na *Horizon*, indo lá duas tardes por semana após o expediente no Ministério do Trabalho. Mas o ambiente a marcou de certa forma. Quando a guerra acabou, suas ambições literárias estavam consolidadas: ela queria viajar por toda a Europa e "reportar" para a Inglaterra. Certa vez, ouviu Stephen Spender falar de um corajoso grupo de estudantes antinazistas, o Rosa Branca, que estudavam na Universidade de Munique. Era um movimento intelectual não violento, que secretamente distribuía panfletos nos quais os crimes do regime, inclusive o assassinato em massa de judeus, eram listados e condenados. No começo de fevereiro de 1943, os cabeças do grupo foram detidos pela Gestapo, julgados num "Tribunal do Povo" e executados. Na primavera de 1946, Jane conseguiu obter a atenção de Connolly por cinco minutos. Propôs viajar até Munique e procurar sobreviventes do movimento a fim de colher a história deles — que sem dúvida representavam o melhor da Alemanha e o espírito do futuro.

Na criação da *Horizon*, em fins de 1939, o editor assumira uma visão estética da guerra. O maior desafio era não se curvar diante da loucura do momento, mantendo-se à parte e continuando a sustentar as melhores tradições literárias e críticas do mundo civilizado. À medida que a guerra prosseguiu, Connolly se convenceu da importância de uma cobertura séria, com base em reportagens, de preferência da linha de frente, onde quer que ela se encontrasse. Foi gentil e encorajou Jane, concordando com a ideia e oferecendo uma ajuda de custo de vinte libras. Uma oferta generosa. Ele tinha em mente um projeto adicional. Depois que terminasse em Munique, queria que ela "desse um pulo por cima dos Alpes" rumo à Lombardia reportando e escrevesse sobre a comida e o vinho da região. A dieta britânica, sempre uma desgraça, tinha se tornado ainda mais pavorosa na guerra. Agora era chegada a hora de se voltar para a luminosa culinária do sul da Europa. Mesmo antes de acabar a guerra, Cyril se hospedara na recém-aberta embaixada da Grã-Bretanha em Paris e apreciara a comida. Queria agora conhecer a culinária das casas de fazenda, *spiedo bresciano*, ossobuco, polenta e *uccelli*, os vinhos da Bréscia. Retirou as vinte libras da caixa de trocados: a comissão que transformaria a vida de Jane Farmer e iniciaria a de Alissa foi acertada minutos antes que Cyril Connolly saísse às pressas para almoçar no Savoy com Nancy Cunard.

Aos vinte e seis anos, Jane Farmer deixou a Inglaterra no começo de setembro de 1946 com 125 libras, metade em dólar, habilmente espalhados em seu corpo e bagagem. Connolly assinou uma carta com o logo da revista declarando que ela era "correspondente europeia" da *Horizon*. No verão de 1984, durante a primeira visita de Roland a Liebenau, ele se sentou no jardim com Jane. Vinham conversando sobre literatura e ela pôs sobre a mesa uma velha caixa de papelão. Mostrou-lhe o papel amarelado com a assinatura do editor. Connolly e Brownell tinham se esforçado de verdade. Talvez simpatizassem com a moça do escritório que alguns chamavam de "fazendeira Jane", devido a seu sobrenome. Por meio de um amigo de Malcolm Muggeridge que trabalhara no MI6, Brownell forneceu três nomes e endereços de pessoas em Munique que podiam saber alguma coisa do Rosa Branca. Através dos contatos de Connolly, Jane também levava algumas cartas de apresentação a oficiais do exército britânico que poderiam ajudá-la caso tivesse problemas na travessia da França. Foi feita uma vaquinha improvisada. Cunard, sempre ávida para homenagear um movimento de resistência, doou trinta libras. Arthur Koestler deu cinco libras a alguém para repassar a ela. Alguns escritores da *Horizon* contribuíram com notas de dez xelins. A maioria depositou moedas de meia coroa ou dois xelins na caixinha do Rosa Branca mantida no escritório. Jane herdara cinquenta libras de um tio. Suspeitava que as cinco libras que Sonia lhe deu vieram de Orwell.

Naquela tarde de verão no jardim de Liebenau, após mostrar a Roland a carta de Connolly, Jane tirou da caixa seus sete diários. Tentou transmitir sua sensação de liberdade na viagem de Londres a Munique, passando por Paris e Stuttgart — o episódio mais excitante de sua vida. Não a filha obediente, a humilde funcionária ou a criatura social e intelectualmente inferior que vivia num canto do escritório, nem ainda uma esposa cumpridora de seus deveres. Pela primeira vez, havia feito uma escolha séria, iniciando uma missão e uma aventura. Não estava sob os cuidados de ninguém. Dependia apenas da própria inteligência e seria uma escritora.

Depois de três semanas na França, se surpreendeu ao conseguir arrancar na lábia o convite para jantar num refeitório de oficiais perto de Soissons. Persuadiu um relutante sargento galês a deixá-la pegar uma carona em seu caminhão nos últimos cinquenta quilômetros até a fronteira com a Alemanha. Evitou as cantadas de vários soldados e civis. Um tenente norte-americano, com quem teve um breve romance, a levou de Stuttgart a Munique em seu jipe. Tendo um conhecimento decente de francês e alemão dos tempos de escola, tratou de aperfeiçoá-lo. "Me assumi!", ela disse ao genro. "E aí me perdi."

Os diários eram um segredo. Heinrich não sabia deles. Mas Roland poderia mostrá-los a Alissa se quisesse. Jane deixou-o sozinho no jardim enquanto foi preparar o jantar. A primeira página do primeiro volume dizia, numa caligrafia limpa, que em 4 de setembro de 1946 ela viajou de terceira classe no recém-reinaugurado *Golden Arrow* de Londres até Dover, e no Flèche d'Or de Calais para Paris. Se reparou nos outros passageiros ou olhou para fora das janelas ao atravessar a Picardia libertada, ela não fez nenhum registro. Começou em Paris. "Ora decrépita, ora glamorosa. Extraordinariamente intacta. Lojas vazias." Trabalhou em suas habilidades jornalísticas descrevendo o diminuto hotel e sua *propriétaire* no Quartier Latin, uma briga do lado de fora de uma padaria, alguns dos primeiros turistas norte-americanos depois da guerra sendo tratados com frieza numa tabacaria pelos locais. Assistiu a uma discussão entre um oficial da Marinha britânica, que falava bem o francês, e "um tipo de intelectual francês".

> Resumo de suas posições. O oficial, um pouco bêbado: "Não me diga de que lado a França esteve durante a guerra. Vocês lutaram contra nossas tropas e as derrotaram na Síria, no Iraque e no norte da África. Os navios de guerra de vocês não zarparam de Mers-el-Kébir para Portsmouth para lutar ao nosso lado, por isso nós os atacamos. Agora sabemos que seus gendarmes aqui em Paris levaram três mil crianças francesas para a Gare de l'Est, de onde foram transportadas para locais onde foram mortas. Eram judias". O intelectual grisalho, também um pouco bêbado: "Fale mais baixo, monsieur. Alguém pode matá-lo por esses sentimentos. Sua versão é distorcida. Aqueles navios poderiam ter se mantido leais à França. Quando os alemães tentaram tomar nossos navios em Toulon, mais tarde, nós os afundamos. Meu cunhado foi torturado até a morte pela Gestapo. Eles mataram quase todo mundo numa aldeia perto de minha cidade natal. Os Françaises Libres estiveram com vocês e lutaram com bravura. Milhares de cidadãos franceses foram mortos na Libertação pelos projéteis dos navios de guerra ingleses. A Resistência foi o verdadeiro espírito da França". Ao que todos no bar gritaram: "Vive la France!". Eu apenas continuei escrevendo, como se não tivesse ouvido.

Ela deixou os cadernos com Roland durante a noite. Ele os leu depois do jantar e noite adentro, enquanto os dois estavam deitados lado a lado na cama. Alissa começou o primeiro quando ele já lia o relato de uma noitada "muito divertida" com oficiais britânicos em Soissons, numa "bela casa com um parque e um lago". O que impressionou Roland foi a firmeza e a precisão da prosa. Mais que isso, Jane tinha o dom da descrição brilhante e ousada. A página e meia dedicada ao romance com o tenente norte-americano Bernard Schiff foi uma surpresa. Jane Farmer nunca havia encontrado um amante tão generoso, "tão extravagantemente atento ao prazer de uma mulher", em contraste com os ingleses que encontrara até então e que não iam além de um "põe e tira sem graça". Conscientes da presença do sogro e da sogra do outro lado da parede fina, ele leu num sussurro a descrição do sexo oral de Schiff. Alissa disse, também num sussurro: "Ela deve ter esquecido disso. Ia ter um troço se soubesse que eu li".

Dois dias mais tarde, haviam lido os diários de Munique. Antes do almoço, foram fazer um passeio por Liebenau, ao longo das margens do Grosse Auer até o castelo. Alissa estava agitada, excitada pelo que tinha lido, mas perplexa e mesmo ofendida. Por que a mãe nunca mencionara os cadernos? E por que os dera a Roland, e não a ela? Jane deveria publicá-los. Mas não ousaria. Heinrich jamais permitiria. Na família, o Rosa Branca era sua propriedade, apesar de haver outros sobreviventes. Um punhado de intelectuais, historiadores e jornalistas o entrevistaram. Ele não teve papel central, e nunca pretendeu ter. Pediram seu conselho para um filme. Vendo o resultado, se desapontou. Os produtores não tinham captado a realidade. "Os irmãos Scholl, Hans e Sophie não eram daquele jeito, não tinham aquela aparência!", disse, ao mesmo tempo em que admitia que mal os conhecera. Os artigos de jornal, os ensaios acadêmicos, os livros que começaram a aparecer também não o agradaram. "Não estavam lá, não podem saber. O medo! Não é porque faz parte da história que deixou de ser real. São só palavras. Não se dão conta de como nós éramos jovens. Não podem entender o sentimento puro que tínhamos. Os jornalistas de hoje são ateus. Não querem saber como a nossa fé religiosa era forte."

Nada em nenhum relato era capaz de satisfazê-lo. Não se tratava de precisão. Achava doloroso que aquilo que havia constituído uma experiência vívida fosse agora uma ideia, uma vaga noção na mente de indivíduos que ele não conhecia. Nada podia amoldar-se a suas recordações. Mesmo se os diários de sua mulher pudessem dar vida a tudo, eles representariam uma ameaça ao não mencioná-lo — essa era a opinião de Alissa, e Roland concordava. Seu pai era um homem de posturas enérgicas e opiniões antiquadas. Jane, como uma mulher independente vagando pela França e pela Alemanha, tendo relações sexuais com pessoas encontradas por acaso! A publicação, mesmo numa editora pequena, era impensável. Jane jamais iria contrariá-lo. Fez uma concessão, que já correspondia a um motim, quando permitiu que a filha e o genro fizessem uma fotocópia secreta para levar a Londres. Uma espécie de publicação. Um dia antes de partirem, foram a um bureau de impressão em Nienburg, onde passaram a tarde esperando pela cópia produzida por uma máquina lenta e defeituosa. Esconderam as 590 páginas numa sacola de compras. Caminhando de volta ao longo do rio, Alissa falou a Roland sobre o pai. Era um septuagenário bondoso, conservador, com ideias cristalizadas. Suas recordações do movimento Rosa Branca, assim como suas opiniões sobre ele, estavam consolidadas. Ele não gostaria de mexer nelas. Quanto ao sexo oral — sendo o pai aquele sujeito beato e moralmente puro —, a ideia de que tomaria conhecimento do vigoroso tenente de quase quarenta anos antes fez Alissa rir tanto que precisou apoiar-se no tronco de uma árvore.

Roland estava pensando sobre a caminhada pela aldeia de Liebenau ao apanhar o cartão-postal sobre a mesa da cozinha e subir para tomar um banho de chuveiro. Sim, naquele verão de 1984 ela tinha apresentado estados de espírito estranhos e cambiantes após ler os diários da mãe. Eles os tinham discutido em detalhe até que o assunto morreu. No inverno, se mudaram para a casa em Clapham, o bebê estava a caminho, Daphne e Peter esperavam o terceiro, as duas famílias animadas se viam com grande frequência — a vida cotidiana consumia tudo. A fotocópia semiesquecida tinha sido embrulhada em jornais e guardada numa gaveta do quarto.

Ele parou ao pé da escada. Nenhum som de Lawrence por enquanto. No quarto, jogou as roupas no cesto de roupa suja. Poeira radioativa de Tchernóbil. Podia quase acreditar naquilo. Ficou debaixo do chuveiro improvisado, mal pendurado numa parede sem azulejos, purificando-se. As recordações tinham uma longa meia-vida. Ao passarem às pressas pelo centro de Liebenau para chegar a tempo de jantar, ele se perguntara se os diários teriam o poder de fazer Alissa ver a mãe de uma forma diferente, com mais admiração e menos vontade de brigar. Aconteceu o oposto. Durante aquele último dia, as duas ficaram impossíveis, como um velho casal briguento que perdera há muito a chance de se separar. Jane, aos sessenta e quatro anos, tratava a filha como uma rival que devia ser posta no lugar. Tão logo voltaram para casa, Alissa começou a discutir com a mãe na cozinha sobre a hora do jantar. À mesa, o desentendimento girou em torno da União Democrática Cristã e a proposta de subsídio parental apresentada por Helmut Kohl. Um murro na mesa dado por Heinrich pôs fim ao debate. Mais tarde, no jardim, as duas divergiram sobre como haviam se dado certos acontecimentos durante umas férias da família na aldeia holandesa de pescadores de Hindeloopen. Mais tarde aquela noite, preparando-se para dormir, Roland perguntou a Alissa, como já tinha feito antes, o que havia entre as duas.

"A gente é assim. Não vejo a hora de voltar para casa."

Tarde da noite, ele acordou e a viu chorando. Isso era incomum. Ela não lhe disse a razão. Caiu no sono em seus braços enquanto ele continuou acordado, pensando na marcante chegada da jovem Jane Farmer a Munique.

O tenente Schiff a tinha alertado. Havia acompanhado a guerra muito bem mas deixara passar o relato dos setenta grandes bombardeios que atingiram a cidade. Desceu do jipe numa esquina junto aos destroços da gare principal. Munique estava em ruínas. Ela se sentiu "pessoalmente responsável". Sentimento ridículo, pensou Roland. Parecia tão ruim, ela escreveu, quanto Berlim. "Bem pior que a Blitz de Londres." Jane se despediu de Bernard Schiff com um beijo "demorado", sem fazer de conta que voltariam a ouvir falar um do outro. Ele era um homem casado de Minnesota com três filhos. Havia mostrado a ela as fotografias felizes. Partiu com o jipe, ela pegou a mala e foi em frente, segurando com a mão livre um guia de viagem Baedeker da década de 1920. Parou sob uma sombra para estudar o mapa desdobrado. Impossível saber onde estava, pois não via nenhuma placa de rua. Encontrava-se num deserto, o dia era quente demais para aquela estação do ano. O pó de alvenaria levantado pelos poucos carros que circulavam — quase todos veículos militares norte-americanos — ficava suspenso no ar parado. Perto de onde estava, os prédios foram destelhados. As janelas eram "grandes buracos, vagamente retangulares". Dezesseis semanas após o fim da guerra, o entulho tinha sido juntado em "montanhas bem-arrumadas". Ela ficou surpresa ao ver um velho bonde elétrico passar cheio de passageiros. Como havia um bom número de pessoas na rua, abandonou o mapa e se valeu do alemão dos tempos da escola. Os transeuntes não se mostravam hostis ao ouvir seu sotaque, nem eram mais simpáticos do que o normal. Uma hora e algumas instruções erradas ou mal entendidas depois, ela encontrou uma pensão na Giselastrasse, perto da universidade e do Jardim Inglês.

Como acontecera ao atravessar a França, ficou perplexa com o fato de haver hotéis, assim como pessoas para mudar lençóis e cozinhar o que estivesse disponível. Tão pouco depois de uma guerra total. Fora desses lugares, os alimentos eram escassos. Na beira das estradas, avistar tanques queimados era tudo menos surpreendente. O lixo da guerra estava por todo canto. Numa cidadezinha francesa, a asa enegrecida de um caça estava caída sobre uma calçada. Por razões que ela era incapaz de descobrir, ninguém desejava removê-la. As estradas e estações ferroviárias que se mantinham de pé estavam cheias de pessoas deslocadas, judeus sobreviventes, ex-soldados, ex-prisioneiros de guerra, refugiados da área de controle soviético. Dezenas de milhares estavam amontoados em acampamentos especiais. "Pessoas sem teto, sujeira, fome, sofrimento, amargura" por toda parte.

Dois terços da cidade estavam arruinados. Mas havia bolsões de normalidade inocente, onde não tinham caído bombas. Seu diminuto quarto no terceiro andar era poeirento e cheirava a mofo, mas a cama estava arrumada com um edredom liso e grosso, coisa exótica para uma inglesa na época. De pé diante da janela, dirigindo o olhar para onde pensava ficar o rio, era capaz de "persuadir-se de que aquela loucura não tinha acontecido". A pensão, até onde podia ver, estava tomada de oficiais e funcionários administrativos norte-americanos. Descendo de seu quarto, podia ouvir o som de máquinas de escrever atrás das portas fechadas. O cheiro de fumaça dos cigarros invadia toda a escada.

Na manhã seguinte, ela caminhou a curta distância até o principal prédio da universidade, na Ludwigstrasse. Indicaram que fosse ao primeiro andar. Seguiu por um longo corredor com colunas, repleto de estudantes. Mais normalidade onde não esperava. Parou diante do escritório da administração a fim de repassar o vocabulário em alemão que havia preparado. Em um cômodo retangular com janelas altas ela viu uma porção de secretários e secretárias trabalhando, gente encarregada dos arquivos. Como não havia um balcão de recepção, falou em voz alta no seu alemão de principiante. Todos se voltaram para vê-la.

"*Entschuldigung. Guten Morgen!*" Estava escrevendo um artigo sobre o movimento Rosa Branca para uma famosa revista londrina. Será que alguém poderia ajudá-la fornecendo nomes de pessoas a serem contatadas? Estava pronta para uma reação inamistosa. Seis membros principais, Hans e Sophie Scholl, três alunos muito próximos deles e um professor foram condenados à morte e guilhotinados. Outras execuções se seguiram. Quando a notícia das mortes se espalhou, dois mil alunos se reuniram para manifestar aos gritos sua aprovação. Traidores. Ralé comunista. E agora? Cedo demais, talvez vergonhoso demais para qualquer coisa além de um silêncio embaraçado. Em vez disso, deu-se um murmúrio amigável. Duas datilógrafas se levantaram de suas mesas e se aproximaram dela sorrindo.

Três anos antes, aquelas mulheres talvez se sentissem obrigadas a cuspir ouvindo qualquer menção ao Rosa Branca. Na nova situação, a Universidade de Munique desejava identificar-se com o grupo, orgulhar-se de sua coragem e clareza moral. Nenhum outro centro de estudos alemão tinha condições de reivindicar semelhantes mártires. Os Scholl, Alex Schmorell, Willi Graf, Christoph Probst e o professor Kurt Huber eram naturais de Munique. Confrontados com o poder abrangente e brutal do Estado, a resistência deles havia sido puramente intelectual. "Aqueles rapazes eram tão jovens, tão corajosos!" Quem gostaria de dissuadir uma universidade, inclusive seus mais humildes administradores, de se apropriar de tais figuras como símbolos de um retorno a seu verdadeiro propósito? A liberdade de pensamento! "Esta", Jane escreveu, "foi outrora a universidade de Max Weber e Thomas Mann — e agora volta a sê-lo."

A primeira a alcançá-la foi uma senhora gorducha, sessenta e poucos anos, óculos que aumentavam os olhos dando-lhe a aparência de "uma simpática rã". Tocando o ombro de Jane, conduziu-a na direção de um arquivo. Tirou de dentro dele um maço fino de papéis mimeografados.

"*Hier ist alles was Sie wissen müssen.*" Aqui está tudo de que você necessita saber.

Cópias dos seis panfletos originais do Rosa Branca, cada qual com duas páginas, se tanto, eram levadas através da Suíça ou da Suécia para Londres, reproduzidas em grande quantidade e jogadas aos milhões por toda a Alemanha pela Força Aérea Real. Jane sentiu-se uma tola em sua ignorância. Imaginou que os panfletos eram documentos raros, havia muito coletados e destruídos pela Gestapo. Muggeridge ou seus contatos deveriam saber. Provavelmente, todos no escritório da *Horizon* sabiam e presumiam que ela soubesse também.

Outros no escritório da Universidade de Munique escreviam nomes e endereços. Houve pequenas discordâncias, ela ouviu interjeições do tipo: "Ela não vive mais aqui" e "Ele é um mentiroso. Nunca esteve envolvido". O nome de uma irmã, Inge Scholl, foi mencionado. Ela estaria na casa da família em Ulm. Alguém disse que não, estava em Munique. Corria o boato de que estava escrevendo um relato. Ela estivera num campo de concentração e ainda se recuperava. Talvez não quisesse falar. Outros disseram que falaria. Não havia rancor nessas trocas. Segundo Jane, o clima era de excitação e orgulho.

Ela passou uma hora no escritório. Ficou preocupada com a possibilidade de que algum superior hierárquico, um supervisor, entrasse e desse uma repreensão generalizada pela qual ela, Jane, seria responsável. Porém o supervisor já estava na sala. Era "uma figura desgrenhada num terno escuro dois tamanhos acima do que seria o certo para ele". Foi ele que explicou a Jane a sequência dos panfletos — os quatro primeiros produzidos no verão e outono de 1942, distribuídos em segredo em Munique e cidades próximas. Os dois últimos foram redigidos no ano seguinte, depois que Hans Scholl, Probst e Graf tinham voltado da frente russa onde serviram como enfermeiros. O derradeiro foi produzido um ou dois dias apenas antes que a Gestapo prendesse o grupo. Ele disse a Jane que deveria prestar atenção na diferença entre os panfletos de números cinco e seis.

Ela se despediu com agradecimentos, prometendo que enviaria uma cópia do artigo. Na Ludwigstrasse, foi dominada pela impaciência. Parou numa esquina, pegou as primeiras páginas grampeadas e leu o título do primeiro: "Panfleto do Rosa Branca". Seu alemão era suficiente para que entendesse a primeira frase sem dicionário: "Nada é tão desonroso para uma nação civilizada do que se permitir ser 'governada' sem resistência por um grupelho irresponsável que se deixou dominar por um instinto depravado".

Ela usou meia página do caderno de notas para registrar sua reação ao ler tais palavras. Roland presumiu que ao escrever ela já tinha lido os seis panfletos.

> *Nada é tão desonroso para uma nação civilizada... Era como se eu estivesse lendo uma tradução do latim de alguma figura venerável da Antiguidade... aquela declaração de abertura tão grandiloquente, escrita por um homem, um estudante ainda com vinte e poucos anos, movido por uma paixão pela liberdade intelectual e pela certeza de que uma preciosa tradição artística, filosófica e religiosa estava ameaçada de aniquilação. Senti uma forte emoção, uma espécie de desmaio... como a sensação de me apaixonar... Hans Scholl, sua irmã Sophie e seus amigos, quase sozinhos numa nação, erguendo suas pequeníssimas vozes contra uma tirania, não em nome da política, mas da própria civilização. Agora estão mortos. Mortos há três anos, e senti pesar por eles numa esquina*

da Ludwigstrasse. Como gostaria de conhecê-los, tê-los ali comigo naquele instante! Voltei para o hotel carregada de tristeza, como uma amante enlutada.

Ela não saiu do quarto antes de reler os panfletos e tomar notas. Que perigo, quanta coragem para caracterizar o Terceiro Reich como "uma prisão espiritual... um aparato de Estado automatizado sob o comando de criminosos e bêbados" e escrever que "cada palavra pronunciada por Hitler é uma mentira... Sua boca é a porta fedorenta do inferno". E tudo situado num contexto de referências acadêmicas. Goethe, Schiller, Aristóteles, Lao-Tzu. Ela sentiu como se "estivesse sendo educada". Compreendeu plenamente como uma amizade íntima com escritores como aqueles poderia alargar e enriquecer o amor pela liberdade. Viu-se "zangada, até mesmo ressentida" com o fato de que seus pais, sem pensar muito e porque ela era uma mulher, nunca lhe haviam oferecido o privilégio da educação universitária de que o irmão desfrutara. Ele ainda estava no Exército, um capitão da Artilharia Real. Tivera um comportamento digno na guerra. Ela então decidiu, sentada na cama em seu quartinho com vista parcial do Jardim Inglês, que, depois de voltar e entregar o artigo, iria ingressar numa universidade. Filosofia ou literatura. Preferencialmente ambas. Seria um pequeno gesto de... de quê, exatamente? De resistência, de homenagem. Devia aquilo ao Rosa Branca. Copiou frases dos panfletos. "Os crimes mais vis do governo — crimes que transcendem em muito qualquer padrão humano... Nunca se esqueçam de que todos os cidadãos merecem o regime que estão dispostos a suportar... O regime atual é a ditadura do mal". E um trecho de Aristóteles: "O déspota está permanentemente disposto a provocar guerras". No finalzinho do primeiro panfleto, logo depois de dois sublimes versos do poema "O despertar de Epimênides", de Goethe, um simples e esperançoso apelo lhe causou uma forte impressão por seu poder emocional: "Por favor, façam o máximo de cópias deste panfleto que puderem e as distribuam".

"Desde a invasão da Polônia, trezentos mil judeus foram trucidados da forma mais animalesca naquele país." Hans Scholl e seus companheiros queriam sacudir o povo alemão, arrancá-lo da letargia, da apatia "diante de crimes abomináveis, que aviltam a raça humana... a estupefação frívola do povo alemão encoraja esses criminosos fascistas". A menos que agisse, ninguém poderia ser isentado, porque cada homem "é culpado, culpado, culpado." Na última frase do quarto panfleto: "Não ficaremos em silêncio. Somos a má consciência de vocês. O Rosa Branca não deixará ninguém em paz!". Mas havia esperança, pois não era tarde demais: "Agora que os vimos pelo que são, o primeiro e único dever, o sagrado dever de cada alemão consiste em destruir esses monstros". Diante do poder total e maléfico do Estado, só restava a "resistência passiva". Sabotagem silenciosa em fábricas, laboratórios, universidades e em todos os ramos das artes. "Não faça doações quando houver apelos públicos... Não contribua com metais, têxteis e coisas semelhantes."

Nos dois últimos panfletos, o tom subia. Os títulos agora eram: "Panfletos da resistência" e "Guerreiros unidos na resistência!". O quinto declarava que, com os Estados Unidos se rearmando, o fim da guerra estava próximo. Hora de o povo alemão se distanciar do nazismo. Mas Hitler estava "conduzindo a Alemanha para o abismo; Hitler não pode ganhar a guerra, apenas prolongá-la... A vingança está chegando mais e mais perto...". "Correto", Jane notou com afetação: "mas um pouco cedo demais".

O Rosa Branca não parecia ter nenhum projeto político para o futuro. Até que no último e mais breve de todos os panfletos, escrito em janeiro de 1943, Jane leu: "O caminho para a reconstrução depende inteiramente da mais ampla cooperação entre nações europeias... A Alemanha de amanhã deverá ser um estado federativo".

Sophie Scholl foi pega distribuindo o sexto panfleto no mesmo prédio da universidade que Jane tinha visitado. Um servente a viu jogar os papéis no saguão do hall de entrada. Denunciou, e assim tudo se acabou. Àquela altura, as forças alemães já haviam sido expulsas de Stalingrado. A carnificina alcançou ali proporções inimagináveis. A batalha foi considerada corretamente como o ponto de virada na guerra. "Trezentos e trinta mil alemães foram inútil e irresponsavelmente empurrados para a morte e a destruição pelo brilhante planejamento de nosso soldado raso na Primeira Guerra Mundial. *Führer*, nós lhe agradecemos." Os parágrafos finais do último panfleto suplicavam desesperadamente à juventude alemã que se levantasse em nome "dos valores intelectuais e espirituais... da liberdade intelectual... da essência moral". A juventude alemã deveria "destruir aqueles que a oprimem... e construir uma nova Europa devotada ao espírito... Os mortos em Stalingrado nos instam a agir". E a vibrante frase derradeira: "Nosso povo está pronto para se erguer contra o subjugo da Europa pelo Nacional-Socialismo numa jubilosa redescoberta da liberdade e da honra". E assim terminou, com excitação e esperança. Numa sucessão rápida vieram detenções, um julgamento espetaculoso que concluiu o previamente determinado, as primeiras execuções. Três jovens cabeças cheias de bondade e coragem foram decepadas de seus corpos. Sophie Scholl, a mais moça, tinha vinte e um anos.

Jane continuou deitada na cama por meia hora num estado de exaustão e euforia. Que cedeu lugar, ela escreveu, a "uma sessão indulgente de autocrítica". Como a vida parecia agora pequena e mal definida! Uma massa disforme de semanas se empilhava atrás dela. Entorpecida, passara a guerra datilografando cartas administrativas. Em seus anos de vida, não ousara mais do que um cigarro ilícito aos catorze anos numa moita de rododendros nos limites do campo de esportes da escola. Havia sobrevivido à Blitz, o que não podia ser contabilizado como uma conquista pessoal. O bombardeiro a atingira assim como aos demais. Nunca confrontara ninguém ou se arriscara por uma ideia, um princípio. E agora? Não respondeu à própria pergunta. "A fome se mostrou mais poderosa. Eu não tinha comido nada o dia inteiro." O hotel não servia refeições naquele dia. Vagou pelo bairro universitário em busca de um lugar barato onde comer. "Senti-me diferente, prestes a me transformar numa outra pessoa. Estava iniciando uma nova vida." Por fim, encontrou alguém vendendo "uma linguiça repugnante dentro de um pão dormido. Comível graças à mostarda".

A resposta imediata àquele "e agora?" consistia em esgotar a lista de contatos do Rosa Branca, escrever o artigo e partir para a Lombardia. Em meio às ruínas de Munique, sua existência parecia "muito brilhante". Estava assumindo o papel de um membro honorário do grupo. Continuaria seu trabalho, ajudaria a construir a nova Europa que tinham sonhado. Mesmo a contribuição mais modesta contaria, tal como melhorar a culinária inglesa, escreveu em tom brincalhão, "ao descrever a arte do ossobuco!". Um quarto de século depois, quando ouviu que seu país por fim se unira ao projeto europeu, ela se sentiu excitada com a vinculação àquele momento em sua juventude. Por ora, devotaria os dez dias seguintes ao grave esforço de costurar a história do Rosa Branca.

Seu primeiro erro foi crer que os contatos do MI6 representavam uma informação valiosa. Depois de muito andar em vão pela cidade com seu guia Baedeker, chegou a três endereços vazios. O primeiro, um bloco de apartamentos construído na passagem do século, estava em ruínas. O segundo, uma pequena casa numa rua estreita em Schwabing, estava agora ocupada por uma família italiana que disse não saber de nada. O terceiro, também em Schwabing, era uma construção preservada, mas que parecia desabitada há um bom tempo. No caos da guerra, e depois, no pós-guerra, ninguém ficava no mesmo lugar por muito tempo. Deu-se melhor com as indicações da universidade, ainda que tenham levado a muitas tentativas inócuas. O primeiro sucesso foi um encontro com uma amiga de Else Gebel, uma prisioneira política cujo trabalho consistia em registrar os nomes das pessoas detidas pela Gestapo. Gebel passou algum tempo com Sophie Scholl em seus últimos dias, até dividiram uma cela durante quatro noites. Era a verdade com dois graus de afastamento, porém Jane confiou naquela mulher de inteligência aguda chamada Stefanie Rude. Gebel planejava escrever seu próprio relato, que talvez viesse a ser incluído no livro que Inge Scholl estava escrevendo. Stefanie tinha certeza de que Scholl ficaria contente por Gebel conversar com Jane.

Sophie Scholl dissera a Else que tinha certeza de que se fosse pega distribuindo panfletos ou pintando "Liberdade!" nos muros de Munique pagaria com a vida. Depois do interrogatório na primeira noite, voltou para a cela calma e relaxada. Recusou-se quando lhe foi dada a oportunidade de dizer que havia se enganado com respeito ao Nacional-Socialismo. Os que a capturaram é que estavam errados. Mas, ao saber que Christoph Probst tinha sido detido, suas defesas ruíram. Ele era pai de três crianças pequenas. Mais tarde, sustentada por sua fé religiosa e pela crença na causa, ela se recuperou. Já não acreditava que a invasão aliada fosse ocorrer em breve e que o fim da guerra estava a poucas semanas de distância. Continuou convencida do mal que o Nacional-Socialismo representava e insistiu em que, se o irmão Hans fosse morrer, ela deveria morrer também. Mostrou-se tranquila durante o julgamento no Tribunal do Povo. Passada a sentença, foi levada para a Penitenciária Stadelheim, onde estavam Hans e Probst. Os dois irmãos tiveram um momento com os pais antes da execução.

Tudo que Jane ouviu naquela e em outras entrevistas se transformou em lenda. O Rosa Branca virou tema corrente em salas de aula, poesia de má qualidade, moralismo rasteiro, filmes dramáticos e livros solenes para crianças, em intermináveis trabalhos acadêmicos e uma enxurrada de teses de doutorado. Era a história que a Alemanha do pós-guerra via como narrativa fundadora do novo estado federal. Tornou-se um relato tão resplandecente e tão enfaticamente endossado pelo alto escalão estatal que, mais tarde, viria a provocar cinismo ou coisa pior. Hans Scholl não tinha sido o líder de um grupo na Juventude Hitlerista? O admirado musicólogo e professor Huber não era um antissemita, cuja influência aparece no segundo panfleto através de uma curiosa qualificação: "independentemente da posição que viermos a tomar com respeito à questão judaica"? Segmentos da esquerda alemã acusaram Huber, um conservador tradicional, de ser um "antibolchevique" igual aos nazistas. Outros perguntaram-se que diferença fizeram aqueles jovens e inocentes cristãos. Somente o poderio militar dos Estados Unidos e da Rússia soviética poderiam ter derrotado os nazistas.

Mas Jane acreditava que seria inspirador, uma revelação e um começo de redenção para os leitores, conhecer a história da resistência enquanto a Alemanha se encontrava em ruínas e metade da população passava fome, quando cada alemão ainda estava despertando do pesadelo para o qual todos, ou quase todos, haviam contribuído. E ela estava no lugar e na hora certos, pronta a publicar o primeiro relato completo.

Em uma semana ela conversou com uma porção de pessoas com mais ou menos proximidade com o assunto. Teve sorte de conseguir meia hora com Falk Harnack, por acaso em visita a Munique. Ele tinha sido diretor do Teatro Nacional em Weimar, mantendo boas conexões com elementos dispersos e pouco coordenados da resistência alemã. Organizara um encontro entre Hans Scholl e um grupo de dissidentes de Berlim. A data marcada acabou sendo a da execução de Scholl. De fontes diversas, Jane ouviu relatos de uma famosa ocasião formal na Universidade de Munique em que os alunos reunidos, inclusive veteranos de guerra aleijados, presenciaram o discurso de um figurão do Partido Nacional-Socialista, o *gauleiter* Paul Giesler. Praticando a resistência passiva, os Scholl não compareceram. Ao longo de uma fala rude e maliciosa, Giesler instruiu as alunas a ficarem grávidas pela pátria. Aquele era o dever patriótico delas. Às que "não eram suficientemente atraentes para arranjar um parceiro", ele prometeu designar seus assistentes. Os estudantes o abafaram com um alarido crescente de vaias, batidas com o pé e assobios, começando a ir embora — um protesto sem precedente contra o partido. O Rosa Branca não estava sozinho afinal. Jane encontrou-se com Katharina Schüddekopf e, mais tarde, muito rapidamente, com Gisela Schertling, a namorada de Hans Scholl — o mais perto que chegou do centro do grupo. Katharina mostrou fotografias dos irmãos, de Graf e de Probst. Tanto Schüddekopf quanto Schertling haviam sido sentenciadas por atividades subversivas.

A essa altura, Jane tinha reunido material suficiente sobre os seis membros-chave do movimento, inclusive o professor Huber. Na noite anterior às duas últimas entrevistas, escreveu o parágrafo de abertura de seu artigo para a *Horizon*. Na manhã seguinte, mais uma vez se deslocou para Schwabing, dessa vez a fim de conversar com um sensato estudante de direito da Universidade de Munique, Heinrich Eberhardt. Ele havia sido um entusiástico pintor de "Abaixo Hitler!" e "Liberdade!" nos muros de Munique, tendo viajado para Stuttgart e outras cidades distribuindo o quarto, quinto e sexto panfletos. Antes, enquanto servia na França, fora atingido no pé por uma bala de alto calibre e recebera o status de não combatente, além de uma extensa licença para estudar. Havia conhecido vários membros do grupo, mas nunca fora íntimo de nenhum. Conhecia um dos advogados de defesa no julgamento dos irmãos Scholl e de Probst, Leo Samberger, e Jane imaginou que ele talvez agregasse interesse ao artigo.

Chegou às dez em ponto. O quarto de Heinrich ficava no térreo e era atípico para um estudante, espaçoso, mobiliado com decência e bem iluminado por uma porta de vidro com vista para um pequeno jardim. Quando ele a cumprimentou, Jane sentiu um arrepio de reconhecimento. Era como se a pesquisa a tivesse preparado para aquele momento. Que é outro modo de dizer que tanto estudo tinha capturado e de certa forma distorcido o seu próprio juízo. O jovem alto e de voz macia, que coxeava ligeiramente e que, depois de apertar sua mão, a conduzira a uma cadeira, era a encarnação de uma mistura de Scholl, Probst, Schmorell e Graf. Como eles nas fotografias, tinha um cachimbo na mão, apagado agora. Viu nele a energia e a bela aparência de Hans, o olhar aberto e honesto de Christoph, a delicadeza de Alex, a profundidade sonhadora e os mesmos cabelos negros e abundantes penteados para trás de Willi. A impressão de Jane foi imediata. Heinrich era o Rosa Branca. Mesmo impactada, não deixou de se dar conta de estar entrando num estado de espírito estranho e possivelmente ilusório, mas agora era tarde. Estava enfeitiçada. Suas mãos tremeram um pouco ao se acomodar na cadeira e tirar o caderno de notas da bolsa. Num tom grave que, ela pensou, talvez escondesse uma gozação simpática, ele a cumprimentou por seu alemão. Quando ele se levantou para preparar uma xícara do mais horrível café, ela viu os livros de direito abertos e empilhados na mesa de trabalho, assim como a fotografia emoldurada do que imaginou serem seus pais. Nenhum sinal de namorada. Ela bebeu o café, tomando cuidado para que a xícara não tilintasse no pires. Durante algum tempo, respondeu às perguntas cordiais dele acerca de sua viagem da Inglaterra, o estado em que se encontrava Paris, Londres, o racionamento de gêneros alimentícios. Ela estava desesperada para causar uma boa impressão.

Após as preliminares, Jane guiou a conversa para o julgamento. O que Heinrich soubera através de seu amigo Samberger? Com a conversa agora centrada na resistência, Heinrich mostrava mais interesse em falar sobre os grupos com os quais o Rosa Branca mantivera contato. Ele era natural de Hamburgo, cidade com uma tradição honrosa de hostilidade a Hitler. Hans Scholl havia feito conexões com gente radical interessada no estilo de sabotagem da resistência francesa. Tentaram obter nitroglicerina. E também havia as células em Freiburg e Bonn. Stuttgart foi um caso à parte. E o grupo de Berlim foi diretamente influenciado pelo Rosa Branca. Sua voz era baixa e calma, ela adorou ouvi-la. Mas a conversa sobre outros grupos contrários ao Partido Nacional-Socialista em toda a Alemanha a deixava impaciente. Complicava a história. Não tinha como espremer em cinco mil palavras todos os movimentos dissidentes, descoordenados e ineficazes, em particular aqueles que surgiram depois de Stalingrado e dos bombardeios na Renânia. Queria apenas o Rosa Branca. Estava ligada ao assunto. Por que Heinrich a afastava dele? Ela persistiu com suas perguntas até que por fim ele começou a contar o que ouvira do amigo e de outras fontes.

Ele começou a falar baixo e o som de sua voz se tornou um tanto monótono. Jane precisou se inclinar para escutá-lo. Os diários registraram um mosaico de rumores sobre a prisão e o tribunal, alguns deles de terceira mão, numa caligrafia incomumente garatujada. Fortes emoções podem ter feito a mão de Jane tremer. Todos, até mesmo os guardas da prisão, Robert Mohr inclusive, o interrogador da Gestapo, se impressionaram com a dignidade e a calma dos acusados. Mohr ficou perplexo com a maneira como Sophie Scholl aceitou a morte iminente. As cartas de despedida para a família e os amigos que Hans, Sophie e Christoph foram aconselhados a escrever nunca foram entregues. Em vez disso, as autoridades as arquivaram. Os pais dos Scholl só chegaram ao tribunal no fim do julgamento. A mãe desmaiou, recuperando-se depois. O juiz, Freisler, era bem conhecido por sua crueldade. A seus olhos, os três estavam mortos antes de começar o julgamento. Uma vez dada a sentença, Sophie se recusou a fazer o pronunciamento de praxe. Hans tentou pedir por Christoph, que era pai de três crianças, uma delas recém-nascida, porém Freisler o interrompeu.

Os condenados foram transferidos para a penitenciária de Stadelheim, na periferia de Munique, onde seriam realizadas as execuções. Os guardas relaxaram as regras e permitiram que os irmãos vissem seus pais. A mulher de Probst continuava no hospital, debilitada por uma infecção contraída no parto. Sophie estava bonita. Comeu um doce que a mãe lhe trouxera e que foi recusado por Hans. Sophie foi levada na frente, sem um murmúrio. Chegada a vez de Hans, segundos antes de colocar a cabeça no bloco de madeira, ele gritou alguma coisa sobre a liberdade — os relatos variavam.

Heinrich fez uma pausa. Talvez notando os olhos marejados de Jane. À guisa de consolo, contou que, segundo os rumores em curso, o juiz Freisler tinha morrido num bombardeio aéreo.

Veio então o pequeno gesto de ternura que transformaria suas vidas. Heinrich inclinou-se sobre a mesa e pousou a mão em cima da mão de Jane. Em resposta, passados vários segundos, ela girou a mão e os dedos de ambos se cruzaram. Um aperto forte. O que aconteceu depois não foi descrito, mas Jane anotou ter saído do quarto de Heinrich por volta das nove da noite. Onze horas depois. Na manhã seguinte, escreveu um bilhete ao colega de Kurt Huber pedindo desculpa por não ter comparecido à sua última entrevista.

Jane não era uma jornalista profissional. Na fase de pesquisa envolvera-se demais com o tema, e agora estava submersa e perdida nele. Não discernia entre estar apaixonada por Heinrich ou pelo Rosa Branca, era incapaz de enxergar a diferença. Precisava dos dois. As lágrimas que o fizeram pousar sua mão sobre a dela foram causadas ao imaginar o quão facilmente Heinrich poderia ter sido guilhotinado. A mesma beleza e inteligência, bondade e coragem, liquidadas num golpe.

Dentro de uma semana, ela se mudou da pensão para o quarto de Heinrich em Schwabing. Houve algumas noites frias de outono, mas o cantinho dele era mais quente que qualquer lugar que conhecera em Londres. Sua vida mudava com tanta velocidade! Nunca se soubera tão impetuosa. Dia e noite, nunca se separavam. Heinrich pôs de lado o trabalho a ser apresentado nos exames de direito. Jane não tinha tempo para escrever. Não se perturbou porque, quando vagavam pela cidade, ainda estava seguindo as pegadas do Rosa Branca. Heinrich mostrou-lhe as acomodações de Hans Scholl e a casa pertencente a Carl Muth, onde o grupo e vários amigos se encontravam com frequência. Foi lá que Heinrich conheceu Willi Graf e os irmãos Scholl.

Foram até a penitenciária Stadelheim e ao cemitério Perlach, bem próximo da cadeia, mas não encontraram os túmulos. Talvez não tivessem procurado direito. Ou então as autoridades locais, sob ordens do *gauleiter* Giesler, intencionassem desencorajar o culto de mártires.

Uma noite, não muito tempo depois de Jane se mudar, Heinrich lhe mostrou sua posse mais valiosa. Estava sob uma pilha de livros, embrulhada em panos de cortina carcomidos de traças, enfiada entre camadas de papelão. Ele a mantivera escondida durante toda a guerra. Era a primeira edição do *Blaue Reiter Almanac*, publicado em 1912, uma espécie de manifesto do grupo de artistas expressionistas de Munique e região nos poucos anos que antecederam a Primeira Guerra Mundial. Foram declarados "degenerados" pelo Partido Nacional-Socialista e seus quadros foram confiscados, vendidos, destruídos ou ocultados. Em breve, segundo Heinrich, quando as pinturas de Kandinsky, Marc, Münter, Werefkin, Macke e muitos outros fossem repostas nas paredes das galerias de arte, aquela publicação valeria um bocado de dinheiro. Era o presente de vinte anos de um tio abastado que amava a arte modernista e havia perdido quase toda a sua coleção. Desde então, o grupo Blaue Reiter se tornou o projeto predileto de Jane e Heinrich. De uma rosa para um cavaleiro, do branco para o azul, da guerra para a paz, um intenso movimento se seguiu ao outro. Heinrich possuía um livro de pinturas que datava do final da década de 1920 e, embora quase todas as ilustrações fossem em preto e branco, Jane começou a compartilhar seu gosto pelo que lhe era descrito como "cor não representacional".

Num dia muito quente, em meados de outubro, viajaram sessenta quilômetros rumo ao sul numa velha motocicleta emprestada, até a cidadezinha de Murnau. Era um gesto de homenagem. Os amantes Wassily Kandinsky e Gabriele Münter tinham estado lá em 1911 e se encantaram. Alugaram uma casa que se transformou no centro do grupo Blaue Reiter. Declararam que a cidadezinha e o campo a seu redor constituíam um grande estímulo à arte deles. Jane e Heinrich também se encantaram ao passear pelas ruas estreitas. Talvez tenham visto as brilhantes cores outonais nas árvores e nos prados vizinhos através dos olhos de Gabriele Münter. Tinham ouvido dizer que ela ainda possuía uma casa em Murnau. Muito depois, souberam que, tal como Heinrich, mas numa escala bem mais ampla, ela escondera do governo nacional-socialista muitas obras do Blaue Reiter, inclusive diversas de Kandinsky. E assim, depois que Jane ficou grávida, em janeiro de 1947, e eles se casaram sem alarde no mesmo mês, animaram-se com a ideia de morar em Murnau. Alugaram uma casa e se mudaram na primavera.

Quando começaram a desempacotar a mudança no chalé de três cômodos, Jane já vinha aceitando o fato de que jamais escreveria o artigo sobre o Rosa Branca. Estava apaixonada. Visivelmente grávida, comprometida com uma nova existência. Heinrich encontrara trabalho na firma de um advogado local que cuidava de transportes agrícolas. Ela estava dedicada a criar um lar para o bebê. Com muito sentimento de culpa e vários rascunhos, redigiu a carta de explicação para o escritório da *Horizon*. Connolly havia sido tão bondoso com ela que não conseguiu se dirigir a ele. Escreveu para Sonia Brownell, explicando que Munique estava devastada e sofria com a falta de alimentos, e que nessas condições era impossível descobrir muita coisa sobre o Rosa Branca. Não mencionou que se casara apesar dessas condições. Disse que, por questões de saúde, não poderia viajar para a Lombardia. Comprometeu-se a pagar, com tempo, todo o dinheiro que recebera. Posta a carta no correio, se sentiu melhor. Foi doloroso ver o livro de Inge Scholl publicado mais tarde naquele ano. Jane poderia ter sido a primeira a ter o relato impresso. Mas sabia que o livro de Scholl era bem melhor, mais íntimo e emocionalmente carregado, mais justificado do que qualquer coisa que ela pudesse ter feito. Mesmo assim, o arrependimento nunca se apagou. Heinrich foi murchando com o tempo, ou se solidificando em si próprio — nunca havia sido e nem fingira ser um Scholl, um Probst ou um Graf. Tornou-se um advogado de cidade pequena, frequentador regular da igreja, um homem de opiniões sensatas e firmes, membro ativo da célula local da União Democrática Cristã.

Jane resolveu seu destino dentro de casa. Em breve, todos os simpáticos vizinhos de Murnau tiveram de concordar que seu alemão, com o melodioso sotaque da Bavária, era quase perfeito.

Nunca frequentou uma universidade como o irmão, nunca se tornou uma escritora publicada, nunca "deu um pulo por cima dos Alpes" a fim de transmitir os segredos definitivos do ossobuco para os insensíveis ingleses. Só quando o casal se mudou para o norte, em 1955, ela começou a admitir que acabara levando uma vida segura dentro de um casamento tedioso. O mesmo tio que dera o *Blaue Reiter Almanac* de presente deixou como herança para Heinrich uma casa em Liebenau, perto de Nienburg. Jane preferia ter continuado em Murnau, mas a perspectiva de não pagar aluguel, segundo Heinrich, era irresistível. Uma vez lá, nunca mais se mudaram. Por razões médicas nunca explicadas, Jane não teve outros filhos. Heinrich havia se formado em Munique em 1951 e, com o tempo, ascendeu à posição de sócio sênior numa firma de Nienburg. Jane não se deu conta de como aos poucos foi se tornando obediente ao marido. Ele por sua vez não tinha nenhuma consciência de seu modo dominador, sua expectativa de que a mulher devia servi-lo na casa. Aqueles que conheciam Jane bem observaram em certas ocasiões, no jeito dela, um toque de aspereza, até mesmo de azedume, de desilusão. Muitos anos depois, num jantar, descrevendo para o genro a viagem que nunca fez para as casas de fazenda do norte da Itália, ela proclamou, se autogozando: "Eu poderia ter sido a Elizabeth David!".

Mas isso estava no futuro. De acordo com a última página de seu derradeiro caderno de notas, ela se encontrava num estado de beatitude em fins do verão de 1947. Decorou e arrumou os quartos da nova casa com precisão, colocou os vasos de ervas perto da porta da cozinha e deixou os canteiros de legumes e flores num local um pouco mais avançado no jardim. Nos fins de semana, nadava nas águas calmas do Staffelsee com seu jovem e belo marido, Heinrich Eberhardt, uma das poucas centenas de pessoas que, em meio aos milhões de alemães, tinha resistido à tirania nazista.

Às vezes, o casal avistava a septuagenária Gabriele Münter na rua. Somente numa ocasião, após um debate nervoso, aproximaram-se dela, que se encontrava a sós do lado de fora de um açougue. Agradeceram-na por sua arte, que não apenas lhes dera enorme prazer, mas os levara à bonita Murnau. Ela pouco falou antes de se afastar, porém eles tomaram seu delicado sorriso como uma forma de bênção. Naqueles meses ensolarados, Jane ficou menos perturbada por seus projetos abandonados do que ficaria posteriormente. Sentiu-se "mais alegre do que qualquer um poderia se sentir" num país destroçado e empobrecido por uma guerra desastrosa — e sem dúvida mais alegrias estavam por vir. Com esse sentimento elevado, o diário chegou ao fim. Alissa nasceu em outubro daquele ano.

Ele foi arrancado de seus pensamentos por um grito na escuridão. Não era o som de um bebê acordado que precisasse de consolo. Roland sabia que crianças dessa idade já eram capazes de fazer projeções, mas interpretou o gemido felino como desespero. O que seria capaz de arrancar um bebê do sono profundo e lançá-lo ao fato solitário e chocante da existência? Tudo desconhecido, poucos recursos para conhecer. Naquele som fino e agudo, a solidão mais absoluta. Um grito humano. Pôs-se de pé num salto, seus pensamentos apagados, como se ele também houvesse sido despertado do nada. Envolto apenas numa toalha, pegou a mamadeira onde ela era mantida aquecida. Quando tomou Lawrence nos braços, os gritos tinham se dissolvido em soluços, movimentos profundos demais para que pudesse beber. Por fim, se dedicou avidamente à mamadeira. Depois que Roland trocou a fralda e o pôs de volta no berço, cobrindo-o, o bebê estava quase dormindo.

Era um prazer acomodar-se numa pequena poltrona junto

ao berço. A visita noturna podia ser um arranjo útil aos dois — Roland acalmava-se ao observar o sono do filho, de rosto para cima, os braços jogados para trás, as mãos mal alcançando o topo da cabeça. Um grande e gordo cérebro, com sua proteção óssea, era um empecilho naquela idade. Tão pesado que impediu Lawrence de sentar-se durante os primeiros seis meses. Mais tarde, encontraria outras maneiras de ser um estorvo. Por enquanto, a cabeça de testa alta e quase careca declarava ao pai que ele era um gênio. Seria possível encontrar a felicidade na condição de gênio? Einstein se deu bastante bem, tocando violino, velejando, amando a fama, descobrindo o júbilo puro em sua Teoria da Relatividade Geral. Mas teve também um divórcio complicado, a batalha pelos filhos, amores angustiantes, a paranoia de que David Hilbert roubaria seu show, nunca fazendo as pazes com o quantum, com os jovens brilhantes que tudo lhe deviam. Melhor ser um ignorantão ou um sujeito mediano? Ninguém iria preferir isso. Os ignorantes tinham seus próprios caminhos para a infelicidade. Quanto ao medíocre contente, Roland era uma boa contraprova. Na escola quase sempre ficava no terço inferior da turma, recebendo relatórios anuais repletos de termos como "satisfatório" e "poderia fazer melhor". Sua mente poderia ter vivido um despertar aos quinze anos, mas naquele momento ela pertencia a Miriam Cornell. Sua capacidade mental estava limitada ao piano e não se traduzia em resultados acadêmicos. Desde então não aflorara nele nenhuma habilidade rentável, nenhum sucesso, nem mesmo um bom pretexto para alegar falta de sorte. Em seu canto no sul de Londres, numa casinha apertada e vagabunda, tão bem vedada que ele e Lawrence mal podiam respirar, sustentado por ajudas do governo, ele se encontrava feliz em sua autocomiseração. O que era uma nuvem radioativa cobrindo o continente em comparação com o sumiço de sua mulher? Quanto à alegria indispensável e passageira de uma união sexual e amorosa, ele se importava menos com isso agora do que aos dezesseis anos.

Ao acordar, o relógio marcava duas e meia. Havia dormido por três horas e estava tremendo. A toalha rolara para os tornozelos. Lawrence não tinha mudado de posição — os braços ainda jogados para cima numa posição de rendição. Roland voltou para seu quarto e tomou mais um banho de chuveiro. Caiu na cama outra vez, limpo, calmo, quase nu, inutilmente alerta às três da madrugada. Não podia culpar o álcool, não sentia vontade de ler. Ele devia era levar uma boa reprimenda. Planeje sua vida! Não pode continuar à toa! Assuma que ela não vai retornar! Certo. E depois? Depois... Sempre que chegava a esse ponto, a luta cotidiana com a paternidade e o cansaço cobriam seu futuro como um nevoeiro. Não existia um plano concebível, um ponto positivo em ficar rente ao chão, seguir em frente, garantir que Lawrence também fosse em frente, cuidando dele e brincando com ele, recebendo a ajuda do Estado, executando as tarefas domésticas, cozinhando, fazendo compras. O destino estreitíssimo comum a todas as mães solteiras era também o seu.

Mas tinha um poema em mente, derivado da frase corriqueira que ouvira ao sair de uma loja: “Ele bem que merecia”. Bom título. E talvez fosse o caso. Era uma questão pessoal, um demônio que ele derrotaria ao descrever. Mas qual a utilidade da poesia quando necessitava de dinheiro? Como se para zombar de sua ambição literária, um velho amigo dos tempos do jazz, Oliver Morgan, havia telefonado duas semanas antes com uma proposta. A seu próprio modo, Morgan representava o novo espírito de empreendedorismo da era Thatcher. Não tocava mais saxofone. Em vez disso, criava empresas, fazia com que prosperassem (segundo dizia) e as vendia. Tanto quanto seus amigos sabiam, nunca tinha ganhado muito dinheiro. Na melhor das hipóteses, empatava. A nova empreitada era um negócio de cartões de felicitações. O mercado, ele contou a Roland, estava saturado de porcarias, com ilustrações e palavras sentimentais. Mau gosto. Poesia de segunda categoria, comprada, de acordo com as pesquisas, pelas classes C e D. Gente obesa que fumava sem parar, disse Morgan. Pouca educação, nenhum refinamento, pouco dinheiro. Uma minoria numerosa de jovens profissionais bem-educados e figuras professorais de meia-idade estava sendo negligenciada. Imagens eróticas indianas ou arte europeia renascentista, lindamente reproduzidas, poderiam agradar esse público. Papel grosso e cor creme. Dentro, versos de feliz aniversário sofisticados, de alto nível. Para levar a velhice numa boa, usar um tom irônico para falar de nascimentos, casamentos e mortes. Obscenidades também cabiam. Comprador e destinatário sentiriam-se lisonjeados pelas amplas referências culturais. Roland era o cara perfeito — preso em casa, com tempo de sobra, entendido em poesia. Durante os primeiros seis meses, seria pago basicamente com ações da empresa, por isso não haveria necessidade de dizer nada à turma responsável pela ajuda governamental.

Com deficiência de sono e irritadiço, Roland bateu o telefone, chamando vinte minutos depois a fim de se desculpar — com o que a amizade permaneceu intacta. Porém seu sentimento de insulto persistiu, Morgan não entendia que ele era um poeta sério, que tinha mais de meia dúzia de poemas publicados em veículos de alto calibre cultural. Não passavam de publicações universitárias com tiragens minúsculas, mas tudo podia mudar em breve. Sobre sua mesa, a menos de um metro de distância, estava a mais recente revisão. Esperando uma resposta.

Ainda quente depois do banho, ficou esticado em cima do lençol roxo e cor de laranja de algodão indiano, sob uma faixa estreita de luz que desviava sua visão do quarto entulhado de coisas. Nos últimos anos, o governo vinha ensinando até mesmo a seus opositores que não era vergonhoso imaginar-se rico. Ele tentou se ver em meio ao luxo. Numa casa quatro vezes maior com uma mulher amorosa que não fugisse dele, fama literária, duas ou três crianças felizes e uma diarista, como a que dava um pulo na casa de Peter e Daphne para fazer limpeza duas vezes por semana.

"Dar um pulo", a expressão que sua sogra colhera com Connolly, representaria para sempre viagens não feitas. Por exemplo: "Ele deu um pulo em Liebenau e persuadiu Alissa a retornar". Pegou o cartão-postal na mesinha de cabeceira e o estudou de novo. Aquele podia ser o mesmo prado íngreme que Gabriele Münter pintou em 1908, com seus colegas do Blaue Reiter Alexej von Jawlensky e Marianne von Werefkin esparramados na relva. Sem rostos. Sem ovelhas ao redor. Um quadro que talvez ela tivesse escondido em sua casa de Murnau junto aos de Kandinsky. Eles sobreviveram a algumas buscas na casa pelos nazistas. A descoberta deles poderia mandá-la para um campo de concentração. Será que Roland teria a mesma coragem? Esse era outro assunto. Enxotou o pensamento e virou o cartão para relê-lo. "Maternidade" sem as vogais já não o incomodava. O sentido era claro. Como aquilo a afundaria, precisava fugir para se "encontrar". Essa era a teoria de Daphne. A maternidade também poderia afundá-lo. Quando escreveu o cartão, ela estava a caminho de Liebenau. "Por favor, não telefone para lá." Se a visita não tivesse sido curta, nesse instante ela estava com os pais. Ela o liberara de telefonar. Era sempre Jane, e não Heinrich, quem atendia. Ele teria de lhe dizer a verdade ou mentir sem conhecer de antemão o quanto ela já sabia.

Ele nada dissera a seus próprios pais. O pai tinha estendido o vínculo com o exército britânico ao aceitar um emprego de oficial aposentado, tocando uma oficina de veículos leves na Alemanha. Terminados os dez anos adicionais, Robert e Rosalind se instalaram numa pequena casa moderna perto de Aldershot, não muito longe de onde ela nascera e onde se conheceram, em

1945, enquanto Rosalind auxiliava um motorista de caminhão. Meses depois de estarem "de volta", envolveram-se num acidente. O major Baines, virando à direita numa movimentada estrada de quatro pistas que passava pelo topo da colina Hog's Back, olhou para a direção errada e atravessou o caminho de um carro em velocidade. Como o carro se desviou, a colisão não foi frontal. Ninguém se feriu, mas Robert e Rosalind ficaram num estado de choque que durou semanas. Em especial ela, que, nervosa, passou a se esquecer das coisas e não conseguia dormir. Mãos e braços foram tomados por erupções cutâneas e a boca se encheu de pequenas feridas. Não era hora de falar com eles sobre Alissa.

Ele havia alcançado aquele ponto — comum aos homens de trinta e tantos anos — em que os pais iniciam seu descenso. Até ali haviam se mantido sólidos, fossem quem fossem, fizessem o que fizessem, gozavam de boa saúde. Agora, pedacinhos de suas vidas começavam a cair ou sair voando de repente, como o espelho retrovisor destroçado do carro. Mais tarde, partes maiores se soltaram, precisando ser recolhidas do chão ou apanhadas em pleno ar pelos filhos. Era um processo lento. Dez anos mais tarde, ele ainda estaria conversando sobre aquilo com amigos em volta da mesa da cozinha. Sua diligente e bondosa irmã, Susan, era quem mais cuidava deles. Roland se ocupara de providenciar o pagamento do seguro contra acidentes. Antes disso, do pedido de hipoteca, da drenagem defeituosa na frente da casa, da programação do rádio novo, de alguma coisa que não abria, outra coisa que não funcionava — por enquanto pequenas bobagens. Alissa sugeriu que ele comprasse para seus pais um dispositivo para abrir tampas de vidros e garrafas. Demonstrou seu uso num vidro de repolho em conversa. Na nova cozinha, os pais ficaram bem perto dele para observar. Foi um momento importante. Já não tinham tanta força nas mãos. Agora, na década de 1980, a geração da guerra começava a declinar. Poderia levar quarenta anos ou mais para que se fossem os últimos sobreviventes. Em 2020, ainda seria possível para alguém de cem anos recordar como lutou durante toda a guerra. Como soldado raso na Highland Light Infantry, Robert Baines tinha testemunhado a mortandade de civis e militares durante o recuo ao longo das estradas apinhadas de gente que levavam às praias de Dunkirk. Tomou três balas nas pernas de uma metralhadora alemã. Um fazendeiro francês chamado Roland cuidara dele, conduzindo-o até a praia de Dunkirk. De volta à Inglaterra, após uma viagem longa de trem até Liverpool, Robert passou meses no hospital de Alder Hey, na mesma enfermaria em que o pai dele tinha ficado com um pé avariado, servindo no mesmo regimento e lutando na guerra anterior. Robert perdeu o irmão na Noruega, em 1941. Rosalind perdeu o primeiro marido nos arredores de Nijmegen quatro meses depois dos desembarques na Normandia. Um tiro no estômago. E ele havia perdido o irmão, prisioneiro de guerra dos japoneses, enterrado na Birmânia.

Era comum que homens da geração de Roland imaginassem os perigos que nunca precisaram confrontar. Com as garrafinhas de leite gratuito, o Estado garantira o cálcio nos ossos do jovem Roland, que também recebera de graça uma noção ou outra de latim, física e até da língua alemã. Ninguém era preso por ser modernista ou usar cores não representacionais. Sua geração foi mais bem-afortunada que a seguinte. A dele foi embalada no colo da história, aconchegada numa pequena dobra do tempo, lambendo todo o creme. Roland tinha tido a sorte histórica e todas as oportunidades. Mas lá estava, sem tostão numa época em que o bondoso Estado se tornara uma megera. Falido e dependente no que restava de sua generosidade — o soro do leite.

Mas com duas horas de sono, descontado o pesadelo, o quarto aquecido, os pensamentos vívidos e os membros confortavelmente apoiados em lençóis de algodão, a mente de Roland foi envolvida por um estado de espírito rebelde. Ele podia ser livre. Ou fingir que era. Podia descer naquele momento, romper sua nova regra e encher um copo, remexer no fundo de uma gaveta da cozinha em busca de um tubinho plástico de rolo de filme cheio de maconha que alguém deixara lá seis meses antes. Talvez ainda estivesse ali. Enrolar um baseado, ficar de pé no jardim no meio da noite. Escapar da existência normal para ser lembrado, como quando tinha uns vinte anos, de que não passava de um organismo insignificante numa pedra gigantesca que girava na direção leste a uma velocidade de mil e seiscentos quilômetros por hora ao vagar pelo vácuo em meio a estrelas distantes e indiferentes. Saudar tal fato erguendo o copo. A pura sorte da consciência. Isso o animava. Talvez ainda o anime. Alpes, a Causse de Larzac, as montanhas da Eslovênia. Àquela distância, também parecia ser liberdade quando ele entrava na Berlim Oriental, passando pelo Checkpoint Charlie, com livros e discos semi-ilegais. Poderia ir até o jardim agora e, erguendo o copo, homenagear suas liberdades de outrora. Mas não se moveu. Álcool e maconha às quatro da manhã, quando Lawrence iria despertar antes das seis e o dia inexoravelmente iria começar? Mas não era isso. Se o bebê não existisse, mesmo assim ele continuaria imóvel. O que o mantinha ali? Havia agora um novo fator. Ele tinha medo. Não da vastidão do espaço vazio. Algo mais próximo. Relembrou o que tinha desejado enxotar. Coragem. Um conceito quase antiquado. Ele era dotado de coragem?

Nas memórias de Inge Scholl sobre o Rosa Branca, tal como resumidas por Jane, *Herr* e *Frau* Scholl tiveram permissão de ir à penitenciária Stadelheim a fim de ver os filhos por alguns minutos e se despedir antes da execução. Devido à escassez de produtos durante a guerra, a pequena guloseima que levaram era provavelmente um substituto insosso de chocolate. Hans a recusou. Sophie aceitou alegremente. Disse aos pais que não tinha almoçado e estava com fome. Roland duvidava disso. Ela deve ter pensado que daria aos pais algum consolo consumindo, pouco antes de ser levada embora, o presente que haviam trazido. Será que ele teria sido suficientemente corajoso, momentos antes de sua morte, para mastigar uma barra de chocolate falso com o objetivo de tranquilizar os pais?

Levantou-se da cama. Seria interessante reler o resumo feito por Jane do relato de Inge Scholl. Christoph Probst estava lá com a família Scholl naqueles instantes finais? Sua mulher dera à luz quatro semanas antes, mas continuava doente demais para deixar o hospital. Algum outro parente próximo foi se despedir dele? Roland abriu a gaveta de baixo, onde Alissa guardava os suéteres. Dobrados em pilhas ordenadas, o aroma de flores o envolveu com afeto. Eles haviam embrulhado as seiscentas páginas num velho exemplar do *Frankfurter Allgemeine Zeitung*. Por isso não levou mais do que alguns segundos para se dar conta de que a fotocópia tinha desaparecido. Tudo bem. Pertencia de fato a ela. Roland já tinha percebido que Alissa havia levado os rascunhos dos dois romances dele reiteradamente recusados. Sua bagagem devia estar bem pesada.

Voltou para a cama. Como se recordava, Hans e Sophie Scholl foram conduzidos a seus pais um por um. Hans teve seus poucos minutos, depois foi a vez de Sophie. Falaram-se através de uma barreira. Talvez fosse assim que a família desejava que ela fosse lembrada, e era provavelmente verdade: Inge Scholl escreveu que, segundo os pais, sua irmã entrou com um ar orgulhoso, relaxada, bonita, a pele rosada, os lábios cheios e corados. Roland lembrava-se também de que, mais tarde, os três acusados tiveram a permissão de se reunir por alguns minutos. Abraçaram-se. Christoph Probst, impedido de ver a esposa e os filhos, ao menos pôde abraçar os dois amigos. Sophie foi a primeira a ser encaminhada à guilhotina. A tragédia foi encenada num palco construído por homens dominados por um sonho tresloucado e perverso. Sua selvageria se tornara a norma. Diante dela, será que Roland estaria à altura da coragem de Sophie e Hans? Acreditava que não. Não agora. A partida de Alissa o debilitara e a catástrofe de Tchernóbil o havia tornado medroso.

Fechou os olhos. Nos confins do país, ao norte e a oeste, onde o calcário macio cedia lugar ao duro granito, nos altiplanos e prados, em todas as folhas de capim, dentro das células das plantas, no mais profundo nível do quantum, as partículas dos isótopos venenosos tinham entrado em suas órbitas. Estranha matéria artificial. Ele invocou, em toda a Ucrânia, animais das fazendas e cachorros de estimação apodrecendo aos milhares em valas abertas por tratores ou atirados em gigantescas piras, o leite contaminado correndo por calhas para os rios. As conversas agora versavam sobre as crianças não nascidas que poderiam morrer devido a suas deformidades, dos destemidos ucranianos e russos que sofreram mortes horríveis combatendo um incêndio de características desconhecidas, das mentiras instintivas divulgadas pela máquina de propaganda soviética. Ele não tinha o que seria necessário, nem a ousadia nem a alegria juvenil para descer e ficar a sós sob o céu no mais fundo da noite, erguendo um copo para as estrelas. Não quando acontecimentos provocados pelo homem estavam fora de controle. Os gregos tinham razão de imaginar seus deuses como seres briguentos e imprevisíveis que pertenciam a uma elite arrogante. Se fosse capaz de acreditar em deuses tão humanos, seriam os que ele mais iria temer.

Quatro

Na terceira semana do sumiço de Alissa, Roland resolveu pôr em ordem as estantes de livros em volta da mesa da cozinha. Era complicado arrumar livros, era difícil jogá-los fora. Eles resistiam. Arrumou uma caixa de papelão para os rejeitados que iriam para a doação. Depois de uma hora, ali estavam dois guias de viagem ultrapassados em edições de bolso. Alguns exemplares guardavam pedaços de papel ou cartas que precisavam ser lidas antes de devolver os livros à estante. Outros continham dedicatórias carinhosas. Muitos eram familiares demais para evitar que fossem abertos e desfrutados de novo — ter a primeira página ou alguma ao acaso relida. Um punhado era de primeiras edições modernas que pediam para ser abertas e admiradas. Ele não era um colecionador — tratava-se de presentes ou compras acidentais.

Fez algum progresso enquanto Lawrence dava uma cochilada no fim da manhã. À noite, recomeçou após jantar. O segundo livro que pegou de uma pilha recém-montada pertencia à biblioteca de uma escola. Tinha dentro as velhas marcas do Conselho do Condado de Londres e o carimbo da bibliotecária: 2 de junho de 1963. Não fora aberto desde então, sobrevivera a várias mudanças de casa e a um ano num depósito. Joseph Conrad, *Juventude e duas outras narrativas*. Edição mais barata, J. M. Dent & Sons Ltd, reimpressão em 1933, sete xelins e seis pênis. O corte das páginas tinha sido feito de forma grosseira. Ainda possuía a capa macia, nas cores creme, verde-escuro e vermelho, uma xilogravura mostrando palmeiras e uma embarcação com as velas enfunadas passando por um promontório rochoso e montanhas distantes. Uma evocação do Oriente tropical cuja perspectiva excitara o jovem protagonista do conto. Roland ficou feliz por reencontrar o livro. Viajara clandestinamente com ele sem ser notado. Ele adorou "Juventude" aos catorze anos, idade em que raramente se interessava pela leitura. Não lembrava da história.

Segurando o livro com as duas mãos, como numa prece, aberto na primeira página, ele se acomodou na cadeira mais próxima e não se mexeu por uma hora. Ao se sentar, um pedaço de papel dobrado caiu do meio das páginas, e ele o pôs de lado. O narrador e outros quatro estavam sentados em torno de uma mesa de mogno encerado que reflete uma garrafa de clarete e seus cálices. Nada é dito sobre onde se encontram. Poderiam estar no camarim de um navio ou na sala privada de um clube londrino. A mesa não se move, como se flutuasse sobre águas tranquilas. Os cinco homens vêm de diferentes classes sociais, mas compartilham "o forte vínculo do mar". Todos começaram na marinha mercante. Marlow, o alter ego de Conrad, é quem conta a história, esta é sua primeira aparição. Como acabou se tornando famoso, narrou também "O coração das trevas", o conto seguinte no volume.

"Juventude" é especial porque, como Conrad explica nas notas, foi um "feito de memória". Marlow reconta a viagem que fez aos vinte anos como segundo no comando de um velho navio, o *Judea*, que devia levar uma carga de carvão de um porto do norte da Inglaterra para Bangcoc. É uma história de atrasos e acidentes. Ao descer o Tâmisa, o navio precisa lutar contra as ventanias na altura de Yarmouth e leva dezesseis dias para alcançar o Tyne. Quando a carga é por fim embarcada, o *Judea* é acidentalmente abalroado por um vapor. Dias depois, nas costas de Lizard, é atingido por uma tempestade. Ninguém escreve sobre uma tempestade no mar como Conrad. O navio faz água, a tripulação a bombeia durante horas, porém é forçada a retornar a Falmouth. Iniciam uma longa espera por reparos. Passam-se meses, nada acontece. O navio e sua tripulação se tornam uma piada local. O jovem Marlow consegue uma licença, vai a Londres, volta com as obras completas de Byron. Finalmente, o conserto termina e eles zarpam. O velho navio segue lento rumo aos trópicos, a cinco quilômetros por hora. No Oceano Índico, a carga de carvão começa a pegar fogo. A fumaça e os gases venenosos envolvem a embarcação. Depois de dias combatendo o fogo, ocorre uma explosão colossal: o capitão e os tripulantes abandonam o navio, que afunda, e escapam em três botes. Marlow encontra-se no menor, com dois marujos experimentados. É seu primeiro comando. Remam horas a fio em direção ao norte e desembarcam num pequeno porto de Java.

Naquela mesinha reluzente deve haver mais do que uma garrafa de bordeaux. Marlow interrompe com frequência seu relato para dizer: "Passe a garrafa". O sentido da história e do título é que a qualquer momento, por mais catastrófica que seja a situação, o jovem Marlow, ou Conrad, nunca desanima. Os trópicos, o legendário Oriente, estão diante dele, e tudo, embora possa ser perigoso, fisicamente exigente ou tedioso, constitui uma aventura. É o demônio, a juventude, que o sustenta. Curioso, resiliente, feroz em sua fome de experiência. "Ah! Juventude!" é o refrão da história.

As últimas palavras não são de Marlow, e sim do narrador que o apresentou. Tendo Marlow terminado, o narrador conclui:

"Todos nós fizemos um aceno positivo com a cabeça para ele por cima da mesa encerada que, como uma lâmina parada de água acobreada, refletiu nossos rostos com rugas profundas, nossos rostos marcados pela labuta, pelos enganos, pelos sucessos, pelo amor; nossos olhos cansados... de buscar ansiosamente por alguma coisa na vida que, enquanto está sendo esperada, já se foi".

Roland leu a última meia página duas vezes. Perturbou-o. Marlow diz algumas páginas antes que a viagem ocorreu vinte e dois anos atrás. Isso significa que, quando a conta aos amigos, todos com rostos enrugados pela labuta e olhos cansados, Marlow tem quarenta e dois. Velho? Roland tinha trinta e sete. A idade e seus remorsos, a juventude evaporada e as expectativas jogadas fora — ali perto. Retornou às notas do autor. Sim, "Juventude" era o "registro da experiência, mas aquela experiência, em seus fatos, em sua visão interior e no colorido externo, começa e termina em mim mesmo".

O que ele, Roland, podia dizer que terminava em si próprio? Ao pensar nisso, sua mão tocou sobre a mesa no quadrado de papel que caíra do livro. Era um velho recorte, as bordas se desfazendo, do *The Times* da sexta-feira, 2 de junho de 1961: "Escola comunitária sem condições restritivas". Antes de lê-lo, ficou intrigado com a data. O livro da biblioteca tinha sido carimbado três anos depois, em 1964, meses antes de ele sair de vez da escola. O recorte deve ter sido posto no livro por outra pessoa, e ele nunca reparou.

Era um artigo bem-intencionado e meio chato sobre o décimo aniversário de sua escola, "injustamente caracterizada por muitos como a Eton dos pobres". Na verdade, era um internato do curso secundário, administrado pelo Conselho do Condado de Londres, livre das "tradições sufocantes de muitas escolas públicas", com "bonitos terrenos que descem para um rio", livre também dos "meninos com problemas das escolas especiais", um colégio aberto a todos que passavam no exame do primário, "uma comunidade de meninos de todas as classes sociais, dos filhos de diplomatas aos de soldados rasos... muitos vão para as universidades... uma escala generosamente gradual de taxas... a maioria dos pais não precisava pagar". Havia muitas atividades, muito sucesso nas competições de vela, um Clube de Jovens Fazendeiros, óperas e uma "atmosfera amigável". O mais notável era "o ar tranquilo dos alunos".

Tudo verdade, ou pelo menos não mentiroso. Aos vinte anos, Marlow já vivia no mar havia seis anos. Estivera no mastro da mezena em mares agitados, enrolando as velas, gritando ordens que venciam o vento para homens com o dobro de sua idade. Em contraste, Roland teve cinco anos de internato desfrutando o ar tranquilo dos meninos. Tinha velejado, mas como tripulante agachado debaixo da retranca, puxando uma corda presa ao canto da bujarrona, enquanto um menino mais velho chamado Young gritava com ele durante duas horas. Naquela época, era de esperar que os capitães navais fossem assim. Na opinião de Marlow, aquelas atividades num rio "não passavam de uma diversão." Sua existência no mar "era a própria vida". Certa vez, o barco de Roland tinha virado no rio Orwell, um lindo azul de longe, um esgoto a céu aberto para quem caísse nele. Essa era a essência do artigo do *Times* — uma visão distante. E o que era visto de perto? Como era o interior, o fruto da "visão interior"? Ele não tinha certeza, mas aquilo o perseguia.

Se ainda bebesse, agora seria a hora de servir-se um uísque e contemplar a passagem dos anos. Marlow se apresentava como tendo passado da metade da vida. Roland vinha logo atrás. Por volta dos trinta e cinco a pessoa começa a se perguntar de que tipo é. O primeiro estágio turbulento da vida adulta já tinha passado. Assim como arranjar desculpas esfarrapadas, apelando para a própria formação. Pais pouco presentes? Falta de amor?

Amor demais? Chega de arranjar desculpas! Você tinha amigos, alguns dos quais bem antigos. Podia ver seu próprio reflexo ao olhar para eles. Poderia ter se fechado no amor e depois saído do casulo. Ter feito alguma coisa útil no seu tempo sozinho. Você sabia o que se passava no mundo e como se relacionar com isso. As responsabilidades estavam ajudando a definir quem você era. A paternidade também. A figura com o rosto enrugado logo ali na frente não era Marlow. Era você aos quarenta. Os primeiros sinais da mortalidade já estavam presentes no corpo. Não havia tempo a perder. Agora você podia inventar um ego, à parte e solitário, para encarar seu próprio julgamento. E, contudo, poderia estar errado. Talvez tivesse de esperar mais vinte anos — e mesmo assim continuaria sem saber.

Imagine, então, como era para um garoto de catorze anos que vivia num tempo, numa cultura e num lugar em que nunca podia estar sozinho e em que o autoconhecimento ou até mesmo saber que isso existia não era de forma alguma encorajado. Num dormitório que dividia com nove outras pessoas, expressar sentimentos difíceis — uma dúvida íntima, uma esperança terna, uma preocupação sobre sexo — era raro. Quanto ao desejo sexual, isso ficava submerso em bazófias, provocações e piadas engraçadas ou obscuras. Nos dois casos era obrigatório rir. Por baixo da sociabilidade nervosa havia a consciência de um grandioso novo reino aberto diante deles. Antes da puberdade, sua existência permanecia oculta e nunca os perturbara. Agora, a ideia de um encontro sexual se erguia à frente deles como uma cadeia de montanhas, bela, perigosa, irresistível. Mas ainda distante. Enquanto falavam e riam no escuro depois de as luzes serem apagadas, pairava no ar uma impaciência maluca, uma ânsia ridícula por alguma coisa desconhecida. A realização os esperava, disso tinham certeza, mas a queriam agora. Num internato rural para meninos, não havia grandes chances. Como poderiam saber o que era "aquilo" de fato, e o que fazer a respeito, se todas as suas informações provinham de historinhas e piadas sem sentido? Certa noite, um dos meninos disse na escuridão durante uma pausa: "E se a gente morrer antes de fazer o troço?". Fez-se silêncio no dormitório enquanto todos sopesavam tal possibilidade. Até que alguém disse: "Tem a vida no Além". E todo mundo caiu na risada.

Numa ocasião, quando ele e seus amigos ainda eram novos na escola, com onze anos de idade ou coisa parecida, receberam um convite especial para visitar o dormitório de alguns meninos mais velhos. Eles estavam apenas um ano à frente, mas pareciam pertencer a uma tribo mais sábia, superior, mais forte e de certo modo ameaçadora. Aquilo foi apresentado como um acontecimento secreto. Roland e os outros novatos não sabiam o que esperar. Dois meninos, sujeitos grandes e musculosos, do tipo que se desenvolveu antes que os outros, estavam lado a lado no corredor entre os beliches. Um grande grupo, todos vestindo pijamas, estava por perto. Muitos empoleirados nas camas de cima. O cheiro de suor lembrava o de cebola crua. Passava muito da hora de apagar as luzes. Na lembrança, o dormitório estava inundado com o brilho de uma lua cheia. Quem sabe não. Talvez fossem lanternas. Os dois meninos tiraram as calças dos pijamas. Roland nunca vira pentelhos antes, um pênis maduro ou uma ereção. Após um grito de partida, os dois começaram a se masturbar freneticamente, uma visão indistinta de mãos fechadas que iam e vinham como pistões. Ouviram-se gritos de encorajamento: a barulheira na margem do campo durante uma partida importante. Havia hilaridade junto com admiração. A maioria dos meninos presentes não tinha maturidade sexual suficiente para participar de tal disputa.

A corrida acabou em menos de dois minutos. O vencedor foi o que gozou primeiro, talvez o que ejaculou mais longe, e a questão foi objeto de imediato debate. Os competidores pareciam haver cruzado a linha de chegada ao mesmo tempo. Os dois montinhos leitosos de esperma no linóleo do chão pareciam equidistantes. Mas seriam visíveis apenas sob o luar? Os oponentes não davam a impressão de estar interessados na vitória. Um deles começou a contar piadas sujas que Roland não entendeu. As vozes e risos por fim trouxeram um bedel, e todos foram mandados de volta para suas camas.

Roland não soube dizer se ficou perplexo, horrorizado, ou se achou divertido. Não havia como saber, não era uma história de introspecção tal como a descrita por Conrad. A mente, as variações diárias de estado de espírito de seu ego juvenil eram impenetráveis àquela distância. Ele nunca refletia sobre seus estados mentais. Uma coisa de imediato substituía a outra. Salas de aula, jogos, aulas de piano, lição de casa, amizades cambiantes, empurrões, filas, luzes apagadas. Na escola, ele tinha a vida mental de um cão, acorrentado a um presente constante.

Houve uma exceção. Roland estava na casa dos trinta, lembrava de todos os detalhes. A experiência interna estava preservada no profundo abismo oceânico dos pensamentos de um menino. Quando a conversa no dormitório se transformava em silêncio e o sono ia chegando, ele se refugiava num espaço único. A professora de piano, que não lhe dava mais aulas, mal sabia que se desdobrava em duas. A mulher de verdade, a srta. Cornell, que Roland via de vez em quando nos arredores da enfermaria, da estrebaria ou das salas de música. Sozinha, ela devia estar saindo de seu pequeno carro vermelho ou indo na direção dele antes ou depois das aulas. Nunca se aproximou dela, fazia um esforço consciente para que isso não acontecesse. Teria odiado se ela o parasse para perguntar "como iam as coisas". Pior se passasse direto, nem quisesse lhe falar. E um horror se deixasse de reconhecê-lo.

E havia a mulher de seus devaneios noturnos, que fazia aquilo que Roland mandava, o que significava privá-lo de sua força de vontade e fazer com ele o que ela bem quisesse.

As cores são quase tudo o que resta da infância. Numa tarde quente de setembro, quando já estava na escola havia duas semanas, foi de bicicleta com um grupo de meninos nadar no Stour, um rio largo que também era influenciado pelas marés, embora fosse mais limpo que o Orwell. Seguiu os mais velhos por uma trilha que margeava alguma plantação até a praia de lama seca e pequenas pedras. Nadou para mais longe que os demais, exibindo as fortes braçadas adquiridas nos anos em Trípoli. Mas a maré estava virando, afastando-o da margem em direção a águas mais profundas e frias. Uma câimbra endureceu os músculos de sua perna e não conseguiu mais nadar, mal se aguentava boiando. Gritou e acenou até que um menino grande, cujo sobrenome era realmente Rock, nadou até ele e o puxou de volta para a margem. Medo, humilhação, gratidão, alegria por estar vivo — nem sinal. Tinha de voltar de bicicleta a tempo de alcançar a maré da rotina — aula das quatro horas, chá, lição de casa.

Periodicamente se instaurava uma crise na escola, um momento sombrio de transgressão que unia a todos numa culpa coletiva. Quase sempre envolvia roubo. O rádio transistor de um, o bastão de críquete de outro. Uma vez a roupa de baixo de alguma senhora desapareceu do varal das funcionárias. Nessas ocasiões, todos os alunos eram convocados para se reunir no auditório, e o diretor — um sujeito bem-humorado, decente e meio trapalhão, bom jogador de rúgbi e conhecido por chamar sua mulher de George — subia ao palco a fim de dizer aos cento e cinquenta meninos que, até o culpado se apresentar, todos ficariam sentados em silêncio, mesmo se isso implicasse em perder uma refeição. Nunca funcionou, sobretudo com as calcinhas roubadas. Os mais velhos sabiam que deviam levar um estojo portátil de xadrez ao receber a convocação.

Não eram só os roubos que uniam a escola. Na primavera iam todos em excursão visitar a base aérea norte-americana de

Lakenheath, onde era mantida uma frota de gigantescos B-52 armados com bombas nucleares para deter ou destruir a União Soviética. Roland ia no ônibus escolar com seus amigos. Faziam uma fila de uma hora para ter a oportunidade de sentar-se no assento do piloto de um caça a jato. Havia um sobrevoo distante dos estrondosos bombardeiros. Seu dinheiro para gastos eventuais não dava para comprar as costeletas assadas, os bifes e as batatas fritas com coca-cola vendida em copos de papel encerado do tamanho de vasos de flores. Mas eles observavam tudo.

Uma noite, os alunos foram convocados. O diretor começou a acusação. O comandante da base havia telefonado para dizer que certos meninos, identificados pelos blazers da escola com a insígnia e o lema *Nisi Dominus Vanum* — Sem o Senhor tudo é em vão —, tinham sido vistos ao descer do ônibus usando o símbolo preto e branco da CDN, a campanha de desarmamento nuclear. Demonstração, o diretor anunciou, que representava um desrespeito à hospitalidade recebida, uma tremenda grosseria com os anfitriões norte-americanos. Os meninos responsáveis deveriam se apresentar. Até que o fizessem, todos ficariam sentados em silêncio.

Para os mais novos, sentados na frente do auditório e bem perto do palco, as cabeças na altura dos sapatos do diretor, aquelas iniciais não significavam nada. Mas dada a gravidade da acusação, a Campanha de Desarmamento Nuclear devia ser algo vergonhoso e até mesmo satânico. Foi uma surpresa quando alguns meninos mais velhos se puseram de pé no fundo do auditório. Todos se viraram para vê-los. O auditório ficou ruidoso à medida que eles foram identificados — a escola era suficientemente pequena para que todos se conhecessem. Em fila indiana, os meninos foram até o palco e, juntos, encararam o diretor. Ele ficou imóvel, as mandíbulas cerradas, olhando-os com desprezo. O murmúrio se transformou em alarido quando a plateia notou que eles ainda usavam o símbolo proibido nas lapelas! Um deles, um herói do sexto ano, começou a ler uma declaração preparada. A estudantada silenciou. A bomba ameaçava a humanidade, a vida na Terra, uma abominação moral, um esbanjamento lamentável de recursos. O diretor o interrompeu pisando forte para sair do palco. Queria ver todos imediatamente em sua sala.

Uma noite de desafio ético teria terminado bem se o grupo houvesse ido ao gabinete do diretor e recusado o castigo corporal com a bengala de vime. Eram todos grandalhões. Mas três anos iriam transcorrer antes que o espírito desafiador da década de 1960 atingisse as margens lamacentas do rio Orwell. Em abril de 1962, o comportamento honroso era aceitar o castigo com um olhar negligente e não fazer nenhum som.

Os pequenos eram encorajados a escrever para suas casas uma vez por semana. Era sempre a mãe de Roland quem respondia. Caso tivesse sido preservada, a correspondência poderia dar alguma dica sobre seu estado de espírito em 1959. Mas Rosalind, a impecável dona de casa, tinha o hábito de rasgar uma carta tão logo a respondia. Talvez não se tenha perdido muito, pois ele lutava para escrever aqueles relatos. Sua vida, suas rotinas e ambiente eram tão remotos para seus pais, e a Suffolk rural era tão diferente do norte da África, que ele não tinha ideia sobre o que escrever, por onde começar, nenhum termo de referência com o qual exprimir a qualidade de sua nova existência, da barulheira, da bagunça, diversão e desconforto físico de nunca ficar a sós, da necessidade de ser pontual no lugar certo com as coisas exigidas. Pelo que se lembrava, as cartas diziam coisas como: "Ganhamos da Wymondham de 13 a 7. Ontem serviram ovos e batatas fritas, o que foi muito bom". As cartas da mãe tinham até menos conteúdo. Seu problema era maior que o dele. Outro de seus filhos havia sido mandado embora sem que ela protestasse. Esperava que tivesse gostado da excursão da escola. Esperava que o time dele ganhasse a próxima partida também. Ficava contente de saber que não tinha chovido.

Muitos anos depois, Roland ouviu a filha de quatro anos de um amigo declarar ao pai: "Estou infeliz". Simples, honesto, óbvio e necessário. Nenhuma frase como essa jamais foi enunciada por Roland quando criança, que nem sequer formulou tal pensamento antes da adolescência. Como adulto, às vezes dizia a amigos que, chegando ao internato, mergulhara numa leve depressão que durou até fazer dezesseis anos, que a saudade de casa não o fazia chorar de noite. O fazia ficar em silêncio. Mas isso era verdade? Podia também declarar que nunca havia sido tão livre e tão feliz. Aos onze anos, circulava pelo campo como se fosse o dono. Com um bom amigo, Hans Solish, descobriu a quilômetro e meio da escola um bosque proibido, com mato alto. Ignorando os avisos de não entrar, pularam por cima de um portão. No fundo de um vale com pinheiros, viram lá embaixo um imenso lago. Numa área ensolarada e agitada pelo vento, um peixe pulou para fora d'água. Provavelmente uma truta. Era um convite. Desceram aos trambolhões pela vegetação rasteira até chegar à margem, onde construíram um frágil acampamento. Descontando a trilha que circundava o lago, os exploradores se persuadiram que o haviam descoberto e concordaram em não revelar a ninguém sua existência. Voltaram inúmeras vezes.

Onde mais ele podia ser tão livre? Não na Líbia, onde, como compreendeu em retrospecto, pertencia a uma elite de pele branca em torno da qual crescia o ressentimento. Garotos e garotas de sua cor não circulavam pelo campo sem a supervisão de adultos. A praia a que iam todos os dias era proibida para os líbios. Não sabia que um prédio por que passavam diariamente era a famosa penitenciária Abu Salim. Dentro de poucos anos, o rei Idris seria deposto num golpe e um ditador, o coronel Gaddafi, tomaria seu lugar, ordenando a execução de milhares de dissidentes líbios em Abu Salim.

Marlow, representando seu criador e olhando vinte anos para trás, entendeu bem quem era — os sentimentos interiores, o colorido exterior. Para Roland, com trinta e tantos anos, o menino na Berners Hall era um estranho. Certos acontecimentos estavam preservados na memória, mas os estados de espírito eram como flocos de neve num dia de temperaturas amenas, se desmanchavam antes de tocar no solo. Só a professora de piano e todos os sentimentos que tinha por ela se mantinham intactos. Certa vez, quando ia para uma aula com os amigos, a viu à distância, a mais de cem metros. Ela usava um casaco azul e estava perto da árvore onde Roland testara seus óculos novos. Pareceu reparar nele e ergueu um braço. Talvez estivesse acenando através do gramado para outra pessoa. Inclinando a cabeça na direção do colega, fingiu prestar atenção no que ele dizia. Esse momento interior foi captado e guardado para sempre: ao afastar a vista de Miriam Cornell, se deu conta de que o coração batia forte.

Sua escola, como quase todas, era sustentada por uma hierarquia de privilégios graduados ao infinito e concedidos ao longo dos anos. Tornava os meninos mais velhos guardiães conservadores da ordem existente, zelosos dos direitos conquistados com tamanha paciência. Por que outorgar favores recém-criados aos mais novos, quando tinham tolerado privações a fim de gozar das vantagens da antiguidade? Era uma corrida longa e dura. Os mais novos, do primeiro e segundo anos, eram os indigentes que nada possuíam. Os terceiranistas tinham permissão de usar calças compridas e uma gravata com listas diagonais, e não horizontais. Os do quarto ano tinham sua própria sala de reunião. Os do quinto trocavam as camisas cinza pelas brancas, que lavavam no chuveiro e penduravam para secar em cabides de plástico. Também tinham uma gravata azul de melhor qualidade. A hora de apagar as luzes era fixada quinze minutos mais tarde a cada ano. No início, havia um dormitório compartilhado por trinta meninos. Cinco anos depois, baixava para seis por quarto. Os alunos do sexto ano tinham permissão de usar paletós esportivos e casacos de inverno de sua escolha, conquanto não fosse nada muito espalhafatoso. Também recebiam dois quilos de queijo cheddar por semana a ser dividido entre doze meninos, além de várias fatias de pão, uma torradeira e café instantâneo, podendo assim comer alguma coisa entre as refeições. Iam para a cama quando bem queriam. No topo da hierarquia ficavam os alunos-bedéis, autorizados a cortar caminho pisando na grama e gritar com os mais novos que ousassem fazer o mesmo.

Como qualquer ordem social, a da escola parecia se conformar à realidade de todos, menos de algumas almas revolucionárias. Roland não a questionou no ano escolar iniciado em setembro de 1962 quando ele e dez outros tomaram posse de sua sala de reunião, no quarto ano. Depois de três anos de serviço, era o primeiro degrau importante para eles na escada hierárquica. Como seus amigos, Roland estava ficando "naturalizado". Adquirira o jeitão relaxado característico da escola, com o toque de grosseria verbal que se esperava dos quartanistas. Sua pronúncia estava se modificando. Já não falava com o sotaque rural de Hampshire da mãe, mas com um toque de leste de Londres misturado a uma pitada de BBC e um terceiro elemento difícil de definir. Talvez um ar tecnocrático. Confiante. Ele o reconheceu anos mais tarde em músicos de jazz, não era um sotaque idêntico ao dos grã-finos sofisticados nem afetado ou desdenhoso com relação aos que falavam assim.

Suas notas continuavam na média ou abaixo. Alguns professores começavam a crer que ele era mais inteligente do que parecia. Só precisava de incentivo. Com três anos de aulas de duas horas por semana com o sr. Clare, ele era um pianista promissor. Ia galgando as séries. Depois de passar raspando pela sétima, o professor disse que ele era "quase precoce" para um menino de catorze anos. Por duas vezes acompanhou os hinos aos domingos quando Neil Noake, de longe o melhor pianista da escola, ficou de cama com gripe. Entre os pares, seu status pairava pouco acima da média. A mediocridade nos esportes e na sala de aula constituía um impedimento. Mas às vezes ele dizia alguma coisa espirituosa que era repetida por um tempo. E sofria menos de acne que a maioria.

A sala de reunião do quarto ano tinha uma mesa, onze cadeiras de madeira, alguns armários com chave e um quadro de avisos. Um privilégio adicional que não esperavam lá aparecia todos os dias depois do almoço — um jornal, às vezes o *Daily Express*, em outras o *Daily Telegraph*. Sobras da sala de reunião dos professores. Roland certa feita entrou na sala e viu um amigo sentado de pernas cruzadas com um jornal aberto à sua frente, dando-se conta de que por fim tinham crescido. A política os entediava, como gostavam de dizer uns aos outros. Em geral, procuravam os assuntos de interesse humano, razão pela qual preferiam o *Express*. Mulher que pegou fogo por causa do secador de cabelo. Louco portando faca é morto a tiro pelo fazendeiro que acabou preso, para revolta de todos eles. Bordel descoberto não longe das Casas do Parlamento. Funcionário do zoológico engolido inteiro por uma serpente píton. Vida adulta.

Naquela época, os padrões morais eram elevados na vida pública e, consequentemente, havia também muita hipocrisia. O tom generalizado era de indignação espirituosa. Os escândalos se tornavam parte das historinhas que compunham a educação sexual deles. O caso Profumo aconteceria um ano depois. Mesmo o *Telegraph* publicava fotografias de moças sorridentes nas notícias, com cabelos bufantes e cílios tão grossos e negros quanto barras de ferro na janela das prisões.

Então, em fins de outubro, a política passou a ser um tema interessante na sala de reunião do quarto ano. Por acaso os dois jornais chegaram juntos à mesa depois do almoço. Ambos bastante manipulados, com as beiradas dobradas, a tinta esmaecida por muitas mãos: mostravam a mesma fotografia na primeira página. Para meninos que haviam recentemente visitado Lakenheath, a base aérea norte-americana próxima da escola, e tocado no frio nariz de aço de um foguete como se tocassem numa relíquia sagrada, a história era irresistível. Apesar da falta de interesse sexual, oferecia prazeres inesperados. Espiões, aviões de espionagem, câmeras secretas, embustes, bombas, os dois homens mais poderosos do planeta prontos para se confrontar, a possibilidade de guerra. A fotografia poderia ter saído do cofre com segredo triplo de um mestre da área de informações. Mostrava colinas baixas, campos quadrados, terreno com cicatrizes brancas de trilhas e clareiras. Legendas retangulares em letras miúdas apontavam a posição de "vinte longos tanques cilíndricos; transportadores de mísseis, cinco berços de mísseis, doze prováveis mísseis de orientação". Com os jatos de reconhecimento U2 voando a altitudes impossíveis, utilizando câmeras com um poder telescópico impressionante, os norte-americanos tinham revelado ao mundo mísseis nucleares russos em Cuba a apenas cento e cinquenta quilômetros da costa da Flórida. Intolerável, todos concordavam. Um revólver apontado para a cabeça do Ocidente. Aquelas localizações precisariam ser bombardeadas antes de se tornarem operacionais, e a ilha deveria ser invadida.

O que poderiam os russos fazer? Até mesmo os meninos na sala de reunião do quarto ano fingiram uma preocupação genuína de adultos com esse novo estágio das tensões, as palavras "bomba termonuclear" invocando a visão de altíssimas nuvens de tempestade no pôr do sol que causariam uma ruptura excitante e de consequências desconhecidas, a promessa da liberdade última em que a escola, as rotinas, os regulamentos, até mesmo os pais — tudo voaria pelos ares. O mundo varrido. E, como eles sabiam que sobreviveriam, conversavam sobre mochilas, garrafas de água, canivetes e mapas. Uma aventura sem limites estava prestes a ocorrer. A essa altura, Roland, membro do clube de fotografia, sabia como revelar e imprimir. Havia passado algumas horas no quarto escuro trabalhando em múltiplas versões em quinze por dez centímetros de uma paisagem do outro lado do rio, com carvalhos e samambaias, bem boas, exceto por um irritante traço marrom no centro que ele não conseguira eliminar. Foi ouvido com respeito ao examinar as novas fotografias tiradas do U2 que apareceram no segundo dia. Essas traziam novas legendas: "o equipamento para erguer o lançador, uma área com barracas". Alguém lhe entregou uma lente de aumento. Ele se inclinou mais. Acreditaram quando descobriu a boca de um túnel que os analistas da CIA não tinham visto. Um por um, todos olharam e viram também. Outros tinham importantes teorias próprias sobre o que se devia fazer e o que aconteceria quando aquelas coisas fossem feitas.

As aulas prosseguiram normalmente. Nenhum professor se referiu à crise, e os meninos não se surpreenderam. Aqueles eram reinos separados, a escola e o mundo real. James Hern, o responsável pelo internato, severo mas em privado bondoso, não mencionou em seus avisos noturnos que o mundo poderia acabar em breve. A sra. Maldey, encarregada da lavanderia e às vezes maltratada pelos meninos, não falou sobre a Crise dos Mísseis Cubanos quando lhe entregaram meias, cuecas e toalhas, apesar de comumente se irritar por qualquer ameaça às suas complexas rotinas. Roland não escreveu sobre a situação na carta seguinte para casa. Não porque não quisesse alarmar sua mãe, pois ela certamente tinha sido informada do perigo pelo capitão. O presidente Kennedy anunciara uma "quarentena" em torno de Cuba; embarcações russas com sua carga de balísticos nucleares iam ao encontro de uma flotilha de belonaves norte-americanas. Caso Kruschev não desse ordens para que voltassem, seus navios seriam afundados e a Terceira Guerra poderia começar. Como encaixar esse tema no relato de Roland sobre o plantio de pinheiros novos num terreno pantanoso nos fundos da escola que tinha feito com o Clube de Jovens Fazendeiros? As cartas se cruzaram, a dela tão inocente quanto a sua. Os meninos não tinham acesso à televisão — isso era coisa para os do sexto ano e apenas em certos dias. Ninguém ouvia rádio ou conhecia os noticiários radiofônicos sérios. A Rádio Luxemburgo até transmitia algumas declarações, mas o grosso do caso dos mísseis em Cuba estava confinado aos dois jornais.

A primeira onda de excitação dos meninos começou a se desvanecer. O silêncio oficial da escola deixava Roland ansioso. Se sentia mais afetado quando a sós. Uma caminhada pensativa em meio aos carvalhos e samambaias nos fundos do campo de esportes não ajudou. Sentou-se por uma hora aos pés da estátua de Diana, a caçadora, contemplando o rio. Talvez nunca mais visse seus pais ou a irmã Susan. Ou chegasse a conhecer melhor o irmão Henry. Em certa ocasião, depois das luzes apagadas, os meninos conversavam sobre a crise como faziam todas as noites. A porta se abriu e um aluno-bedel entrou. O mais graduado entre eles. Não mandou que se calassem. Em vez disso, entrou na conversa. Os meninos começaram a lhe fazer perguntas, que ele respondia com seriedade, como se acabasse de sair da Sala de Crise da Casa Branca. Declarou ter conhecimento de dentro, e eles acreditaram em tudo que falou, lisonjeados por contar com sua presença. Como membro integral do mundo adulto, ele servia como ponte para eles chegarem lá. Três anos antes, o rapaz havia sido um deles. Não podiam vê-lo, somente escutar a voz grave e segura vindo da direção da porta, aquele sotaque do leste de Londres amaciado pelos toques de confiança literária ou científica. Ele lhes contou algo assombroso, que deveriam ter descoberto por conta própria. Numa guerra nuclear total, disse ele, um dos alvos primordiais para os russos na Inglaterra seria a base aérea de Lakenheath, a menos de oitenta quilômetros dali. Isso significava que a escola seria instantaneamente obliterada, Suffolk se transformaria num deserto, todas as pessoas nele seriam — e esta era a palavra certa: "vaporizadas". *Vaporizadas*. Muitos meninos a repetiram em suas camas.

Ele foi embora, a conversa no dormitório continuou. Alguém disse que tinha visto uma fotografia de Hiroshima depois da bomba. Tudo que restava de uma mulher era sua sombra projetada pela irradiação num muro. Ela havia sido vaporizada. A conversa se tornou mais lenta e tropeçou na noite quando o sono se instalou. Roland permaneceu desperto. A palavra não o deixava dormir. Então era a morte. O sr. Corner, professor de biologia, havia dito à turma, não muito tempo atrás, que noventa e três por cento de seus corpos eram constituídos de água. Fervida num clarão branco, os sete por cento restantes se perderiam no ar como a fumaça de um cigarro dispersada pela brisa. Ou varrida graças pelo furacão causado pelo estouro da bomba. Nada de rumar para o norte com seus melhores amigos, mochilas carregadas de provimentos de sobrevivência, fugindo de Londres como os cidadãos de Daniel Defoe num ano de peste. Roland nunca chegou a acreditar numa aventura de sobrevivência. Mas pelo menos o impedia de pensar no que de fato poderia acontecer.

Ele nunca havia refletido sobre sua morte. Tinha certeza de que as associações costumeiras — escuridão, frio, silêncio, decomposição — eram irrelevantes. Todas podiam ser sentidas e compreendidas. A morte ficava mais além da escuridão, até mesmo do nada. Como todos os seus amigos, não acreditava no Além. Participavam dos serviços compulsórios nas noites de domingo ouvindo com desdém os inflamados vigários visitantes pregarem sobre o deus não existente, intrometido e suplicante. Era um ponto de honra entre eles nunca pronunciar as respostas, fechar os olhos, curvar as cabeças, dizer "amém" nem cantar os hinos, embora se levantassem e abrissem o hinário numa página qualquer em respeito a um senso residual de cortesia. Aos catorze anos, tinham se lançado fazia pouco na revolta esplêndida e truculenta. Era liberador ser e sentir-se grosseiro. A sátira, a paródia e a zombaria eram cultivadas mediante imitações ridículas das vozes e frases feitas das autoridades. Também eram mordazes e impiedosos entre si, apesar de leais. Tudo isso seria vaporizado em breve. Ele não via possibilidade de os russos recuarem sob os olhares do mundo inteiro. Os dois lados, proclamando que eram favoráveis à paz, iriam, por conta do orgulho e da honra, tropeçar numa guerra. Uma pequena troca, um navio afundado por outro navio, daria lugar a uma conflagração lunática. Os meninos sabiam que assim tinha sido iniciada a Primeira Grande Guerra. Haviam escrito redações sobre o assunto. Todos os países negavam querer a guerra, e todos se jogaram nela com uma ferocidade que o mundo ainda tentava compreender. Dessa vez, não sobraria ninguém para tentar.

Então o que seria daquele primeiro encontro e da bela e perigosa cadeia de montanhas? Pó, como o resto. Enquanto aguardava a chegada do sono, Roland lembrou a pergunta do amigo: "E se a gente morrer antes de fazer o troço?". O *troço*.

No dia seguinte, 27 de outubro, sábado, começava o segundo semestre letivo. Por isso, nada de aulas nem jogos. A programação seria retomada na segunda-feira. Algumas famílias de Londres viriam visitar os filhos. Um aluno do ensino médio tinha um exemplar do *Guardian* e deixou Roland dar uma olhada. No Caribe, os norte-americanos haviam permitido a passagem para

Cuba de um navio-tanque russo carregado de petróleo. Presumia-se que estivesse levando apenas petróleo. Embarcações russas que transportavam mísseis ostensivamente exibidos no convés haviam reduzido a velocidade ou parado. Mas submarinos russos foram detectados na área, e novas fotografias de reconhecimento mostravam que o trabalho nas instalações cubanas continuava. Os mísseis estavam prontos para ser acionados. Tropas norte-americanas estavam concentradas na Flórida, em Key West. O plano de invadir Cuba e destruir as instalações parecia concretizável. Um político francês foi citado ao afirmar que o mundo estava "balançando" à beira da guerra nuclear. Dentro em breve seria tarde demais para voltar atrás.

Para comemorar aquela espécie de feriado, a cozinha serviu ovos fritos. Como alguns meninos odiavam ovos ou a gordura em que vinham boiando, Roland pôde comer quatro. Depois do café da manhã, procurou o assistente de direção do internato, um sujeito que os meninos admiravam por supostamente ter uma dúzia de namoradas, andar com um revólver e participar de missões secretas. O que se sabia com certeza é que dirigia um conversível Triumph Herald, rescendia a tabaco e se chamava Bond. Paul Bond. Morava na localidade próxima de Pin Mill com mulher e três filhos. Roland recebeu permissão para um passeio de bicicleta. O sr. Bond, ainda bem novo na instituição, não tinha paciência com regras. Esqueceu-se de estipular um horário de retorno e não se deu ao trabalho de anotar no livro a hora da partida de Roland.

Sua bicicleta ficava numa calçada alta atrás das cozinhas da escola, uma velha e enferrujada bicicleta de corrida com vinte e uma marchas e um lento vazamento no pneu dianteiro que ele nunca se preocupou em consertar. Ao enchê-lo, sentiu um toque de náusea. Quando se curvou para enfiar a calça jeans para dentro das meias, sentiu um gosto de enxofre na boca. Talvez um dos ovos estivesse estragado. Talvez todos. O dia estava quase quente e o céu não tinha nuvens. A atmosfera, límpida o bastante para observar os foguetes chegando do Leste. Roland desceu a ladeira a toda velocidade em direção à igreja, prendendo a respiração para não sentir o fedor da lavagem quente no chiqueiro. Virou à esquerda ao atravessar os portões da escola, seguindo para Shotley. Depois da cidadezinha de Chelmondiston, ficou atento para não perder seu atalho, uma estradinha de fazenda à direita que o levaria por campos planos até passar por Crouch House e, seguindo pela Warren Lane, ao lago de patos e Erwarton Hall. Todos os meninos na escola sabiam que Anne Boleyn foi feliz lá durante uma visita que fez quando criança, e que o futuro rei Henrique tinha ido cortejá-la. Antes que ela fosse decapitada na Torre de Londres por ordem dele, Anne pediu que seu coração fosse enterrado na igreja de Erwarton. Supunha-se que estivesse num pequeno estojo em formato de coração enterrado debaixo do órgão.

Lá chegando, Roland parou, encostou a bicicleta na antiga casa do porteiro, atravessou a estrada e ficou andando de um lado para o outro. A casa dela ficava bem pertinho. Ele não estava pronto. Era importante não aparecer suando e ofegante. Dedicara tanto tempo a pensar em Erwarton e evitar o povoado que sentia ter também passado a infância naquele lugar. Estava olhando para o lago de patos, perguntando-se por que não havia nenhum, quando ouviu uma voz atrás dele.

"Ei, você aí."

Vestindo um paletó de lã amarela com pintinhas e usando um chapéu de feltro, um homem estava postado junto à casinha do porteiro, os pés bem afastados, os braços cruzados.

"Sim?"

"Essa aqui é a sua bicicleta?"

Ele concordou com um gesto de cabeça.

“Como ousa encostar a bicicleta neste prédio magnífico?”

“Desculpe, meu senhor”, ele disse imediatamente. Hábito adquirido na escola. Diminuiu as passadas e voltou para a estrada, assumindo um jeitão mais arrogante e fechando a cara. Tinha catorze anos e ninguém ia fazê-lo de bobo. O sujeito também era jovem, magricela e pálido, com olhos esbugalhados. Roland parou diante dele.

“O que é que você disse?”

“Sua bicicleta.”

“E daí?”

O sujeito sorriu. “Tem razão. Você provavelmente tem toda razão.”

Desarmado, Roland estava prestes a ceder e deitar a bicicleta no gramado quando o sujeito pousou a mão em seu ombro e, apontando, disse:

“Está vendo aquela casinha ali à direita?”

“Sim.”

“A última pessoa que morreu por causa da peste na Inglaterra morava lá. Mil novecentos e dezenove. Não é interessante?”

“Nunca soube disso”, Roland falou. Suspeitou de que se tratava de algum tipo de doente mental. “Mas tenho que ir andando.”

“Tudo de bom!”

Poucos minutos depois, passou pela igreja, por algumas casas da cidadezinha e chegou à frente do chalé dela. Sabia porque o carro vermelho estava parado no gramado. Havia um portão de ripas brancas de madeira e um caminho pavimentado de tijolos que, fazendo uma pequena curva, levava até a porta de entrada. Encostou a bicicleta no carro. Puxou as pernas da calça para fora das meias e hesitou. Sentiu que estava sendo observado, embora não houvesse nenhum movimento nas duas janelas do térreo. Ao contrário dos outros chalés na vizinhança, aquele não tinha cortinas de gaze. Teria preferido que ela viesse recebê-lo, cumprimentá-lo e dirigir o rumo da conversa. Depois de um minuto, abriu o portão e caminhou lentamente até a porta. A vegetação que ladeava o caminho tinha a aparência sofrida de um verão esquecido. Ela ainda não arrancara as plantas mortas. Ficou surpreso ao ver antigos vasos de plástico tombados de lado e papéis de bala jogados em meio às folhas. Sempre achou que a professora era uma pessoa limpa e organizada, mas nada sabia sobre ela. Estava cometendo um erro e deveria dar meia-volta agora, antes que fosse visto. Não, Roland estava decidido a se amarrar a seu destino. Sua mão já levantava a pesada aldraba e a deixava cair. E mais uma vez. Ouviu baques rápidos e abafados quando ela desceu a escada às pressas. Ouviu um ferrolho ser puxado. Ela abriu a porta tão depressa e tão completamente que ele se sentiu intimidado, incapaz de encará-la. A primeira coisa que notou foi que ela se encontrava descalça e as unhas do pé eram pintadas de roxo.

"É você", ela disse em tom neutro, sem hesitação ou surpresa.

Roland ergueu a cabeça e trocaram um olhar — e por um momento de confusão ele pensou que podia ter batido à porta errada. Ela o tinha reconhecido, sem dúvida. Mas parecia diferente. Com os cabelos soltos caindo quase até a altura dos ombros, usava uma camiseta verde-claro e um cardigã folgado por cima, com um jeans justo cujas pernas terminavam bem acima dos tornozelos. Roupas de sábado. Ele preparara alguma coisa para dizer, uma introdução, mas na hora esqueceu o que era.

"Quase três anos depois. O almoço esfriou."

Ele disse rapidamente:

"Levei uma suspensão muito longa."

Ela sorriu, ele ruborizou com o irreprimível orgulho pela resposta inteligente. Que viera sabe-se lá de onde.

"Então entre."

Ele a contornou para entrar no hall apertado, com uma escada íngreme à frente e portas nos dois lados.

"Vá para a esquerda."

A primeira coisa que ele viu foi o piano, um *baby grand* que ocupava a maior parte do cômodo, por mais que estivesse enfiado num canto da sala. Pilhas de partituras em cima de duas cadeiras, dois pequenos sofás, um de frente para o outro, separados por uma mesa baixa também coberta de livros. Os jornais do dia estavam no chão. Mais adiante, a porta que levava a uma pequena cozinha e, dali, ao jardim fechado por um muro baixo.

"Senta", ela disse, como se falasse com um cachorro. Uma piada, é claro. Sentou-se do lado oposto e olhou atentamente para ele, dando a impressão de achar graça em sua presença. O que ela viu nele?

Anos mais tarde ele ainda se veria perguntando. Um rapaz de catorze anos, nem alto nem baixo, corpo magro mas forte, cabelos castanho-escuros, longos para a época por influência distante de John Mayall e Eric Clapton. Durante uma breve estada com a irmã, Roland havia sido levado pelo primo Barry ao Ricky Tick Club, na estação de ônibus de Guildford, para ouvir os Rolling Stones. Foi lá que a aparência de Roland se consolidou, pois ficou impressionado com o jeans preto usado por Brian Jones. Que outras transformações Miriam poderia ter notado? A voz recém-mudada. Rosto comprido e solene, lábios cheios que às vezes tremelicavam como se ele estivesse suprimindo certos pensamentos, olhos castanho-esverdeados por trás dos óculos fornecidos pelo serviço nacional de saúde, cujas hastes de plástico ele havia arrancado bem antes que John Lennon pensasse em fazer o mesmo. Paletó de lã cinza com placas de couro nos cotovelos por cima de uma camisa havaiana com desenhos de palmeiras. Calça bem justa de flanela cinza até o tornozelo, o substituto mais próximo do jeans preto que o código de vestuário da Berners permitia. Os sapatos de bico fino tinham uma aparência medieval. Sua colônia tinha notas cítricas. Naquele dia, nem sinal de acne. Tinha algo vagamente ameaçador dentro dele. Algo esguio que lembrava uma serpente.

Enquanto se recostava sem jeito no sofá, Miriam ficou ereta e então se inclinou para a frente. A voz doce e tolerante. Talvez sentisse pena dele. "Agora, Roland, me conte sobre você."

Era uma daquelas perguntas de adulto, impossíveis de responder e tediosas. Só uma vez ela havia usado seu primeiro nome. Ao assumir educadamente uma posição mais parecida com a dela, ele só conseguia pensar nas aulas de piano com o sr. Clare. Explicou que estava tendo uma hora e meia extra por semana de graça. Ultimamente, estava aprendendo...

Ela o interrompeu e, ao fazê-lo, enfiou a perna direita debaixo do joelho esquerdo. As costas dela eram muito mais retas do que as dele foram algum dia. "Ouvi dizer que você passou para a sétima série."

"Sim."

"Merlin Clare diz que você é bom de ler partituras à primeira vista."

"Não sei."

"E veio de tão longe para tocar duetos comigo."

Ele voltou a ficar vermelho, dessa vez pelo que entendeu como uma insinuação. Também sentiu o começo de uma ereção. Pôs a mão no colo para evitar que ela o visse. Mas Miriam estava de pé e se dirigia ao piano.

"Tenho aqui a coisa certa. Mozart."

Ela já estava sentada ao piano e ele no sofá, envolto num nevoeiro de acanhamento. Estava prestes a fracassar e ser humilhado. E então mandado embora.

"Pronto?"

"Realmente não estou com vontade."

"Só o primeiro movimento. Não vai fazer nenhum mal a você."

Ele não conseguiu escapar. Levantou-se devagar e se espremeu por trás dela para alcançar o lugar à sua esquerda. Quando passou, sentiu o calor que escapava da parte de trás de sua cabeça. Ao se sentar tomou consciência de um relógio que tiquetaqueava acima da lareira, alto como um metrônomo. Em contraste com aquela marcação rígida, seria um desafio manter o ritmo num dueto. Em contraste com a postura dos dois, o coração dele estava agitado. Miriam arrumou a partitura à frente deles. Ré maior. Um Mozart para quatro mãos. Ele tinha tocado um pedaço daquilo certa vez com Neil Noake, talvez seis meses antes. De repente, ela mudou de opinião.

"Vamos trocar. Mais divertido para você."

Ela se levantou e deu um passo para o lado, enquanto deslizava para a direita no banco. Ao sentar-se de novo, ela disse naquela mesma voz bondosa: "Não vamos tocar rápido demais".

Com uma ligeira inclinação do corpo e erguendo as duas mãos acima do teclado, ela deu a partida encostando nas teclas a um ritmo que pareceu inviável a Roland. Era como descer de tobogã por uma montanha coberta de gelo. Ele se atrasou uma fração de segundo na grandiosa declaração de abertura, fazendo com que o piano, um Steinway, soasse como a pianola de um bar vagabundo. Nervoso, ele resfolegou ao abafar o riso. Alcançou-a e então, ávido demais, passou um pouco à frente. Agarrava-se à beira do abismo. Expressão e dinâmica estavam além de suas possibilidades — ele só podia tocar as notas certas na ordem certa à medida que passavam voando pela página. Em alguns momentos o dueto soou quase bem. Quando intercambiaram um floreio num crescendo longo e pulsante, ela disse: "Bravo". Que barulheira estavam fazendo no cômodo espremido! Quando chegaram ao fim do movimento, ela virou a página. "Não podemos parar agora!"

Ele foi muito bem, seguindo a cadenciada melodia, enquanto ela o sustentava com um delicado baixo alberti. Miriam encostou-se nele, inclinando o corpo para a direita ao atingirem juntos um registro mais alto. Roland ficou um pouco menos tenso quando ela quase tropeçou numa sequência de notas, uma brincadeira privada do malicioso Mozart. Mas o movimento pareceu durar horas e, ao final, os pontinhos negros que significavam uma repetição foram um castigo, uma sentença de prisão reiterada. O peso da atenção exigida dele estava se tornando insuportável. Seus olhos ardiam. Por fim, o movimento desaguou no acorde derradeiro, que ele manteve erroneamente por uma semínima a mais.

Ela se levantou de imediato. Ele quase chorou de alívio por não terem de tocar o *allegro molto*. Mas como Miriam não disse nada, ele achou que a tinha decepcionado. Ela estava atrás dele. Pôs as mãos em seus ombros, se curvou e sussurrou junto a seu ouvido: "Vai ser bom para você".

Ficou em dúvida sobre o que Miriam queria dizer. Ela atravessou o cômodo e entrou na cozinha. Observar seus pés descalços e ouvir o som que faziam ao se arrastar pelas lajes o fez sentir-se fraco. Alguns minutos depois, voltou com copos de suco de laranja, realmente espremidos das laranjas, um gosto novo. A essa altura, ele estava de pé junto à mesa baixa, inseguro, perguntando-se se devia ir embora naquele momento. Não teria se importado em ir. Beberam em silêncio. Ela então depositou o copo e fez uma coisa que quase o fez perder os sentidos. Precisou se apoiar no braço de um sofá. Ela foi até a porta da frente e enfiou o pesado ferrolho no chão de pedra. Voltou e tomou sua mão.

"Então venha."

Ela o conduziu ao pé da escada, onde parou e o observou atentamente. Os olhos dela brilhavam.

"Está com medo?"

"Não", ele mentiu. A voz estava rouca. Precisava limpar a

garganta, mas não ousava caso isso desse a impressão de que era fraco, boboca ou doente. Caso o acordasse do sonho. A escada era estreita. Ele continuou a segurar sua mão enquanto ela subia, como se o puxasse. No segundo andar, abria-se um banheiro bem à frente e, como no térreo, portas à direita e à esquerda. Ela o puxou para a direita. O quarto o excitou. Estava uma bagunça. Cama por fazer, no chão, junto a uma cesta de roupa suja, uma pequena pilha de lingerie em vários tons pastel. Aquela visão o tocou. Quando ele bateu à porta, ela devia estar separando a roupa suja, como muita gente fazia aos sábados de manhã.

"Tire os sapatos e as meias."

Ele se ajoelhou diante dela e fez o que havia sido mandado. Não gostou da maneira com que os sapatos tinham formado uma funda dobra na parte de cima e se levantado nas pontas. Empurrou-os para baixo de uma cadeira.

Ela perguntou com uma voz sensata:

"Você é circuncidado, Roland?"

"Sim. Quer dizer, não."

"De qualquer modo, vá para o banheiro e dê uma boa lavada."

Parecia bastante razoável e, por causa disso, a ereção se desvaneceu. O banheiro era muito pequeno, um tapete cor-de-rosa, uma banheira estreita e um minúsculo boxe de vidro sob um teto ligeiramente inclinado. O cabide cromado e as grossas toalhas brancas o fizeram lembrar de casa. Numa prateleira acima da pia, viu um vidro curvo de perfume e o nome, água de rosas. Consciente de que aquela não era a primeira vez em que ela o mandava lavar-se, foi cuidadoso em suas preparações. Desagradá-la de qualquer maneira era o que mais temia. Quando se vestia, olhou por uma pequena janela sob a mansarda. Por sobre vastos campos, tinha a vista do rio Stour a caminho da maré baixa, com os bancos de lama despontando acima das águas prateadas como corcovas de monstros, além do capim e dos bandos de aves marinhas. Um veleiro de dois mastros descia com a maré pelo centro do canal. O que quer que estivesse acontecendo ali no chalé, o mundo não iria parar de existir. Até que parasse. Talvez dentro de uma hora.

Ao voltar, ela havia arrumado o quarto e ajeitado os lençóis. "Você vai fazer isso todas as vezes."

Sua sugestão de um futuro voltou a excitá-lo. Ela indicou com um gesto que sentasse a seu lado na cama. E então pôs a mão sobre seu joelho.

"Você tem receio de usar uma camisinha?"

Ele não respondeu. Não havia pensado naquilo e desconhecia os pormenores.

"Eu talvez tenha sido a primeira mulher na península de Shotley a usar a pílula."

Isso também estava fora de sua zona de conhecimento. Seu único recurso era a verdade, o que se mostrava mais óbvio naquele momento. Virou-se e disse: "Eu realmente gosto de estar aqui com você". À medida que saíam de sua boca, as palavras soaram infantis. Mas ela sorriu, puxou o rosto dele para perto do seu e se beijaram. Não por muito tempo nem de modo muito profundo. Ele a imitou. Lábios, então, de leve, a ponta da língua, os lábios outra vez. Ela se recostou nos travesseiros e disse: "Tire a roupa para mim. Quero ver você".

Ele se pôs de pé e puxou a camisa havaiana por cima da cabeça. O velho assoalho de tábuas de carvalho estalou quando ficou num pé só para tirar a calça, afunilada por sua mãe em direção aos tornozelos para se enquadrar na moda. Ele estava em boa forma, assim pensou, e não sentia nenhuma vergonha em se expor diante de Miriam Cornell.

Mas ela disse: "Tire tudo".

Por isso, puxou para baixo a cueca e ficou nu.

"Assim está melhor. Beleza, Roland. E olhe só como está."

Ela tinha razão. Ele nunca sentira tamanha expectativa. Apesar de assustá-lo, confiava nela e se encontrava pronto para fazer o que quer que Miriam pedisse. Todo o tempo que passara com ela em seus pensamentos, e antes disso durante as aulas de piano, tinha sido um ensaio para o que estava prestes a acontecer. Era tudo aula. Ela o prepararia para enfrentar a morte, feliz em ser vaporizado. Olhou para ela, ansioso. O que ela via?

A recordação nunca o abandonaria. A cama era dupla segundo os padrões da época, pouco menos de um metro e meio de largura. Dois conjuntos de travesseiros. Ela estava sentada e recostada num deles, os joelhos dobrados. Enquanto ele se despia, Miriam havia tirado o cardigã e a calça jeans. A calcinha, tal como a camiseta, era verde. Algodão, não seda. Aquela camiseta era para homens e de tamanho grande, talvez ele devesse preocupar-se com algum rival. As dobras do material, algodão escovado, lhe pareciam voluptuosas em seu estado de lubricidade. Os olhos dela também eram verdes. Outrora, ele pensara que havia algo de cruel neles. Agora, sua cor sugeria arrojo. Ela podia fazer o que bem quisesse. As pernas nuas davam mostras do bronzeado de verão. O rosto redondo, que no passado tivera a qualidade de uma máscara, exibia agora uma expressão doce e franca. A luz, penetrando pela pequena janela do quarto, realçava a força das maçãs de seu rosto. Nenhum batom naquela manhã de sábado. Os cabelos, que usava num coque durante as aulas, eram muito finos, algumas mechas flutuavam quando ela movia a cabeça. Olhava para ele com aquele jeito paciente e irônico que a caracterizava. Alguma coisa nele a divertia. Tirou a camiseta e deixou que caísse ao chão.

"Hora de aprender como se tira o sutiã de uma garota."

Ele se ajoelhou ao lado dela na cama. Embora seus dedos tremessem, verificou que era bem óbvio puxar os ganchos de dentro dos ilhoses. Ela afastou o cobertor e os lençóis. Olhava no fundo dos olhos dele como se para impedir que desviasse a vista para seus seios.

"Vamos nos deitar", ela disse. "Vem cá."

Ela deitou-se com o braço aberto. Queria que ele se deitasse sobre ele, ou dentro dele. Com a mão livre, puxou os lençóis, virou de lado e o trouxe para perto. Ele estava pouco à vontade. Aquilo parecia mais um abraço de mãe e filho. Sentiu que precisava estar numa posição mais de comando. Sentiu intensamente que não deveria ser tratado como um bebê. Mas com que força reagir? Ser envolvido assim era uma beatitude repentina e inesperada. Não havia escolha. Ela trouxe o rosto dele na direção de seus seios, que agora enchiam o campo de visão de Roland, e ele envolveu seu mamilo com a boca. Ela estremeceu e murmurou: "Ah, meu Deus". Ele ergueu o rosto para tomar um gole de ar. Estavam cara a cara, se beijando. Ela guiou os dedos dele entre suas pernas e lhe mostrou, retirando depois a mão. Sussurrou: "Não, bem de leve, mais devagar", e fechou os olhos.

De repente, ela afastou as cobertas e virou por cima dele, se sentou — e tudo ficou completo, tudo se realizou. Tão simples. Como algum truque em que o nó desaparece num pedaço de corda flexível. Ele continuou deitado num estado de pasmo sensual, buscando as mãos dela, incapaz de falar. Provavelmente só haviam se passado alguns minutos. Era como se lhe houvesse sido mostrada uma dobra no espaço onde existia um fecho que, aberto, permitia afastar o cotidiano ilusório. Viu o que sempre tinha estado lá. Os papéis a serem desempenhados, professor, aluno, a ordem e a importância que a escola se dava, horários, bicicletas, carros, roupas, até mesmo palavras — tudo, tudo como uma forma de desviar a atenção das pessoas daquilo. Era hilário ou trágico que as pessoas executassem suas tarefas diárias de modo convencional quando sabiam que aquilo existia. Até o diretor, que tinha um filho e uma filha, devia saber. Mesmo a rainha. Todos os adultos sabiam. Que embuste. Que fingimento.

Mais tarde, ela abriu os olhos e, fitando-o com um olhar distante, disse: "Está faltando alguma coisa".

A voz dele veio, baixinho, do lado de fora das paredes do chalé. "Sim?"

"Você não disse o meu nome."

"Miriam."

"Diga três vezes."

Ele assim fez.

Uma pausa. Ela balançou-se, e depois falou: "Diga alguma coisa para mim. Com meu nome".

Ele não hesitou. Era uma carta de amor, e recitada para valer. "Querida Miriam, eu amo Miriam. Eu amo você, Miriam." E, quando ele estava repetindo, ela fez um arco com as costas e soltou um grito, um belo grito que foi morrendo aos poucos. Valia para ele também, que a seguiu somente um pouquinho atrás, nem uma semínima depois.

Desceu dez minutos depois dela. A cabeça vazia, o passo leve, descendo de dois em dois degraus. Os relógios não tinham voltado ainda, e o sol estava alto. Talvez nem fosse uma e meia. Seria uma delícia pegar a bicicleta agora e voltar para a escola por caminhos diferentes, via Harkstead, passando em alta velocidade rente ao bosque de pinheiros onde ficava o lago secreto. Sozinho, para degustar o tesouro que ninguém poderia roubar dele, prová-lo, remexer nele, reconstruí-lo. Tomar a medida da nova pessoa em que se transformara. Poderia estender o trajeto, pegar as trilhas de fazenda para Freston. A perspectiva era agradável. Mas antes, a despedida. Chegando à sala de visita, a encontrou curvada, catando os jornais do chão. Mesmo sendo novo, pôde captar a mudança. Ela agora fazia movimentos rápidos, tensos. Tinha prendido os cabelos para trás. Endireitando-se, olhou para ele e percebeu.

"Ah, não. Essa não", ela disse.

"O quê?"

E se aproximando dele: "De jeito nenhum".

Roland começou a dizer: "Não sei do que você está falando", mas ela se antecipou: "Conseguiu o que queria e agora vai embora. É isso?".

"Não. Sério mesmo. Quero ficar."

"Está dizendo a verdade?"

"Estou!"

"Estou sim, senhora."

Olhou para ver se ela estava zombando dele. Impossível dizer.

"Estou sim, senhora."

"Bom. Já descascou batatas?"

Fez que sim com a cabeça, sem coragem de negar.

Ela o levou à cozinha. Na pia, dentro de uma tigela de estanho, havia cinco batatas grandes e sujas. Miriam lhe deu um descascador e um coador.

"Lavou as mãos?"

Ele tentou ser áspero. "Lavei."

"Lavei sim, senhora."

"Pensei que queria que eu chamasse você de Miriam."

Ela olhou para ele com ar de pena e continuou: "Quando terminar de descascar e passar uma água, corte as batatas em quatro e ponha naquela panela".

Miriam calçou um par de tamancos e foi cuidar do jardim dos fundos. Ele se sentiu preso numa armadilha, perplexo, ao mesmo tempo em que sabia que devia muito a ela. Obviamente, seria uma tremenda desfeita ir embora. Mas mesmo que não fosse, ele não saberia como agir. Ela sempre o assustara. E não havia esquecido o quanto ela podia ser cruel. Agora era mais complicado, era pior, e ele é que tinha feito piorar. Suspeitou que tivesse esbarrado em alguma lei fundamental do universo: aquele êxtase devia comprometer sua liberdade. Esse era o preço.

A primeira batata demorou. Tal como esculpir em madeira, coisa em que sempre tinha sido incompetente. Na quarta, achou que havia pegado o jeito. O truque era ignorar o detalhe. Cortou em quatro e lavou as cinco batatas, pondo-as depois na panela com água. Chegou à porta da cozinha, com sua metade de vidro, para ver o que ela estava fazendo. A luz era dourada. Miriam arrastava uma mesa de ferro pelo gramado em direção a um barracão, parando e depois puxando alguns centímetros de cada vez. Seus movimentos eram frenéticos, até mesmo raivosos. Ocorreu-lhe o terrível pensamento de que podia haver algo de errado com ela. Miriam o viu e fez sinal para que ele fosse até lá.

Quando chegou perto, ela disse: "Não fique só olhando. Este troço é pesadíssimo".

Juntos, guardaram a mesa no barracão. Ela então pôs um ancinho na mão dele e lhe mandou varrer as folhas, pondo-as depois na pilha de compostagem nos fundos do jardim. Enquanto ele varria as folhas caídas da faia próxima à porta, ela se ocupou nas beiradas com sua tesoura de jardim. Uma hora se passou. Ele estava jogando as últimas folhas na composteira. Através dos espaços abertos, podia ver um trecho do rio, parte de uma enseada, com as águas cor de laranja. Nada o impedia de passar por cima da cerca baixa, contornar o chalé até a frente, pegar a bicicleta e ir embora. Para nunca mais voltar. Pouco importaria, se o mundo estava acabando. Era capaz de fazer isso. Mas simplesmente não conseguia. Seu impulso de ir embora o surpreendeu tanto quanto a incapacidade de ir. Era uma questão de cortesia ajudá-la, ficar para o almoço. Estava faminto, o pernil de carneiro que tinha visto na cozinha seria muito superior a qualquer coisa na escola. Ajudou, ou simplificou as coisas, quando minutos depois Miriam lhe disse para varrer também as folhas no jardim da frente. Não tinha escolha. Ao se voltar para obedecer, ela o puxou pelo colarinho da camisa e o beijou no rosto.

Miriam entrou para preparar o almoço enquanto ele se dirigia para a frente da casa levando um carrinho de mão e o ancinho. Lá, o trabalho era mais difícil. As folhas estavam acumuladas em meio a roseiras e atrás delas, nas beiradas dos jardim. A cabeça do ancinho era grande demais. Ele precisava ficar de quatro e pegar as folhas com as mãos. Recolheu os vasos vazios de plástico, os papéis de bala e outras porcarias que o vento tinha levado para lá. Mais além do portão estava sua bicicleta encostada no carro dela. Tentou não olhar naquela direção. Talvez fosse a fome que o estivesse deixando irritado. E aquela tarefa aborrecida.

Quando terminou, levando o carrinho de mão e o ancinho de volta para o barracão, entrou no chalé. Miriam estava temperando o carneiro.

"Não está pronto ainda", ela disse, e depois olhou para ele. "Olhe só como você está. A calça toda suja." Tomou-lhe a mão. "Você está todo arranhado. Coitadinho. Tire os sapatos. Direto para o chuveiro."

Ele deixou-se levar para o andar de cima. As costas de suas mãos estavam de fato sangrando por causa dos espinhos das roseiras. Ele se sentiu bem cuidado e quase heroico. No quarto, se despiu na frente dela.

Seu tom era caloroso. "Veja só. Grande de novo." Puxou-o para perto e o acariciou enquanto se beijavam.

O banho de chuveiro não foi uma boa experiência. A água saía num filete, com um pequeno movimento na torneira significando a diferença entre água gelada e escaldante. Quando voltou para o quarto, com a toalha em volta da cintura, suas roupas haviam desaparecido. Ele a ouviu subir as escadas.

Antes que pudesse perguntar, ela disse: "Estão na máquina de lavar. Você não pode voltar para a escola coberto de lama". Entregou-lhe um suéter cinza e calças bege. "Não se preocupe. Não vou emprestar minha calcinha."

As roupas cabiam bem nele, embora a calça tivesse um quadril feminino. Havia uma pequena e estranha alça que supostamente deveria ficar sob seu calcanhar. Deixou aquilo pendurado de fora. Seguindo-a escada abaixo, a ideia de que estavam ambos descalços o agradou. No almoço bem tardio ela tomou um copo de vinho branco, que preferia à temperatura ambiente. Ele desconhecia as regras de como se tomava vinho, mas sacudiu a cabeça como se conhecesse. Ela lhe serviu uma limonada. De início, comeram em silêncio, e ele estava nervoso ao começar a entender com que rapidez os estados de espírito dela podiam mudar. Era preocupante também estar sem suas roupas. A máquina de lavar roupa girava, soltando gemidos leves. Mas logo ele deixou de se preocupar porque tinha à frente um prato de carneiro assado, bem rosado, até mesmo sangrando em certos pedaços, o que era novo para ele. E sete grandes batatas assadas acompanhadas de uma boa porção de couve-flor amanteigada. Quando a oportunidade de repetir apareceu, encheu o prato com mais carne e quinze pedaços de batata cozida, sem falar da couve-flor. Bem que gostaria de pegar a molheira e beber tudo por saber que certamente seu conteúdo seria jogado fora. Mas tinha noção do que eram as boas-maneiras.

Ela enfim tocou no assunto, o único realmente importante. Uma vez que esse tinha sido o motivo da visita, Roland considerava o assunto morto e enterrado.

"Suponho que você não leia os jornais."

"Leio sim", ele disse rápido. "Sei o que está acontecendo."

"E o que acha?"

Ele refletiu. Estava entupido de comida, e além disso era

uma nova pessoa, um homem feito, e naquele instante não estava de fato preocupado. Mas disse: "Podemos estar todos mortos amanhã. Ou hoje à noite".

Ela empurrou o prato para o lado e cruzou os braços. "É mesmo? Você não parece muito assustado."

Sua indiferença momentânea era difícil de remover. Tentou se lembrar de como tinha se sentido no dia anterior e na noite que o precedera. "Estou apavorado." E então, iluminado de repente pela aura de sua nova maturidade, devolveu a pergunta de uma forma que jamais ocorreria a uma criança. "O que você acha?"

"Acho que o Kennedy e os Estados Unidos estão se comportando como bebês mimados. Idiotas e irresponsáveis. E os russos são mentirosos e bandidos. Você tem toda a razão em estar apavorado."

Roland ficou atônito. Nunca tinha ouvido uma só palavra contra os norte-americanos. O presidente era uma figura divina segundo tudo que Roland lera. "Mas foram os russos que puseram os foguetes..."

"Sim, sim. E os norte-americanos têm os deles bem na fronteira da Rússia com a Turquia. Sempre disseram que o equilíbrio estratégico era a única maneira de manter o mundo seguro. Os dois tinham de recuar. Em vez disso, temos esses jogos tolos e perigosos no mar!"

Sua visão apaixonada o espantou. O rosto dela estava vermelho. O coração dele batia mais rápido. Ele nunca se sentira tão crescido. "Então, o que vai acontecer?"

"Ou algum imbecil rápido no gatilho comete um erro no mar e tudo vai pelos ares, como você teme, ou eles fazem o acordo que deveriam ter feito há dez dias se fossem estadistas de verdade, em vez de empurrar todos nós para a beira do abismo."

"Quer dizer que você acha que a guerra pode realmente acontecer?"

"Sem dúvida."

Roland a encarou. Sustentar que todos poderiam morrer naquela noite era pura retórica. Era o que seus amigos e os sextanistas diziam na escola. Trazia certo alívio todos dizerem a mesma coisa. Mas ouvir aquela sentença da boca dela o deixou em choque. Miriam parecia sábia. Os jornais diziam o mesmo, embora isso não tivesse muito peso. Eram histórias, diversão. Agora ele começava a se sentir trêmulo.

Ela pousou a mão sobre seu pulso, o virou, e entrelaçou os dedos com os dele. "Escute, Roland. É muito, muito improvável. Eles podem ser uns idiotas, mas ambos os lados têm coisas demais a perder. Você entende?"

"Entendo."

"Sabe o que eu queria?" Ela esperou por sua resposta.

"O quê?"

"Queria levar você para cima comigo." Acrescentou num sussurro: "Fazer você se sentir seguro".

Por isso, se levantaram ainda de mãos dadas e, pela terceira vez naquele dia, ela o puxou escada acima. Na luz que morria no final da tarde, tudo aconteceu de novo, e mais uma vez ele se surpreendeu por ter, mais cedo, querido tanto ir embora, regredir e se transformar num garoto em cima de uma bicicleta. Depois, deitado sobre o braço dela, o rosto na altura de seus seios, sentiu que caía no sono. Sua atenção ao que ela dizia ligava e desligava sem sobressaltos.

"Eu sempre soube que você viria... Tenho sido muito paciente, mas sabia... mesmo que você não soubesse. Está ouvindo? Bem. Porque agora que está aqui você deve saber. Esperei muito tempo. Você não vai falar sobre isso com ninguém. Nem com seu amigo mais íntimo, nada de se gabar, por mais tentador que seja. Está bem claro?"

"Sim, está bem claro."

Quando acordou, estava escuro lá fora e ela havia saído. O ar no quarto o fazia sentir frio no nariz e nas orelhas. Ficou deitado de costas na cama confortável. Ouviu a porta da frente se abrir e fechar no térreo, e então um tiquetaquear bem conhecido que não conseguiu situar. Passou meia hora devaneando. Se o mundo não acabasse, então o período escolar acabaria dentro de cinquenta e quatro dias. Ele viajaria para a Alemanha a fim de passar o Natal com os pais, conforto e tédio à vista. O que ele gostava de pensar era sobre os estágios da viagem, o trem de Ipswich para Manningtree, onde o rio Stour deixava de ser influenciado pelas marés, e dali seguir para Harwich, embarcar no ferry para Hook of Holland, atravessar a pé as linhas férreas no lado do cais e pegar o trem para Hanover, verificando compulsivamente o bolso interno do blazer da escola para certificar-se de que o passaporte estava lá.

Vestiu as roupas que ela emprestara e desceu. A primeira coisa que viu foi sua bicicleta encostada ao piano. Miriam estava na cozinha, acabando de lavar as coisas.

Disse de lá: "Mais seguro aqui. Telefonei para o Paul Bond. Você sabe, dou aulas para a filha dele. Tudo bem se você passar a noite aqui". Ela se aproximou e o beijou na testa.

Estava usando um vestido azul de veludo cotelê fino com botões de azul mais escuro em toda a frente. Ele gostou do seu perfume familiar. Agora, aparentemente pela primeira vez, entendeu como ela era bonita.

"Disse a ele que estávamos ensaiando um dueto. E estamos."

Ele foi empurrando a bicicleta pela cozinha, saiu com ela para o jardim e a encostou no barracão. A noite estrelada trazia o primeiro toque de inverno. A geada começava a se formar no gramado varrido mais cedo com o ancinho. Crepitou sob seus pés quando ele se afastou da cozinha para ver a estrada bifurcada e nebulosa da Via Láctea. Uma terceira guerra mundial não faria a menor diferença para o universo.

Miriam gritou da porta da cozinha: "Roland, você vai morrer congelado. Entre".

Ele foi para perto dela. Naquela noite, tocaram a peça de Mozart de novo e, agora, ele foi mais expressivo e seguiu as marcações de dinâmica. No movimento lento, tentou imitar seu toque *legato*, suave e sem hiatos. Trovejou ao passar pelo *allegro molto*, fazendo o chalé tremer. Pouco importava. Riram daquilo. No final, ela o abraçou.

Na manhã seguinte, ele dormiu até tarde. Quando desceu, estava atrasado até para o almoço. Miriam preparava ovos na cozinha. As páginas do *Observer* de domingo estavam espalhadas numa poltrona e no chão. Tudo igual, a crise continuava. A manchete era clara: "Kennedy: Sem acordo até que os mísseis em Cuba sejam inativados". Ela lhe deu um copo de suco de laranja e fez com que ele tocasse outro dueto de Mozart com ela, dessa vez em fá maior. Ele leu a partitura o tempo todo. Depois ela disse: "Você tocou as notas pontuadas como um músico de jazz". Foi uma repreensão que ele tomou como elogio.

Quando por fim se sentaram para comer, ela ligou o rádio para ouvirem as notícias: a história evoluíra. A crise tinha acabado. Escutaram a voz grave e cheia de autoridade do locutor ler a declaração. Tinha havido uma importante troca de cartas entre os líderes. Os navios russos estavam retornando. Kruchev ordenaria a retirada dos mísseis de Cuba. A impressão geral era de que o presidente Kennedy havia salvado o mundo. O primeiro-ministro Harold Macmillan telefonara para lhe dar os parabéns.

Lá fora, outro dia sem nuvens. Como o equinócio já havia ficado para trás, o sol baixo da tarde conseguia penetrar pelo vidro alto da porta da cozinha e se derramar sobre a mesa da sala de visita. Enquanto comia o omelete, Roland sentiu outra vez o desejo insidioso de partir, disparando pelo trajeto que tinha em mente. Nem pensar. Já lhe tinha sido dito que, enquanto ela passava a ferro suas roupas, ele lavaria os pratos. Miriam havia conquistado o direito de lhe dizer o que fazer. Se bem que já o tinha.

"Que alívio", ela repetia. "Você não está feliz? Não parece."

"Claro que estou. É incrível. Que alívio!"

Mas ela estava certa. Por trás do véu da educação, num lugar escondido até dele próprio, havia o sentimento de ter sido enganado. O mundo seguiria, ele continuaria não sendo vaporizado. Não precisava ter feito nada.

O sr. Clare, diretor de música, ocupado com a produção de *Mãe coragem*, para a qual escrevera uma partitura original, disse a Roland que ele voltaria a ter aulas com a srta. Cornell.

"Ela sabe do seu progresso, leitura à primeira vista e todo o resto. Vai ficar muito contente em vê-lo. E também vai oferecer os noventa minutos extras. A escola vai pagar por isso. Estou com muito trabalho. Espero que entenda. Bom rapaz."

Era óbvio quem tomara a iniciativa, embora ela não a houvesse mencionado a Roland. Ela informara que eles tocariam a *Fantasia*, de Schubert, e uma peça de Mozart para quatro mãos, num concerto em Norwich. Uma semana depois, ele viu um pôster anunciando o concerto de Natal da escola em 18 de dezembro. Abaixo de *Concerto de Brandenburgo nº 5*, vinha Mozart e, ainda mais abaixo, os nomes dele e de Miriam. Sonata para dois pianos em ré maior, K448.

"Você teria recusado se eu contasse. Eu sou a professora, você é meu aluno, e esses concertos são aquilo que quero que você estude. Agora, chega disso. Vem cá."

Estavam na cama a essa altura. Eram seis da manhã. Ele às vezes saía pé ante pé do dormitório às cinco, pedalava como um louco pelos caminhos enlameados ainda às escuras. Conseguiu fazer o trajeto em quinze minutos, depois baixou para catorze. A porta da frente estaria bem aberta, uma excitante fenda de luz amarela. Corria de volta, depois do sol nascer, e se misturava sem ser notado entre os meninos que iam tomar o café da manhã às sete e meia. O jovem Marlow tinha seu mastro da mezena em alto-mar, e Roland tinha a bicicleta. Ia para Erwarton nas tardes livres e nos fins de semana em que não participava de nenhuma partida. Levava o trabalho de casa numa sacola presa ao guidom, mas raramente tocava nele enquanto estava na casa dela. Almoçavam juntos quase todos os domingos. Ele agora dizia ao diretor do internato aonde ia — as aulas de piano e os ensaios constituíam o distintivo de respeitabilidade de ambos. Sempre que ia embora, ela determinava com severidade o dia e a hora de seu retorno. Queria-o por perto. Quando novembro desembocou em dezembro, começou a titubear na hora de sair da escola devido a um vento que se dizia soprar sem obstáculos desde a Sibéria, desfolhando as árvores. Passou a ficar menos tempo com os amigos, cancelou sessões no quarto escuro. Sua reputação entre os colegas de classe era a de um pianista dedicado e, portanto, um chato. Ninguém demonstrava curiosidade com suas ausências. Ele entregava os trabalhos com atraso. Sua redação sobre *Senhor das Moscas*, que ele pretendia entregar com o dobro do tamanho mínimo exigido, acabou se tornando uma coisa medíocre e apressada, pouco mais de três páginas escritas em letras grandes e espaçadas umas das outras. Recebeu uma nota baixíssima do sr. Clayton, o inspirador mestre de inglês. "Você leu o livro?", foi sua única observação.

Era duro forçar-se a abandonar o calorzinho propiciado pelo aquecimento central da escola e o trabalho que precisava fazer; duro enfrentar a chuva forte e gélida. O chalé só tinha uma lareira a carvão e dois pequenos aquecedores elétricos. Para seus deslocamentos, ela comprou para Roland uma jaqueta de esqui e um chapéu de lã, que ostentava um pompom no topo e que ele tratou de cortar com o canivete. Mas o problema não era apenas o poder que Miriam exercia sobre ele. Ele era um problema para si próprio. Antes mesmo de atravessar os portões da escola e pegar a estrada de Shotley, ele pedalava com uma semiereção. Era obrigado, porém, a aceitar que em algumas visitas não haveria sexo. Não ousava manifestar seu desapontamento. Levava em consideração o fato de dar sorte na metade das vezes. Ela era ativa ao encarar as tarefas da casa e desejava contar com a ajuda dele. Era capaz de insistir numa longa lição de piano. Depois era hora de mandá-lo de volta para a escola. Vez por outra, dizia que estava feliz por ele estar ali com ela, e não em qualquer outro lugar. Mas, quando o levava para o andar de cima, era uma experiência que transcendia os mais remotos confins da alegria. Na escola, depois que as luzes eram apagadas no dormitório, ele escutava as falsas bazófias dos amigos e sabia que jamais teriam o que ele tinha naquele momento. Estava apaixonado, uma bela mulher o amava e o ensinava a amar, a tocar nela, a ir aos poucos. Ela o mimava com elogios. Ele era "um gênio em matéria de ler à primeira vista com a língua". Roland descobriu que não gostava de ter o pau em sua boca. Não podia explicar por que aquilo o deixava tenso. Ela disse que não se importava. Quando dormiam, Miriam o abraçava como uma criança. Frequentemente o tratava como se fosse de fato uma criança, corrigindo suas maneiras, sugerindo que lavasse as mãos, lembrando-o do que tinha de fazer.

Quando, logo no começo, ele protestou, Miriam disse: "Mas Roland, você é uma criança. E não fique chateado. Vem cá e me dá um beijo".

Ele fez o que ela disse. Essa era a questão — não se mostrava capaz de resistir a ela, a seu rosto, sua voz, seu corpo, seu jeito de ser. Obedecê-la era o pedágio a pagar. Além disso, ela o vencia estrategicamente, podia assustá-lo com uma súbita mudança de humor. Divergência, e em especial desobediência, podiam provocar uma reação instantânea. A ternura que fazia tudo valer a pena podia ser extinta de repente.

Numa manhã de domingo, durante uma hora tocaram duetos, ensaiando para o concerto tanto quanto era possível sem dois pianos. Ao terminarem, ela foi à cozinha preparar café, que não permitia que ele bebesse, e ao voltar ele tirou alguma coisa de sua sacola para lhe mostrar. Havia comprado nova, por dois xelins, a partitura de "Round Midnight", de Thelonious Monk. Sentando-se a seu lado, ela viu de relance a capa e murmurou: "Essa porcaria. Tire isso daqui".

Era um risco, porém ele precisava defender aquilo de que gostava. Falou baixinho: "Não, é bom pra valer".

Ela arrancou a partitura das mãos dele, pôs na estante do piano e começou a tocar. Tencionava destruir a música, e o fez. Tocado exatamente como estava escrito, soava fraco, simples, como uma canção de ninar. Ela parou. "Chega?"

"Mas não é assim que se toca isso."

Coisa perigosa de dizer. Ela se pôs de pé, levou o café para o outro lado da sala e atravessou a cozinha em direção ao jardim; enquanto isso, Roland tocou para ela. Loucura, porém queria muito mostrar que já tinha entendido como tocar aquilo com o sincopado pesadão e fingidamente desajeitado de Monk. Viu então como havia sido sábio em manter segredo sobre o fato de que planejava criar um trio de jazz com dois garotos mais velhos. Tanto o baterista como o baixista eram bons.

Ele viu quando ela foi para os fundos do jardim e ficou contemplando os campos, esquentando as mãos em volta da caneca. Depois deu meia-volta e retornou com passos firmes. Ele parou de tocar e esperou. Sem dúvida, tinha ido longe demais.

Ao chegar junto ao piano, ela disse: "Hora de você ir andando."

Meia hora antes ela fizera insinuações sobre o segundo andar. Quando começou a protestar, ela interrompeu: "Vá embora. Leve sua sacola". Miriam chegou primeiro à porta. Abriu-a. As coisas tinham ido tão longe que ele nada tinha a perder demonstrando que também podia ficar zangado. Pegou a partitura e a sacola, arrancou a jaqueta de esqui das costas de uma cadeira e passou em silêncio, sem olhar para ela. O pneu da frente estava vazio, mas ele não iria enchê-lo sob os olhares dela. Caminhou com a bicicleta pela estrada. Não tinham combinado uma próxima visita.

Ele sofreu uma semana com remorso, dúvidas e saudade. Não tinha coragem de aparecer no chalé sem ser convidado e arriscar uma rejeição definitiva. Sua tentativa não realizada de enviar uma carta de desculpas não era sincera. Ainda achava que ela estava errada sobre "Round Midnight". Será que não podiam concordar em ter gostos diferentes? Tudo que ele queria era que Miriam o recebesse de volta. Não tinha ideia de como fazer isso se não sabia nem mesmo pelo que deveria se desculpar. Seu crime havia sido dizer que não era assim que se tocava aquilo. E não podia desdizer. Era verdade. Uma partitura de jazz era só metade da história, um guia grosseiro. Era simplesmente impossível tocar jazz como uma chacona de Purcell.

Ficou zanzando nas proximidades da pequena cabine telefônica ao pé da escada, no prédio principal. Tinha moedas suficientes para fazer uma chamada local. Se conversassem, a coisa podia desandar, estaria tudo acabado. No entanto, ele foi em frente, pôs as moedinhas no aparelho, fez que ia discar mas apertou o botão que devolvia as moedas e saiu. Caminhou pelo terreno da escola rente ao muro depois do qual havia uma vala, desceu em meio às samambaias enferrujadas e descaídas e chegou ao local perto da margem onde brincava com seus camaradas vestindo macacão. Lá, debaixo de um carvalho de galhos nus, sobre uma pequena elevação gramada de cima da qual se avistavam os primeiros alagados, ele se permitiu o luxo de chorar, desamparado. Como não havia ninguém ao redor, foi fundo: balbuciou, depois encheu os pulmões e urrou de frustração. Ele havia causado o próprio desastre. Poderia não ter falado nada sobre Thelonious Monk. Não precisava desafiá-la. Um prédio magnífico demolido, um palácio de sensualidade, música, ambiente caseiro — tudo em ruínas. Não tinha a ver com sexo. Chorava de saudade de casa.

E, no entanto. E, no entanto, naquela semana ele reescreveu a redação sobre *Senhor das Moscas* e, dois dias mais tarde, Neil Clayton a devolveu. Dez. A melhor nota de Roland até então. "Muito bem, está redimido. Uso inteligente de *O mal-estar na civilização*. Mas tome cuidado com Freud. Ele não é confiável. Lembre-se de que, para além da alegoria, Golding tinha sido professor de ginásio e conhecia meninos terríveis muito bem."

O trio de jazz fez a primeira apresentação. O baterista e o baixista eram figuras solitárias e retraídas que não se incomodavam em aceitar instruções de um menino dois anos mais novo. As primeiras vezes foram confusas, o baixista só lia tablaturas, a bateria soava alto demais. Roland sugeriu que usasse vassourinhas na próxima vez. Ele mesmo cometeu erros na simples sequência de três acordes dos blues. Terminada a sessão, todos se disseram que tinha sido um bom começo. Ele jogou uma ótima partida de tênis contra seu parceiro de dupla no verão, e quase ganhou. Voltou a ficar com os amigos. Estavam descansando perto dos aquecedores do lado de fora do refeitório — reservados exclusivamente aos quartanistas —, quando começaram a gracejar com Roland por sua devoção ao piano, chegando a se levantar antes do café da manhã para ensaiar. Ele lhes disse a verdade: estava tendo um caso com uma mulher mais velha. Todos caíram na risada. Mesmo fazendo piada para se esconder em plena vista, sentiu uma pontada de desespero. Naquela semana também tirou o quarto lugar num exame de física sobre o coeficiente de fricção e tirou uma nota boa pela tradução, sem dicionário, de cinco parágrafos do livro *Le notaire du Havre*, de Georges Duhamel. Naquela semana, entregou todos os trabalhos de casa no prazo.

No sábado, um menino excepcionalmente pequeno e limpo, com um nariz pontudo como o de um camundongo, lhe entregou uma folha de papel dobrada. Roland presumiu que fosse um dos alunos de Miriam. O bilhete dizia apenas: "Domingo, dez horas". O medo e a esperança tomaram o lugar do desespero. Naquela tarde, jogou contra a Norwich no campo deles. Durante oitenta minutos, enquanto corria para cima e para baixo num campo encharcado e dominado pela vista da catedral, não pensou nela. Norwich era conhecida pelo generoso chá depois das partidas. Por mais vinte minutos, ela ficou ausente de seus pensamentos enquanto, sentado com sua equipe e os adversários, comeu uma dúzia de sanduíches. Foi um longo trajeto de volta no ônibus da escola. Sentou-se sozinho na frente, ignorando a costumeira conversa suja. Ouvira recentemente a expressão "um cara sem queixo", sem dúvida ofensiva. Agora, enquanto o ônibus rumava no escuro para o sul, na direção de Suffolk, viu seu reflexo no vidro e começou a suspeitar de que não tinha um queixo muito definido. Correndo com o indicador do lábio inferior até a maçã do rosto, confirmou que era uma linha plana. Que bondade dela nunca haver mencionado aquilo! Traçou repetidamente aquela linha, testando. Procurou captar seu perfil na janela do ônibus, mas a vibração impedia. Suas chances eram pequenas, talvez fosse melhor se manter distante. Não podia imaginar como seria quando ela abrisse a porta. Precisariam ter a conversa sobre Monk. Estava preparado para ceder em tudo. Se ela soubesse da existência do trio e quisesse que ele o abandonasse, faria isso.

Lá pelo fim do percurso, se fixou na ideia de levar um presente para ela, algo que dissesse tudo sem que precisasse pronunciar uma só palavra. Na aula de arte, tinha feito um vaso, o único dele que não se desfez no forno. Pintou-o em faixas verdes e azuis. Do lado de fora do dormitório, havia um pedaço de terra cuidado por seu talentoso amigo Michael Boddy, que pintava bonitas aquarelas de suas plantas. Ele certamente não sentiria a falta de um pequeno espécime. Mas será que um presente mitigaria o efeito de seu rosto deformado?

Foi o primeiro a descer quando o ônibus parou. Um minuto com um espelho de mão emprestado e uma olhada no grande espelho no banheiro do dormitório foi o suficiente para restaurar seu queixo. Em nenhum outro momento da vida um problema pessoal seria resolvido tão facilmente. Era obrigado a reconhecer que estava num estado peculiar.

Na manhã seguinte, depois de tomar o café da manhã, foi de bicicleta até o terreno que Boddy cultivava e escolheu a planta sem flores mais insignificante, com pouco mais de dez centímetros de altura. Havia muitas outras iguais. Uns punhados de terra, e ela estava bem plantada. Protegeu-a na sacola com papel de embrulho amassado. Ao virar à direita, saindo da estrada principal, depois de Chelmondiston e já nas trilhas das fazendas, ele se deu conta de que, caso ela o rejeitasse, nunca mais faria aquele trajeto. Diminuiu a velocidade, buscando ver os campos planos e sem fim, a linha de fios de telégrafo contra um céu plúmbeo, como se lembrasse deles muitos anos depois, quando fosse velho e tivesse esquecido quase tudo.

Ao tirar a sacola do guidom e deixar a bicicleta tombar sobre o gramado da frente do chalé, Miriam já tinha aberto a porta. Nada em sua expressão o ajudava a avaliar seu estado de espírito. Antes de trocarem qualquer cumprimento, ele entregou o presente a ela. Miriam o olhou fixamente por vários segundos.

"Mas Roland, o que isso significa?"

Era uma pergunta genuína. Ele respondeu: "É um presente".

"Sua cabeça decapitada está aqui dentro? Espera que eu esteja morrendo de saudades de você?"

Ele não demonstrou nenhuma reação. "Acho que não."

"Você não conhece o poema de Keats 'O vaso de manjericão'? Isabella?"

Ele sacudiu a cabeça.

Ela o fez entrar. "Melhor entrar e aprender alguma coisa."

Isso foi tudo, eles simplesmente retomaram de onde haviam parado. Na sala de visita, a lareira estava acesa e a mesa servida para o café da manhã — ele sempre podia tomar outro café da manhã. Miriam explicou o poema, falou sobre a interpretação musical que lhe deu Frank Bridge, cuja versão para piano tinha por ali, uma peça interessante que poderiam ver juntos. Enquanto falava, ela afastou com os dedos os cabelos de seus olhos como uma mãe afetuosa. Mas também tocou seus lábios e deixou a mão cair até a cintura, brincando com o fecho em forma de serpente do cinto elástico, embora não o abrisse. Comeram cereal e ovos pochê, conversando sobre a retirada dos foguetes de Cuba e as notícias sobre um túnel que poderia ser construído sob o Canal da Mancha até a França. No andar de cima, já na cama, ela o fez falar sobre sua semana. Ele contou sobre o rúgbi, a encarniçada partida de tênis, os êxitos em física e francês, assim como o que o sr. Clayton havia dito a respeito da redação sobre o livro de Golding. Quando fizeram amor, ela foi tão carinhosa e seu alívio tão grande que, no momento crucial, ele não conseguiu se controlar, soltando um grito que não se diferenciou muito de seus urros de desespero à beira do rio.

Mais tarde, enquanto permanecia em seus braços de olhos fechados, ela falou: "Tenho uma coisa importante para lhe dizer. Está ouvindo?".

Fez que sim com a cabeça.

"Eu amo você. Amo muito. Você me pertence e a mais ninguém. É meu, e vai ficar sendo. Você compreende, Roland?"

"Compreendo."

Ao descerem, ela contou da ida a Aldeburgh para ouvir uma palestra de Benjamin Britten sobre os quartetos de corda. Roland comentou que aquele nome não lhe dizia nada, e ela o abraçou mais forte, beijou-lhe o nariz e disse: "Temos muito trabalho pela frente".

Foi assim e assim seria. Foi o que os distantes e beligerantes deuses Kruchev e Kennedy arranjaram para ele. Não ousou prejudicar a reconciliação suscitando a questão que os tinha separado quando ela o abraçava tão carinhosamente. Seria uma loucura autodestrutiva. Ela o baniria outra vez. Mas os problemas permaneciam. Por que mandá-lo embora, por que causar dor desnecessária e negar o prazer que se davam mutuamente por conta de "Round Midnight" ou, que fosse, por causa do jazz? Ele era covarde demais para enfrentá-la, egoísta demais. O que importava era ter sido perdoado. Ela o recebia de volta e o amava. Havia ficado perturbada e raivosa, mas agora não estava mais. Se bastava para ela, bastava também para Roland. Era demasiado moço para saber sobre a posse, para compreender que seu interesse pelo jazz ameaçava removê-lo da esfera de influência de Miriam. Aos catorze anos, como poderia saber que aos vinte e cinco ela também era jovem demais? Sua inteligência, seu amor, o conhecimento de música e literatura, sua energia e encanto, quando ele era seguramente dela, tudo aquilo mascarava o desespero de Miriam.

Ao longo de novembro e da maior parte de dezembro, trabalhou com ela para os concertos e seu exame para a série oito no piano — um teste difícil para alguém tão novo, todos disseram depois de ele ter passado com louvor. Tocava agora sua parte dos duetos de Mozart e Schubert com o que ela chamava dos três dês: destreza, delicadeza e dinamismo. O concerto no auditório da Norwich aconteceu em meados de dezembro. Era uma grande plateia, que pareceu a Roland extremamente idosa e severa. Mas quando os dois pianistas se ergueram dos bancos diante dos grandes pianos de cauda Steinway, o aplauso para a peça de Mozart e depois para a de Schubert o excitou. Miriam o fizera treinar a reverência. Jamais poderia ter imaginado que meros aplausos pudessem provocar nele uma tal sensação embriagadora de prazer. Dois dias depois, ela lhe mostrou uma notícia no jornal local, o *Eastern Daily Press*.

> Uma ocasião verdadeiramente notável, senão histórica. A srta. Cornell teve a generosidade e a presciência de colocar seu pupilo à direita, na posição de liderança. Jovens instrumentistas precoces, na área da música clássica, não são incomuns, porém Roland Baines, aos catorze anos, é uma sensação. Eu me orgulharia em ser o primeiro a dizer que ele tem um grande futuro. Ele e sua professora nos encantaram com o emocionante Mozart K381. A *Fantasia*, no entanto, como obra-prima, é uma peça muitíssimo mais exigente. Foi uma das últimas composições de Schubert e implica um sério desafio para qualquer intérprete de qualquer idade. O jovem Roland tocou sua parte não apenas com maestria técnica, mas com maturidade emocional e formidável percepção quase inacreditáveis. Prevejo que, dentro de dez anos, o nome de Roland Baines ecoará nos círculos clássicos e mais além. Ele é simplesmente brilhante. A plateia também o percebeu, amou sua interpretação e se pôs de pé. A ovação deve ter sido ouvida do outro lado da Market Square.

No concerto de Natal da escola, cinco dias depois, ele teve um momento de pânico antes de subir ao palco. Uma das hastes laterais dos óculos caiu e a armação não ficava estabilizada em seu rosto. Miriam ficou calma e deu um jeito com fita adesiva. Tocaram a peça tão bem quanto no chalé. Mais tarde, o sr. Clare lhes disse que estava pasmo com a beleza da execução dos dois e se emocionara profundamente durante o movimento lento. No final, quando a professora e o aluno se puseram de pé ao lado dos pianos verticais a fim de receber grandes aplausos, fizeram as reverências de mãos dadas. O menininho com cara de camundongo surgiu dos bastidores para entregar uma única rosa vermelha para Miriam e, para Roland, uma grande barra de chocolate ao leite. Ah! A juventude.

PARTE II

Cinco

Como Berlim e a famosa Alissa Eberhardt entraram em sua vida? Em momentos de tranquilidade e euforia comunicativa, Roland às vezes refletia sobre os acontecimentos e acidentes, pessoais e globais, minúsculos e grandiosos, que tinham formado e determinado o curso de sua existência. Seu caso não era especial — todos os destinos são constituídos da mesma forma. Nada empurra os acontecimentos públicos para dentro da vida privada como uma guerra. Caso Hitler não tivesse invadido a Polônia e dessa forma desviado a divisão escocesa do soldado Baines de seu planejado serviço no Egito para o norte da França, e mais tarde para Dunkirk e seu grave ferimento na perna, ele jamais teria sido classificado como inapto para o combate e aquartelado em Aldershot, onde conheceu Rosalind, em 1945 — e Roland não existiria. Se a jovem Jane Farmer tivesse feito o que dela se esperava e dado um pulo por cima dos Alpes para permitir que Cyril Connolly aperfeiçoasse a dieta da nação no pós-guerra, Alissa não existiria. Lugar-comum e maravilha. Com trinta e poucos anos, se o soldado Baines não aprendesse a tocar gaita, talvez não quisesse tanto que o filho tivesse aulas de piano para aumentar sua popularidade. E, se Kruchev não houvesse levado mísseis nucleares a Cuba, e Kennedy não tivesse ordenado um bloqueio naval da ilha, Roland não teria ido de bicicleta até Erwarton a fim de visitar o chalé de Miriam Cornell naquela manhã de sábado, o unicórnio continuaria preso às correntes em sua jaula e Roland, tendo sido aprovado nos exames públicos, iria estudar literatura e línguas na universidade. Nesse caso, não teria vagado ao léu por mais de uma década, afastando exitosamente Miriam Cornell de seus pensamentos a fim de se tornar, com vinte e tantos anos, um ardente autodidata. Não teria tido aulas de conversação de alemão em 1977 no Instituto Goethe, em South Kensington, com Alissa Eberhardt. E Lawrence não existiria.

Como Roland chegou tarde para a primeira aula, a conversação já havia começado. Havia outras cinco pessoas no grupo. Duas mulheres, três homens. Sentavam-se em cadeiras de armar formando uma ferradura diante dela, que fez um pequeno aceno de cabeça para Roland quando ele tomou um lugar. Ele aprendera o suficiente de alemão na escola para entrar numa turma intermediária de nível baixo. O inglês da professora era perfeito. Praticamente nenhum sotaque. Seu estilo de ensino se revelou preciso, exigente, com um quê de impaciência. Ela certificava-se de que cada um teria sua vez de falar. Era compacta e ativa, incomumente pálida, com olhos muito negros que não recebiam maquiagem. Tinha o hábito interessante de dar uma olhada para o lado direito e para cima sempre que refletia. Roland achou que havia alguma coisa perigosa ou rebelde no jeito dela. Imediatamente sentiu que competia com os três homens da turma. A conversa era sobre crianças em férias. O olhar dela pousou nele com uma expressão de expectativa. Ele não estava prestando atenção, mas compreendeu que era preciso dizer alguma coisa como "É minha vez".

Ele disse: "*Ich bin dran.*"

"*Sehr gut. Aber*", ela deu uma olhadela na lista de nomes. "Roland: *com os novos brinquedos.*"

Ele tinha perdido aquela parte. Hesitou. Seu coração dera um agradável salto com o "muito bem" dela. Viera para aprender, mas queria exibir o que sabia. Precisando impressioná-la, demonstrar que estava acima dos demais, ele prosseguiu com cautela.

"*Ich bin... an die Reihe mit dem neue Spielzeug.*"

Ela o corrigiu de maneira paciente, pronunciando as palavras de maneira exagerada para benefício do idiota. "*Ich bin* an *der Reihe mit dem* neuen *Spielzeug.*'

"Ah, claro."

"*Genau.*"

"*Genau.*"

Ela foi em frente. Os brinquedos eram chatos, o dia ensolarado, as crianças famintas gostavam de frutas. Gostavam também de nadar. Em especial quando chovia. Ao voltar a Roland, ele cometeu três erros básicos numa só frase. Ela o corrigiu rapidamente e a aula acabou.

Duas semanas mais tarde, ao final da terceira aula, alguém pediu a ela num alemão claudicante que contasse alguma coisa sobre si. Roland escutou atentamente. Ela falou devagar para a turma compreender. Ficaram sabendo que tinha vinte e nove anos e nascera na Bavária de uma mãe inglesa e um pai alemão. Mas tinha crescido ao norte, não longe de Hanôver. Acabara de completar o mestrado no Kings College, em Londres. Gostava de fazer longas caminhadas, de cinema e de cozinhar. Ia se casar na próxima primavera. Seu noivo tocava trompete. Todos, menos Roland, murmuraram sua aprovação. Uma das mulheres perguntou então à professora qual era sua maior ambição. Tinham acabado de treinar aquela palavra. *Der Ehrgeiz*. A srta. Eberhardt disse sem hesitação que desejava ser a maior romancista de sua geração. Disse isso com um sorriso irônico.

Saber que ela iria se casar simplificava as coisas. Ele podia se limitar a achá-la fascinante e nada mais. Além disso, nos últimos seis meses vinha sendo feliz com Diana, uma estudante de medicina de Grenada que estava cursando um ano de sua formação clínica no hospital St. Thomas. Ela trabalhava sessenta horas por semana, às vezes mais, o que os limitava um pouco. Mas era muito alegre e espirituosa, tocava violão e cantava, queria se especializar em cirurgia dos olhos e dizia que o amava. Às vezes ele sentia o mesmo por ela. Diana, no entanto, foi mais longe. Gostava da ideia de se casar com ele. Seus pais, ambos professores, também. Receberam-no bem, prometendo que um dia ele iria conhecer a bela ilha da família. Convidavam-no para festas com gente de Grenada na sua casa perto do Oval. Os irmãos e as irmãs mais novos de Diana também torciam pelo casamento e viviam dizendo isso. Roland sorria e assentia com um gesto de cabeça, dando início à retirada inevitável. E aqui mais um jogo de "se-então". Dois, na verdade. Se o coronel Nasser não houvesse nacionalizado o Canal de Suez, se as elites britânicas não estivessem ainda embaladas pelos sonhos de império e decididas a refazer seus vínculos com o Extremo Oriente, então Roland não teria passado uma semana de brincadeiras maravilhosas numa base militar. Embora suas viagens loucas fossem coisa do passado, ele ainda era atraído por uma noção de liberdade e aventura impossíveis, onde a maior parte das satisfações da vida estaria localizada. Era um hábito mental. A vida para valer, a vida sem limites, estava em outro lugar. Por todo o final da adolescência e até mais tarde, ao longo dos seus vinte anos, Roland mantivera a lembrança de Miriam longe e deixara o rock em seu lugar. Chegou a substituir o tecladista do trio Peter Mount Posse algumas vezes. Alternava trabalhos braçais na Inglaterra com viagens na companhia de amigos, envolvendo aventuras bem planejadas com mescalina e LSD em lugares elevados — as Montanhas

Rochosas e das Cascatas, a costa da Dalmácia, o deserto ao sul de Kandahar, os Alpes, a Serra da Tramuntana, Big Sur. Tempo perdido em lugares lindos, demorando-se alegremente à toa logo depois de transpor os portões do paraíso, com as cores do mundo bem vibrantes, sempre lamentando que o sol se pusesse e que seria necessário voltar para casa, a expulsão do éden no dia seguinte acompanhada das preocupações costumeiras.

Mesmo com toda aquela vagabundagem deliciosa pelas cordilheiras espetaculares, ele não era livre. Uma amiga, Naomi, que trabalhava numa livraria e o levou para ouvir Robert Lowell na Poetry Society, recebeu com tristeza, e depois amargor, a notícia de que Roland queria terminar o romance com ela. Disse friamente que ele carregava uma ferida, um defeito qualquer. "Você nunca me diria, mas eu sei muito bem. Você nunca estaria satisfeito."

Ele considerava o mundo real — seus múltiplos trabalhos como freelancer, os amigos, as horas de lazer, os cursos — mera distração, um alívio superficial. Evitava ter empregos com salário fixo para estar sempre disponível. Precisava estar à solta, não ser alguma coisa em definitivo. A única felicidade, o propósito e o paraíso almejado era o sexo. Um sonho sem esperança o levava de um relacionamento a outro. Se uma vez tinha sido verdadeiro, poderia, deveria, ser de novo. Ele sabia que a vida podia ser múltipla e plural, que as obrigações eram inevitáveis e que viver apenas um êxtase generalizado ou à espera dele era impossível. Só o fato de dizer isso a si mesmo já mostrava quão perdido Roland estava. Esperando que essa verdade fosse contrariada. Era impossível controlar, de repente soava uma nota grave, um barulho de fundo, um zumbido, e lá vinha a decepção. Diana o desapontou, assim como Naomi e outras antes dela. O tormento de Roland consistia em saber como era excêntrico, ou talvez tão grandiosamente louco quanto Robert Lowell, cuja poesia o obcecava. Mais tarde, na condição de pai, a dupla hélice de amor e trabalho poderia libertá-lo. Agora, ele *estava* momentaneamente livre. Nos próximos anos, seu compromisso como pai seria claro. Não haveria espaço para especulações. Agora, porém, ele não conseguia abandonar as ilusões. O que teve um dia, ia ter de novo.

Um mosaico de recordações estava gravado na visão semificcional que invocava com frequência: ele pedalando a toda velocidade pelas alamedas hibernais de Suffolk, driblando poças nas trilhas das fazendas, derrapando e deslizando ao fazer manobras em ângulos fechados, depois largando a bicicleta no gramado e avançando sete passos pelo curto caminho do jardim e finalmente batendo em código à porta — semínima, tercilho, semínima, semínima —, pois ela nunca lhe deu uma chave. O corpo perfeito dela sob a pequena luz amarela do hall, o chalé exalando calor no rosto dele. Sempre o meio do inverno, sempre os fins de semana. Não se abraçavam. Ela o precedia ao subir a escada estreita, puxando-o em direção à obliteração, dele e dela. Então outra vez e, depois do jantar, mais uma vez.

Na escola, ia bem quando se tratava de rúgbi, corridas de cross-country, brincadeiras com os amigos ou o estudo de uma nova composição. Mas quando precisava memorizar algum conteúdo, prestar atenção à aula, escrever um texto ou ler o livro indicado, divagava revivendo o encontro anterior e criando fantasias sobre o próximo. Podia acontecer de, na metade de um parágrafo, perder a concentração ao sentir o inchaço e a dor de uma ereção. E, esbarrando numa palavra francesa ou alemã desconhecida, apanhar o dicionário e ficar imóvel, sem abrir o livro, por longos cinco minutos. Quando as aulas terminaram, não tinha lido quase nada de *Les Trois Aveugles*, *Aus dem Leben eines Taugenichts* — aliás muito bem traduzido por "Memórias de um vagabundo" — nem os primeiros dois volumes de *Paraíso perdido*. Aprender de cor dez novos substantivos em alemão poderia tomar toda uma noite. Em geral, ele não se dava ao trabalho. Recebeu alertas de seus professores. Foi convocado por Neil Clayton, o professor de inglês que o apoiava, três vezes ao longo do semestre para lembrá-lo de como era inteligente, como os exames se aproximavam e como não cursaria os dois últimos anos do ensino médio caso não passasse em cinco matérias, pelo menos.

Será que Roland se lamentava à época e desejava nunca ter tido uma aula de piano, jamais ter ouvido falar em Erwarton? Ele não perguntava. Aquela era uma vida nova e brilhante. Sentia-se lisonjeado por vivê-la, privilegiado e orgulhoso. Enquanto seus amigos só podiam sonhar e fazer piadas, ele deixava todos para trás, indo além do horizonte, do horizonte invisível e do que vinha depois desse. Acreditava haver entrado num estado transcendental que a maioria deles nunca conheceria. Poderia cuidar mais tarde dos trabalhos escolares. Acreditava estar apaixonado. Dava pequenos presentes a Miriam — flores selecionadas de um arranjo no auditório, sua barra de chocolate predileta comprada na lojinha de guloseimas. Alguma coisa reptiliana, obstinada e voraz, havia sido acordada dentro dele. Caso lhe dissessem que estava patologicamente viciado em sexo, tal como outros em drogas, ele teria concordado alegremente. Se era um viciado, devia ser um adulto.

Muitos anos depois, quando foi capaz de falar sobre sua adolescência e os primeiros anos como adulto, estava caminhando acima de um remoto fiorde norueguês com Roy Dole, já então diretor de um instituto de neurociência. Andavam lado a lado por uma crista elevada, cada qual segurando um copo de vinho, uma agradável regra que tinham estabelecido anos antes.

"Se eu pedisse sua opinião médica, na época em que você clinicava, o que você me diria?"

"Uma coisa mais ou menos assim: você quer fazer o tempo inteiro? Todo mundo quer. Mas não dá. É o preço que pagamos para manter as coisas em funcionamento. Já dizia Freud! Trate de crescer."

Muito bem dito. E ambos riram. Mas Roland havia lido *O mal-estar na civilização* na adolescência. Não tinha ajudado.

Se ele havia sido deformado por seu passado, isso se revelava de forma oblíqua. Não seguia mulheres pelas ruas, não fazia propostas indecorosas nem apalpava nádegas no metrô — coisas grotescamente comuns na década de 1970. Não pegava pesado nas festas. Graças a um comportamento raro para a época, era fiel enquanto durava cada relacionamento. Seu sonho era uma monogamia tresloucada, devoção e dedicação mútua totais na busca em comum do sublime sexual e emocional. Nas fantasias, a paisagem de sonho tinha uma aparência de coisa tomada emprestada ou de lugar-comum — um hotel em Paris, Madri ou Roma. Nunca um chalé de inverno perto de um estuário em Suffolk. Verão pleno, trânsito sonolento do lado de fora, entreouvido através de persianas parcialmente fechadas, feixes de luz branca no assoalho de lajotas. Sobre as quais, as roupas. Um *after* de suor, chuveiradas frias, pedidos à portaria para mandarem água gelada, lanches, vinho. No meio-tempo, passeios à beira do rio, um restaurante, enquanto alguém trocava os lençóis, arrumava o quarto, renovava as flores e aprontava a máquina de café. E então tudo de novo. Quem pagaria a conta? Não importava. Devaneio bastante convencional sobre um longo fim de semana. O elemento mágico ou tolo era que ele queria aquilo para sempre. Nenhuma via de escape, nenhum desejo para que tal coisa existisse. Enclausurados, suas identidades fundidas, presos numa armadilha de beatitude. Nunca se cansam, nada se modifica em sua vida monástica quando é sempre agosto na cidade semideserta onde tudo que têm é um ao outro.

Os primeiros dias de cada um de seus romances invocavam o fantasma dessa vida. A grande porta do monastério se abria por alguns centímetros. Mas logo sua atitude, sua ânsia começava a se tornar cansativa. Ela talvez já tivesse visto isso em outros homens, essa insistência banal em mais tempo juntos do que ela desejava. O demônio não o abandonava e, no final das contas, as coisas tomavam um de dois caminhos. Quando não os dois ao mesmo tempo. Ela podia se afastar dele, surpresa, aborrecida e talvez sufocada, ou ele podia deixá-la, mais uma vez vítima da desilusão e de uma vergonha crescente que tentava ocultar.

O curso de Alissa Eberhardt no Instituto Goethe tinha doze aulas. Ao terminar, ele estava pronto para mais um módulo, porém ela havia ido embora. Nenhum adeus, nem para a turma nem para ele. Só voltou a vê-la quatro anos depois.

Também se inscreveu para aulas na City Lit, encorajado por Daphne, em cuja opinião ele devia comprometer-se com um plano educacional de cinco anos. Ela o ajudou a formulá-lo. Literatura inglesa, filosofia, história contemporânea e gramática francesa. Quando iniciou o curso no Instituto Goethe, ele vinha tocando piano havia seis meses no salão de chá de um hotel de segunda categoria no centro de Londres — "música para mastigar", como dizia o subgerente, velhos clássicos interpretados com discrição para não perturbar as conversas tranquilas em torno do Earl Grey com sanduíches de pão sem casca. As horas eram boas — tempo de sobra para sua lista de leituras. Duas sessões de noventa minutos entre o fim da tarde e o começo da noite. Sete dias por semana. Ganhava o suficiente. Em meados da década de 1970, apesar da confusão política, ou por causa dela, não era tão caro viver em Londres. E, se ele tocava "Misty" languidamente, alguém era capaz de se aproximar e deixar uma nota de uma libra em cima do piano. Uma senhora norte-americana que assim fez disse que ele se parecia com Clint Eastwood.

Já tinha sido fotógrafo. Em breve deixaria o hotel para se tornar, assim imaginava, o principal treinador de uma cadeia de corajosas escolas de tênis não sectárias para irlandeses e ingleses. A viagem pela Irlanda do Norte não deu em nada, assim como outros projetos em Londres. Terminou como instrutor nas quadras públicas de tênis do Regent's Park. Seus alunos eram em sua maioria adultos principiantes. Quase todos achavam exasperante a experiência de conectar a raquete com a bola. Fazê-la passar por cima da rede duas vezes seguidas constituía um objetivo a ser alcançado. Alguns eram octogenários que desejavam aprender alguma coisa nova. Vinte horas de treino por semana. Ser bondoso e encorajador o dia inteiro o exauria.

Depois de dois anos, deixou as quadras. Tinha lido e anotado trezentos e trinta e oito livros, segundo seu caderno. Mais do que se estivesse numa universidade. De Platão a Max Weber, passando por David Hume — foi assim que descreveu sua trajetória a Daphne. Ela preparara o jantar para ele a fim de comemorar seu ensaio "magnífico" sobre John Locke. Foi uma noite memorável. Peter estava fora, numa reunião de ex-colegas de escola, e voltou bêbado, acusando Roland de tentar roubar Daphne dele. Não sem algum fundamento.

Roland tinha agora novas maneiras de descrever seu progresso. De Robert Herrick a Elizabeth Bishop, passando por George Crabbe. Da ascensão de Sun Yat-sen ao Bloqueio de Berlim. Hora de aposentar os tênis e as roupas de moletom. Conseguia ler por noventa minutos sem cair em devaneios. Maturidade. Era plausível, o disfarce estava no lugar. O tempo produzira seus truques. Estava pronto a se tornar um intelectual ou, pelo menos, um jornalista. Mas era duro. Ninguém ouvira falar nele, ninguém o contratava. Por fim, através do filho de um dos alunos de tênis, encomendaram-lhe um comentário sobre uma produção marginal — sanguinolenta, nua, muitos gritos — para o semanário londrino de listas de espetáculos *Time Out*. Uma contribuição insignificante, cento e vinte palavras de elogios irônicos e desonestos que lhe renderam outras encomendas. No entanto, ao cabo de dois meses ele se cansara dos ônibus noturnos vazios ao voltar para casa de Morden e Ponders End. Escreveu um curto perfil da líder da oposição para um semanário radical de esquerda. Recebeu uma cortês carta do escritório dela, assinada pessoalmente, negando-se a conceder uma entrevista. Seu artigo era cético, mas concluía com a reflexão de que, caso Margaret Thatcher se tornasse a primeira-ministra, o que ele começava a admitir como inevitável, isso poderia, não mais que uma possibilidade, fazer avançar a causa do empoderamento feminino. Ao menos causou alguma impressão. As cartas raivosas no número seguinte da revista encheram toda uma página. Segundo a grande maioria, ela era uma mulher, mas não uma irmã.

Ele se filiara ao Partido Trabalhista em 1970. Gradualmente, aquela se tornou uma associação incômoda por um conjunto de acidentes especiais. Em junho daquele ano, 1979, ele começara a sair com Mireille Lavaud, uma jornalista francesa que morava em Camden. Seu pai era um diplomata que fora removido para Berlim há não muito tempo, e Mireille queria visitá-lo no novo apartamento, onde vivia com a madrasta e a jovem meia-irmã, e estava propondo que Roland fosse também. Ele hesitou. As rachaduras usuais não tinham começado a aparecer, mas eles só se conheciam havia dois meses. Sua relutância a divertiu.

"Não estou apresentando você a eles, se é isso que está pensando. Não vamos ficar lá — o apartamento é pequeno demais. *Un p'tit dîner, c'est tout!* Tenho amigos no lado oriental. Você disse que queria aperfeiçoar seu alemão. *Oui ou non*?"

"*Ja*."

Alugaram bicicletas e, ao longo de dois dias, percorreram toda a extensão do Muro e, depois, a cerca que separava Berlim Ocidental do resto da Alemanha Oriental. Para jovens alemães do Ocidente, viver daquele lado significava estarem isentos do serviço militar. Por isso, havia um grande contingente de pessoas não convencionais — candidatos a poetas, pintores, escritores, cineastas e músicos, a contracultura em massa. A cidade parecia vazia, um remanso. Longe do centro havia apartamentos de teto alto e aluguel baixo. Os norte-americanos, em geral desprezados, garantiam a segurança e a liberdade do setor ocidental contra as ambições expansionistas da União Soviética. O Muro, um embaraço para tantos artistas de esquerda, era propositalmente ignorado. Vinte anos o haviam transformado num insignificante fato da vida. Mireille, que estudara por um ano na Free University como aluna de pós-graduação, tinha vários amigos que permaneciam na cidade. Circulou com Roland. As noitadas, em francês, alemão e inglês, eram de discussões acaloradas, mas bem divertidas — concertos improvisados nas salas de visita, até mesmo uma leitura ocasional de poesia.

Certa tarde, caminharam do hotel perto da Friedrichstrasse para entrar na fila no Checkpoint Charlie. Mireille tinha um passe especial para famílias de diplomatas, mas não fazia diferença. Levaram noventa minutos para passar. Quando ela mostrou ao soldado o saquinho de café que estava trazendo, ele deu de ombros. Foram de táxi pelas ruas tranquilas e decrépitas para Pankow, até um conjunto de blocos de apartamentos com prédios de oito andares. Os amigos de Mireille, Florian e Ruth Heise, moravam no sétimo andar. O pequeno apartamento estava apinhado de gente esperando por eles em torno de duas mesas redondas com tampo de fórmica que haviam sido aproximadas. Havia expressões de agrado na chegada dos ocidentais. O ar estava cinzento de tanta fumaça de cigarros. Meia dúzia de crianças entravam e saíam correndo da sala. Diversas pessoas se levantaram para oferecer uma cadeira aos visitantes. Florian chegou à janela para olhar a rua e ver se tinham sido seguidos. Mais manifestações de alegria quando Mireille mostrou os grãos de café colombiano. Ruth fez as apresentações obedecendo à ordem de cada um em volta das mesas. Stefanie, Heinrich, Christine, Philipp... o alemão de Roland era pior que seu francês. Seria difícil. Ficou aliviado ao ser apresentado a Dave, de Dundee.

A conversa recomeçou. Dave falava da situação na Escócia. Philipp ia traduzindo.

"Como eu vinha dizendo, estamos num ponto de ruptura na Grã-Bretanha. Desemprego em massa, inflação, racismo, um governo fascista que acaba de ser instalado..."

Alguém disse: "*Gut Idee*", soa bem. Risos baixos.

Dave continuou: "As pessoas estão se organizando no Reino Unido. Estão se mexendo. Estão se inspirando em vocês".

Florian disse em inglês: "Eu não tenho nada a ver com isso. Em todo caso, muito obrigado".

"Estou falando sério. Sei que têm seus problemas. Mas objetivamente este é o único estado socialista verdadeiramente viável em todo o mundo."

Fez-se silêncio.

Dave acrescentou. "Pensem bem. A vida cotidiana pode impedir que vejam suas próprias conquistas."

Os berlinenses orientais, todos com menos de quarenta anos, eram corteses demais para dizer o que pensavam. Mais tarde, Roland soube que três meses antes uma vizinha daquele prédio havia levado um tiro na perna durante uma tentativa de fuga mal planejada. Estava num hospital penitenciário.

Foi Ruth, a anfitriã, que salvou a conversa. Falou num inglês carregado. "É o que dizem: confiem nos alemães para criar o único estado socialista viável." Philipp traduziu.

Suspiros. Fazia tempo que essa piada não fazia ninguém rir. Mas afastou a atenção das exortações de Dave. Ou não? Pode ter sido uma reprimenda por alguém mostrar duas folhas de papel mimeografadas que tinham sido contrabandeadas. A tradução em alemão de um poema de Edvard Kocbek, um escritor esloveno perseguido pelas autoridades comunistas. A primeira parte se referia à aterrissagem na Lua, a segunda invocava a lembrança de Jan Palach, o estudante que ateou fogo às roupas em 1969 na praça Wenceslas em protesto contra a invasão soviética da Tchecoslováquia. "Um foguete candente chamado Palach/ Mediu a história/ De cima a baixo./ Mesmo os óculos escuros leram/ A mensagem envolta em fumaça." Enquanto isso era lido e traduzido, Roland olhava para Dave. O rosto forte e sério de um homem decente. No final, Dave falou em tom afável: "Óculos escuros?".

Envergonhado por ele, Roland disse rapidamente: "Usados pelos agentes de segurança".

"Entendi."

Roland não tinha certeza disso e o evitou pelo resto da noite.

O ponto alto da noite aconteceu enquanto Mireille conversava com Ruth, e Florian levou Roland para o quarto. As crianças estavam fazendo um acampamento com a roupa de cama. Depois de enxotá-las, Florian tirou de debaixo da cama uma mala fina que abriu para mostrar sua coleção de discos. Dylan, Velvet Underground, Stones, Grateful Dead, Jefferson Airplane. Roland examinou todos. A pilha não era muito diferente da sua. Perguntou o que aconteceria se as autoridades os encontrassem.

"De cara, talvez não acontecesse nada de mais. Levariam embora, venderiam. Mas talvez ficasse anotado na minha ficha, despertando mais interesse por mim. Mais tarde, poderiam usar isso contra mim. Mas tocamos os discos baixinho." E completou com pesar: "Ele ainda é um cristão renascido?".

"Dylan? Ainda."

Florian estava de joelhos, fechando a mala. "Em outra caixa tenho todos, menos os mais recentes. Com Mark Knopfler."

"*Slow Train Coming*."

"Isso aí. E todos do Velvet Underground. Só o terceiro que não."

Quando Florian se pôs de pé, sacudindo a poeira das mãos, Roland disse sem pensar: "Faça uma lista para mim".

O jovem alemão o olhou fixamente. "Você vai voltar?"

"Acho que sim."

Dois meses depois, após tomar café no Adler, ele entrou na fila do Checkpoint Charlie, aguardando para ter acesso a Berlim Oriental. Na bolsa de viagem havia dois LPs para serem inspecionados. *Slow Train Coming* e o terceiro álbum do Velvet Underground estavam disfarçados. As capas eram genuínas e de segunda mão — Barshai conduzindo Shostakovich —, mas os adesivos colados nos vinis novos eram impossíveis de serem retirados com vapor. Em vez disso, Roland os havia desfigurado e envelhecido. Também trazia um livro de bolso em inglês, *A fazenda dos animais*, com a capa falsa de *Tempos difíceis*, de Dickens. Não precisava ser tão cauteloso. Tinha perguntado a dois jornalistas diferentes, ambos veteranos de Berlim, e lhe asseguraram que era fácil levar livros e discos para o outro lado. Na pior das hipóteses, eles seriam confiscados ou ele mandado de volta, só podendo retornar sem aquele material. Disseram que era melhor não levar livros em alemão. As capas falsas dos LPs eram desnecessárias.

Ele devia se sentir relaxado à medida que a fila avançava lentamente. Mas sua visão estava pulsando no ritmo do coração. Na noite anterior à partida de Londres, Mireille tinha ido a seu apartamento e discutiram. Ele estava começando a achar que ela talvez tivesse razão. Quatro pessoas à sua frente agora. Continuou na fila.

Roland preparara o jantar para dois. Antes de comerem, mostrou o contrabando.

"Orwell? Loucura! Se deixarem você passar é porque vão segui-lo depois."

"Vou andando. E verificando."

"Tem o endereço deles?"

"Guardei de cor."

Ela tirou um disco da capa. Não se impressionou com a poeira que tinha sido espalhada sobre o vinil.

"Sete faixas em cada lado! Você acha que é assim que soa uma sinfonia do Shostakovich?"

"Chega. Vamos comer."

"O que você vai dizer? Que a RDA precisa descobrir Shostakovich?"

"Mireille, falei com gente que já atravessou dezenas de vezes levando livros."

"Eu também vivi lá. Eles podem prendê-lo."

"Não ligo."

Estava irritadiço, porém ela tinha o comando de uma fúria gaulesa superior. Se seu inglês não fosse tão preciso... Podia ouvir a voz dela agora ao se apresentar ao guarda da fronteira.

"Você está pondo em risco meus amigos."

"Bobagem."

"Podem perder seus empregos."

"Sente-se. Fiz um guisado."

"Só para se sentir virtuoso. Para poder dizer ao mundo que está fazendo alguma coisa." Ela estava de pé, saindo da sala, saindo do apartamento, corada, esplêndida. "*Quelle connerie*!"

O guarda pegou o passaporte aberto. Tinha mais ou menos a idade de Roland. A de Florian e Ruth também, trinta e poucos anos. Seu uniforme parecia apertado e de má qualidade, um fingimento, assim como seus modos convencionalmente severos. Mero figurante numa ópera de costumes moderna e de baixo custo. Roland esperou e observou. O rosto era pálido e comprido, com uma verruga na bochecha, lábios finos e delicados. Perguntou-se sobre o abismo, o muro que o dividia daquele homem que, em outras condições, poderia ser um parceiro de tênis, um vizinho, um primo distante. O que existia entre eles era uma vasta e invisível rede — suas entrelaçadas origens quase todas esquecidas — de invenção e crença, derrotas militares, ocupação e acidente histórico. O passaporte foi devolvido. Aceno na direção da bolsa. Roland a abriu. Agora que estava acontecendo, não sentiu grande coisa. As possibilidades davam a impressão de serem neutras. Uma passagem insone pela Hohenschönhausen, a prisão da Stasi. Corriam rumores sobre a tortura da água chinesa. Sabia-se existir uma célula negra e circular, forrada de borracha, mantida em absoluta escuridão com o propósito de desorientar o detento. Não ligo. O guarda tirou os dois discos da capa, pôs de volta, pegou o *Tempos difíceis* e algumas meias dobradas, que deixou cair, retirou uma garrafa de Valpolicella e a recolocou cuidadosamente. Com um gesto, mandou que seguisse. Fechando a bolsa, Roland resistiu a agradecer-lhe, como uma questão de honra. Então, tarde demais, lamentou que não o tivesse feito.

Se Mireille estivesse certa, isso significava que seria seguido. Não acreditava, mas não conseguia esquecer suas palavras. A voz dela o perseguiu por serenas ruas secundárias e ao longo de uma desajeitada e falsamente dramática reversão de rumo, seguida de outra. Se às vezes achava que se confundira e estava perdido, logo vislumbrava o pálido e não identificado Muro à sua esquerda. Por fim, emergiu na Unter den Linden e tomou um táxi para Pankow.

Foi tudo mais alegre porque Florian e Ruth não o esperavam. Vizinhos apareceram, levando ingredientes para um jantar improvisado. Beberam o vinho que ele tinha trazido e muito mais, escutando o álbum do Velvet Underground diversas vezes num destemido volume total. "Tão diferente dos outros", Florian ficou dizendo. "Tão íntimo!" Tarde da noite, o grupo quis ouvir mais uma vez Moe Tucker cantando "After hours". "O bonito é que ela não sabe cantar", alguém disse. Por fim, todos já bêbados acompanharam em coro "Pale blue eyes" — "*If I could make the world as pure...*". A essa altura já tinham aprendido as palavras. Com os braços passados por cima dos ombros, atacaram com força o refrão: "*linger on... your pale blue eyes*", transformando-o numa ode à alegria.

Ao todo, ele fez nove viagens em quinze meses nos anos de 1980 e 81. Mireille estava errada, nunca foi perigoso. Suas missões não tinham a seriedade e ousadia do trabalho na Tchecoslováquia da Fundação Educacional Jan Hus. Ele apenas fazia as compras para seus novos amigos. Na segunda viagem, entusiasmado, levou as capas dos discos com as sinfonias de Shostakovich dentro. Florian estava muito desejoso de unir seus novos Dylan e Velvet Underground com as capas respectivas. Depois disso, foram só livros — a lista de sempre. Nenhuma tradução para o alemão. *O zero e o infinito*, *The captive mind*, *Bend sinister* e, várias vezes, *1984*. Com frequência, ele se demorava algumas noites e dormia no sofá forrado de plástico preto. Ficou amigo das crianças: Hanna, de cinco anos, e a irmã, Charlotte, de sete. Elas corrigiam alegremente seu alemão. Eram meninas confiantes e brincalhonas. Ele adorava quando encostavam a mão em concha na sua orelha e, num sussurro altíssimo, contavam *ein erstaunliches Geheimnis*, um segredo incrível. Os três se sentavam no sofá para dar-se aulas de línguas. Ele trazia de Londres livros ilustrados interessantes, sem jeito de livro didático.

A mãe delas ensinava matemática numa escola ginasial. Florian era um burocrata de baixo nível num ministério de planejamento agrícola. Era impedido de receber uma promoção devido à sua participação, como segundanista de medicina, numa peça estridente de teatro do absurdo. Nas tardes, a *Oma* das meninas, Marie, apanhava as crianças na escola e cuidava delas no apartamento até que um dos pais voltasse. Em algumas poucas ocasiões, quando Marie tinha algum compromisso no hospital, Roland as pegava na escola e brincava com elas em casa. Fora isso, circulava pela cidade, visitava museus, comprava ingredientes para o jantar ou ficava a sós no apartamento, lendo ou relendo os livros que havia trazido. Soube através de Ruth que uma conhecida dela executava um serviço comunitário ilegal ao fazer traduções amadoras do inglês para o alemão a serem circuladas sem alarde. Trabalhava à mão. Outros datilografavam os textos. Uma máquina de escrever era mantida em algum lugar, fora de qualquer apartamento. Numa ocasião, Florian deixou Roland dar uma olhada na cópia manchada de papel carbono do livro de Orwell *Farm der Tiere* antes de passá-la adiante.

Esse era o outro mundo de Roland, tão distante de sua existência em Londres quanto um outro planeta. Achava as vidas de Ruth e Florian difíceis de descrever. Financeiramente apertadas, cheias de limitações e com mais cautela do que medo, mas ao mesmo tempo repletas de afeto no ambiente doméstico e de intensidade nas relações com amigos e lealdades. Depois que você tem filhos, Ruth lhe dissera, fica preso ao sistema. Um mau passo dos pais, um momento de crítica aberta, e as crianças poderiam ter seu caminho fechado para uma universidade ou uma carreira decente. Uma amiga deles, mãe solteira, fez reiterados pedidos por um visto de saída — contra o conselho de todos. O resultado foi que o Estado ameaçou tomar seu filho, um menino tímido de treze anos. Como as instituições para onde ele podia ser mandado costumavam ser brutais, ela nunca mais fez outro pedido. Por isso, Ruth e Florian viviam "dentro dos limites". Sim, havia a música e os livros, mas esse era um risco tolerável e necessário. Ela cuidava, assim disse, de manter o cabelo do marido curto apesar de seus protestos. Um jeito de hippie — ou "delinquente contumaz" na terminologia oficial — podia atrair interesse. Se um informante sugerisse que Florian tinha um "estilo de vida associal", pertencia a "um grupo negativo" ou era vítima de "egocentrismo", as confusões começariam. E ele já tinha tido o suficiente. Levou muito tempo para admitir que nunca seria um médico.

As noitadas com o círculo de Mireille em Berlim Ocidental foram se tornando triviais. Nunca se pedia a alguém lá que relatasse as "condições" em seus países. Isso não seria sofisticado. Os boêmios de Berlim Ocidental declaravam-se oprimidos pelo sistema, mas era um sistema que os deixava pensar, dizer e escrever o que bem queriam, os deixava tocar a música que preferiam e compor poemas em qualquer estilo. Chamavam aquilo de tolerância repressiva. Nas reuniões de Florian e Ruth no sétimo andar de um feio prédio de apartamentos, o sistema era um inimigo ativo. Avaliar sua condição, conversar sobre como sobreviver dentro dele sem ficar louco ou ser triturado era o tópico principal — urgente, profundo, sincero. E também engraçado. As hipocrisias e monstruosas interferências do Estado precisavam ser domesticadas com humor da mais soturna espécie. O fato de que as coisas eram piores nos demais países do Pacto de Varsóvia constituía uma forma humorística de consolo.

Cada retorno de Berlim a Londres suscitava confrontações amargas. Roland tinha discussões com um número muito grande de amigos e com a ala esquerda do Partido Trabalhista. Ali estava a associação incômoda. Tinha uma trajetória de respeito no partido. Tanto em 70 como em 74 fez campanha de porta em porta e distribuiu panfletos em favor de Wilson; em 79, na campanha de Callaghan, chegou a pegar um carro emprestado para levar idosos e deficientes até os locais de votação. Agora, sempre que chegava de Berlim, comparecia às reuniões locais do partido. Nos debates, falava dos graves abusos na RDA e dos relatos de violações de direitos humanos em todo o Império Soviético. Lembrava os presentes do "tratamento" psiquiátrico de dissidentes russos. Era vaiado e o mandavam se calar. Gritavam: "E o Vietnã?". Noites e noites furiosas. Um casal que conhecia havia anos foi jantar em seu apartamento. Ele morava em Brixton nessa época. Os dois tinham permanecido como membros do Partido Comunista da Grã-Bretanha graças a velhas lealdades. Depois de duas horas de discussão sobre a invasão da Tchecoslováquia (eles insistiam em que as forças soviéticas tinham entrado "a pedido" da classe operária tcheca), ele os convidou, cansado, a se retirarem. Na verdade, os expulsou. Deixaram para trás uma garrafa fechada de vinho húngaro, Bull's Blood, que ele foi incapaz de beber.

Amigos que não pertenciam a nenhum partido também não eram simpáticos a suas ideias. Ele não parava de perguntar como as atrocidades no Vietnã faziam o comunismo soviético mais adorável. A resposta era clara: na Guerra Fria bipolar, o comunismo era o menor dos males. Atacá-lo correspondia a defender a terrível perspectiva do capitalismo e do imperialismo norte-americano. "Bater o bumbo" por causa dos abusos em Budapeste e Varsóvia, recordar os julgamentos fajutos em Moscou ou a fome imposta na Ucrânia significava "alinhar-se" a políticos indesejáveis, à CIA e, em última análise, ao fascismo.

"Você está derrapando para a direita", um amigo lhe disse. "Deve ser a idade."

Durante algum tempo, Roland se refugiou num grupelho do Partido Trabalhista — "intelectuais de classe média" — que advogava em favor de uma oposição democrática em toda a Europa Oriental. Escreveu dois artigos para a revista deles, *Labour Focus*, compareceu a palestras do historiador E. P. Thompson e se uniu ao Desarmamento Nuclear Europeu. Fez campanha contra as aparentes intenções das duas superpotências de instalar um número limitado de armas nucleares por toda a Europa, oriental e ocidental. A Europa seria o campo de batalha de uma guerra nuclear por procuração.

Uma tarde, Roland recebeu um telefonema de Mireille que fez tudo mudar. A essa altura, já não eram amantes mas continuavam sendo bons amigos. A voz sem inflexões. O pai telefonara de Berlim para contar-lhe. Seis semanas antes, a Stasi tinha ido ao local de trabalho de Florian e o prendido quando se encontrava sentado à sua mesa. Um colega do Ministério da Agricultura fizera uma queixa por conta de um comentário que ele havia feito. Quatro dias depois, prenderam Ruth. Enquanto as meninas assistiam apavoradas à abordagem, os agentes da Stasi revistaram o apartamento e destruíram tudo. Não acharam nada relevante, mesmo assim carregaram a coleção de discos. Hanna e Charlotte ficaram com a avó, Marie. Ela tentou em vão descobrir onde Florian e Ruth estavam detidos. Não ousou insistir muito nas buscas. Mas agora — nesse ponto a voz de Mireille falhou e Roland precisou aguardar — as crianças haviam sido transferidas para o Instituto do Bem-Estar da Juventude, em Ludwigsfelde. Um tribunal havia decidido que os pais eram "incapazes de criar os filhos para que se tornassem cidadãos responsáveis". Hanna e Charlotte deveriam ser cuidadas pelo Estado. Pior, poderiam ser postas em instituições estatais diferentes. O sr. Lavaud estava um pouco cético com relação a isso e faria indagações adicionais.

Roland tomou providências para ir a Berlim no dia seguinte. Era isso ou uma infelicidade paralisante em casa. A caminho de Heathrow, passou por seu banco e pediu uma modesta retirada acima de seus fundos. Em Berlim, tomou o ônibus e atravessou o Checkpoint Charlie. Dessa vez, o guarda que examinou a mala de viagem era o algoz de seus amigos. Ele o odiava. Quando tocou a campainha do bem conhecido apartamento em Pankow, foi atendido à porta por uma mulher jovem com maquiagem pesada e um bebê no colo. Ela se mostrou amigável, mas não conhecia o nome de Heise. Atrás dela, podia ver a mobília de Ruth e Florian. Suas vidas tinham sido despojadas, suas posses redistribuídas.

Era uma caminhada de dez minutos até onde morava Marie, num prédio de seis andares construído antes da guerra. Ninguém veio à porta. Descendo a escada, encontrou uma vizinha subindo. Ela informou que Marie estava num hospital, mas não sabia o nome.

Ficou relutante em sair do bairro, abandonar a família. Não tinha alternativa. O silêncio sufocante e a escuridão peculiar de Berlim Oriental estavam baixando sobre os edifícios ao seu redor. Tomou um ônibus para o centro e, num impulso, desceu na Prenzlauer Berg. Sentiu calor, o colarinho úmido — não ligava para o que poderia acontecer com ele. Por isso, caminhou por vinte minutos até a Normannenstrasse, onde ficava o Ministério da Segurança do Estado. Não era surpresa ter a entrada proibida pelos guardas armados à porta.

De volta ao lado ocidental, comeu na rua — linguiça, batatas e pepinos numa bandeja de papelão. Não adiantava ir à casa do sr. Lavaud em busca de maiores informações. Mireille lhe dissera que o pai estaria em Paris naquela semana. Com alguma hesitação, Roland pediu o quarto mais barato no hotel em que costumava ficar, perto da Friedrichstrasse. Não passava de um armário para vassouras de teto alto e com uma janela em formato de vigia de navio. Dormiu pouco mais de uma hora naquela noite. Gemeu em voz alta ao pensar em Hanna e Charlotte, tão doces e criativas, agora vulneráveis, confusas e isoladas, arrancadas de seus mundos queridos, abandonadas a um regime incompreensível. Gemeu também ao pensar nos pais delas, em celas separadas, agonizando de desespero e ansiedade por suas filhas e um pelo outro. Odiou-se. Os livros e discos que trouxera deviam ter ajudado a causa do Estado. Seu exercício egoísta de se passar por virtuoso. Mireille estava certa. Ele devia ter escutado. Tentava fugir de seus próprios demônios. E os deslocamentos daquele dia — uma inútil movimentação ao léu. Será que pensava que o temido Ministro de Segurança do Estado, Erich Mielke, o receberia em seu gabinete, telefonaria para a prisão e o orfanato, reuniria a família para a satisfação de certo *Herr* Baines, um joão-ninguém indignado, vindo do Ocidente, que buscava diminuir sua vergonha?

Mas ele voltou à Normannenstrasse na manhã seguinte. Dessa vez, guardas diferentes o dispensaram com uma explicação rápida. Ele não tinha uma carta, nem hora marcada, e não era um cidadão. Dobrou a esquina da praça para sair do campo de visão do prédio. Precisava pensar. Tinha um derradeiro plano inútil — visitar o Instituto do Bem-Estar da Juventude em Ludwigsfelde. Mas no hotel, pela manhã, lhe disseram que aquele não era um bairro de Berlim, como havia imaginado, e sim uma cidadezinha vários quilômetros ao sul. Viajar para lá exigia um visto. Ficou sem alternativa. Caminhou de volta até o Checkpoint Charlie, comeu um sanduíche no Café Adler e tomou o ônibus para o aeroporto.

Ao chegar em casa, escreveu cartas. Precisava se manter ativo. Tinha perdido a noção do que era dormir. Suas manhãs se resumiam a se sentar na beirada da cama, atordoado, semivestido, e não pensar em nada, nem tentar. Não viu Mireille. Tinha certeza de que ela o considerava responsável, conquanto não o houvesse acusado de nada. Escreveu cartas sobre a família para a Anistia Internacional, o ministro das Relações Exteriores, o embaixador britânico em Berlim, a Cruz Vermelha Internacional. Escreveu até uma carta pessoal para Mielke, implorando clemência para a família. Mentindo, relembrou as reiteradas declarações de amor de Florian e Ruth por seu país e pelo partido. Descreveu a provação dos Heise num artigo que submeteu ao *New Statesman*. Foi recusado por eles e por outros veículos. Finalmente, o *Daily Telegraph* o publicou em formato reduzido. Devolveu sua carteira do Partido Trabalhista. Evitou os amigos com quem tinha discutido. Não era capaz nem de encarar o pessoal da *Labour Focus*. Certa noite, tentando se entorpecer diante da televisão, teve a má sorte de ver um documentário da BBC decidido a demonstrar como a RDA tinha superado a Grã-Bretanha em qualidade de vida. Nenhuma menção aos duzentos mil prisioneiros políticos — estimativa da Anistia.

Mireille telefonou um mês depois para dar a notícia. Seu pai entrara em contato com o Ministério da Justiça da RDA, que forneceu alguns dados. Só indícios, ela alertou. O crime de Florian era ter contribuído para uma publicação proibida. Ter participado, no passado, de uma peça do teatro do absurdo, só depusera contra ele. O crime de Ruth era ter deixado de denunciar o marido apesar de haver lido o que ele escrevera. A possível boa notícia era que o artigo não tinha conteúdo político, não continha críticas ao partido. Era sobre Andy Warhol e o panorama musical em Nova York. Mas não havia nenhuma palavra oficial sobre as meninas.

Florian não havia sido preso por ter alguns LPs e livros. Ao telefone, Roland ocultou seu alívio. Duas semanas mais tarde, Mireille telefonou de novo, eufórica com as boas novas. A sentença de prisão tinha sido de apenas dois meses e eles já estavam livres, além de reunidos com Hanna e Charlotte! Elas não tinham sido internadas em uma instituição. Quando a avó foi hospitalizada, uma tia cuidara delas na vizinha Rüdersdorf. Afinal ali não era a Tchecoslováquia nem a Polônia, o pai de Mireille dissera. Ameaças de tirar os filhos de dissidentes eram prática corriqueira na Alemanha Oriental, mas, naquela época, nunca levadas a cabo. Mireille chorava. Roland estava com a voz embargada, incapaz de falar. Quando ambos se acalmaram, ela contou o resto. Os Heise foram proibidos de morar em Berlim ou nas redondezas e mandados para a cidadezinha de Schwedt, perto da fronteira com a Polônia, bem longe das depravações do Ocidente.

"Soa como suéter. Como se escreve?"

Ela soletrou.

Não permitiram que Ruth desse aulas, era agora servente. Florian trabalhava numa fábrica de papel. Eram obrigados a se apresentar todos os meses perante um funcionário local do partido a fim de relatar o que vinham fazendo. "Mas...", Mireille e Roland ficaram se dizendo, "estão fora da prisão". O sr. Lavaud tinha estado na cidade havia dois anos, depois que um ônibus cheio de turistas franceses caiu num rio. O lugar era um pavor. Uma imensa refinaria onde chegava o petróleo bombeado da Rússia, fábricas de celulose e de outros produtos, atmosfera poluída, apartamentos pré-fabricados de péssima qualidade, os *Plattenbau*. "Mas..." podiam estar com as meninas. Podiam amar e protegê-las. Hanna e Charlotte ficariam impedidas de cursar a universidade. Isso importava menos. A família Heise estava reunida. A Stasi local e os informantes da vizinhança os vigiariam de perto. Mas estavam todos juntos.

No final, pouco antes de Mireille e Roland dizerem tudo o que tinham a dizer, concederam o fato: o Estado continuava a ser o carcereiro da família. Não era bom, mas podia ser pior. Mais tarde, ele consultou sua enciclopédia de quatro volumes. A cidadezinha não era citada. Encontrou-a no atlas e ficou olhando para aquele ponto negro até ele parecer pulsar. Numa conversa de vinte e cinco minutos, Roland pensou, eles tinham medido a circunferência moral da República Democrática Alemã através da jornada de uma família. De catástrofe a catástrofe, terminando na mera desolação. Schwedt.

A mudança de estado de espírito foi responsável por uma decisão menor que transformaria sua vida e começaria uma nova. Na manhã seguinte, para alegrar-se — estava tomando café no "estúdio" de Brixton, a nova palavra para designar uma quitinete —, ele concentrou os pensamentos nas meninas. Libertadas do inferno. Por enquanto, deviam estar se sentindo seguras. E menos incomodadas do que os pais com a casa nova, que era menor, e com a paisagem feia. Se as autoridades dessem permissão, a avó poderia visitá-las. Ele talvez fosse capaz de lhes enviar livros com ilustrações coloridas. Charlotte e Hanna tinham uma à outra de novo. As feridas começariam a cicatrizar. Ergueu a vista e, por acaso, viu à sua frente, sobre a mesa, a revista *Time Out* aberta no anúncio de meia página de um show de Bob Dylan, na Earls Court. Já tinha visto a propaganda antes, mas não lhe chamara a atenção. Tinha outras preocupações. Agora, decidiu repentinamente, ir àquele show seria homenagear a família. Um ato simbólico de solidariedade. Como se estivesse levando Florian e Ruth com ele. E não via Dylan no palco desde o concerto na Ilha de Wight, em 1968.

Passou uma manhã inteira na fila diante de uma lojinha na Leicester Square, e por sorte conseguiu duas entradas. Um ano antes, quando os ingressos começaram a ser vendidos, amigos lhe contaram que teve gente que dormiu na calçada da Chappell's, na Bond Street. Foram acordados em seus colchões de dormir, na manhã de domingo, por uma banda do Exército da Salvação.

Ele convidou um velho amigo, Mick Silver, jornalista de rock, fotógrafo e fã de Dylan. Naquela noite de fins de junho de 1981, estavam tão longe do palco quanto era fisicamente possível. Por sugestão de Mick, haviam levado binóculos. Antes que o show começasse, Roland se deu conta de que havia duas longas fileiras de membros do Exército de Jesus à sua frente. Outro exército. Ele não tinha ido lá para ouvir falar de Jesus, e as coisas não pareciam ir bem quando Dylan abriu com "Gotta Serve Somebody". Precisa mesmo servir a alguém? Será que eu preciso? As cabeças da turma de Jesus eram sacudidas no ritmo. Ficou pior na música seguinte, "I Believe in You", e então, de repente, melhorou. Dylan puxou as velhas canções, alegres, amargas, com aquele tom anasalado de sarcasmo ferido. "Like a Rolling Stone", "Maggie's Farm". Onde as velhas melodias eram outrora bonitas, ele as mordia, as jogava fora até que só restassem as progressões harmônicas. Ele não tentava agradar ninguém. As cabeças do Exército de Jesus pararam de se sacudir. Mick também estava imóvel, olhos fechados, prestando muita atenção. "Simple Twist of Fate" começou e falou diretamente a Roland, levando-o a um devaneio — outra vez com a família Heise, agora com Florian, banido do círculo de amigos literários e musicais, de sua inofensiva coleção de discos debaixo da cama, de seus sonhos de escapar, de sua noção romântica de Nova York —, tudo enterrado sob uma vida de trabalho imbecil. Um simples capricho do destino: nascer na Alemanha Oriental. Se Florian ao menos pudesse ser teletransportado para ali por uma hora que fosse!

Após o prolongado aplauso pelo terceiro bis, e perdidas as esperanças de uma quarta aparição de Dylan, Roland e Mick saíram lentamente do auditório como parte de uma comprida fila de gente feliz. Do lado de fora, quando a multidão começou a se dispersar, foram em direção à estação de metrô com passadas normais. Mick recordava-se do concerto de junho de 1978, comparando as guitarras de Billy Cross e Fred Tackett. Eis que surge uma figura na frente deles. Tiveram um segundo para observá-lo. Pouco mais de vinte anos, rosto muito rosado, magro, musculoso, jaqueta curta de couro. Talvez quisesse dinheiro. Inclinou a cabeça para trás, como se fosse fazer uma declaração, e bateu com a testa no rosto de Mick. Um movimento rápido que não produziu som. Quando Mick deu a impressão de que cairia para trás, Roland o segurou pelos cotovelos. O sujeito olhou de relance para a esquerda, possivelmente a fim de verificar se o ato havia sido testemunhado por seus amigos. Depois correu e se perdeu na multidão. Roland ajudou Mick a se sentar no chão, e os dois ficaram ali até Mick se recuperar. Formou-se uma rodinha de gente em pé.

"Você desmaiou?"

A resposta chegou abafada: "Por um segundo".

"Vamos a um hospital."

"Não."

Uma voz de mulher disse:

"Eu vi tudo. Pobre coitado. Foi uma coisa terrível."

Ele conhecia a voz muito bem, aquele traço de sotaque alemão. Confuso, pensou em Ruth, teletransportada por ordem dele. Olhou para cima e reconheceu o rosto misturado ao das pessoas que olhavam preocupadas para Mick. Levou um momento: a professora de alemão do Instituto Goethe. Não conseguia lembrar seu nome. Afinal, haviam se passado quatro anos. Mas ela lembrava o nome dele.

"Sr. Baines!"

Os solícitos transeuntes já tinham seguido caminho. Mick era um homem forte e um estoico. Dentro de minutos estava de pé e dizendo com tranquilidade: "Eu realmente não precisava dessa!". Tinha certeza de que o nariz não estava quebrado. Quando Roland pediu que dissesse o nome do primeiro-ministro, ele respondeu de imediato: "Spencer Perceval".

O que foi assassinado. Então Mick estava bem. Roland o apresentou à alemã, que felizmente declinou seu nome. Por sua vez, ela o apresentou ao amigo sueco, Karl, enquanto caminhavam para o metrô. Alissa disse que estava trabalhando como assistente de professora numa escola em Holland Park. Os garotos eram ótimos. Mas a escola era palco "de uma confusão por dia".

"Não temos isso na Alemanha. Nem mesmo confusões boas."

"E seu romance?"

Ela ficou satisfeita. "Não para de aumentar. Mas está saindo!"

Karl, com bem mais de um metro e oitenta, rabo de cavalo louro, bronzeado, era instrutor de vela em Estocolmo. Roland disse a Alissa que era um jornalista freelance. Não disse que estava pensando em se dedicar a uma nova vida como poeta. Na estação, verificaram que se dirigiam a plataformas diferentes. Ele e Alissa fizeram uma troca rotineira de números de telefone e endereços no hall onde eram compradas as passagens. Surpreendentemente, ela lhe deu um beijo em cada lado do rosto ao se despedir. Vendo o casal se afastar, Mick falou que não apostaria em Roland numa competição com o sueco.

Foi bem observado. Durante algumas semanas, ela frequentou seus pensamentos. Aquele rosto pálido e redondo, os olhos enormes que dessa vez pareceram de um negro arroxeado, o corpo compacto que dava a impressão de lutar para conter uma louca impaciência. Ou diabruras. O noivo trompetista havia sido substituído pelo marinheiro. E por outros, sem dúvida. Roland recordou-se de como havia se encantado com ela. Agora, até que o encontro na Earls Court começasse a se apagar, ela cruzou por sua mente algumas vezes até que a esqueceu.

Dois anos se passaram, a Guerra das Malvinas foi travada e vencida em algum lugar sem que a maioria das pessoas tivesse consciência disso, foram lançadas as fundações da internet, a sra. Thatcher e seu partido ganharam uma maioria de cento e quarenta e quatro assentos no Parlamento. Roland fez trinta e cinco anos. Teve um poema publicado na *Wisconsin Review* e vivia com o pouco oriundo de matérias para revistas de companhias aéreas. Seguia vivendo como o paciente monogamista sexual que sempre fora. Em seu íntimo, continuava fixado numa vida que sabia que nunca poderia ter.

Quando afinal uma versão dessa vida se apresentou, ele não precisou fazer nada, nenhuma maquinação, nenhum esforço. A deusa da felicidade fez um aceno e as portas do monastério se abriram para ele. A campainha do apartamento de Brixton tocou já tarde numa manhã de sábado — era o começo de setembro, fazia calor. Uma fita cassete da J. Geils Band tocava alto. Ele passara uma hora arrumando seu amplo quarto e o banheiro no segundo andar. Desceu descalço e lá estava ela, sob um feixe de luz solar intensa, sorrindo. Calça jeans apertada, camiseta branca, sandálias. Carregava uma sacola de compras de lona numa das mãos.

Não levou mais do que alguns segundos para reconhecê-la:

"Alissa!"

"Eu estava passando. Ainda tenho seu endereço, por isso..."

Ele abriu toda a porta, ela subiu, ele preparou o café. Alissa tinha feito compras no mercado de Brixton.

"Coisa pouco germânica."

"Na verdade, eu olhei por um bom tempo para um barril de pés de porco. Muito germânico. Fiquei tentada."

Durante meia hora, falaram de trabalho, da vida. Compararam aluguéis. Ele perguntou do romance dela. Ainda a caminho. Ficando mais longo. Dois dias antes, ele tivera seu segundo poema aceito pela *Dundee Review*. Não mencionou esse fato a ela, mas estava muito feliz.

Aproveitando uma pausa, ele disse:

"Me diga a verdade, por que você veio de tão longe, lá de Kentish Town?"

"Quando dei de cara com você no ano passado..."

"Ano retrasado."

"Tem razão... Achei que você estava interessado em mim."

Seus olhares se encontraram e ela inclinou a cabeça de leve, lançando um sorriso mínimo para ele. Tome essa.

"Você estava com seu marinheiro."

"É, estava. Acabou que não... Foi triste."

"Sinto muito. Quando acabou?"

"Faz três meses. De qualquer modo, aqui estou." Ela riu. "E interessada em você."

Ele deixou se fazer silêncio enquanto seu olhar encontrou o dela. Limpou a garganta. "É... bem... é meio excitante ouvir você dizer isso."

"Está excitado?"

"Estou."

"Eu também. Mas, primeiro..." Ela enfiou a mão na sacola e de lá tirou uma garrafa de vinho.

Ele se levantou para pegar os cálices e lhe entregar um saca-rolha. "Você estava com tudo pronto."

"Claro. E tenho aqui uma refeição para ser preparada. Depois."

Depois. Uma palavra inofensiva nunca soou tão carregada.

"E se eu não estivesse em casa?"

"Iria para casa e comeria sozinha."

"Graças a Deus estou aqui."

"*Gott sei dank*", ela disse, erguendo a taça.

E assim começou — o apartamento dele, o apartamento dela, dias, madrugadas agitadas, um delírio de repetição e renovação, cobiça, obsessão, exaustão. Era amor? No começo achavam que não. Pensavam, e mais tarde admitiriam, que aquele vício doentio não ia durar muito. Então precisavam aproveitar. Por que desperdiçá-lo quando em breve o lento desgaste se faria sentir, ou uma erupção, o furacão de uma briga mandaria tudo pelos ares? Às vezes se distanciavam, quase enojados pela visão e o toque um do outro, desesperados para ficarem sozinhos. Aguentavam umas poucas horas assim. Não levava muito tempo até o trabalho, as obrigações e as pequenas tarefas administrativas do dia a dia se revelarem elementos tediosos e inconvenientes demais para caber em suas fantasias. E logo eles deixavam tudo para trás novamente.

Voltou a Brixton certa tarde para fazer uma mala e se mudar para Kentish Town. A casa dela tinha dois cômodos, a dele um único. Observou-se espantado. Ali se materializava no mundo real um dos componentes do sonho; juntar meias e camisas, sacos de roupa suja e livros que nunca leria era um gesto de entrega erótica. Desfrutou da sensação de não ter escolha. Estava jogando tudo para cima. Delicioso. Trancou a quitinete e correu os oitocentos metros com a mala até o metrô. Era loucura. Até mesmo as palavras "Victoria Line" tinham uma carga erótica. Aquilo não podia durar.

Sempre que voltava para deixar alguma coisa ou pegar outra, o apartamento e cada objeto o acusavam de deserção. Ele podia suportar aquilo. Mesmo sua culpa o excitava. A cadeira de costas retas garimpada numa loja de velharias que ele tinha consertado, as fotografias das crianças de rua de Glasgow na década de 1930 que tinha comprado, o toca-fitas estéreo trazido da Tottenham Court Road — essa era a vida dele. Independente e intacta. O vício a roubara dele. Não tinha o que fazer. Não era a indiferença que o tornava insensível. Era o arrepio da compulsão.

As semanas se transformaram num mês, os meses foram se passando, e a coisa ainda continuava ativa. Eles não viam os amigos, comiam em restaurantes baratos, vez por outra se mobilizavam para fazer uma faxina no apartamento térreo da Lady Margaret Road. Juntaram algumas peças do passado de cada um. Ele ouviu o nome da aldeia dela, Liebenau, pela primeira vez, assim como o do Rosa Branca e a participação de seu pai no movimento. Alissa se interessou pela história da família Heise — ele ainda não tinha recebido notícias deles. Nem Mireille. Surpreendeu-o quão pouco ela sabia sobre a porção oriental da Alemanha e quão pouco se importava em saber. Achava que os Heise eram obviamente gente sem sorte. Roland tinha ouvido versões da opinião dela nos seus tempos de Berlim: ao contrário da República Federal, a RDA tinha expurgado os nazistas da vida pública, proporcionava bom sustento a seus cidadãos, se sustentava em ideais firmes de justiça social e era ambientalmente limpa. Ao contrário do Ocidente.

Mas as conversas, mesmo essa, eram interlúdios, e não verdadeiras empreitadas. O fato de que o vínculo emocional entre eles permanecia frágil fazia parte da excitação. Gostavam de ser estranhos e gradualmente começaram a fingir que eram. Mas o mundo do lado de fora das janelas de guilhotina — que, empenadas, não podiam ser abertas — estava pressionando. Recusava-se a permitir que esbanjassem mais de seu tempo na cama. (Ele não gostava daquela cama, com a cabeceira de pinho rosado e o colchão duro e fino como um biscoito.) As férias de verão tinham terminado e ela precisava acordar cedo nas manhãs dos dias úteis para estar na escola Haverstock às oito e quinze da manhã. Os fins de semana eram um êxtase. Ele também tinha obrigações, uma promoção que durou pouco, substituindo um empregado que estava doente — viagens pela Air France e a British Airways para Dominica, Lyons e Trondheim a fim de escrever artigos agradáveis sobre viagens. Os reencontros também eram um êxtase. Porém começaram a deixar entrar algum ar. Apresentaram alguns amigos. Foram ao cinema. As conversas se aprofundaram. Ela lhe disse que seu alemão estava melhorando. Hospedaram-se num hotel na costa de Northumberland e mal colocaram os pés do lado de fora. Por fim, em Londres, brigaram, não foi um furacão, mas bateu forte e amargamente. A briga compensou tudo que vinham evitando. Roland ficou perplexo com a força de sua raiva, e com a energia com que ela debateu. Ela era dura na argumentação. Como se revelou inevitável, a discussão teve a ver com a Alemanha Oriental. Ele tentou contar a ela o que sabia da Stasi, da interferência do partido nas vidas privadas, o que significava não ser livre para viajar, ler este ou aquele livro, ouvir determinadas músicas — e como aqueles que ousavam criticar o partido se arriscavam a ter os filhos tirados de sua guarda e impedidos de escolher uma ocupação. Ela o lembrou da *Berufsverbot*, a lei da Alemanha Ocidental que impedia críticos radicais do Estado, bem como terroristas, de trabalhar no setor público, inclusive como professores. Falou do racismo nos Estados Unidos, do apoio que o país dava a ditadores fascistas, do imenso arsenal da Otan, do desemprego, da pobreza e dos rios poluídos em todo o Ocidente. Ele lhe disse que ela estava mudando o foco da discussão. Ela respondeu que ele não estava escutando. Ele disse que a questão eram os direitos humanos. Ela disse que a pobreza era um abuso dos direitos humanos. Estavam quase aos gritos. Ele saiu, furioso, para passar a tarde em seu apartamento. A reconciliação naquela noite foi jubilosa.

Demorou oito meses para aceitarem os fatos e admitirem que estavam apaixonados. Não muito tempo depois, foram passar um feriado caminhando no delta do Danúbio e fizeram sexo ao ar livre — três vezes na mesma tarde —, atrás de um celeiro, depois num embarcadouro em meio aos juncos e, por fim, num bosque de carvalhos. No aniversário da manhã em que Alissa apareceu no apartamento de Brixton e, segundo Roland, "botou fogo em mim e preparou o almoço", eles pegaram o trem noturno de Euston para Fort William, seguindo de lá num carro alugado. Nas proximidades de Lochinver, encontraram um hotel desconfortável que se erguia solitário numa estradinha de onde se avistava a magnífica montanha Suilven. Num quarto gélido, se abrigaram de um vendaval de setembro que fazia a chuva cair quase na horizontal. Deitados sobre uma manta cor-de-rosa bordada, leram os poemas de Norman MacCaig que celebravam a paisagem, a montanha que quase podiam ver. A tempestade durou até o começo da noite. Se despiram e entraram debaixo dos lençóis. E foi lá, em meio ao êxtase, que decidiram se casar. Outra bela página de seu antigo livro sagrado — estar preso a ela, sem retorno, um comprometimento tão excitante que era quase como uma dor. Passado um tempo, ele se vestiu e desceu para pedir ao dono do hotel, um homem com jeito de poucos amigos, uma garrafa de champanhe num balde de gelo. Não se importou por receber, em troca, um litro de vinho branco à temperatura ambiente. Estava frio. Lavaram as canecas onde eram postas as escovas de dentes e se sentaram à janela para observar a tempestade se afastar. Eram quase nove da noite e tão claro como ao meio-dia. Levaram a garrafa e as canecas até um riacho e se sentaram numa pedra no meio dele, voltando a brindar.

Chegaram à conclusão de que se apaixonaram desde o início, só não se deram conta. Foi brilhante ela aparecer de repente, com uma sacola de compras, quando não se viam há dois anos, e até então tinham se visto muito pouco! E ele foi sábio em recebê-la imediatamente, sem fazer perguntas! Isso dizia tanto sobre eles e seu futuro juntos, sobre por que tinha sido tão fácil e delicioso fazer amor no primeiro contato!

A evolução do amor deles rumo a uma existência pública continuou quando Roland levou Alissa para conhecer seus pais na moderna casa geminada perto de Aldershot. Enquanto Rosalind preparava um de seus elaborados assados, o major, já expansivo depois de três canecões de cerveja, contou suas histórias de Dunkirk para a visitante alemã. As histórias se mostraram bem gastas e eram vagamente cômicas. Alissa ouviu com um sorriso congelado no rosto, insegura se estava sendo condenada pelos pecados dos pais. Roland tentou contar-lhe sobre o Rosa Branca e o papel de Heinrich Eberhardt. Mas o major, um pouco surdo, não escutava nada, em especial informações novas. Queria falar e queria que todos ficassem bêbados. Várias vezes insistiu para que Alissa entornasse o segundo copo de vinho branco e se servisse de outro. Ela rechaçou suas investidas com facilidade, cortesmente. Rosalind levantava-se com frequência do sofá forrado com padrões florais, franzindo a testa e suspirando, para ver o progresso da carne, checar o molho, os pãezinhos de Yorkshire, as batatas cozidas e os três legumes que acompanhavam, as travessas aquecidas e a molheira quente, o fatiamento da carne, a apresentação da mesa. Roland observou a velha ansiedade que tinha moldado sua vida. E foi afetado por ela, sentiu o mesmo sufocamento insuportável da adolescência. Ia até o jardim, veria o céu noturno, chamaria um táxi até a estação e iria embora. Seguiu a mãe na cozinha. A preocupação dela com a comida era apenas a face exterior do medo que ela sentia. O major, entusiasmado com as boas notícias que eles tinham trazido, começou a beber muito mais cedo que de costume. Mas sua mulher era leal demais para mencionar esse fato. As coisas podiam degringolar. Na melhor das hipóteses, ela teria trabalho para gerenciá-las. Podia ocorrer algum vexame — na frente de uma estranha que estava prestes a se tornar parte da família. A irmã de Roland achava que a mãe deles deveria ter se separado logo que ele foi mandado para o internato, vinte e cinco anos antes. "Você não era feliz no internato", Susan disse. "Mas lá era seguro. Em Trípoli, ele batia nela, mas mamãe não o abandonava."

Perguntou à mãe se ela precisava de ajuda. Rosalind respondeu prontamente: "Volte e fique com seu pai".

A mesa de jantar, posta com os melhores pratos e copos, ficava no fundo da sala de visita, junto à escotilha que separava a sala da cozinha. Foi a imagem de sua mãe já idosa que Roland nunca pôde esquecer — na cozinha, abaixando-se para emoldurar o rosto ansioso naquela abertura ao passar as travessas. Alissa, assumindo o papel de nora, recebia os pratos e os punha sobre a mesa. O major ficou de pé para terminar a quarta caneca de cerveja e abrir o vinho. A refeição começou quase em silêncio. Só o tilintar das colheres nos pratos, agradecimentos murmurados, o gorgolejo do vinho sendo servido. Roland abriu um tópico que sabia ser seguro. Perguntou à mãe sobre o pequeno jardim nos fundos da casa. Ela havia comprado novas roseiras para a primavera. Como estavam crescendo? Ela começou a responder, mas seu pai falou ao mesmo tempo. Informou a Alissa que ele era o responsável pelo gramado. Havia precisado de um novo cortador de grama. Roland reparou na expressão desolada no rosto da mãe. O major Baines tinha visto o anúncio de uma máquina de segunda mão. O endereço era numa rua próxima. Tratava-se de uma mulher cujo marido, sargento de um regimento de comunicações, morrera. O cortador era pesado demais para ela. Queria quinze libras. Ela o levou ao barracão onde a máquina ficava para lhe mostrá-la.

O major então passou a dirigir a história ao filho. Coisa que só outro homem entenderia. "Ela estava esperando do lado de fora. Por isso, meu filho, me ajoelhei, encontrei o parafuso que faz circular o combustível, abri um pouco. Aí, tentei dar a partida. Claro que não funcionou. Ela estava observando. Tentei mais algumas vezes. Examinei, tentei de novo. Disse a ela que ia precisar de muito trabalho. Ofereci cinco libras. Ela disse: 'Ah, suponho que ficou parado por algum tempo'. E não deu outra, meu filho. Trouxe para casa, quase novo. Funciona perfeitamente. Cinco libras!"

Fez-se silêncio. Roland não suportava olhar na direção de Alissa. Pousou a faca e o garfo sobre a mesa, tirou o guardanapo do colo e enxugou as mãos suadas. "Deixa eu entender isso direitinho."

"Entender o quê?", o pai perguntou.

Roland ergueu a voz. "Você tapeou. Enganou a mulher que tinha perdido o marido. A viúva de um soldado em serviço, se é que faz alguma diferença. E está orgulhoso do que fez, seu..."

Sentiu um ligeiro toque no antebraço. Rosalind disse baixinho: "Por favor".

Ele compreendeu. Haveria uma briga e, quando ele e Alissa tivessem ido embora, ela enfrentaria as consequências.

"Deixa pra lá, meu filho", disse o major na voz que reservava para as piadas. "Agora é assim mesmo. Cada um por si. Não é verdade, moça?" Ele estava tentando derramar mais algumas gotas de vinho no copo de Alissa, que transbordou. Ela não disse nada.

Depois do jantar, o major pegou a gaita e tocou suas músicas para Alissa. "I Belong to Glasgow", "Bye Bye Blackbird". As canções que haviam levado Roland às aulas de piano. Ninguém cantou para acompanhá-lo. Rosalind foi para a cozinha lavar a louça. Alissa a seguiu. A gaita voltou para o estojo. Um pesado silêncio cresceu entre pai e filho. Algumas vezes, entre os longos goles da cerveja de depois do jantar, o major repetiu: "Deixa pra lá, meu filho". Queria que tudo fosse esquecido.

No trem de volta a Londres, Roland não abriu a boca.

Alissa tomou-lhe a mão. "Você o odeia?"

Foi a única pergunta. Ele respondeu: "Não sei. Não sei mesmo".

Depois de algum tempo e de mais silêncio, ela acrescentou: "Não o odeie. Vai fazer você infeliz".

Em janeiro do novo ano, 1985, eles caminhavam pelas margens do rio Auer por uma aleia sepultada sob vinte centímetros de neve comprimida. O sol baixo do inverno, que não conseguira se elevar acima dos amieiros que sinalizavam a orla do rio, agora caía outra vez. Tudo parado, um frio tremendo, fios de água congelada pendendo das numerosas lixeiras que se repetiam a uma distância regular, das cercas e dos beirais das casas próximas. Esse era o passeio predileto dos moradores de Liebenau. Passaram por bebês solenes empurrados em tronos feitos de lã de carneiro e montados em tobogãs, esquivaram-se de uma guerra de bolas de neve travada entre grupos ruidosos de menininhas usando tranças. A neve ficara macia ao meio-dia e agora, às três da tarde, voltava a congelar e crepitava ao ser pisada. Estavam falando sobre pais — de novo. E sobre o que mais falar quando, no primeiro dia de visita, Alissa havia discordado da mãe e depois brigado com ela, em inglês, enquanto Roland observava, como acontecera com Alissa no jantar em que o major se entregou, em novembro.

"Ela tem inveja de mim. Esteve em Londres durante a guerra, depois veio o casamento e cuidados com uma criança. Eu vivi o milagre econômico da Alemanha, duas universidades, a pílula, a década de 1960. Você ouviu o que ela disse. Dar aulas numa escola não é suficientemente bom. Quando você não estava lá, ela disse que o casamento iria acabar comigo."

"Com nós dois, espero."

Pararam, e ela o beijou. "Sua mente alguma vez ficou desligada do sexo?"

"Lembro perfeitamente. Pouco antes de fazer nove anos. Caí..."

"*Genug*!"

Mas o acolhimento na casa limpa dos Eberhardt tinha sido caloroso. Logo que puseram as malas no chão, receberam cálices finos de *Sekt*. Roland agora sabia um pouco mais sobre a revista *Horizon*, de Cyril Connolly, e passou uma hora agradável com Jane conversando sobre a cena literária na década de 1940. Para se preparar, ele havia relido Elizabeth Bowen, Denton Welch e Keith Douglas. Quando disse o quanto admirava seus diários, que tinha lido duas vezes desde o verão anterior, ela não se revelou inclinada a falar sobre eles. Até então, na maior parte do tempo, Roland tinha estado na companhia apenas de Heinrich, tentando equiparar-se a ele no número de cervejas e doses de schnapps. As mulheres saíam do campo de audição dos dois durante curtos e conturbados passeios pelas ruas das redondezas, voltando silenciosas e com os rostos avermelhados. Mesmo depois do terceiro schnapps, não era fácil atrair o pai de Alissa para conversas acerca do Rosa Branca. Duas semanas antes, ele tinha sido filmado durante uma longa e improvisada entrevista de noventa minutos. Havia uma fome por testemunhos redentores de "bons" alemães durante a guerra — e uma corrida para alcançar todos antes que morressem.

Ele falou devagar para benefício do convidado. "Fico sem jeito, Roland. Eu estava nas margens do movimento. Cheguei tarde. Não, não. É pior. Sinto vergonha. Houve outros, entende? Heróis nas fábricas. Armamentos, caminhões, tanques. Pequenos atos de sabotagem. Obuzes que não explodiam, anéis de pistão que se rompiam, parafusos que não entravam nas porcas... Coisas pequenas. Coisas que podiam fazer com que você fosse torturado e morto. Milhares de heróis, dezenas de milhares. Não temos os nomes deles. Nada documentado. Nenhuma história. Tentei dizer isso ao pessoal da televisão, mas não, não queriam ouvir. Só querem saber do Rosa Branca."

As maneiras e as convicções de Heinrich eram distantes das de Roland, mas simpatizou com o homem mais velho, que usava gravata e se sentava com a coluna ereta mesmo nas cadeiras mais macias. Era membro ativo da União Democrática Cristã, leitor leigo na igreja local e dedicara a vida ao impacto do direito na vida dos fazendeiros das imediações. Era favorável a Ronald Reagan e acreditava que a Alemanha precisava de uma figura como a Thatcher. E, no entanto, achava que o rock'n'roll fazia bem para o que chamou, de maneira grandiloquente, de "projeto geral de felicidade". Não se incomodava com homens de cabelos compridos ou hippies, desde que não causassem mal a outrem, e pensava que os homens e as mulheres homossexuais deviam ser deixados em paz para viver a vida que desejassem.

Ele tinha um bom coração, Roland achava. Por isso, quando Heinrich falou em redenção nacional mediante a elaboração de uma história da sabotagem antinazista, seu candidato a genro não disse o que pensou — nada disso, nem Rosa Branca, nem um milhão de sabotadores, nem um trilhão de parafusos mal usinados, seria capaz de redimir a selvageria industrializada do Terceiro Reich e das dezenas de milhões de cidadãos que sabiam e desviaram o olhar. Roland acreditava que o único projeto redentor era saber de tudo o que aconteceu e por quê. E isso poderia tomar cem anos. Mas não disse isso. Nem desejava fazê-lo. Era o convidado de Heinrich, embebedando-se no quentinho da lareira por três noites seguidas, enquanto em algum lugar no frio sua futura mulher brigava com a mãe.

Agora, na margem do rio, Alissa disse: "Tenho pensado mais sobre o cortador de grama do seu pai".

Era mais que uma mudança de assunto. A mãe dela, o pai dele, o pai dela, a mãe dele. Será que, com trinta e tanto anos, eles não deveriam ter superado essas questões? Pelo contrário. Em sua maturidade, eles tinham concepções recém-formadas.

Ela disse: "Seu pai contou aquela história porque, de modo inconsciente, queria o seu perdão".

Pararam. Roland pôs as mãos sobre os ombros dela e mirou no fundo dos seus olhos — o ponto mais escuro que havia, em contraste com o brilho que os cercava. "Você é um espírito generoso. Penso diferente sobre aquilo. Nos meus primeiros dez anos, em Cingapura, na Inglaterra entre uma missão e outra, e depois, em Trípoli, frequentei uma dezena de escolas primárias e morei no mesmo número de casas em países diferentes, com os mesmos materiais fornecidos pelo Exército, de sofás e cortinas a talheres e tapetes. Depois o internato, que não era um lar. Saí cedo da escola e vaguei por uma porção de empregos. Não tenho raízes. Nossa casa não era regida por crenças nem princípios, não tínhamos valores. Porque meu pai não tinha. Era comportamento militar e padrões de conduta, regulamentos em vez de normas morais. Vejo isso agora. E como Rosalind tinha medo dele, ela também não tinha princípios nem fingia ter. Minha irmã Susan detesta o padrasto. Meu irmão Henry também. Não é algo que eles falam ou demonstram. Devo ter sido moldado por tudo isso."

Deram um passo para fora da aleia a fim de deixar passar uma mulher com um punhado de cachorros presos em coleiras. Atravessaram o gramado até um pequeno bosque, mas era cercado e não viram como chegar perto das árvores. Retornaram ao caminho.

Alissa disse: "Precisamos perdoar os pais ou enlouquecemos. Mas, primeiro, temos de lembrar do que eles fizeram". Ela havia parado de andar a fim de dizer aquilo. "Não precisamos ir muito longe. Havia famílias judaicas nas cidadezinhas aqui das redondezas, agora não há nenhuma. Seus fantasmas andam pelas ruas. Vivemos em meio a eles e fingimos que não existem. Todo mundo prefere pensar num novo aparelho de TV".

Caminhavam de volta os quatro quilômetros para chegar à casa dos Eberhardt. Sentindo um amor intenso e uma confiança total, Roland começou a contar a Alissa o que nunca pensou que seria capaz de contar a alguém. Pisando na neve, à medida que seus pés ficavam entorpecidos, ele descreveu seu tempo com Miriam Cornell. Como estava possuído, obcecado, e como pareceu toda uma vida para ele à época. Levou quase uma hora para descrever o caso, se é que tinha sido um caso, assim como a escola, o chalé, os dois rios. Que terminou de maneira estranha. E que ele não se deu conta de que o comportamento dela era depravado e ignóbil. Mesmo muitos anos depois. Porque não tinha uma balança de valores para julgá-la. Nenhuma medida adequada. Ao terminar, não falaram por algum tempo.

Pararam diante do portão baixo de madeira do jardim dos Eberhardt. Roland disse: "Tente não brigar com ela hoje à noite. Não importa o que ela pensa. Você vai tomar suas decisões de qualquer maneira".

Ela pegou sua mão. "É tão fácil perdoar os pais dos outros!"

Sua mão sem luva foi reconfortante. O amplo gramado debaixo da neve era liso e puro, ganhando um tom amarelo-alaranjado na luz do fim da tarde. Beijaram-se e se acariciaram, relutando em entrar. Tinham desejo de fazer amor, mas não era fácil no quarto de hóspedes. Depois de algum tempo, ela disse, pensativa: "Catorze anos... e você ainda quer mais e mais".

Ele aguardou.

"Essa professora de piano..." Alissa fez uma pausa antes de fazer sua declaração: "Ela mexeu na fiação do seu cérebro".

Precisamente porque isso foi tão pouco engraçado e terrível, eles começaram a rir ao atravessar o jardim, abandonando o caminho para dar uma volta pela neve virgem. Ainda estavam rindo quando bateram as botas no chão do vestíbulo para limpá-las e penetraram na quentura do corredor encerado e perfumado.

Dois meses mais tarde, não muito depois de se casarem, Roland e Alissa deram o passo definitivo rumo a uma existência pública ao comprarem a medíocre casinha eduardiana de dois andares, na Clapham Old Town, que Daphne descobrira para eles. Um ano antes, ela e Peter haviam comprado uma casa ali perto. Pouco depois de se mudarem, Alissa deu a Roland a notícia assombrosa. Não havia motivo para surpresa. Contaram as semanas para trás. Só tinham tido relações sexuais uma vez durante a estada de cinco dias em Liebenau. O silêncio na casa e no entorno, a cama que rangia por qualquer movimento, a tosse de Heinrich que atravessava a parede divisória em ásperos detalhes — tudo demais, até mesmo para Roland. Por isso, não restava dúvida de que tinha sido a noite depois da caminhada pela beira do rio. Em setembro daquele ano, 1985, no Hospital St. Thomas, em Londres, Alissa deu à luz Lawrence Heinrich Baines.

Seis

O detetive Browne estava achando difícil se desculpar. Tinha ido ver Roland para devolver suas coisas — os cartões de Alissa, as fotografias do caderno de notas, os negativos, o suéter. Três anos depois, após telefonemas, cartas raivosas e inúteis ameaças de ações judiciais, Browne não trouxera nada. Os objetos continuavam na delegacia, dentro de uma cesta de arame, segundo Roland imaginava, numa espécie de achados e perdidos. De mãos abanando, o detetive tentava dar uma explicação envolvendo desvios e escapadas. Parecia decidido, pensou Roland, a se enquadrar no estereótipo do policial burro.

"Quando a gente está na polícia pelo tempo que estou..."

"Onde está meu..."

"... descobre que nada se move mais lentamente..."

"Onde estão minhas coisas?", ele perguntou de novo. Roland, mais rico do que em qualquer época de sua vida, se encontrava num estado de espírito combativo. Não se importava que a cozinha onde os dois haviam se sentado fosse a mesma. As estantes entulhadas de livros, a pipa que não voava, pálida de tanta poeira, no alto do armário, os irreprimíveis dejetos da vida cotidiana espalhados sobre a mesa, do mesmo jeito. Ele estava abonado. A camisa social de algodão verde acabara de sair do invólucro. Pensava em comprar um carro. As condições básicas eram positivas e ele estava no seu direito. Aqueles objetos deviam ser devolvidos. Ele e Douglas Browne eram mais velhos que o Marlow, de Conrad. Eram contemporâneos, pares. Quando falava com Browne, não estava falando com o Estado.

Sentados como antes, encaravam-se por cima da mesa. Dessa vez, o policial estava uniformizado. A caminho, segundo disse, do enterro de um colega. O quepe sobre o joelho. A mesma expressão de cão de caça. As mãos grandes, com os rabiscos de pelos nas juntas, estavam cruzadas à frente do corpo, traindo a desculpa que ele achava tão difícil dar. Não parecia ter envelhecido e não recebera uma promoção na polícia.

Evitou a pergunta mais uma vez.

"Está tudo em segurança."

"Mas onde estão as minhas coisas?"

"Esses caras novos..."

"Meu Deus!"

"... realmente não passam de uns meninos. Recém-chegados, famintos, querendo impressionar, ativos demais."

"Se não vai me dizer, pode ir embora."

Browne descruzou as mãos. Inocente, nada a ocultar: "Você precisa saber. Venho lutando em seu favor".

"Não preciso de favores."

O policial se animou. "Bem, temo que sim."

"Simplesmente me diga onde estão minhas coisas. Vou até lá e pego, eu mesmo."

"Muito bem. Estão numa escrivaninha em algum lugar nos escritórios do promotor público."

A risadinha de Roland foi genuína. "Eu sou suspeito?"

"Um jovem turco..."

"Mas você verificou a presença dela no ferry e numa série de hotéis."

"Podia ser sua cúmplice, viajando com o passaporte dela."

"Ah, pelo amor de Deus!"

Browne não parecia tão burro, e Roland, um pouco chocado, confiou ainda menos no detetive, em particular quando ele se inclinou para a frente e falou baixinho.

"Não concordo com eles. Estou do seu lado. Ela não o procurou em três anos, não é mesmo?"

"Quando foi ver os pais dela. Um tremendo bate-boca, segundo eles. Mas quem é minha cúmplice? Por que eu deveria ter uma cúmplice? Isso é uma bobagem."

"Foi o que eu disse. Mais ou menos. Uns rapazes acharam os papéis debaixo de uma pilha. Nem deveriam estar na polícia. Ficaram doidos, levam para o chefe, que também está procurando um gancho. Aí..."

"Doidos?" A indignação de Roland transformou a palavra quase num urro.

"O problema é o seu caderno de notas." Browne estava tirando um bloquinho do bolso do paletó. O movimento ativou seu rádio de ondas curtas, começando com um estalido e depois a voz distante de uma mulher. Destacando homens para um local onde as coisas tinham se complicado. Browne desligou o aparelho.

"Isto é que deixou o pessoal doido. Deixa eu ver..." Virou algumas páginas, limpou a garganta e leu sem inflexões, como os policiais preferem, como uma lista: "Ahn... 'Quando dei um basta, ela não lutou contra mim.' Ahn... 'O assassinato pairou sobre o mundo inteiro... continua enterrada.' Vejamos, ahn... 'Terra da cova nos cabelos... *não vai embora*... quando preciso de calma...' Ah, sim. E a *última*... 'Ela precisa continuar morta'".

Não merecia uma contestação. É isso que acontece quando

idiotas leem o seu caderno de notas. Roland pousou o queixo sobre as mãos e fixou os olhos na mesa, no jornal de cabeça para baixo que estava lendo antes de Browne chegar. Gente comum, famílias inteiras passando pelo buraco no arame farpado da fronteira húngara, como se o Mar Vermelho se abrisse, e atravessando a Áustria até chegar em Viena. Manifestações antissoviéticas na Polônia, Alemanha Oriental, Tchecoslováquia. Milhões de pessoas visando espaços mentais mais amplos. Mas aquela cozinha parecia estar diminuindo.

Browne disse: "Me mandaram falar de novo com você. Não foi ideia minha, Coisas que querem saber, bem simples".

"O quê?"

"Ahn... localização da cova."

"Ah, deixa disso!"

"Muito bem."

"Não escrevi sobre a minha mulher."

"Alguma outra que você enterrou." O detetive sorria de leve.

"Isso não é engraçado. É sobre um antigo caso de amor. Achei que estava morto e enterrado. Voltou para me perseguir. É isso."

Browne estava escrevendo. "Quanto tempo atrás?"

"De 1962 a 1964."

"Nome?"

"Não me recordo."

"Não mantém contato com ela."

"Não."

O detetive continuou a escrever enquanto Roland aguardava. Teve algum efeito o fato de pensar no nome dela e não o pronunciar, de mencionar os anos relembrando sua quantidade finita. Não se perturbou, mas sentiu que seus pensamentos ficaram confusos. *Quando dei um basta*. Coisa demais socada em meia frase. Dentro de vinte e cinco minutos, ele caminharia até a creche para pegar Lawrence. Libertação, de volta às rotinas triviais do dia. Estava começando a pensar que vinha exagerando em suas reações ao policial, que estava agitado demais. Não era necessário. Tratava-se de uma farsa. A fortaleza da sua inocência o protegia. As forças da lei e da ordem vinham há muito tempo sendo caracterizadas na cultura como o Dogberry, de Shakespeare. A visita do detetive se transformaria num belo relato, que Roland aperfeiçoaria e escreveria, como já tinha feito antes. Em algum lugar na Alemanha Ocidental, entre Hamburgo, Dusseldorf, Munique e Berlim Ocidental, Alissa perseguia sem piedade sua nova vida. A cova contendo seus restos mortais não existia. Ele precisava dizer isso para si mesmo?

Browne fechou o bloco com um ruído. "Vou lhe dizer uma coisa." Parecia prestes a propor alguma coisa agradável. "Vamos dar uma olhadinha rápida lá em cima."

Roland sacudiu os ombros e se levantou. Ao pé da escada, fez um gesto para que o detetive fosse na frente.

Quando ficaram juntos no pequeno patamar do segundo andar, Roland disse: "Você ainda está com aquela senhora?".

"Negativo, de volta com a mulher e os garotos. Nunca foi melhor."

"Fico feliz em saber."

Enquanto Browne inspecionava o quarto de Lawrence, a cama de solteiro coberta com um edredom de Thomas e Seus Amigos, Roland se perguntou por que a resposta de repente o deprimira. Não por inveja. Era mais pela rotina diária pesada, pela labuta das vidas privadas, manter as coisas no rumo certo. Para quê?

Foram até o quarto principal. Browne fez um gesto com a cabeça na direção da mesa sob a janela. "Comprou um desses troços."

"Um computador."

"Bem difícil se acostumar com isso."

"Às vezes dá vontade de jogar contra a parede", disse Roland.

"Tudo bem se eu...?" Browne perguntou e já foi abrindo uma das gavetas, pintada com folhas de carvalho e sementes, a de cima, e viu a lingerie de Alissa.

"Veja aí", disse Roland. "A roupa íntima da minha cúmplice."

Browne fechou a gaveta. "Acha que ela vai voltar?"

"Não."

Desceram, e o detetive se preparou para ir embora.

"Acho que o sargento contou pra você. Um ano e meio depois, os alemães finalmente deram uma resposta a nossa solicitação. Falaram com o pai dela. E nada, nem vestígio. Se ela atravessou a fronteira em Helmstedt para ir a Berlim, usou outro passaporte. Bancos, impostos, aluguel de carro, nada."

"É uma grande contracultura. Fácil desaparecer."

Quer dizer que Jane não contou para Heinrich sobre a visita de Alissa. Roland abriu a porta da frente. Na rua, a corrida de ratos de sempre. A acácia, desfrutando do escapamento dos carros, já tinha mais de seis metros. Roland ergueu a voz para vencer o barulho do trânsito: "O que você vai dizer a eles?".

Browne recolocava o quepe com grande cuidado, fazendo e refazendo pequenos ajustes. "Você se casou com uma mulher voluntariosa que se mandou."

Deu vários passos antes de parar e olhar para trás. Do lado de fora, tinha retomado toda sua altura e dava a impressão de estar em posição de sentido — o uniforme, em especial o quepe com pala e faixa quadriculada, tinha um ar ruritano. Precisava ser usado com um quê de desafio.

Falou em voz alta: "Talvez não acreditem em mim".

A caminho da creche, Roland refletia sobre a situação. Era mais do que um lugar-comum cinematográfico, mais do que o jogo do policial bom e do policial mau. A questão é que Browne não tinha motivos para protegê-lo dos promotores. Roland precisava conversar com alguém. Alguém sério. Mas para falar do que estava escrito em seu caderno ele teria de incluir a sua história com Miriam Cornell. O que viveu com ela. Entre os seus amigos, só Daphne poderia ouvi-lo, mas ele não estava pronto para contar essa história a ela. Nunca mais contaria a ninguém. Além disso, ela teria conselhos práticos a dar, coisa que ele não desejava.

Voltou para casa de mãos dadas com Lawrence. Roland carregava a lancheira estampada com o trenzinho Thomas e contendo um caroço de maçã. Às vezes, nesse percurso, Lawrence ficava em silêncio. Nesse dia, não. Fez um relato minucioso. Tinha brincado de regador com a amiga Amanda. Um de cada vez. Gerald chorou na hora do descanso. Um cachorrão com manchas pretas e brancas apareceu na escola, e Lawrence fez carinho nele. Não teve medo, como o Bisharo. Uma das assistentes o chamou de Lennie por engano, e todo mundo riu. No final, após um silêncio, Lawrence perguntou: "O que você fez hoje, papai?".

Roland era um pai novato, coruja, que ainda se maravilhava com o simples fato de o filho existir. E de já saber correr, pensar, falar. Ficava maravilhado com a clareza da pronúncia e com a entonação sentimental do filho, com a sua pele e o seu cabelo que superavam em muito as expectativas mais fantasiosas da indústria cosmética. Uma nova inteligência tinha saltado de duas células ao se fundirem, e diariamente se desdobrava em maiores complexidades e surpresas. Os olhos eram claros, os cílios abundantes. O amor incondicional, o senso de humor, os abraços, as confidências, as lágrimas, as choradeiras, os pavores às cinco da madrugada — tudo isso ainda o surpreendia. Enquanto esperavam para atravessar a rua, o menino segurou com força o indicador do pai.

Roland respondeu: "Compus quatro poemas". Tinha encontrado quatro poemas e os copiara.

"Isso é um monte."

"Você acha?"

"Acho."

"Depois que deixei você na creche e voltei para casa, preparei o café."

"Que horror!" Sua nova palavra.

"Delicioso! Então escrevi um poema, depois outro..."

"E aí outro e mais um. Por que parou?"

"Acabaram as ideias."

Uma criança pequena dificilmente entenderia o que ele quis dizer. Sem contar que não era verdade. Ele parou para ler o jornal e então parou de novo porque Browne chegou. As ideias de Lawrence nunca paravam. Jorravam em fluxo contínuo. Provavelmente ele nem as conhecia como ideias. Roland tinha a impressão de que elas fluíam ou se derramavam como uma extensão de sua individualidade.

Lawrence diminuiu o passo ao se aproximarem de uma banca de jornais. "Que tal um picolé?"

"Por favor?"

"Por favor."

Ele satisfazia o desejo de guloseimas do filho como o dele tinha sido outrora satisfeito. Não acontecia todos os dias. O presentinho tinha o formato de um foguete com todas as cores do arco-íris. Como chupá-lo exigia a mais completa atenção, Lawrence não falou até chegarem em casa. Na porta da frente, manchas roxas, vermelhas e amarelas se espalhavam por suas mãos, pulsos e rosto. Ele mostrou o palito vazio ao pai.

"Isso pode ser útil."

"Sei. Mas pra quê?"

"Contar formigas."

"Perfeito."

Se não houvesse sido combinada alguma brincadeira com

amigos, a rotina era simples e invariável. Tomavam chá, Lawrence tinha sua dose diária de TV, limitada a quarenta minutos, enquanto Roland voltava para a mesa de trabalho. Preparavam o jantar juntos — com a ajuda cuidadosa de Lawrence, um processo lento. Depois de comerem, brincavam. Lawrence era o tipo de criança que precisa dormir cedo. Entre sete e sete e meia, ele podia apagar. Seu dia era longo. Caso ficasse acordado até mais tarde, era tomado pela petulância, por fortes oscilações de humor, por uma raiva incontrolável. O pior eram as quedas ocasionais numa tristeza impossível de ser abordada, um lamento desesperado, como se estivesse chorando por alguma morte. Nesse estado, o ritual de escovar dentes, ouvir histórias na cama e ter uma conversinha de fim do dia era perturbado. Depois de muitos erros, Roland aprendeu que tudo tinha a hora certa para acontecer.

As histórias podiam ser um desafio, ao menos para o adulto que as lia em voz alta. As ilustrações eram bem-feitas, às vezes até bonitas. Lawrence passava bastante tempo as contemplando. Mas as palavras — rimas previsíveis, fábulas sem brilho que escancaravam as lições de moral que pretendiam transmitir. Nenhuma excitação na linguagem, nenhum compromisso com a imaginação em voo, nenhum talento. Um punhado de autores parecia ter se apropriado do mercado para crianças com menos de cinco anos. Alguns ganhavam milhões. Muitos desses livros, ele tinha certeza, não levaram nem dez minutos para serem escritos. Uma noite leu "A coruja e o gatinho". Foi como entrar num outro mundo. Lawrence imediatamente pediu para ouvir de novo. E mais uma vez. Tinha razão. Aquela era a poesia pura do absurdo. Uma aventura bela e impossível. Nenhuma sombra de condescendência, nenhum sermão impiedoso ou repetição tediosa. Passou a querer ouvi-la todas as noites por quase um ano. Gostava de gritar o refrão ao final de cada três versos. *Que belo gatinho você é,/ Você é/ Você é! Que belo gatinho você é.* Ficava fascinado quando o pai lhe mostrava como a terceira linha de cada verso tinha uma rima interna. Os dois ficaram se perguntando o que era uma colher "runcível". Ou uma árvore "bong". No supermercado local, Roland comprou marmelo, que comeram em fatias. Lawrence sabia o poema de cor.

Depois de um sanduíche de banana, Lawrence se sentou no chão vendo televisão e ouvindo enquanto uma mulher ainda jovem, com uma voz paciente e cantante, descrevia um dia na vida do operador de guindaste num canteiro de obras. "São sete horas da manhã. Com o chá e sanduíches na mochila, Jim sobe a escada, cada vez mais alto, em direção à pequena cabine lá no céu." Roland assistiu da porta. Os ângulos e tomadas tinham um quê de estonteante. Ele sentiu pena do sujeito que filmava e subia logo atrás de Jim, trinta metros por escadas de aço em ziguezague, cobertas do gelo matinal. Lawrence permanecia impassivo. O documentário era simplesmente tão real quanto os desenhos animados com personagens que caíam nos precipícios e aterrissavam de cabeça com toda a segurança.

No quarto, Roland se sentou à mesa que o tornou rico. Relativamente rico. Rico para um poeta. Mas ele não mais era um poeta, era um ladrão de antologias, um fabricante ocasional de versos bem leves. Oliver Morgan, da Epithalamium Cards, havia galgado os degraus do empreendedorismo e se tornado, para pasmo dos amigos, um jovem herói na nova cultura de negócios. Uma corporação que produzia cartões de felicitações se oferecera para comprar sua empresa, mas, até o momento, Morgan se mantinha no topo, estudando o passo seguinte, deixando a companhia crescer. Como o cinegrafista tonto, Roland lutara escada acima no encalço do dono, gerando poesia de segunda classe melhorada durante meses — para comemorar aniversários, felicitar recém-casados, aposentados, viciados em drogas e alcoólatras em recuperação, pacientes que entravam em hospitais, bebês que saíam de hospitais. Seu primeiro ato criativo havia sido dar nome à companhia de Morgan. No início, foi pago em promessas, um por cento do capital da empresa mais meio por cento sobre o preço de cada cartão. Custavam por volta de duas libras. Três anos depois, os cartões de papel grosso e cremoso, com desenhos artísticos, estavam por toda parte. Dois milhões vendidos no que Morgan chamava de território anglófono.

Depois de vinte e seis meses, recebeu de uma vez só 24 mil libras. Deveria ser incômodo para um eleitor à esquerda, como Roland, o fato de que, graças à sra. Thatcher, a taxa máxima de imposto de renda estivesse em 40%, caindo dos 83% em que estivera durante o governo trabalhista. Mais embaraçosa era a questão do orgulho. Sua integridade como poeta estava em ruínas. Desde que a *Grand Street* devolveu seu poema revisado sem comentários, ele não escreveu nada. Mais uma carreira fracassada para se somar à lista. Daphne ficou indignada em nome dele. Roland teve coragem de dizer a ela que não era mais um peso no orçamento do Estado. O que não podia confessar a ninguém era como se sentia existencialmente leve. Ter dinheiro! Por que ninguém disse que era uma coisa física? Sentia nos braços e nas pernas, em particular no pescoço e nos ombros. Hipoteca liquidada, filho bem vestido, duas semanas juntos numa pouco conhecida ilha grega alcançada após três horas de viagem em lancha veloz num mar calmo e cerúleo.

Havia um limite para quanta poesia inferior alguém era capaz de produzir. Oliver deixou que Roland vasculhasse a literatura do mundo todo em busca de observações, não mais protegidas por copyright, sobre momentos cruciais da vida. Todas corretamente atribuídas. Sua percentagem foi mantida. Ele cometera erros. Um deles foi incluir o poema de Yeats "A segunda canção da camareira" (*Sua vara e a cabeça/ Que servia como aríete/ Flácida como um verme*) num cartão de aniversário para quem fazia oitenta anos. Advogados dos herdeiros escreveram a Morgan assinalando que o poema estava protegido por copyright até 2010. Uma data de ficção científica. E pensar que Yeats, um monumento, estava morto havia tanto tempo. Vinte e cinco mil cartões foram destruídos.

Empilhadas no chão, próximo à mesa, havia antologias de poemas traduzidos do iraniano, árabe, indiano, africano e japonês. Outras estavam no andar de baixo. Sobre a mesa, o bilhete de uma mulher carinhosa, realizada e atraente, Carol, sua quinta amante desde que Alissa fora embora. "Em vista das circunstâncias, estou inclinada a dar por encerrado. E você? Sem maus sentimentos. Pelo contrário, muita afeição, Carol." Ela estava certa, as circunstâncias eram problemáticas. Ela também era mãe solteira, de duas gêmeas. Morava a dez quilômetros de distância, ao norte do rio, em Tufnell Park, longe demais considerando que viviam numa cidade populosa. Mais ou menos na metade de seus nove meses juntos — ela estava certa, tinha terminado — a ideia de venderem suas casas e se juntarem numa só chegou a ser aventada. Chegaram a esse ponto. Mas, pensando bem, a ruptura, o esforço e o comprometimento eram grandes demais. Quando ambos concordaram com isso, o caso estava fadado a minguar. O que também o detinha não podia ser confidenciado a ela: a possibilidade de Alissa voltar. Não esperava por ela. Mas, se um dia ela aparecesse, ele queria ter o leque de opções aberto. O que era outra maneira de dizer que a esperava.

Podia ouvir a TV no térreo agora irradiando a barulheira orquestral de um desenho animado. Dentro de vinte e cinco minutos, ele desceria para fritar umas postas de peixe. Escreveu um bilhete para Carol, tão amigável e breve como o dela, endossando seu voto. Tão logo o pôs num envelope, teve um momento de dúvida. Com aquela breve troca de mensagens, podia estar jogando pela janela toda uma existência feliz. Existências. Por várias semanas, se sentira atraído pela ideia — uma boa mãe para Lawrence, que gostava de Carol. Aquilo podia em breve transformar-se em amor. E amor pelas duas gêmeas brincalhonas que Lawrence agora jamais conheceria melhor. Para ele, uma parceira amorosa em que podia confiar, engraçada, bondosa, educada, bonita, uma produtora de televisão supremamente competente. Seu marido adorado morrera num desastre de avião, e ela tivera de lutar para fazer com que a família e o trabalho prosperassem. Faltara coragem a ele. A ela também, que poderia ter sentido um cheirinho de fracasso em Roland. Suas diversas carreiras, a mulher que talvez o houvesse desertado por boas razões. Antes de fechar o envelope, leu o bilhete dela outra vez. Muito afeto. Dessa vez ele achou que captava tristeza em seu apelo tranquilo. E você? Ela queria ser convencida. Ele escreveu o endereço, pôs o selo e fechou o envelope. Se isso era um erro, nunca conheceria toda a sua ridícula extensão. Despachar pelo correio amanhã. Ou não.

Tal como Roland entendeu de um livro que tinha lido parcialmente, bem como do que os amigos diziam, era importante não impedir que Lawrence falasse sobre a mãe. Ela estava em sua mente, às vezes por dias a fio, depois sumia por semanas. Ele gostava de ver as fotografias dela. Suas perguntas costumavam ser gerenciáveis embora impossíveis em termos adultos.

"O que mamãe está fazendo agora?"

"O dia está quente. Deve estar nadando."

Um ano antes, quando sua linguagem começava a permitir que formulasse frases completas, isso o satisfazia. Mas nos últimos tempos ele queria saber mais. Piscina ou mar? Caso fosse piscina, tinha de ser a que ele conhecia, pois nunca tinha visto outras. Ela estava lá agora. Vamos lá ver. Caso fosse o mar, eles podiam ir de trem. As perguntas de caráter mais geral punham o pai na defensiva.

"Onde é que ela foi?"

"Fazer uma viagem longa."

"Quando ela vai voltar?"

"Vai demorar ainda."

"Por que ela não me mandou um presente de aniversário?"

"Já disse, meu querido. Ela me pediu que desse a você um porquinho-da-índia, e foi o que eu fiz."

Lá pelo fim de outubro daquele ano, Lawrence apareceu na cama de Roland às quatro da madrugada e perguntou: "Ela foi embora porque eu fui malcriado?".

Ao ouvir isso, Roland, ainda quase dormindo, mas alerta emocionalmente, sentiu seus olhos se encherem d'água. Ele também se sentia desorientado. O que disse foi: "Ela ama você e nunca achou que foi malcriado". O menino dormiu. Roland ficou acordado. Ajudava o fato de que metade das crianças na creche viviam com um dos pais. O próprio Lawrence dissera, em tom neutro, que ele não tinha mamãe, e Lorraine, Bisharo e Hazeem não tinham papai. Mas logo se daria conta da ausência. E as perguntas iriam surgir. Se Alissa havia mencionado um porquinho-da-índia para Roland, por que ele não podia dizer a Lawrence? Manter Alissa viva nos pensamentos da criança podia ser uma forma de crueldade não intencional. Mas se Roland tivesse dado cabo dela desde o começo num desastre de avião e ela reaparecesse, como ia ser?

Ele marcou uma noite com Daphne. O que era simples, já que Gerald, o mais novo dos três filhos do casal Mount, um menininho alegre e sardento, era um dos melhores amigos de Lawrence, tão próximo quanto Amanda. Frequentavam a mesma creche, dormiam um na casa do outro e suas famílias viajaram juntas para as montanhas Cévennes, hospedando-se na mesma casa, pela qual Peter Mount havia negociado um valor baixo, já que ficava longe do mar.

Roland e Lawrence chegaram às seis a fim de que os meninos pudessem brincar antes de ir para a cama. Uma babá norueguesa serviu o jantar para as quatro crianças. Peter estava na rua e se juntaria a eles mais tarde. De acordo com Daphne, ele tinha uma proposta "engraçada" para fazer a Roland. Ela o levou a um pequeno cômodo na frente e num canto da casa do qual, graças a um antiquado acerto, as crianças, seus jogos e brinquedos eram banidos. Roland estava começando a entender a razão.

Cada vez que ele visitava a casa do casal, não muito maior que a dele, reparava numa melhoria, alguma mudança em direção a um conforto maior. Certo luxo. Uma geladeira da altura de um homem, assoalho de tábuas de carvalho restauradas, sofás do tipo bergère, um aparelho de TV maior pousado sobre um gravador de vídeo mais avançado, as portas anteriormente de madeira crua encerada (como era a moda) agora pintadas de um branco suave. Um desenho de Vanessa Bell pendurado acima da lareira. Daphne trabalhara durante anos no departamento de habitações do conselho local. A venda popular dos apartamentos e casas públicas, o chamado Direito de Comprar, a desgostou. Depois de passar muito tempo tentando obstruir tal processo, ela pediu demissão quando se viu derrotada. Criou então uma associação residencial e trabalhou com prazer pelo dobro do salário, encontrando lugares decentes onde os necessitados podiam morar. Peter também pedira demissão. Após doze anos no Conselho Central de Geração de Energia, participava de um consórcio que se preparava para montar uma empresa privada de eletricidade. Dinheiro norte-americano e holandês estava envolvido. A Lei da Eletricidade já tinha passado naquele ano. Peter havia contribuído na redação da lei, nos cálculos econômicos, agência reguladora, proteção dos consumidores, a parcela dos acionistas. Daphne, como Roland, não gostava e às vezes detestava o governo Thatcher. Mas, como ele, vinha prosperando ao se valer de suas normas. Conversavam sobre essa contradição, ainda que nunca a resolvessem. Tinham votado pelas taxas maiores de imposto dos trabalhistas, mas haviam perdido. Suas consciências permaneciam limpas. Peter mantinha uma postura mais coerente: votara pela sra. Thatcher desde o começo.

Daphne serviu duas taças de vinho. Nos meses que se seguiram à partida de Alissa, a amiga tinha sido o esteio de Roland e o orientara enquanto Lawrence atravessava a via dolorosa das doenças da primeira infância. Estava sempre nos pensamentos dele. Era grande, não acima do peso, mas com ossos maciços, forte e alta, cabelos louros que usava no estilo da década de 1960, repartidos ao meio e compridos. A pele rosada lhe dava um ar de camponesa, embora fosse cria da cidade, de várias cidades. Filha única de um pai médico e de uma mãe professora, Daphne desfrutou da formação mais estável de todos os amigos de Roland. Absorvera a paixão dos pais pelo serviço público. Era incansavelmente ativa, uma grande organizadora de coisas, acontecimentos, crianças, amigos. Sua recordação das pessoas era longa e profunda. Tinha extensas conexões naquela zona em que acadêmicos e políticos se sobrepõem. Apresentara o marido a Stephen Littlechild, figura ascendente na área do fornecimento de eletricidade. Caso você perdesse o passaporte no interior de Burkina Faso, mandaria para ela seu telegrama. Caso não conhecesse o ministro das Relações Exteriores, ela saberia quem podia ajudar. Também conhecia Alissa, nada ouvira falar dela e estava perplexa.

Ele às vezes suspeitava de que Daphne sabia mais sobre o desaparecimento do que admitia saber. Mas era boa em matéria de conselhos. No mês anterior, ela lhe disse para "sair dessa". A Epithalamium já estava rendendo dinheiro.

Os dois conversaram sobre os assuntos de sempre — as notícias mais recentes sobre a Solidariedade na Polônia. Os alemães orientais estavam tendo a permissão de passar pela Tchecoslováquia rumo à Alemanha Ocidental. Roland recordou seus dias em

Berlim no final da década de 1970. Os trabalhistas tinham uma vantagem de nove pontos percentuais sobre os conservadores, o ministro da Fazenda pedira demissão e os democratas liberais tinham entrado no páreo com um nome novo e reluzente. Um dos "quatro de Guildford", ao ser solto, havia feito um belo discurso. Roland contou a história da visita do policial. Não estava mais inclinado a transformar aquilo numa comédia. E foi vago sobre o que escrevera no caderno de notas.

Ela murmurou: "Eu não me preocuparia com a polícia".

A conversa fluiu. Ela contou que tinha levado as crianças às Chilterns no fim de semana para ver uma amiga e sua equipe soltarem uma dúzia de falcões vermelhos, chamados milhafres, em seu novo meio ambiente.

Fizeram uma pausa. Ela serviu uma segunda taça. Não eram ainda nem sete horas. Ouviram um choro de criança. Roland começou a se levantar, mas Daphne o deteve.

"Se for sério, eles sabem que estamos aqui."

Por isso, ele lhe contou sobre a pergunta chorosa de Lawrence às quatro da madrugada. Sua mãe tinha ido embora porque ele era malcriado? "Estou fazendo de conta que ela é uma presença. Quando ele vê as fotografias, fala com ela. Estou protegendo-o com mentiras. Aqui está ele, apenas com quatro anos, e as perguntas estão ficando mais difíceis."

"Ele é feliz."

Não era uma pergunta, mas Roland concordou sacudindo a cabeça. Tinha vindo em busca de um conselho, mas agora não sentia vontade de ouvi-lo. Lawrence não era o problema. Ele era. Sabia que podia ser prazeroso oferecer conselhos. Recebê-los podia ser sufocante quando você já tinha seguido em frente. Para onde exatamente? Para trás, vinte e sete anos, em direção ao cerne. O desaparecimento de Alissa tinha deixado o campo livre para o passado, como árvores derrubadas para revelar a paisagem. Em raros momentos, e aquele foi um desses, ele pôde ver tão claramente o que perturbara sua vida e a dos que se aproximaram dele. A professora de piano surgindo como uma assombração naquela primeira noite era uma imagem que não saía de sua mente. Teria chegado a hora de encontrar e confrontar Miriam Cornell? Tratava-se de um grande pensamento, mas ele nada demonstrou por fora.

Daphne olhou fixamente para um canto onde a guitarra de Peter descansava no suporte. Durante a sua própria década perdida, em que vagou por empregos que não exigiam nenhuma habilidade especial e viagens, ele foi o principal integrante do trio Peter Mount Posse. Roland tocava gaita e teclado no estilo de Billy Preston. Foi levado pelo baterista, um amigo de escola que tinha participado do fugaz trio de jazz de Roland. Foi assim que conheceu Peter e, através dele, Daphne. A banda nunca gravou um disco, mas tinha fãs nas universidades e tocava um rock fortemente influenciado por Greg e Duane Allman. Então a música punk acabou com o projeto deles em 1976. Peter cortou o cabelo, comprou um terno e se empregou no showroom do Conselho de Eletricidade, vendendo fogões e geladeiras. Subiu rápido, ganhou experiência nas províncias e foi convocado para a sede, onde floresceu.

Por fim, ela disse: "Se ele continuar perguntando, acho que você deve lhe dizer exatamente o que aconteceu".

"E o que aconteceu?"

"Um mistério. Que você pode compartilhar com ele. Um dia, quando ele era pequeno, ela foi embora. Você não sabe por quê. Está tão intrigado quanto ele. Também quer saber dela. Ele pode se adaptar. A coisa mais importante é que ele não se sinta culpado."

"Acho que ele decidiu que a mãe vai voltar."

"Talvez tenha razão."

Roland olhou para ela. Será que sabia de alguma coisa? Porém, quando seus olhos azuis claros encontraram os dele de frente, achou que não.

Ela deu de ombros. "Ou quem sabe não. Pode dizer a ele. Estão juntos nisso. Lado a lado. Você simplesmente não sabe."

Foi uma ruidosa noite de socialização, pondo as crianças para dormir e revezando-se ao ler para eles. Roland e Daphne cozinharam juntos e beberam mais à mesa da cozinha. Bem parecido com as noites na casa de fazenda francesa nas colinas de Cévennes, sem o calor noturno. Do lado de fora, um nevoeiro denso de outono baixou subitamente. Daphne aumentou um pouco o aquecimento central. No bafo quente da pequena cozinha, cresceu uma atmosfera de festa. Para lembrar dos velhos tempos, ouviram o primeiro álbum dos Balham Alligators. Quem na Grã-Bretanha era capaz de tocar um violino caipira melhor que Robin McKidd? Subiram o volume em "Little Liza Jane" e, no meio da canção, Peter chegou com uma garrafa de champanhe e a notícia, a coisa engraçada que Daphne havia insinuado. Um financista norte-americano ia bancar a companhia de eletricidade e queria que o consórcio se reunisse. Tinha um jato executivo e estaria em breve na Europa — ainda sem saber onde. Podia ser em Malmo, Genebra ou outro lugar. Talvez na semana seguinte. Levaria Peter e seus colegas de avião para onde estivesse. E esse era o ponto: havia um assento de sobra. Roland poderia ir na viagem, divertir-se enquanto se reuniam, juntar-se a eles na hora do jantar. Lawrence ficaria lá por três noites. Daphne estaria presente e Tiril, a babá, cuidaria das crianças. Gerald iria adorar. Simples! Vai fazer bem a você, Daphne e Peter insistiram. Diga que sim!

Ele disse sim.

Durante o jantar, conversaram sobre Mikhail Gorbatchev. Devia ser um bobo inocente para acreditar que, com suas Glasnost e Perestroika, seria capaz de liberalizar minimamente e de forma controlável uma tirania velha e cansada, e ainda manter o partido no comando. Essa era a opinião de Peter. No entender de Roland e Daphne, era um gênio e um santo que compreendeu, antes de seus pares, que todo o experimento comunista, seu império imposto pela violência, seu instinto assassino e as mentiras implausíveis, tinha sido um fracasso grotesco e precisava terminar. A champanhe os levou a um estado tempestuoso. Discutiram. Ao se alinhar com Daphne contra o marido, Roland pensou que era o mais próximo que chegaria de ter um caso com ela. Surpreendentemente, o conhaque gerou um clima mais ameno no final da noite. Juntos, limparam a cozinha com o apoio da canção dos Alligators "Life in the Bus Lane", a todo volume. Uma versão galesa, escocesa e inglesa da música *cajun*, ela própria bastarda, uma forma sonhada pelos franceses que estavam muito longe de casa, mais de três mil quilômetros ao sul, nos cafundós da Louisiana. A percepção do mundo era agradavelmente imprecisa. Peter lembrou Roland de que, nos tempos da banda, faziam um número com um toque *cajun*. Roland achava que era mais *zydeco* que qualquer outra coisa. Concordaram em que eram fãs dos dois estilos de música folclórica. Quem se importava com isso? Murmúrios sobre o fim do apartheid na África do Sul, as democracias irrompendo em toda a América do Sul. A China se abrindo, a grande nave do império soviético agora fazendo água. Quando estavam prestes a sair da cozinha, a eloquente conclusão de Roland foi de que, no novo milênio, para o qual só faltavam onze anos, a humanidade alcançaria um patamar mais elevado de maturidade e felicidade. Boa nota para fecharem a noite com um brinde.

Ficara decidido anteriormente que ele levaria Lawrence para casa. O menino continuou dormindo quando Roland o ergueu da cama no quarto de Gerald, o envolveu num cobertor e o levou para o térreo. Os três se despediram no jardim em miniatura do casal Mount, onde o nevoeiro, tingido de laranja pela iluminação da rua, chegava até seus ombros. Era uma caminhada curta ao longo de ruas desertas. Os dezoito quilos de Lawrence não eram nada em seus braços. A perspectiva de um respiro de três dias, o absurdo e o romantismo de um jato executivo, até mesmo um quê inebriado de culpa ao pensar em deixar Lawrence para trás, o alegraram enquanto seguia pelas ruas entupidas de carros estacionados diante das modestas casas geminadas em estilo eduardiano. Naquela hora, Miriam Cornell não o perturbava. Daria um jeito aquilo. Agora precisava escapar! Estava apreciando a força e o molejo de suas pernas, o gosto do ar hibernal da cidade nos pulmões. Não era assim que costumava se sentir, ou como desejava se sentir na maior parte do tempo há quinze ou vinte anos, quando era adolescente ou um jovem adulto, dando passos leves, ansioso pela próxima experiência? A despeito do que dissera o Marlow, de Conrad, a juventude de Roland ainda não o abandonara.

No ano anterior, em fins de agosto, Roland e Lawrence tinham viajado para a Alemanha. Era em parte um dever de família, reagindo à pressão feita por Jane ao telefone. Ela e Heinrich ainda não conheciam seu único neto, e Lawrence merecia tudo que pudesse ter em matéria de família. Fácil persuadir Roland. Ele queria ouvir em primeira mão sobre a visita de Alissa em 1986, o grande bate-boca, sua última aparição conhecida. Não estava procurando por ela, assim se disse. Só queria saber.

Um sistema abrangente de alta pressão estacionara em cima da Europa. Londres já estava um forno — um bom momento para tirar umas férias curtas antes do fim do verão. Jane se ofereceu para pagar as passagens aéreas. Cada etapa da viagem foi uma delícia para o menino. Ele tinha quase três anos, com direito a assento próprio junto à janela no voo que partiu de Gatwick. Aprovou o trem de Hanôver para Nienburg e ficou de nariz grudado na janela durante os sessenta e cinco minutos. O táxi para Liebenau o fascinou, sobretudo o taxímetro com seu tiquetaquear alto e o motorista, que vestia um casaco grosso de couro, apesar do calor, e que brincou com ele. Foi conversando com o motorista que Roland se deu conta de como seu alemão tinha piorado. Lutou para se recordar dos substantivos e seus gêneros. Tentou evitar com grunhidos as formas do acusativo dos artigos definidos. Os prefixos se descolavam de seus verbos para aterrissar em lugares errados. A ordem das palavras, que um dia achou que dominava, agora surgia cheia de regras espinhosas — o tempo precede o modo que precede o lugar. Foi obrigado a pensar em cada frase antes de falar, nada fácil numa conversinha fiada. Antes de chegarem à cidade, disse a si mesmo que o alemão, assim como Alissa, já era.

Heinrich Eberhardt, o aldeão imperturbável, se revelou um avô ideal. Quando Roland e Lawrence atravessaram o portão de madeira na alta cerca viva, penetrando no amplo gramado agora tornado marrom pelo sol, Heinrich tinha uma mangueira na mão e enchia a piscininha de plástico com desenhos de dinossauro que havia acabado de comprar. Lawrence correu para ele e pediu que tirasse sua roupa. Sem nenhuma saudação, simplesmente murmurando um "Vamos lá", o avô se ajoelhou para executar a tarefa começando por abrir os velcros dos sapatos. Depois deu um passo para trás, de braços cruzados, sorrindo enquanto o menininho entrava na piscina com alguns poucos centímetros de água morna e sapateava, jogando água para todo lado numa exibição consciente. O prazer em ficar nu, Heinrich disse mais tarde, era prova de sua ascendência alemã.

Ficou ainda melhor dentro de casa. Depois que Jane tentou abraçar Lawrence e lhe deu um suco de maçã gelado, ele e

Heinrich começaram a brincadeira que iria durar pelos próximos cinco dias. Lawrence sentava-se no colo do avô a fim de lhe ensinar inglês. Em troca, Heinrich ensinava alemão ao neto. O menino já aprendera a apontar e dizer: "*Opa, was ist das?*". Heinrich olhava atentamente, fingia refletir e então dizia, devagar, com uma voz grave e clara: "*Ein Stuhl*". Lawrence repetia. Depois chegava o rosto perto do avô e dizia: "Uma cadeira". E Heinrich reproduzia as palavras do neto, fingindo não saber nada de inglês, o que era quase verdade.

Lawrence levou mais tempo para ficar amigo da avó. Mostrou-se tímido diante dela, se desvencilhou de seu abraço de boas-vindas e se recusou a agradecer pelo suco. Quando ela falava com ele, o menino recuava para trás das pernas de Roland. Talvez suspeitasse de uma mulher cujo rosto o fazia lembrar, ainda que vagamente, a figura nas fotografias em casa. Ela teve o bom senso, a delicadeza, de não insistir. Meia hora depois, quando estavam sentados no jardim à sombra de um salgueiro, ele se aproximou cuidadosamente e pôs a mão sobre o joelho dela. No espírito da brincadeira que Lawrence havia começado, ela apontou primeiro para Heinrich e depois para si própria: "*Das ist Opa. Ich bin Oma*".

Ele entendeu. Ainda nu, ficou diante deles, apontou e pronunciou no que soou a Roland como um alemão perfeito: "*Ich bin Lawrence. Das ist Opa, das ist Oma*". O aplauso e o riso imediatos o agradaram e estimularam tanto que saiu correndo, dando saltos por todo o jardim. Depois pulou para dentro da piscininha, onde começou a berrar e chutar a água, interessado, como seu pai sabia, em manter a atenção de todos e receber mais elogios, mais confirmações de seu sucesso.

Jane disse: "Ele é lindo".

O comentário inocente os fez lembrar do que estava partido, do que faltava. Ficaram sentados em silêncio por algum tempo observando Lawrence até que Heinrich se levantou da cadeira de vime com um ruído e disse que ia pegar umas cervejas. Mais tarde, depois de jantar, Lawrence deixou que a *Oma* o levasse para o andar de cima para dar um banho e contar uma história na cama. Heinrich estava na salinha que usava como escritório. Roland sentou-se no jardim com um gim-tônica. O sol havia se posto, mas o termômetro pregado ao tronco do salgueiro marcava vinte e seis graus. Antes, ele se sentia oprimido pela casa tão limpa e pelo jardim, que o lembravam da casa de seus pais. O cuidado obsessivo, as coisas nos seus lugares exatos. Agora, a arrumação, a ordem e o brilho dos aposentos de ambas as casas lhe pareciam uma libertação. Os avós em Liebenau, assim como em Ash, estavam ávidos para ajudar na criação de Lawrence. Roland se inclinou para trás na cadeira do jardim. Estava descalço. O vasto e complicado continente extraordinariamente aquecido. O som dos grilos, a sensação da grama seca e quente sob a sola de seus pés e o aroma de terra esturricada o agradavam. O copo grande e grosso ainda estava gelado em suas mãos. Quando o pousou, o tilintar dos cubos de gelo pareceu algo pessoal. Fechou os olhos e se permitiu uma fantasia pachorrenta. Ele e o filho se mudariam para lá, migrariam como se fossem para o calor do sul da Espanha, ocupariam o quarto em cima da garagem e ao lado da casa, ele aperfeiçoaria seu alemão, ensinaria inglês numa escola local, viveriam uma vida ordenada num ambiente familiar caloroso e, quando Lawrence fosse mais velho, iriam pescar nas margens do Auer, um rio repleto de percas de espinha vermelha, e pegariam um bote com destino a Weser, deixariam a Inglaterra para trás, a sua versão particular dela, Roland seria livre e tudo seria bem cuidado... Ia tomar o lugar de Alissa, transformar-se em um alemão, um bom alemão.

Quando acordou, o sol se punha. Jane sorria sentada à sua frente. Sobre a mesa, duas lanternas de velas.

"Você está muito cansado."

"Deve ter sido o gim. E o calor."

Ele entrou para buscar dois copos grandes com água.

Ao voltar, ela lhe disse que Heinrich tinha ido a uma reunião do comitê. Era necessário arranjar dinheiro para o telhado da igreja. Assim, ela e Roland tiveram a conversa, a primeira de três, durante os cinco dias. Em suas recordações, as sessões eram inseparáveis. Como prelúdio, como se tomando fôlego, eles se mantiveram silenciosos por um minuto, bebendo água. O ar da noite era doce e ainda quente. Os grilos cessaram sua barulheira, depois a retomaram. De mais longe vinha um chamamento agudo e reiterado, as chorosas rãs junto ao rio. Jane e Roland se encararam, afastaram os olhares. A luz débil das lanternas mal iluminava seus rostos. No passado, ela o encorajara a falar alemão. Corrigia seus erros sem fazê-lo sentir-se burro. Alguns minutos depois, ele disse: "*Erzähl mir, was passiert ist.*" Me diga o que aconteceu. Na mesma hora em que falou, teve dúvidas. Era *mich* ou *mir*?

Ela entendeu e começou sem hesitação. "A gente, é claro, achava que ela estava em Londres com você, por isso foi um choque quando ela telefonou de uma cabine telefônica uma tarde. De Murnau, imagine só. Disse que viria nos ver por uma noite. Perguntei se ela tinha trazido o bebê. Quando disse que não, compreendi que havia algo de errado. Talvez eu devesse ter telefonado para você. Em vez disso, esperei por ela. Apareceu dois dias depois. Uma malinha, tudo diferente. Cabelo cortado curto, como um pajem, e pintado. Quase cor de laranja! Calça jeans preta apertada, botas pretas com enfeites prateados, jaqueta curta de couro preto. Quando ela estava saindo do táxi eu já pensei que lá vinha problema. Ela sempre tinha adorado saias e vestidos. Agora estava usando um bonezinho, como aquele do Lenin, meio de lado para lhe dar um ar coquete. Ridícula! E pálida! Achei que era maquiagem. Mas não, quando entramos pude ver que ela estava à beira da exaustão total. As íris eram dois pontinhos no meio dos olhos. Não é uma coisa que acontece quando as pessoas tomam drogas?"

"Não sei", Roland respondeu. Seu pulso havia se acelerado. Não queria que nada de ruim acontecesse com ela. Mesmo dois anos atrás.

"Eram três da tarde. Me ofereci para preparar um sanduíche. Ela só queria um copo d'água. Eu disse que seu pai voltaria dentro de umas duas horas e estava morrendo de vontade de vê-la. Bobagem dizer isso. Mas ele estava muitíssimo preocupado. Ela disse que só queria falar comigo. Subimos para o quarto de hóspedes. Ela fechou a porta: no caso de sermos interrompidas, foi o que disse. Sentei numa cadeira e ela na beirada da cama, me encarando. Eu estava muito nervosa e, reparando nisso, ela ficou calma. E aí baixou a lenha. Tinha estado em nossa velha casa, o chalé em Murnau. As pessoas a deixaram dar uma olhada em seu antigo quarto de dormir. Deixaram-na a sós. Ela disse que se sentou no chão e começou a chorar, o mais baixinho que pôde. Não queria que o casal subisse para ver se estava bem. E não estava bem. Disse isso várias vezes, ficou repetindo e repetindo. 'Eu não estava bem, *Mutti*. Não estava naquele dia e não estou agora. Nunca foi bom'."

"Fiquei lá sentada, imóvel. Ela ia me fazer alguma acusação grave. Eu não podia fazer nada senão esperar. Então ela falou. O tipo de frase que você reconhece imediatamente como tendo sido preparada, polida, trabalhada ao longo de noites insones ou horas de terapia. Ela estava fazendo terapia?"

"Não."

"Ela disse: 'Mutti, eu cresci na sombra e no frio de sua frustração. Toda a minha infância foi vivida em torno de sua sensação de fracasso. Sua amargura. Você não se tornou uma escritora. Ah, que coisa mais terrível! Você não se tornou uma escritora.

O que teve, em vez disso, foi a maternidade. Não a odiava. Suportava. Mas mal tolerava aquela vida de segunda categoria. Pensa que uma criança não nota? Você certamente nunca quis outro filho, quis? E o homem com quem pensou ter se casado mostrou ser outra pessoa. Outro desapontamento, e você não era capaz de perdoá-lo. Você estava fadada a algo melhor, e não aconteceu. Isso deixou você amarga, pouco generosa, suspeitando do sucesso de qualquer um'."

"Ficou quieta por um tempo, eu lá sentada, esperando. Seus olhos estavam marejados. Então disse que, por toda a infância e adolescência, nunca tinha me visto feliz, realmente feliz. Nunca me soltei, segundo ela. Nunca juntei nossas vidas num abraço. Não podia nunca porque eu achava ter sido vítima de um engano da vida. Foi o que ela disse. *Betrogen.* Eu nunca pude me soltar, ser alegre e amar a vida que tinha com minha filha. E, porque ela me amava, porque era tão próxima de mim, ela também nunca pôde se permitir ser feliz. Seria uma segunda traição. Em vez disso, me seguiu, me copiou, se tornou o que eu era. Ela também tinha amargor pela vida. Não conseguia achar um editor que desejasse publicar seus dois livros. Ela também fracassara em ser uma escritora. Ela também…"

Jane parou e esfregou a testa com o indicador. "Não sei se é certo lhe contar."

"Conte."

"Muito bem. Ela também se enganou no casamento. Achou que você era um boêmio brilhante. Sua maneira de tocar piano a seduziu. Pensou que você fosse uma alma livre. Assim como eu pensei que Heinrich era um herói da Resistência e continuaria a ser. Você a tapeou. 'Ele vive de fantasias, *Mutti*, não consegue se fixar em nada. Tem problemas no passado sobre os quais nem quer pensar. É incapaz de realizar qualquer coisa. Eu também. Juntos, estávamos afundando. Então chegou o bebê, e afundamos mais rápido. Nenhum de nós jamais iria realizar qualquer coisa. Você me ensinou, um bebê era a segunda melhor alternativa. Nem a segunda. Mas até falamos em ter outro porque um filho único é a coisa mais triste no mundo. Não é, *Mutti*?'"

"Nesse ponto ela se levantou, e eu também. Ela disse: 'Foi isso que vim lhe dizer. Tente pensar nisso como uma boa notícia. Não vou afundar. Estou o deixando. E o bebê. Não, não diga nada. Pensa que não dói? Mas tenho que fazer isso agora, antes que se torne impossível. Também a estou deixando. Me recuso a segui-la'."

"Agora estava quase gritando comigo. 'Não vou afundar! Vou me salvar. E, ao fazer isso, talvez até salve você!'"

"Aí eu disse alguma coisa idiota. Era incapaz de dizer qualquer coisa menos útil para ela naquele momento. Suponho que tentando ser boazinha e maternal. As palavras saíram antes que pudesse me segurar. Eu disse, ou comecei a dizer, alguma coisa como: 'Querida, você sabe que muitas mães ficam bastante deprimidas nos primeiros meses depois do nascimento do bebê'."

"Ela ergueu as duas mãos, você sabe, em rendição ou para me fazer calar. Numa calma assustadora. Disse: 'Pare. Pare, por favor'. Chegou perto de mim. Pensei até que poderia me bater. E disse baixinho: 'Você não entendeu nada'."

"Estava se esgueirando para passar por mim a caminho da porta. Tentei dizer que sentia muito, que tinha dito algo errado. Mas ela já tinha saído do quarto e estava descendo a escada depressa. Fui atrás dela, mas desço devagar a escada, e ao chegar lá embaixo ela já estava fora de casa, atravessando o gramado. Eu a vi de relance pela janela. Levando a malinha. Saí e chamei por ela, mas provavelmente ela não me ouviria depois de ter batido o portão e saído. Corri até a calçada, mas não pude ver em que direção ela tinha ido. Gritei o nome dela várias vezes. Nada."

Ficaram de novo em silêncio por algum tempo. Roland tentou não se fixar em seus insultos. Vivia de fantasias. Era incapaz de realizar qualquer coisa. Deixou que os outros detalhes se avolumassem. Cabelos curtos e pintados. Isso ele podia imaginar. Estava prestes a perguntar à sogra sobre a polícia alemã quando ouviram um grito de Lawrence. Seu quarto dava para o jardim e a janela estava aberta. Roland correu em direção à casa. A noite poderia estar perdida caso Lawrence acordasse num quarto estranho e ficasse nervoso. Mas, quando chegou à beira de sua cama, o menino tinha voltado a dormir. Sentou-se ao lado dele por alguns minutos. Ao voltar para perto de Jane, esqueceu-se do que ia perguntar.

Mas ela fez uma pergunta: "Não me diga o que não quiser, mas ela tinha razão, há alguma coisa em seu passado?".

"Nada especial. As queixas de sempre. Os pais de ninguém são perfeitos." Então, preferindo dar sequência à conversa, ele disse: "Está lá em seus diários. Você era frustrada. Ela não tinha seus motivos?".

"Há um grão de verdade. Um e meio, talvez. Problema meu, alguma coisa ficou me faltando. Mas Alissa tinha tudo. Veja sob o prisma da nossa geração, que viveu a guerra. Ela era abençoada. A história foi bondosa com ela. Assim como o governo. Escolas agradáveis, aulas gratuitas de dança e música. Cada ano as coisas melhorando um pouquinho comparado com o que aconteceu antes, tolerância por toda parte. E nós a mimamos." Parou e, então, como se para esclarecer: "Mimamos a sua geração".

"A que você acha que ela se referia quando disse que poderia salvar você?"

Antes de falar, ela ficou um tempo olhando para ele. Um belo rosto se tornara imperioso com a idade. À luz fraca, o olhar confiante, o nariz fino e reto, as maçãs do rosto acentuadas conferiam a Jane o ar de uma mulher poderosa à frente de alguma empresa importante, de um país importante.

Ela disse: "*Ich habe nicht die geringste Ahnung*". Simplesmente não faço ideia.

Ao andar de um lado para o outro no saguão VIP, ele estava pensando sobre aquela conversa — as conversas de três noites no jardim. Tinha motivo e tempo de sobra para refletir. O romantismo de viajar em um jato executivo se desfazia aos poucos. O trajeto de Londres até o aeroporto de Bristol levara quatro horas devido a um acidente na estrada. No ônibus de luxo, eles se tranquilizaram dizendo que o jato estaria esperando. Não estava. Foram recebidos por uma moça ansiosa, usando saia justa e blusa branca engomada. Ela pegou seus passaportes e lhes disse que o voo para Malmo estava atrasado duas horas. O saguão VIP ficava num prédio improvisado, isolado por cercas de metal num canto distante do aeroporto, próximo a um estacionamento. Não havia ninguém ali além de Roland, Peter Mount e seus colegas. À disposição deles, uma espécie de bufê com água quente, copos de papel, saquinhos de chá e uma garrafa de leite. Nada de café ou coisas para comer. O terminal e seus restaurantes estavam do outro lado da pista, a quase quatro quilômetros de distância. Cadeiras de aço estavam dispostas ao redor de mesas baixas de plástico. Peter e seus colegas do setor elétrico ficaram contentes de poder se reunir e refinar o plano de negócio. Roland se sentou em outra mesa. Seu material de leitura, arrancado das estantes ao sair de casa, era *Cousine Bette*, numa tradução para o inglês. Podia ouvir as vozes na mesa ao lado — Peter falava o tempo todo. Ele tinha desenvolvido o hábito de falar mais do que os outros e erguer a voz sempre que pensava estar prestes a ser interrompido. Agora comandava a agenda do grupo, embora fossem parceiros do mesmo nível. Isso trazia lembranças dos tempos de banda, quando Peter, aos vinte e dois anos, um guitarrista razoável que liderava a banda, adorava mandar em todo mundo, no pessoal da técnica, nos gerentes dos locais onde tocavam e nos outros músicos.

Uma hora e meia depois, a mulher retornou. Nunca souberam onde ela havia se escondido. O avião tinha sido desviado para buscar seu dono, James Tarrant III, em Lyons. Passaram-se duas horas. Veio a notícia de que o sr. Tarrant tinha ido, em seu avião, não para Malmo, mas para Berlim. Seria reabastecido lá e viria pegá-los. Apesar das condições muito difíceis, tinha sido possível garantir acomodação para eles num hotel da cidade, onde o anfitrião os esperaria. A mensagem seguinte, no fim da tarde, não foi uma surpresa. O aeroporto Tegel, em Berlim, estava com um volume incomum de tráfego. O jato executivo viria buscá-los às nove da manhã do dia seguinte. Estava sendo providenciado transporte para levá-los ao Grand Hotel de Bristol.

Fazia sentido. Todo mundo queria estar em Berlim. Quem tinha um avião ia para lá. O mesmo com quem tinha uma passagem aérea. Todas as empresas de mídia do mundo estavam enviando repórteres, pessoal de apoio, equipes de filmagem. Os ministérios das relações exteriores enviavam diplomatas. Aviões militares enchiam os céus e eram prioridade. Ele leu cem páginas de *Cousine Bette* e parou. Queria ler notícias. Não havia jornais no saguão, nenhum aparelho de TV, nenhum rádio. A reunião sobre eletricidade terminara. Uma hora depois, chegou o ônibus. Ao procurar um assento, Roland ouviu alguém dizer: "Eu poderia dizer a meus netos que estive em Berlim dois dias depois da queda do Muro. Agora vai ter que ser um dia mais tarde!".

Formavam um grupo barulhento no balcão de check-in do hotel. A perspectiva de comida e bebida deixou a turma de Peter animada. Ao se verem no lobby do hotel, pareceram se reenergizar ante à possibilidade de se tornarem muito ricos dali a poucos anos. Roland se desculpou e foi para o quarto. Queria falar com

Lawrence antes de se deitar. Foi a babá que atendeu. Os filhos dos Mount e seu filho estavam jantando. As conversas telefônicas com Lawrence tinham em geral o formato de entrevistas.

"Como foi hoje na creche?"

"As aranhas não mordem."

"Claro que não. Você brincou com o Jai?"

"Estamos comendo sorvete."

Por esses desvios desatentos Roland presumiu que seu filho estava satisfeito, sem sentir falta dele. Ouviu um ruído que o fez crer que o fone tinha caído no chão. Ouviu também risos e a cantoria de um dos meninos mais velhos. Lawrence gritou: "Papai consegue engolir uma espada". Depois o fone foi apanhado e a ligação encerrada.

Ele viu noticiários de televisão transmitidos de Berlim e ouviu os analistas nos estúdios enquanto comia o jantar servido no quarto. O Checkpoint Charlie era o foco simbólico. Em Washington, o presidente Reagan estava triunfal. A sra. Thatcher, recém-chegada de seu grande discurso na ONU sobre as mudanças climáticas, estava séria. Um dos comentaristas disse acreditar que ela estava preocupada com a possibilidade de uma Alemanha unida e ressurgente.

Na manhã seguinte, sucesso e um luxo limitado. O avião esperava junto ao embarque VIP. Os assentos, embora pequenos e bem próximos uns dos outros, eram forrados de couro macio. Por causa dos atrasos e da interrupção nos suprimentos, não havia nada para comer. No aeroporto Tegel, um ônibus encostou ao pé da escada do avião. Ao subirem, um funcionário da segurança verificou superficialmente seus passaportes. Roland notou que os demais passageiros, de ressaca e menos agitados, tinham malas volumosas que garantiriam trocas de camisa, sapato, terno. Ele viajava com uma pequena mochila — roupa de baixo, um suéter sobressalente, duas camisas grossas. Usava botas de caminhada e calça jeans. Se o hotel fosse realmente luxuoso, talvez não o deixassem entrar. Daphne tinha razão: ele vivia como um estudante.

Ao entrarem no pesado trânsito a caminho do centro, ele decidiu que ainda não iria para o hotel. O grupo de Peter tinha um almoço com o sr. Tarrant e uma apresentação à tarde. Roland pediu para ser deixado na Potsdamer Strasse, de onde caminhou na direção leste junto com o grosso dos transeuntes. Fazia quase nove anos. Que sorte, estar ali, e não em Malmo! Sentiu-se rapidamente familiarizado com a paisagem, muito embora a atmosfera fosse de euforia e tudo parecesse novo. Vinha na direção contrária à dele uma fila ininterrupta de berlinenses orientais. Rapazes em grupos com cachecóis de clubes de futebol, casais idosos, famílias com crianças e bebês em carrinhos. Roland presumiu que eles tivessem se perdido ao atravessar o Checkpoint Charlie e que seguiam em direção às reluzentes lojas da Kurfürstendamm com os cem marcos "de boas-vindas" oferecidos pelo governo alemão. Eram recebidos com gritos de "*Willkommen*!" e abraços. Os repórteres de TV, na noite anterior, haviam aproveitado o fato de os "Ossis" serem facilmente identificados por suas roupas baratas e jaquetas jeans mal cortadas. Roland, porém, enxergava outra coisa. Para ele, o que tinham em comum era o olhar aturdido e cheio de dúvidas. Suspeitavam de que aquilo podia não durar. Em breve seriam chamados de volta para o lado oriental e enfrentariam alguma forma de julgamento. Era inconcebível que as autoridades pudessem ser tão repentinamente privadas de sua intromissão nas vidas privadas.

Enquanto caminhava, Roland dizia a si mesmo que estava olhando para a multidão para encontrar a família Heise, e não Alissa. Uma Alemanha dividida significava menos para ela que para ele. Mesmo se ela estivesse ali, a chance de identificá-la em meio a dezenas de milhares de pessoas era mínima. E não desejava vê-la. A Potsdamer Strasse fez uma curva larga em direção ao leste e confrontou o Muro. À sua frente, num vasto terreno baldio onde só existiam algumas bétulas e postes de iluminação, estava reunida uma grande multidão. Roland passou por um grupo de policiais de Berlim Ocidental risonhos, com flores enfiadas nas casas dos botões de suas túnicas verdes. Aproximou-se da plataforma aonde os dignitários em visita eram levados a fim de contemplar o setor oriental por cima da terra de ninguém. A plataforma estava tão entupida de pessoas e equipes de filmagem que corria o risco de tombar. Abriu caminho pela multidão e ouviu uma gritaria: um guindaste, nitidamente recortado contra o céu pálido e sem nuvens, começava a erguer um pedaço do Muro em forma de L com cerca de um metro de largura. Ficou pendurado por algum tempo, um lado branco, o outro coberto de grafites, e girou lentamente como se para mostrar os dois lados se misturando. Depois, sob aplausos gerais, a seção do muro foi baixada na terra de ninguém, onde outras seções já haviam sido postas — pedras de pé, monumentos de Stonehenge representando uma cultura em extinção.

Roland se misturou ainda mais com a multidão, e em breve estava sendo levado por ela. Não parou de pesquisar os rostos nem mesmo enquanto era carregado em direção à abertura de dez metros no Muro. Os mais jovens e ágeis tinham trepado nele ou sido erguidos para se sentar no tampo abaulado de concreto. A fileira de pernas se estendia por duzentos metros. Uma figura solitária, lembrando vagamente Buster Keaton, teve a audácia de se pôr de pé e equilibrar-se perto do buraco no Muro. Voltou-se para o leste, ergueu os dois braços para fazer um sinal de paz: era improvável que alguém do outro lado pudesse vê-lo.

Roland achava que ia ficar de lado, testemunhando a travessia alegre dos berlinenses orientais para a parte ocidental. Em vez disso, foi levado por uma multidão triunfante que fluía para leste na direção da vasta e arenosa terra de ninguém. Resolveu se entregar. Uma parte da história da cidade dividida, do mundo dividido, era sua. Nas suas travessias na década de 1970, nunca poderia ter imaginado que uma cena como aquela pudesse acontecer, um acontecimento de significado tão vasto e carregado de uma carga simbólica tão imensa — se desenrolando no seio de uma multidão pacífica. Pelas mãos de pessoas como ele. Estar ali, pisando no espaço militarizado e proibido, era tão extraordinário como pisar na Lua. Todos sentiam isso. Roland sempre foi cético com respeito aos humores instáveis das multidões, porém agora tinha a sensação de dissolver-se na alegria geral. A sinistra resolução da Segunda Guerra Mundial estava completa. Uma Alemanha pacífica se uniria. O império russo dissolvia-se sem derramamento de sangue. Uma nova Europa deveria emergir. A Rússia seguiria a Hungria, a Polônia e os outros países e se transformaria numa democracia, quem sabe até tomaria a liderança. Não era tão fantástico pensar em dirigir certo dia de Calais até os Estreitos de Bering sem mostrar o passaporte nenhuma vez. A ameaça nuclear da Guerra Fria era coisa do passado. O desarmamento mundial estava começando. Os livros de história se fechariam com aquilo, uma massa jubilosa de pessoas decentes comemorando um ponto de inflexão na civilização europeia. O novo século seria diferente, fundamentalmente melhor, mais sábio. Ele estava certo quando disse isso a Daphne e Peter na semana anterior.

Ele estava sendo carregado mais fundo para o fato óbvio e facilmente esquecido — o Muro era na maior parte constituído de dois muros paralelos separados pela Faixa da Morte. Estavam atravessando aquela faixa por meio de um largo corredor com cercas de aço de ambos os lados. O espaço havia sido limpo de minas terrestres e armadilhas. Do outro lado das cercas, ele podia ver os guardas de fronteira da Alemanha Oriental, os Vopos, formando grupos em que a maioria era pouco mais que adolescente. Alguns dias antes, eles tinham ordens peremptórias de atirar para matar em qualquer pessoa que se aventurasse na área. Agora, exibiam um ar acanhado. Ele notou que usavam os revólveres nas costas. Cinquenta metros além dos Vopos, hordas de coelhos comiam a grama. A era de ouro deles estava chegando ao fim. Dentro em pouco os construtores invadiriam seus domínios.

Um pedido de segurança foi transmitido por megafone no lado ocidental para que as pessoas se espalhassem mais. A multidão bem-humorada obedeceu de imediato. Roland procurava mais uma vez. Será que Florian e Ruth teriam chegado até ali vindos de Schwedt com as meninas? Ele sabia que sair de Schwedt tão imediatamente depois da derrubada do muro teria sido impossível. Mas queria que estivessem ali. Mereciam estar ali! Por cinco minutos, mantendo-se à parte do fluxo de gente que atravessava a terra abandonada, com a grama, as ervas daninhas e as flores do verão passado, ele se esqueceu de onde estava e só prestou atenção nos rostos.

A excitação de estar num terreno antes proibido começava a se desvanecer. Após vinte minutos parados ali, perplexos e tirando fotografas, muitos que haviam passado excitadamente aos borbotões pelo buraco no Muro começaram a se deslocar de volta para o lado ocidental. Roland foi junto. Quem não se punha em movimento sentia frio. Como os demais, ele estava eufórico por participar de uma transição histórica significativa e agora desejava experimentá-la de novo em outro lugar ao longo da antiga fronteira. A maior parte de sua noite consistiu em vagar incansavelmente à procura de novas provas ou da encenação do evento memorável. Sempre caminhando com a multidão perseverante na direção contrária ao fluxo dos que vinham do lado oposto para ver o que ele acabara de ver. E Roland não parava de buscar Alissa na multidão.

Ao passar de volta pelo buraco no Muro, foi recebido com gritos e aplausos. Novos espectadores estavam ali e imaginaram que Roland, assim como os que vinham com ele, eram berlinenses orientais. Um senhor idoso e encurvado lhe entregou um pacotinho de goma de mascar. Nem pensar em devolvê-lo. Naquele dia, a consciência histórica era aguda. Em 1945, um soldado norte-americano ou britânico poderia ter jogado o mesmo pacotinho para aquele homem do alto da torre de um tanque ou de um caminhão de três toneladas. Uma equipe de filmagem recém-chegada parou Roland. Vencendo a barulheira, o repórter com o microfone na mão lhe perguntou, num delicioso sotaque galês, se ele falava inglês. Fez que sim com a cabeça.

"Hoje é um dia fantástico. Como você se sente?"

"Fantástico."

"Você acaba de atravessar a terra de ninguém, a famosa Faixa da Morte. De onde está vindo?"

"De Londres."

"Meu Deus! Corta!" O repórter sorriu simpaticamente. "Desculpe, companheiro. Nada contra você."

Apertaram as mãos e Roland se dirigiu ao norte, mantendo o Muro à sua direita. Juntamente com milhares de outros, ele queria ver o que estava acontecendo no Portão de Brandemburgo. Quando chegou, estava escurecendo. A multidão tinha crescido. O Muro ainda estava intacto, tampando a visão da parte inferior do portão monumental. Em cima dele havia uma fileira de Vopos, vividamente destacados sob a luz da televisão. Tinham um ar cômico, Roland pensou. Como se estivessem num espetáculo teatral. De um lado e abaixo se via o comandante do grupo, fumando nervosamente, andando para cá e para lá. A multidão se aproximava do Muro e parecia pronta a tomá-lo dos guardas. Mas quando alguém atirou uma lata de cerveja contra eles, se ouviu um grande brado: "*Keine Gewalt*!", sem violência! Roland marchou para a frente com os demais. Os soldados pareciam estar tão nervosos quanto o oficial. Eram não mais que trinta homens contra uma multidão de milhares, que poderia dominá-los facilmente. Ouviram-se então vaias e palmas ritmadas. Durante vários minutos ninguém do lado de Roland podia ver o que estava acontecendo. Numa onda repentina, um movimento que fluía diretamente dos corpos em densa aglomeração, ele foi conduzido de lado e tudo se tornou mais claro. Uma fileira de policiais de Berlim Ocidental estava agora diante do Muro, de frente para a multidão e protegendo os Vopos. Em algum ponto da cadeia de comando devia haver uma profunda ansiedade. Um incidente poderia escalonar. Durante anos se previra que a Terceira Guerra Mundial iria começar com alguma confrontação acidental no Muro. As autoridades comunistas poderiam tentar restaurar o status quo. A Praça da Paz Celestial estava fresca na memória de todos. Recordações do desastre de abril em Hillsborough perturbavam Roland. Dezenas de pessoas apertadas até morrer pelo peso incontrolável de outros corpos. Bastava alguém tropeçar — ele precisava sair dali.

Deu as costas à cena e começou a abrir caminho para trás e para o lado. Não era fácil. A pressão dos corpos era constante, inconscientemente movendo a turba para leste. A mochila esbarrava nas pessoas, porém não havia como tirá-la do ombro. Depois de meia hora de empurrões e murmúrios de "*entschuldigung*", alcançou a liberdade. Viu-se próximo de seu ponto de entrada, no lado sul, fazendo por isso sentido caminhar de volta na direção de que viera. Precisava urinar e havia árvores no caminho.

De volta à região da Potsdamer se deu conta de que a noite não havia dispersado a multidão. Tinha gente trepada nas acácias como morcegos gigantescos. Por que ele estava ali de novo? Porque buscava por ela, não apenas dando uma olhada de relance nos transeuntes, mas procurando ativamente. Convencera-se de que era impossível ela não estar lá. Encostou-se na coluna de sustentação da plataforma de observação enquanto as pessoas passavam empurrando. As equipes de televisão forneciam iluminação suficiente. Sentiu-se um idiota, inseguro, sem ideia do que fazer se ela aparecesse. Diria seu nome, tocaria o braço dela? Não era amor. Mas não suportaria uma recriminação. Só queria vê-la. Absurdo. Ela estava em casa, em algum lugar, assistindo à televisão. Mas não, não conseguia se livrar dela.

Depois de meia hora, ele pensou ter visto todas as versões de rostos humanos, todas as variações de um mesmo tema. Olhos, nariz, boca, cabelos, cor. Mas continuavam a vir, cada mudança infinitesimal promovendo vastas diferenças. Será que ele sabia o que buscava? Cabelos curtos que tinham crescido, pintados ainda? Não iria importar. Ele a conheceria por sua presença.

Por fim, desistiu e foi adiante. Logo depois estava caminhando paralelo ao Muro, pela Niederkirchner Strasse. Num grafite escrito em tinta branca, ele leu: *Sie kamen, sie sahen, sie haben ein bisschen eingekauft* — eles vieram, eles viram, eles fizeram umas comprinhas. Na Berlim histórica, César certamente seria lembrado. Roland reduziu o passo ao se aproximar dos escombros da sede da Gestapo, que fora demolida. Não tinha sobrado nada no patamar da rua. Mas olhando para baixo, na semiescuridão do porão, ainda era possível entrever uma fileira de celas com paredes de ladrilhos brancos. Judeus, comunistas, social-democratas, homossexuais e inúmeros outros haviam passado ali seus últimos momentos em agonia e terror. O passado, o passado recente era um peso, uma montanha de entulho empilhado, um sofrimento esquecido. Mas a carga sobre ele era menor. Aliás, pesava pouco. Não se pode medir a sorte. Ter nascido em 1948 na plácida Hampshire ao invés de na Ucrânia ou na Polônia, em 1928, não ter sido arrastado dos degraus da sinagoga para a Gestapo, em 1941. A cela de ladrilhos brancos dele — uma aula de piano, um romance prematuro, uma educação perdida, uma mulher perdida — representava, em comparação, uma suíte de luxo. Se sua vida até então era um fracasso, como pensava com frequência, o era por causa da generosidade da história.

Chegou ao Checkpoint Charlie num estado de espírito melhor. As marés opostas de felicidade e busca inútil provocaram nele certa quietude e neutralidade. Podia parar de examinar rostos. A cena ali era tal como mostrada na televisão — multidões que davam gritos de alegria e aplaudiam ao dar as boas-vindas a pedestres e passageiros exultantes que derramavam espumante pelas janelas dos seus pequenos carros Trabant, as filas para receber o dinheiro oferecido pelo governo local. Ele também já havia passado muitas horas ali numa fila. O que viu de novo foi a frustração das equipes de filmagem, tentando captar o momento brilhante sem mostrar outras equipes de filmagem que tentavam fazer o mesmo.

Ficou emocionado pelo que viu e se juntou aos que aplaudiam, porém apenas por quinze minutos. O Café Adler ficava perto e, além de sentir frio, ele estava com sede.

Frequentara bastante o estabelecimento em seus antigos dias de Berlim. O lugar mantinha o velho estilo da Europa Oriental. Espaçoso, teto alto, um ar de confiança. Os garçons eram garçons de verdade, criados para aquilo desde o nascimento, e não candidatos a atores ou estudantes de graduação. Naquela noite o salão estava cheio, as cadeiras sobrecarregadas de casacos e cachecóis. Não tinha outro lugar para pô-los. Barulhento por conta das conversas animadas, o ar quente e úmido por conta das respirações excitadas. Seus óculos se embaçaram imediatamente. Não tinha nada para limpá-los enquanto se mantinha parado à porta. O som das vozes falando alto e a sensação vaga, mas não desagradável, de exclusão o lembraram de festas em que não conhecia ninguém. Não era o caso ali. Quando suas lentes se aqueceram e ficaram transparentes de novo, ele a viu, talvez a dez metros, sentada a uma mesinha redonda. Sobre a mesa, dois cafés. Ela conversava com um homem mais ou menos da idade dela. Roland foi se aproximando devagar. Ela continuava voltada para o companheiro, escutando com atenção. Roland estava a poucos segundos de distância, mas ela não o via.

Sete

Ele sabia ser ilusório o silêncio que se fez no Café Adler enquanto caminhava entre as mesas. Ninguém reparou nele, todos continuaram a conversar. Mas a ilusão era vívida, uma forma de narcisismo ou, coisa bem parecida, paranoia. A reunião ou confrontação à frente seria memorável, mas apenas para ele e, talvez, assim esperava, para Alissa. Ao parar diante da mesa, o alarido das vozes e o tilintar dos talheres pareceram voltar violentamente à vida, como um rádio de repente ligado num volume absurdo. Um momento histórico exigia acompanhamento em alto volume. Ele tinha observado Alissa e seu amigo por vários segundos, e tirou conclusões. Mas Roland não sabia ainda o que queria. Exigir uma explicação, satisfazer sua curiosidade, fazer acusações, expor as feridas? Nenhuma dessas coisas. Nem mesmo propor uma separação razoavelmente formalizada? Suas necessidades eram vagas. Mais como um hábito não rompido de desejá-la, um anseio que incluía, mas transcendia o erótico. Alguma coisa infantil, inocente, aguda. Provavelmente, amor. Nos instantes que antecederam o momento em que ela o viu, Roland sentiu que pouco havia mudado entre eles. Tinha direito de estar ali. Tratava-se de sua mulher, afinal, mesmo que ele não tivesse esperança de retomá-la. Tinha razão em se aproximar dela, mesmo sem saber o que queria. Era um direito seu não querer nada.

Ela estava com uma aparência boa — como sempre, ou melhor ainda. Nada das roupas de couro com apliques de metal, dos cabelos curtos e pintados que haviam surpreendido sua mãe três anos antes. A mão de Alissa envolvia de leve o queixo e as bochechas: voltada na direção do amigo, ela lhe dedicava toda a atenção. Usava um suéter grosso e largo que caía em dobras até os cotovelos, calça jeans apertada, botas vermelhas de caminhada, bem elegantes. Os cabelos, de comprimento médio, pareciam ter sido cortados num salão caro. Ela tinha dinheiro. Bom, ele também. Mas estava vestido como um estudante que pega carona na beira da estrada, com uma mochila nas costas. Entre ela e seu companheiro, entre as xícaras de café, havia um livro com a capa para baixo, uma edição de bolso bastante volumosa. O homem à mesa era magro, com cabelos artificialmente alourados e um símbolo da paz em miniatura preso ao lóbulo da orelha esquerda. Foi quem primeiro ergueu a vista. Parou de falar e pousou a mão no pulso de Alissa. Mas não deixou que se demorasse ali, Roland notou. Culpa de amante. Ela não fez nenhum movimento, simplesmente olhou para cima e para o lado: só então girou lentamente a cabeça para que se alinhasse a seu olhar e o fixasse em Roland. O que o impressionou foi que os ombros dela pareceram cair quando expulsou o ar dos pulmões. Parecia desapontada. Roland Baines, exatamente quando menos precisava dele. Ele imaginou que sua própria expressão estava um pouco mais para calorosa do que para neutra ao fazer um leve aceno de cabeça. Mas não viu nela nem uma sombra de sorriso. Pelos movimentos de seus lábios, entendeu que ela havia murmurado: "*Das ist mein Mann*."

Seu amigo fez coisa melhor. Pôs-se de pé imediatamente e ofereceu a mão: "Rüdiger".

"Roland."

Rüdiger puxou uma cadeira. Roland se sentou.

"Está difícil chamar o garçom hoje. Posso pegar alguma bebida para você?"

Suas maneiras eram muito corteses. Roland pediu uma xícara grande de café. Era inevitável, óbvio, mas de toda forma ele ainda se sentia perplexo de estar sentado diante de sua mulher. Quando Rüdiger se afastou, Roland lamentou que ficaria a sós com ela. Tinha tanto a dizer que nada lhe veio à cabeça. Ela olhava para algum ponto mais além de seu ombro, sem encará-lo. A repentina familiaridade de sua presença tomou conta dele. Diferentes emoções se atropelaram — raiva, pena, amor, depois raiva outra vez. Tinha de reprimi-las, mas talvez não fosse capaz.

Ele a conhecia bastante bem para não querer que ela fosse a primeira a falar. Ele soou frágil a seus próprios ouvidos quando por fim disse: "Quanta coisa incrível aconteceu!". O fim da Guerra Fria era a conversinha fiada dos dois.

"Sim. Vim assim que pude."

Ele estava prestes a perguntar de onde, mas ela acrescentou depressa: "Como está Larry?".

Roland não captou a tristeza que existia atrás da pergunta feita de modo casual, ouvindo somente uma indagação corriqueira. Surpreendeu-o a força súbita de seus próprios sentimentos. Era isso que carregava com ele todo o tempo e mal sabia. Recostou-se na cadeira a fim de aumentar a distância entre os dois. Estava decidido a só falar de forma controlada, sem se mostrar ferido, mas sua voz saiu rouca.

"E você lá se importa com o Lawrence?"

Eles estavam olhando diretamente... um para o outro. Sabiam coisas demais. Para sua ingênua surpresa, ele viu lágrimas cobrindo pupilas e íris no olho esquerdo, depois no direito, rolando mais tarde pela face. Tão copiosas. Com um grito, ela ergueu as mãos para cobrir o rosto exatamente quando o garçom, um velho encurvado, chegou com ar penitente trazendo na bandeja três xícaras de café. Logo atrás vinha Rüdiger, que ajudou o garçom a pôr as xícaras sobre a mesa, pagou e, ainda de pé, disse a ambos: "Sinto muito. Devo ir embora agora?".

Roland e Alissa já estavam perdidos após somente cinco minutos. Mais uma vez, ele não queria ficar sozinho. Ter alguém ali, mesmo o amante dela, os manteria dentro dos limites.

Levantando a voz acima da balbúrdia, ele disse: "*Bitte bleib*". Fique, por favor.

Rüdiger se sentou. Os dois homens tomaram o café sem falar. Alissa recuperou-se lentamente. Roland se sentiu inseguro, antecipando o momento em que seu rival pusesse o braço em volta dos ombros dela ou sussurrasse alguma palavra reconfortante em seu ouvido. Mas Rüdiger ficou olhando para a frente. Aquecendo as mãos na xícara de café. Alissa se levantou de repente e disse que ia ao banheiro. Isso também era embaraçoso, ficar a sós com o namorado. Roland lamentou ter ido ao Adler. Sentiu-se incapaz, sem jeito, absurdo. Rüdiger parecia à vontade ou, pelo menos, paciente, encostando-se para trás na cadeira. Após terminar seu café, tirou do bolso um pequeno volume e começou a ler. Roland viu a capa de relance. Heine. Poemas selecionados. O verso lhe veio à mente, como se alguém o dissesse em voz alta. Era um lugar-comum, conhecido por todos os estudantes alemães, como os narcisos de Wordsworth ou o Mamãe e Papai de Larkin. Ele pouco se importou. As palavras simplesmente saíram de sua boca: "*Ich weiss nicht, was soll es bedeuten*...". Não sei o que poderia significar...

Rüdiger ergueu os olhos e sorriu: "*Dass ich so traurig bin*...". Que eu esteja tão triste...

Roland iniciou o terceiro verso: "*Ein Märchen...*". Mas sentiu um caroço na garganta e, inconvenientemente, se mostrou incapaz de seguir adiante. Ridículo. Não queria que o outro homem visse. Tristeza e exasperação, autocomiseração, cansaço, ele nunca saberia. Aquele era um poema que Jane Farmer lhe mostrara. Talvez fosse nostalgia pelos dias de uma família intacta.

Rüdiger inclinou-se para a frente. "Quer dizer que você gosta de Heine."

Roland respirou fundo e achou sua voz. "Do pouco que conheço."

"Devo lhe dizer uma coisa, Roland. A fim de deixar tudo claro."

"Sim?"

"Caso você esteja pensando, não sou amigo íntimo de Alissa. Amante ou coisa que o valha. Sou o... *scheisse, Verleger*?"

"Editor?"

"Quer dizer, *lektor*, editor. Lucretius Books, Munique." Diante do olhar inexpressivo de Roland, acrescentou: "Ela não lhe contou a novidade? Suponho que não. Muito bem". Fez um gesto de incompreensão com uma das mãos.

"O que foi?"

"Ela é quem deve lhe contar. Está chegando."

Observaram enquanto se aproximava. Roland conhecia aquela maneira de andar. Ela seria rápida e desejaria ir embora. Ele também. Estava cansado do clamor da comemoração, o bafo, os corpos e os casacos a seu redor, horas a fio em meio a outras pessoas. Também temia mais confrontação. Dois minutos bastavam.

Ela disse ao chegar: "Gostaria de sair daqui".

Rüdiger ficou de pé imediatamente. Puseram-se de lado para uma breve conversa. Nos segundos que teve para si próprio, Roland imaginou estar num local fresco e sem árvores, Escócia, Uist, Muck, uma costa rochosa, um mar em outro continente.

Sozinho. Pegou a mochila. Rüdiger e Alissa trocaram um curto abraço e, ao se afastar, ele levantou a mão na direção de Roland numa despedida casual.

Ela se virou e disse: "Preciso lhe falar uma coisa. Mas não aqui".

Ele saiu atrás dela. A multidão saída do checkpoint aberto vinha na direção deles. Muitos tinham o dinheiro de boas-vindas e estavam ansiosos para ver os lugares turísticos. Havia dezenas, centenas de crianças muito animadas, saltitando na calçada. Alissa seguia no contrafluxo, rumando para a Koch Strasse, naquilo que teriam de aprender a chamar de antiga Berlim Oriental. Roland ia alguns passos atrás. Nenhum dos dois suportaria outra conversa fiada. Viraram numa rua mais estreita que parecia não ter nome. Ela parou de caminhar assim que começou a chover. Ali, debaixo de um plátano desfolhado, eles teriam a conversa. Ela viu então, do outro lado da rua, um beco.

Entraram nele. Tinha pouco mais de três metros de largura, parcialmente pavimentado antes de se transformar em lama e nas ervas daninhas do verão, já mortas, onde os paralelepípedos haviam sido arrancados. Eles pararam perto de um feixe de luz amarela vindo de uma janela, quase iluminados por seu brilho. Por fim, havia silêncio. Alissa encostou-se na parede. Diante dela, Roland fez o mesmo — e esperou. Ambos ignoraram a chuva fria em suas cabeças descobertas. Ele sabia que fazer um discurso não era de seu estilo. Após algum tempo, Roland disse baixinho: "Então, a coisa que você precisa me falar".

Disse isso mesmo preferindo não ouvi-la por prever uma corrente, um rio de acusações. Sendo ele o injuriado. Mas não tinha vontade de reclamar ou dizer coisa nenhuma. Encontrava-se num estado de entorpecimento. De indiferença irreal. Poderia lamentar-se mais tarde, mas nada poderia mudar o que seria dito ali. Ela iria manter sua postura bem definida. Ele voltaria para casa. Sua vida continuaria igual. Lawrence era suficientemente feliz, estava acostumado a viver somente com o pai. O mundo estava prestes a se tornar um lugar melhor. Relembrou e reencenou seu momento de otimismo na terra de ninguém. Apenas três horas antes. Já se esperava que os satélites do Império Soviético se voltariam para o Ocidente, fazendo fila para entrar no Mercado Comum, na Otan. Todavia, qual a necessidade da Otan? Ele viu com clareza — Rússia, uma democracia liberal, abrindo-se como uma flor na primavera. As armas nucleares sendo eliminadas até serem extintas. Depois, as imensas marés de recursos livres e boas intenções fluindo como água fresca, limpando a sujeira de todos os problemas sociais. O bem-estar geral renovado, escolas, hospitais, cidades restauradas. As tiranias dissolvendo-se em todo o continente sul-americano, as florestas amazônicas salvas e preservadas — que a pobreza fosse erradicada, e não as árvores! Para milhões de pessoas, tempo suficiente para usufruírem da música, da dança, da arte e das comemorações. Thatcher havia demonstrado nas Nações Unidas que a direita enfim havia compreendido a extensão das mudanças climáticas e queria agir a tempo. Se todos concordassem com isso, Lawrence, seus filhos e os filhos deles ficariam bem. Berlim havia sustentado Roland na década de 1970, e agora lhe concedia uma perspectiva sobre as pequenas tristezas e indignidades de sua vida pessoal. Ao ver Alissa, ele pôde reduzi-la ao tamanho natural, uma pessoa lutando para fazer sentido, tão vulnerável quanto ele. Podia ir embora naquele momento, tomar o U-Bahn para Uhlandstrasse, achar seu hotel, erguer um brinde ao futuro no bar com Peter e seus colegas da elétrica. Talvez eles tivessem fechado o negócio. Mas achava que devia alguma coisa a Alissa. O quê?

Ela permaneceu em silêncio, encostada à parede de concreto manchado do beco. A chuvinha continuava. Ela tirou a bolsa do ombro e a pôs entre os pés.

"Vai, Alissa. Fala ou vou embora."

"Está bem." Pegou um cigarro na bolsa, acendeu e tragou com força. Isso era novo. "Faz três anos que ensaio dizer isto. Sempre vem com facilidade, flui. Mas agora... tudo bem. Quando Larry tinha uns três meses, me dei conta de uma coisa importante. Talvez fosse óbvio para todo mundo que me conhecia bem. Para mim, foi uma revelação. Levamos o bebê para passear à tarde no Battersea Park. Ao voltarmos, ele dormiu. Você queria fazer sexo. Eu não. Tivemos uma espécie de briga. Lembra?"

Ele negou com a cabeça antes de ter certeza de que realmente não se lembrava. Mas soava verdadeiro.

"Subi e me deitei na cama, cansada demais até para dormir. Foi então que me veio a percepção de que eu estava vivendo a vida de minha mãe, seguindo exatamente o mesmíssimo padrão. Certa ambição literária, depois o amor, depois o casamento, depois o bebê, as velhas ambições esmagadas ou esquecidas, o futuro previsível se estendendo à frente. E amargura. Me horrorizou como a amargura dela seria minha herança. Podia sentir a vida dela puxando a minha para baixo, me arrastando com ela. Esses pensamentos não iam embora. Fiquei refletindo sobre os diários dela. A história de como quase se tornou ela própria, como fracassou e como seu fracasso foi aquilo com que cresci. Nas semanas seguintes, soube que iria partir. Mesmo quando falávamos sobre ter outro filho, eu fazia planos. Eu era duas pessoas ao mesmo tempo. Tinha que fazer alguma coisa da minha vida, alguma coisa mais do que um bebê. Queria realizar o que minha mãe não pôde ou não quis. Mesmo amando tanto o Larry. E você. De início, pensei que seria capaz de explicar tudo. Mas você teria lutado contra mim, teria me convencido a desistir. Me sentia tão culpada, não seria difícil..."

As palavras morreram em seus lábios, ela olhava para os pés. Ela o estava acusando por não a ter convencido a ficar? Ele batalhava mais uma vez com sua confusão. Ah, o grande mercado da autorrealização. Cujo inimigo mortal era um bebê que choramingava egoisticamente em conluio com o marido e suas exigências absurdas. Ele tinha ambições próprias esmagadas, havia dedicado noites e dias ao recém-nascido. Mas não estavam ali, num beco úmido, para ter uma briga pós-nupcial. Sua equanimidade, ou uma aparência dela, ainda predominava — por muito pouco. Ele disse: "Continue".

"Já perdi você. Eu sei. Não vale a pena se dar o trabalho."

Ela o conhecia bem. Ele disse: "Estou escutando".

Depois de uma pausa, ela continuou: "Talvez eu estivesse errada. Pensei que precisava ser total e precisava ser rápido. Foi cruel. E sinto muito. Realmente sinto muito... Sempre foi difícil, a sua questão de fazer sexo todos os dias. Mas o bebê... as necessidades dele, eu estava me aniquilando. Vocês dois... Eu não era nada. Não tinha nada. Nenhum pensamento, nenhuma personalidade, nenhum desejo, a não ser dormir. Estava afundando... precisava escapar. Na manhã em que saí... caminhei até o metrô, era... mas não vou descrever isso. Você é um bom pai, Larry era pequenininho e eu sabia que ficaria bem. E você também, mais cedo ou mais tarde. Eu não estava bem, mas fiz minha escolha, fiz o que tinha de fazer: isto".

Ela estava mexendo de novo na bolsa, pegando o livro que ele tinha visto no café. Deu alguns passos e o entregou a Roland.

"É a prova da edição inglesa. Vai ser lançado ao mesmo tempo que aqui. Sai em seis semanas."

Ele enfiou o livro na mochila e se preparou para ir embora. "Obrigado."

"Isso é tudo que você vai dizer?"

Ele assentiu com a cabeça.

"Você tem a mínima compreensão de como tem sido historicamente difícil para as mulheres criar, serem artistas, cientistas, escreverem ou pintarem? Minha história não significa nada para você?"

Ele sacudiu a cabeça e começou a se afastar. Um homem adulto fazendo manha? Patético. Por isso, mudou de ideia e voltou para junto dela. "Vou lhe contar sua história. Você queria se apaixonar, queria se casar, queria um filho, e tudo isso aconteceu. Aí quis outra coisa."

A chuva recomeçou, agora mais forte. Ele se virou para ir embora, mas ela o agarrou pela manga do casaco. "Antes que vá, me diga alguma coisa sobre o Larry. Por favor. Qualquer coisa."

"É exatamente como você disse. Ele está bem."

"Você está me punindo."

"Venha vê-lo. A qualquer hora. Ele ia adorar. Fique conosco, ou com Daphne e Peter. Estou falando sério." De repente, ele quis lhe tomar a mão. Em vez disso, disse de novo: "Alissa, estou falando isso para valer".

"Sabe que não é possível."

Ele a olhou e esperou.

Ela disse: "Estou começando outro... livro. Se o visse, tudo estaria acabado".

Ele nunca conhecera uma tal mistura de sentimentos intensos e contraditórios, sendo um deles a tristeza, pois suspeitava que eles jamais voltariam a se encontrar. O outro era a raiva. Um dar de ombros foi o sinal menos apropriado dessa agitação emocional, mas foi tudo que conseguiu. Parou por um momento para se certificar de que não havia mais nada por vir, se ela tinha mais para lhe dizer. Mas ambos ficaram mudos, não havia nada. Então ele partiu debaixo de chuva.

Como não estava com vontade de enfrentar o metrô cheio, atravessou de volta o checkpoint a pé, fez um longo e sinuoso percurso rumo ao Tiergarten, e então seguiu para o oeste na direção do hotel. O bar estava deserto, embora só fossem dez horas. O concierge confirmou que seus amigos ingleses tinham saído. Toda a agitação estava concentrada mais a leste. Durante uma hora, ficou sentado num banco alto do bar e bebeu lentamente uma cerveja enquanto repassava o longo dia em pensamento, um dia que havia começado naquele prédio improvisado num canto perdido do aeroporto de Bristol. Estava se sentindo bem, satisfeito, até orgulhoso, de ter visto os buracos no Muro e a multidão que passava por eles. Disse a si mesmo que se sentia melhor agora por ter encontrado Alissa. Como se tivesse sido curado de uma doença prolongada que só depois de curada fosse passível de ser compreendida. Um som de fundo que cessa de repente. Acreditava que não estava mais apaixonado. Entre as coisas que ela tinha dito, a mais vívida era que a pressão das necessidades de Lawrence e Roland a fez sentir que afundava. Os desejos deles... Mas os dela eram robustos e urgentes à época, e ela tinha outras necessidades também, que ele tentara satisfazer. Ajudou nos dois livros em inglês, datilografou duas versões do segundo, fez mil sugestões, a maioria acatada por ela, se envolveu na reescrita do primeiro. Lutara com a prosa alienada dela, as frases em *staccato* e sem verbos, as motivações obscuras da protagonista principal. Tinham compartilhado a pressão das necessidades de Lawrence, que eram totais. Aquela era uma experiência nova para os três, todos eles tinham necessidades. Mas era hora de superar a voz indignada em sua cabeça. Estava tudo acabado. Decidiu no bar que havia se livrado de um fantasma. Ela explicara por que havia desaparecido. As amigas que a tinham criticado, inclusive Daphne, gostariam de saber. E agora ele estava livre. Podia admirar à distância o comprometimento dela com o ofício da escrita. Só de pensar nisso, sentiu o amargor voltar. Ainda não estava pronto.

Subiu para o quarto, uma suíte bem mais imponente do que qualquer coisa a que estava acostumado. Que gentileza do sr. Tarrant! Roland sentou-se na beira da cama e comeu todos os chocolates de cortesia, kiwis, fisálias e nozes salgadas, e bebeu um litro de água com gás. Depois tomou um longo banho de chuveiro, vestiu uma camiseta limpa e deitou na cama. Após alguma hesitação, pegou o livro e sentiu o peso nas mãos. Era pesado. Examinou o título na capa sem ilustrações, *A jornada* — simplório, pensou — e a novidade de seu nome em grandes letras maiúsculas. Alissa J. Eberhardt. Deu uma olhada no final. Setecentas e vinte páginas. E a dedicatória? Será que tinha a esperança de ser dedicado a ele? Era a seus pais. Bom. Virou a página. Ela própria o havia traduzido. Virou outra página e leu o primeiro parágrafo. Fez uma pausa, releu e gemeu. Leu cinco páginas e parou, voltou atrás e leu de novo — e gemeu. Começou do início e leu até o fim de uma seção, sessenta e cinco páginas. Uma hora e meia se passou. Deixou o livro cair de suas mãos e ficou imóvel, olhando para o teto. Foi por aquilo que ela o deixara. Começar de novo. Ver o mundo como a primeira vez. Nessa época, ele tinha confiança na própria avaliação. Alguma coisa estava acontecendo com seu corpo. Um formigamento, uma sensação de alçar voo. Mesmo então, após um capítulo, ele podia ver o problema — o problema para ele.

O cenário era o bombardeio aéreo de Londres em 1940, a Blitz. Os primeiros parágrafos descreviam uma bomba de duzentos e vinte e cinco quilos penetrando pelo telhado de uma casa geminada na parte leste da cidade. Morre uma família que se atrasara muito para ir a um abrigo. Observando o que ocorre depois em meio a bombeiros, ambulâncias, vizinhos, policiais e curiosos está uma mulher ainda moça, Catherine. Ela dá meia-volta e caminha em direção ao lugar onde mora. Trabalha como datilógrafa num ministério. Também trabalha algumas horas por semana no escritório de uma revista literária. Ninguém lá lhe dá muita atenção. Ela observa e ouve vários escritores que passam pelo escritório. Muitos deles carregam o fardo de uma grande fama. Se autodeclaram grandes gênios ou são reconhecidos como tal. Ela mantém um caderninho de notas e tem ambições próprias não divulgadas. A Londres onde vive é poeirenta e ruidosa, e as pessoas vivem com medo. A comida é péssima, seu quartinho em Bethnal Green é frio. Sente saudade dos pais e do irmão. Tem um caso breve com um homem que suspeita ser criminoso. As relações sexuais são descritas em minúcias e com uma alegria estranha.

Tudo isso deveria ser um início deprimente para o leitor, mas não era — e esse constituía o problema de Roland. Ele podia sentir cada linha, suas opiniões e pensamentos não importavam. A prosa era bonita, decisiva, habilidosa, desde as primeiras linhas o tom irradiava autoridade e inteligência. O olhar era preciso, compassivo, não se escondia. Em algumas das cenas mais cruas, havia uma sensação quase cômica no tocante à inadequação humana em sua coragem. Certos parágrafos se erguiam acima da perspectiva limitada de Catherine a fim de fornecer uma consciência histórica ampla — destino, catástrofe, esperança, incerteza. Uma invasão tinha sido evitada no verão graças à grande batalha aérea. Mas a possibilidade perdurava nas sombras da noite enquanto Catherine corria do ministério para casa a fim de cozinhar seu jantar mirrado. Tratava-se de um mundo antes evocado por Elizabeth Bowen, mas a escrita aqui era mais bem sintonizada, mais consciente de sua superfície — que era deslumbrante. Se havia alguma influência, um espírito orientador oculto nas dobras da prosa, era Nabokov. Nada menos que isso. Ele era incapaz de relacionar aquelas páginas com os dois romances anteriores de Alissa escritos em inglês. Os métodos solipsíssimos e dissociados desses dois trabalhos haviam sido abandonados em favor do realismo pessoal, social e histórico.

Leu até as quatro da manhã, terminando um capítulo na página 187. Ela descobrira algo novo. A abertura prometia uma grandeza. Agora ele sabia que a promessa ia ser realizada. O romance era grande em vários sentidos. Ela se dispôs a escrever a história da mãe a partir de seus diários. Mas Alissa estava indo muito além. Em 1946, Catherine se encontra com um tenente norte-americano na França ocupada e, precisando de ajuda, faz sexo com ele duas noites seguidas. As reflexões do narrador, e não da protagonista, representam um trecho especial, em grande estilo, sobre a necessidade de transigir e a necessidade moral. Havia muitas observações laterais — como as línguas, alemão, inglês, francês, árabe, moldam a percepção, como a cultura molda a linguagem. Outro trecho especial era uma cena cômica num lago perto de Estrasburgo, que fez Roland rir contra sua vontade e rir de novo quando o releu. Mais tarde, ela se encontra com uma jovem francesa sobre a qual jogaram piche e puseram penas. Segue-se um longo comentário acerca da natureza da vingança. Ela tem um caso com um muçulmano argelino que lutou com os Franceses Livres. O relacionamento termina com uma comédia de mal-entendidos. Num quartel que serve de prisão em Munique, ela tem uma longa conversa com um alto funcionário da Gestapo que aguarda ser julgado em Nuremberg. Ele lhe fala com franqueza. Nada tem a perder, pois crê erroneamente que será enforcado. Isso dá origem a uma meditação sobre a natureza da crueldade e da imaginação. A descrição de Munique em ruínas tem um quê de alucinação. Afastando-se da fonte, parece que Catherine vai atravessar os Alpes em direção à Lombardia, e será uma viagem perigosa. Vai perder um novo e leal amigo. Já no capítulo cinco, consta a insinuação de que o movimento Rosa Branca está no futuro de Catherine. Roland viu Jane Farmer em Catherine, e viu Alissa também. Mas não se viu em nenhum dos homens que ela encontra pelo caminho.

Ficou aliviado, porém sua vaidade o manteve atento diante de tal possibilidade.

Levantou-se da cama e foi ao banheiro escovar os dentes. Depois ficou à janela, olhando para uma rua lateral vazia. A madrugada de novembro ainda estava longe. Então, para sua surpresa, viu uma família, pais, três crianças, certamente vinda do leste, caminhando devagar pela calçada. Passos de sonho. Seria mais fácil se ela tivesse deixado o filho e o marido para escrever um romance medíocre. Nesse caso, ele poderia deixar seu desprezo tomar conta. Mas aquilo... Pensou na triste casinha deles em Clapham Old Town, com infiltrações, úmida, abarrotada de livros, papéis, partes inúteis de objetos caseiros aguardando sem esperança ser consertados e reunidos, roupas e sapatos que poderiam ser usados mas nunca seriam, tomadas de aparelhos elétricos perdidos ou abandonados, lâmpadas, pilhas, rádios-transístores que ainda poderiam funcionar — mas quem ia gastar alguns minutos para testar? Nada podia ir para o lixo. Dois adultos, um bebê, noites interrompidas, cocô e leite, pilhas de roupas para lavar, uma mesinha compartilhada no quarto de dormir para trabalhar, ou senão a mesa da cozinha entupida de dejetos irremovíveis. Pense bem. Será que ela poderia ter escrito *A jornada* ali? A prosa refinada, as digressões de alto nível oferecidas ao fantasma de George Eliot, a quem Catherine admirava, a delicada e dolorosamente afinada consciência da protagonista principal, o olho atento que paira sobre tudo, a narrativa generosa e tolerante organizando-se conscientemente, como se em câmera lenta, diante dos olhos do leitor, a vastidão do material disponível. Não, impossível, ninguém poderia conceber um livro ambicioso como esse naquela casa. A menos que estivesse sozinha lá. Ou, tomando uma posição contrária, era mais do que possível — era seu dever escrevê-lo em qualquer lugar, em qualquer situação, inclusive na condição de mãe a que suas decisões como adulta a tinham conduzido. Mas isso era irreal. Ele conhecia a famosa frase de Auden. Precisava perdoá-la por escrever bem. Tão difícil como não a perdoar. Será que ela não tinha sido fria e egoísta ao retirar seu amor? Mas agora, naquelas provas encadernadas, ela proporcionava um calor criativo ilimitado. Exemplo de virtude humanista! Que decepção! Só permitida na ficção.

Tudo se resumia ao seguinte: ele amava o romance e a amava por tê-lo escrito. Todos aqueles pensamentos prontos que desfiara no bar lá embaixo se desfizeram. Nenhum fantasma havia sido posto de lado, Roland deveria escrever para ela. Esqueça tudo que se passou entre nós. Provavelmente é, não, é de fato uma obra-prima. Precisava lhe dizer antes que outro dissesse. Mas não iria dizer. Havia deixado de pedir seu endereço — desculpa esfarrapada! O real obstáculo era seu orgulho ridículo.

Pouco antes das cinco da manhã de um sábado em meados de fevereiro, Lawrence levou dois brinquedos de pelúcia para a cama do pai e, ansioso para começar o dia, sentado com as costas bem retas no quarto frio, começou recitar o fluxo de seus pensamentos, alguns falados, outros cantados — acontecimentos recentes, fragmentos de histórias, rimas, uma lista de nomes, todo o elenco de sua vida ativa, incluindo amigos, professores, quatro avós, os amigos de Roland, brinquedos fofos, Daphne, o cachorro do vizinho, papai e mamãe. Roland continuou deitado, sem se deixar encantar, aguardando com esperança que a energia do menino se esgotasse. Pedir que parasse era inútil. Após meia hora, ele se acalmou e, não sendo dia de escola, ambos dormiram até bem além das sete e meia. No café da manhã, Lawrence se sentou no joelho de Roland enquanto manipulava uma peça do jogo de armar que o fascinara naquela semana — um parafuso de plástico, rosca e arruela. Girou o parafuso na rosca até que a arruela se encaixou no lugar certo com um estalido. Desparafusou, virou de cabeça para baixo, parafusou outra vez apertando a arruela com um clique diferente. O que o atraía era haver duas maneiras de fazer a coisa certa. Roland abria uma carta de sua velha escola em que a secretária respondia à sua pergunta de um mês antes. A datilografia era limpa. Um computador. Quase todo mundo que ele conhecia agora tinha um, mas ele e os demais se queixavam da máquina, das "interfaces" com a impressora, de precisar aprender instruções codificadas. As pessoas, incluindo Roland, encorajavam os retardatários a comprar o seu. Pouparia tempo, diziam. Depois se queixavam de trabalhos perdidos, horas esbanjadas, frustração pura. Devia ter resistido. Às vezes ele tinha vontade de procurar a antiga máquina de escrever portátil. Estava em seu estojo debaixo de alguma pilha de livros.

A secretária da escola havia examinado os arquivos e lamentava não poder ajudar. A srta. Cornell saíra da escola em 1965, vinte e cinco anos atrás. Constava como endereço Erwarton. O tesoureiro, que passara a vida ali, achava que a srta. Cornell se mudara para a Irlanda, embora não tivesse certeza da data. Não deixou o novo endereço com os vizinhos. A secretária encerrou perguntando se Roland estava informado de que a escola seria definitivamente fechada em julho.

O sábado foi como muitos outros. Arrumação ritual da casa, para a qual o menino colaborava com entusiasmo mais simbólico que real. Correr até o Clapham Common, almoço no pub Windmill com amigos que tinham filhos da idade de Lawrence. À tarde, uma peça no teatro de marionetes de Brixton, chá na casa do então melhor amigo de Lawrence, Ahmed, e depois de volta à casa. Jantar, banho, uma excitante partida de jogo do mico, histórias, cama.

Naquela noite, Roland copiou uns poemas em árabe que festejavam o vinho e o amor para os cartões da Epithalamium. Pela atitude evasiva de Oliver Morgan nos últimos tempos, suspeitava que a empresa estava se aproximando do fim ou prestes a mudar. Isso seria bom. Já estava se cansando do trabalho. Releu a carta da escola, que não tinha parado de rondar sua mente durante o dia. Estava surpreso com a tensão no estômago ao ver o símbolo bem conhecido no topo da carta, a cabeça de um lobo de perfil com a inscrição em latim, abaixo. Berners. Cinco anos de sua vida. A rotina, as privações, como foi obrigado a se afastar dos amigos, como fugiu daquilo. Comoveu-o estranhamente ver o nome dela em letras de imprensa como se num livro, e o nome "Erwarton". Mudou-se para a Irlanda sem ele. Roland se levantou da mesa, deu uma olhada em Lawrence e desceu para se esparramar numa poltrona. Sim, ele sentia a reverberação de velhos desejos. O desespero. Vinte e cinco anos sem vê-la, e tinha sido invadido por um sentimento oco de abandono. Deixou que aquele sentimento o dominasse. Por que não? Era inócuo. Assim como sua indignação. Ela o deixou para trás. Na Irlanda, onde? Por quê? Fazendo o que e com quem? Talvez com outro aluno de escola.

Nas férias de verão de 1964, ele ficou com a irmã e seu primeiro marido perto de Farnborough. Roland buscava um emprego — nada fácil na Alemanha onde seu pai, agora promovido a major, tinha se instalado. Estava no quarto, depois do trabalho, quando abriu com dedos trêmulos o envelope pardo que continha o resultado de seu exame de fim do curso secundário. Sentou-se na cama, olhando fixamente para a lista. Tentando fazer que as notas se mostrassem de forma diferente. Onze matérias, e ele não conseguira passar em nenhuma. O pedaço de papel, com a anotação sumária "Reprovado" em cada matéria, constituía um choque físico. Até em inglês. Todos diziam que alguém precisava ser um débil mental para não passar em inglês. Até em música. Ele não se dera ao trabalho de aprender as coisas certas. Portanto, não podia continuar os estudos, nenhuma nota boa em inglês, francês ou alemão para abrir as portas das universidades. Ele sempre achara que passaria numa meia dúzia de matérias com base em sua inteligência. Onze vezes a palavra "Reprovado", impressa como num telegrama. Enviado para informá-lo onze vezes que ele era um fracasso, uma fraude e um idiota. Tinha quase dezesseis anos. Os examinadores não haviam se deixado impressionar por sua experiência sexual precoce.

Naquele verão, ele vinha trabalhando numa empresa de paisagismo e jardinagem. Recebia metade do salário de um adulto. Odiava o que fazia. O chefe, o homem que chamavam de capataz, o amedrontava. Agora poderia ser esse o seu tipo de vida. Com aqueles resultados, a escola não o aceitaria para os dois anos adicionais de estudo. A maioria dos meninos passou em nove ou dez matérias. Ele estava fora.

Por sorte, tendo abandonado os estudos aos catorze anos, seus pais não entenderiam a dimensão do seu desastre. Seu pai mentira sobre a idade para entrar no Exército aos dezessete anos. Era um entusiasta da virtude de começar por baixo. Rosalind saiu direto da escola para trabalhar como empregada doméstica. A família não esperava que ninguém continuasse na escola depois dos dezesseis. Nenhum deles havia feito isso. A vergonha era toda sua. Nem podia dizer à irmã, Susan se mostraria alegre e compreensiva, repleta de conselhos práticos. A única pessoa da sua idade que poderia saber era algum menino com resultados piores, e isso era impossível. Sabia o que tinha de fazer, e estava se sentindo mal com a expectativa por saber o que ela diria. A cabine telefônica ficava a quase um quilômetro de distância. Como sempre, ligou a cobrar. Ela atendeu e ele lhe contou.

Miriam falou simplesmente: "Não vão aceitar você de volta".

"Não."

"E então?"

"Não sei."

"Não tem nenhum plano?"

"Não."

"Sendo assim, é melhor que venha viver comigo."

Sentiu as pernas bambas. Encostou-se na parede da cabine. O coração doía ao palpitar tão forte. Se alguém batesse na porta envidraçada e lhe oferecesse o acesso à universidade, ele precisaria recusar.

"Vou precisar de um emprego."

"Não. Não precisa. Trate só de vir. Eu cuido de você. Tudo vai ser muito bom."

Ele ficou em silêncio, como se refletisse sobre aquilo. Mas ela já conhecia sua resposta.

No dia seguinte, estava de volta cavando as valas de drenagem com dois homens mais velhos, já quarentões. Labutavam num terreno cheio de ervas daninhas sob a linha de pouso do aeroporto de Farnborough. Durante todo o dia, caças a jato e grandes cargueiros uivavam e gemiam acima de sua cabeça. Perto demais. De início, ele baixava a cabeça instintivamente. Era impossível não parar de cavar e observá-los. Mas se tornava possível porque o capataz, o sr. Heron, gritava com eles, falando tão alto quanto o som dos caças e os lembrando de que não eram pagos para observar aviões.

No mês anterior, todos os jornais haviam estampado novas fotografias da Lua enviadas por uma nave espacial norte-americana. Mil vezes melhores que qualquer imagem vista através de um telescópio. As imagens nítidas de crateras e sua sombra o tinham deixado maluco. Os homens por trás daquelas imagens deviam ter mais qualificação do que ele jamais poderia ter. O mesmo se aplicava aos pilotos que lançavam bombas sobre o norte do Vietnã. Até alguns dos Beatles, ainda na crista da onda nos Estados Unidos, tinham frequentado uma escola de arte. Mick Jagger cursou a Escola de Economia de Londres. Ao longo de todo o fim de semana, Roland se deliciou com premonições de fracasso, mesmo sabendo que se enganava. A realidade era acachapante em sua simplicidade: ele havia sido condenado a uma vida de êxtase erótico.

Na segunda-feira, depois do trabalho, se deparou com outra carta, escrita à mão e enviada de Ipswich. Boas-novas. O sr. Clayton, professor de inglês, escrevia para explicar que tinha conversado com o diretor. De início não conseguira nada. Mas aí o professor de física, o sr. Bramley, havia se juntado a ele. Em seguida, o sr. Clare disse ao diretor, carente de ouvido musical, que Baines era um pianista absolutamente excepcional, lhe mostrando o recorte do jornal de Norwich. Mesmo relutando, abriu uma exceção. Ficou acertado que Baines era um menino brilhante cujo potencial havia sido obscurecido no resultado dos exames. Por fim, recebeu permissão de frequentar o ensino médio em setembro. "Você vai ter que trabalhar duro", Clayton escreveu. "Será um idiota completo se não o fizer. Peter Bramley, Merlin Clare e eu estamos nos expondo ao defendê-lo. Não ouse nos deixar na mão. Escrevi para seus pais e disse a eles que estamos esperando por você. Não se preocupe. Presumi que não tivesse lhes contado sobre seus resultados."

Roland levou a carta para cima, tirou as botas e se deitou na cama. Dois anos antes, por apenas dez minutos, tinha impressionado o professor de física. Depois disso, nunca mais. Ele buscara o professor depois da aula com uma pergunta genuína. Se atasse um pedaço de barbante a uma régua de trinta centímetros e puxasse delicadamente, mas não de forma suficiente para superar a fricção entre a régua e a mesa sobre a qual estava apoiada, então alguma coisa deveria estar acontecendo entre a frente da régua, onde o pedaço de barbante estava preso, e a outra extremidade. Alguma força ou tensão devia estar correndo da frente para trás. E, se puxasse com um pouco mais de força, a régua começaria a se mover, toda ela ao mesmo tempo, a parte da frente e a de trás. Por isso, uma informação de algum tipo devia ser transmitida instantaneamente ao longo da régua. E, no entanto, o sr. Bramley havia dito à turma que nada podia viajar mais rápido que a velocidade da luz.

Ele estava interessado demais na esperteza da pergunta para se lembrar da explicação que o professor de física deu. Dois anos mais tarde, Roland desejou que tivesse mantido a boca fechada. E o que ele fizera para impressionar o sr. Clayton? Deve ter sido a redação sobre o *Senhor das Moscas*. Deitado na cama, Roland fixou o olhar no teto de chapas de poliestireno e acreditou que havia se enganado. Seus péssimos resultados nas provas quase proporcionaram uma aventura magnífica. Belo rompimento com a rotina, uma escapada maluca, uma libertação, um acampamento de Gurji nos tempos de Suez. Agora, sem a sua permissão, a aventura foi cancelada e trocada por uma carga pesada de expectativa, deveres e trabalhos escolares chatíssimos. Já vinha bolando uma explicação simples para os pais. Encontrava-se prestes a lhes dizer que não desejava estudar mais. Queria começar a viver de verdade. Seu pai teria entendido, sua mãe não opinava nesses assuntos. Mas depois de receber uma carta de um professor, os dois deviam estar orgulhosos e querer que ele continuasse na escola. Com certeza insistiriam com ele.

Quando contou a Miriam ao telefone, ela ficou com raiva de todo mundo. Ele previra sua reação. E também a achou sedutora.

"Esse Clayton é um idiota. Conheço ele. Sempre interferindo. Não tinha nada que se meter."

"Eu sei."

"Você tem idade suficiente para tomar as próprias decisões."

"Vou visitar você. Será igualzinho ao que era antes."

"Quero você aqui o tempo todo."

"Eu sei."

"Quero que largue a escola. Quero você na minha cama."

Ele se apoiou na porta da cabine. Ficou meio tonto. Estava se tornando difícil respirar naquele espaço confinado.

"A noite toda, entende? E de manhã. Acordando juntos todas as manhãs. Pode imaginar isso?"

"Posso." Falou com uma voz tão débil que ela não o ouviu. Repetiu a palavra, o assentimento delicioso e fatídico. De noite, de manhã.

"Quer dizer que vai largar a escola."

"Está bem, vou... mas não posso. Olhe, estou pensando sobre isso."

"Vai me telefonar de volta dentro de uma hora."

A mesma conversa foi repetida em outros telefonemas. Quando a ouvia, estava pronto a obedecer. Tinha quase dezesseis anos e liberdade para escolher. Ela tinha razão. Ele precisava estar com ela. A noite toda, todas as noites. O resto não importava. Fora da cabine telefônica, ele voltava ao mundo real, às pessoas de verdade, ao que faziam por ele e ao que desejavam que ele fizesse por elas. Já havia escrito uma carta de agradecimento ao professor de inglês. Confirmara aos pais que continuaria na escola para fazer os exames finais de inglês, francês e alemão. Mais dois anos. Mas Miriam também era o mundo real, e era a única com que se importava.

Precisou de coragem para dizer a ela: "Mas o que é que eu vou fazer o dia inteiro enquanto você dá aulas?".

Ela não hesitou. "Vai ficar de pijama e esperar por mim. Vou trancar suas roupas no barracão do jardim."

Ambos começaram a rir. Ele sabia que isso era uma brincadeira. Que, na verdade, ela esperava que ele voltasse para a escola. Mas Roland se sentia atraído pela ideia de ficar de pijama o dia todo com um único propósito na vida. Por fim, chegaram a um acerto provisório. Ele iria ficar com ela antes que as aulas começassem e então...

Ela disse mansamente ao telefone: "Meu querido, veremos".

Em vez de confrontar o sr. Heron, Roland abandonou o emprego, sacrificando o salário de uma semana. Tinha poupado sessenta libras em notas de uma libra, um grosso maço dentro do bolso abotoado da calça enquanto seguia um carregador com seu baú e o viu ser posto no vagão de bagagens do trem que saía da Liverpool Street para Ipswich. Ela esperava por ele na plataforma. Ao se encontrarem, mal se tocaram ou falaram. Isso ficava para depois. Em silêncio, levaram o baú pela passarela. Roland ficou satisfeito quando mostrou a passagem de criança ao inspetor no portão e o sujeito não acreditou que ele tivesse menos de dezesseis anos. Pronto para isso, mostrou o seu passaporte.

Miriam disse: "Está vendo. Ele não é um safado. O senhor devia pedir desculpas".

O sujeito, não muito velho mas baixo e murcho, falou cortesmente para ela: "Minha senhora, só estou cumprindo meu dever".

Ela pousou a mão sobre o braço do homem e disse calorosamente: "Eu sei que está. Eu sei que está". Ao atravessarem o sombrio pátio, tiveram um acesso de riso. Ele se admirou de ela ter conseguido estacionar bem em frente à estação, duas rodas em cima da calçada e logo embaixo de uma placa de proibido estacionar. Por causa dele. Uma alegre sensação de liberdade o tomou de assalto. Claro que não iria voltar para escola. Seria uma irresponsabilidade tremenda. Juntos, puseram o baú no banco de trás do carro. Mas a porta não fechou. Ela tirou um barbante da bolsa e Roland atou o fecho do baú à porta do carro com um nó de marinheiro. Sentiu-se não apenas livre, como competente, ainda mais quando se sentou ao lado dela e deram um beijo demorado, sem dar a menor importância às dezenas de passageiros que saíam da estação. Beijando-se num carro! Emocionado, teve a impressão de estar num filme, que ali era Paris e não Ipswich. Ele precisava começar a fumar, muito embora — para vergonha dele — tivesse repugnância por tabaco. Não se viam fazia cinco semanas. Mesmo em suas fantasias mais dedicadas, ele havia esquecido de muitos detalhes. O calor, a sensação de tê-la tão próxima, agora o toque da mão em sua nuca e depois a língua. Ele estava à beira de um orgasmo, aquele longo deslizar sobre o gelo, e ia acontecer ali mesmo, no carro. Nos filmes de Truffaut, isso não acontecia. Sabiamente, com gentileza, se afastou dela. Num movimento ágil, ela girou a chave da ignição, engrenou o carro, desceu da calçada com um solavanco e entrou no fluxo do trânsito. Ela estava muito mais no controle que ele. Precisava aprender a se manter calmo.

Mas depois, quando pegaram a estradinha ao lado do estaleiro e seguiram pela costa, ele viveu alguns instantes de temor e inquietação. Era o mesmo trajeto que havia feito com os pais num ônibus 202 num dia quente como esse. Agora, o grande espaço azul do rio e do céu o levava de volta à infância desnorteada. Nada havia naquela paisagem que não prenunciasse seu destino e seu futuro imediato. Berners. Os carvalhos na outra margem eram árvores da escola. Do mesmo modo, os fios que faziam uma barriga entre um poste de telégrafo e outro, o raro verde claro do capim na beira da estrada, o ar quente que trazia o odor de lama podre e salgada das áreas inundadas, um cheiro da escola. Tudo pertencia à escola, assim como ele.

“Você está silencioso”, ela falou. Estavam passando pela torre de concreto do reservatório de água, na encruzilhada de Freston. Aquilo também pertencia ao mundo da escola.

“Sensação de começo das aulas.”

Ela pôs a mão no joelho de Roland. “Isso é o que veremos.”

Carregaram seu baú pelo caminho do jardim da frente até a casa e o deixaram na sala. Seu nome escrito na tampa anunciava o retorno orgulhoso.

Miriam se aproximou dele, o beijou de leve, abriu a braguilha da calça jeans e o acariciou enquanto falava. "Não pode ficar aqui, não é mesmo?"

"Não."

"Vamos pôr logo no barracão."

Ele riu.

Ela se afastou dele e pegou uma alça.

"Levante a outra extremidade."

Carregaram o baú através da cozinha e do jardim. Descansaram no chão para que ela abrisse o cadeado da porta do barracão. Enquanto esperava, ele teve a sensação de estar mergulhado a dezenas de metros de profundidade numa água turva, onde a luz e o som lhe eram negados, onde o desejo tinha a pressão de muitas toneladas. Ele faria tudo que ela pedisse. Empurraram o cortador de grama para o lado e, com esforço, baixaram o baú entre a pá, a enxada e os ancinhos. Depois que ela fechou a porta e encaixou o cadeado no ferrolho com um estalido, voltou a beijá-lo e puxou sua camisa. "Tira isso. Já para cima."

Estavam juntos no centro do pequeno gramado, olhos nos olhos. Uma árvore baixa lançava sombras entrecortadas sobre eles. Os olhos dela pareceram ficar esbugalhados, com fiapos de cor que ele não tinha visto antes, fragmentos de amarelo, cor de laranja e azul, meros pontinhos em torno das pupilas. Ocorreu-lhe um pensamento fugidio e traiçoeiro, de que ela era realmente louca como alguns meninos diziam. Era totalmente louca e mantinha segredo daquilo com ele. Apesar de assustá-lo, também o excitava a ideia de que ela podia estar fora de si, incapaz de se controlar — e ele teria de acompanhá-la, cair com ela em algum paraíso infernal. Esse era o caminho, a jornada que ele devia cumprir. A maioria das pessoas teria desistido. A maioria desejava um parceiro insosso e confiável. Ele enfiou a mão por baixo da saia dela e, à medida que seu dedo se movia delicadamente no lugar certo, como havia sido ensinado, ela murmurou uma longa frase em voz baixa e monocórdia, cuja maior parte ele não entendeu. A palavra "ter" repetida foi tudo que ouviu. Se sentiria um idiota caso pedisse que ela repetisse tudo.

Entraram, Roland tomou a mão dela e a levou escada acima. O quarto perfeitamente arrumado para os dias de verão, janelas abertas para receber o sol do fim da tarde. Maré cheia no rio Stour. Cobertas cuidadosamente dobradas ao pé da cama, deixando à mostra o lençol lavado e passado a ferro. Despiu-a ali mesmo, em cima do tapete amarelo desbotado, depois a levou para a cama, abriu suas pernas e, com a língua, executou em respeitoso silêncio o que eles chamavam de "prelúdio número 1". Em seguida, foi se lavar no banheiro. O pequeno aposento cor-de-rosa, com o piso inclinado, também estava banhado de sol. Ao tirar a camisa, se viu no espelho. Semanas cavando valas para o sr. Heron haviam feito bem a seu torso. Tinha uma aparência excelente, ele decidiu. A luz forte vinda de um dos lados aumentava o efeito. Achou que devia ficar inscrito na memória como se sentia bem, como cada um de seus gestos tinha uma dinâmica própria e bonita, como se ele se movesse ao som de uma orquestra tocando o tema principal de *Exodus*. Tamanha era a expectativa sobre o que estava prestes a acontecer. Ergueu um braço para contrair o bíceps e se virou para captar a visão no espelho dos músculos em suas costas. Maravilha. Ela o chamou do quarto.

Fizeram sexo pelo que pareceu ser uma hora inteira, mas era difícil dizer. Então ela se aninhou em seus braços e murmurou: "Amo você...".

Os olhos dele se fechavam. Grunhiu um assentimento. Gostou de como tinha soado másculo. Cochilaram por vinte minutos. Acordou com o som da água com que ela enchia a banheira para ele. Ficou um tempão no banho, admirando como a rica luz do sol poente transformava sua brancura, promovendo-o a uma raça de super-homens de pele cor de mel cuja capacidade intelectual nunca poderia ser avaliada por meros exames.

Foi nu para o quarto e viu que suas roupas e sapatos tinham desaparecido. Ela tinha arrumado a cama. Junto ao travesseiro no lado dele havia um pijama dobrado de algodão amarelo. Ele o abriu: tinha debruns azul-claros em volta dos punhos e das lapelas. Ela não estava brincando. Era brilhante — e louca. Vestiu o pijama. Um pouco largo, mas confortável, embora sua ereção fosse ridiculamente visível. Chegou à janela e se distraiu olhando para o rio, uma corrente de ouro derretido.

No térreo, ela preparava uma salada de camarão. Descansou a faca e deu um passo atrás para admirá-lo. "Uma beleza. Comprei outros dois. Um azul e um branco."

"Ah, meu Deus", ele disse. "Era para valer o que você falou." Foi dar-lhe um beijo. Ela levantou a saia. Não estava usando a calcinha. Tudo planejado. Foderam de pé, encostados ao balcão frágil da cozinha. Aquela expressão proibida era a certa, ele pensou quando começaram, e não "fazer sexo". Não falaram, não havia ternura. Foram vigorosos, como se desejando exibir-se diante de uma presença invisível. Xícaras, pires e colheres na pia de aço inoxidável tilintavam comicamente, e eles procuraram não ouvir. Não importava — tudo terminou em minutos.

Agora ele se sentiu um deus. Miriam lhe disse para abrir uma garrafa de vinho. Ele jamais tinha aberto uma garrafa antes, mas sabia como fazê-lo. Ela pegou duas taças. Roland encheu a primeira e ela o fez parar.

"Não até em cima, menininho. Pela metade. Nunca mais que dois terços."

Ela derramou um pouco do vinho da primeira taça na segunda e deu a ele. "Pela sua nova vida", ela disse. Brindaram.

Antes do jantar, tocaram um dueto, a *Fantasia* de Schubert. Ele não treinava há semanas. Não havia pianos por onde tinha andado. Mas conseguiu atravessar aos trancos e barrancos a difícil peça, improvisando aqui e ali. Afinal, era um deus, um deus alado. Comeram do lado de fora, numa mesa instável de madeira. Ela reencheu sua taça enquanto ele lhe contava o que tinha feito no verão. Duas semanas com os pais nas acomodações de oficiais casados numa enorme e lúgubre base do exército perto da cidadezinha de Fallingbostel. O capitão era agora major, dirigindo a oficina de conserto de tanques. Também presidia a corte marcial em que eram julgados os soldados desordeiros ou criminosos. Sua mãe se mostrou atenciosa com Roland, levando o café da manhã na cama e cozinhando assados todas as noites. Seu pai bebia muito no jantar, ficando primeiro alegre e depois briguento.

De dia, nada a fazer — "A não ser pensar em você", Roland disse. Era um eufemismo. Deveria estar lendo os livros exigidos pela escola — *Mansfield Park*, *Os moedeiros falsos*, *A morte em Veneza* —, mas era incapaz de se concentrar. Não conseguia parar de pensar em Miriam. Nas longas tardes de julho, os títulos, o peso dos volumes em suas mãos, o faziam querer dormir, e era o que fazia. Algumas noites ele ia ao cinema do exército com a mãe. Viram Marlon Brando em *O grande motim*. Ah, queria estar lá, naquele século, com Miriam, mesmo que num navio conturbado, longe de qualquer escola. Caminhando de volta com a mãe, carinhosamente de braços dados, ela lhe falou sobre o pai, como Roland era o "queridinho" dele. Em outra noite, contou que o major às vezes batia nela depois de beber. Roland não contou que Susan já tinha lhe dito. Sempre achou difícil imaginar essa cena. Rosalind era frágil, tinha um metro e sessenta, e o major, com quase cinquenta anos, continuava tão forte como sempre. Poderia matá-la com um soco. Susan tinha tentado persuadir Rosalind a abandonar o casamento no dia em que Roland entrou para o internato. Ao longo de todo o trajeto de ônibus pela costa, naquele dia quente do passado, no andar de cima do ônibus com os pais, ele não sabia de nada. Mas a recordação se alterara.

Ele estava na terceira taça e falava livremente. Não estava mais aborrecido com o pijama. O algodão fino era bem adequado para uma noite quente de fins de agosto. Estava contando a Miriam que aquilo que tinha visto durante sua estada na Alemanha aconteceu, com variações, três vezes. O jantar terminou. Ele ajudava a mãe a carregar as travessas e pratos para a cozinha. O pai chegou e bateu forte nas costas de Rosalind, cumprimentando-a pela refeição. Uma vez, e depois outra. Uma verdadeira pancada, mal disfarçada sob a demonstração de afeto.

"Robert, preferia que você não fizesse isso." Era corajoso da parte dela dizer até mesmo tal coisa.

"Ah, Rosie. Só estou dando parabéns pela comida. Não é mesmo, meu filho?"

E bateu de novo, baixando a mão com força no ombro dela a ponto de fazê-la dobrar ligeiramente o joelho.

Não era afeto, mas o fingimento estava numa dose tão bem calibrada que transformava o gesto num desafio e tornava impossível saber o que dizer.

"Já lhe pedi muitas vezes. Você sabe que dói."

Ele então se tornou petulante. "Porra, então isso é tudo que eu mereço por ser carinhoso?"

Naquele estado de espírito, o major exibia um misto de ressentimento e fúria. A troca de palavras o levou a passar do vinho para a cerveja acompanhada de conhaque. Rosalind continuou na cozinha, lavando tudo, e depois foi direto para a cama, enquanto Roland ficou na sala com o pai. Consciente da atmosfera de mal-estar, ele disse, como sempre fazia quando desejava seguir em frente e manter Roland do seu lado: "Deixa pra lá, meu filho. Não faz mal".

Naquela noite, quando se preparavam para dormir, Miriam

deu a Roland um novo estojo com escova de dentes e lâmina de barbear.

"Quero você nu na cama. O pijama é para usar durante o dia."

Como ela havia prometido, era gostoso dormirem abraçados. Fizeram sexo antes de se levantar. Pela manhã, ela iria de carro para Aldeburgh dar aula o dia inteiro numa escola de piano aberta no verão. A função dele, segundo lhe disse pouco antes de sair, consistia em estar pronto para a sua volta. Ao sair de casa, acrescentou: "Estou levando a chave do barracão, por isso não faça nenhuma bagunça".

Ele estava vestindo o pijama branco. Sentou-se ao piano por algum tempo, tentando improvisar variações de alguns clássicos do jazz. A música que ela odiava. Depois improvisou livremente e, vários minutos depois, criou uma melodia de que gostou muito. Achou uma folha de pauta e a anotou. Por quase todo o resto da manhã, tentou diferentes harmonias até que ficou satisfeito e escreveu a nova versão. Estava começando a fazer uma descoberta sobre si próprio. Ou era uma descoberta sobre o sexo? Imediatamente depois de fazer sexo com Miriam, seus pensamentos se expandiam, indo mais além dela, até alcançar o mundo, planos ambiciosos que davam origem a versões mais audaciosas dele mesmo. Seus pensamentos eram frios e claros. Depois, lentamente, ao longo de uma ou duas horas, voltavam a ela, à aceitação deliciosa que em breve se transformava numa fome egoísta. Só queria ela. Tudo o mais era carente de sentido. Esse era o ritmo, para dentro, para fora, tal como respirar.

Por isso é que, no café da manhã e depois que ela saiu, ele sabia muito bem que deixar as coisas dele trancadas era parte de um jogo sexual — e a amou por isso. Era divertido e tolo. Seria humilhante se um conhecido seu descobrisse. Seu retorno à escola, dentro de apenas uma semana, era inevitável. Havia uma força vinda de fora. Os campeonatos de rúgbi iam começar e ele esperava ser convidado a assumir o posto de capitão do segundo time, ou até mesmo jogar no primeiro. Agora que o talentoso Neil Noake tinha se formado, Roland era de longe o melhor pianista da escola, e dependeriam dele para acompanhar os hinos nos encontros gerais das noites de domingo. No primeiro dia de aula, ele devia encontrar-se com o sr. Clayton para uma conversa de encorajamento. O professor de física também queria vê-lo. No barracão, dentro do baú, estavam os livros que deveria estar lendo. Não apenas os romances em que não tocara, como também *All for Love*, de Dryden, *Fedra*, de Racine e *Poemas selecionados*, de Goethe. Ele tinha notado um atiçador de aço perto da lareira. Achou que seria bem fácil arrancar o ferrolho da porta do barracão. Ademais, a melodia que estava escrevendo era interessante, com uma cadência doce e melancólica. Precisava de uma letra. Os Beatles poderiam cantá-la. Ele era capaz de ficar rico.

Saiu de casa. Outro dia quente. Se vivesse nos trópicos, é assim que estaria vestido. Ocorreu-lhe o trecho tranquilizador de um poema de D. H. Lawrence sobre o qual tiveram de escrever na terceira série: *E de pijama por causa do calor*. Chegou ao barracão procurando ver como podia atingir a parte de baixo do ferrolho e arrancá-lo da porta. Não era tão simples quanto imaginou. A ferragem estava inserida na madeira dura e ressequida. Ainda investigava quando ouviu a vizinha do lado, a falante sra. Martin, abrir a porta dos fundos. Quase certo que ia pendurar a roupa lavada, doida para conversar com Roland. Não o via há semanas. O que ele estava fazendo de pijama com um atiçador na mão? Correu para dentro de casa. Foi então que o processo começou a se reverter, o movimento respiratório passou a ser de inalação, Miriam, seu corpo, sua tresloucada possessividade erguendo-se diante dele, embora ainda não tão poderosamente, não ainda.

Do segundo andar tinha uma boa visão da sra. Martin. Ela

estava abrindo uma espreguiçadeira na sombra de sua ameixeira. No gramado, a seu lado, havia duas revistas. Ali estava a cama, com a colcha bem esticada. E, ao pé dela, o terceiro pijama, em caso de necessidade, azul com debruns verdes. Ele não podia ir para o jardim da frente, às vezes passava alguém a pé. Estava confinado à casa e agora Miriam, a quase sessenta quilômetros de distância e só voltando dentro de seis ou sete horas, estava bem diante dele, sua voz, seu rosto, tudo. E o que não era ela se distanciava. A maré, sua maré, era vazante. Não podia entrar no barracão, mas que importância isso tinha? Não ia ler os livros mesmo. Concentração zero. Os pijamas eram suas únicas roupas, se essa era a palavra certa. Seu dinheiro estava na calça jeans trancada. O mundo que incluía professores, rúgbi, os Beatles e toda a literatura europeia não estava disponível para ele. O que desejava viria ao seu encontro, mas tão lentamente! Precisava esperar.

Voltou ao piano. Sua complicada melodia tinha encolhido. Era banal, derivativa, embaraçosa. Impossível melhorá-la quando toda a área em torno da virilha doía — quase prazerosamente — e ele não parava de bocejar. Não conseguia nem se concentrar o suficiente para tocar a mais fácil das *Invenções* em duas partes. Abandonou a tentativa e foi até a cozinha olhar o que havia na geladeira. Se pelo menos sentisse fome teria como se ocupar por um tempo. Obrigou-se a comer de qualquer maneira. Fez uma sujeirada ao fritar ovos. Deixou para limpar depois. Na sala de visita, inspecionou as estantes. Biografias de compositores, teoria musical, guias de Veneza, Florença, Taormina e Istambul, grossos romances do século XIX e muitos poetas, poetas demais. Estava prestes a pegar um livro, qualquer um, mas não se deu ao trabalho. O mundo estava repleto de esforços inúteis. Além disso, ele supostamente deveria estar lendo Dryden.

Perguntou-se se a casa de Miriam era uma das poucas no país que não possuía um aparelho de televisão. Em vez disso, achou um pequeno radinho de pilha cor-de-rosa com o nome "Perdio" estampado em prateado dentro do desenho de um pergaminho. Estava muito cedo para ouvir a Rádio Luxemburgo — e, de todo modo, ninguém sofisticado que frequentava a Berners sintonizava essa estação. Eles só tocavam os lançamentos das gravadoras que patrocinavam os programas. A estação da turma pensante era a Rádio Caroline, que transmitia de um navio ancorado não muito longe dali, mais além de onde os rios Orwell e Stour se encontravam com o Mar do Norte. O navio estava estacionado logo depois do limite de três milhas, os radialistas eram renegados, rebeldes, e as autoridades viviam em pânico — uma parcela da juventude da nação se instalara fora de seu controle. Ouviu durante algum tempo, utilmente distraído, um programa inteiro dedicado aos Hollies. Ficou deitado no sofá, o radinho grudado no ouvido porque a pilha estava acabando. Harmonias em três partes, na música popular, lhe interessavam. Se tivesse a necessária energia, poderia escrever alguma coisa para eles. Poderia ir para o piano naquele momento. Mas não se mexeu, e então começou a tocar Cliff Richard. Nenhum menino sensato da escola o tolerava, com exceção de "Move It". Desligou o rádio e deu uma cochilada.

A tarde quente transcorreu como se ele estivesse mergulhado num nevoeiro. Quando subiu, a sra. Martin ainda lia a primeira revista. Ao seu lado agora havia uma mesinha com um bule de chá. De volta à cozinha, comeu um cubo de duzentos gramas de queijo cheddar. Não se preocupou em encontrar um pedaço de pão. Uma mosca zumbidora tinha de ser caçada. Depois de algum tempo, a esmagou contra uma janela com o invólucro do queijo. Voltou para o piano. Tentou improvisar e logo se irritou com suas limitações. O treinamento clássico era um ônus. Deitou-se no sofá e calculou que seria o trabalho de um ou dois minutos dar-se — "doar-se" foi o verbo que lhe ocorreu — um orgasmo e libertar seus pensamentos. Mas estava esperando por Miriam, não queria libertar-se. Ou daria conta? Em resposta, subiu para se olhar no espelho do banheiro. Quem era ele? Capitão do segundo time de rúgbi? Um abjeto bobalhão vestindo um pijama e preso em casa? Não sabia.

O tédio de um rapaz de quinze anos pode ser tão refinado quanto uma delicada joia portuguesa de ouro filigranado, tanto quanto a teia em espiral da aranha de Karijini. Meticuloso, hábil, estático, como o bordado que as mulheres de Jane Austen faziam tentando se convencer de que era um trabalho porque nada mais lhes era permitido. Lentamente, com cuidado, limpou a sujeira causada por seus ovos fritos. O relógio de parede da cozinha parou, juntamente com sua existência. Pairou sobre sua vida, deitada de costas no sofá, sem que lhe sobrasse nada a fazer, senão desejá-la. E quando às seis e meia ouviu seu carro e a viu subindo o caminho do jardim, entrando às pressas depois de um dia atarefado, ela o abraçou bem apertado e beijou longamente: as horas passadas então se reduziram a um ponto evanescente de amnésia; e, quando ela lhe perguntou, ao subirem a escada, se ele ficara infeliz, Roland disse: "Não, não, fiquei bem. Muito bem".

Os três dias se passaram como aquelas horas do primeiro, uma tortura engenhosa que não deixava marcas. Num estado de profunda excitação, ele lhe dava um beijo de despedida pela manhã e redescobria o doce sofrimento de esperar o dia inteiro. A onda de calor cedeu lugar a ventos frios vindos do leste, e depois a uma chuva contínua. Ela lavava e passava os pijamas. Num daqueles dias, foi a Bury St Edmunds para a estreia de uma composição para coral de um velho amigo. Passou os outros dois dias na escola do curso de verão. À noite, faziam sexo tão logo ela chegava, e comiam o jantar que cozinhava.

Três dias antes de seu aniversário, houve um jantar de comemoração. Ela iria trabalhar até tarde no dia em que ele fazia dezesseis anos, foi o que disse. Voltou mais cedo que de costume. Ele ficou na banheira depois do encontro habitual enquanto ela se ocupava na cozinha. Devia ficar lá em cima até ser chamado. Vestiu o pijama que ela havia passado recentemente, o branco, e se sentou na cama, esperando ser chamado. Seus pensamentos eram claros. A escola iria começar em breve. Seu plano consistia em ir para a biblioteca à noite e fazer as leituras obrigatórias durante a primeira semana de aulas. Era um leitor rápido e tomaria notas. O sr. Clayton havia ensinado como "destrinchar" um livro. Só precisava de foco, Roland disse a si mesmo.

Ela pronunciou seu nome baixinho ao pé da escada, como se fizesse uma pergunta, e ele desceu. A mesa estava posta com toalha, duas velas acesas, e o champanhe descansava num balde com gelo. O prato preferido dele estava servido: cordeiro assado. À mesa, brindaram. Ela usava um vestido vermelho bem decotado e, num toque brincalhão, pusera no cabelo uma rosa vermelha colhida no jardim, uma das últimas do verão. Estava mais bonita que nunca. Ele não lhe disse que nunca havia tomado champanhe antes. Parecia soda limonada, um pouco mais forte. Ela lhe entregou o presente, um grosso envelope pardo amarrado com fita branca. Ergueu de novo a taça, ele fez o mesmo.

"Antes de abrir, trate de lembrar. Você sempre vai me pertencer."

Ele assentiu com a cabeça e tomou um gole grande.

"Beba aos pouquinhos. Isso não é refrigerante."

Era um maço de papéis presos por um grampo. Em cima, dois bilhetes de trem para Edimburgo, na primeira classe do expresso. Dentro de dois dias. Olhou para ela, pedindo uma explicação.

Ela disse baixinho: "Vá em frente".

O papel seguinte era uma carta confirmando a reserva de

uma suíte no hotel Royal Terrace. Ficariam lá na noite anterior a seu aniversário.

"Fantástico", ele murmurou. A página seguinte o confundiu. Leu rápido demais, viu que era algum tipo de formulário oficial já preenchido. Havia um desenho heráldico azul no topo. Viu seu nome em letras maiúsculas e o dela. Depois o endereço de um cartório.

"*Casamento*?" O absurdo era tão extremo que ele começou a rir.

"Não é excitante, meu bem?" Miriam encheu a taça dele novamente enquanto o observava com atenção. Tinha um meio sorriso no rosto. Seus olhos grandes estavam vidrados.

O absurdo cedeu lugar ao medo na forma de uma sensação de queda. Ele precisaria de força e não tinha certeza de possuí-la. Ou que desejasse possuí-la. Mas precisava de força. Uma hora antes estavam fazendo sexo. Na banheira, ele estava assoviando sua canção para os Beatles e finalmente se deu conta de como podia arrumá-la, ouviu algumas harmonias melhores em pensamento. Havia um mundo além de Miriam, o reino dos livros destrinchados. Mas agora estava na fronteira, escorregando de volta para o reino dela. Afinal, eram sete e meia da noite e ele estava de pijama. Olhou outra vez para o formulário. Toda uma vida só de sexo. Era um esforço colossal, mas lhe restavam alguns recursos minguantes de clareza, um senso mais amplo do real. Ser *marido* dela, assumir a condição de… seus pais! Insanidade. Precisava resistir antes de se persuadir de que se tratava de uma aventura audaciosa. Talvez fosse. Foi um esforço, porém afinal foi o capitão do segundo time quem falou. Deixou a bola cair, mas foi o capitão.

"Mas nós não tínhamos… nem falamos sobre isso."

Ela continuava sorrindo. "Falar sobre o quê?"

"Se é o que nós dois queremos."

Ela sacudiu a cabeça. Sua confiança o assustava. Talvez ele estivesse errado. "Roland, não temos esse tipo de combinado." Esperou que ele falasse e, como ele não o fez, continuou: "Eu sei o que é melhor para você. E decidi".

Ele pôde sentir que estava cedendo. Não queria parecer ingrato ou estragar a ocasião. Seria possível jogar fora sua vida para ser delicado? Tinha de dizer agora, rapidamente. "Eu não quero."

"O quê?"

"É cedo demais."

"Para quê?"

"Vou fazer *dezesseis* anos!"

"É por isso que estamos indo à Escócia. Lá é legal."

"Não quero. Não posso."

Ela empurrou a cadeira para trás, deu a volta em torno da mesa e se postou a seu lado. Os seios próximos a seu rosto. "Acho que vai fazer o que eu lhe mandar fazer."

Conhecia aquela voz da primeira aula de piano. Mas também podia ser um joguinho no qual estavam engajados. Se ele concordasse com a cabeça, mesmo debilmente, logo, logo estariam no segundo andar — e como ele desejava aquilo agora, mesmo sabendo que o destruiria. Uma vez juntos na cama, ele diria sim a tudo. Depois, quando sua mente ficasse clara, lamentaria, mas então seria tarde. Precisava seguir em frente. O importante era sair de debaixo dela. Enquanto estivesse tão perto, ele era incapaz de pensar, como Miriam bem sabia. Foi complicado levantar-se sem tocar nela. Atravessou a sala de modo a que o sofá, onde havia se deitado durante dias, ficasse entre os dois. Era possível que o protegesse.

Ela o olhou fixamente. "Roland, você acha que isso tudo foi o quê?"

"Nós nos amarmos."

"E o que significa o amor? Leva a quê?"

Ele ainda acreditava que, se ela fizesse alguma pergunta, estava obrigado a respondê-la.

"Não leva a lugar nenhum." Teve uma ideia brilhante, algo vagamente lembrado. "É uma *Ding an sich*, uma coisa em si própria."

Ela sorriu tristemente e sacudiu a cabeça ao corrigi-lo. "Não, não é isso não, meu querido. É um comprometimento, de um com o outro, com o futuro, um compromisso por toda a vida. Isso é que é o amor."

"Não necessariamente." Saiu fraco, e era tarde demais para voltar atrás.

Ela vinha na direção dele, sorrindo de leve. Ele não tinha para onde recuar. Ela disse ao se aproximar: "Vem cá. Não devíamos estar discutindo. Quero beijar você".

Ele deu um passo na direção dela e se beijaram. Ao mesmo tempo, ela tocou nele através do fino tecido de algodão. Ela sentiria imediatamente o intumescimento em sua mão. Ele se afastou, passou por ela bruscamente e se postou perto da mesa de jantar. O assado intocado esfriava.

Ela apontou. "Olhe só para você. O que isso significa?"

"Significa que amo você e não quero me casar." Ficou satisfeito com a resposta.

Permaneceram em silêncio. A expressão dela não mudou, mas ele sabia, por experiência própria, que alguma coisa estava prestes a acontecer, e era melhor estar preparado. Como sempre, ela o surpreendeu. Pegou a sacola que levara a Aldeburgh e que estava sobre uma poltrona, e começou a buscar alguma coisa no meio das partituras. Quando aprumou o corpo, ele viu que ela estava ruborizada. Para seu horror, viu também lágrimas em seus olhos. Mas a voz era clara e firme.

"Muito bem. É pena. Você vai passar o resto da sua vida procurando o que tinha aqui. É uma predição, não uma maldição. Porque não desejo seu mal. O amor é uma questão de chance e boa sorte. Você por acaso encontrou a pessoa certa quando tinha onze anos. Era moço demais para saber, mas eu soube. Eu teria esperado mais tempo, mas você apareceu, e era óbvio por quê. Eu devia ter mandado você embora, mas o queria tanto quanto você me queria. Eu tinha planos para nós. E seríamos felizes se os seguíssemos. Agora você está dando para trás e eu sinto muito. Por isso, vá embora. Pegue suas coisas, me deixe, não volte nunca mais."

Jogou a chave do barracão aos pés dele. Quando Roland começou a protestar, ela o interrompeu, falando mais alto que antes, mas sem gritar: "Está me ouvindo? Saia!".

Enquanto o acusava, enquanto havia raiva em sua voz, ele não se sentiu excitado sexualmente, o que seria útil. Pegou a chave e, movido por uma vaga noção de decência ou gratidão, apanhou sobre a mesa seu presente de aniversário, o envelope e os papéis. Sem olhar na direção dela, deu meia-volta e atravessou a cozinha. Do lado de fora, ainda havia um resto de luz sob a chuva incessante. Caminhou descalço pelo gramado encharcado até a porta do barracão. Precisou usar as duas mãos para girar a chave. O baú não estava trancado. As roupas que usava ao chegar se encontravam em cima. Vestiu-se às pressas na porta do barracão. O dinheiro, sua preciosa bolada, ainda estava no bolso de trás da calça. Embolou o pijama e o jogou no gramado. Uma notinha de despedida. Estaria empapado pela manhã. Ela ficaria penalizada quando tivesse de carregá-lo para dentro de casa e para longe dos olhares da sra. Martin. Pôs o envelope no baú, o fechou, levantou um dos lados e o puxou pelo gramado, contornando a casa pelo lado até o gramado da frente e o portão. Como o tinha enviado pelo serviço de entrega de volumes, sabia que pesava uns vinte a vinte e cinco quilos, peso que poderia carregar, mas era grande demais, um trambolho. Partiu pela estrada rumo ao pub. Havia uma faixa de grama e o baú deslizava ao longo dela sem problema. Não pôde usar a cabine telefônica no estacionamento do pub porque não tinha nenhuma moeda, só notas de uma libra. Entrou no estabelecimento e pediu uma cerveja. A fumaça dos cigarros, lixo vindo do pulmão dos outros, era sufocante no ar úmido, e ele ficou feliz quando se viu do lado de fora.

Havia um táxi na cidadezinha de Holbrook e, após falar com o motorista, esperou com o baú junto ao meio-fio. Chovia ainda, mas ele não se importou — tinha ficado dentro de casa por um muito tempo. Vez por outra olhava na direção do chalé. Sentia as primeiras pontadas de remorso. Se ela tivesse vindo atrás dele e fosse persuasiva, ele talvez tivesse voltado e corrido o risco. Mas parecia que o mau tempo estava mantendo todo mundo em casa naquela noite e, em dez minutos, o táxi chegou.

Pediu para ser levado à estação de trem de Ipswich. Enquanto ajudava o motorista a pôr o baú no banco de trás, ele não tinha nenhum plano, nenhuma ideia de para onde ir. No entanto, quando desceram a colina e passaram pela torre de água de Freston, seguindo pela costa às escuras, soube o que ia fazer: encher uma sacola com uma muda de roupas e seus livros, guardar o baú no depósito de bagagens, se hospedar no hotel da estação. Tinha uma aparência decrépita e devia ser bem barato. Ficaria trancado lá, leria os livros obrigatórios e chegaria no primeiro dia de aula preparado para o ensino médio. Esse plano desmoronou tão logo ele foi deixado na calçada e o táxi se afastou. Um trem vindo de Londres acabara de chegar, as pessoas roçavam nele ao passar, o trânsito na estrada principal estava incomumente pesado, uma canção popular tocava ao longe. Sentiu a força dessa agitação. Estava outra vez no mundo real. Era óbvio o que precisava fazer. Da última vez que ela o pusera para fora, tinha o aceitado de volta poucos dias depois. Um bilhete lacônico, uma convocação sem maiores explicações entregue pelo menino que se assemelhava a um camundongo e cujo nome era Thomas Manso. No dia seguinte, lá estava Roland na bicicleta, pedalando em alta velocidade rumo ao chalé, entregando-se a ela para o almoço. Aconteceria de novo, ela viria retomá-lo. Ele nunca foi capaz de resistir a ela. Só havia uma maneira de se libertar.

Precisava agir rápido, antes de mudar de opinião. Um rapaz simpático de sua idade o ajudou a levar o baú até o guichê de compra de passagens. Seu pedido foi orgulhoso — uma passagem de adulto só de ida. O carregador levou o baú num carrinho até o vagão de bagagens. Roland lhe deu de gorjeta dois xelins e seis pênis. Provavelmente muito dinheiro, mas essa era sua nova existência, na qual estava no comando. Antes do trem partir, comprou um jornal. A caminho de Londres, leu acerca das preparações para a festiva inauguração da ponte da Forth Road, em Edimburgo, a cidade da qual escapara. Chegou tarde demais em Londres para fazer uma conexão. O lugar que encontrou perto da estação da Liverpool Street era ainda mais mambembe que o de Ipswich. Nunca tinha se hospedado num hotel antes. A sensação que teve confirmou que estava fazendo a coisa certa. Na manhã seguinte, antes de tomar um táxi e atravessar a cidade para chegar à estação de Waterloo, telefonou para a irmã.

Ela o esperava na plataforma da estação de Farnborough. Como seu carro era da mesma marca que o de Miriam, ele sabia como ajeitar o baú. Susan não se surpreendeu com sua mudança de planos. Nas palavras de Roland — tal como ela e o irmão Henry, tal como seus pais, ele se aproveitaria do mínimo de educação exigido pelas autoridades. Estava farto de salas de aula e de horários. Ela parou perto do lugar onde ele tinha trabalhado e esperou enquanto Roland caminhava os quatrocentos metros até onde o sr. Heron supervisionava a abertura de valas. Ficou claro pela lama em suas botas e no paletó, assim como pelo suor no rosto, que ele estava sem a equipe completa. O capataz parecia ter encolhido. Roland foi destemido. Pediu o salário que lhe era devido e se ofereceu — não solicitou — para trabalhar de novo. Quando recebeu o assentimento por um gesto de cabeça, estabeleceu suas condições. Era capaz de trabalhar mais rápido e mais duro que os camaradas quarentões que fumavam um cigarro atrás do outro. Tinha de receber o salário de adulto ou iria procurar outro emprego. O sr. Heron concordou com um sacudir de ombros enquanto se afastava.

Depois que tiraram o baú do carro e o levaram com esforço até seu quarto, Roland e Susan tomaram uma xícara de chá e acertaram que ele pagaria quatro libras por semana pela hospedagem. Durante o fim de semana, o tempo voltou a ficar bom e ele ajudou a irmã no jardim. Enquanto ela acendia uma fogueira, Roland foi até o quarto para trazer seus livros. Camus, Goethe, Racine, Austen, Mann e todo o resto. Jogou um por um nas chamas. Teria sido satisfatório acreditar que a peça *All for Love* foi consumida mais depressa que os demais. Porém todos foram queimados com igual ferocidade. Ele escreveu aos pais sobre a decisão, assegurando-os de que estava ganhando bem. Ao longo da semana seguinte, recebeu cartas preocupadas da escola, do sr. Clayton e do sr. Bramley. Um dia depois, chegou outra do sr. Clare, que o instava a voltar e retomar as "aulas importantíssimas da srta. Cornell. Você tem um talento estupendo, Roland. Que pode ser burilado, e de graça!". Ele ignorou todas as cartas. Já estava ocupado, trabalhando horas extras, e tinha conhecido uma italiana meiga e adorável, Francesca, num pub de Aldershot.

Oito

Em meados de 1995, Roland estava sem reservas financeiras, embora não necessariamente passando necessidade. Alissa enviava o salário-família que a ajudara a se sustentar enquanto escrevia *A jornada*. As pouco mais de sete libras, muito discutidas nas campanhas políticas, eram distribuídas pelo governo a todas as mães, ricas ou pobres, e agora passavam do seu banco em Londres para o banco alemão e, de lá, para o banco de Roland, em Londres. Ela acrescentava ainda uma soma bem razoável de duzentas e cinquenta libras para cobrir as despesas de Lawrence. Através de Rüdiger, informou que mandaria mais, caso Roland quisesse. Não quis. Tinha o suficiente para comer e beber, quase o bastante para as roupas e excursões da escola. Consertos, férias no exterior, carro, presentes espontâneos e o afinador de piano saíram da lista. Já devia ao banco umas quatro mil libras. Não conseguia encarar a ideia de um novo envolvimento com os serviços sociais, juntar-se a outros necessitados abobalhados em bancos de aço presos ao chão. Ele e Lawrence tinham vivido bem durante dois anos, o resto foi gasto em impostos, já na vigência das taxas mais baixas. A família sobrevivia graças ao acúmulo de algumas das carreiras de freelancer anteriores de Roland: escrevia algum material jornalístico, dava aulas de tênis sete horas por semana, tocava música para mastigar na hora do almoço num pequeno hotel fino de Mayfair. Como podia ser pobre se ele e Lawrence tinham uma renda um pouquinho superior à média nacional? Porque a pobreza não era absoluta, assim havia lido, mas relativa: seus amigos, muitos dos quais formados nas universidades, estavam indo bem em suas profissões, nas áreas de ciência, televisão e publicações. Um casal, ambos fanáticos pelo futuro digital, tinha aberto um café com internet em Fitzrovia. Prosperavam.

Uma expressão curiosa estava na moda, e ele gostava de usá-la para se consolar: capital social. Como podia queixar-se se estava prestes a se casar? Quando tinha um filho adorável e interessante, amigos, música, livros e saúde, e o seu filho não corria o risco de pegar varíola ou poliomielite, nem de ser atingido por atiradores escondidos nas colinas de Sarajevo? Ele gostaria de somar ao capital social algum outro tipo de capital. E, se sua vida estava segura, também estava segura demais. Naquela época, raramente saía de Londres. Olhe o que os outros da sua geração estavam fazendo! Ele não saiu de casa para denunciar o cerco a Sarajevo e suas atrocidades com uma montagem de *Esperando Godot* no teatro nacional da cidade bósnia, como fizera a corajosa Susan Sontag.

Ele e Daphne tinha decidido juntar as famílias. As quatro crianças queriam muito. Peter, lá em Bournemouth num belo apartamento à beira-mar com sua nova amiga, não se importava que Roland vivesse com a mulher que ele havia abandonado. Roland suspeitava que Peter às vezes batia em Daphne, mas ela se recusava a falar sobre o assunto. Verificou-se que ela e Peter, lutando contra as convenções na juventude, não tinham de fato se casado. O que quer que tivesse acontecido, o amargor da separação estava praticamente exaurido. Essa foi uma bala de que Roland e Alissa escaparam. Agora, ele tinha assinado documentos preparados por advogados alemães e ingleses, pagos por Alissa. Com Daphne, o plano era claro. Achar uma casa grande com jardim onde Lawrence e seu melhor amigo Gerald, além das duas meninas, Greta e Nancy, seriam felizes e livres. Roland contava com o talento organizacional de Daphne. Confidentes havia muito tempo, eram agora amantes. Começara lindamente, tropeçara durante algum tempo, voltara a ficar bom. Ou bom na medida certa. Enfim ele compreendeu que não havia liberdade para além da base de Gurji e que do outro lado do melhor orgasmo não o esperava outro melhor ainda.

Faltavam pouco mais de três anos para ser um cinquentão. Seus clientes no tênis eram quase todos jogadores de bom nível com trinta anos, desejosos de jogar uma partida dura. Depois de longa sessão na quadra, ele reparava em dores na região dos quadris e pontadas elétricas no cotovelo direito. Fez um check-up cardíaco — algumas batidas irregulares, mas nada de muito ruim. Por sugestão do médico, se submeteu a que uma câmera viajasse por seu intestino grosso em busca de pólipos — nada por enquanto. Processo humilhante, mas uma das drogas, fentanil, lhe deu um gostinho dos velhos tempos. O fato de pensar com seriedade pela primeira vez na vida sobre a saúde e sua inevitável deterioração veio se somar à certeza de que era hora de arranjar um tipo diferente de existência. Tarde demais para Sarajevo. O futuro que tinha em mente era sólido, seguro, amigável, ordenado, e ele chegava lá depois de muitos desvios e negativas.

Meses se passaram desde que, eufóricos, eles fizeram aqueles planos. Mas Daphne trabalhava cinquenta horas por semana e criava três filhos. As babás em regime de meio período iam e vinham. O estoque de casas públicas tinha diminuído impiedosamente. A demanda por residências em Londres com aluguéis razoáveis estava sobrecarregando a associação de moradias de tamanho médio de Daphne. As horas de Roland se espalhavam pelo dia todo, e ele precisava estar no portão da escola às três e meia da tarde. Em seis meses, tinham visitado onze lugares, todos eles uns pardieiros ou muito caros, quando não as duas coisas. Por enquanto, continuavam a morar nas duas casinhas de Clapham.

A Epithalamium Cards não tinha falido — fora vendida a uma grande empresa do ramo por determinada quantia que nunca foi revelada a Roland. O dinheiro que lhe era devido estava a caminho, segundo afirmava o esquivo Oliver Morgan havia quatro anos. Certas questões jurídicas e financeiras estavam sendo resolvidas. Ele não devia preocupar-se — sua parcela crescia de valor o tempo todo. Os versos reciclados de aniversário e pêsames de Roland estavam agora à venda em toda parte por uma companhia que se dizia ser maior que a Hallmark. Na escola, fazia muito tempo, ele lera várias páginas de um livro obrigatório, o romance de Georges Duhamel *Le notaire du Havre*, o bastante para captar a ideia geral. Uma família necessitada esperava receber uma herança generosa. A fortuna estava sempre prestes a chegar. A esperança frustrada vinha destruindo lentamente aqueles pobres coitados. O dinheiro nunca chegou. Ou talvez sim, ele não leu até o final para descobrir. Era uma história que inspirava cautela.

Podiam se passar semanas sem que o assunto lhe viesse à mente. Ele estava ocupado demais, e calculava ser mais resistente que a família de Le Havre. Mas de vez em quando acordava de madrugada e sua mente meditabunda de insônia saía à busca de uma causa. Ele então ouvia a voz tranquilizadora de Morgan em conversa recente: "Roland, seja paciente. Confie em mim". Deitado de costas no escuro, ele assistia a dramas escritos e dirigidos por outra pessoa. Não tinha a menor responsabilidade pela contratação dos facínoras que arrancaram Oliver Morgan de seu carro e o levaram para uma fábrica abandonada de bacon em Ipswich, onde logo depois ele e altos executivos da Krazikards Inc., nus, foram pendurados de cabeça para baixo pelos tornozelos, presos à correia transportadora que os levava na direção das portas de aço de uma gigantesca fornalha. Ao se aproximarem, as portas se abriram, revelando um tonitruante jato de chamas brancas com seis metros de altura. Acorrentados, os homens se contorciam e imploravam por piedade, guinchando como porcos. Por acaso, parecia que Oliver seria o primeiro. Hora de Roland intervir, parando a correia transportadora. Ele falou junto à orelha invertida de Oliver que havia certas condições. Com que facilidade e rapidez o dinheiro chegava a suas mãos! Mas agora os lençóis estavam quentes demais e seu coração martelando não o deixava dormir.

Foi durante essa fase inicial, quando os velhos amigos se tornaram amantes, que Daphne explicou sua teoria da arrumação da casa. O centro da casa moderna não era mais a sala de visita, a sala de estar ou o escritório. Era a cozinha, cujo coração consistia na mesa. Era onde as crianças aprendiam as maneiras básicas, inclusive as regras não faladas da conversação. E como se comportar na presença de estranhos, onde absorveriam para o resto da vida o ritmo e os rituais das refeições regulares, começando a aceitar como coisa normal os primeiros e simples deveres de ajudar a recolher os pratos. Lá se abria a correspondência, era lá onde amigos se sentavam conversando e bebendo enquanto a anfitriã preparava o jantar. E era onde, ela comentou, eles ficavam apertados num canto da mesa por causa da montanha de tralha que ocupava quase todo o espaço. Debaixo dela havia mesa de pinho branco, antiga e simpática. Quando ela estava limpa, o efeito sobre a casa toda era sentido. Ele passou um fim de semana fazendo aquilo. A maior parte da montanha foi para o lixo, o resto distribuído pela casa. Ela estava errada, não houve nenhum efeito sobre os demais cômodos, mas a cozinha sofreu uma melhora fundamental. Como novo convertido, Roland se esforçou para manter a mesa limpa. Tornou-se uma espécie de centro do lar. Até Lawrence notou.

Ao longo de 1995, vários amigos se reuniram ao redor daquela mesa. Apertando, dava para acomodar dez pessoas. Se Daphne não estivesse trabalhando até tarde, podia chegar às nove e meia. As meninas ocupavam o quarto de hóspedes de Roland, Gerald ficava com Lawrence. Roland tinha habilidades e ambições culinárias limitadas. Um prato somente, costeletas de cordeiro, batatas assadas, salada verde. Para alimentar dez, precisava contar com quarenta costeletas. Faziam pouco impacto em sua dívida bancária. O vinho ficava por conta dos convivas. Formavam um grupo cambiante e mal definido. Muitos trabalhavam no setor público — professores, funcionários, um clínico geral. Roy Dole ia com Sofia, a jovem doutora da Malásia de quem estava noivo. Havia também um fazedor de violoncelos, o proprietário de uma livraria independente, um construtor e um jogador de bridge profissional. Tinham em média quarenta e cinco anos. A maior parte tinha filhos, nenhum era rico embora todos ganhassem mais que Roland. Quase todos enfrentavam hipotecas pesadas, muitos haviam se casado duas vezes, tinham famílias complicadas e faziam arranjos semanais intrincados. Quase todos estudaram em instituições públicas. Havia uma boa mistura nacional e racial. Os dois professores eram caribenhos de terceira geração. O jogador de bridge era de origem japonesa. Vez por outra, norte-americanos, franceses e alemães também apareciam. Duas ex-amantes, Mireille e Carol, vinham com os maridos, um deles brasileiro. Alguns Roland conhecera jogando tênis. As reuniões se sobrepunham às de outros grupos em outras casas, onde a comida era mais sofisticada. Em cada ocasião, metade dos presentes se conhecia.

Eram suficientemente jovens para que o assunto da velhice fosse uma piada recorrente. Achavam paradoxal que agora fossem mais velhos que policiais graduados, que seus médicos, que o diretor da escola dos filhos — e até que o líder da oposição. Um assunto relacionado e crescente era a forma de cuidar dos pais idosos. Aquelas crianças crescidas estavam no estágio da vida em que os pais começam a murchar e se curvar. O declínio da mobilidade, o cérebro variando de intensidade como um rádio de ondas-curtas, o riacho de achaques menores que desembocava num rio mais profundo — o tema era amplo e nem sempre engraçado. Podiam rir das comédias de mal-entendidos, quando um pai ou mãe distraído vinha morar com uma família agitada numa casa pequena demais, as crianças barulhentas demais, os horários da semana complexos demais, quando o jantar da família era dado por engano aos gatos enquanto todo mundo estava fora.

A conversa englobava tanto a logística quanto a culpa e a tristeza de internar um pai ou uma mãe num asilo. Certa amiga disse que detestava sua mãe quase tanto quanto a mãe a detestava. Mas ficou chocada com o que sentiu ao ter de interná-la. O assunto era a mortalidade e, consequentemente, infinito. Eles contemplavam seus não muito distantes aniversários de cinquenta anos e sabiam que conversavam sobre seu próprio declínio no futuro. Alguns já se defrontavam com operações de joelho ou catarata, ou o esquecimento de um nome familiar. Tinham boas razões egoísticas para serem bons com os velhos.

Reinava entre eles um otimismo geral, que dali a vinte e cinco anos seria difícil reviver. Do ponto de vista político, estavam todos um pouco à esquerda do centro. Não havia revolucionários entre eles. Padeciam de certa semelhança de ideias. Muito do que se previra na noite em que o Muro caiu tinha se realizado. A Alemanha estava unificada, a União Soviética desaparecera. Oito nações de seu império na Europa Oriental já haviam ingressado na União Europeia, com algumas outras vindo a seguir. Os gastos militares eram menores, embora as armas nucleares permanecessem. Havia um consenso acadêmico de que as democracias nunca invadiam outros países — e isso era citado em volta da mesa de pinho branco. Após séculos de guerra, ruína e tortura, a Europa encontrara uma paz permanente. Primeiro, caíram as ditaduras da Espanha e de Portugal na década de 1970, agora, as que restavam, alcançavam uma condição de abertura e prosperidade futura. Havia um democrata na Casa Branca. Bill Clinton estava engajado na reforma do sistema de bem-estar e no seguro de saúde para crianças. Sua administração exibia um superávit orçamentário — tudo caminhando para um segundo mandato.

Recentes eleições suplementares prediziam que o colega britânico do presidente Clinton, o novo líder trabalhista Tony Blair, varreria do poder o governo cansado e litigioso do primeiro-ministro conservador John Major. Alguns daqueles em torno da mesa tinham conexões com diversos grupos trabalhistas que preparavam diretrizes políticas. Os conservadores tinham estado no governo por dezesseis anos. O Partido Trabalhista precisava se tornar elegível de novo. À mesa de Roland e em outras casas, em combinações diversas, eles dissecaram e deram boas-vindas à "terceira via". A igualdade, sempre inalcançável e incompatível com a liberdade seria substituída pela justiça social — igualdade de oportunidades. A velha ambição trabalhista de nacionalizar todas as grandes indústrias não era mais levada a sério, devia ser abandonada. O Banco da Inglaterra se tornaria independente e despolitizado. "Duro com o crime, duro com as causas do crime" — nenhum eleitor, da esquerda ou da direita, poderia questionar isso. Educação e saúde estariam no centro das novas políticas, direitos humanos incorporados às leis britânicas. Salário mínimo. Vagas gratuitas nas creches para todas as crianças de quatro anos. As energias criativas do capitalismo adequadamente regulado iriam promover e financiar tais projetos. Paz na Irlanda do Norte. Uma Assembleia galesa. Um Parlamento escocês. Aprendizado por toda a vida acessado via internet. O direito de caminhar por todo o campo. Implementação do Código Social Europeu. Uma lei sobre a liberdade de informação. Tudo isso num futuro plausível. As noites eram longas, o entusiasmo, vibrante. Às duas da madrugada, uma amiga disse ao ir embora: "Não é apenas racional. Dá uma sensação tão grande de ser *honesto*!".

Algumas vezes, eles discordavam. Os seguidores do sociólogo Anthony Giddens insistiam que o mercado jamais poderia promover a justiça social até que o setor financeiro fosse "sanitizado" e tornado socialmente responsável. Para alguns, isso era utópico. Para outros, um sofisma. Uma noite, sentado na cabeceira da mesa a fim de poder estar perto das costeletas no forno, Roland se manteve fora da conversa. Tinha passado uma noite em claro, as compras, a arrumação da casa e a preparação do jantar lhe pareceram tarefas árduas. Agora, era um alívio estar sentado e distante das correntes cruzadas da conversa. Mais cedo ele lera um poema de Keats, "Ode à Psique", há muito recomendado pela ex-sogra. A despeito do cansaço, lhe deixara com um sentimento interno de tranquilidade.

Os tópicos em torno da mesa se concentraram num único — metas. Todos aprovaram. Um grupo de formulação de diretrizes acabara de completar um relatório. Se os trabalhistas subissem ao poder, o setor público deveria se tornar eficiente e humano por obedecer a resultados muito bem definidos. O medo do fracasso incentivaria o desempenho. Atingir metas reforçaria o moral. O interesse público seria atendido. Garantir: o acesso a operações de apêndice e a mamografia, a cursos profissionalizantes, o acesso das minorias étnicas aos parques nacionais, o ingresso de jovens de comunidades carentes nas universidades, metas mais audaciosas de alfabetização para crianças de sete, onze e catorze anos, que os crimes sejam resolvidos, o julgamento e a prisão de estupradores, o resgate de pessoas do desemprego. Reduzir: o número de pessoas sem teto, de suicídios, de esquizofrenia, da poluição do ar, do tempo de espera em casos de emergência médica, a solidão dos idosos, a mortalidade infantil e a pobreza na infância, o número de alunos por sala de aula, de assaltos nas ruas e de acidentes no trânsito. Ambições claras. Em nome da transparência, o sucesso e o fracasso seriam expostos ao público para sua avaliação.

Roland estava viajando mentalmente — pelo jeito, para cima — e entrou num estado de satisfação distanciada. Olhou para a mesa em baixo. Aqueles eram homens e mulheres bons e sérios. Inteligentes, trabalhadores, dedicados à causa da justiça social. Se tinham privilégios, estavam decididos a compartilhá-los. O mundo, seu estado de espírito permitia, estava repleto de gente assim. Tudo estava bem. Recordou-se de quando tinha a idade de Lawrence e observou duas ambulâncias que se afastavam com as vítimas de um acidente, enquanto ele escondia suas lágrimas de alegria diante da revelação de como as pessoas eram essencialmente bondosas, de como as coisas eram bem-organizadas e decentes. Seu pai tinha sido um herói. Isso ficou claro na época e continuava claro agora. Todos os problemas podiam ser resolvidos. Mesmo os Bálcãs sanguinários, mesmo a Irlanda do Norte. Roland deslizou para mais longe. Estava num estado irrealista e sentimental. "Piegas" era a palavra. Como se alguém houvesse pingado uma substância psicotrópica na bebida dele. À medida que as vozes se elevavam ao seu redor, Roland se afastava ainda mais da situação imediata e alcançava um estado difícil de definir em que sentia prazer pelo simples fato de existir. Que sorte apenas ser, ter uma mente, um ativo nunca registrado na coluna de crédito da contabilidade do capital social. Recordou-se de um fragmento da "Ode à Psique": *as treliças floridas de um cérebro que funciona*. Eis um privilégio de todos, e patrimônio de Roland — pouco dinheiro, mas um cérebro que funcionava. Um cérebro piegas. Tão complexo quanto uma roseira madura.

Nesse momento, saiu do transe, encheu o copo e se juntou à conversa, cujo nível, infelizmente, caíra. As rosas têm espinhos. A diversão do momento era comemorar o sufoco do primeiro-ministro John Major, um sujeito decente e explorado por sua bondade, que vinha sofrendo pressão tanto dos tresloucados parlamentares de direita, decididos a levar adiante o projeto de retirar o país da Europa, quanto pelos próprios colegas de partido cujos pequenos mas sucessivos erros vinham ganhando destaque na imprensa. E isso justamente quando o primeiro-ministro vinha tentando convencer a nação a adotar os mais castos valores da família.

Meses depois, numa tarde de sábado de setembro, a três dias de completar dez anos, Lawrence dispôs sobre a mesa da cozinha páginas de jornal, tesoura e cola, e abriu o grande álbum que ganhara de presente. Daphne estava no trabalho, os filhos dela tinham ido a Bournemouth para encontrar-se com o pai e conhecer a madrasta Angela, de vinte e quatro anos. Roland estava sentado diante de Lawrence. Naquela época ficavam menos tempo juntos. Em certos estados de espírito, Roland examinava o rosto do filho e só via o de Alissa, sentindo pontadas do velho amor, ou da sombra do amor na memória. Era quase capaz de lembrar como era amar Alissa. A palidez, os grandes olhos negros, o nariz reto, o hábito de olhar para longe antes de falar. Lawrence era o produto do que os dois pais haviam doado naquela noite furtiva, em Liebenau. Uma cabeça incomodamente grande para seus ombros frágeis — quando ele concordava com ênfase, ela balançava além da medida. Os lábios tinham o formato clássico do arco de cupido. Daphne havia dito que algum dia, beijando o menino, alguém morreria de prazer. E mais uma vez a cabeça, já tão cheia de pensamentos, um número grande deles nunca ditos. Era um alívio, uma alegria, quando Lawrence se aproximava, pegava a mão de Roland e confidenciava um pensamento que implicava muita reflexão, muito estudo por trás dele.

Cinco anos antes, ele e Lawrence se hospedaram no chalé de amigos no campo. A filha desses amigos, Shirley, tinha cinco anos, assim como Lawrence. Também havia crianças mais velhas. Os dois mais novos foram encorajados a brincar juntos, e os adultos ficaram dizendo que eram feitos um para o outro. Quando foi arranjado o passeio numa charrete puxada por um pônei, eles se sentaram juntos na boleia com o condutor, revezando-se nas rédeas. À noite, compartilharam a banheira e depois um quarto. Pouco depois das três da madrugada, Roland foi acordado por um toque delicado no ombro. Lawrence estava de pé ali ao lado, sua silhueta visível contra a parede iluminada pelo luar.

"Você não está conseguindo dormir, meu querido?"

"Não."

"O que há?"

A cabeça, com uma expressão séria, se curvou para a frente, e ele falou para o chão. "Acho que Shirley não é a garota certa para mim."

"Tudo bem. Você não precisa se casar com ela."

Houve um silêncio. "Ah... está bem."

Quando Roland o levou de volta para a cama, ele já dormia.

Na noite seguinte, adultos e crianças estavam no jardim para observar a lua surgir por trás de um renque de carvalhos e freixos. Quando a lua modestamente apontou acima dos galhos mais altos, Lawrence, decidido a se mostrar amigável, puxou a manga do anfitrião e fez uma declaração solene que se transformou em lenda na família.

"Você sabe, no meu país também temos uma lua."

O décimo aniversário, prenunciado diariamente durante muitos meses, tinha excepcional significado para Lawrence. Finalmente dois dígitos, mas era mais que isso. Quase como ser adulto. Os presentes juvenis estavam espalhados pela cozinha. De Daphne e família, patins com as rodas em linha e botas de hóquei. Mas igualmente, como solicitado por ele, uma introdução à matemática para iniciantes adultos, uma enciclopédia de dois volumes e o álbum de recortes. Pouco antes, em resposta a mais perguntas de Lawrence sobre a mãe, Roland havia mostrado a ele uma pasta de recortes de jornal enviados por Rüdiger ao longo dos anos. Talvez tivesse sido um erro. Mas o orgulho do menino foi intenso. Ele ficou olhando os retratos dela por um longo tempo. Sua fama o maravilhou.

"Ela é tão famosa quanto... o Oasis?"

"Não. A fama de quem escreve livros é bem menor que a deles. Mas assim mesmo é famosa, e mais importante."

"*Você* é que acha."

"Sim. Mesmo que muita gente possa discordar."

A pesada cabeça se moveu levemente de um lado para o outro enquanto o menino refletia. "Acho que você tem razão. Mais importante." E então a pergunta de sempre: "Por que ela não vem me ver?".

"Você pode escrever para ela. Não sei onde ela mora, mas conheço alguém que sabe."

"Acho que a *Oma* sabe onde ela está."

"Talvez."

A carta foi escrita no curso de muitas noites depois da escola, tomando dez páginas em uma caligrafia extravagante. Ele descreveu a escola, os amigos, a casa, o quarto e suas últimas férias na costa de Suffolk. No final, disse que a amava e acrescentou, como um segredo pessoal, que também amava a matemática. Roland sabia que Jane não passaria a carta adiante. Assinalou no envelope "*persönlich*" e a mandou para Rüdiger com um bilhete. Dois meses se passaram — nada. Roland não se surpreendeu. Desde o encontro em Berlim, ele havia escrito para ela três vezes sem resposta, encorajando-a a entrar em contato com Lawrence. Havia falado com Rüdiger quando ele esteve em Londres. Encontraram-se no bar de seu hotel perto do Green Park. O editor disse que simpatizava com a causa, que compreendia, mas que iria além de suas obrigações profissionais caso tratasse de interferir nos assuntos particulares de uma autora. "Ela não deseja falar sobre isso."

Mas Lawrence não desistiu. Continuou dedicado a alimentar "O livro de Alissa Eberhardt", título que deu ao álbum e que escreveu com giz de cera dourado na capa. Explicou que os artigos seriam dispostos em ordem cronológica, em inglês e depois em alemão. Tesoura, tubo de cola, caneta marca-texto e um pedaço de tecido úmido foram dispostos numa fileira. Procurou no maço até encontrar uma resenha em inglês de *A jornada*. Era em uma única coluna, que ele recortou e colou na primeira página. Coisa bem feita.

Ele tinha razão sobre a avó. Desde a publicação do primeiro romance, Alissa e sua mãe se reconciliaram. Jane tinha instruções de não dar a Roland o endereço da filha. Isso o irritava e, durante uma visita, depois que Lawrence foi para a cama, eles discutiram. Roland lhe disse que ela tinha o dever para com o neto de pô-lo em contato com a mãe. Jane respondeu que ele não compreendia a complexidade da questão. Da família, da literatura. Será que tinha de fato lido *A jornada*? Era indigno da parte dele insistir. Jane estava convencida de que ele tinha inveja demais do sucesso de Alissa para se dar ao trabalho de ler seu livro extraordinário. Coisa mais mesquinha da parte dele! Depois disso, as coisas esfriaram, até que pararam de se falar ou corresponder definitivamente. Fez sentido quando ela não o convidou para o enterro de Heinrich. O vingativo genro apareceria com Lawrence a fim de criar um embaraço para Alissa.

Conversou sobre isso com Daphne. Sua opinião nunca se

alterara: "Para mim, ela pode ser o segundo Shakespeare. Devia escrever para o filho". E duas noites atrás: "Ela merece um bom pontapé na bunda". Uma mulher preparando o caminho para outra? Não, muito mais que isso. Mas havia certa simetria nessas manifestações raivosas. Ultimamente, ele se referia a Peter como um "babaca", um termo que rolava bem pela língua.

Daphne quem sabe estava certa sobre a necessidade de Alissa tomar um pontapé na bunda, mas, conforme Roland lhe dizia, aquilo não era útil. Sua própria raiva contra a ex-mulher por muito tempo ficou guardada no porão de seus pensamentos, onde lutava em silêncio com a admiração pela obra dela. A questão maior era Lawrence. Sua consciência se expandira àquele ponto: sua mãe estava glamourosamente viva, não tão longe na Alemanha que ele conhecia bem, e ela não queria vê-lo. O que fazer? Talvez tivesse sido um erro mostrar-lhe os recortes de imprensa. Formavam uma pilha de quinze centímetros de altura. Sempre que Rüdiger enviava os recortes mais recentes, Roland lia um por um e guardava na pasta. Ele também estava interessado na fama dela.

Enquanto Lawrence se inclinava com a tesoura para concentrar-se num corte preciso, Roland pegou uma página da pilha. Depois de cinco anos, a longa resenha do respeitado Frank Schirrmacher, no *Frankfurter Allgemeine Zeitung*, a qual dera o tom para a recepção eufórica de *A jornada* na Alemanha, na Áustria e na Suíça, começava a ficar amarela nas bordas. Rüdiger havia juntado uma tradução ao recorte. Roland pulou o extenso resumo da trama e releu os parágrafos finais.

> Por fim, uma líder com voz de comando surgiu em meio à geração nascida após a guerra e dela nascida. Não conspurcada pelo experimentalismo árido, pela anomia solipsista e existencial de nossa cultura literária subsidiada, ela explode diante de nós, uma

escritora que compreende suas responsabilidades para com o leitor e, no entanto, permanece em controle total de um sofisticado estilo e da mais ousada ambição imaginativa. Somente o título escapa de sua brilhante capacidade de invenção.

Alissa Eberhardt não teme nosso passado recente, ou a própria história, ou uma narrativa arrebatadora, a plena e profunda caracterização dos personagens, o amor e o triste fim do amor, uma intensa e bem refletida especulação moral que às vezes faz uma reverência respeitosa ao romance *A montanha mágica* e até mesmo à mágica de Montaigne. Não parece haver nada que ela não seja capaz de evocar, das ruínas da bombardeada Munique e da subclasse criminosa de Milão durante a guerra até o deserto espiritual do milagre econômico do pós-guerra numa obscura cidadezinha do Hesse.

Com um escopo digno de Tolstói, com a delícia de um Nabokov na formulação de frases com perfeita sintonia, o romance de Eberhardt nos apresenta, sem dar lições de moral, uma conclusão feminista tranquilamente potente. Sua protagonista principal, mesmo quando fracassa, nos faz eufóricos pelo que ilumina. Não resta nada a dizer além do óbvio — este romance é uma obra-prima.

Ein Meisterwerk, nabokoviano, vencedor dos prêmios Kleist e Hölderlin — e Roland tinha sido o primeiro, estava certo até no tocante ao título. Deveria ter escrito a carta. Se houvesse escrito, ela talvez estivesse se preparando agora a fim de passar o Natal com o filho, que segurava "O livro de Alissa Eberhardt" com um sorriso orgulhoso a fim de mostrar ao pai a primeira página.

"Maravilha. Muito bem arrumado na página. O que vem agora?"

"Alguma coisa em alemão."

"Esse foi um dos primeiros. Dê uma olhada."

Lawrence pôs-se a trabalhar na página do *Frankfurter Allgemeine Zeitung*. Não estava interessado em tentar ler os artigos traduzidos. Queria arrumá-los e domesticar o mistério da mãe dentro de seu próprio livro. Roland examinava agora um artigo de revista em inglês. Na fotografia colorida de corpo inteiro, ela aparecia num vestido branco de verão, bem justo na cintura, no estilo da década de 1940, óculos escuros puxados para cima da testa. Os cabelos bem cuidados estavam cortados curto, sem franja, e arrumados atrás das orelhas. Encontrava-se encostada a uma balaustrada de pedra. No fundo panorâmico, se viam coníferas e o risco distante de um rio. O sorriso parecia forçado. Dez entrevistas por dia. Começando a odiar sua própria voz, as opiniões repetidas. Nunca tinha ido a Londres para o lançamento. A cobertura nas seções literárias a pouparam desse trabalho. O material escrito, de seis meses atrás, era uma legenda ampliada em prosa entusiástica.

> Como a impressionante Doris Lessing antes dela, a glamourosa Alissa Eberhardt deu o tipo de salto assustador com que muitas mulheres apenas sonham. Abandonou o filho e o marido a fim de partir para uma floresta na Bavária, como se viu acima, onde sobreviveu na base de folhas e frutinhas (brincadeira!), escrevendo seu primeiro e famoso romance, *A jornada*. O mundo literário declarou que Alissa era um gênio, e ela nunca mais olhou para trás. O mais recente, *Os feridos que correm*, é nosso Livro do Mês. Te cuida, Doris!

Esse artigo Roland não mostraria ao filho. Expunha tudo o que se sabia da história. Alissa nunca elaborou, nunca identificou a família abandonada, nunca falou acerca do salto assustador e de sua natureza absoluta. Uma imprensa britânica ativa poderia ter descoberto Roland facilmente. Ora, ora, o relegado não era interessante. Até agora, três romances e uma coletânea de contos. Sempre que a lia, ele procurava o personagem que incorporava alguns elementos de sua personalidade. Estava pronto a ficar indignado se o encontrasse. O tipo de homem com quem sua protagonista principal se escondia para viver meses de sensualidade. O pianista, o jogador de tênis, o poeta. Mesmo o poeta fracassado, o homem que exigia sexo demais, o homem inquieto e frustrado, sem trabalho regular de quem uma mulher razoável podia se cansar. O marido e pai que uma personagem feminina rejeita. Em vez disso, o que achava era, entre muitos outros, duas versões de Karl, o grande marinheiro sueco com rabo de cavalo.

Passados cinco curtos anos, os livros e prêmios na Alemanha e em todo o mundo se acumularam. Ela reescreveu e ressuscitou um dos romances que Roland havia datilografado e sido rejeitado pelos editores de Londres. Publicou uma coletânea de contos sobre dez casos de amor. Era esperta e bem-humorada, arrancava risos ao expor as exigências contraditórias de suas protagonistas inteligentes. Ele poderia ter aparecido ali. No romance sobre Londres, a protagonista trabalhou por algum tempo no Instituto Goethe. Mas ele não foi o aluno por quem ela se apaixonou. Nem estavam na mesma turma. Outro personagem morava perto do mercado de Brixton, porém não no velho apartamento de Roland. O estilo de Eberhardt era desafiadoramente realista, tratava de um mundo que era conhecido e sentido de forma coletiva. Não havia nada, material ou emocional, que ela não fosse capaz de descrever de maneira vívida. E, contudo, apesar de toda a intensidade do tempo que tinham passado juntos — os encontros amorosos na Lady Margaret Road, as visitas a Liebenau carregadas de emoção, as caminhadas pela beira do rio, as aventuras ao ar livre no delta do Danúbio, a casinha que tinham compartilhado e, acima de tudo, o filho que tiveram — nada estava na sua escrita, nem disfarçado ou deslocado. A experiência comum dos dois fora erradicada com um trator de sua paisagem criativa, incluindo o sumiço dela. Ele havia sido expurgado. O mesmo acontecera com Lawrence — não havia crianças em sua ficção. O rompimento em 1986 era total. Ele se preparara para a indignação. Agora se aproximava dela por outra direção.

Leu os perfis publicados nas revistas buscando indícios dos amantes de Alissa, mas ela nunca falava da vida privada. "Próxima pergunta", era a sua resposta, dada calmamente, mesmo quando indagada sobre coisas como em que parte da Alemanha morava. Uma fotografia não posada numa revista a mostrava numa mesa alegre de restaurante. Ninguém na imagem parecia um possível amante. A imprensa alemã não era tão intrometida quanto a britânica. No entanto, como ela não ia à Inglaterra e, por isso, não pertencia a nenhum círculo literário, não tinha casos amorosos conhecidos, nunca era vista em restaurantes famosos ou em estreias badaladas, além de ter quase quarenta e oito anos, Alissa era um material pobre para as colunas de fofoca. Jornalistas britânicos selecionados viajavam para Munique e a entrevistavam no escritório do editor. Eram em geral tipos livrescos, respeitosos, até mesmo intimidados com sua fama.

Com o correr dos anos, o tempo que tinham passado juntos encolheu, ao menos em termos de calendário. Meros três anos: 1983 a 1986. Mas o período emocional era bem maior, e Lawrence constituía sua corporificação. Além disso, tinha havido o Instituto Goethe, em 1977, e, quatro anos mais tarde, o encontro do lado de fora do show de Dylan, em que Mick Silver levou uma cabeçada. E então Berlim, o Adler, o beco sob a chuva. Esse período se ampliava quando escrevia para ela sem receber resposta, crescendo ainda mais quando admirava seu livro mais recente, e de novo sentia sua falta. Sempre que via uma fotografia dela, um fio delicado o reconectava ao passado distante. Dezoito anos depois, parecia inalterado o rosto da mulher que certa feita declarara suas ambições literárias num alemão lento e simples para benefício dos alunos.

Um amigo antimonarquista, atropelado e morto por uma motocicleta dez anos antes, disse a Roland que, devido à intensa presença nas mídias, alguns jovens membros da família real estavam invadindo a privacidade dele.

"Pare de ler sobre eles", Roland respondeu. "Nunca leio sobre eles, e assim não me aborreço."

Agora ele entendia o que o amigo tinha dito: às vezes Alissa o chateava. Tinha de ler cada livro ao chegar. Tinha de passar os olhos pelas notícias de imprensa enviadas por Rüdiger. Ela não o deixava em paz, se recusava a parar de escrever bem, mesmo se o ignorasse em seus romances. Depois de tantos anos, ele não se importava muito, mas teria ajudado caso o rosto dela tivesse sumido de sua vista. Contudo, mesmo nesse caso, eles perdurariam não apenas nos olhos do filho deles e em seu hábito de afastar a vista, mas em sua seriedade absorvente. Acima de tudo, era isso que Lawrence e sua mãe compartilhavam.

Dois anos mais tarde, as famílias de Clapham ainda não haviam se fundido. A conversa sobre casamento não foi abandonada. Definhou. Estavam ocupados demais, os preços das casas subiam de forma irregular de um bairro para o outro e, de algum modo, era menos perigoso ter duas casas a cerca de um quilômetro e meio de distância. Os filhos de Daphne passavam um fim de semana sim, outro não com o pai. Isso causava um desequilíbrio, pois Daphne valorizava seus quatro dias por mês de solidão. Isso era bom. Roland havia muito se acostumara a ficar a sós com Lawrence e gostava daquilo. As famílias passavam algumas noites numa ou noutra casa. Os pais serviam de baby-sitters uns para os outros. Às vezes era complicado, mas, como seu filho e os três de Daphne se gostavam, viver assim era mais fácil do que tomar uma grande decisão que seria um inferno desfazer — eles nunca tiveram vontade de discutir tal coisa. Alguns romances apodrecem de forma doce e confortável, desintegrando-se aos poucos. Devagar, como uma fruta na geladeira. Esse talvez fosse o caso, pensou Roland, embora não tivesse certeza absoluta. O sexo, cada vez mais esporádico, permanecia intenso. Conversavam com facilidade, com profundidade quando possível. A política os unia, havendo muita excitação ao se aproximar alguma eleição geral. Por isso, todos os seis, todos os "atores", como os economistas do novo trabalhismo agora diziam, viviam num nevoeiro agradável de arranjos muito consolidados e interessantes para serem desfeitos. A própria inércia era uma força.

Na primavera de 1997, houve uma morte na família de Roland. Outrora, ninguém avançava muito na infância sem confrontar uma pessoa morta. Mas, no próspero Ocidente, depois da carnificina em massa das duas guerras mundiais, viver sem a morte se tornara um privilégio peculiar e a vulnerabilidade de uma geração protegida. Barulhentos e ávidos por sexo, bens e muito mais, seus membros eram cheios de melindres com respeito à extinção. Para Roland, pareceu adequado proibir Lawrence, aos onze anos, de ir com ele. Viajou sozinho para seu primeiro encontro com um cadáver.

Chegou cedo de trem. Para tranquilizar-se, fez um trajeto sinuoso da estação até a cidade. Aldershot dava a impressão de ter sido surrada na noite anterior por bêbados. Soldados ou civis. No centro, perto do mercado, havia cacos de garrafa nas calçadas e sarjetas, assim como sangue derramado ou molho de tomate diluído pela chuva. Foi ali perto que seu irmão Henry, aos dezoito anos, deu de cara com a mãe deles, em 1954, e ela não o reconheceu. O velho mistério de por que Rosalind mandou Henry e Susan embora em 1941 nunca seria resolvido. Ela insistiu que era pobre demais para criá-los, mas ninguém se convenceu. Não era mais pobre que antes da guerra. A questão era tão velha que eles tinham parado de pensar naquilo.

Roland chegou à Woolworths, onde, aos três anos, ficara impressionadíssimo com um gigante vermelho-escuro com que se deparou ao passar por uma porta vaivém — uma máquina que dizia o peso da pessoa. Perto dela, certa vez se perdera da mãe ao seguir distraidamente a saia errada. Bolinhas coloridas sobre fundo branco — igualzinha à de Rosalind. Quando um rosto desconhecido olhou para ele, Roland ficou paralisado de terror. Chorou ao ser levado à mãe. Na memória, o gosto de plástico do seu sofrimento era o das balinhas empilhadas num balcão próximo. Gotas de pera.

Atravessou a rua em frente à Woolworths e passou por dois cinemas que ficavam lado a lado em prédios separados. Num deles, assistira a duas exibições consecutivas de *Feitiço havaiano*, de Elvis Presley. Tinha treze anos. Devia estar de férias da Berners. Seus pais haviam saído de Trípoli e aguardavam nova designação. Primeiro Cingapura, depois Líbia, em breve Alemanha — a vida deles no exílio, a saudade de casa sepultada dentro de Rosalind. Como se estivessem fugindo de alguma coisa. Aquela longa tarde no cinema, Roland incapaz de abandonar as praias ensolaradas e os bonitos amigos de Elvis para se juntar à feiura do lado de fora. Seu pai aparecera inesperadamente para buscá-lo e ficou furioso por ter de esperar no vestíbulo. Depois de algum tempo, entrou na sala de projeção com um lanterninha, cujo feixe de luz descobriu Roland na primeira fileira. Pai e filho caminharam em silêncio sob a chuva até onde estavam hospedados com Susan.

Agora, Roland refez parte do trajeto através de um estacionamento deserto e rumou para uma parte decrépita da cidade onde soldados casados e suas famílias moravam no passado em velhas casas geminadas vitorianas de dois andares, apertadas, não aquecidas, úmidas. Susan vivera lá com o primeiro marido e seus dois filhos quando eram pequenos. Roland se hospedou algumas vezes na Scott Moncrieff Square. No Parlamento, chamaram o local de pardieiro. Prédios frios de tijolos sujos cercavam uma pequena elevação gramada onde as mulheres penduravam as roupas lavadas. As casas geminadas haviam sido demolidas no final de década de 1960, quando tudo vitoriano era uma abominação. Mas as construções eram sólidas, teria sido melhor restaurá-las porque os substitutos baratos estavam prontos para serem demolidos também.

Voltou ao centro da cidade, subindo depois uma colina em direção ao Hospital Militar Cambridge onde tinha nascido. Um belo prédio vitoriano, com a torre de relógio localmente famosa cujos sinos tinham sido saqueados durante a Guerra da Crimeia. Fechado dois anos antes para ser transformado, segundo ele ouvira dizer, em apartamentos de luxo. As janelas tinham aquela aparência cega e manchada de uma ruína abandonada. Em algum lugar lá dentro, separado dele por uma fina parede do tempo, Roland tinha sido posto de cabeça para baixo, nu e coberto de sangue, para receber as boas-vindas no mundo com um tapa seco nas nádegas, como era costume na época. Fez um longo desvio e chegou aos fundos do campo do Clube de Futebol Aldershot, com o relógio de flores no lado de fora ainda funcionando. Atravessou a rua e diminuiu o passo ao se aproximar da Bromley & Carter's. Seu pai esperava por ele. Dessa vez, sem a fúria silenciosa e o lanterninha. Uns cem metros adiante, voltou, hesitou e tocou a campainha.

A notícia chegara pela manhã quando ele trabalhava, na quadra de tênis da Portman Square. Seu adversário e cliente tinha trinta anos e voltava a jogar depois de quebrar a perna num acidente de esqui. Era um jogador muito ágil, de excelente categoria, com uma verdadeira chicotada em seus golpes de direita.

Roland perdia por um set e três jogos, tentando fazer aquilo parecer parte de seu método de ensino. Encorajamento por meio da vitória. Sua função consistia em manter as trocas longas e interessantes, porém isso exigia mais correria do que estava acostumado. Quando seu novo celular Nokia tocou no banco, ele ergueu o braço num pedido de desculpa e ficou grato por atender a chamada. Tão logo ouviu a voz da irmã, seu tom controlado, ficou sabendo. Durante a hora seguinte, uma maciça indiferença o invadiu — útil num jogo competitivo. Ganhou o set e se permitiu ser derrotado no terceiro.

O amor de Lawrence pelo avô era simples. O major era um ogro enrugado que rosnava assustadoramente, tocava gaita ou produzia uma série de sons engraçados de gemido num conjunto de gaitas de fole em miniatura. À medida que o menino cresceu, o ogro era generoso com suas moedas de uma libra e fazia questão de se certificar de que a casa limpa, num conjunto residencial moderno perto de Aldershot, estava sempre bem estocada de limonada e chocolate. O ogro se tornou mais exótico quando adquiriu um balão de oxigênio para manter a seu lado, com um tubo que ia até o nariz e emitia um silvo baixinho. Desde pequeno, Lawrence tinha se interessado por uma grotesca estatueta que o major trouxera da Alemanha. Tratava-se de um gremlin careca e deformado, com um comprido nariz curvo, sentado no parapeito de uma janela e apoiado num bastão. O major tinha o hábito de mostrá-lo ao menino tão logo ele chegava. Com cinco anos, Lawrence o manuseava com delicadeza. A lenta compreensão de que o monstro não podia lhe fazer mal fez com que se encantasse pela figura. O pavoroso podia ser contido, até amado. Quem sabe o gremlin era a representação do avô.

Naquela noite, as duas famílias estavam jantando na casa de Roland. Quando ele chegou de sua sessão vespertina de trabalho, as crianças faziam as lições de casa na mesa da cozinha enquanto

Daphne cozinhava. As meninas, Greta e Nancy, se encontravam numa extremidade, Gerald e Lawrence na outra. Entre um e outro aluno, Roland havia telefonado para Daphne com a notícia. Agora, precisava encontrar o momento certo para contar a Lawrence. A perda do avô Heinrich tinha sido chocante e abstrata. Ter ido ao enterro em Liebenau poderia ter ajudado. O avô Robert era outra questão.

Depois de Daphne, ele havia feito o telefonema mais complicado para Rosalind. Sua voz soou distante, precisou pedir que ela se aproximasse mais do fone. O major tinha caído em cima dela, prendendo-a contra a parte de cima do balcão da cozinha. Saía sangue de sua boca. Tentando escapar de seu peso, a cabeça dele tombou para a frente e bateu com força no balcão. "Eu o matei", ela ficou repetindo debilmente. A fim de tranquilizá-la, ele fingiu ter algum conhecimento médico. "Esqueça isso. Se havia sangue saindo da boca, ele já estava morto."

"Diga isso de novo", ela pediu. "Quero ouvir outra vez."

Ele sentou-se em meio às crianças silenciosas. Emocionou-o o modo pela qual suas cabeças estavam inclinadas tão estudiosamente sobre o que escreviam. Dentro de quinze minutos, os quatro seriam de novo barulhentos. Seus pés latejavam, os joelhos e o braço direito doíam. Daphne entregou-lhe uma xícara de chá. Antes de se afastar, pousou a mão em seu ombro. Os sons da cozinha enquanto ela preparava um escondidinho eram tranquilizantes. A mesa permanecia limpa. Ali estava a bem-aventurança serena da vida doméstica, ordeira, segura, afetuosa. Alguns amigos evocavam essa paz ao encorajá-lo a casar-se com Daphne. Com frequência, como naquele momento, ele podia entender — o chá sem ser pedido, as notícias murmuradas pelo radinho da cozinha (em breve entraria em vigor a proibição de armas químicas), as crianças com seus trabalhos de casa, o cheiro dos cabelos recém-lavados deles. Ele podia se deixar levar, mergulhar na atmosfera calorosa. Para sofrer e se afogar? Tinha havido alguns fortes indícios ultimamente de problemas entre Daphne e ele. Não, era no singular, seu problema, o velho problema. Ele não podia evitar. Ela havia dito em voz tensa que podia e devia.

Olhou de relance a tarefa de Lawrence. Outra vez matemática. O livro que pediu de aniversário havia causado impacto. Ele desenvolvera uma compreensão sobre as equações diferenciais, *dy* sobre *dx*, que deixara o pai para trás. Quando Greta perguntou a Lawrence qual era o sentido daquelas adições, o que Roland também queria saber, o menino respondeu, depois de um momento de reflexão: "Representam como as coisas mudam e com elas você consegue entender a mudança".

"Que mudança?"

"Tem uma velocidade, aí você... mais ou menos faz uma dobra e tem uma aceleração." Ele não foi capaz de explicar mais, porém era capaz de resolver as equações. Sua compreensão era imediata, quase sensorial. Seu professor achava que ele deveria fazer um curso de verão de matemática para meninos superdotados de menos de doze anos. Roland acreditava em férias, não gostava dessa ideia. Chega de escola! Havia também a questão do dinheiro. Não queria pedir a Alissa. Daphne se ofereceu para pagar. A questão continuava em aberto.

Enquanto tomava uma chuveirada, decidiu que daria a notícia a Lawrence durante o jantar, num ambiente carinhoso de família. Gerald, Greta e Nancy haviam perdido uma avó dezoito meses atrás. Eles entenderiam. E Daphne era muito terna com Lawrence. Como poderia ele, Roland, resistir a fundir sua vida com a dela? Difícil pensar sobre isso agora. Vestiu-se e desceu. Assim que terminaram de comer, ele falou às crianças que tinha um notícia muito triste. Quando a contou, se dirigiu diretamente ao filho. A grande cabeça ficou imóvel, os olhos do menino se fixaram nele de maneira sombria, e Roland, o mensageiro, se sentiu acusado.

Lawrence perguntou baixinho: "O que aconteceu?".

"Tia Susie me contou. Eles tinham acabado de almoçar. Sua avó estava recolhendo os pratos. Vovô foi ajudar carregando uma tigela..."

"A tigela cor de laranja?"

"É. Na hora em que entrou na cozinha, caiu no chão. Você sabe que os pulmões dele não estavam muito bons, por isso o coração precisava bater ainda mais forte para fazer o oxigênio circular pelo corpo. O coração do seu avô estava gasto." Roland de repente não conseguia confiar em sua voz. A versão modificada havia deslocado uma farpa de tristeza. Soou artificial, mais parecida com uma história da carochinha e ligada à palavra "coração", do que ao fato de uma morte dolorosa.

O olhar de Lawrence ainda estava fixado nele, aguardando por alguma coisa a mais, porém Roland não conseguia falar. Nancy pousou o braço sobre o de Lawrence. Ela e Greta iam começar a dizer algo simpático. Eram muito mais expressivas que o irmão, que continuou sentado numa postura rígida, ou do que pai e filho. Com um gesto negativo do indicador, Daphne fez com que as meninas se calassem. Fez-se silêncio na mesa, esperando que Roland continuasse.

Lawrence pode ter visto o brilho nos olhos do pai. Era o menino que iria reconfortar o homem. Ele disse num tom de gentil encorajamento: "O que eles tinham almoçado?".

"Frango, batatas..." Ia dizer "ervilhas". A passagem súbita do sério para o ridículo lhe deu vontade de rir. Pigarreou, se pôs de pé, atravessou o cômodo e chegou à janela para ver a rua enquanto se controlava. Por sorte, as meninas eram irreprimíveis. Saíram de suas cadeiras, fazendo sons carinhosos. Seus abraços e comiserações foram úteis para lhe proporcionar cobertura. Até Gerald entrou no embalo.

"Foi mesmo falta de sorte, Lawrence."

Isso provocou risadinhas nas meninas, a que depois se juntaram Daphne e Lawrence. Risos por toda a parte. Que alívio! Os músculos da garganta de Roland se distensionaram e agora lá estava de volta um sentimento que ele fora incapaz de banir mais cedo, durante a tarde. Voltara a lhe ocorrer enquanto seguia pela Northern Line para Clapham, de pé num vagão cheio com o equipamento de tênis sobre o ombro. E mais uma vez em seu curto trajeto a pé através da Old Town e descendo a Rectory Grove, um pensamento muito inadequado. Libertação. Encontrava-se sob um céu mais vasto. Você não é mais o filho de seu pai. É o único pai agora. Nenhum homem se interpõe entre você e uma corrida livre até sua própria cova. Pare de fingir — a euforia é apropriada, assim como a tristeza. Ele podia ser novato em assuntos de morte, mas tinha hipóteses sobre os seus primeiros sentimentos. Deviam ser a prova de uma grande dor, e iriam dissipar-se. De costas para o cômodo, observando a lenta procissão do trânsito, analisou as opções. Ou você enterra os seus pais ou são eles que enterram você, e nesse caso o sofrimento deles é muito maior que o seu. Não existe dor maior que perder um filho. Por isso, considere seu pai um felizardo, e você também.

Uma adolescente magricela, vestindo um terninho preto e justo, abriu a porta da casa funerária e fez uma saudação formal com a cabeça quando ele entrou. Parecia ter instruções de não falar, ou alguma deficiência física. Indicando-lhe uma cadeira na pequena recepção de paredes vermelhas, os agradecimentos de Roland soaram alegres demais. Ela fez um gesto conciliador com ambas as mãos e desapareceu atrás de uma cortina de veludo vermelho. Como prova de bom gosto, não havia revistas no cômodo. Na parede, a fotografia emoldurada de um rio, demasiadamente estreito e rápido para ser o Styx. Estava mais para o East

Dart, onde ele pescara ilegalmente quando adolescente e pegara uma grande truta com anzol e minhoca — um método capaz de envergonhar qualquer pescador de truta sério, como veio a saber depois. Ele limpou o peixe e o assou numa fogueira, comendo com Francesca, a italiana que tinha conhecido no bar da Hospedaria Crimea, em Aldershot. Passaram um ótimo fim de semana, ele pensou, acampando no Dartmoor, numa tenda emprestada, quando ele devia estar na escola, estudando para entrar na universidade. Mas, ao voltar, ela escreveu dizendo que não queria vê-lo nunca mais. Um mistério que jamais desvendou.

Ele se tornou consciente do tênue som que vinha de um buraco no teto acima de sua cabeça, o acorde sustentado de um sintetizador sussurrante, acompanhado de ondas que quebravam à distância. Após um minuto, o acorde sofreu uma mudança mínima. Música fúnebre new age. Ele se encontrava no que havia sido outrora a sala de visita de uma casa modesta, localizada entre uma loja de bicicletas e uma farmácia num conjunto de sobradinhos eduardianos. A mesa de centro de pinho, que quase tocava seu joelho, tinha pequenas bolhas e o pelo negro de um pincel, ou talvez uma cabeça, presa no pesado verniz negro — uma restauração amadora. Nenhuma das cadeiras fazia par. O ar improvisado da sala de espera o emocionou. Bromley & Carter estavam fazendo o possível sem muito dinheiro. Enfrentavam o mesmo problema dos arquitetos dos túmulos mais magníficos, como o de Napoleão, nos Les Invalides, onde Roland certa feita fizera fila com Alissa: o falecido estava aqui um momento, não estava mais no momento seguinte — e nunca voltaria. Quartzito vermelho polido ou improvisação esforçada, que diferença fazia?

Ele se sentiu ansioso, como se a morte do pai ainda não tivesse acontecido. Um resultado em suspenso, como o do gato de Schrödinger. Só a presença do filho, como testemunha diante do corpo, seria capaz de eliminar a função de onda e matar o pai. Recordou-se de estar com a mãe num aposento como aquele, aguardando para ser chamado no consultório médico. Como toda criança de oito anos, tinha problemas respiratórios, que faziam as palavras "seios nasais" e "adenoides" ligarem-se intimamente a seu primeiro nome. Rosalind também não sabia o que elas significavam, usando-as sem distinção. Uma competição fatal teve origem entre elas quando se sentaram diante do otorrinolaringologista. Com náuseas de medo, Roland ouviu a mãe exagerar seus sintomas. Apesar de tímido, ele se forçou a interromper e convencer o especialista de que havia pouca coisa errada. Uma pequena dificuldade para respirar não era problema. Em estantes baixas junto a uma funda pia quadrada, havia tigelas sinistras de bordas azuis onde em breve seria depositado algum órgão arruinado de seu corpo. Ele tinha ouvido dizer que chamavam aquilo de "tigela de rim". Roland diria qualquer coisa, negaria qualquer coisa para dissuadir o médico a tirar agulhas, bisturis e pinças de aço do armário. Ninguém lhe explicou que o procedimento a que poderia ser submetido ocorreria no futuro, em outro lugar e com anestesia.

Para o evento de hoje não havia sedação. Sua mãe chegaria com a dose de alívio no dia seguinte. A cortina se abriu e o pai da moça veio em sua direção com a mão estendida. Roland apertou-a e ouviu do sr. Bromley expressões cordiais de condolência. A semelhança com a filha era cômica. Compartilhavam um narizinho arrebitado em cima de um queixo forte. Mas, enquanto a palidez dela tinha um quê de atração retrô-punk, a dele dava a impressão de ser uma enfermidade da pele: precisava pegar mais sol.

Roland o seguiu por um corredor estreito para os fundos da casa, entrando num aposento maior. Ali a tranquila música new age soava mais alto. O cheiro era o do balcão de cosméticos de uma loja de departamentos. O corpo estava posto no caixão que Rosalind havia passado muito tempo escolhendo. Terno preto, camisa branca, gravata e sapatos pretos, com um indício de meias cinzentas. O forro de cetim com pregas e babados sugeria que ali estava um travesti. O major teria odiado aquilo. Mas tinha havido um erro embaraçoso. Aquele não era seu pai. Lá não estava o bigodinho em forma de escova de dentes que ele deixara crescer durante a guerra, quando se tornou sargento-chefe e não podia mais combater depois de Dunkirk, treinando recrutas nos pátios de manobras de Blandford e Aldershot. A boca era uma abertura enorme em forma de sorriso, como a fenda para depositar cartas numa caixa de correio, em torno da qual todo o rosto se organizava. A testa exibia uma dobra pensativa que nunca fora dele. Roland voltou-se atônito para o sr. Bromley.

O agente funerário calmamente se antecipou a ele. "Este é o seu pai, o major Robert Baines. Sua boca talvez estivesse muito aberta quando morreu. E, é claro, os músculos não puderam ser retraídos."

"Entendo."

"Sinto muito. Agora, o senhor provavelmente deseja ficar algum tempo a sós."

"Se importa de desligar esse som?"

Com um sorriso de comiseração, o sr. Bromley puxou uma cadeira e o deixou sozinho. O sintetizador cedeu lugar ao zumbido do trânsito. Roland continuou de pé. Estendeu a mão para tocar no peito do pai. Mogno gelado por baixo da fina camisa de algodão. Afinal, nada havia de surpreendente ou horroroso num cadáver. Apenas uma ausência. O que mais ele queria? Como era fácil e tentador acreditar em alma, em um elemento que se esvai! Contemplou os olhos fechados dentro do caixão, sem buscar uma verdade final no rosto pouco familiar do major, mas algum sentimento de si próprio. Uma tristeza decente. Mas não sentiu nada, pesar, libertação, vontade de acusar o pai com raiva, entorpecimento. Só pensava em ir embora. Como numa visita hospitalar depois que a conversa esfria. O que o mantinha ali era o que o sr. Bromley iria pensar de um filho incapaz de gastar alguns minutos junto aos restos mortais do seu pai. Mas ele era esse homem. O tipo que se inspira numa porção de filmes vagamente lembrados e se curva sobre o caixão para um último beijo — no caso dele, o primeiro. A testa era mais fria que o peito. Um gosto de perfume ficou grudado em seus lábios. Ele o limpou com as costas da mão e saiu.

O enterro, quatro dias depois, foi um evento tedioso salvo por um erro cômico. Um dia depois da eleição geral, era comemorada a vitória por larga margem do Novo Trabalhismo. Uma maioria de 179 assentos — muitíssimo além do que se esperava. O longo domínio da direita sobre o poder tinha sido rompido. O governo de John Major havia se tornado cansado, dividido, enodoado por escândalos triviais. Blair e seus ministros eram jovens, tinham mil novas ideias, uma confiança ilimitada. Sacudiriam a velha esquerda e teriam relações cordiais com o mundo de negócios. Atentariam para as preocupações dos eleitores comuns — tamanho das turmas escolares, hospitais e crime, em especial em meio aos jovens. Apoiadores e ativistas exibiam seus "cartões de compromisso" — cinco promessas políticas — com orgulho. A mudança era também cultural. Já ficara decidido que ser membro do ministério e abertamente gay não era um escândalo nem uma desonra. Tony Blair tinha ido encontrar-se com a rainha e estava em Downing Street pronunciando seu primeiro discurso como primeiro-ministro. Cabelos abundantes, dentes perfeitos, um caminhar enérgico — foi recebido como um astro do rock. Uma multidão o saudou ao longo de Whitehall, numa euforia geral intensa.

Ocupado com as preparações finais para o enterro às cinco horas da tarde, Roland seguiu os acontecimentos em Londres com certo distanciamento. Encontrava-se na casa da mãe, telefonando várias vezes para o sr. Bromley, discutindo detalhes de vestuário com um tocador de gaita de fole com sotaque do leste de Londres especializado no que chamou de ocasiões de família. Susan achou que os sanduíches, cerveja e chá não eram suficientes. Encomendaram folhados de salsicha, bolo, biscoitos de chocolate, limonada e cidra. Roland acompanhou a cobertura da televisão por cima, entre uma providência e outra. Velhos hábitos como membro do Partido Trabalhista o faziam suspeitar de pessoas que acenavam com a bandeira britânica: nunca saía coisa boa daí. Ele poderia ter tentado associar a queda do governo conservador à morte do pai. Mas as coisas não se encaixavam. O major era em essência um operário de Glasgow. Muitas vezes o pai lhe contara como, ainda adolescente, procurava emprego nos estaleiros do rio Clyde. De manhã cedo um capataz falava com os candidatos através dos portões. Seis vagas para o dia. Os homens lá reunidos competiam para aceitar o pagamento mais baixo. As vagas iam para aqueles que pediam menos. Isso deixou uma cicatriz. Robert Baines, ao contrário dos colegas no refeitório dos oficiais, sempre foi favorável à ideia dos sindicatos. Mostrou desdém pela tentativa de controle do Partido Trabalhista pela esquerda radical. O importante era a capacidade de ser eleito. "Primeiro, tome o poder. Depois, se necessário, vá para a esquerda!"

Trabalhando ao lado da mãe, Roland arrumou os sanduíches em travessas e os cobriu com toalhas de chá limpas. Atrás deles, os alto-falantes inadequados irradiavam os rugidos da multidão. Para Rosalind, manter-se ocupada era um bálsamo. Ela havia entrado num estado de normalidade exagerada. Dava instruções sob a forma de tímidas sugestões. Mas tinha envelhecido e murchado, não conseguia dormir, a pele sob os olhos exibia rugas profundas, como uma noz. Os convidados para o enterro eram todos do seu lado da família, com alguns vizinhos comparecendo em respeito a ela. Raramente tinham conversado com o major, que jamais era capaz de lembrar seus nomes. Ninguém nunca viera da Escócia. Pela primeira vez na vida, Roland, supervisionando o material a ser servido, se deu conta de um fato simples. Seu pai não tinha amigos. Colegas do Exército, camaradas de bebida nos refeitórios dos sargentos e oficiais — encontros circunstanciais. Eles não faziam parte de sua vida. Só agora o major começava a se mostrar com clareza. O cortador de grama era um pequeno fator. Um homem isolado, dominante e vigoroso demais em suas opiniões, além de um pouco surdo para manter uma amizade, para ficar à vontade no pub local; impaciente com ideias diferentes das suas, grande inteligência frustrada pela falta de propósito e de educação formal; nenhum interesse além de seu jornal diário; sua devoção à ordem e aos horários militares se tornou obsessiva com a idade, mascarando um tédio profundo; a bebida tornava tudo tolerável, ao menos para ele próprio.

Porém recebia Roland calorosamente sempre que fazia uma de suas visitas amplamente espaçadas. Sempre interessado em ficar até tarde da noite bebendo cerveja, conversando sobre política, contando histórias. Se não as repetisse tanto, Roland não se lembraria delas agora. Aquela receptividade se tornou ainda mais calorosa à medida que o major envelheceu. Fumante contumaz desde os catorze anos, só veio a conhecer a debilidade e a doença aos quase setenta anos. Em pouco tempo, dependeria de um cilindro de oxigênio alto junto à cadeira. Mesmo ao saber que estava morrendo, que seus pulmões entravam em colapso, queria seguir com alegria e sem se queixar. O que seria feito das recordações das aventuras com ele no deserto para caçar um escorpião, de atirar com uma .303, de aprender a nadar e mergulhar, de trepar em cordas, de equilibrar-se naqueles ombros largos e escorregadios enquanto ele fazia uma contagem lenta? Onde o filho iria colocar seu orgulho pelo capitão durão, com o revólver na cintura, caminhando pela areia impregnada de óleo da base de Gurji? Como situar as horas pescando juntos nas margens do rio Weser? Tantas foram as tardes em que pacientemente desenroscou a linha do menino presa nos arbustos. E o ensinou a jogar sinuca no refeitório dos oficiais, numa sala com lambris de um antigo castelo alemão. O pai sempre o levava para comer bife com batatas fritas, consertava os brinquedos e montava acampamentos com o filho. E quem mais na família cantaria com tanta presteza ou tocaria uma gaita? Só se encontrava gente cantando na companhia de amigos fora da Inglaterra, na Escócia, no País de Gales ou na Irlanda. Robert Baines encantava seu neto com as absurdas gaitas de fole e rosnados assustadores. Tinha ensanguentado as mãos ajudando um motociclista ferido.

Uma vez, quando Roland tinha dezoito anos, seu pai acordou às três da manhã e dirigiu mais de sessenta quilômetros para resgatá-lo num ponto da estrada onde ele tinha descido de uma carona. E se mostrou alegre ao saudá-lo. Sempre disposto a entregar uma nota de cinco libras na mão do adolescente. Deu-lhe as primeiras aulas de direção, garantindo que Roland nunca se esquecesse de que estava sentado ao volante de uma arma de aço de quase uma tonelada. Talvez Robert tenha ensinado a Roland como ser pai. Nesse caso, havia coisas a desaprender. O homem cujo amor pelo filho pequeno era tão forte, possessivo e assustador, era o mesmo que batia em Rosalind, que tapeou uma viúva e se vangloriou desse ato, que dominava todas as ocasiões familiares estando com frequência alcoolizado, que repetia impiedosamente seus pensamentos, que fizera alguma coisa não contada para merecer o ódio de Susan. Boa parte do que Roland era tinha a ver com seu pai. Gostaria de pôr de lado essa porção de si e esquecer. O desembaraçar de todas aquelas linhas nunca seria completo.

O plano de Roland e sua irmã consistia em contratar um tocador de fole escocês, usando saia e carregando uma bolsa de couro, que viria lentamente do meio das árvores até do crematório de Aldershot tocando "Will ye no Come Back Again"; ao chegar diante dos presentes, enquanto continuava a tocar, o caixão baixaria à fornalha. O indivíduo disse que só sabia tocar "Amazing Grace".

A cerimônia simples dispensou hinos e elogios, como solicitado pelo falecido, e transcorreu de maneira digna, com um discurso comedido da responsável civil pela celebração, tal como recomendado pelos agentes funerários. Quando ela terminou, olhou para Susan, que cutucou Roland. Ele saiu para avisar ao tocador de gaita de fole que devia iniciar seu lamento. Tinha ficado combinado que ele esperaria perto de uns ciprestes na outra extremidade do estacionamento, a uns cem metros de distância. Mas um nevoeiro incomum naquela época do ano havia baixado, e Roland não conseguiu ver o sujeito. Começou a andar em sua direção, mas justamente naquele momento as gaitas começaram a tocar e Roland voltou para dentro do crematório. Os presentes ouviram quando "Amazing Grace" começou a ser tocada de maneira clara, mas gradualmente foi baixando de volume. O músico marchava em direção a outro prédio. Até que o som se extinguiu. Roland saiu de novo para olhar, mas o nevoeiro se adensara e não havia sinal do sujeito. Ele retornou e pediu desculpas à plateia. Disse que provavelmente o músico estava agora entretendo os banhistas no Lido de Aldershot, mais acima na estrada. Seu pai certamente aprovaria. Todos riram, até mesmo Rosalind. A responsável então se pôs de pé, ergueu a mão pedindo silêncio e sugeriu um minuto de contemplação. Ao terminar, o major iniciou sua última jornada, os pés à frente em direção à cortina verde.

Duas semanas depois de perder o marido com quem vivera por cinquenta anos, Rosalind foi passar uns tempos em Londres. Nas noites em que Daphne e os filhos iam para a casa de Roland, ele ficava feliz em ver a mãe participar de uma família barulhenta e alegre. Greta e Nancy imediatamente se afeiçoaram a ela e as três não se desgrudaram. Pela primeira vez em suas vidas, Roland e a mãe conversaram longamente. O major, mesmo nos melhores dias, era uma presença ciumenta. O passado constituía seu reino. Ele estabelecia os termos e os limites. Tinha ficado com raiva quando certa vez Roland perguntou como e quando conhecera Rosalind. Ao fazer a mesma pergunta à mãe, ela foi leal ao marido e respondeu com evasivas. O relato padrão. Depois da guerra, 1945.

Rosalind não parecia estar de luto. Cuidara com ternura do marido a ponto de ficar exausta, vivera meio século sob seu domínio como uma esposa de militar submissa. Tomou uma taça de xerez antes do jantar e ficou sorridente, se mostrando animada e expansiva. Roland nunca a tinha visto assim. Ela conheceu o sargento Robert Baines em 1941, contou a Roland e a Daphne, depois que as crianças foram dormir.

"Você quer dizer 45", Roland disse.

"Não, 41." Parecia não se dar conta de que contradizia a versão de sempre. O caminhão com o motorista, o velho Pop, não ia ao depósito do exército em Aldershot, e sim a um dos estaleiros de Southampton. O sargento no portão era "um bruto", agitado e meticuloso com os documentos, "muito carrancudo". Mas a convidou para dançar no refeitório dos sargentos. Isso era difícil. Ela tinha medo dele, além de ser uma mulher casada com dois filhos. Recusou. Ele refez o convite um mês depois. Dessa vez, ela hesitou. Desencavou um vestido guardado e, com a ajuda de sua mãe, o ajustou. O encontro foi meio desajeitado, sem muita conversa, mas Rosalind e Robert começaram "a se ver, e não mais que isso. Eu nunca iria fazer uma coisa dessas com o Jack lutando na frente de batalha". A mãe de Jack, que Roland conhecia como "vovó Tate", ouviu falar do que julgou ser um caso amoroso e ficou furiosa. Escreveu para o filho para dizer o que sua esposa estava fazendo. Ele tinha servido no norte da África e estava em Malta então.

"Quando recebeu a carta, Jack abandonou o serviço sem autorização e voltou para a Inglaterra."

"Sem papéis, de Malta? Em 1943? Impossível."

"Ou conseguiu alguma licença especial, não sei. Quando chegou em casa, me disse: 'Quero me encontrar com o homem com quem você está saindo'. Por isso, tomaram umas cervejas no Prince of Wales, em frente à usina de gás."

Roland recordava-se da usina de gás. As mães costumavam levar os filhos para ficar no pátio respirando os vapores para curar resfriados e tosses.

Rosalind fez uma pausa e então falou diretamente a Daphne. Outra mulher compreenderia. "Jack me enganou durante anos. Agora era a vez dele."

Então era um romance, mas Roland não disse nada. O encontro, segundo Rosalind, "correu bem". Coisa difícil de acreditar. Jack, soldado de infantaria, participou dos desembarques do Dia D — junho de 1944 —, e meses depois entrou numa floresta perto de Nijmegen, foi cercado por soldados alemães e levou um tiro no estômago. Deixaram-no lá como morto. Foi encontrado por seu próprio pelotão e levado de volta para a Inglaterra, onde o internaram no Hospital Alder Hey, em Liverpool.

"A primeira coisa que ele me disse quando entrei na enfermaria foi: 'Eu te dei uma vida terrível, Rosie'."

O passe de Rosalind permitia que ficasse ali por dois dias. Dez dias depois de voltar para casa, ele morreu. Henry, aos oito anos, já morava com a avó Tate. Susan havia sido mandada para uma instituição especialmente criada para abrigar as órfãs de marujos mortos no mar. Na década de 1940, o regime ali era severo. Ela foi muito infeliz naquele lugar, mas só a deixaram ir embora depois que desenvolveu um quisto no pescoço e precisou de cirurgia. As crianças estavam longe dela, disse Rosalind, "enquanto eu tentava ajeitar minha vida".

Um velho mistério acabara de ser resolvido. Não precisaria mais perguntar por que vó Tate odiava sua mãe.

"Ela morreu de câncer, urrando de dor." Rosalind hesitou. Estava se perdendo nas recordações. A pele de noz em volta dos olhos era marrom-escura, quase negra, os olhos estavam fundos e tinham aquela expressão de perplexidade dos velhos. O que ela contou a seguir revelou uma faceta de sua personalidade que Roland desconhecia. Uma mensagem de tempos mais impiedosos. Até as palavras que ela escolheu não eram as que ela costumava usar.

"Deus cobra suas dívidas em algo mais do que dinheiro."

Roland não manifestou surpresa diante dessa revisão do passado, tampouco confrontou a mãe com o relato antigo. Queria que ela continuasse a contar sua história. Durante a estada em Clapham, ela falou menos de Robert que de Jack. Antes da guerra, era sempre o policial da aldeia que o trazia de volta depois de sumir por semanas ou meses. Enquanto Jack estava fora, Rosalind ficava sem recursos e "vivia da paróquia" — sustentada por uma parca ajuda do governo. Óbvio que Jack não dormia debaixo de cercas vivas ou sozinho. Apesar disso, ele agora parecia florescer na memória de Rosalind como uma figura romântica, irresponsável e infiel, mas interessante. Não era mais um assunto proibido. Ao contrário do segundo marido, Jack ansiava por aventuras, não se guiava pela disciplina e pela ordem. Lutou e morreu pelo país no norte da África, na Itália, na França, na Bélgica e na Holanda. Agora brilhava, e ela podia apropriar-se dele.

Manter relações sexuais com uma mulher cujo marido estava em serviço ativo durante a guerra poderia ter custado a Robert Baines uma dispensa desonrosa. Numa aldeia como Ash,

Rosalind teria sido objeto de vergonha e repugnância. Talvez por isso ela tenha se mudado do chalé dos pais para acomodações em Aldershot. Em outra noite, quando Roland perguntou sobre o assunto, ela foi vaga e seu relato confuso, retomando a velha história de ter conhecido Robert após a guerra. Ele não a pressionou muito. Mais tarde, lamentou. Agora entendia por que Jack Tate era assunto proibido. A nódoa secreta na ficha imaculada do major no Exército e a razão de haver escolhido postos no exterior quando tinha a opção de voltar à Inglaterra, a Aldershot e redondezas. Muitos na região ainda se recordariam de que Rosalind Morley tinha traído o marido com o sargento Robert Baines.

Numa crise de insônia durante a visita da mãe, Roland reformulou a história de seus pais não como um relato de vergonha e ocultação, e sim como uma paixão avassaladora. Dois jovens, o sargento bonitão, a mãe ainda moça e bela, se apaixonando contra a própria vontade, contrariando o senso de decência da época. Inocentemente, haviam feito mal a duas crianças. Narrativa assombrada pela morte de um soldado, tal como Thomas Hardy poderia ter escrito. Mais tarde na mesma noite, a história pareceu sombria e triste, surgindo na escuridão do quarto de Roland um cenário de nuvens de fumaça de cigarro, poças de cerveja no chão de concreto, falta de dinheiro, existências arruinadas pela guerra ou limitadas pelos regulamentos militares, por questões de classe e pelas esperanças estreitas das vidas das mulheres.

Tomou emprestado o carro de Daphne e levou a mãe de volta à casa dela. No início ela estava alegre enquanto avançavam lentamente pelo sul de Londres. Por fim falava de Robert. Disposta a perdoá-lo e lhe prestar uma homenagem. Ele era muito inteligente, amava uma diversão, eles compartilharam muitas risadas, em especial quando eram jovens. Ele trabalhou duro para chegar aonde chegou, era realmente dedicado a ela, "nunca me faltou nada". Então se recordou de novo da primeira vez que o viu, quando ela e Pop pararam o caminhão na barreira da guarita. O sargento Baines saiu, corpo ereto e cara amarrada, pedindo para ver os documentos e as listas. Rosalind teve medo.

"Em que ano foi isso?", Roland perguntou.

"Ah, depois da guerra, meu filho. Acho que 1947."

Ele concordou com a cabeça e engatou a marcha no velho fusquinha quando o trânsito em Wandsworth voltou a se mover. Ela tinha esquecido. A versão costumeira era 1945. Os dois haviam se casado em 4 de janeiro de 1947. O mal-estar que ele vinha sentindo durante a visita da mãe só crescia. Sentia calor demais. Baixou a janela uns dois centímetros e conduziu a conversa para coisas triviais — o trânsito, o tempo, as crianças. Ela o acompanhou e disse como tinha adorado Greta e Nancy. Achava Gerald um pouco retraído. Tinha passado tanto tempo com as meninas quanto com Lawrence.

"Meu filho, quando é que você vai se casar?"

Ele se esforçou para soar verdadeiro: "Estou pensando nisso muito seriamente".

"É o que sempre diz. Seria bom para você."

"Acho que tem razão."

Encerrou o assunto. Sabia como fazia sentido para os outros. Daphne era calorosa, inteligente, bondosa, superorganizada. Ainda bonita, enquanto ele tinha uma aparência descuidada. Lawrence era a favor. Os filhos dela eram formidáveis. Ele também sabia o que o detinha. Não podia se enganar. Não se tratava de uma questão de raciocínio. Resumia-se a tudo em que não podia pensar nesse momento.

Quando estacionou em frente à casa da mãe, ela se inclinou para a frente e começou a chorar baixinho. Ele pousou a mão em seu ombro e murmurou palavras inúteis para reconfortá-la. Ela se recuperou e recostou no assento, olhando fixo para um ponto mais adiante. O cinto ainda estava atado. Ele o abriu delicadamente. Mas não estava estimulando-a a sair.

Ela disse, como que para si mesma: "Cinquenta e um anos de casada".

Ele levou mais tempo que devia para fazer o cálculo. Incorreto: casada em 1947, logo cinquenta anos. Seja como for, mesmo cinquenta anos depois, um casamento bom ou mau era motivo de choro. Recuperando-se mais, ela repetiu o número, seu número, num tom de assombro. Um número primo, Lawrence lhes diria. Gostava de reconhecê-los.

"O meu não durou dois. Eu diria que o seu é um triunfo."

Ela não reagiu. Estavam estacionados numa rua sem saída com dez casas geminadas duas a duas, construídas havia vinte anos, com fachadas de tijolos vermelhos brilhantes e gramados sem cerca na frente, no estilo norte-americano, embora pequenos. Ele não sabia como poderia deixá-la sozinha ali. Pensava na poltrona do pai junto à janela, declarando monotonamente sua ausência.

"Vou entrar com você para tomarmos uma xícara de chá."

A sugestão de um plano imediato a ajudou a sair do carro. Dentro de casa, ela tomou prumo ao se afirmar em seus domínios. Pediu a Roland que desse comida aos pássaros, que cortasse a grama do jardim dos fundos e empurrasse o aparelho de televisão para mais perto da parede. Fazer uma lista de compras a tornou de novo alegre. A poltrona vazia não era uma ameaça. Quando ele retornou da cidadezinha, deparou com uma jarra cheia de delfínios azuis e rosados colhidos do jardim sobre a mesa posta para o chá com creme e bolo de limão preparado com mistura pronta. Enquanto tirava as compras da sacola, ele viu uma barra de sabão em cima da geladeira, do lado de um pacote de queijo. Colocou-o de volta na pia. A mãe se mostrou animada durante o chá. Talvez ela ficasse bem por um tempo, mesmo sozinha. Em breve, iria morar com Susan e seu marido Michael. A casa seria vendida. Quando a recordou disso, ela disse: "Não vejo Susan há dois anos. Ela não fala mais comigo".

"Você a viu na semana passada."

Ela ergueu a vista, surpresa, e fez um esforço para se ajustar ao lapso de memória. "Ah, essa Susan."

"Em que Susan você estava pensando?"

Ela deu de ombros. Conversaram alegremente e, mais tarde, ela o levou ao quadradinho do jardim dos fundos para mostrar os canteiros cheios de flores desabrochadas e as rosas Penélope. Estava feliz quando foi até o carro com ele e assumiu um papel maternal, perguntando se tinha dinheiro suficiente para a viagem de volta para sua casa. Ele a tranquilizou, mas ela tinha uma moeda de uma libra pronta na mão e fez questão de que Roland a pegasse.

Depois de percorrer uns quinze quilômetros, ele estava procurando um lugar onde parar. Distraído, já tomara a direção errada e seguia por uma estradinha exatamente no rumo oposto. Quilômetro após quilômetro, o sul da Inglaterra parecia ser um subúrbio infinito, intercalado com fileiras de lojas: pneus, café, roupas de crianças, petshops, hambúrgueres, novos canos de descarga infestavam uma terra cujo solo rico e chuvas decentes outrora sustentara bosques de carvalhos, freixos e cerejeiras. Agora, sobreviventes solitários despontavam em condomínios residenciais, nas rotatórias, em meio a urtiga e ao lixo acumulado na entrada das garagens. O trânsito e tudo que o cercava eram a característica principal. Toda caminhonete era dirigida por um adolescente maluco, todo caminhão emitia um fedor azul. Todos os carros eram melhores que o dele. Chegou a uma cidadezinha chamada Fleet. Ao cruzar uma ponte, viu um canal. Perfeito. Devia ter um caminho pela margem.

O canal Basingstoke era bonito e fez com que Roland deixasse seus pensamentos de lado por um instante. A era moderna ainda não estava perdida. Continuou na direção oposta à da cidade e repassou na memória as flutuações da mãe durante a estada na casa dele, não os momentos de esquecimento circunstancial, mas as falhas vívidas de compreensão, os episódios breves de delírio. "Ela não fala mais comigo." Em Londres, ela teve um primeiro episódio de sabão em cima da geladeira. Mais tarde, uma faca de cortar legumes. O cérebro dela não estava funcionando perfeitamente. A treliça florida estava se inclinando, fora do prumo certo. Ele duvidava que ela pudesse viver sozinha mesmo por algumas poucas semanas. Pegou o celular. Ainda era uma novidade ser capaz de telefonar para a irmã naquele aparelho compacto, debaixo de um chorão e num trecho deserto do canal. Após ouvi-lo, ela lhe disse que tinha chegado à mesma conclusão. Tinha pensado em ligar para ele e sugerir uma ultrassonografia.

"Mas é uma degeneração neurológica, eles não podem fazer nada", Roland disse.

"Podem nos dizer o que esperar."

Depois disso, ele continuou a caminhar. Um canal era um conjunto de lagos rasos dispostos em degraus. Uma invenção brilhante. Ele nunca teria pensado em tal coisa. Ou qualquer outra no mundo construído. Um mês antes, levara Lawrence para um passeio no campo certa tarde de domingo. Estavam nas Chilterns, alguns quilômetros ao norte de Henley, passando por uma fazenda. Lawrence saiu da trilha para ver os restos de uma máquina agrícola abandonada. Pisou para baixar um denso arbusto de urtigas.

"Papai, venha só ver."

Queria que Roland contasse os dentes de uma engrenagem enferrujada. Havia catorze. Então Lawrence lhe pediu que contasse os dentes de uma engrenagem maior que se encaixava com a primeira. Vinte e cinco.

"Está vendo? Os dois números são primos. Primos entre si!"

"O que isso significa?"

"O único número que divide os dois é um. Desse jeito, os dentes das engrenagens se gastam igualmente."

"Por que isso iria acontecer?"

Mas ele não seguiu a explicação. No gerenciamento de sua vida, era um idiota. Em matemática, um imprestável. Seu QI devia ter caído pela metade porque ali estava outro daqueles momentos em que sabia que tinha alcançado o cume de sua compreensão. Um teto, um nevoeiro de montanha através do qual não podia passar. Seu filho de onze anos estava em patamar superior, num espaço claro que seu pai jamais conheceria.

Enquanto caminhava, pensou que, além de criar um filho, tudo em sua vida permanecera sem forma e ele não conseguia ver como mudar as coisas. O dinheiro não podia salvá-lo. Nada conquistado. O que havia acontecido com a canção que tinha começado a compor mais de trinta anos antes e ia mandar para os Beatles? Nada. O que havia feito desde então? Nada, além de um milhão de golpes com a raquete de tênis, mil interpretações de "Climb Every Mountain". Corava atualmente ao ler seus poemas tão sérios! O pai tinha sido eliminado num instante. A mãe começava a declinar rumo à insanidade. Ele sabia que uma ultrassonografia o confirmaria. Ambos os destinos falavam do seu próprio. No deles, ele via uma medida de sua própria existência. Dali em diante, nada mudaria para eles exceto pelo declínio físico e pela doença.

Como era fácil seguir à deriva por uma vida não escolhida, numa sucessão de reações aos acontecimentos. Ele nunca tomara uma decisão importante. Exceto abandonar a escola. Não, aquilo também tinha sido uma reação. Supôs ter providenciado uma espécie de educação para si próprio, porém isso tinha sido feito com constrangimento e vergonha. Enquanto Alissa — ele viu a beleza da coisa. Numa manhã ensolarada e ventosa do meio da semana, ela havia transformado radicalmente sua existência ao fazer uma pequena mala e, deixando as chaves para trás, sair pela porta da frente, consumida por uma ambição pela qual estava pronta a sofrer e fazer outros sofrerem também. Seu romance mais recente se passava na Weimar de Goethe, já estava em fase de provas e Rüdiger o tinha enviado pelo correio. Segundo o panfleto do editor, um dos momentos-chave do romance era o encontro entre o poeta e Napoleão. "Poder, razão e o coração inconstante!", era o mote da publicidade.

Então ele começou a voltar para Fleet pela margem do canal. Lembrou-se da pergunta da mãe. Casar-se com Daphne porque todo mundo dizia ser uma boa ideia não constituiria um rompimento com seu passado, e sim uma continuação. Não existia uma terceira via.

Duas horas depois, ao entrar em casa, sentiu uma diferença. Lawrence encontrava-se na casa de Daphne, mas não era isso. Foi até a cozinha. Mais arrumada que de costume. Sua suspeita cresceu ao entrar no quarto. Também arrumado. Compreendeu momentos antes de ter uma prova concreta. Não era a primeira vez que uma mulher abandonara aquele quarto. Abriu o armário onde Daphne guardava suas roupas. Vazio. Ao dar meia-volta, viu o bilhete dela na mesa. Sentou-se na cama para ler. Praticamente desnecessário. Poderia tê-lo escrito para ela. Ele também o faria curto: era claro que os dois não iam progredir. Com as pressões do trabalho, da família e das escolas etc. ela não mais conseguia viver em duas casas. Sentia muito por manter segredo daquilo, mas vinha conversando com Peter. Uma vez que Roland se mostrava relutante em assumir um compromisso, ela e Peter iriam fazer nova tentativa, não apenas por causa das crianças, mas também pela própria paz de espírito de ambos. Ela esperava que Roland continuasse como seu amigo íntimo. Lawrence deveria continuar a ir brincar ou ficar lá quando quisesse. Ela sentia muito também que ele iria ler aquele bilhete logo depois do enterro do pai, mas Peter havia aparecido ontem, inesperadamente. Ela não queria que Roland recebesse a notícia através de Lawrence. Despediu-se com "amor".

Ao descer, pensou que era a razoabilidade dela que o feria. Nada a dizer em contrário, nada a contestar. Mesmo suas conversas secretas. Se tivesse lhe falado sobre elas, ele teria suspeitado que estava tentando assustá-lo para forçar o casamento. Nenhum direito de sentir-se injuriado. Mas quão razoável era viver com um homem que tinha sido violento com ela?

Roland havia chegado à mesa da cozinha. Uma superfície velha e surrada de pinho, limpa de uma extremidade à outra. Isso agora não iria durar. Pegou uma cerveja na geladeira. Não ia cair no lugar comum de tomar um porre. Ia sentar-se e refletir. O novo governo desejava que a nação bebesse como os europeus do sul. De Collioure a Monte Carlo, com moderação. Do lado de fora ainda estava claro, ainda quente, mas ele preferia ficar ali. Então, era simples. A vida antiga, ele e Lawrence juntos na pequena casa como antes. Jantares ocasionais para os amigos. Com ou sem Daphne. Podia persuadir-se de que, graças à sua inação, era uma decisão dele, não dela. Esperando por alguma coisa — mas não queria pensar sobre isso.

Pôs-se de pé e começou a andar em volta da mesa. Em breve daria um telefonema para Lawrence. Iria buscá-lo, porém não estava pronto ainda para ver Daphne. Chegou junto ao piano e parou. De um lado, no chão, havia quatro altas pilhas de partituras, em geral arranjos de velhas canções prediletas, as clássicas, que usava para seu trabalho no hotel. Em cima, organizadas num momento de zelo organizacional, estavam algumas agrupadas por "lua": "Fly Me to the Moon", "Moon River", "Moondance"... Um minuto depois, estava procurando mais rápido, passando por

"What a Wonderful World", "Yesterday", "Autumn Leaves", deixando a pilha cair e se espalhar pelo chão. A seguir, seus velhos livros de jazz. Jelly Roll Morton, Errol Garner, Monk, Jarret. Foi em frente. Um desejo gratuito se transformara em necessidade. Tinha desbastado uns três quartos da terceira pilha quando puxou uma coleção de Schumann. Fortuitamente. Schubert, Brahms, qualquer um, qualquer coisa serviria. Sentou-se e abriu na estante as partituras da oitava série com as beiradas amassadas. Por todas as páginas, as anotações de dedilhado do menino de quinze anos. Naqueles dias, ele nunca se dava ao trabalho. A música se adaptava ao lugar onde seus dedos estivessem por acaso. Inclinou-se para a frente, franzindo a testa e tentando obter instruções de sua personalidade como adolescente ao abrir caminho pelos primeiros acordes. Como era difícil. Sem melodia. Dizia-se que Schumann estava cem anos à frente de seu tempo. Sem a menor dúvida, soava atonal. Como uma pequena peça de Pierre Boulez que um dia ele tocou. Recomeçou. Gastou quinze minutos aos trancos e barrancos para soar com algum sentido por vinte segundos, no máximo. Irritado, começou de novo, e então parou, se ergueu e saiu da sala. Ele havia banido de sua vida esse tipo de música no dia em que a abandonou, foi até a estação de Ipswich, tomou o trem para Londres e nunca mais voltou.

PARTE III

Nove

O trem que traria Lawrence de Paris devia chegar em Waterloo ao meio-dia. Roland foi para o portão, esperando ver o filho aparecer na rua com sua enorme mochila. Queria observá-lo como ele tinha sido outrora, nas três semanas em que viajou sozinho para o exterior pela primeira vez. Vê-lo como alguma coisa inteiramente distinta dele, não como filho e sim como outros o viam, um jovem adulto com uma passada larga e um olhar distraído, introspetivo. Esperando sob a alfarrobeira negra, Roland se recordou de suas várias excursões — para o norte da Itália e da Grécia, grandes caminhadas para o sul pelas autoestradas, vendendo seu sangue em Corinto para comprar comida, lavando pratos na cozinha de um hotel em Atenas e dormindo numa barraca no telhado. Nunca exatamente despreocupado. Escrevia postais para os colegas da Berners, proclamando sua felicidade como provocação. Eles estavam na universidade, enquanto ele era um espírito livre. Não que as coisas fossem realmente como ele dizia. Nas tarde em que não estava trabalhando, em vez de explorar a cidade, ele ficava deitado na cama de acampamento no telhado e se obrigava a ler *Clarissa* e, depois, *Infidelidades*. Detestou os dois, tão inadequados ao calor e ao ruído da cidade, porém tinha receio de ficar para trás. Em breve deixaria de se importar e abandonaria os livros em favor das viagens subsidiadas por empregos tediosos — sua década perdida. Lawrence não tinha tais distrações e dificuldades. Tinha uma passagem de trem que lhe permitia ir aonde quisesse e uma bolsa para cursar o ensino médio.

Após alguns minutos, Roland entrou para finalizar o almoço. Quando tudo ficou pronto, já passava de uma e meia. Verificou o celular e se certificou de que o telefone da casa estava corretamente posto no gancho. Tinha comprado um telefone para Lawrence viajar. Caso o tivesse perdido, havia cabines públicas na estação de Waterloo. No andar de cima, sobre a mesa, viu o e-mail. "Fui na casa do Sams chego hoje tarde da noite. L." Lawrence sabia que o pai raramente lia as mensagens de texto. Roland tentou não ligar para a falta de pontuação, ou a pequena sensação deprimente de ter sido preterido. Esse era um rito de passagem dos pais. Não tinha havido nenhum acerto específico sobre o almoço. Ele tinha sido tapeado, achando-se orgulhoso da independência de Lawrence e, depois, presumindo que correria para casa a fim de ver o pai. Na idade de Lawrence, Roland nunca tinha corrido para casa. Com frequência, causava desapontamento com mudanças súbitas de plano. Agora era sua vez. Retomando a calma, tentou disfarçar escrevendo: "Bem-vindo de volta! Nos vemos depois". O endereço do e-mail, viu então, era o de Sam. Provavelmente o laptop dele.

Roland comeu sozinho, com o jornal da véspera apoiado num bule de chá. O escândalo da Enron. George Bush tinha profundas conexões com a empresa, mas se apresentava como o flagelo da corrupção corporativa. E o causador das guerras. Lawrence deveria ter telefonado. Mas nada de queixas. Esse era o começo da transição, da liberação, embora Roland nunca houvesse ouvido falar daquilo, daquela forma de desalento paterno. Você pensa no filho como seu dependente. Então, quando ele começa a se distanciar, descobre que você também é um dependente. Sempre foi uma rua de duas mãos.

Os que estavam por dentro das coisas da Enron venderam suas ações antes que a companhia falisse. Bush vendeu as dele. Karl Rove foi mencionado. O mesmo ocorreu com Donald Rumsfeld.

Seria esnobado pelo filho muitas vezes ainda, cabia a ele fingir que não notava. Não era do seu feitio tornar-se objeto ou fonte de culpa. Nem arriscar abrir um conflito com o filho. Lawrence podia estar numa situação vulnerável ou ter uma história que Roland precisava ouvir. Ele tinha de manter seus sentimentos pegajosos sob controle.

Acordou pouco depois de uma hora com o som do filho subindo a escada. Passos pesados e irregulares. Houve uma pausa antes de chegar ao segundo andar. Roland continuou deitado, ouvindo, aguardando o momento certo para se levantar. Uma longa mijada com a porta do banheiro aberta, depois um prolongado ruído de água escorrendo, silêncio, a torneira aberta de novo. Talvez bebendo. A manivela da privada antiga precisava ser empurrada com firmeza para acionar a descarga. Mas aquilo foi violento demais. Feroz. A manivela deve ter saltado fora porque alguma coisa metálica caiu no chão de ladrilho. Roland esperou que Lawrence chegasse em seu quarto, deixou passar alguns minutos, vestiu o robe e foi vê-lo. A luz de cima estava acesa. Ele estava deitado na cama, de lado, vestido. No chão, ao lado da mesinha de cabeceira, a mochila e um balde de plástico.

"Você está bem?"

"Me sentindo uma merda."

"Bêbado."

"E drogado."

"Beba água."

Ele arfou, provavelmente exasperado. "Papai, melhor me deixar sozinho. Só quero ficar aqui deitado."

"Muito bem."

"Até o quarto parar de rodar."

"Vou tirar seus sapatos."

"Não."

Tirou assim mesmo. Não foi fácil arrancar os tênis de cano alto. "Meu Deus. Seus pés estão fedendo."

"Você também..." Mas o rapaz não teve forças para acabar. Roland cobriu-o com um lençol e foi embora.

Antes de cair no sono, leu trinta páginas de *Educação sentimental*. O jovem Frédéric Moreau se apaixonou loucamente por uma mulher mais velha e casada. Ela tocou em sua mão ao despedir-se no fim de uma noitada e, logo depois, indo a pé para casa pela Pont Neuf, ele parou e, em seu estado de encantamento, foi "invadido por um desses tremores da alma em que a pessoa se sente transportada para um mundo superior". Roland releu a frase. Um toque de sua mão. Nenhuma possibilidade, naquele estágio, de sexo entre eles. Ela provavelmente nada sabia acerca dos sentimentos de Frédéric. Segundo a introdução do exemplar de bolso de Roland, o próprio Flaubert se apaixonara, aos catorze, por uma mulher de vinte e seis anos casada. Com muitas interrupções, ela permaneceu em sua vida por quase meio século. As opiniões dos especialistas divergiam quanto ao fato de eles terem ou não consumado aquele amor. Roland apagou a luz e, por mais que o sono estivesse chegando, continuou de olhos abertos no escuro, tentando relembrar seu próprio mundo superior. Nenhum som do outro quarto. Com a srta. Cornell, será que ele tinha estado um passo adiante de Flaubert e Frédéric na Pont Neuf, ou um passo atrás? Ele não imaginava que um mero toque de mão pudesse algum dia elevá-lo a um estado tão sublime. Madame Arnoux havia oferecido a mão a seus outros convidados e, ao chegar a vez de Frédéric, ele sentiu "alguma coisa impregnando cada partícula de sua pele". Um estado invejavelmente intenso negado aos filhos da década de 1960 com sua impaciência carnal. Fechou os olhos. Só com normas sociais formais e rígidas, uma negação prolongada e muita infelicidade é que se podia sentir tanta coisa com um aperto de mãos. À medida que o sono dissolvia seus pensamentos, a resposta veio clara: ele tinha estado muitos passos atrás.

Pouco se viram no dia seguinte. Lawrence dormiu até o começo da tarde e desceu para tomar café da manhã exatamente quando Roland se preparava para Mayfair e sua sessão de piano na tarde de sexta-feira no hotel. Pai e filho trocaram um rápido abraço, e Roland foi embora. Tinha uma lista de canções que desejava mostrar a um dos gerentes — normalmente uma formalidade. Depois dos ataques em Nova York e Washington no ano anterior, era aconselhável chegar cedo a fim de passar pelo recém-instalado controle de segurança por reconhecimento facial na entrada de serviço. Em seu emprego anterior, o pianista tinha permissão de entrar pelas portas principais usadas pelos hóspedes. Ele agora fazia fila com serventes e garçons que chegavam para o turno da noite. Mo, o chefe da segurança, era um muçulmano alegre de Bradford. Roland ergueu os braços para ser revistado.

Mo disse: "Vai tocar 'My Way' hoje de noite como eu pedi?". O sotaque de West Yorkshire era acentuado.

"Nunca ouvi falar dessa música. Cante para eu ver."

Mo virou o ombro, estendeu as palmas das mãos e cantou um trecho numa voz robusta de barítono. A turma de trás da fila riu e aplaudiu. Ainda rindo, Roland foi até o porão vestir o smoking. O salão de chá era um conforto e um refúgio suspensos no tempo, onde ele não tinha outras ocupações, nenhum passado, um contraste reconfortante com a casa em Clapham e tudo que ela representava.

E era ali que tocava a sua música agradável. Mostrou lista a Mary Killy, a gerente naquele dia. Ela era baixinha e arrumada, muito consciente da sua posição de comando. Na primeira vez que o viu, pediu que a chamasse de senhora. Roland não discordou abertamente, mas nunca a chamou assim. Ela tinha um nariz aquilino, ligeiramente arrebitado e com as narinas bem visíveis, o que lhe conferia um ar de interrogação bem-intencionada, como se estivesse ávida para saber tudo que podia sobre as pessoas que encontrava. Levou alguns anos para ele descobrir que ela conhecia música. Tinha sido violinista na terceira fileira da Royal Opera House, havendo abandonado a carreira para criar três filhos. Diziam que ela era centralizadora, porém Roland gostava dela.

Começaria com "Getting to Know You", ele lhe disse, seguido por um pot-pourri de outras canções de shows musicais, terminando com "I'll Know", de Guys and Dolls.

"Ótimo." Mary indicou alguma coisa na parte inferior da lista. "Chopin? Nada tempestuoso, por favor."

"Só um noturnozinho."

"Comece dentro de quatro minutos."

O salão começava a se encher, o chá foi servido com carrinhos de doces. Amaciado pelo murmúrio de vozes idosas, Roland vagou por seu repertório ilimitado. Desde que conhecesse a melodia, era capaz de improvisar as harmonias — e conhecia muitas canções. Os outros gerentes não reconheciam, mas Mary objetava caso seus acordes se tornassem muito jazzísticos. A lista era útil como apoio, mas frequentemente um número sugeria outro e desembocava no jazz. Ele era capaz de cair em devaneios enquanto tocava. Às vezes imaginava que podia dormir sem parar de tocar. Mas um fator no emprego o preocupava tanto naquele momento quanto no primeiro dia. Ele não queria que nenhum conhecido seu, ninguém do seu passado, o visse. Persistia um fator de orgulho. Nenhum de seus amigos tinha conhecimento de sua promessa como intérprete clássico, mas alguns sabiam que ele tinha sido pianista de jazz. Alguns poucos poderiam lembrar-se dele no teclado com o Peter Mount Posse. Roland não falava sobre o emprego a menos que perguntado, e então o desmerecia como muito ocasional e tedioso. Nunca deixou que Alissa ou Daphne fosse vê-lo, nem ninguém mais. Lawrence era expressamente proibido, mesmo que nunca tivesse manifestado interesse em conhecer o local de trabalho do pai. Teria detestado aquilo. O segredo também intensificava a sensação de Roland de que o salão de chá era seu santuário.

Agora encaminhava a parte final de "I'll Know". Como acontecia com grande parte do seu repertório gasto, Roland não sentia nada especial ao tocar essa música. Mas se lembrou de vinte anos antes, quando o diretor Richard Eyre, buscando uma sonoridade mais metálica introduziu harmonias jazzísticas ao show — o tipo de coisa que Mary não queria no seu salão de chá. Muito neon no palco, e Ian Charleson, que morreria de AIDS. Ano da guerra das Malvinas. Mas quem estava com Roland naquele show? Tinha sido antes de Lawrence. Antes de Alissa. Tinha sido Diane, a médica? Ou Naomi, da livraria? Ele tinha trinta e quatro anos, estava no auge da forma. Mireille não foi, com certeza. Enquanto tocava, tentava se lembrar. A pessoa com quem ele estava era adorável, mas se foi para longe dele, não deixou um nome, um rosto na memória. Possivelmente estava apaixonado por aquela mulher, mas o espaço mental ocupado por ela agora estava vazio, um assento vago. Foi mais ou menos na mesma época em que fez uma lista dos seus conhecidos que morreram de AIDS. Era cruel, mas ninguém mais falava sobre isso. Era a vergonha dos vivos, a inexistência de uma cura. As pessoas também não falavam das

Malvinas. Um incômodo diferente. Os anos deslizavam sobre velhas mortes como uma tampa pesada. Quase tudo que aconteceu na sua vida você já esqueceu. Deveria ter escrito um diário. Comece um agora. O passado estava se enchendo de espaços vazios, e o presente, o toque e o cheiro, os sons daquele instante sob a ponta de seus dedos — "A garota de Ipanema" — em breve estariam extintos.

Naquele dia, como havia outro pianista no turno após o jantar, Roland chegou em casa às oito. Lawrence esperava por ele, rosado depois de um longo banho e se sentindo, assim disse, apenas um pouco frágil. Caminharam até a Old Town e o ponto mais alto da High Street, em direção ao Standard Indian Restaurant. Lawrence contou sobre a viagem. Paris, Estrasburgo, Munique, Florença, Veneza. Até então estava evitando a parte importante. A passagem de trem com validade ilimitada tinha funcionado bem, ele gostou das cidades, cruzar os Alpes foi assombroso, se encontrara com colegas da escola no caminho. Naquela tarde tinha chamado um encanador para consertar a privada quebrada. Depois foi tomar chá com Daphne, que confirmou o oferecimento de um emprego mal pago para ele na associação de moradias. Seis meses. Gerald havia decidido cursar medicina. Como se inscrevera nos exames errados, teria de persuadir seus professores de ciência a aceitá-lo. Greta estava a caminho da Tailândia, Nancy ainda odiava Birmingham, tanto a cidade com o curso. Roland sabia de tudo isso, porém ouviu como se não soubesse. No momento, se sentia relaxado e feliz, andando devagar, ouvindo as notícias do filho e aproveitando o último calor do dia que subia da calçada. Em breve, teria de ouvir a história de Munique. A bebedeira da noite anterior confirmara suas suspeitas. Ele tinha tentado alertar o filho para não levar seu plano adiante.

O restaurante estava vazio. Resistia à tendência de modernização que varria os restaurantes indianos de Londres. Ali mantinham as velhas tradições de papel de parede aveludado, lírios moribundos e a grande reprodução emoldurada de um pôr do sol escandaloso. Sentaram-se à mesa de sempre, num canto perto da janela, e pediram cerveja e pão indiano. Ficaram em silêncio, reconhecendo uma mudança de estado de espírito. Nem todos os pormenores seriam revelados de uma vez só. Voltariam à história em algumas oportunidades nas semanas seguintes. Roland estava realmente considerando começar um diário, e o relato de Lawrence seria a primeira entrada.

"Muito bem", Roland disse. "Vamos falar do que quer que tenha acontecido."

Mesmo antes de chegar lá, "Munique foi uma merda". O trem parou fora da estação e não se moveu durante duas horas. Sem aviso ou explicação. Quando chegou à estação, os passageiros foram mantidos na plataforma por meia hora, sendo depois escoltados pela polícia até uma extremidade da gare a fim de esperar com mil outros. Lawrence tinha um conhecimento escolar de alemão e também o que aprendera com os avós para compreender o que estava acontecendo. Uma ameaça de bomba, a terceira no mês, provavelmente alguma organização ligada à Al-Qaeda. Mas isso não explicava por que o público deveria ser mantido na estação. Irritava-o a forma como os passageiros alemães se mostravam tão obedientes. De repente, mais uma vez sem explicação, tiveram permissão de sair. Ele encontrou um hotel barato e, à tarde, seguindo uma recomendação de Roland, visitou o Lenbachhaus para ver os quadros do Blaue Reiter. Achou que seu pai estava errado: Kandinsky era muito melhor, muito mais ambicioso e interessante que Gabriele Münter.

No fim da manhã seguinte, visitou Rüdiger em seu escritório. A ideia de Lawrence era que o editor não poderia resistir a lhe dar o endereço da mãe quando confrontado diretamente. Encarando-se por cima da mesa, conversaram por algum tempo.

Rüdiger então foi chamado para resolver alguma coisa. Lawrence circulou pelo escritório. Junto a uma pilha de livros no parapeito de uma janela havia uma bandeja com cartas para o correio. Obedecendo a um palpite, examinou os envelopes e lá estava uma carta para sua mãe, um endereço batido à máquina. Como não podia ser descoberto anotando-o, guardou de cor a cidade, a rua e o número. Rüdiger levou-o para almoçar, como prometido. Durante a refeição, Lawrence perguntou onde sua mãe morava. O editor sacudiu a cabeça. Disse que era uma longa história. No final, ela lhe dissera para nunca interferir de novo em sua vida pessoal ou tentar interferir, até mesmo mencionar sua família ou dar seu endereço, pois, não sendo assim, publicaria seu próximo livro em outra editora.

O gerente no hotel foi prestativo. Era uma vila, não uma cidade, vinte quilômetros ao sul de Munique. Havia um ônibus que saía esporadicamente de uma rua perto da estação de trens. Ele telefonou algumas vezes por cortesia, e por isso, na hora do almoço do dia seguinte, Lawrence caminhava pela rua dela, procurando a casa. A cidadezinha era "um lugar desinteressante", cortado ao meio por uma estrada movimentada, mais uma espécie de subúrbio. As casas eram modernas e lembravam um pouco chalés de esqui, mas eram "apertadas e feias". Eram bem espaçadas, e ele se surpreendeu com a ausência de árvores. Não era o tipo de lugar que uma escritora famosa escolheria para viver. E de repente estava exatamente defronte à casa dela. Era como as outras, baixinha, sustentada por vigas pesadas e com janelas amplas como vitrines. Parecia às escuras. Sob o grosso telhado que se projetava para fora, a casa dava a impressão de estar "de testa enrugada". Como não se sentiu preparado para ir até a porta, voltou para o lugar de onde tinha chegado. Sentia-se trêmulo e enjoado. Um homem saíra do carro e olhava para ele. Lawrence pegou o celular e fingiu estar numa ligação.

Cinco minutos depois, estava de volta à frente da casa, ainda se sentindo inseguro. Pensou em ir embora. Mas, e então, o que fazer? O ônibus de volta a Munique só sairia dentro de três horas. Levou a mão à campainha e a retirou imediatamente. Se apertasse, ele pensou, sua vida estaria modificada para sempre. Então, como quem mergulha em água fria, "me obriguei a fazer aquilo". Ouviu a campainha soar nos fundos da casa e teve a esperança de que ela estivesse na rua. Ouviu passos na escada. Tarde demais viu um pequeno aviso em letras góticas, pregado à altura da cintura: *Bitte benutzen Sie den Seiteneingang*. Por favor, use a entrada lateral. Sua boca secou ao ouvir a chave girar e dois ferrolhos serem afastados. A porta não se abriu de um modo normal. Com um alto som de sucção, de alta pressão contra tiras de borracha para evitar correntes de ar, a porta se abriu com violência — lá estava ela, "furiosa", sua mãe.

"*Was wollen Sie*?" O tom era vulgar. Ladrão, admirador, entregador, ela não se importava. Ia mandá-lo embora.

"*Ich bin...*"

Ela apontou para a placa de metal parafusada à parede. A irritação fez com que tremesse seu dedo e a unha pintada de um vermelho reluzente. "*Das Schild! Können Sie nicht lesen*?" O aviso! Não sabe ler?

"Sou Lawrence. Seu filho."

Tudo ficou imóvel. Ele pensou que qualquer coisa poderia acontecer. Ela não o apertou num abraço, como ele havia considerado em seus devaneios. Não houve um momento de reconciliação shakespeariana — ele fora obrigado a ler *Conto de inverno* na escola. Ou foi *A tempestade*?

Alissa deu um tapa na testa e disse em voz alta: "Meu Deus!".

Olharam-se, fazendo o reconhecimento do terreno. Mas Lawrence não tinha muito o que reconhecer. Estava nervoso demais para recordar-se de alguma coisa. Achou que havia "uma espécie de xale" em volta dos ombros dela. Trazia um cigarro na mão, fumado pela metade. Além disso, talvez usasse um cardigã, talvez uma saia grossa de veludo cotelê, embora o dia estivesse quente. Havia rugas profundas em torno de seus olhos. Tinha uma "aparência meio amassada".

Roland disse no restaurante: "Ela devia estar escrevendo. Rüdiger me contou que ela fica possessa quando é interrompida".

"Sim, legal. Mas era eu. Vamos pedir a comida. Quero uma coisa pesadona, um vindalho, algo assim."

Da parte dela — Roland tentou imaginar —, o que viu foi um adolescente desengonçado com um olhar intenso saindo de uma cabeça grande que estava raspada a zero, um estilo que aumentava o tamanho das orelhas.

Por fim, Alissa disse numa voz em volume normal: "A pergunta é a mesma: o que é que você quer?".

"Ver você."

"Como conseguiu este endereço? Rüdiger?"

"Pesquisei fundo na internet."

"Por que não escreveu primeiro?"

Uma pontada de raiva ajudou Lawrence. "Você nunca responde."

"Essa seria sua resposta."

A ansiedade dele, a doença — o que chamou de tremedeira — desapareceu. Não tinha nada a perder. "O que é que há com você?"

Ela começou a falar, mas "tomei a liberdade de interromper — e, papai, me senti ótimo". Disse a ela: "Por que você é tão hostil?".

Ela, no entanto, levou a pergunta a sério. "Não vou convidá-lo a entrar. Tomei uma decisão faz muitos anos. Tarde demais para voltar atrás, compreende? Você acha que sou grosseira. Não, estou sendo firme. Entenda isso bem." Falou devagar. "Não vou te receber."

Ele estava tentando em vão encontrar palavras para um nó de pensamentos. Por exemplo, por que você não é suficientemente grandiosa para escrever livros e me ver? Outros escritores têm filhos. Mas também começava a sentir que talvez não desejasse aquela mulher encurvada e raivosa em sua vida. E então lhe dar as costas já não parecia mais tão difícil. Ela estava facilitando as coisas para ele.

Logo tornaria ainda mais fácil. Depois que Lawrence se afastara alguns passos, ela falou: "Está se tratando de algum câncer?".

Perplexo, ele parou e se voltou para trás. "Não."

"Então deixe o cabelo crescer." Ela entrou e procurou bater a porta, mas se ouviu o mesmo som suave de ar comprimido. Brutal e consistente. Pai e filho refletiram e tomaram uns goles de suas bebidas. Roland perguntou: "E depois?".

Lawrence caminhou lentamente até a parada de ônibus e continuou mais adiante, até a cidadezinha de Gasthaus, onde tomou uma cerveja. Só uma. Voltou para a parada, se sentou num banco e esperou um tempão pelo ônibus. O encontro com a mãe não levara nem mesmo três minutos.

Dois dias depois, quando repassaram a cena, Lawrence disse que, depois de chegar ao banco, chorou. "Caí no choro" por vários minutos. Ficou aliviado por ninguém ter passado por ele para testemunhar a cena. O choro compensava todo o tempo em que sentira falta de ter uma mãe, todas as cartas que escrevera, o álbum de recortes, tudo. Nunca tinha chorado até então. Mais tarde se sentiu calmo e se disse que estava melhor longe dela. Alissa era tão obviamente uma pessoa terrível que também seria uma mãe terrível.

No começo da noite do dia seguinte se sentaram no jardim, à mesa enferrujada de metal que Roland sempre tencionou pintar. Mais adiante estava a macieira havia muito morta que ele ainda não cortara. Estava acostumado a ficar ali. Entre pai e filho, duas cervejas e uma tigela de nozes salgadas. Lawrence havia acabado de dizer num tom casual que estava começando a odiá-la. Para o bem de Lawrence, Roland queria defendê-la. Não lhe faria nada bem, disse ele, carregar agora uma queixa quando não havia uma antes. Devia se lembrar de que ele tentara persuadi-lo a não ir vê-la. Mas aquela não era a hora de falar em favor de Alissa. Lawrence não poderia ter uma visão clara da mãe antes de lê-la, e isso ele se recusava a fazer como sempre fizera. Muito bem. Melhor não conhecer seus romances muito cedo. O que a advocacia feita por ela da "racionalidade intensa e fogosa" teria a dizer a um jovem tão devotado à matemática? Alguém que conhecia tão pouco de literatura e história, que ainda não se apaixonara, ainda não se desapontara com o amor e, tanto quanto Roland sabia, ainda não tinha tido experiências sexuais. Alimentado de *Cider with Rosie*, *O velho e o mar* e o que mais a escola houvesse posto à sua frente. Ainda assim tinha mais leitura que o pai aos dezesseis anos. Os livros tinham sua hora.

Roland disse: "Pelo que li, ela se tornou uma ermitã famosa, vive reclusa."

"Numa casa de merda e num lugar de merda. Não posso acreditar que ela seja mesmo tão boa."

"Quais são seus planos para hoje à noite?"

Ele ficou alegre de repente. "Encontrei alguém no trem vindo de Paris."

"Foi?"

"Véronique. De Montpellier. O que você acha dessa camisa?"

"Usou ela ontem. Pegue uma das minhas."

Lawrence pôs-se de pé. "Obrigado. E você?"

"Vou ficando por aqui."

Depois que Lawrence saiu, Roland foi para o segundo andar. Numa gaveta do quarto, em meio aos cadernos com poemas outrora tão importantes, havia um volume menor, encapado com couro artificial, com duzentas e cinquenta páginas pautadas, presente de Natal de alguém esquecido. Todas as folhas em branco. Levou-o para a mesa da cozinha. Pouco antes do retorno de Lawrence, ele saíra quase todas as noites — jantares na casa de amigos e duas sessões noturnas no hotel. Tal como um gongo percutido havia alguns minutos e ainda ressoando, sua cabeça estava cheia de vozes. Não apenas a de Lawrence, mas um coro de conversas entrelaçadas, em tom alto e contencioso, um tumulto de análise, predições assustadoras, comemoração e lamentos irados. Sua vida escorria para fora dele. Acontecimentos de três semanas atrás já se afastavam ou se perdiam num nevoeiro. Tinha de se esforçar para manter uma parte. Só um pouco, ou não valeria a pena viver tudo aquilo. O que ele e as pessoas que tinha visto ultimamente estavam pensando, sentindo, lendo, assistindo e discutindo. Vida pública e privada. Não seus fracassos, suas queixas, seus sonhos. Não as condições meteorológicas, o inverno se transformando em primavera, o medo da velhice e da morte, a aceleração do tempo, a infância perdida com tudo de bom e de ruim contido nela. Ia escrever somente sobre as pessoas que via e o que diziam. Se obrigaria a fazer isso, ao menos meia hora por dia. Espírito do tempo. Começar um diário a cada ano, enchê-lo ou não. Poderia preencher três cadernos num ano. Vinte anos, trinta se fosse extremamente sortudo. Noventa volumes! Um projeto tão grandioso e simples.

Durante uma hora e meia escreveu o que era capaz de lembrar da história de Lawrence. Em quinze minutos estava justificado. Se esperasse uma semana, metade dos detalhes se perderiam. Como as unhas pintadas tremendo ao apontar a placa. *Das Schild*! Nada a fazer sobre o passado, mas o presente podia ser arrancado do esquecimento. Agora era a vez das outras vozes. Isso era mais difícil, uma concatenação de opiniões. O mesmo grupo de personagens.

Ele viu uma mão fechada agarrando uma camisa por cima da mesa de jantar e sacudindo. Mas aquilo não tinha acontecido de fato. Quarta-feira, na casa de Daphne e Peter. Quinta, na casa de Hugh e Yvonne. Mas agora tencionava se espalhar pela maior parte do ano. Pensou em alinhar as opiniões, quem as tinha, o cenário, a quantidade bebida, a hora em que saíram, alcoolizados e roucos. Mas, tão logo iniciou, só quis registrar as opiniões, e todas as vozes num aposento falando ao mesmo tempo.

O cara do *Guardian* tinha razão. Eles mereciam. Uma segunda vitória de lavada. Ora! É um endosso tremendo. Coisa para ser celebrada. O Booker Prize? Um monte de gente medíocre fazendo média. Além de ouvir os irmãos muçulmanos que perdem sua crença ou mudam de religião? Uma merda total, um dos piores sistemas de ideias já criado. O que ele tem para esconder, arrastando os pés numa Lei de Liberdade de Informação? Igualzinho à Thatcher. O abismo entre a riqueza e a pobreza está crescendo. Ao norte de Watford estão começando a odiá-lo. Você está errado. Na verdade, nem está errado — Frayn, Hensher, Banville, Thubron, Jacobson, Self —, esses são os talentos sérios. Que se fodam todos. Homens brancos na zona de conforto. A hora deles chegou. E onde estão as mulheres? Você viu Cidade de Deus? Saímos no meio. É, de eleições perdidas. Mas é um trabalho de gênio. Aquela primeira tomada, a galinha correndo! Há uma pureza e beleza no Islã. Num mundo globalizado, dá sentido aos marginalizados. Ah, para com isso! O desemprego anda baixo, assim como a inflação e a taxa de juros. Salário mínimo, o capítulo social. Aqueles troços dos esquerdinhas me dão vontade de vomitar. Vou te contar, quando os corpos caíram, o edifício tremeu. Pagamentos pelos alunos — criminoso. Marginais? Bin Laden é filho da porra de um dono de fundos de investimento! Estou cagando, desde que a assistência de saúde permaneça gratuita onde é concedida. Com Diana, ele estava cumprindo seu dever. Sempre foi Bowles. Aquele slogan babaca! Blair está entupindo o Sistema Nacional de Saúde com gerentes. Vou dizer o que é a fé. Crença sem fundamento, e aqueles caras nos aviões eram crentes. A Daphne do Peter se bandeou para o outro lado. Ele almoçou com o Bill Cash. Primeiro passo para quebrar o sindicato. Vamos perder todos os nossos deputados trabalhistas da Escócia, depois fique de olho no nacionalismo inglês. Vão nos comer vivos. Sou totalmente a favor da independência da Escócia. Fascistas com um verniz religioso. Então você deve odiar os escoceses. Em vez do Whitehall, vão ter que aguentar Bruxelas. Ele escreve uma coluna satírica para o *Telegraph*. Enchemos a cara e falamos sobre Shakespeare. Não é sátira, é mentira. Pois eu topo Bruxelas. Totalmente impossível que eles invadam. Sabem que Saddam tem armas nucleares. É tudo superficial, massageando a verdade, controle paranoico das mídias. Moralmente falidos. Os eleitores com que você declara se importar não concordam. Você deve achar que eles são uns idiotas. Lembra do discurso dele em Chicago? A tal "guerra justa"? Aí está. Agora ele enfiou a cabeça no cu do Bush. Coe fazendo o papel de Baines. Fale você pela Escócia. O relativismo de bosta que está invadindo a esquerda. Talvez você ache que os iraquianos gostam de ser torturados. Estão se preparando, esses dois, para fazer alguma coisa realmente catastrófica. Espere, quando o partido comunista dos Estados Unidos e o islamismo não violento se unirem... Bela ideia, chamar de guerreiros da liberdade esses sujeitos que matam as estudantes muçulmanas. Quem disse foi o Goff — Frayn vai ganhar e, juro por Deus, ele merece. Quer dizer que aqueles garotinhos disseram "é, assamos um bebê para o almoço e enterramos os ossos no gramado"? Os terapeutas, assistentes sociais, o tribunal — todos acreditaram em tudo porque quiseram A polícia escavou o gramado — nada. Mas pegou quarenta e três anos. Estou lhe dizendo, se eles entrarem, a Al-Qaeda vai governar o Iraque. Já viu a nota de quinhentos euros?

Fez uma pausa para preparar um sanduíche e depois escreveu até dar meia-noite. Cinquenta e uma páginas cobertas. Foi acordado às duas e meia pela pressão na bexiga. Isso nunca havia acontecido antes. Ao se aliviar na privada, ficou na dúvida se era caso de preocupação, o jorro ser tão fraco. Pensou em Joyce, em Stephen e Bloom ao final do dia urinando lado a lado à noite no jardim. Ítaca. No passado, Roland possuíra a trajetória de Stephen, "mais alta e mais sibilante". Agora, tinha a de Bloom, "mais longa, menos copiosa". Roland não gostava muito de seu médico. Não iria consultá-lo.

Mais tarde, ficou à janela do banheiro, espremida sob o telhado plano de um pequeno puxadinho nos fundos da casa. Olhou o jardim lá embaixo. A noite de julho era fresca, o céu tinha clareado e uma lua minguante iluminava com grande nitidez a mesa onde ele e Lawrence haviam se sentado horas antes. Estranhamente, ela parecia de um branco reluzente enquanto a grama atrás era negra. As duas cadeiras estavam postas nos ângulos em que tinham sido deixadas quando ambos se puseram de pé. A fidelidade canina dos objetos, o fato de permanecerem onde tinham sido postos de forma irrefletida. Sentiu um calafrio. Era como se estivesse vendo o que não devia ver — o que estaria lá quando ele não estivesse mais, como as coisas pareceriam quando ele morresse. A caminho da cama, por hábito, deu uma olhada no quarto de Lawrence. O filho ainda não tinha chegado. Pensou em telefonar. Mas não iria interferir. Lawrence em breve faria dezessete anos, e as coisas podiam estar indo bem com Véronique. Voltou para a cama e dormiu um sono pesado, sem sonhos. Na manhã seguinte, poucos minutos depois das nove, foi acordado pelo telefone. De início, achou a voz conhecida, de alguém no passado. Continuava muito sonolento, vulnerável a todas as possibilidades de sonho. Era um policial, perguntando se falava com Roland Baines. O livro *Educação sentimental* caiu ao chão quando ele se sentou ereto, o coração aos pulos, as palmas já úmidas segurando o fone, e ouviu com atenção.

Com vinte e muitos anos, ao assumir sua educação, Roland demonstrou interesse apenas moderado pela ciência. Esforçou-se, porém achava que o assunto carecia de humanidade. Os processos ocultos dos vulcões, folhas de carvalho ou nébulas — tudo bem com eles, mas não o atraíam. Quando a ciência penetrava no terreno vital em que as pessoas têm sucesso ou fracassam ao prosperar sozinhas ou em grupo, quando adoram ou odeiam tomar decisões, suas contribuições eram débeis ou contestadas. Propunha truísmos enfeitados, relatos físicos do que já era conhecido, de acontecimentos no cérebro já bem conhecidos e investigados. Por exemplo, o conflito pessoal. Sabido e discutido na literatura por 2700 anos, desde uma briga conjugal entre Ulisses e Penélope quando ele voltou mancando para casa depois de uma ausência de vinte anos. Mais uma vez Ítaca. Interessante, talvez, saber que a ocitocina, entre muitas outras coisas, corria nas artérias de Penélope no momento da reconciliação posterior, mas o que mais a ciência nos dizia sobre o amor deles?

No entanto, Roland persistiu. Leu livros de ciência para leigos, motivado menos pela curiosidade que pelo medo de ficar de fora, de ser um *ignoramus* pelo resto da vida. Ao longo de trinta anos, conseguira enfrentar uma meia dúzia de livros sobre a mecânica quântica para o leitor comum. Eles eram escritos em termos brilhantes e chamativos, prometendo no final elucidar os enigmas do tempo, espaço, luz, gravidade e matéria. Mas ele não sabia mais do que antes de ler o primeiro. Ajudava o fato de que um físico famoso, Richard Feynman, houvesse dito que ninguém compreendia a mecânica quântica.

Restavam alguns conceitos lembrados pela metade, provavelmente com distorções. A gravidade afeta o fluxo do tempo. Também curva o espaço. Não há "coisas" no mundo, apenas eventos. Nada é mais rápido que a luz. Nada disso significava ou ajudava muito. Mas havia uma historinha, um célebre experimento mental, bem conhecido até por aqueles que nunca tinham ouvido falar de mecânica quântica. O gato de Schrödinger. Um gato oculto numa câmara de aço é morto ou não por um aparelho acionado ao acaso. O estado do gato é desconhecido até que a câmara seja aberta. No relato de Schrödinger, ele está ao mesmo tempo vivo e morto até aquele momento. No resultado favorável, no instante da revelação uma função de onda entra em colapso, o gato vivo pula nos braços da proprietária, enquanto sua outra versão permanece morta num universo inacessível à proprietária do gato. Por extensão, o mundo se divide a cada momento concebível num número infinito de possibilidades invisíveis.

A teoria dos mundos múltiplos parecia a Roland não menos improvável que Adão e Eva no jardim do Éden. Ambas eram histórias poderosas, e ele com frequência invocava o gato quando uma questão incerta estava prestes a ser resolvida. A contagem de votos numa eleição geral, o sexo de um bebê, o resultado de uma partida de futebol. O gato lhe veio na forma do filho naquela manhã, na cama, quando o telefone tocou e o policial falou. Lawrence estava simultaneamente numa cela de delegacia com uma ressaca ou sobre uma superfície de aço escovado debaixo de um lençol num necrotério. Dois estados, ambos reais, em perfeito equilíbrio, e ele não era mais capaz de ouvir a cortesia do policial — estava pedindo a Roland que confirmasse o endereço. O que quer que fosse uma função de onda, ela estava prestes a entrar em colapso e ultrapassar a linha.

"Onde ele está? O que está querendo me dizer?"

"E código postal, se não se incomodar, meu senhor."

"Pelo amor de Deus, diga logo."

“Não posso prosseguir sem seu...”

“Moro em Clapham. Na Old Town.” Falou alto.

“Muito bem, meu senhor. Basta isso. Meu nome é Charles Moffat, sargento-detetive, e estou telefonando da delegacia de Brixton.”

“Não.”

“Trabalho no escritório do Superintendente Browne, que se aposentou recentemente.”

“O quê?”

“Ele o visitou alguns anos atrás. Deixe-me ver, faz tempo. Oitenta e nove. A respeito de sua mulher cujo paradeiro não era conhecido.”

Emergindo de seu estado parcial de sonho, reconciliando-se com o fato de que seu filho ainda estava vivo, Roland só pôde grunhir. Ouviu Lawrence no banheiro.

“Isso foi resolvido satisfatoriamente.”

“Sim.”

“Estou telefonando na esperança de que o senhor possa concordar em ser entrevistado sobre outra questão que decorreu de suas conversas com o superintendente Browne.”

“Sobre o quê?”

“Prefiro conversar com o senhor diretamente. Seria possível esta tarde?”

Às duas se encaravam por cima da mesa da cozinha, tal como Roland havia feito anos antes quando o detetive Browne o visitou. Moffat era um sujeito rijo, com ar esperto — na verdade, tinha a cabeça e o rosto em formato de lâmpada —, testa larga, maçãs do rosto poderosas, queixo delicado. Os olhos eram bem separados, as sobrancelhas mínimas lhe davam uma aparência de surpresa constante. No passado, quem sabe, sangue chinês na composição genealógica. Passaram alguns minutos conversando fiado. Browne era o único ponto de contato entre ambos. Dois de seus três filhos tinham seguido o pai como policiais. Estavam em delegacias diferentes perto de Enfield.

"Barra pesada", disse Moffat. "Vão aprender muito."

O mais velho tinha entrado para o Exército e se formado em Sandhurst com boas notas. Prestes a ser mandado para o Kuwait como parte de um pequeno destacamento.

"Vigiando a fronteira com o Iraque?", Roland perguntou.

Moffat sorriu. "Motivo de grande orgulho na família."

Terminada a conversa fiada, ele disse: "Minha área é o abuso sexual histórico. Essa é apenas uma investigação preliminar, e o senhor não está obrigado a responder a nenhuma das minhas perguntas. Vou ser muito breve". Abriu uma pasta contendo as notas datilografadas de Browne.

"Um colega estava examinando as pastas de Doug em busca de outra coisa e reparou num item de interesse. Primeiro, o senhor se importa em confirmar sua data de nascimento?"

Roland forneceu a data. Sentia-se trêmulo, embora confiante de que isso não fosse visível. Moffat então leu: "'Quando dei um basta, ela não lutou contra mim'... etc... 'O assassinato pairou sobre o mundo inteiro'".

"Ah, sim."

"Essas palavras foram copiadas de um caderno seu que Doug Browne fotografou."

"Correto."

"Houve um mal-entendido de que se referiam à sua mulher desaparecida."

Roland concordou com a cabeça.

"E, ao esclarecer o assunto, o senhor disse que estava se referindo a um caso anterior com outra mulher. Um caso sexual."

"Exatamente."

"Qual era a idade dessa senhora?"

"Vinte e tantos, acho eu."

"Se importa de me dizer como se chamava?"

Veio à sua mente uma imagem particular de Miriam Cornell. A noite chuvosa em que o pôs na rua, suas lágrimas, segurando a chave do barracão, prestes a jogá-la ao chão. Segundo a teoria, havia na verdade um universo em que ele tinha se casado com ela em Edimburgo e lá vivia agora. Casamento feliz ou desgraçado. Divórcio amargo logo depois. Todos esses e os demais resultados possíveis para ambos. Se acreditasse naquilo, então acreditaria em todas as religiões e cultos no mundo ao mesmo tempo. Em algum lugar não visível todos eram verdadeiros. Como todos eram mentirosos. Stephen Hawking certa vez dissera: "Quando ouço falar no gato de Schrödinger, pego meu revólver". Mas a ideia continuava a perseguir Roland. Mais que isso, o encantava. Todos os caminhos não percorridos, vivos e passando muito bem. Através de um rasgo no véu do real ele ainda estava de pijama, agora com cinquenta anos, vivendo uma vida simples.

"Por que eu deveria lhe dizer o nome dela?"

"Chego lá. E esse assassinato se refere a quê?"

"Ao começo, o começo do caso. A crise dos mísseis em Cuba. Antes que o senhor nascesse. Assassinato em massa."

"Outubro de 1962. Quer dizer que o senhor tinha acabado de fazer catorze anos quando esse relacionamento começou."

"Sim." Subiu pela espinha de Roland uma sensação nada agradável, e o impulso, que suprimiu, de esticar-se e bocejar. Nem tédio nem cansaço. Moffat o observava, esperando mais. Roland sustentou seu olhar e esperou também.

Sua determinação de encontrar Miriam e confrontá-la tinha sofrido altos e baixos de decisão e inação. Nos últimos dez anos, inação sobretudo. Um esforço sério foi feito em 1989, após a carta da escola dizendo que ela tinha ido para a Irlanda. No Royal College of Music, uma recepcionista se mostrou prestativa, confirmando por meio de um diretório que Miriam o frequentara até 1959 com notas elevadas. Ele voltou em outro dia e foi apresentado a um velho professor de piano e teoria. O nome de Miriam fez com que ele franzisse a testa e dissesse que se recordava vagamente dela. De fato muito talentosa, mas nunca mais ouvira falar dela. No entanto, acrescentou, podia estar confundindo-a com outra pessoa.

Por volta de 1992, em outra tentativa, cruzou a cidade de metrô para visitar, perto da floresta de Epping, um instituto nacional de professores de piano. Ela não constava das listas. Até meados da década de 1990, era difícil descobrir fatos sobre qualquer coisa ou qualquer um, e ninguém se importava com isso. Seu vizinho podia se mudar para uma casa a quatro quarteirões de distância, viver uma vida normal e ser quase impossível de localizar. Toda pesquisa em vão implicava uma carta ou chamada telefônica, ou uma viagem e uma busca, ou as quatro coisas. Por volta de 1996, a despeito de toda a promessa de radicalidade trazida pela internet, não achou sobre Miriam na rede.

Outros impedimentos cotidianos às tarefas sistemáticas de detetive consistiam em criar um filho, ganhar a vida com esforço, cansaço. Depois veio outro elemento. No final da década de 1990, ele passou por uma fase de Charles Dickens. Leu oito romances em seguida. Adorava como os livros se deliciavam com a variedade humana, como revelavam uma generosidade de espírito que ele mal conseguia conceber em si mesmo. Seria tarde demais para se transformar numa pessoa melhor e maior? Então leu duas biografias. Um episódio na vida do autor teve impacto. Aos dezoito anos, quando era um repórter obscuro de tribunais e alimentava ambições literárias, ele se apaixonou profundamente pela bela Maria Beadnell, de apenas vinte anos. Ela pareceu encorajá-lo, no início. Mas, retornando de uma escola em Paris onde as moças de alta classe aprendiam as virtudes sociais, ela o rejeitou. Dickens não tinha perspectivas sólidas e os pais dela nunca o aprovaram. Anos depois, ao se firmar como o escritor vivo mais famoso de todos os tempos, recebeu uma carta de Maria. Naquele momento, Charles estava se cansando do casamento com Catherine, que terminaria três anos depois. Ansiava pela intensidade erótica de sua juventude. Agora, Maria Beadnell revivia recordações de uma grande paixão não realizada. Ele não conseguia tirá-la da cabeça. Começou a lhe escrever o que pareciam ser cartas de amor. Em breve, teve certeza de que nunca amara outra pessoa. Não tê-la conquistado quando jovem havia sido o maior fracasso de sua vida. Talvez não fosse tarde demais.

Maria, que agora era a sra. Henry Winter, foi tomar chá na casa de Dickens no Regent's Park quando ele sabia que Catherine estaria fora. Bastou uma olhada para aquela senhora e o sonho se desfez. Ela estava "extremamente gorda". Sua conversa era insossa, falava pelos cotovelos. Onde antes havia graça, agora só restava a ignorância. O chá foi um pesadelo cortês. Mais tarde, ele cuidou de mantê-la fora de sua vida. Mas o que esperava? Vinte e quatro anos se passaram. A história revelou o que Roland jamais tinha pensado até o fim. Quase quarenta anos haviam transcorrido desde que vira Miriam pela última vez. Temia descobrir no que ela tinha se transformado. Ele a queria preservada como tinha sido. Não queria uma matrona gorducha de sessenta e cinco anos, em más condições financeiras, ocupando seu lugar.

Por fim, o jovem policial disse: "Era alguém que o senhor já conhecia?".

Roland refletiu. "O senhor quer montar uma acusação."

"Não cabe a mim decidir isso. Era uma amiga da família? Alguém que encontrou num feriado?"

Roland estava tentando invocar quem era aos catorze anos. A escola foi invadida pela moda dos sapatos de bico fino. Implorou à mãe para que lhe comprasse um par. Ela usou sua nova máquina de costura para transformar a antiga calça cinzenta do uniforme, afinando-a na direção dos tornozelos. Quando chegou à porta de Miriam numa manhã de sábado de outubro, era isso que ela tinha visto — a camisa havaiana desabotoada quase até a cintura, lama na calça de pernas afinadas, os sapatos esfolados de um bobo da corte medieval. Tinha aquelas passadas confiantes de um garoto cônscio do novo volume entre suas pernas. No auge da moda. Chegando de bicicleta, sem pré-aviso, a fim de dar uma trepada antes que o mundo acabasse. Para uma mulher com vinte e tantos anos, ele representava um gosto especial.

Ele disse: "Vou ter que pensar nisso".

"Sr. Baines. O senhor foi vítima de abuso. Trata-se de uma questão criminal."

"O senhor deve ter casos mais urgentes. Casos horríveis."

"Históricos também."

"Por que me submeter a isso?"

"Justiça. Sua paz de espírito."

"Seria um inferno."

"Proporcionamos apoio de especialistas. O senhor provavelmente sabe que há toda uma nova cultura acerca disso. O que costumava ser ignorado ou menosprezado não é mais. A boa notícia é que agora temos metas. Tantas acusações exitosas por ano."

"Ah, sim. Metas." Não contaria a Moffat que no passado havia sido um entusiasta. Em vez disso, perguntou: "Qual o sentido disso?".

"Se formos bons, e considero que somos, nossa verba cresce e pomos mais gente na cadeia."

"Já pensou alguma vez em manipular as provas? Para atingir... Ahn...?"

Moffat sorriu. Seus dentes eram artificialmente brancos. Tinha feito uma má escolha no dentista. Deveria ter preferido a cor natural, menos branca, tal como Roland havia feito dois meses antes. Ainda estava orgulhoso de sua nova aparência, realizada a baixo preço por uma velha namorada que se tornara higienista. Competitivamente, sorriu de volta.

O policial reunia os papéis. "É o que diz a imprensa. Temos mais casos com provas irrefutáveis do que podemos investigar." Fez uma pausa e acrescentou: "Alguma coisa de selvagem na psique masculina".

"Certamente."

"Mas mulher abusando de homem… Só temos poucos casos como o seu."

"Metas para esses também?"

Moffat pôs-se de pé e entregou um cartão de visitas. "Pode ver que escrevi o número do caso. Se quiser contribuir, vai ajudar outras pessoas. Homens e meninos."

Roland levou o detetive até a porta. Ao sair, Moffat disse: "Deveria ter lhe perguntado isso no começo. Foi prejudicado pela experiência?".

Roland respondeu rápido: "Não, nem um pouco".

Mais uma vez, Moffat esperou por algo mais e, quando nada veio, deu meia-volta, ergueu a mão numa despedida casual e se dirigiu a seu carro. Roland fechou a porta, se encostou nela e olhou no fundo do corredor a cozinha, além da balaustrada. Prejuízo. Ali estavam. Os ladrilhos que faltavam no chão, além dos que estavam quebrados ou soltos. Sob o tapete desfiado e manchado havia tábuas podres. No corredor, os rodapés também podres. Os encanamentos vinham falhando, o sistema de aquecimento tinha trinta anos, a madeira nas janelas virando pó em certos lugares. Ele passara a admitir que nunca teria condições de mudar-se dali. Precisava de novo telhado. O certificado de garantia da fiação elétrica era de abril de 1953. Parte do isolamento do teto era de amianto. Um construtor, gente boa, segundo Roland, tinha dito que a casa necessitava de "uma geral". Ele e Lawrence viviam com o dinheiro que ele ganhava pelas sessões de piano e trabalhos jornalísticos ocasionais. Não sobrava para a reforma. Em pouco tempo, sobraria menos ainda. Uma carta do advogado de Alissa avisava que seus pagamentos mensais cessariam quando Lawrence fizesse dezoito anos. Se fosse o caso, ela mandaria cheques por intermédio de Rüdiger para pagar estudos na Europa ou nos Estados Unidos. Muito razoável.

O estado da casa era a demonstração externa de uma série de consequências cujas origens ele não tinha interesse em examinar muito de perto. A década perdida tinha começado ao terminar sua estada na barraca em Atenas, quando jogou no lixo o Henry James lido pela metade. De volta à Inglaterra, tocou com o Posse, trabalhou sobretudo em pequenos canteiros de obras mas também numa fábrica de conservas, como salva-vidas em piscinas e caminhador de cachorros, num depósito de sorvetes. Pianista de salões de hotel, instrutor de tênis e resenhista para uma revista de espetáculos vieram mais tarde na série. Suas viagens, com amigos e vez por outra sozinho, incluíram percursos pelas estradas dos Estados Unidos, uns tempos nas cavernas da ilha de Ios, uma longa excursão de carro com dois amigos do Mississippi que fugiam ao recrutamento da guerra do Vietnã, de Kabul até Peshawar, cruzando o passo Khyber. Descansaram no vale do Swat. Quando o dinheiro acabou e ele regressou, dormia em sofás e no chão, tendo também invadido casas vazias. Teve namoradas interessantes, foi a shows e festivais de rock e jazz, assistiu a filmes — e trabalhou duro, ou tediosamente, ou ambos. Na década de 1970, era fácil achar trabalho temporário.

Aqueles eram os tempos em que as pessoas falavam contra "o sistema". Ele punha a música clássica no pacote. Gostava de dizer que o piano, tocado como imaginavam Bach ou Debussy, era um resquício conspurcado, uma ruína histórica. Seus vinte anos escorriam para o ralo. Ele dizia a si próprio que era livre e se divertia. A ansiedade que às vezes sentia por levar uma existência sem propósito era administrável, assim ele acreditava. Mas no final a incerteza não pôde mais ser contida, cresceu e estourou. Ele tinha vinte e oito anos e não levava uma vida útil. Inscreveu-se na City Lit e no Instituto Goethe. Nos encontros do Partido Trabalhista, se declarava um "centrista". Sua educação superior tomou quase dez anos de estudos intermitentes. Não fez exames formais. Muita gente gastava seus vinte anos, ou a vida inteira, em escritórios, em fábricas e em pubs, e acaba sem conhecer o mundo mais além das praias do sul da Europa. Por isso tinha valido a pena ser irresponsável, viver com o mínimo necessário, não se comportar como os outros. Isso era ser jovem. Sempre que se pegava pensando ou dizendo coisas assim, sabia que era a si próprio que precisava convencer.

Continuou encostado à porta da frente. Agora que Moffat havia ido embora, era um alívio parar de fingir que não estava perturbado. Não se tratava do choque de saber alguma coisa nova. Ele a acusara muitas vezes e de muitas maneiras — mas em pensamento. O choque foi ouvir aquilo ser dito sem rodeios por um funcionário do Estado. Isso era uma "questão criminal". Não *tinha sido*, ele disse que *era*. Um segundo choque foi o desafio. Estaria ele preparado para fazer alguma coisa? O caso tinha permanecido enroscado confortavelmente longe de qualquer ação, como uma serpente numa sombra profunda em dia quente. *E de pijama por causa do calor.* Era alguma coisa entre ele e seu passado, nunca mencionada abertamente. Não figurava em seus pensamentos como um segredo. Aqueles dois anos eram apenas... o que exatamente? O que uma escritora chamou certa vez de sua mobília mental. Não passível de ser rearrumada ou vendida. Só falou de Miriam uma vez, para Alissa, ao caminharem pela neve de Liebenau. Nada, nenhuma sombra de confissão, nenhuma reformulação astuciosa daquilo tinha aparecido em qualquer um de seus romances. Ele gostaria de tomá-lo de volta dela a fim de que continuasse apenas como algo seu. Moffat lhe pedia que viajasse na direção contrária, tornando aqueles dias disponíveis a um tribunal, a seus funcionários, ao juiz sisudo, à galeria onde o público se reunia, à imprensa. Justiça? Estava sendo convidado a se vingar. Contra a Maria Beadnell que lhe cabia. Quarenta anos depois, e não vinte e quatro. Decidiu que precisava da ajuda de Lawrence.

Seu filho trabalhava agora quarenta horas por semana na associação de moradias de Daphne perto de Elephant & Castle. Ainda faltavam algumas semanas até começar na escola nova. Ganhava menos que o salário mínimo para preparar café, levar coisas aqui e ali, datilografar cartas simples e ajudar a montar um site. O lugar havia funcionado durante anos sem ele. Daphne, sua mãe substituta, estava fazendo um favor a Roland. Era o primeiro emprego de Lawrence. Ele aceitava sem queixa a rotina, o despertador às sete e meia, a viagem de metrô pela Northern Line. Tinha uma ética de trabalho mais sólida que a do pai na mesma idade, mas herdou um senso semelhante de direito ao prazer. Saía do trabalho direto para ver os amigos. Véronique, que tinha ambições teatrais, trabalhava como garçonete no Covent Garden. Era sua namorada, e Lawrence deixara de ser virgem. O primeiro encontro sexual dos dois, no quarto dela, num apartamento dividido com outras moças perto de Earls Court, foi "caótico". Não queria contar ao pai o que tinha dado errado. Mas o segundo, no cemitério deserto da igreja de St. Anne, no Soho, foi "espetacular". Roland não podia imaginar que o terreno em volta da famosa igreja projetada por Wren ficasse deserto em nenhum momento, em especial tarde da noite. Nem podia imaginar-se conversando sobre tais coisas com seu próprio pai. Sentiu-se lisonjeado. Roland achava que cruzar linha tão significativa poderia fazer com que Lawrence se afastasse do mau momento com a mãe. Ouvira a ladainha do pai sobre as questões vitais de consentimento e anticoncepcionais com certa impaciência.

"Não se preocupe. Você ainda não vai ser avô."

Roland só pôde falar com Lawrence num horário adiantado da manhã de sábado. Estavam de volta à mesa do jardim, tomando café. Havia alguém em seu passado, disse Roland, com quem gostaria de entrar em contato de novo. Será que Lawrence podia tentar procurar por ela na internet? Era uma ex-namorada? Não, sua antiga professora de piano. Sempre quis saber o que aconteceu com ela. Talvez nem estivesse viva. Deu alguns detalhes, inclusive data de nascimento, 5 de maio de 1938, o fato de ter crescido perto de Rye, disse que ela frequentou o Royal College entre 1956 e 1959 e depois foi dar aulas na Berners Hall de 1959 a 1965. Podia ser que tivesse se mudado para a Irlanda. Lawrence entrou em casa e voltou em minutos com uma folha de papel na mão.

"Fácil. Você deu sorte. Ela está viva e mora pertinho daqui, em Balham. Ainda dá aulas. Tenho até o número do telefone."

Lawrence pôs a folha sobre a mesa, mas Roland não a pegou com medo de que a mão tremesse.

Passou a tarde sentindo-se meio confuso. Achou a rua no atlas de Londres. Balham. Duas paradas de metrô mais adiante. Forçou-se a executar tarefas que não exigiam concentração mental: cortou a grama com o aparelho manual, limpou a cozinha, telefonou para um eletricista. Andou para lá e para cá do lado de fora por alguns minutos. Entrou e fez a ligação telefônica. Depois, tomou um banho de chuveiro.

Após as seis, enquanto bebia uma cerveja no jardim, Lawrence foi dar tchau antes de sair. Ia encontrar-se com Véronique quando ela saísse do expediente na pizzaria. Mas se sentou pesadamente e lançou um longo olhar para o pai, com um quê de desafio e autoconfiança que Roland conhecia bem. Às vezes o irritava. Significava que ele tinha alguma coisa a dizer e ele não devia fingir que não sabia do que se tratava.

"Ainda tenho alguns minutos, por isso... Ahn..."

"Ótimo. Pegue uma cerveja."

"Não quero. Olha, tem uma coisa..."

Roland esperou. Seu coração deu um salto irregular, só um. Perfeitamente inofensivo.

"É o seguinte. Estou por aqui com a matemática. Por aqui com os estudos. Acho que não quero continuar na escola." Observou enquanto o pai absorvia aquilo.

Lawrence havia conquistado um lugar invejado numa faculdade que se destacava em matemática. Roland ficou quieto por meio minuto. Compreendeu que Véronique era parte da decisão.

"Mas você é brilhante em..."

"Não, sou normal. Brilhante comparado com você, papai. Se eu for para uma universidade, vou ficar sabendo o que é ser realmente brilhante."

"Isso você não tem como saber." Roland tentava suprimir a sensação de que ele, não Lawrence, era quem se encontrava prestes a perder sua posição no curso pré-universitário — mais uma vez. A vida por procuração que cabe aos pais.

"Eu não era nem o melhor na escola. Ah Ting estava sempre na frente. Ela nem se esforçava."

"Seu professor disse que você tinha mais imaginação."

A China subindo. Nada podia evitá-lo. O comércio abria mentes e sociedades. Com êxito comercial, o partido comunista chinês deveria murchar — um bom resultado de que Roland tinha certeza. Ele disse: "Talvez você precise de um ano fora. Eles podem manter sua vaga".

"A faculdade não faz isso."

Roland suspirou. Precisava ser cuidadoso, parar de argumentar. Opor-se a Lawrence agora aumentaria sua resistência. Por isso, disse: "Está bem. O que é que você quer?".

Essa era a pergunta. Lawrence olhou para longe antes de falar. "Sei lá..." Não queria dizer. Era um plano terrível.

"Vamos. Bota para fora."

"Tenho pensado em ser ator."

Roland olhou fixo para ele. Sim, Véronique.

Lawrence olhou para baixo. "Rada ou a Central. Ou. Não sei, Talvez em Montpellier."

Ele não devia discutir com o filho. Devia ouvi-lo até o fim. Mas Roland argumentou. Evitou Montpellier por enquanto. "Os rapazes que vão para o Rada são muito motivados. Doidos pelo palco. Você nunca se interessou. Não participou de nenhuma peça na escola. Não lê nenhuma peça. Nunca quis ir comigo a nenhuma..."

"É. Isso foi um erro. Estou me interessando agora."

"Por isso, o que você tem..."

"Nada ainda. Olha, pai. Não é o teatro, é a televisão."

Era importante não levantar a voz. Mas ele levantou, abriu as mãos num pasmo teatral. "Mas você mal assiste televisão!"

"Vou assistir."

Roland apertou a testa com a palma da mão. Era melhor ator que o filho. "Isso é loucura de verão."

Lawrence pegou o celular e viu a hora. Pôs-se de pé e deu a volta em torno da mesa: atrás da cadeira de Roland, passou o braço pelo pescoço do pai e deu um beijo em sua cabeça.

"Nos vemos depois."

"Me prometa uma coisa. Você tem tempo. Não cancele a vaga amanhã. É uma decisão para toda a vida. Uma grande decisão. Precisamos conversar."

"Está bem."

Lawrence havia dado alguns passos na direção da casa quando parou e se voltou. "Entrou em contato com ela?"

"Sim. E obrigado por sua ajuda. Marquei uma aula."

Caminhou por precaução. Não, por nervoso. Não confiava no metrô. Somente uma facção minúscula, crédula e cruel, acreditava que os sequestradores de Nova York reclinavam no paraíso e deviam ser seguidos. Mas ali, com uma população de sessenta milhões, devia haver alguns. Escolhidos entre os portadores de cartazes com os dizeres "Rushdie tem que morrer", ou os que queimaram seus romances. Ou entre os irmãos mais jovens, filhos e filhas deles. Esse era o capítulo um, treze anos atrás. Capítulo dois, as Torres Gêmeas. O próximo capítulo era provavelmente uma vingança punitiva da invasão militar, originada não na Arábia Saudita, de onde os malfeitores tinham saído, mas de seu sanguinário vizinho ao norte. Dois terços do público norte-americano estavam persuadidos de que Saddam era responsável pela carnificina em Nova York. O primeiro-ministro estava inflamado pela tradicional lealdade aos Estados Unidos, assim como pelas intervenções exitosas em Serra Leoa e Kosovo. O país se preparava para a guerra.

Mais cedo, naquele ano, serviços de emergência paralisaram o centro de Londres com a encenação de uma bomba terrorista no metrô. O lugar óbvio por sua vulnerabilidade. Espaços confinados para amplificar a explosão, multidões densas, socorro dificultado pelos túneis às escuras, bloqueados por escombros de aço e obscurecidos ainda mais por gases venenosos. Um atalho para o paraíso. Ele pensava naquilo com frequência demasiada. Não vá de metrô, era o pensamento corrente de Roland, embora não fosse capaz de convencer Lawrence. Também não se podia confiar nos ônibus. Por isso, foi a pé da Old Town até o lado mais distante de Balham, cruzando o Common, uma caminhada de uns três quilômetros e meio.

Achou que podia passar quarenta e cinco minutos se preparando, se controlando. O que queria dela? Realizar a promessa que vinha se fazendo ao longo da maior parte de sua vida adulta.

Encontrá-la, trazer uma compreensão adulta ao episódio do final de sua infância, e nunca mais vê-la. Simples. Mas temia revê-la. Durante toda a manhã, boca seca apesar de tudo que bebeu, caganeira, bocejos constantes. Não almoçou. E seus pensamentos não se fixavam no que estava prestes a acontecer. Enredavam-se na obsessão nacional — também uma questão de medo. Só havia um assunto. Difícil evitá-lo, mesmo por meia hora. O deslizar rumo à guerra, levado por um governo que Roland tinha apoiado com alguns desapontamentos no caminho. Desde Berlim, vinha vivendo em meio a uma nebulosa de otimismo político. No ano anterior, tais esperanças foram degradadas quando as torres e suas cargas humanas tombaram por terra. A reação seria violentamente irracional. O que ele também temia eram as consequências. Erguiam-se em sua mente como uma nuvem, um negro cúmulo-nimbo de desordem internacional, sua malevolência e direção agravadas por fatores imprevisíveis. Podia ser o inferno. O mesmo poderia se aplicar ao encontro com Miriam Cornell.

Deixou o pub Windmill para trás e, dez minutos depois, parou diante da estação de metrô de Clapham South. Apoiou os cotovelos no corrimão de metal preto, junto a um monte de bicicletas. Precisava se concentrar. A máxima da infância ainda era válida: nada é nunca como você imagina. Por isso, deveria vê-la nas condições atuais e excluir o pior. Um apartamento superaquecido no último andar, entupido de coisas, abafado, a cornija da lareira coberta de lembrancinhas, odores pesados de refeições recentes, de suas loções e talcos. Também amargura no ar. O importuno de um cachorrinho ou de muitos gatos. Um piano em algum lugar. Ela teria uma aparência pavorosa, os lábios desajeitadamente borrados de vermelho, o corpo inchado pela gordura. Haveria gritos, até berros, dela, dele, de ambos.

Forçou-se a ir em frente. Não tinha necessidade de ir. Poderia enviar um pagamento em dinheiro pela aula cancelada, garatujar desculpas acima do nome falso. Mas seguiu adiante. Caso contrário, não se perdoaria. Ocorreu-lhe um precedente. Arrastar-se por Aldershot, postergando a chegada à casa funerária onde jazia o pai. Mas este cadáver estaria vivo, desenterrado do túmulo mais fundo da memória por um sargento de polícia diligente. Terra da cova em seus cabelos. Em breve, teria de cuidar da mãe. Sua mente, sua personalidade estavam se esvaindo, mas ela ainda se apegava a seu mundo de fantasia, sua terra de ninguém, em nada infeliz, sustentada pela certeza de que o asilo nos subúrbios era um hotel de luxo, às vezes um transatlântico. Em certos momentos, acreditava ser a dona do navio. Dessa vez, ele estaria mais bem preparado. Sentaria ao lado do caixão aberto, talvez vestido de preto, provavelmente a sós no mesmo aposento, as mãos cruzadas sobre o colo. Naqueles dias, pensava com frequência em James Joyce. Ela, também, logo seria uma sombra... Um a um, todos estavam se transformando em sombras.

Onde estava chegando agora tinha sido uma piada, o último lugar em Londres em que alguém queria morar, sua reputação cristalizada pelo falso monólogo turístico de Peter Sellers: "Balham, porta de entrada para o sul". Atualmente jovens profissionais e seu dinheiro estavam limpando o lugar. Mas a velha Balham ainda dominava a rua principal. Uma Woolworth decrépita, as velhas lojas de apostas, de caridade, de produtos vendidos a uma libra. Também restava a velha energia. Na calçada, barrando sua passagem, um sujeito anunciava aos gritos o preço de frutas e legumes, tentando enfiar uma sacola de tomates na mão de Roland.

Vencida a porta de entrada para o sul, ele atravessou a avenida e entrou numa rua lateral na direção oeste. Tinha memorizado o mapa. Três quarteirões adiante, virou de novo rumo ao sul, dobrando à direita. Aquelas casas vitorianas teriam sido pardieiros no começo da década de 1930. Agora voltavam a ter um morador somente. Andaimes, caminhonetes de construtores, homens no topo de altas escadas substituindo as vigas do teto. Era a rua dela. A grande casa no meio do terreno ficava no final, já na esquina. Ela lhe pedira ao telefone que não chegasse cedo. Nada em sua voz soou familiar. Sete minutos para a hora marcada. Nenhum andaime em seu endereço, o trabalho já havia sido feito. Uma cerejeira ainda nova se erguia no centro de um largo retângulo de grama bem cortada. Podia ser um gramado artificial. Ele seguiu adiante, não desejando ser observado ao zanzar do lado de fora, e decidiu dar uma volta no quarteirão.

A aluna antes dele, mulher de uns vinte poucos anos, estava saindo da casa quando voltou. Roland diminuiu o passo a fim de deixá-la afastar-se, subindo depois os dois degraus de granito até a entrada. Só havia uma campainha, a original e generosa de cerâmica, com rachaduras cinzentas em meio a círculos concêntricos de latão não polido. Fez questão de não hesitar e a apertou, embora sentisse uma dúvida repentina, um pasmo moderado. A porta se abriu após alguns segundos, e lá estava ela. Mas deu-lhe as costas imediatamente, abrindo a porta por inteiro enquanto entrava na casa e dizia por cima do ombro: "Sr. Monk. Maravilha. Entre por favor". Bem acostumada a uma sucessão diária de alunos sem rosto. O vestíbulo era largo e comprido, o chão com ladrilhos brilhantes, uma versão muito melhorada do dele. A escada de pedra fazia uma curva ao subir de forma suave. Talvez a casa fosse eduardiana. Ele a seguiu até a sala de visita, dois aposentos unidos num só, como era moda. Mas as vigas de aço tinham sido ocultadas acima do teto, cujas sancas foram remodeladas em formato oval no estilo Adam, mais de cinquenta metros de extensão. Tamanho espaço, luz e ordem. Ele viu tudo e compreendeu, pois era muito do que planejara em vão fazer, em tamanho menor, na sua casa. E teria feito, caso o dinheiro da Epithalamium tivesse lhe sido pago. Assoalho de tábuas largas e escuras, paredes brancas, nenhum quadro, uma poltrona bergère, portas-balcão que davam para um jardim florido de mil metros quadrados. As únicas estantes da casa eram cheias de partituras. Exatamente no centro se encontrava o grande piano de cauda, um Fazioli para concertos. Alguém com dinheiro devia estar na vida dela.

Miriam estava de costas para ele, repondo as partituras da última aula nas estantes. Ainda era magra, e mais alta do que se recordava. Os cabelos estavam brancos, amarrados num longo rabo de cavalo. Sem se virar, ela fez um gesto na direção do piano. "Sente-se, por favor, sr. Monk. Me dê um minuto enquanto guardo essas partituras. Toque alguma coisa. Me dê uma ideia do que sabe."

Dessa vez, ele captou a entonação conhecida em sua voz. Os truques da memória. Mas não tinha dúvida de que era ela. Foi até o piano, ajustou a altura do banco e se sentou, surpreendido ao ver que o coração batia com regularidade. De tudo que imaginara, o convite dela para que tocasse foi o único elemento que previra corretamente. O nome não havia sido escolhido ao acaso. Posicionando as mãos e depois fazendo uma pausa, tocou um acorde maior. Instantaneamente, o sentiu — a ação das teclas tão sedosa, o som tão bonito, rico, envolvente — e amplificado no cômodo sem tapetes. Sentiu e ouviu aquilo no espaço vazio debaixo do esterno.

"O senhor tem um primeiro nome, sr. Monk?"

O jeito brincalhão relembrado.

"Theo."

"Então toque, Theo."

Ele tocou "Round Midnight" tal como lembrava da gravação de 1947, de uma maneira talvez um pouco mais doce, um ritmo meditativo. Depois da primeira linha, ela estava de repente à sua esquerda, perto demais.

"O que você quer?"

Ele parou e se pôs de pé para encará-la. Agora que a via claramente, reconheceu o rosto que outrora tinha conhecido, e imaginou que compreendia a conexão, a linha de descendência de 1964 para 2002. Era como se estivesse vendo uma máscara, formada, quem sabe, a partir do rosto de sua mãe, com Miriam, a Miriam real, atrás dela, fingindo não estar lá.

"Quero falar com você."

"Eu não quero você aqui."

"Claro que não", ele disse de forma agradável. Não iria embora ainda. A mudança mais notável, ele decidiu, não era o óbvio desgaste devido à idade, e sim o fato de que o rosto, antes redondo, ficara mais comprido, puxando seus traços um pouquinho para baixo, lhe dando um ar imperioso. A matrona romana de alta classe. Os olhos, mesmo o verde, mesmo os cílios, pareciam familiares. O nariz tinha ainda algum resquício da ligeira insuficiência que ele um dia adorou. Mas, à volta dos lábios finos, irradiavam-se os fios de uma teia de aranha. Uma boca severa. Toda uma vida dando instruções diante do teclado. Ela devolvia o olhar, fazendo dele o mesmo tipo de avaliação. A lição dos anos. Nunca boa, mas ela os vencera melhor que ele. Os sessenta e tantos anos dela contra os cinquenta e poucos dele. Ainda tinha todos os fios de cabelo, ele não. Ainda tinha a cintura fina. Ele não. A testa era lisa, enquanto a dele exibia três linhas fundas. O rosto dele tinha um rosado permanente de salmão por causa dos anos passados nas quadras de tênis. Quando se barbeava pela manhã, irritava-o a massa informe do nariz, os poros alargados. Os dentes dele eram ao menos respeitáveis. Os dela, bem mais. Nenhum dos dois usava aliança. Ela portava um bracelete de ouro, enquanto ele trazia no pulso um gordo Swatch de plástico. Era isso: Miriam tinha uma aparência — ele tinha de admitir — mais cara, obviamente mais rica, mais bem tratada, mais à vontade em seu mundo do que ele se encontrava no seu. Mas não ficou intimidado. Afinal de contas, Balham! Caso ele tivesse mais confiança em tais coisas, diria que sua blusa de cor creme era de seda natural, que a saia era de alguma marca chique, Lanvin, Celine, Mugler, assim como os sapatos de salto alto azul-claros. Percebia seu perfume. Não água de rosas. Ali havia progresso.

Ela o olhou em silêncio por um inconclusivo meio minuto, sem dúvida se perguntando como pô-lo para fora de casa. Voltou-se subitamente e se apoiou numa das portas-balcão. Os saltos altos ecoaram no aposento longo.

"Muito bem, Roland. Quer conversar sobre o quê?" Paciência fingida. Falava com superioridade. Ele não gostava quando pronunciava seu nome.

"Vamos falar sobre você."

"E então?"

"Você sabe bem."

"Vá em frente."

"Eu tinha catorze anos."

Ela deu-lhe as costas e abriu as portas duplas para o jardim. Ele pensou que ela o mandaria embora. Ele teria resistido. Mas ela voltou, deu um passo em sua direção e disse simplesmente: "Diga o que tiver de dizer e vá embora".

A falta de indiferença o encorajou. Ela estava tão perturbada quanto ele. Roland tinha poucas opções, mas, sem considerá-las, foi direto ao assunto com uma meia verdade: "A polícia está interessada em você".

"Você foi procurá-los?"

Ele negou com a cabeça e fez uma pausa. "Eles sabem de algo e me procuraram."

"E daí?"

"Não sabem seu nome."

Miriam não se abalou: "Ensinei piano a você faz muito tempo. Isso interessa a eles?".

Ele se afastou do banco do piano e se aproximou da poltrona. Seria bom sentar-se, mas não era chegada a hora. Ele disse: "Ah, entendo. Sua palavra contra a minha".

Ela o olhava com dureza. Pensou lembrar que ela costumava fazer isso antes de brigarem. Ou estava inventando.

Ela disse em tom penalizado: "Coitadinho. Não conseguiu superar aquilo, não é?".

"Você superou?"

Ela não respondeu. Continuaram se encarando. Malgrado toda a pose, ele via nas dobras em movimento da blusa dela que sua respiração estava alterada. Ela disse: "Acho que esse é o momento certo para você ir embora".

Ele pigarreou. Estava amedrontado. Seu joelho direito tremia inconvenientemente. Apoiou-se na poltrona. "Vou ficar mais um pouco."

"Você está invadindo minha casa. Por favor, não me faça chamar a polícia."

A voz dele soou débil a seus ouvidos. Obrigou-se a falar mais alto. "Vá em frente. Tenho o número do seu caso comigo."

"Não me importa. Você é um homem infeliz com uma fixação desagradável."

O telefone estava no chão, perto do piano, preso a um longo fio. Quando ela fez menção de pegá-lo, Roland disse: "Ainda tenho meu presente de aniversário".

Ela lhe lançou um olhar neutro. Segurando o telefone.

"As reservas no trem para Edimburgo em nossos nomes, a carta de resposta do hotel, manifestando o desejo de nos receber numa suíte um dia antes de meus dezesseis anos. Documentos sobre nosso casamento num cartório no dia seguinte."

Ele não planejara falar sobre aquilo tão cedo. Agora não sabia como parar.

Nada mudou na expressão de Miriam, mas ela deixou o telefone de lado. Ele se perguntou se ela tinha botox. Sempre tinha dificuldade em identificar seu uso. Ela falou com cautela: "Você veio me chantagear".

"Vá se foder." As palavras tinham saído antes que ele se desse conta.

Ela vacilou. "Então, por que está aqui?"

"Há coisas que quero saber."

"Para então poder 'ir adiante', é?"

"Se não quiser falar comigo agora, vou ouvir num tribunal."

Ela estava de pé ao lado do piano. A mão esquerda pousada nele, o indicador dedilhando a tecla mais grave sem fazer nenhum som, apenas roçando nela. Estava possessa. "Uma confissão. Um pedido de desculpa. Sob ameaça."

"É por aí."

"E registrar tudo no seu gravadorzinho especial."

"Não preciso disso e ele não existe." Mas tirou o paletó para que ela visse, jogando-o sobre a poltrona. Cruzou os braços e esperou. Ela passou pelas portas-balcão e ficou de costas para ele. Sopesando suas opções. Mas só havia duas. Enquanto não podia vê-lo, Roland se abaixou a apertou com força o joelho que tremia. Não fez a menor diferença. As minúsculas vibrações no músculo eram constantes, como num motor elétrico. Transferir o peso para o outro pé ajudou um pouco. Apertou de novo, mais forte.

Então se ergueu rapidamente quando ela deu meia-volta e voltou para a sala. "Muito bem. Vamos conversar", disse animadamente. "Venha para a cozinha. Vou preparar uma bebida quente para nós dois."

Era sua jogada para retomar o controle. Exibir a cozinha de quinze metros. Transformá-lo num convidado. A casa dela, não a dele.

"Vamos continuar aqui", Roland disse calmamente.

"Então pelo menos se sente." Ela se preparava para ocupar o banco do piano.

"Vamos ficar de pé." Não que ele não quisesse sentar. Mas a qualquer momento podia pôr tudo a perder, somente uma tênue cortina de gaze o impedia de sair em desespero, de fracassar ao longo de outro encontro em que um espírito de autoaniquilação venceria sua vontade de prosseguir. Nada os separava ou servia como proteção. O que cada qual via os enchia de desapontamento e tristeza com seu próprio declínio, refletido no outro. O que ameaçava dominá-lo era o passado.

"Quero que descreva desde o começo, do seu ponto de vista, o que sentiu, o que queria, o que achou que estava fazendo. Quero ouvir tudo."

Ela se afastou do banco do piano e deu alguns passos na direção dele. Mesmo tendo lhe dado pouca escolha, ele ficou surpreso por ela o obedecer. Mas ainda tinha medo dela. Não desejava que chegasse mais perto.

"Tudo bem. Aquele dia em outubro, quando você apareceu na minha porta…"

"Pode parar." Ele ergueu a mão. "O começo. Sabe que esse não foi o começo. Estou falando das aulas. Três anos antes."

Miriam pareceu encolher um pouco ao contemplar um ponto no chão. Ele pensou tê-la visto balançar a cabeça, esperou certa resistência. Impossível falar a um estranho sobre coisas tão íntimas. Mas agora sua voz estava diferente, não somente mais baixa, como insegura. Ele se chocou com a mudança no tom. Era uma transformação.

"Está bem. Sempre supus que isso iria acontecer. E, se é o que quer, vou lhe contar."

Olhava ainda para baixo ao respirar fundo. Roland aguardou. Quando por fim ergueu a cabeça e voltou a falar, ela ainda não o encarou. "Foi uma época terrível. Eu estava no Royal College of Music e tive um caso sério com um colega. Mais que isso. Nós nos amávamos, ou eu certamente o amava. Vivemos juntos dois anos. Mas, no meu último ano, fiquei grávida. Naquela época, uma calamidade. De algum jeito, conseguimos juntar o dinheiro e arranjar um aborto no feriado de Páscoa. Meu amigo, o nome dele era David, teve que vender o violoncelo. Nossos pais não sabiam de nada. Não correu bem, houve todo tipo de complicações médicas, a pessoa que me tratou não era realmente um doutor. Fiquei doente. Aí o relacionamento se desfez. Passei nos exames finais. Fui à prefeitura do condado para uma entrevista e me ofereceram um emprego na Berners. Achei que escapar era a melhor solução. Lamber as feridas. Mas odiava aquilo. O diretor de música, Merlin Clare, era bondoso comigo, mas o resto dos professores... aqueles intervalos para o café na sala de reunião... Naqueles tempos, uma mulher solteira era uma espécie de ameaça e, ao mesmo tempo, uma isca, um desafio. Seja o que for, eu me sentia isolada. A mesma coisa na cidadezinha. Uma mulher vivendo sozinha. Coisa nunca vista em 1959 no zona rural de Suffolk. Acho que me tomavam por uma feiticeira."

"Devo sentir pena de você?"

Ela fez uma pausa e depois respondeu: "Pode ajudá-lo parar de ver tudo pelos olhos de uma criança".

Fez-se silêncio entre os dois. Roland teve a impressão de que os olhos da criança que ele havia sido eram precisamente aquilo de que necessitava. Nada disse e, por fim, ela continuou.

"O aborto me perturbou muito. Fiquei devastada com o fim do caso. Eu tinha sido tão próxima do David! Sentia falta dos amigos, era uma péssima professora, tanto para os alunos particulares como para as turmas de trinta. Então você começou as aulas. Era quieto, tímido, vulnerável, muito longe de casa. Deflagrou alguma coisa em mim. Tentei explicar e me livrar daquilo como sendo um sentimento materno frustrado. E minha solidão. Ou, como os meninos podem ser bonitos, que existiam sentimentos lésbicos que só agora eu estava descobrindo. Queria adotá-lo. Você era tão calado e infeliz... Mas era mais que todas essas coisas juntas. Eu sabia disso, mas não podia admitir para mim mesma. A outra coisa é que bem cedo vi que você tinha dotes musicais. Percebi numa aula. Àquela altura eu já o conhecia bem o bastante para estar convencida de que você mentia quando disse que vinha treinando o primeiro prelúdio de Bach. Mas eu estava errada. Você o tocou tão lindamente, com tanta expressividade, com um toque tão adorável! Sons impossíveis vindos de uma criança! Tive de afastar o rosto porque fiquei com receio de chorar. Aí não pude me conter. E o beijei. Na boca. À medida que meus sentimentos sobre suas vindas semanais foram ficando mais fortes, só podia lidar com eles sendo, ou fingindo ser, muito severa. Zombava de você. Até bati em você, um tapa violento."

"Com uma régua."

"E aquela outra vez. Antes ou depois do prelúdio. Não me lembro. Fiquei tão envergonhada! Já estava perdidamente obcecada por você. Eu o toquei. E, quando fiz aquilo, quase desmaiei. Sabia que não ia acabar ali. Não era maternal. Ou era tudo, e mais alguma coisa."

"Havia um elemento de sadismo."

"Não, nunca foi isso. Era possessividade. Precisava ter você. Era loucura. Um menino sexualmente imaturo. Eu era incapaz de compreender o que estava acontecendo. Um garotinho desajeitado entre dezenas de outros estudantes desajeitados... Pensei em pedir demissão, mas não consegui. Não fui forte o bastante. Não podia ir embora. Mas arranjei para que você tivesse aulas com Merlin Clare e, mesmo ao fazer isso, o convidei para ir almoçar no chalé. Loucura. Fiquei péssima quando você não apareceu. Mas sabia também que era uma sorte para mim. Não suporto pensar no que teria acontecido. Me convenci de que tinha de me aproximar de você para aperfeiçoar seu talento. Era meu dever profissional. Você claramente iria ser um pianista soberbo, muito acima do meu padrão. Ao menos era na última vez que o vi. Já tocava a primeira balada de Chopin. Era impressionante. Podia haver algum sentido em querer ser sua professora, mas estava me tapeando. Era você que eu queria. Depois que o passei para Merlin Clare, me mantive distante. Se o via à distância... e como desejava vê-lo, apenas vê-lo. Mas se o visse caminhar na minha direção, eu iria me afastar."

Como haviam cruzado uma linha com essas recordações, ele agora se sentia livre. Interrompeu-a, incapaz de ocultar sua raiva: "Você devia ter pedido demissão da escola. Fica se apresentando como a vítima. A pobre mocinha infeliz movida por sentimentos fora de seu controle. Você é a vítima, não eu. Pare com isso! Você era a adulta. Tinha as escolhas. Escolheu continuar".

Ela ficou em silêncio, sacudindo de leve a cabeça, refletindo, talvez concordando. Mas, ao continuar, ele achou que havia algo pegajoso e impregnável em seu relato, como se ela nunca tivesse deixado aquilo arejar, nunca o tivesse contado a ninguém.

"Você disse que queria meu ponto de vista, meus sentimentos. É sobre isso que estou falando. Meus sentimentos. Não os seus. Eu estava vivendo à beira do abismo. Pensei que devia fazer uma terapia, mas Ipswich naquela época não tinha nada. E não conseguia imaginar dizer a ninguém que eu estava sexualmente obcecada por um menininho. Não ousava usar a palavra amor. Era ridículo demais. E muito mais que isso: repugnante. E você tem razão, cruel. Não conseguia contar à minha melhor amiga, Anna, muito embora ela soubesse que havia alguma coisa de errado comigo. Era patético demais, risível. Criminoso. Mas à noite, sozinha naquela pequena casa, eu ficava voltando àqueles momentos vergonhosos quando toquei em você e o beijei. Essas recordações me excitavam, Roland. Mas, pela manhã..."

"Não use meu nome. Não quero que pronuncie meu primeiro nome."

"Sinto muito." Ela o observou, esperando mais. Depois disse: "Gradualmente, muito aos poucos, as coisas começaram a melhorar. Tinha recaídas e ficava deprimida, mas em geral estava melhor. Convalescendo. Conheci uma pessoa em Chelmondiston e quase tivemos um caso, embora não tenha dado certo. Quanto menos eu via você, mais forte me tornava. Sabia que em breve você seria um adolescente, um tipo diferente de menino. A criança que me obcecara teria ido embora para sempre e eu me recuperaria. E, se não me recuperasse, então poderia esperar mais tempo caso precisasse, até que você fizesse dezoito ou vinte anos — quando então eu veria. Estava começando a gostar do trabalho, fui aceita entre os professores. Ajudei Merlin a produzir *Der Freischütz*, depois aquela ópera horrível, *A nova roupa do imperador*.

"Dois anos se passaram, e então tudo veio abaixo quando vi você pela janela. Você entrou pelo portão do jardim, jogou a bicicleta no gramado e caminhou até a porta. Dava a impressão de que sabia o que queria. Claro que tinha mudado fisicamente, mas uma olhada foi o bastante para mim. Meus sentimentos eram os mesmos. Achei que estava afundando." Fez uma pausa. "Se você não tivesse ido lá naquele dia..."

A raiva dele amainara. "Foi minha culpa aparecer assim, não foi? Ora, srta. Cornell. Por favor, trate de dar as datas certas. E os detalhes. E a responsabilidade. Três anos antes você pôs a mão no meu pau. Você, a professora."

Ela vacilou de novo.

Ele disse: "Causou um impacto, entende? Um impacto!".

Ela desabou no banco do piano. "Creia em mim... sr. Baines. Aceito isso. Cada parte disso. Eu lhe fiz mal. Compreendo perfeitamente. Mas só posso contar a história como me lembro dela, como me lembro de tê-la sentido. Sei que a responsabilidade foi minha, não sua, por ter me afundado até aquele ponto. Você tem razão. Eu não devia ter mencionado a possibilidade de você não ter voltado. O que eu fiz causou sua volta. Compreendo isso."

Ele não gostou do desespero captado agora em sua voz. Ela estava se esforçando demasiado para impedi-lo de revelar seu nome à polícia. Isso era cínico demais? Ele não sabia. Talvez nunca houvesse nada capaz de satisfazê-lo de todo. Ele disse: "Pode continuar".

"Você entrou. Mesmo então eu me dizia que seria bom saber como você estava tocando. Foi como avancei, passo a passo, tentando me persuadir de coisas em que realmente não acreditava. Como se alguém invisível na sala estivesse me observando e eu precisasse manter as aparências. Por isso, tocamos um dueto, uma peça de Mozart para quatro mãos. Sua interpretação me maravilhou. Você tinha um toque fantástico. Eu mal conseguia segui-lo. E, todo o tempo, estava pensando que, mais tarde, o mandaria embora, apesar de saber que não faria isso. Subimos para o segundo andar. Não, você tem razão. Deixe-me dizer de novo: eu o levei para o segundo andar. E aí, bem, você sabe."

De muito longe chegava o som agudo e contínuo de crianças brincando. Mais longe ainda, o doce murmúrio do trânsito. Ele tirou o paletó da poltrona e se sentou. O joelho não o incomodava mais. Ele disse: "Continue".

"Esse foi o começo, um dos muitos começos. Antes de tudo, devo simplesmente dizer uma coisa. A horrível verdade. Pelo resto da minha vida, nunca mais senti..."

"Não quero ouvir falar sobre o resto de sua vida."

"Deixe-me dizer apenas que foi intenso. Me tornei muito possessiva. Sabia que o estava afastando das tarefas da escola, dos amigos, esportes, de tudo. Não me importava. Queria afastá-lo mesmo. No início, e só uma vez, pensei que tomaria juízo e seria capaz de romper. Não o vi por vários dias. Mas era fraca demais. Não havia jeito. Sem você, sem... aquilo, eu ficava fisicamente doente. Sentia dores. Meus ossos doíam." De repente, ela riu. "Tinha uma música de sucesso. Não conseguia tirar da cabeça. Peggy Lee cantando 'Fever'. E aquele soneto, um dos melhores, meu amor é desejo febril, algo assim..."

Roland sentiu uma vaga inquietação diante da referência cultural que desconhecia. Soava como Shakespeare. Ele a interrompeu: "Vamos nos ater à situação".

"Por isso, o aceitei de volta e continuamos. Surpreendentemente, ainda tentei me tranquilizar com a mesma mentira. Ou um quarto da verdade — estava lhe dando horas de aulas de piano de graça. Na verdade, você fazia um progresso incrível. Estava me deixando para trás. Demos um concerto em Norwich. O tempo corria tão depressa e, como eu via as coisas, havia uma situação intolerável à nossa frente, à minha frente. Mantido fora da escola, das revisões e de tudo mais, você podia ser reprovado nos exames. Eles não o aceitariam de volta e eu não voltaria a vê-lo. Ou, se passasse raspando e iniciasse os anos finais do ensino médio, estaria se preparando para a universidade ou sei lá o quê, e começaria a se distanciar de mim. Quanto mais óbvio isso se mostrava, mais inevitável e mais radical eu me tornava. Foi o que se viu naquelas semanas do verão de 1965."

"1964."

"Tem certeza? Você foi reprovado nos exames. Por minha causa. Mas aquele intrometido do Neil Clayton se mexeu e conseguiu que você continuasse mesmo assim. Fiquei apavorada de você voltar para a escola. Sabia que seria o começo do fim. Não ia deixar isso acontecer. Por isso, outro começo, um começo horrível. Trancando-o na casa. Escola de verão em Aldeburgh. Não conseguia me concentrar no trabalho. Aqueles bondosos aposentados decididos a recuperar as aulas que haviam abandonado meio século antes. Fixados nas provas de suas séries. Eu os odiava. Só pensava em você me esperando no chalé.

"Então veio o pior. O pior de mim. Você pensando no primeiro dia de aulas, falando sobre rúgbi e trabalhar mais duro, ver seus amigos de novo. Eu não tinha a menor intenção de permitir que você fosse embora. Seus livros recomendados estavam trancados no baú junto com o uniforme da escola. Eu me encontrava num estado mental estranho. Se pudesse ser feliz, imaginava, você seria também. Egoísta e cruel por qualquer outro padrão que não o meu próprio. Estava possuída. Só tinha um pensamento, uma ambição. Mantê-lo comigo, sempre. Formulava fantasias, não de todo irracionais, de que o encorajaria a entrar para o Royal College. E eu iria para Londres com você. Depois de três anos, me tornaria sua agente e ajudaria na sua carreira. As mesmas mentiras com que me tapeava. Tudo o que queria era você. Queria você, e por isso fiz aqueles planos para Edimburgo. Mais uma vez fiz com que parecesse racional. Você nunca encontraria ninguém que o entendesse tão profundamente ou cuidasse de você com maior devoção. Nenhum de nós dois jamais conheceria maior satisfação sexual. O casamento era o passo seguinte mais óbvio. Era para onde sempre rumávamos. E o casamento seria legal na Escócia. Eu estava tão envolvida em minhas maquinações que não esperava resistência de sua parte. Não estava acostumada com isso e fiquei furiosa. Mesmo então, no meio de tudo isso, eu estava fazendo outro plano. Deixar você começar a escola e depois pegá-lo de volta, puxar a linha como tinha feito antes. Eu teria você outra vez e continuaríamos como antes. Consegui esperar quatro dias. Mas você não apareceu no primeiro dia de aula. A secretaria me avisou que você não iria mais voltar. Fiquei atônita. Tinha o endereço de seus pais na Alemanha. Mas não escrevi. Foi meu único ato de resistência bem-sucedido."

Silêncio mais uma vez. Ela dava a impressão de aguardar por seu julgamento. Sua decisão. Quando não veio, ela disse: "Tenho uma coisa a acrescentar, se você puder aguentar. Não sei se foi para outra escola ou o que fez ao longo dos anos. Mas sei que não se tornou um pianista profissional. Sei porque continuei procurando e perguntando por você ao longo dos anos por toda parte, com a esperança de que o sucesso pudesse dirimir o mal que eu havia feito. Mas não diminuiu, e talvez nem seja possível. E sinto muitíssimo pelo que impedi que você tivesse, e pelo que o mundo que ama a música tivesse, e pela loucura que instilei em você".

Ele concordou com a cabeça. Foi invadido por uma grande fadiga. E também pela opressão. O encontro entre eles estava corrompido, distorcido por uma história suprimida — a dele próprio. Ele tinha sido o bestinha pretensioso que foi buscar uma iniciação sexual instantânea por medo de que o mundo estivesse prestes a acabar. Em sua pequena esfera só de meninos, ela era a única disponível que conhecia. Atraente, solteira, com inclinações eróticas. Ele chegou morrendo de vontade, tendo ficado satisfeito e orgulhoso por obter o que queria. Agora, quarenta anos depois, tinha vindo acusar aquela respeitável senhora. Exigir sob ameaça uma sessão de autocrítica. Como um jovem guarda da Revolução Cultural, um qualquer saído da multidão moralista, atormentando um idoso professor chinês. Tinha vindo pendurar um cartaz no pescoço da srta. Cornell. Mas não, não era nada disso. Essa era a famosa assunção de culpa da vítima. Ele estava pensando como um adulto. Lembre-se, ele era a criança, ela era a adulta. Sua vida tinha sido alterada. Alguns diriam arruinada. Mas aquilo era fato? Ela lhe dera alegria. Ele era o pau-mandado das ortodoxias correntes. Não, também não era isso!

Os tropeços tumultuados dessas noções contrárias o deixaram nauseado. Não podia ouvi-la mais nem podia suportar seus próprios pensamentos. Levantou-se da poltrona, sentindo o peso nas pernas. Ao vestir o paletó, ela também se pôs de pé. Estava terminado. Por um instante ficaram inseguros, evitando encarar-se.

Ela então o conduziu à porta e a abriu, dizendo rapidamente: "Uma última coisa, sr. Baines. Ficou clara para mim enquanto esteve aqui, enquanto descrevi esses acontecimentos. É uma decisão repentina, mas sei que não vou mudar de opinião. Você disse que, se entrasse com uma acusação, me ouviria no tribunal. Não vai acontecer. Enquanto esteve aqui, tomei minha decisão. Se for acusada, vou me declarar culpada. Não haverá necessidade de um julgamento. Apenas a sentença. Você de qualquer modo tem as provas, não posso lutar contra elas. Mas é mais que isso. Meu marido morreu faz sete anos. Nos conhecemos tarde demais para ter filhos. Não tenho irmãos. Apenas diversos velhos amigos, ex-alunos e meus colegas de turma no Royal College. E meu grupo amador de música. O que estou tentando dizer é que não tenho dependentes. Vou encarar o que der e vier. Agora que o encontrei, estou pronta".

Ele disse: "Vou me lembrar disso". Deu meia-volta e foi embora.

Dez

A progressão de Roland Baines ao se aproximar dos sessenta anos e ir mais adiante tomou a forma de um declínio prematuro. Quase nunca queria sair de casa. Queria ler — à noite quando não tocava no hotel, nos fins de semana inteiros, na cama durante certas tardes, intermitentemente durante a noite, no café da manhã com o livro apoiado no vidro de geleia de laranja. Não fazia exercício físico. Engordou oito quilos ao longo de vários anos, boa parte deles em volta da cintura. Ficou mais fraco nas pernas, mais fraco em geral, inclusive nos pulmões. Às vezes parava no meio da escada e se persuadia de que era para pensar, relembrar determinada linha interessante de prosa, quando se devia à respiração e aos joelhos doloridos. Mas não ficou mais fraco mentalmente. Depois de oito anos, o diário ainda vivia, já no volume catorze. Comentava tudo que lia. Quase toda semana, atravessava o Tâmisa para vasculhar sebos ou assistir a uma leitura na Sociedade de Poesia em Earls Court ou no Southbank Centre, tal como fazia — raramente — quando tinha vinte anos.

Naquela época, meados da década de 1970, criara uma má

impressão dos escritores britânicos. Era uma postura defensiva, desdenhosa. Ele os via em programas artísticos da televisão, assim como no palco. Não era capaz de levar a sério aqueles sujeitos que usavam gravatas e ternos ou paletós de lã; que passavam o dia em casa vestindo cardigãs e sapatos camponeses; que pertenciam ao Garrick e ao Athenaeum; que moravam em sólidas casas no norte de Londres ou em mansões em Cotswold; sujeitos pernósticos que falavam de maneira afetada (como se esperava de quem passava a vida cagando regra lá do All Souls College, na Oxford); que nunca tinham se arriscado a dar uma olhada do outro lado das portas da percepção ao consumir alguma droga que não fosse tabaco e álcool (se recusavam a admitir serem substância psicoativas viciantes). Que frequentaram as mesmas duas velhas universidades, de onde todos se conheciam. Que fumavam cachimbos e sonhavam em ganhar o título de *sir*. Muitas das mulheres usavam pérolas e falavam nos tons cadenciados dos radialistas no tempo da guerra. Na opinião de Roland, nenhum deles em seus escritos, homem ou mulher, jamais tinha parado para se maravilhar com o mistério da existência ou o medo do que poderia vir depois. Ocupavam-se com superfícies sociais, com descrições sardônicas das diferenças entre as classes. Em seus relatos frívolos, a maior tragédia consistia num caso amoroso retumbante ou um divórcio. Pouquíssimos pareciam preocupar-se com pobreza, armas nucleares, o Holocausto, o futuro da humanidade — ou até mesmo a beleza minguante do campo sob o ataque feroz das técnicas agrícolas modernas.

Roland se sentia ainda mais à vontade para ler os mortos. Nada sabia sobre suas vidas. Os mortos pairavam sobre o espaço e o tempo, ele não precisava se preocupar com o que vestiam, onde moravam ou como falavam. Naqueles anos, seus escritores eram Kerouac, Hesse e Camus. Entre os vivos, Lowell, Moorcock, Ballard e Burroughs. Ballard estudara no King's College e na Universidade de Cambridge, mas Roland o perdoava como o perdoaria por qualquer coisa. Tinha uma visão romântica dos escritores: deviam ser, se não vagabundos descalços, gente desinibida, desenraizada e livre, vivendo uma vida sem amarras e à beira do precipício, contemplando o abismo e dizendo ao mundo o que viam lá de cima. Nada de títulos ou pérolas, isso não.

Décadas depois, se tornou mais generoso. Menos imbecil. Um paletó de lã nunca impediu ninguém de escrever bem. Ele acreditava que era extremamente difícil escrever um bom romance e, chegar à metade já era uma conquista. Deplorava o modo como os editores literários contratavam romancistas em vez de críticos para resenhar o trabalho de outro autor. Achava um espetáculo lúgubre ver escritores inseguros condenando a ficção de colegas para abrir espaço para eles próprios. Sua ignorância aos vinte e sete anos teria zombado das preferências atuais de Roland. Ele estava lendo uma série de obras situadas um pouco além da fronteira dos clássicos do modernismo literário: Henry Green, Antonia White, Barbara Pym, Ford Maddox Ford, Ivy Compton-Burnett, Patrick Hamilton. Alguns desses haviam sido recomendados, muito tempo antes, por Jane Farmer, que os conhecia de seus dias na *Horizon*. Sua ex-sogra morrera infeliz, mais uma vez brigada com a filha devido às memórias que Alissa escrevera — um relato feroz de sua infância em Murnau e Liebenau. Em honra de Jane, Roland leu os romances menos conhecidos de Elizabeth Bowen e Olivia Manning a fim de compensar a circunstância de não ter sido convidado para o enterro. Lawrence também foi barrado. Assim era melhor para todos, Alissa havia dito a Rüdiger, que transmitiu a mensagem a Roland.

Agora, em 2010, uma semana antes da eleição geral, ele abandonou uma tarde de leitura para distribuir panfletos na área de Lambeth. Fazia tempo que se desligara do Partido Trabalhista, mas enfiou panfletos nas caixas de correio relembrando os velhos tempos — e também porque havia prometido. Não se sentia otimista ao ir de casa em casa, coisa que o cansou. Ainda não era maio, mas fazia calor e ele estava velho demais para executar aquela tarefa braçal. Na sede local do partido, não encontrou rostos conhecidos. O Novo Trabalhismo chegara ao fim, o projeto estava terminado. Boas coisas realizadas e esquecidas. O Iraque, as mortes, as decisões descuidadas dos norte-americanos e a carnificina sectária tinham levado os melhores membros da área a entregarem suas carteirinhas. Nos dois últimos anos, a principal preocupação era o colapso financeiro. Um setor de finanças desregulado e banqueiros sempre querendo mais eram os culpados, diziam os eleitores, mesmo enquanto se deslocavam para a direita. O desastre ocorrera numa administração trabalhista. O eleitorado presumia razoavelmente que a competência econômica devia ser encontrada em outro lugar. Gordon Brown perdera seu ar inicial de decisão compassiva. No escritório da Rosendale Road, o comentário era que seu charme morrera durante a campanha.

À noite, Roland foi à Somerset House ouvir uma palestra sobre Robert Lowell. Tinha duas razões para ir. Uma era que, por volta de 1972, muito antes de assumir sua própria educação, a amiga Naomi o levara para ouvir Lowell ler alguns de seus trabalhos na Sociedade de Poesia. Ele deveria estar no topo da lista de desprezo: era um grã-fino de Boston, um aristocrata ianque. Porém tinha sido um eminente adversário da guerra do Vietnã. E sua aparente desorientação ou loucura incipiente lhe conferiu imunidade. Entre um poema e outro, parecia esquecer onde estava, ou não ligar para aquilo, falando sem nexo sobre o rei Lear, a classificação científica das nuvens, o amor da vida de Montaigne. Lowell era um herói cultural, o último poeta que escrevia em inglês e falava por uma nação, até que Seamus Heaney se estabeleceu. No final, como se atendesse a pedidos, embora ninguém na plateia tenha pedido, Lowell leu “For the Union

Dead", naquela entonação queixosa e anasalada dos bostonianos, sustentando o poema até encerrar com os famosos versos: "Por toda parte,/ carros com rabos gigantescos avançam como peixes;/ uma servilidade feroz/ desliza ao lado, na graxa".

Naquela noite, a palestra era dada por um professor da Universidade de Nottingham. O tema era o livro de Lowell de 1973, *The Dolphin*, para o qual o poeta havia pilhado, plagiado e reformulado as cartas e telefonemas angustiados de sua mulher, Elizabeth Hardwick, que ele estava abandonando por outra, Caroline Blackwood. Caroline esperava um filho dele, e Lowell estava decidido a casar-se com ela. O tema maior era a crueldade dos artistas. Perdoamos ou ignoramos a obstinação e a crueldade deles por conta da arte que nos proporcionam? E somos mais tolerantes quanto maior for a arte? Essa era a outra razão para Roland estar lá.

O professor leu de forma muito bonita um soneto do livro. Era perturbador reconhecer que o poema era excelente e que talvez não existisse se Lowell tivesse sido mais sensível com relação aos sentimentos de Hardwick. O palestrante leu então o trecho de uma triste carta dela na qual o poema se baseava. Partes dos versos tinham sido copiados palavra por palavra. Em seguida, leu cartas de amigos de — Elizabeth Bishop: "chocante... cruel"; de outro: "intimamente cruel demais"; e de um terceiro: os poemas "vão destroçar Hardwick". Outros amigos achavam que ele devia seguir em frente com a publicação, acreditando que ele o faria de qualquer modo. Numa mitigação parcial, o palestrante mostrou como Lowell sofreu, e por quanto tempo, até tomar sua decisão. Revisou e reestruturou os poemas, mudou os planos para o livro várias vezes e reviu a ideia de fazer uma edição limitada. No final, talvez aqueles amigos estivessem certos: ele fez o que iria fazer de todo jeito. Elizabeth Hardwick, não consultada, viu suas próprias palavras em letra de forma pela primeira vez. Sua filha com Lowell, Harriet, também estava representada. Para um crítico, ela aparecia como "uma das mais desagradáveis figuras infantis de todos os tempos". A poeta Adrienne Rich condenou *The Dolphin* como "um dos atos mais vingativos e malevolentes na história da poesia". E então, como estavam as coisas agora, trinta e sete anos depois?

Segundo o professor, *The Dolphin* era uma das melhores obras do poeta. Deveria ter sido publicada? Ele achava que não, acreditando não haver qualquer contradição em dizê-lo. Quanto ao fato de que a opinião de cada um sobre o comportamento de Lowell deveria ser temperada pela qualidade do resultado, ele considerou isso irrelevante. Se o comportamento cruel dava origem a uma poesia sublime ou execrável, não fazia diferença: um ato cruel continuava ser um ato cruel. A palestra terminou com esse julgamento. Um murmúrio se ouviu na plateia — aparentemente de prazer. Sentir ambivalência num contexto tão civilizado era agradável.

Uma mulher se pôs de pé para fazer a primeira pergunta. Havia um elefante na sala, disse ela. O que estava em discussão era o comportamento de artistas homens com relação a suas esposas, amantes e as crianças que eles haviam ajudado a trazer ao mundo. Os homens abandonavam suas responsabilidades, tinham casos ou se embebedavam e ficavam violentos, ocultando-se sob a justa causa das exigências de suas elevadas aspirações, sua arte. Eram muito poucos os casos de mulheres que sacrificaram outras pessoas por sua arte, e provavelmente foram duramente condenadas por isso. O mais provável é que as mulheres se tornassem introspectivas, se negassem a ter filhos a fim de se tornar artistas. Os homens eram julgados com bondade no que concerne à arte, poesia, pintura ou o que fosse. Isso era apenas um caso específico dos privilégios masculinos. Os homens queriam tudo — filhos, sucesso, a devoção altruísta das mulheres perante a criatividade masculina. Ouviu-se um forte aplauso. O professor deu a impressão de estar confuso. Não considerara a questão nesses termos. Coisa surpreendente, uma vez que a segunda onda do feminismo havia se estabelecido nas universidades uma geração atrás.

Enquanto ele e a mulher discutiam, Roland pensava na intervenção que estava prestes a fazer. O coração batia mais rápido. Já tinha a primeira linha: eu sou um Hardwick masculino. Poderia ganhar uma risada, mas ele não tinha o que perguntar. Cumpria fazer uma declaração, exatamente o tipo de coisa que o mediador havia pedido, no começo da sessão aberta, que a plateia se esforçasse para evitar. Já fui casado com uma escritora cujo nome será bem conhecido de todos. *Por favor, nenhum manifesto.* Ela me abandonou e ao nosso bebê, e posso lhes dizer com toda a certeza que estão errados. É preciso viver tal situação para saber — a qualidade da obra tem importância absoluta. *Meu senhor, por favor, faça sua pergunta.* Ser abandonado pela causa de uma obra medíocre é o mais definitivo insulto. *Próxima pergunta então.* Sim, eu a perdoei porque ela era boa, até mesmo brilhante. Para realizar o que realizou, ela precisava nos abandonar.

Mas não levantou a mão rápido o bastante. Outras se ergueram para formular perguntas. O momento passou e, ao ouvir, Roland começou a duvidar de si mesmo. Nunca tinha realmente pensado naquilo. Talvez não acreditasse mais na sua própria versão. Hora de reconsiderar. Aquela virtude de perdoar poderia ter sido sua maneira de proteger o orgulho, de se armar contra a humilhação. O que era verdade com respeito a Robert Lowell na opinião do professor tinha de ser verdade também para Alissa Eberhardt. Livros brilhantes, comportamento indesculpável. Melhor parar por aí. Mas ele se sentiu confuso.

Voltando para casa num *minicab*, admitiu que o que havia acontecido entre Alissa e ele era irrelevante. Já havia passado muito tempo. Negócio morto e enterrado. O que ele ou qualquer um pensava não fazia a menor diferença. Se algum mal foi feito, foi a Lawrence. O filho representava outro problema ao cavar túneis, cair de cara no chão ou alçar voo no final da adolescência e começo dos vinte anos, assim como o pai fizera. Vários empregos, várias amantes em série, um país adotado, a Alemanha. Durante algum tempo, ele quis se instalar em algum lugar e por fim se formar. Seria em árabe. Depois, como tinha de ganhar a vida, seria a ciência da computação. Mais tarde, redescobriu a paixão pela matemática, por um ramo etéreo da teoria dos números que não tinha qualquer aplicação prática — precisamente sua atração. Mas, aos poucos, ao longo dos últimos quatro anos, o foco vinha se estreitando. Era o clima que o perturbava. Compreendia os gráficos, as funções de probabilidade, a urgência. Vagara na direção de Berlim, para o Instituto de Pesquisa sobre o Impacto Climático em Potsdam. Milagrosamente, dada a meticulosidade germânica nessas questões, mediante o uso de algum tipo de matemática interessante, persuadiu as pessoas a admiti-lo como copeiro e assistente de pesquisador de baixo nível, sem salário, até que obtivesse um bom diploma. À noite, trabalhava como garçom no Mitte.

Como avaliar o sucesso de um jovem? Ele se mantinha em boa forma, era delicado, reticente, leal e, como o pai, vivia sem dinheiro. Nem todo mundo precisava de um diploma de matemática de Cambridge. Para Lawrence, muito foi consequência de, ainda aos dezesseis anos, ter encontrado uma moça francesa num trem.

Roland achava que seu filho escolhia mal as companhias. Lawrence negava, mas escolhia sempre o perigo, a crueza, a instabilidade, os extremos emocionais. Algumas eram mães solteiras com histórias complicadas. Como Lawrence, aliás também como Roland, elas não tinham uma profissão (Roland não se via como músico), nem habilidades que pudessem gerar renda. Os casos de Lawrence terminavam com frequência numa explosão, cada conflagração com uma qualidade pirotécnica diferente. As ex-amantes não continuavam em sua vida como amigas. Nisso, ao menos, se diferenciava de Roland. Todos diziam que Lawrence seria um pai maravilhoso. Mas, ao terminar, cada caso parecia ter sido uma fuga para ambos. Sorte também que nenhuma criança tivesse ficado para trás.

A ponte de Vauxhall estava bloqueada para obras e um acidente fechou o trânsito pela marginal de Chelsea. Passava das onze e meia quando o *minicab* de Roland parou diante de sua casa. Ao entrar por onde antes ficava o portão — alguém o roubara dois anos atrás — e passar por baixo da acácia que agora tampava a luz do sol direta no segundo andar, Roland se sentiu inquieto para aquela hora da noite. Gostaria de telefonar para alguém, mas era tarde demais. Além disso, Daphne estava em Roma para uma conferência sobre habitação. Peter a acompanhou, esquadrinhando a cena política da cidade em busca de eurofóbicos. Simples céticos não eram o bastante para ele. Tarde demais para ligar para Lawrence. Ele também estava uma hora à frente. Os dias de Carol começavam cedo e eram longos. Ela dirigia todo um canal para a BBC e normalmente dormia às dez. Mireille estava em Carcassonne cuidando do pai moribundo. Roy Dole estava na Coreia do Sul dando uma palestra sobre neurociência. O velho amigo de Vancouver, John Weaver, devia estar no meio de uma de suas aulas vespertinas.

Sobre a mesa da cozinha estavam os restos do almoço. Ao levar alguns pratos simbólicos para a pia, ele sentiu que não iria dormir com facilidade. A palestra sobre Lowell havia remexido em coisas antigas, um lembrete de sua existência informe. Em geral, por volta dessa hora, Roland preparava um chá de menta e o levava para a cama, lendo noite adentro. Naquela noite, se permitiu um uísque. Demorou alguns minutos para encontrar a garrafa que ganhara de Natal, cinco meses antes, quase cheia. Levou-a para a sala de visita, juntamente com uma jarra d'água e um copo.

Um ano antes de sua morte, depois de ter rompido com a filha, Jane entrara em contato com Roland. Presumiu que compartilhavam uma vilã. Quando ele lhe disse o quanto admirava os romances, ela fingiu não ouvir. Seu próprio processo de reavaliação era completo e final: achava a ficção de Alissa entediante e supervalorizada. Jane e Roland trocaram telefonemas ocasionais até que sua doença se agravou. Ela se recordava de perguntar por Lawrence e queria saber um pouquinho da vida de Roland, mas seu verdadeiro interesse era a perfídia de Alissa. Jane sentia-se profundamente incompreendida, até mesmo perseguida. Suspeitas sombrias a perturbavam. Ela achava que Alissa tinha ido até sua casa durante a noite.

"Viajado de tão longe, da Bavária?"

"Os escritores têm tempo de sobra. Ela conhece a casa e sabe como me ferir. Mudei as fechaduras, mas ela ainda entra."

Um tipo de declínio mental. Parafrenia. Ele notara anteriormente essa paranoia que causava irritação nos idosos. Mas Jane tinha razão no essencial. Alissa lhe dera uma facada — havia identificado e culpado a mãe em memórias que foram a base para um bestseller. Essas histórias ficariam circulando por muitos anos, disse Jane. Seus trechos mais duros, difundidos na internet em blogs sobre livros, retuítes, resenhas e no Facebook, durariam enquanto houvesse civilização. Cartas insultuosas de moradores anônimos da cidadezinha tinham aparecido na caixa de correio de Jane. Uma senhora dava uma risadinha sempre que ela entrava na padaria. Os amigos prestaram apoio, mas ficaram atônitos com o que leram e não sabiam em quem acreditar. Ela provavelmente estava certa ao dizer que era objeto de mexericos.

In Murnau descrevia uma Bavária campestre em que, no final da década de 1940 e no início da década de 1950, nazistas de pequenas cidades, muito inferiores na escala de poder para interessar aos tribunais de Nuremberg, se infiltraram em empregos nos governos e indústrias locais, bem como nas redes de administração agrícola. Alissa deu o nome de todos, seus papéis na guerra e depois. Todos, em qualquer nível, viviam em negação do que acontecera. O livro narrava o mesmo que Alissa contou uma vez a Roland — sobre certas ruas e casas vazias ocupadas pelos fantasmas daqueles que tinham sido arrancados dali para destinações impossíveis de mencionar. Ninguém falava sobre eles. Todos recordavam-se dos nomes e rostos dos vizinhos que outrora moravam ali, por isso conheciam bem os fantasmas e os filhos dos fantasmas. Tinham ódio aos norte-americanos nas bases da região, mesmo que o dinheiro do Plano Marshall fosse bem-vindo. De algum modo, doador e doação eram separados. À medida que a economia começou a recuperar-se, teve início a ânsia por ter coisas, por bens de consumo que enterraram mais fundo as recordações coletivas. Uma casa nova estava sendo construída por assassinos sobre uma fundação de cadáveres. Território bem mapeado por historiadores e romancistas — Alissa fez menções reverentes ao romance de Gert Hofmann *Veilchenfeld*. O que existia de novo era sua prosa excepcional, sua amargura lírica. Ela desdenhava a visão de que, nos primeiros anos após a guerra, a Alemanha só podia ser reconstruída por meio de uma amnésia coletiva.

E então chegou mais perto. Os capítulos afunilaram-se no campo pessoal: Alissa era puxada à força em duas direções. A fama exagerada do Rosa Branca a enraivecia. Era uma folha de figueira para esconder a obscenidade da negação nacional. Ao mesmo tempo, acusava o pai de renegar o movimento ao qual dera corajoso apoio, embora só em 1943. Heinrich era o sólido burguês que engordou e ficou preguiçoso, temendo a má opinião dos nazistas "de armário" que eram seus clientes ou dirigiam as prefeituras e associações de direito das redondezas. Da forma como o descreveu, Heinrich era, se tanto, um desenho animado de Georg Grosz, bem distante do homem de que Roland lembrava junto à lareira, servindo schnapps, amistoso, tolerante, bem-humorado, confundido e um pouco intimidado pela mulher e pela filha. No relato dela, ele ficara desapontado em ter uma filha, e não um filho. Quase nada teve a ver com a criação de Alissa, nunca a encorajou a fazer nada do que fez, parecia entediado sempre que ela falava. Na verdade, nunca dava a impressão de ouvi-la. Ele a deixara aos cuidados da mãe.

E ali começou o verdadeiro mal. *In Murnau* apresentava Jane Farmer como uma mulher amarga, tornada oca por uma sensação de fracasso. Seu potencial literário e as ambições consequentes não foram destruídos por suas próprias decisões. Foi a criança que arruinou tudo. A pequena Alissa sofreu a frieza da falta de amor. As punições maternas eram constantes — pancadas fortes nas pernas, horas confinada no quarto, raras guloseimas confiscadas num capricho por crimes de que não se recordava. Ela lutou pela afeição da mãe, crescendo sob a longa sombra de seu rancor. Não teve na infância excursões, feriados, piadas, refeições especiais, histórias contadas na cama. Ninguém jamais a abraçou com carinho. Sua mãe vivia numa jaula de ressentimentos não expressos. Mesmo quando Alissa se libertou e foi para Londres, a mão morta da mãe pesava sobre seu senso de propósito. Tomou tempo para escrever aqueles dois romances iniciais, tão fracos em concepção, tão tímidos e apologéticos.

O dia em que Alissa, como jovem mãe, abandonou o marido e o filho em Londres, indo para Liebenau confrontar Jane, era um dos momentos mais vívidos no livro, dramático, intenso, vibrando com emoções por muito tempo reprimidas. Tratava-se de uma cena em que os críticos se demoravam. Somente Eberhardt, concordaram, seria capaz de conduzi-la com tamanha habilidade, tamanha evocação de dor e ira, as muitas correntes cruzadas do sentimento, dos mal-entendidos mútuos. O que interessava a Roland é que o relato de Alissa se assemelhava ao que Jane lhe fizera tantos anos atrás, naquela noite quente em seu jardim.

As memórias de Alissa foram um best-seller na Alemanha e outros países, incluindo a Grã-Bretanha. As infâncias malvadas de outros eram não apenas um consolo para muitos, mas um meio de exploração emocional, bem como uma manifestação do que todos sabiam, mas precisavam continuar a ouvir: nossos começos nos moldam, e devem ser confrontados. Roland era cético, e não por lealdade a Jane. Na década de 1950, muitos pais não se envolviam grandemente com os filhos, em especial as filhas. Abraços e expressões de amor eram vistos como espalhafatosos, embaraçosos. Sua própria infância era típica. Pancadas nas pernas e no traseiro eram comuns. As crianças que, apesar de tudo isso, eram amadas, deviam ser comandadas, e não ouvidas. Não estavam lá para participar das conversas sérias. Não eram seres por direito próprio, estavam apenas de passagem, proto-humanos efêmeros, anos a fio envolvidos no ato deselegante de vir a ser. Era assim mesmo. Era a cultura, à época entendida como até amena. Cem anos antes, o dever dos pais era dobrar a vontade dos filhos com uma surra. Roland achava que aquelas pessoas em seu próprio país que tinham ganas de voltar àqueles tempos, 1850 ou 1950, deveriam pensar melhor.

Achava que *In Murnau*, por mais absorvente que fosse, era o livro "menos bom" de Alissa. Autodramatizante de uma maneira atípica. Tinha consciência da aspereza de Jane, mas ela não era cruel. Identificá-la, especificar a cidade e a casa, eram um erro grave. Um mês após seu enterro, Roland se encontrou com Rüdiger no poeirento bar do Hotel Stafford, perto do Green Park. O êxito das memórias tinha provocado na autora alguma culpa. Isso cresceu no funeral da mãe, quando Alissa pôde ver que muitas das amigas de Jane não haviam comparecido. Na cerimônia que se seguiu, Rüdiger lhe falou sobre as cartas injuriosas que Jane tinha recebido.

"Mas só porque Alissa me perguntou. De outra forma, eu não teria dito nada."

"Qual foi a reação dela?"

"Ela é como muitos escritores brilhantes. Um pouco ingênua, sabe? Estava doida de vontade de escrever aquele livro. Não pensou nas consequências, mesmo quando a alertamos."

Rüdiger, careca, gorducho e imponente em seu jeitão, era agora o CEO da Lucretius Books. Podia se permitir certo distanciamento da autora famosa. Tinha outros. "Depois do enterro, ela decidiu que queria retirar o livro do mercado, destruir os exemplares não vendidos. Nós a persuadimos de que isso cairia mal para ela. Como a confissão de um erro terrível. O mal estava feito. Ela tinha de seguir em frente. Talvez escrever um livro diferente sobre a mãe."

Uma da manhã. A bebida de Roland, uma dose pequena e bem diluída de uísque, tinha sido pensada como uma ajuda para dormir, nada de mais. Mas, como a garrafa estava ao lado do seu cotovelo, ele serviu uma dose maior, sendo cauteloso com a água. O improvável defensor de Alissa era Lawrence. Ficara emocionado com as memórias, disse ao pai pelo telefone. Achou o ceticismo de Roland "injustificado". Era em geral bastante franco.

"Você não estava lá. Conheceu *Oma* e *Opa* bem depois, quando eles já tinham amaciado, como todo mundo que envelhece. E é irrelevante que, na época, fosse assim que tratassem as crianças. Trata-se da experiência dela. Se quiser, pode dizer que ela está falando por toda uma geração. Se a cultura era uma bosta, isso não está na cabeça de uma menina de oito anos mandada para o quarto sem jantar. Essa é a vida dela, e tinha o direito de descrever o que sentiu."

"A verdade dela."

"Não venha com essa para cima de mim, papai. A verdade. Tenho amigos que me contaram tudo sobre suas infâncias de merda com pais horrorosos. Aí eu encontro com eles, e são muito carinhosos. Não saio por aí pensando que meus amigos são mentirosos que se autoiludem. Seja como for, papai, acho que você tem outros motivos para não gostar desse livro."

"É capaz de você ter razão."

Durante essa conversa, Lawrence estava em algum lugar no Meio Oeste dos Estados Unidos para uma conferência sobre agricultura e mudança climática. Como Roland não o tinha visto nos últimos seis meses, não desejava ter uma discussão séria pelo telefone. Além disso, seu filho tinha melhores motivos do que ele para não gostar das memórias. O fato de haver se emocionado com elas era notável, generoso. Mas, se Jane havia feito mal à filha, o que dizer do mal que essa filha tinha feito a seu filho? Onde estava a admissão honesta da romancista? E o que valia para as mães, valia para o pai. A vida marginal e inquieta de Roland, com uma educação truncada e monogamia em série, tinha sido adotada por Lawrence. Não constituía exatamente uma dádiva.

Sempre que penetrava numa reconfortante zona neutra, tal como o uísque podia propiciar ao fim de um dia cansativo, ele tendia a pensar que o mistério de Alissa, que durava toda uma vida, era ao menos interessante. Não havia ninguém remotamente como ela em sua vida. Com exceção de Miriam, ninguém tão radical. Para a maior parte das pessoas, inclusive ele mesmo, a vida simplesmente acontecia. Alissa lutou com ela. Não a via desde aquela noite num beco de Berlim, quando pedaços do Muro caíam em cinquenta lugares. Quase vinte e um anos. Duvidava que voltaria a vê-la. Isso, em si, tinha um quê de conto de fadas. Ela era grande. E, em quarenta e cinco idiomas, ocupava espaço nas mentes de vários milhões de pessoas.

Ela ressurgia em sua vida com a tradução para o inglês de cada novo livro, mais ou menos de três em três anos, e com os recortes ocasionais remetidos por um dos assistentes de Rüdiger. Muito tempo atrás Roland havia pedido que não lhe mandassem todas as notas de imprensa. Era raro que pensasse nela, a não ser nessas raras aparições. Tudo que lia sobre ela sempre perturbava sua paz de espírito e o empurrava numa nova direção. O ano anterior era um bom exemplo. Tinha chegado um recorte do *Frankfurter Allgemeine Zeitung*, um longo ensaio sobre o Nobel de Literatura que terminava com a especulação sobre quem seria anunciado em outubro. Todos os anos corriam rumores, nem sempre infundados. Seguia-se uma lista dos suspeitos de sempre: Updike, Munro, Modiano. Mas certamente, concluía a matéria, era chegada a hora de honrar mais uma vez a língua alemã desde que o prêmio havia sido concedido a Elfride Jelinek. Quem mais naquele ano, senão Alissa Eberhardt? Claro! Naquela manhã, Roland caminhou até uma casa de apostas na Clapham High Street e perguntou no balcão quanto pagava se ela fosse a vencedora. A senhora que o atendeu teve de fazer uma consulta telefônica. Aquela escritora não constava da lista, veio a resposta do escritório central. Cinquenta para um. Ele apostou a extravagante soma de quinhentas libras. Um oitavo de suas poupanças totais. Vinte e cinco mil libras a serem extraídas como um suco de ambrosia divina dos frutos do sucesso de sua ex-esposa — haveria alguma justiça nisso. Quando chegou outubro e foi feito o anúncio, a língua alemã de fato foi honrada, porém não no nome de Alissa. Em vez dela, Herta Müller. Uma pena. Não era o tipo de justiça pela qual tinha ansiado. Precisou aceitar a aposta perdida como um veredito justo da fracassada união entre os dois.

Trinta anos antes, ele teria se servido de uma terceira dose, depois uma quarta, e a noite se abriria de porta em porta, como nos meses seguintes ao sumiço de Alissa. Mas agora, quando por fim se levantou, um pouco tonto com o súbito esforço, três quartos do uísque permaneciam no copo. Melhor ali que na barriga, pronto para arruinar seu sono. Tirou de uma estante o exemplar de *The Dolphin* e foi para o segundo andar, bocejando e apagando as luzes no caminho. Ouvira certa feita uma amiga íntima de Lowell recordar-se num programa radiofônico de que, visitando o poeta certa manhã no hospital, o encontrara sentado na cama passando geleia de fruta nos cabelos. Completamente louco e, no entanto, a poesia era magnífica. Ouvindo aquilo tanto tempo atrás, e relembrando seus poemas abandonados, Roland às vezes tinha alguma esperança em si próprio.

Ao olhar em retrospecto para os primeiros anos do novo século, ele com frequência se lembrava dos dois minutos de silêncio na Russell Square em homenagem às vítimas das bombas no metrô e no ônibus. Caso invocasse a cena, sempre via o ônibus destruído ali perto, cercado por faixas da polícia, uma cena de crime ainda sob investigação técnica à vista de todos. As imagens das mídias criavam uma falsa recordação. O ônibus explodira em outro local, na Tavistock Square, e fora retirado de lá para os exames.

Naquela manhã de julho de 2005, Roland era invadido por pensamentos que se chocavam com o que se passava na mente das centenas de outras pessoas que estavam naqueles jardins. Ele tentava manter o foco nos mortos e no que teria motivado os assassinos sem ficha na polícia, porém a enfermidade da mãe continuava a se intrometer. Doença e morte estavam muito presentes em sua mente. Jane morrera um mês antes dos ataques. Ao longo de anos, o declínio de Rosalind havia sido lento, agora se acelerava. Por muito tempo o que sua mãe falava parecia um emaranhado de gramática e sentido postos de cabeça para baixo. Podia também se tornar sentimental, como um poema sem brilho de E. E. Cummings. Nos últimos tempos, no entanto, quase não falava. Agora era a capacidade respiratória dela que inspirava cuidados.

Ele estava atrás da multidão, perto dos portões dos jardins da Russell Square a fim de sair rapidamente. Precisava ir à região oeste de Londres para encontrar-se com o irmão e a irmã. Susan lhe dissera que tinha notícias importantes sobre o passado. Não era possível falar sobre elas ao telefone. Visitariam Rosalind primeiro, depois iriam para um café. Susan tinha de buscar um neto de Rosalind na escola, e pedira a Roland que não se atrasasse.

Henry e Susan o encontraram na estação de Northolt. Foram até o asilo no carro de Henry, três casas geminadas unidas numa só em rua residencial. A caminho, conversa fiada seguida de silêncio. Uma cuidadora os levou ao pequeno quarto da mãe, onde se espremeram. Ela estava sentada numa poltrona de espaldar reto, de costas para a pia. A cabeça tombada para a frente, o queixo tocando no peito. Seus olhos permaneciam abertos mas ela não deu a impressão de ter consciência dos visitantes que se ajeitaram ao seu redor. Susan e Roland sentados na cama, Henry numa cadeira trazida pela moça. O quarto cheirava a desinfetante. Susan, mais perto da mãe, pousou sua mão na dela e tentou algumas saudações alegres. Roland e Henry se juntaram à irmã. Nenhuma reação. A mãe fez um som de zumbido e pronunciou uma palavra que eles não entenderam. Depois, menos que uma palavra, um som de vogal, *ah, ah, ah*. A partir de então apenas um arfar rápido e curto, com um som áspero ao atravessar o muco preso a suas vias respiratórias. A cabeça pendeu mais para baixo.

Eles ficaram sentados, observando, como se esperando que ela revivesse. Nada havia a dizer. Não parecia correto conversar. Roland supôs que não voltaria a vê-la viva, mas, dez minutos depois, isso não o impediu de querer ir embora. Pelo contrário.

Para Roland ela já estava morta. Ele sentia pesar, mas não demonstrar, não em sua presença. Estava decidido a não ser o primeiro a se levantar. Os três eram mantidos lá não por um senso de despedida significativa, e sim de delicadeza. Ele passara muitas horas naquele quarto excessivamente aquecido. Durante anos, sua vida tinha sido uma longa maré vazante. Ao retroceder, as águas deixavam poças aleatórias de recordações encalhadas. A principal, que devia conter o casamento de meio século com Robert Baines, estava faltando. Desapareceu logo, quando ela ainda reconhecia os filhos (embora não os netos) e lembrava de outras passagens isoladas de sua vida. Quando ele fez um teste apresentando a elas referências ao pai, Rosalind só falou em Jack Tate. Susan havia pendurado o retrato do pai numa parede. As histórias de Rosalind sobre o primeiro marido eram coerentes. Ela as havia contado a Roland muito antes da doença. Nem todas as poças de memória eram do passado distante. Recordava-se da visita aos Kew Gardens com Roland cinco anos antes. A lembrança de sua mãe, que morrera em 1966, também era forte, e o foco de suas ansiedades. Não a via fazia muito tempo, precisava ir ao povoado visitá-la pois, àquela altura, devia estar muito velha e enfraquecida. Às vezes, Rosalind arrumava uma maleta com presentes e produtos de primeira necessidade para levar com ela. Uma maçã, biscoitos, roupa de baixo limpa, um lápis, o despertador. Por baixo dessas coisas havia pedaços de papel dobrados que dizia serem passagens de ônibus.

A cuidadora apareceu para libertá-los. Era hora de almoço, segundo disse, eles teriam de ir embora. Seria a última vez que veria a mãe, encurvada sobre a mesa com uma dúzia de pessoas idosas que conversavam em voz alta. Parecia impossível que ela conseguisse comer. A cabeça ainda estava caída para a frente, os olhos abertos, assim como a boca. Estava atacando uma tigela de comida pastosa e não ouviu quando os filhos se despediram. Roland beijou sua cabeça, tão frágil e fria, reparando mais uma vez numa larga faixa sem cabelos logo abaixo do topo. Foi bom pisar do lado de fora na rua cheia de sombras das árvores e de carros estacionados. Enquanto estivesse com o irmão e a irmã, não sentiria grande coisa. Precisaria ficar sozinho. Presumiu que o mesmo se passava com eles porque, ao caminharem para o café, Susan e Henry comentaram de outros asilos que eram menos organizados e mais caros que aquele.

O café ficava dentro de uma loja de caridade falida. Duas amigas de Susan estavam "tentando levar o negócio adiante" com um aluguel baixo. Lugar triste, esforçando-se muito para parecer alegre, com toalhas de algodão vermelhas, vasos de gerânios e, nas paredes, frases jocosas em letras que se desmanchavam nos cartazes emoldurados que algum pub local devia ter lhes doado. *Você não precisa ser louco para trabalhar aqui, mas ajuda no serviço.* Estavam fazendo o possível com o pouco que tinham.

Ele não estava no estado de espírito para receber notícias importantes. Os três tinham se amontoado em volta de uma mesinha e pedido chá. Ninguém estava com fome. A visão do almoço pastoso da mãe numa tigela de plástico fizera Roland sentir náuseas. Era evidente que Susan só daria as notícias depois que o chá fosse servido. Ela e Henry tinham quase setenta anos. Todos os sinais costumeiros, em seus rostos, postura e fala, anunciavam seu próprio futuro, dez ou doze anos à frente. Mas estavam indo bem, ele desejava tranquilizar-se. Primeiros casamentos infelizes, separações desastrosas não mencionadas mais, sucesso na segunda tentativa — enquanto ele continuava sozinho e com energia e propósitos declinantes. Tinha ao menos um grupo de amigos, incluindo ex-amantes disponíveis para um jantar ocasional. No entanto, como ao longo dos anos algumas delas também haviam se acomodado com segundos e terceiros casamentos, ele as via cada vez menos.

Quando o chá foi posto diante deles em grossas canecas brancas, quentes demais para serem tocadas, Susan tirou da bolsa pendurada ao ombro um envelope pardo. Havia recebido uma carta do tenente-coronel Andrew Brudenell-Bruce, do Exército da Salvação. Seu trabalho consistia em ajudar as pessoas a encontrar membros da família perdidos. Por algum tempo vinha cuidando de um caso que poderia ter a ver com ela. Encontrara Susan graças ao incomum sobrenome de seu primeiro marido, Charne. Caso o nome de solteira de sua mãe fosse Rosalind Morley, de Ash, em Hampshire, então talvez ela se interessasse em saber que tinha um irmão. Ele fora adotado logo após nascer em novembro de 1942. Seu nome era Robert William Cove, e ele gostaria de entrar em contato com a família biológica. O coronel Brudenell-Bruce assegurava que, na hipótese de não desejar ser contatada pelo irmão, o assunto seria dado por encerrado e ela nada mais ouviria a respeito. Se decidisse prosseguir, ele ficaria feliz em estabelecer o contato entre os irmãos.

Henry e Susan trocaram olhares. 1942, quando eles já estavam fora de casa e suas infâncias tinham começado a se complicar. Longe da mãe, longe um do outro. No início da década de 1940, o pai deles estava lutando na campanha do Deserto Ocidental. Então, era óbvio. Bastavam os primeiros nomes. Robert — é claro, e William era o nome do pai do major e de um irmão mais velho. Susan e Henry olharam para Roland e fizeram um sinal positivo com a cabeça. Aquele era o irmão *dele*, de pai e mãe.

No silêncio, ele disse titubeante: “Bem...”.

Bem, o quê? Em primeiro lugar, burrice. Era tão óbvio que parecia agora ter ouvido a notícia antes e deixara de prestar atenção. Ou estava defendido demais contra a velha história da família para entender o que lhe era dito. Ou não queria saber. A notícia não foi recebida como um choque. Soava mais como uma acusação. Quando Rosalind passou uns dias com ele em Clapham depois do enterro do major — tentava raciocinar com clareza sobre aquilo enquanto os três continuavam sentados em silêncio —, ela não teve uma recordação falsa da data, 1941, em que conheceu Robert Baines. Simplesmente se esquecera de mentir. Cuidou de excluir do relato o bebê, mas chegou perto de contar a verdade. Seus filhos foram mandados embora "enquanto eu tentava ajeitar minha vida". O que mais isso poderia significar? Se estivesse atento, uma pergunta inteligente teria desvendado a história. Ela estava desejando contar. Deve ter havido outras ocasiões em que estava pronta a livrar-se do segredo. Com o major morto e os fatos tão remotos no passado, não tinha nada a perder. Mas a mente dele estava parcialmente em outro lugar sempre que lidava com os pais. Um pouco mais de foco — ou de amor? —, e poderia tê-lo extraído de sua mãe, ela ficaria aliviada do ônus de sessenta e dois anos que carregava sozinha. Ele, a irmã e o irmão poderiam tê-la ajudado. Poderiam ter conhecido a história real da família. Ela estava a uma esquina de distância, contemplando o almoço, e era incapaz de lhes dizer qualquer coisa sobre o filho oculto porque, de fato, estava morta.

Roland recostou-se na cadeira e sentiu o peso do futuro próximo. As perguntas, as histórias a serem reescritas, um estranho a ser acolhido como irmão. A tristeza e preocupação de Rosalind afinal explicadas, tudo isso foi se desenrolando à sua frente, desaparecendo e ressurgindo na distância, como uma trilha em terreno montanhoso. E ali estava o passado, mais obscuro que antes, com suas figuras indistintas em meio à névoa. Robert Baines fazendo um filho com a mulher de um soldado em ação. Rosalind grávida de outro homem enquanto o marido estava no exterior, lutando por seu país. A vergonha e o segredo, a fúria na família, as fofocas na cidade. Jack morrendo em 1944 durante a libertação da Europa, liberando Robert e Rosalind para se casar. Será que o sargento Baines providenciou para que os filhos de Rosalind fossem mandados embora a fim de limpar a área para seu caso amoroso? Será que insistiu na adoção do bebê a fim de salvar sua carreira no Exército? Ele podia ser levado a uma corte marcial. Se Roland incluísse a si mesmo e o colégio interno, então os quatro filhos de Rosalind tinham sido expulsos de casa, banidos para outros locais. A cada partida, Rosalind devia ter chorado. Ele vira seus ombros sendo sacudidos quando os pais o puseram no ônibus a caminho da nova escola. Naquela hora ela deve ter pensado nos outros três filhos e se perguntado como tinha deixado aquilo acontecer de novo.

Susan e Henry jamais haviam se referido a suas infâncias no tempo da guerra. Pertenciam ao passado, estavam enterradas. Agora retornavam. Na velhice, os três continuariam tentando fazer aquilo ter algum sentido — a submissa Rosalind, o dominador Robert, tudo que haviam construído entre eles: exílio, solidão, tristeza, culpa. Os filhos devem continuar tentando entender, pensou Roland, isso não terminará nunca. Mas ele precisava lidar com o que era certo. Tinha um irmão, um outro irmão, um irmão de pai e mãe. Esse fato tinha de ser separado do engodo e das perguntas. Devia se alegrar? Não sabia como se sentir. Mas sentia que tinha sido burro.

Pediu à amiga de Susan três copos d'água.

Henry limpou a garganta e disse: "Acho que mais ou menos sabia disso na época, quando tinha oito anos. Não sobre o bebê, é claro. O caso. Aí esqueci tudo. Bloqueei. Quando me permitiam ver mamãe, ele estava sempre lá. Aquele homem. Era assim que eu chamava seu pai, Roland, em minha mente ele era *aquele homem*. Me deu um presente, um trator de brinquedo, acho que era. Pintado de amarelo. Mas lembro que me recusei a aceitar. Devo ter tido minhas razões. Lealdade a meu pai, suponho".

Susan: "Não consigo me lembrar de muita coisa. De nada. Minha memória é uma folha em branco. E agradeço a Deus por ser assim". Passou o envelope para Roland. "Você é que tem que lidar com isso. Não posso ser a primeira a me encontrar com ele. É demais."

"Quando o vir", disse Henry, "pode nos contar. Aí vamos vê-lo."

Naquela noite, Roland se apresentou por carta ao tenente-coronel Andrew Brudenell-Bruce. A resposta imediata foi afável. O oficial havia escrito para o sr. Cove, dizendo que entraria em contato com Roland. Como o coronel morava em Waterloo, ficaria feliz em visitá-lo. Apareceu dois dias depois e se sentou na cadeira da mesa da cozinha que Roland imediatamente associou aos policiais de outros tempos, Douglas Browne e Charles Moffat. Talvez porque, tal como eles, Brudenell-Bruce usasse uniforme. Ao se deparar com figuras religiosas, Roland se sentia obrigado a protegê-los de sua descrença, tão absoluta que mesmo o ateísmo o entediava. Era sempre amistoso de uma maneira exagerada com o vigário do bairro ao encontrá-lo na rua. Mas com relação ao coronel, um homem decente e inabalável, Roland decidiu, um sujeito grandalhão, com ombros musculosos e uma risada alta, ele não precisava se preocupar. Ele disse que, na juventude, tinha sido halterofilista amador. Parecia achar graça de muita coisa, mesmo de suas observações. Aquele era o último caso de que tomava pé, Andrew explicou, pois iria se aposentar. Por isso, estava lhe dando atenção especial. Soltou uma risada.

"Você vai gostar do seu novo irmão. Ele é boa gente."

"Somos uma família bem estranha."

"Em vinte anos, ainda estou para encontrar alguma que não seja."

Roland riu juntamente com o coronel.

Chegou uma carta de Robert Cove. Amistosa mas direta ao ponto. Sessenta e dois anos de idade, casado com Shirley, um filho e duas netas, morava em Reading, não longe de onde crescera, em Pangbourne. Havia sido carpinteiro a maior parte da vida profissional e não tinha pressa de se aposentar. Como entendia que Roland morava em Londres, que tal encontrarem-se na metade do caminho? Havia um lugar perto de Datchet, antes um pub e atualmente um centro de convenções, chamado Três Tonéis. Mencionou um dia na semana seguinte e sugeriu às sete da noite. "Vai ser formidável conhecer você."

Nos dias que antecederam o encontro, Roland oscilou entre um mau pressentimento que era incapaz de explicar e uma expectativa curiosa, uma impaciência. Depois, mais uma vez a sensação de que vinha a seu encontro uma série de obrigações relativas a um estranho. Não precisava que sua vida se tornasse mais interessante. Queria ler livros e ver os velhos amigos.

Chegou atrasado. O horário dos trens era difícil de entender, e o Três Tonéis era mais perto de Windsor e mais longe da estação do que o site do lugar prometia. Caminhou por uma avenida poeirenta na saída de Datchet até entrar no caminho, ladeado de mudas de árvores em tubos plásticos, que levava ao centro de convenções. Aproximou-se de um conjunto de novos prédios projetados no estilo pastoral, de tijolos vermelhos, típico dos supermercados da década de 1980. Portas que se abriram automaticamente o colocaram dentro de um bar quase vazio com pé-direito alto. Parou na entrada, esperando ver antes de ser visto.

Sentado a uma mesa com uma taça de vinho quase vazia nas mãos, estava uma versão dele, não exatamente uma imagem perfeita, mas um Roland como seria depois de uma vida diferente, escolhas diferentes. Era a teoria dos universos múltiplos tornada real, um vislumbre privilegiado de uma das infinitas possibilidades de si mesmo que fantasiosamente se supunha existir em domínios paralelos e inacessíveis. Ali, por exemplo, estava Roland como seria sem óculos, com as costas mais retas que sempre tencionou ter, a gordura expulsa da cintura. Aquele sujeito parecia ter uma expressão mais estável. Robert Cove deu a impressão de sentir que estava sendo observado, pois se voltou, ficou de pé e aguardou. Nos três ou quatro segundos que levou para chegar até ele, Roland sentiu que escapava do mundo ordinário para uma forma de hiperespaço, onde flutuava sobre um terreno ilusório, mal sabendo quem era. Fora das peças teatrais e dos romances, tal encontro constituía fato impossivelmente raro. No entanto, tão logo se pôs diante do irmão, a realidade alterada se desfez numa cena banal, senão cômica, uma vez que não existia nenhuma norma convencional para facilitar tal encontro. Um estendeu a mão, o outro fez menção de abraçar. Mais tarde, Roland não se lembrava qual tinha sido o seu impulso. Os corpos dos irmãos se chocaram e se afastaram quando ambos decidiram pelo aperto de mãos ao anunciarem seus nomes ao mesmo tempo. Roland apontou para a taça de vinho, Robert fez que sim com a cabeça.

Voltando do bar, fizeram um brinde e começaram de novo. Passaram alguns minutos concordando em que o Exército da Salvação trabalhava bem em reunir as pessoas, e que o coronel era um sujeito formidável. Depois uma pausa incômoda. De algum modo, tinham de começar. Roland propôs que cada qual fizesse um breve relato de sua vida e circunstâncias.

"Boa ideia. Vá na frente, Roland. Me mostre como deve ser feito."

Em sua pronúncia havia um indício de R suavemente rolado que Roland associava à sua mãe. Hampshire, soando como a meio caminho do West Country. A história de Roland era composta de reações automáticas. Abandonou o internato prematuramente porque estava impaciente para começar a ganhar dinheiro. Seu casamento com uma escritora tinha acabado depois de dois anos. Pela primeira vez na vida se descreveu como um "pianista de salão ou de bar". Promoveu Lawrence a "cientista de mudanças climáticas", mas sobre "nossa mãe e pai, nosso meio--irmão e nossa meia-irmã", bem como sobre o passado infeliz, forneceu um retrato mais detalhado. Sua vida, ao falar dela, não era grande coisa. Terminou dizendo: "Você está se juntando, se esta é a palavra certa, a uma família muito fraturada. Não crescemos juntos, e você é o caso extremo disso".

Robert foi até o bar e voltou com uma garrafa cheia e taças limpas. A primeira coisa que ele gostaria de dizer é que tinha sido muito bem cuidado e amado por seus pais adotivos, Charlie e Ann, não sentindo por isso nenhuma amargura e não precisando de comiseração.

"É bom ouvir isso."

Só soube que era adotado quando o pai lhe contou, contra a vontade da mãe, ao fazer catorze anos. Mas já tivera indícios, que conseguira esquecer — gozações na escola por não ter "pais de verdade". De algum modo, o rumor se espalhara. Como adolescente, pouco a pouco ficou sabendo como havia acontecido. Em dezembro de 1942, Ann tinha visto um anúncio na seção de classificados do jornal local. Robert abriu uma fotocópia da página e a passou por sobre a mesa. A chamada era curta. Na parte de cima: "*Precisa-se com urgência de violino, saxofone, clarinete e trompete para banda recém-formada. Pagamento em dinheiro* à vista". Embaixo: "*Pagamos à vista por mobília de segunda mão em boas condições*". Entre os dois: "*Necessita-se de casa para menino de um mês, entrega total — escrever para caixa postal 173, Mercury, Reading*". Entrega total — sem dúvida coisa do major. Poderia ter escrito "incondicional". No resto da página — Roland não pôde deixar de dar uma olhada geral — a guerra, em 1942, havia esgotado o mercado de trabalho. Precisava-se de "rapazes de dezessete anos" e "senhores experientes" para substituir os homens ausentes.

Devolveu a página. Soube então que Rosalind, seu bebê e a irmã mais nova, Joy, tomaram o trem de Aldershot para Reading, que se atrasou como ocorria com frequência durante a guerra. Segundo o combinado, as irmãs esperaram até que todos os demais passageiros tivessem se dispersado. Levavam, Ann Cove se lembrava, uma maleta marrom cheia de roupas de bebê. Robert foi entregue ao casal Cove junto à barreira onde eram mostradas as passagens. No curso dos anos, Ann foi perturbada pela recordação de Joy se virando de costas porque não podia testemunhar o momento em que a criança saiu das mãos da irmã. Rosalind, que dava a impressão de estar entorpecida, falou pouco.

Um mês após o primeiro encontro, Roland e Robert foram ver a tia Joy no povoado de Tongham, não muito longe de Ash. Tratou-se, é óbvio, de uma reunião extraordinária, e Roland buscou manter um perfil baixo e ouvir. Joy perdera o marido no ano anterior e estava debilitada, porém sua memória era boa. Findas todas as exclamações e abraços, se sentaram para tomar chá com bolo de banana, e ela contou sua história. Passara bastante tempo cuidando do bebê Robert enquanto a irmã ia trabalhar, tendo se apegado muito a ele.

"Você era uma belezinha", ela disse ao dar umas palmadinhas no joelho de Robert.

No trem para Reading, tentara convencer a irmã a mudar de ideia. Não era tarde demais. Podiam evitar aquele casal na estação, pegar o trem de volta e ir para casa com o bebê.

"Nem pensar. Rosalind só ficou falando baixinho sem parar: 'Tenho que fazer isso. Tenho que fazer isso'. Nunca esqueci — enquanto falava, não olhava para mim."

Mesmo ao voltarem para Aldershot, quando as duas irmãs estavam mergulhadas num estado de grande tristeza, Joy disse a

Rosalind que ainda podiam voltar, dizer aos Cove que ela mudara de ideia, trazer Robert de volta. Rosalind chorou, sacudiu a cabeça, não disse nada. Chegando à plataforma da estação de Aldershot, fez a irmã jurar que nunca falaria sobre o que haviam feito. Joy manteve a palavra. Ao longo de quarenta e oito anos, não contou nem ao marido. Falou sobre aquela terrível manhã pela primeira vez com Robert sentado a seu lado no sofá. Ele fez um gesto de carinho no ombro dela quando começou a chorar.

No bar dos Três Tonéis, Robert continuou com sua história. Teve uma infância normal e bagunceira. Nunca teve muito dinheiro, mas seus pais se mostravam bondosos e ele era feliz. Foi o primeiro aluno da classe, porém ficou satisfeito de largar a escola vários meses antes de completar dezesseis anos. Odiava as aulas, disse ele, mais ainda que Roland. Arranjou emprego numa fábrica, onde era o mais moço numa linha de montagem. Devido a algum rito tradicional e violento, as operárias queriam pegá-lo, tirar sua roupa e fazê-lo vestir um macacão como um grande bebê. Ele não concordou e fugiu. Elas o perseguiram descendo por uma escada de aço, atravessaram o chão da fábrica e chegaram à rua. Escapou por muito pouco. Nunca voltou. Mais tarde, teve um duro aprendizado de cinco anos como carpinteiro. Ao longo da vida, trabalhou em muitas obras na região; com frequência passava agora por casas cujas vigas dos assoalhos ou dos telhados ele havia instalado. Especializou-se em construir escadas baseadas em projetos especiais. Casou-se em meados da década de 1960 com Shirley e permaneceram felizes desde então. O filho, a nora e as netas constituíam o cerne de suas vidas. A outra paixão de Robert era seu time de futebol, Reading. Ia a todos os jogos, em casa ou como visitantes.

Enquanto Robert falava, Roland estudava o rosto dele e relembrava seus tempos em canteiros de obras no final da década de 1960 e década de 1970. Com a pressão dos prazos, suprimentos pouco confiáveis de mão de obra e materiais, negócios cujas funções se sobrepunham criando confusão, aqueles lugares podiam se comprovar difíceis e conflituosos. Não havia sindicatos, as taxas de acidentes de trabalho eram pavorosas, nenhuma comodidade para os operários, brigas ocasionais. Dias do "lumpem proletariado". Os mais velhos, ele se recordava, após anos de disputas desgastantes, desenvolviam uma espécie de distanciamento obstinado. Acho que via isso no irmão. Não se envolvendo facilmente em discussões, era seu palpite, mas implacável quando elas aconteciam. O rosto era mais largo que o seu, dava para ver agora, mais franco e generoso. As mãos que seguravam as taças contavam as histórias de seus destinos diferentes. Robert não teria uso para os dedos delicados e brancos de um pianista de salão de hotel. As suas tinham calos e cicatrizes visíveis. Sua vida dava a impressão de ser mais intacta, mais integrada — um casamento duradouro, uma vizinhança cheia de moradias que ele ajudara a construir, o time local por que ele torcia chovesse ou fizesse sol; e sobretudo as bonitas netas cujas fotografias Roland estava examinando. Nenhuma viagem tomando psicotrópicos no rio Big Sur para desconectar Robert das ambições corriqueiras, nada de cuidar sozinho de um filho, de carreiras improvisadas, de amantes em série, de desapontamento e pessimismo político. Mas a vida de Robert havia sido dura. A morte prematura da mãe, o vazio que cercava a sua origem. Os anos de aprendizado em que servira de bode expiatório e trabalhara pesado. A maioria dos problemas de Roland lhe tinha sido infligido por ele próprio, meros luxos. Mas trocaria de lugar com Robert? Não. Robert trocaria? Não.

"Depois que minha mãe morreu e fiz vinte e um anos, decidi encontrar meus pais biológicos. Avancei um bocado, consegui os detalhes sobre meu nascimento, e aí desisti. Ocupado com outras coisas. E achei que, bem, se meus pais biológicos não trataram de descobrir como eu sou, provavelmente não querem ouvir falar de mim. Por isso, deixei para lá — durante quase cinquenta anos."

Roland achou que captava o tom, a inflexão, talvez a atitude metódica do major, o fantasma do outro Robert naquele ali. Ele trouxera a certidão de nascimento e a mostrou. Nascido no dia 14 de novembro de 1942. Onde? Num endereço particular em Farnham. Longe do grande hospital militar de Aldershot. Fazia sentido. Alguns centímetros à direita da verdade, a mãe se chamava Rosalind Tate, sobrenome de solteira Morley, residente no número 2, Smith's Cottages, Ash. Ao lado, a mentira: o nome do pai registrado como Jack Tate, residente no mesmo local. Dias antes, Henry havia mandado alguns documentos para Roland — a folha de serviço de Jack Tate, o livro com seus soldos do Exército. Ele servira com o 1º Batalhão do Regimento Royal Hampshire, que lutou no Deserto Ocidental em 1940 antes de instalar-se em Malta, em fevereiro de 1941. Ficou lá por todo o cerco, participando mais tarde da invasão da Sicília, em julho de 1943, e, posteriormente, da Itália. Nenhuma chance de um humilde soldado de infantaria visitar sua casa. Nenhuma chance de conceber um filho na Inglaterra, nascido em novembro de 1942. O batalhão de Jack só voltou em novembro de 1943, quando iniciou o treinamento para o Dia D. Desembarcou na Gold Beach em 6 de junho. Jack levou o tiro no estômago em outubro, perto de Nijmegen e foi morrer na Inglaterra em 6 de novembro.

Roland olhou fixamente para a certidão de nascimento de seu irmão Robert, para aquele retângulo onde uma mentira estava concentrada, como se aquela folha de papel pudesse se dissolver e mostrar, em seu lugar, uma paixão do passado; o remorso de Rosalind ao dar à luz um bebê e, seis semanas mais tarde, numa plataforma ferroviária varrida pelos ventos do inverno, entregá-lo a duas pessoas que não conhecia e nunca voltaria a ver; o seu retorno infeliz de trem, talvez com o braço da irmã passado em torno de seu ombro, mas de mãos vazias e só; a manhã que definiu sua vida. *Tenho que conseguir.* Ver as coisas do jeito dela e sob o prisma da guerra. Se mantivesse o bebê, seria confrontada com a fúria do marido ao voltar da frente de batalha, com o desprezo dos habitantes do povoado, e com a circunstância de seu filho ser marcado pelo estigma da ilegitimidade — uma veemente repulsa social que foi se dissolvendo mansamente durante a vida de Roland e Robert. Ela teria se oposto à vontade do homem que amava e a quem temia. A menos que a criança fosse eliminada de suas vidas, o sargento Baines estaria condenado à ruína.

Por fim, Roland disse: "Você devia ver nossa mãe. Ela não deve durar muito".

Seria possível que ele e Robert se amassem e se odiassem como é comum entre irmãos? Tarde demais. Mas o vínculo com aquele estranho — sentiu isso naquele momento — era total, inescapável. Juntos eles ficaram dizendo as palavras, autoconscientemente, e as tornando verdadeiras, "nossa mãe", "nosso pai".

Roland tirou do bolso a única fotografia que tinha trazido para mostrar a Robert. Depositou-a sobre a mesa entre os dois e a viram juntos. Era um retrato de estúdio da mãe com Susan à direita e Henry à esquerda. Os três vestiam suas melhores roupas. Susan devia ter uns quinze meses, Henry uns quatro anos. A fotografia então dataria de 1940. Quase certamente tirada para que Jack a tivesse com ele durante a guerra. Henry tinha o braço passado pelo ombro da mãe. Susan estava postada em cima de algum suporte, não mostrado na foto, que deixava seu rosto na altura do rosto da mãe. Mas era para Rosalind que o irmãos olhavam. Ela vestia uma blusa aberta no pescoço que oferecia o vislumbre de uma corrente com pingente. Cabelos negros abundantes caindo até os ombros, nenhuma necessidade de maquiagem. Olhar firme e confiante, leve sorriso, um ar de tranquilidade. Era uma moça de grande beleza e atitude.

Robert disse: “E nunca a conheci”.

Roland concordou com a cabeça. Pensou, mas não disse, que ele também nunca a conhecera. A mãe que conheceu era nervosa, encurvada, tímida, sempre se desculpando. Agora podia identificar aquela tristeza longínqua que pesava sobre ela, aquilo que a fazia penar. A moça da fotografia havia desaparecido na estação ferroviária de Reading, em 1942.

A demência vascular de Rosalind não seguiu em linha reta até o ponto terminal. Como o corpo não cedia, forçou sua mente de volta ao mundo por mais diversos meses. Sua mãe contemplando uma tigela de plástico com comida pastosa não foi a última visão que Roland teve dela. Não estava ainda morta. Uma semana depois, a encontrou sentada na beira da cama e, embora não o reconhecesse, embora o chamasse de “titia”, como fazia com todos os visitantes havia um ano, pronunciou frases inteiras, sem sentido no contexto, mas com um toque poético. Naquela ocasião, depois de aceitar o abraço de Roland, ela disse: “A luz do sol lhe traz prazer”.

“Realmente traz”, ele disse, tirando do bolso um caderninho e anotando a frase. Ela disse outras durante aquela visita. Pronunciou as frases de forma espontânea ao longo de uma hora de conversa sem nexo. Pareciam fazer parte de um conjunto. Ele terminara de lhe contar sobre o trabalho de Lawrence na Alemanha quando ela de repente exclamou: “O amor simplesmente segue você”.

Ao sair, lhe deu o que parecia ser uma bênção. As palavras o deixaram perplexo. Fez meia-volta e pediu que as repetisse. Mas ela estava olhando pela janela e já tinha esquecido do que falara, esquecida também de sua presença no quarto, o saudou de novo. Ele sabia que ela guardava sentimentos religiosos, porém jamais a ouvira invocar Deus antes, ou o amor. Datilografou as linhas naquela noite, sem alteração, exceto por separar a frase final. Quando chegou a hora, acrescentou seu poema nas costas do panfleto sobre a programação do funeral na igreja de St. Peter, em Ash. *A luz do sol lhe traz prazer,/ O amor simplesmente segue você,/ Nossos corações se alegram./ Deus, em toda sua glória,/ Cuide de você.*

Ele chegou com Lawrence. Passaram pelo carro funerário contendo o caixão de Rosalind, estacionado numa aleia junto ao cemitério. Ao entrar na igreja, Roland viu diversos parentes, alguns já nonagenários, outros ainda com meses de idade. Seus irmãos e cônjuges, inclusive Robert e Shirley, já ocupavam os bancos da frente. Os agentes funerários trouxeram o caixão e o puseram sobre cavaletes. A vigária deu início à oração de boas-vindas. Impossível não olhar para o caixão, onde ela jazia no escuro, deitada de costas, mas não estava ali nem em lugar nenhum, pois lá se verificava de novo a mais simples e sempre surpreendente característica da morte — a ausência. O órgão começou a tocar uma introdução bem conhecida. Desde o quarto ano no Berners, ele era incapaz de se forçar a cantar um hino. Por mais doces que fossem as melodias e o ritmo das palavras, não podia vencer o embaraço de suas inverdades flagrantes ou infantis. Mas a questão não era acreditar, e sim participar, pertencer à comunidade. Estavam começando com "All Things Bright and Beautiful", o predileto de Rosalind. Adorável para criancinhas, mas como podia um adulto pronunciar aquele bestialógico criacionista? Não desejando ofender os demais, ele se manteve como sempre com o hinário aberto na página certa. O mesmo com "Pilgrim". Duendes! Demônios! Durante aquele hino, deu uma olhada de relance na direção do irmão, do novo irmão: Robert estava ereto, sem segurar um hinário e sem mover os lábios.

Quando terminou a cantoria discreta e irregular, Roland subiu ao púlpito para fazer a oração fúnebre. Henry, o mais velho, não quis fazê-lo, nem Susan. Diante de Roland havia muita gente com um mínimo de educação formal. Ele não sabia o quanto conheciam dos fatos históricos. Falando sem notas, lembrou a todos sobre o ano em que Rosalind nasceu, 1915. Disse que era difícil imaginar outro período histórico capaz de ser englobado por uma vida de noventa anos com tantas mudanças como acontecera no caso dela. Quando nasceu, a Revolução Russa estava a meros dois anos de acontecer, a Primeira Guerra Mundial apenas se iniciando na terrível carnificina. As invenções que transformariam o século XX — o telégrafo sem fio, o carro, o telefone, o avião — não haviam tocado as vidas dos habitantes de Ash. A televisão, computadores e a internet estavam a anos e anos de distância, eram impensáveis, assim como a Segunda Guerra Mundial, com sua carnificina ainda maior. Era o evento que iria moldar a vida de Rosalind e de todos que ela conhecia. Ash ainda pertencia a um mundo puxado a cavalo em 1915, hierárquico, agrícola, muito fechado. Uma consulta médica podia gerar grave dificuldade financeira para uma família de trabalhadores. Rosalind usou talas nas pernas aos três anos para corrigir problemas de má nutrição. Ao final de sua vida, uma sonda espacial orbitava Marte, nós contemplávamos as incógnitas do aquecimento global, estávamos começando a nos perguntar se algum dia a inteligência artificial poderia substituir a vida humana.

Ele estava prestes a acrescentar que milhares de armas nucleares estavam agora mesmo de prontidão. Mas a vigária, pouco atrás dele, pigarreou ruidosamente: seu pessimismo estava fora de lugar. Ele adotou a forma correta de homenagem, falando sobre a devoção dela à família, de como cozinhava, cuidava do jardim e tricotava. Do carinho com que tratara o marido Robert no curso de seu enfisema. Deixou de mencionar o bebê que doou, bem como a nova adição à família. Henry e Susan ainda se acostumavam com a ideia. Nada contra Robert, eles tinham insistido, mas não queriam que o segredo e a vergonha da mãe fizessem parte de sua "despedida" — na palavra de Susan. Roland terminou dizendo que a mãe deles certa vez afirmara à mulher de Henry, Melissa, "com toda a autoridade de uma sogra", que a viagem para o céu levava três dias.

"Isso significa que ela chegou por volta das cinco e meia da tarde de 29 de dezembro. Tenho certeza de que todos nós esperamos que ela esteja bem instalada."

Voltou para o seu banco se sentindo um falso. Tinha sido capaz de dizer aquilo no final, ainda que em tom ligeiro, e se recusava a cantar hinos inofensivos.

Ao longo dos seus trinta e quarenta anos, ouviu mais de uma vez Daphne dizendo que ele era sexualmente "inquieto" ou "problemático" ou "infeliz". Ela dizia isso estando de fora. Mas voltou a dizer o mesmo depois, estando dentro, quando formaram um casal que vivia em casas separadas em meados da década de 1990. Repetiu as afirmações de maneira mais incisiva nas últimas semanas que passaram juntos, não muito antes que Peter se arrastasse de volta para casa vindo de Bournemouth, levando ao fim os complicados arranjos entre ela e Roland. Mas, em todas as ocasiões, nunca foi uma acusação. Esse não era o estilo de Daphne. Era mais uma observação, em matizes cinzentos de lamento — por ele, e não por ela. Tratava-se de uma mulher ocupada, capaz de manter o amante e os problemas dele a uma distância salutar. Agora, cinco anos depois, no outono de 2010, com os trabalhistas fora do governo e o país sendo preparado para pagar pela cobiça e a loucura do setor financeiro, o marido de Daphne a abandonou pela segunda vez. Peter surpreendeu a todo mundo com a devoção arrasadora por uma mulher rica e mais velha. Ela tinha algo a ver com a risível paixão política dele por uma única questão. Peter vendera suas ações na companhia de eletricidade para um grupo holandês. O *Financial Times* revelou uma soma de 35 milhões de libras. Juntos, ele e Hermione financiariam o sonho de retirar a Grã-Bretanha da União Europeia.

Roland tinha sessenta e dois anos. O tempo dissipara sua inquietação. Os filhos de Daphne e o seu haviam saído de casa. Ela o conhecia bem, melhor que qualquer outra pessoa. Parecia valer o risco, após muita reflexão, lhe pedir — por fim — que se casasse com ele. Para sua surpresa, ela disse sim — num instante e de forma casual. Estavam certa noite em sua casa, na Lloyd Square, descalços e perto da lareira, a primeira vez que era acendida no ano. O sim imediato de Daphne fez com que os aposentos bem proporcionados parecessem mais amplos. As paredes, portas e vigas do teto reluziram. Tudo reluziu. Um beijo completo, e ela foi à cozinha buscar uma garrafa de champanhe. Era assim que se conduzia uma vida com sucesso, pensou Roland. Fazer uma escolha, agir! Essa era a lição. Uma vergonha não conhecer aquele truque por tanto tempo. As boas decisões vinham menos através de cálculos racionais que de súbitos estados de espírito positivos. Mas isso também acontecia com algumas de suas piores decisões. Em todo caso, não era assunto para agora. Ela encheu as taças e eles brindaram ao futuro comum. Daphne tinha sessenta e um anos. No longo negócio que era a velhice moderna, os dois eram bebês. Atiçaram o fogo e fizeram seus planos como crianças excitadas. Peter lhe daria sua metade da casa como parte de um rompimento sem retorno. Uma vez que as posses de Peter tivessem sido expurgadas da casa, Roland se mudaria e transferiria a propriedade da casa de Clapham para Lawrence. Mas não antes de concluir a reforma que já devia ter sido feita tempos atrás. Daphne conhecia o pessoal certo para realizar a obra. Ela continuaria a tocar sua associação de moradias por mais cinco anos. Depois, eles iriam viajar. Ele tinha em mente o Butão, ela a Patagônia. Contraste perfeito. Roland iria a pé até a estação Angel do metrô na maior parte das tardes e continuaria a tocar no hotel de Mayfair. Permitiria que ela o encontrasse lá para um drinque, e até mesmo que pedisse uma música. Ela queria vê-lo tocar "Doctor Jazz", que ele conhecia bem. A gerente e ex-violonista, Mary Killy, não ia gostar. Mas iria tocar mesmo assim. Na sala de visita de Daphne, seu velho piano vertical seria encaixado na parede atrás deles, debaixo do retrato feito por Duncan Grant de seu amante Paul Roche.

E assim a conversa seguiu alegremente até que se fez um silêncio pensativo entre os dois. Roland levantou-se rápido demais do sofá arranhado pelos gatos e ficou imóvel, esperando que passasse um instante de tonteira. A seguir, repôs a lenha na lareira, se sentou e trocou um olhar com sua futura esposa. Ela mantivera os cabelos longos e ainda era loura, artificialmente segundo Roland imaginou. Como continuava alta e forte, ele invocou com facilidade o rosto da mãe de três crianças pequenas, a mulher que o ajudara ao longo dos meses e anos após ser abandonado por Alissa. Inevitavelmente, o passado se intrometeu naquele silêncio. Muito desse passado ainda estava ali. Sem refletir — outra boa decisão —, Roland disse: "Tem uma parte da minha vida sobre a qual nunca lhe falei". Ao dizê-lo, ficou na dúvida se Alissa já não tinha contado a Daphne tempos atrás.

Mas ela ergueu os olhos, interessada. Estava seguro de que lhe diria caso soubesse. Por isso começou, a história toda, desde as primeiras aulas de piano quando tinha onze anos, o chalé de Miriam Cornell, o final súbito numa noite chuvosa, as visitas do policial quando Lawrence era um bebê, outro policial oito anos antes, a visita a Balham, por que tocara "'Round Midnight", a despedida na porta. Como ela havia dito que se declararia culpada.

Quando por fim terminou, Daphne ficou calada, digerindo

aquilo tudo. Depois de algum tempo, disse baixinho: "E o que você fez?".

"Nunca tive tanto poder sobre outra pessoa e não gostaria de ter outra vez. Não fiz nada durante um mês. Precisava ter certeza de que, sempre que pensava no assunto, chegava ao mesmo lugar. E foi o que aconteceu, nada mudou, meus sentimentos continuavam os mesmos de quando me afastei da casa dela. Vê-la acertou tudo. Não podia mandar Miriam para a prisão. Ela talvez merecesse, do ponto de vista técnico, ou melhor, merecia com certeza do ponto de vista humano ou sei lá o quê. Mas o impulso de vingança ou justiça morreu dentro de mim quando nos encontramos."

"Ainda sentiu alguma coisa por ela?"

"Não. Tudo deixou de importar. Indiferença absoluta. E eu não conseguia superar o pensamento do meu papel na coisa. Minha cumplicidade."

"Aos catorze anos?"

"Iniciar um processo contra ela a partir de uma posição de distanciamento... isso exigiria muito sangue frio. Aquela não era a mesma mulher, eu não era aquele garoto." Fez uma pausa. "Não estou sendo muito convincente. Nem mesmo para mim."

"Ela tinha muito a responder."

"Acho que sabia disso."

"O que você sentiria se acontecesse com Lawrence?"

Roland refletiu. "Fúria, suponho. Você tem razão."

"Bem..." Daphne esticou-se e examinou o teto. "Sendo assim, chame de perdão."

"Sim... virtude. Mas não foi o que senti ou sinto agora. Foi mais que perdão. Nem mesmo foi seguir em frente ou o que costumam dizer. Tudo está acabado. E não estou ligando nem um pouco. Como poderia mandá-la para a prisão até mesmo por uma semana?"

"Então escreveu para ela."

"A polícia não conhecia seu nome, e eu não ia deixar uma pista. Telefonei e falei o que havia decidido. Ela começou a dizer alguma coisa, acho que queria me agradecer, mas desliguei."

A cesta de lenha estava vazia. Juntos, a carregaram até um cômodo na cozinha onde guardavam a madeira. Quando o fogo pegou de novo e eles estavam acomodados, Daphne disse: "Você guardou isso só para você todo esse tempo?".

"Contei uma vez para Alissa."

"E?"

"Lembro bem. Casa dos pais dela. Neve funda. Alissa disse: 'Ela mexeu na fiação do seu cérebro'."

"E estava certa! Mas, quando se mexe, é para sempre. Como você pode dizer que tudo acabou, que não importa, que você não liga?"

Para isso ele não tinha resposta, mas sem dúvida voltariam ao assunto. O casamento tinha começado.

No dia seguinte, um episódio no trabalho pareceu uma continuação da noite anterior. Como se o fato de pedir que uma velha amiga se casasse com ele houvesse agitado elementos distintos e flutuantes do passado, obrigando-os a se juntar e reaparecer. Ele tocava antes e depois do jantar. Era bem sabido que não havia uma época do ano em Londres que atraísse mais turistas que outras. Numa cidade cosmopolita e sempre na moda, o ano inteiro era a estação turística, com a presença cada vez maior de russos, chineses e indianos, além dos costumeiros árabes do Golfo e norte-americanos. Até mesmo dezenas de milhares de franceses achavam que Londres tinha alguma coisa superior a Paris. O hotel normalmente vivia cheio, embora a clientela continuasse a ser mais idosa. Era um lugar valorizado não tanto pela tradição e por representar a Velha Inglaterra, e sim por ser tranquilo. Podia se ter a certeza de que nada iria acontecer. Muitos hóspedes eram fregueses assíduos. O balcão do concierge tinha boas conexões com vendedores de entradas para os espetáculos mais populares. O restaurante só servia aos hóspedes — não era preciso sair pela cidade atrás de chefs renomados. O hotel era caro, mas pouco procurado por barulhentos músicos pop, artistas de cinema ou vendedores de ações na bolsa — ou mesmo qualquer outro grupo representativo do *beau monde* londrino. Depois do jantar, o bar ficava cheio de gente e, ao longo dos anos, entre os hóspedes regulares, havia se desenvolvido uma admiração velada — garantida pelas recomendações de Mary Killy — por Roland e pelo tipo de música confortável que ele tocava. Às vezes, recebia um tímido aplauso ao chegar junto ao piano. Mary lhe pedia que agradecesse com um gesto, bastava uma pequena inclinação da cabeça. Ele obedecia. A gerência agora o tratava com um ativo, um degrau acima dos garçons. A ele era permitido entrar para trabalhar pela porta da frente. Podia também pedir drinques no salão antes ou depois de sua apresentação, era mesmo encorajado a fazê-lo. Caso se misturasse aos hóspedes, ótimo. Ele fazia o possível para evitar.

Naquela noite, chegou com uma ligeira ressaca da véspera. Tinham ido para a cama às quatro da manhã e fizeram sexo antes de dormir. Não se viram no café da manhã. Como Daphne tinha uma consulta de rotina bem cedo no hospital, ele tentou continuar dormindo. Desistiu depois de meia hora, preparou o café e, levando a xícara, vagou por sua casa arrumada e se imaginou vivendo lá. Ela disse que o quartinho embaixo da escada poderia servir como escritório. Ele foi dar uma olhada. Cheio de malas e móveis infantis, duas cadeiras altas, um berço, pequenas escrivaninhas — tudo aguardando pela próxima geração. A filha mais velha de Daphne, Greta, estava grávida. Durante a manhã, tinha se sentido imune a suas costumeiras reflexões sobre o tempo e a vida que fugiam dele. Ia fazer um novo começo. Renasceria. Um bebê! Telefonou para Lawrence contando a novidade, sem conseguir evitar a sensação de que buscava o assentimento do filho. A resposta foi simples: "Sim, mil vezes sim!".

Agora no trabalho, foi até o piano para sua primeira sessão e fez um ligeira reverência com a cabeça em três direções para agradecer as palmas esparsas. Reparou em quatro pessoas numa mesa próxima. Um casal mais ou menos da sua idade e duas moças. Bebiam cerveja e davam a impressão de estar um pouco deslocados. Todos os quatro possuíam aquele olhar focado que uma longa educação formal supostamente gerava. Por suas próprias e boas razões, ele não acreditava em nada daquilo. Sua capacidade de reconhecimento facial se deteriorara ao longo dos anos, mas dentro de segundos ele sabia quem eram e lhe veio, juntamente com o prazer, uma pontada havia muito esquecida de culpa. Suas mãos já estavam sobre o teclado e ele precisava trabalhar. Segundo Mary, havia mais hóspedes dos Estados Unidos que de hábito. Isso significava iniciar com "A Nightingale Sang in Berkeley Square", um segundo hino nacional para certo tipo de cidadão norte-americano em Londres.

Tocava seu *pot-pourri* usual de canções de musicais ao olhar para o grupo. Eles o observavam atentamente e, quando os olhares se cruzaram, deram um sorriso nervoso. Ele ergueu a mão num gesto de saudação. Chegara a um sóbrio ragtime de Scott Joplin e imaginou Daphne, como sua mulher, sentada sozinha à mesa enquanto ele tocava "Doctor Jazz", de Jelly Roll Morton, num ritmo vigoroso. Isso sem dúvida iria acontecer e, só de pensar, se encheu de uma expectativa deliciosa. Tocou então algo sentimental, "Always". Deu outra olhada na direção dos quatro. Uma garçonete servia quatro novos copos de cerveja. Ocorreu-lhe a ideia de enviar uma mensagem, uma recordação. Faltavam poucos minutos para o intervalo. O último número seria alguma coisa que jamais tocara, lá ou em qualquer lugar. Ele conhecia bem a canção, os acordes eram simples e, quando começou a tocar, foi capaz de reproduzir seu ritmo docemente ondulante, descobrindo que a mão direita, por conta própria, sabia a introdução e como copiar as ternas notas da guitarra que sustentavam o coro. "*Linger on your pale blue eyes...*"

Ao terminar, ergueu a vista e a mulher chorava. O homem, de pé, vinha em sua direção e as duas moças sorriam. Uma passara o braço pelos ombros da mãe. O zumbido geral das conversas diminuiu e os hóspedes olharam com interesse quando Roland, descendo do estrado, deu um longo abraço em Florian e depois em Ruth. Hanna e Charlotte juntaram-se a eles num abraço coletivo e afetuoso. Afinal, tinham lhe pedido que se misturasse aos hóspedes.

Ao se afastarem, Ruth riu. "*Jetzt weinst du auch*!" Agora você está chorando também.

"Só estou sendo delicado."

Caminharam os poucos passos até a mesa. Ele estava de braços dados com Hanna e Charlotte, as meninas que lhe contavam incríveis segredos aos sussurros, suas instrutoras de alemão no sofá forrado com plástico preto. Um dos garçons chegou com os quintos copos de cerveja.

Tinham vinte minutos antes da segunda entrada. As histórias foram saindo aos borbotões, os quatro às vezes falando ao mesmo tempo.

"Como é que me acharam aqui?"

Quando Florian e Ruth foram presos e o apartamento revistado, confiscaram o livro de endereços do casal. Por fim, ao saberem que estavam indo a Londres, Hanna descobriu Mireille num site francês de "*amis d'avant*", e ela lhe falou sobre o trabalho de Roland num bar de hotel como pianista. Hanna estudava biologia na Erasmus, em Manchester, Charlotte trabalhava numa livraria em Bristol para aperfeiçoar seu inglês. Ruth dava aulas numa escola ginasial, Florian era médico e tinham se mudado para Duisburg em 1990. Os dois pareciam mais velhos do que a idade que tinham, muitas rugas em torno dos olhos, e Roland notou que já não era expansivos como outrora. Engordaram. Ele contou à família que, desde a noite anterior, ia se casar com sua melhor amiga. Num impulso, telefonou para Daphne. Ela pareceu muito distante. Estava terminando no trabalho e se juntaria a eles dentro de uma hora. E quando chegasse, champanhe!

Os Heise não conheciam Lawrence, mas sabiam sobre ele e perguntaram como estava. Aluno em tempo parcial, ele estudava para obter o diploma de matemática na Universidade Livre de Berlim. Até lá, trabalhava como garçom à noite e se fazia útil, de forma não oficial, num instituto de assuntos climáticos em Potsdam. Naquela manhã, havia dito ao pai que acreditava "estar apaixonado" por uma oceanógrafa chamada Ingrid.

Roland encerrou uma exuberante segunda entrada com algumas canções de Kurt Weill, "Mack the Knife", depois "Ballad of the Easy Life". Pôs-se de pé ao terminar, recebendo aplausos ligeiramente mais enfáticos que de costume. Mais que sua interpretação, o drama do reencontro emocionara alguns hóspedes. Como a notícia sobre os planos de casamento tinham chegado ao bar, em sua mesa havia um balde com gelo e cinco taças com um bilhete de congratulações do gerente da noite.

Após os brindes, a história do casal foi contada. Em resposta à pergunta de Roland, não, os discos e os livros que ele levara não haviam causado nenhum problema. Mas Schwedt era um local lúgubre e foi um tempo penoso. Ruth trabalhava como servente num hospital. Florian numa fábrica de papel e, depois, um pouco melhor, numa fábrica de sapatos. O sistema fez pressão sobre eles e, pior que tudo, os vizinhos eram hostis. Nada era tão ruim quanto estarem sem as crianças. De repente, depois de dois meses, as tiveram de volta. Afinal não haviam sido separadas, mas não estavam em bom estado. As irmãs concordaram com Ruth quando ela disse isso. No entanto, os últimos dezoito meses haviam sido iluminados por uma esperança crescente. Chegavam notícias esparsas de que famílias inteiras entravam na Áustria vindo da Hungria sem que os russos impedissem. E então, o Muro. A viagem rumo ao oeste a partir de Schwedt, em março de 1990, foi complicada. Finalmente se encontraram com a mãe de Ruth, Maria, em Berlim. As autoridades nunca haviam permitido que ela visitasse Ruth, e Florian conseguiu que fosse hospitalizada em Duisburg, onde morreu em 1992.

Tinha sido um avanço maravilhoso quando Florian, aos quarenta e um anos, teve permissão de cursar a faculdade de medicina. Mas foi duro sustentar a família com o salário de Ruth como assistente de baixo nível numa escola para crianças com dificuldade. As coisas pioraram, disse Florian, quando as meninas se tornaram adolescentes infernais. Hanna e Charlotte guincharam em protesto.

"Muito bem. Que tal uma gravidez na adolescência, queixas da polícia sobre crimes de grafitagem, álcool, drogas, pintar os cabelos de verde, péssimas notas na escola, música em alto volume na rua, chegar casa às duas da madrugada, urinar em público..."

Quanto mais longa a lista, mais as irmãs riam. Se agarraram. "Foi atrás de uma moita!"

"*Wir wollten einfach nur Spass haben*!"

"Só tentando se divertir? Que tal a petição dos vizinhos?"

Ruth voltou-se para Roland. "Queriam mandar essas duas de volta para o leste!"

As moças caíram na gargalhada. Era difícil imaginá-las grafitando muros e de cabelos verdes, agora que eram cidadãs ocidentais sofisticadas e educadas. Os pais é que exibiam as cicatrizes e que beberam a maior parte da bebida. As filhas mal tocaram em suas taças. Alguns minutos se passaram até que Hanna e Charlotte, tendo trocado um olhar, concordaram com um gesto de cabeça e se levantaram. Um amigo italiano, cujo amigo inglês tinha um apartamento em Holland Park, estava dando uma festa e elas precisavam sair. Encontrariam os pais no café da manhã, no hotel. Os mais velhos se puseram de pé para abraçá-las e viram as irmãs atravessarem o salão às pressas. Roland teve sentimentos mistos. Não as invejava por irem a uma festa que começava tão tarde. Mas sentia falta nele mesmo do que relembrava tão bem, aquela impaciência, aquela fome de estar lá no evento crucial. O pensamento dissipou-se ao ver Hanna e Charlotte se afastarem na entrada para deixar passar sua futura mulher. Mesmo antes que ela chegasse à mesa, Florian e Ruth tinham entornado as bebidas das filhas. Pediram outra garrafa e taças limpas.

Depois das apresentações e de uma nova rodada de brindes, foi oferecido a Daphne um breve resumo da história. Ela recordava-se da família graças aos relatos de Roland. Ele relembrou como ela o apresentara a alguém na indústria fonográfica que havia localizado um raro Dylan pirateado pelo qual Florian ansiava.

Ele disse: "Eu era mais feliz quando ansiava pelas coisas". Pôs-se de pé e, rosnando contra a idiotice das leis locais, saiu para fumar um cigarro.

Enquanto ele estava fora, Roland foi traduzindo para Daphne o que Ruth dizia sobre Florian não estar tão feliz quanto ela e as filhas. A clínica em que trabalhava ficava numa área barra pesada de Duisburg, perto de Oberbilk. Ele via o pior — as drogas, a pobreza, violência, miséria, racismo, como as mulheres eram tratadas nas comunidades de brancos e também nas de imigrantes. Ruth disse que era o pior, todos os países tinham o seu pior lugar. Mas ele dizia que era a realidade e ninguém a confrontava. Nunca podia defender a velha república oriental, porém não se sentia feliz numa Alemanha unificada. Odiava os engarrafamentos de trânsito, muros pichados por toda parte, o lixo em volta da clínica, a estupidez dos políticos, o consumismo. Quando aparecia um anúncio na televisão, saía da sala. Achava que os vizinhos o menosprezavam, mas, na verdade, segundo Ruth, eram boas pessoas. Quando as moças estavam na escola, se queixava o tempo todo da indisciplina nas salas de aula. Era embaraçoso. De fato, elas tiveram uma boa educação. Na estrada, reclamava que os motoristas dirigiam como criminosos. A música pop alemã o enlouquecia.

"Ele tem todos os discos de que gosta, mas nunca os ouve. Quando você tocou Velvet Underground, ele ficou muito triste. Nós dois sentimos tristeza por causa dos velhos tempos que nunca queremos ver de volta. Em lugar nenhum!"

Roland não ficou à vontade ouvindo-a falar de Florian em sua ausência. Havia mais queixa que compaixão em seu tom, e ele sentia que Ruth buscava alistá-lo numa disputa conjugal. Tinha a esperança de que nada daquilo tivesse transparecido em sua tradução. Deu uma olhada na direção de Daphne, sentada a seu lado. Desde que se unira a eles, parecia estar distante. Ele tomou-lhe a mão e ficou surpreso ao ver que sua palma estava quente e úmida, de fato molhada.

"Você está bem?", perguntou baixinho.

"Estou. Muito bem." Ela apertou sua mão.

Ruth inclinou-se repentinamente para a frente. "Ele está saindo com uma mulher. Nega. Por isso, não podemos falar sobre o assunto."

Mas Roland não traduziu para Daphne. Podia ver Florian aproximando-se, seguido de uma garçonete com outra champanhe. Depois que se sentou, insistiu em abrir ele mesmo a garrafa.

Daphne deu outra apertada em sua mão. Roland entendeu que ela queria ir embora logo. Olhou para ela, que concordou com a cabeça. Dava a impressão de estar exausta. Tivera um longo dia. Mas Florian voltara num estado de espírito expansivo, enchia as taças e queria trocar reminiscências sobre o final da década de 1980, os livros proibidos em que não tocara desde então. Passou depois para o assunto da Otan. Sua expansão para o leste era uma loucura, uma provocação ridícula dos russos com seu complexo de inferioridade nacional. Roland começou a discordar. Florian, sem dúvida, não precisava ser lembrado de que os países do velho Pacto de Varsóvia sofreram anos de ocupação russa imposta com violência. Tinham boas razões e todo o direito de fazerem suas próprias escolhas. Mas entrar na discussão foi um erro, levando quase meia hora para escapar dela. Finalmente se levantaram para os abraços de despedida, os quais, para Roland, haviam perdido a exuberância inocente. O momento estava conspurcado. Gostaria que Ruth não lhe tivesse dito coisas de que não precisava saber. Sentiu tristeza por ambos, além de uma culpa descabida por sua própria felicidade.

Demorou um pouco mais para sair. Alguns funcionários do hotel queriam lhe dar um aperto de mãos, ser apresentados a Daphne e lhes dar os parabéns. Ela reagiu de forma amistosa, mas ele podia ver o esforço que aquilo estava exigindo. Suspeitou que Peter estivesse causando problemas. Talvez quisesse voltar. Sem chance. Por fim, de braços dados, atravessaram as bem--cuidadas ruas de Mayfair rumo à Park Lane para pegar um táxi. Ela perguntou o que Ruth dissera, e ele contou. Daphne não comentou e, ao continuarem a andar, ele sentiu que ela se agarrava a seu braço como se tivesse medo de cair. Uma vez dentro do táxi, rumando para leste, ele chegou mais para perto dela.

"Quê que há, Daphne? Me conta."

Ela ficou rígida de repente, teve um calafrio. Embora respirasse fundo antes de falar, sua voz saiu muito débil. "Tive más notícias." Estava prestes a lhe dizer, mas não foi capaz. Afastou o rosto e começou a chorar. Roland ficou chocado. Se fosse alguma coisa com alguma das crianças, ela já teria contado. Ele a abraçou e esperou. Seus ombros e o pescoço estavam quentes. O motorista diminuiu a marcha e perguntou pelo interfone se havia alguma coisa que ele pudesse fazer. Roland lhe disse para seguir em frente, e depois desligou o microfone. Nunca tinha visto Daphne chorar. Ela era sempre tão competente, forte, preocupada com os outros. Ele sentiu o mesmo assombro mudo de uma criança diante de um pai ou mãe que chora. Encontrou umas toalhinhas de papel na bolsa e pôs em sua mão. Ela se recuperou lentamente.

"Sinto muito", disse. E repetiu: "Sinto muito".

Ele a abraçou com mais força. Por fim, ela contou: "Tive os resultados dos exames hoje de manhã". Enquanto ela dizia, ele adivinhou o resto.

"Devia ter lhe dito. Mas achei que não seria nada. É câncer, estágio quatro."

Embora tentasse, por alguns segundos ele não conseguiu falar.

"Onde?"

"Por toda parte. Está espalhado por todo o corpo! Não tenho a menor chance. Daquele jeito complicado deles, foi o que disseram. Os dois médicos. Ah, Roland, estou tão apavorada!"

Onze

Ele o tirou da gaveta onde guardava os suéteres e o pôs sobre a mesa de trabalho. O pesado vaso de cerâmica com tampa de cortiça atarraxada estava embrulhado numa única folha de jornal de dois anos atrás. Antes disso, tinha ficado por cinco anos na janela do quarto até que ele se cansasse de ser lembrado da razão de seu atraso. Agora, pouco antes de uma meia-noite de começo de setembro, tudo estava arrumado e empilhado no hall. O carro alugado, o mais barato que encontrou, estava estacionado dobrando a esquina. Deitou delicadamente o vaso de lado e retirou a folha de jornal. Dois anos pesavam pouco na memória, assim como dois meses. A crescente compressão do tempo era um lugar-comum entre os amigos. Eles frequentemente trocavam impressões sobre a aceleração injusta do tempo. Esquecera de que, num estado de espírito de sombria ironia, havia escolhido aquela página. Pôs o vaso de lado e abriu a folha. 15 de junho de 2016. Uma fotografia de meia página mostrava Nigel Farage, líder do Partido da Independência do Reino Unido, e Kate Hoey, deputado trabalhista, na proa de um barco, apoiando-se na amurada e com ar eufórico. Atrás deles se via o Parlamento. Ao lado, um barco de turismo cheio de gente e coberto de bandeiras do país. Havia outros barcos, parcialmente fora da fotografia. Era uma comemoração e a promessa de que, em breve, a Grã-Bretanha votaria para sair da União Europeia e reassumir o controle sobre suas extensas águas de pesca.

Mas Roland não estava interessado em Farage e Hoey. Um cotovelo, braço e parte do ombro no primeiro plano da foto eram a razão de ter escolhido aquela página. Escolha perversa. Aquelas partes do corpo pertenciam a Peter Mount, um dos principais doadores para a causa. Durante um ano ele vinha pressionando Roland para que se desfizesse das cinzas de Daphne e o chamasse para participar da cerimônia. Ultimamente, os telefonemas de Peter tinham se tornado mais frequentes. Roland explicara várias vezes que os pedidos dela tinham sido específicos e que não os iria contrariar. O atraso estava em linha com tais pedidos. Em algumas ocasiões, ele havia cortado as ligações de Peter. Não era apenas pessoal. Passara a odiar tudo que aquele sujeito representava.

Embrulhou o vaso num pedaço de lã, o enfiou numa mochila e levou para baixo a fim de se juntar ao resto das coisas. Botas de caminhada e um chapéu de abas largas, outra mochila, uma pequena mala, uma caixa de mantimentos. Na cozinha, escreveu um bilhete para Lawrence e Ingrid, que viriam de Potsdam com Stefanie, de seis anos, para tomar conta da casa e visitar Londres. As instruções que deixava tinham mais a ver com o gato, sumido há dois dias. Ao retornar, comemorariam seu aniversário com um jantar. Que prazer, não voltar para uma casa vazia!

Numa outra folha, escreveu uma carta brincalhona de boas-vindas para Stefanie, com desenhos e piadas. Nos dois últimos anos eles vinham criando uma amizade especial. Ali estava uma surpresa, um caso de amor ao chegar aos setenta anos. Emocionava-se com a maneira como ela o procurava a fim de apresentar suas solenes reflexões ou amadurecidas perguntas, além de insistir em que se sentasse a seu lado nas refeições. Queria saber sobre seu passado. Ele ficava pasmo com a prova óbvia da efervescente vida interior de uma criança de seis anos. Era levado de volta mais de trinta anos à infância de Lawrence quando ela ouvia, com um olhar concentrado, as histórias do avô. Tinha os olhos negro-azulados da mãe, o olhar submarino de uma oceanógrafa. Achava que Stefanie o considerava uma propriedade sua, antiga e extremamente preciosa, cuja frágil existência ela tinha o dever de preservar. Roland ficava lisonjeado sempre que ela lhe pegava a mão.

Meia hora mais tarde estava na cama e, como era de esperar, incapaz de dormir. Coisas demais para lembrar, tais como uma faca afiada, as pílulas contra a hipertensão, a melhor saída de Londres. Deveria levar um cartão de banco diferente para substituir o que tinha vencido. Como os carros não tinham mais tocadores de CD, devia encontrar algum se é que iria tocar o disco favorito dela. Tomou um sonífero e, enquanto aguardava que fizesse efeito, seus pensamentos voltaram a fixar-se em Peter Mount. Parecia que, uma vez tendo sido favorecido pelo resultado do referendo, ele passava seu tempo redescobrindo seu amor por Daphne e brigando com a mulher com quem tinha vivido. Ele e Hermione haviam lutado juntos ao longo da campanha, doaram dinheiro, triunfaram e, agora, batalhavam nos tribunais acerca de propriedades conjuntas. O amor póstumo de Mount pela ex-companheira havia se concentrado em uma obsessão com as cinzas. Sabia onde ela desejava que fossem espalhadas. Trinta e cinco anos atrás, ela marcara o lugar para ele no mapa. Recentemente, Mount se oferecera para ir lá e cumprir seu desejo. Isso não iria acontecer. Os comentários e a carta para Roland eram específicos. A carta estava em sua bagagem. Peter a abandonara duas vezes, e em maus lençóis, tendo havido episódios de violência que ele admitia sem arrependimento. Na época, aparentemente, afirmava que ela o forçara a fazer aquelas coisas. Nas suas últimas semanas, Daphne decidira não perdoá-lo.

A pílula demorou a fazer efeito e ele acabou dormindo mais tempo do que queria. Devia ter tomado só metade. Ao longo de toda a noite, Peter Mount estava nas linhas cruzadas de seus sonhos. A mãe também estava, precisando de alguma coisa, pedindo socorro, mas com palavras pouco claras que Roland não conseguia entender. Acordou meio zonzo às oito e meia. Tinha planejado estar na estrada às seis a fim de evitar a hora do rush na saída da cidade. Agora, com movimentos lentos, estava perdendo mais tempo ao arrumar a cozinha para Lawrence e Ingrid, depois necessitando de uma xícara extra de café para dirigir. Eram quase dez quando trouxe o carro para a frente da casa. A hora em que os guardas tinham entrado há pouco no serviço e estavam ávidos para dar multas. Encheu o carro rapidamente e voltava para trancar a casa quando confrontou a figura presente em seus sonhos. No estado em que se encontrava, não pareceu surpreendente. Mount estava de pé junto à cerca, segurando uma mala de lona. Vestia um paletó de lã com aparência de coisa do campo, um boné de beisebol e sapatos pesados.

"Graças a Deus. Achei que você já teria partido a essa hora."

"O que você quer, Peter?"

"As crianças me contaram. Vou também."

Roland sacudiu a cabeça e o empurrou para passar. Ao entrar em casa, viu Peter tentando abrir a porta do carro. Depois buscou abrir a mala. Foi até a porta da frente e perguntou em voz alta: "Aproveitando bem minha casa, não é?".

Roland bateu a porta e se sentou nos primeiros degraus da escada para pensar no que fazer. Aquela de fato tinha sido a casa de Peter outrora, comprada com o dinheiro da eletricidade e depois doada a Daphne para pagar a dívida de sua culpa. Essa era uma discussão antiga e, algum tempo atrás, Roland mudara as fechaduras. Depois de dez minutos, saiu de novo. Peter ainda estava lá, esperando.

Roland escolheu um tom de serena razoabilidade. "Desconheço a razão, mas sei que você sabe, Peter. Ela não quis que você participasse."

"Você está mentindo, seu veado velho. Eu a amei por muito mais tempo que você. Tenho direito."

Roland voltou para casa e, num estado de espírito decidido, passou o resto da manhã pagando contas e escrevendo e-mails — bom fazer aquela coisas. Para onde ia, não haveria conexão de internet. Ao meio-dia e meia, olhou pela janela do quarto. Peter tinha ido embora e não havia nenhuma multa no para-brisa. Uma hora depois, rumava para oeste na M40 em direção a Birmingham e mais além.

Longos percursos geralmente induziam nele uma reflexão sustentada, de certo modo desagradável e pesada como o próprio trânsito, mas utilmente desapaixonada. Seu carrinho, mais ágil e espaçoso do que imaginara, era uma bolha de pensamento, seguindo rumo ao norte através de um país que ele não mais conhecia bem ou compreendia. Aproximando-se de Birmingham, escorregou para um tipo de pensamento mágico. As torres de refrigeração, as colunas gigantescas, os armazéns cercados de muros brancos nos distritos industriais sugeriam uma dureza e determinação sobre o abandono da União Europeia que ele era quase capaz de admirar. Os caminhões e trailers por que passava eram mais largos, mais ruidosos, mais afirmativos e numerosos — eles tinham o voto.

Na verdade, o voto em Birmingham foi bem equilibrado. Tratava-se de uma cidade cosmopolita. Em 1971, ele tinha se apresentado lá com a banda de Peter. Uma plateia pequena e conhecedora apreciou que o trio Peter Mount Posse tivesse como modelo o rock do sul dos Estados Unidos, no estilo de Allman

Brothers, de Marshall Tucker. Peter insistia em que os membros da banda usassem chapéus de gângsters, camisetas e calças jeans pretas. Não tocavam músicas gravadas por outros artistas. Peter e o baixista compunham todo o material do grupo. Estavam num local obscuro, no porão de uma loja de guitarras, perto da estação de New Street. Uma das melhores noites da banda de todos tempos, antes dos casamentos, crianças e o surgimento do punk que desfizeram o conjunto. Foi a noite em que Peter levou sua nova namorada, Daphne. Ela e Roland conversaram durante horas enquanto Peter se encontrava em algum outro lugar tomando um porre. Desde então, entre eles houve uma ciumeira e rivalidade não manifestas. Mas Mount era um ótimo guitarrista, que liderava a banda com uma personalidade incisiva, um jeito de fazer as coisas como queria e, só às vezes, de se meter em brigas de punhos cerrados. Um tecladista em tempo parcial, que se duvidava de si próprio, não tinha a menor chance de competir. E ali estava o mesmo Peter, um homem rico e cheio de certezas, alguém que tinha abandonado o Partido de Independência do Reino Unido, um doador conhecido, em favor do partido no governo e com chances de receber o título de *sir*, segundo a revista *Private Eye*. Ficara comprovado que nada havia de inevitável no espírito igualitário do rock. A confrontação na calçada durante aquela manhã tinha menos a ver com alguns gramas de cinzas do que com a continuação de um velho conflito. Oito anos depois, tudo levava de volta a Daphne. Qual deles seria o dono de suas recordações?

Os quatro meses que separaram o diagnóstico e a morte foram os mais intensos na vida de Roland, em certos momentos os mais felizes e, no resto, os mais miseráveis. Nunca sentira tanto. Após o choque e o terror imediatos, ela pedira uma segunda opinião. Acompanhou-a e tomou notas enquanto ela fazia as perguntas que ambos haviam formulado. Parecia tão abstrato, Daphne ficava repetindo para ele. Não sentia nada incomum, exceto uma dor ocasional no lado do corpo, que ela caracterizou como de nível três para o médico numa escala de zero a dez. Casaram-se no registro civil sem a presença de familiares e amigos, apenas uma testemunha cordial colhida na rua. Durante dias falaram sobre a consulta e os resultados de exames adicionais. Ela então tomou sua decisão. Chamou à Lloyd Square os filhos, inclusive Lawrence, e deu a notícia. Esse foi um dos piores episódios. Dez no espectro de dor. Gerald, recém-formado em medicina, ficou calado e saiu da sala. Greta chorou, Nancy ficou com raiva — da notícia dada pela mãe, da própria mãe. Lawrence passou o braço pelos ombros de Daphne e ambos choraram.

Quando as coisas se acalmaram e Gerald voltou para sala, ela disse à família o que decidira fazer. Excetuado o alívio de dor grave, por ora desnecessário, recusaria qualquer tratamento. Os efeitos secundários eram brutais, as taxas de êxito insignificantes no estágio de sua doença. Os filhos retomaram suas vidas, Daphne e Roland fizeram um plano de três partes. Primeiro, enquanto ela ainda tinha forças para viajar, havia lugares que queria ver de novo. Entre eles, o local onde gostaria que Roland espalhasse suas cinzas. Segundo, ficaria em casa para organizar seus assuntos e continuaria a fazer isso até o terceiro estágio, quando se concentraria na doença.

Roland tomou as providências da viagem. O processo como um todo foi prático e simples, mas houve choro e explosões de raiva pelo caminho. Ela não apelou para o "por que eu?", mas tal como Nancy se mostrou furiosa com a indecência do destino. Voltou-se contra Roland por seu aparente distanciamento, sua "porra de prancheta" — na verdade, folhas de papel apoiadas num livro de arte — com a caneta ao lado, "como um burocrata num presídio". Presídio? Porque ele estava livre e ela apanhada numa armadilha. Mas as reconciliações eram imediatas e carinhosas.

Primeiro, um feriado com a família no hotel despretensioso de uma pequena ilha no sul da França. Daphne queria que Lawrence fosse. Em resposta ao pedido deles, o Instituto de Potsdam o liberou prontamente. Greta, Nancy e Gerald conheciam o hotel desde a infância. O proprietário se lembrava de Daphne e a abraçou. Não ficou sabendo de nada. A semana lhes rendeu um primeiro gostinho das inversões violentas de sentimento, desde a sombria expectativa da tragédia que se aproximava à alegria corriqueira de férias que não apagavam tudo. As piadas de família, as recordações, as provocações e o prazer que tiravam do que os circundava eram irreprimíveis. Durante uma refeição de duas horas, podiam oscilar mais de uma vez entre os dois polos. No jantar, se sentavam do lado de fora contemplando a modesta baía ao pôr do sol. Tirar uma fotografia que incluía Daphne era já ver o que seria visto postumamente. Ela não queria que fosse proibido falar sobre sua doença. Um silêncio cercado de tato era mais recorrente. Na primeira noite, quando chegou a hora de se despedir, os abraços pareceram ensaios de um adeus derradeiro: todos sabiam disso e choraram. Encontravam-se no jardim, debaixo de um eucalipto, num abraço coletivo. Ali perto estava o tanque iluminado do chef onde as lagostas em suas armaduras se chocavam contra o vidro com um estalido abafado. Quão diferente do abraço coletivo com a família Heise no hotel de Mayfair, algumas semanas antes!

Daphne disse: “Diante dessa merda, estar aqui fazendo isso é ótimo, a coisa mais agradável que posso imaginar”. Ao que Lawrence caiu no pranto, e todos tiveram de consolá-lo. Quando se recuperou, ouviu a gozação de que estava querendo roubar a cena, e Daphne se juntou a ele. Assim se passaram seis noites, numa montanha-russa. O truque dela foi persuadi-los de que, na alegria ou na tristeza, ninguém deveria se limitar ou se culpar. Deu a impressão de estar feliz e, apesar de a família não ter acreditado nisso nem nela, a ilusão levantou o moral do grupo.

Não havia carros na ilha, e sim uma trilha de floresta pavimentada e muitos caminhos de terra através dos bosques de carvalho. Eles davam caminhadas, nadavam e faziam piqueniques nas falésias. Certa tarde, Daphne e Roland foram até a ponta da ilha, chegando a uma praia arenosa cercada de moitas de bambu. Não repararam na beleza do dia enquanto ela formulava as ideias que evoluiriam nas semanas seguintes. Temia a vulnerabilidade e a humilhação no final quase tanto quanto a dor. Vinha sentindo as primeiras pontadas de uma sensação aguda e dilacerante no lado do corpo. A dor, ela achava, ia ser muito forte, "como um tsunami". Isso a apavorava. O mesmo acontecia com o pensamento de ficar louca, caso os efeitos secundários atingissem seu cérebro. Quanto ao sofrimento — por não ver as crianças quando se tornassem adultas, não conhecer os netos que viriam, não estar com Roland na velhice, não descobrir o casamento que deveriam ter começado fazia muito tempo...

"Culpa minha", disse Roland.

Ela não o contradisse, simplesmente apertou sua mão. Mais tarde, na caminhada de volta para o hotel, sobre aquele mesmo assunto ela murmurou: "Você era um idiota inquieto".

De volta ao continente, no final da viagem, se despediram no cais de uma maneira afetuosa com o mesmo carinho de sempre. Pelo menos por ora, tinham expurgado as emoções mais fortes. Os jovens compartilhavam um táxi para Marselha a fim de pegar seus voos para Londres e Berlim via Paris. Roland e Daphne seguiram num conversível alugado para nordeste, a fim de se hospedar numa pousada rural nas cercanias de Aosta. Ela limpara quartos lá durante dois meses ao terminar a escola. Mais de seiscentos quilômetros a serem percorridos sem pressa durante quatro dias — com Daphne dirigindo. Tomariam estradas secundárias sempre que possível, Roland servindo como navegador graças aos mapas de larga escala que tinham comprado com antecedência. Nada de GPS. Ele também tinha feito reservas em três paradas remotas no campo.

Excetuada a ilha, esse foi o mais bem-sucedido dos itinerários sonhados por Daphne. As exigências de dirigir em estradinhas estreitas de montanha, escolher os lugares ideais para os piqueniques de almoço, os prazeres de chegar ao fim do dia, os ocasionais retrocessos quando Roland cometia algum erro de navegação, tudo isso mantinha sua mente no presente. A *pensione*, chamada Maison Lozon, não tinha mudado muito. O proprietário deixou que dessem uma olhada em seu antigo quarto. Naquele hotel, ela se apaixonara por um garçom búlgaro e, no quartinho dele, um dia antes de fazer dezoito anos, fizera sexo pela primeira vez.

No jantar, falaram de suas adolescências, da adolescência dos filhos, daquela fase da vida em geral e de quando havia adquirido um status especial. Roland assinalou um momento simbólico: o lançamento do primeiro disco de sucesso de Elvis, *Heartbreak Hotel*, em 1956. Daphne situou o seu cinco anos antes: durante a euforia econômica do período após a guerra, que só se firmou no começo da década de 1950, e o aumento da idade para terminar os estudos secundários. Talvez conversar sobre aquela época em suas próprias vidas tenha dado mais profundidade a uma sensação de passado compartilhado; talvez eles tivessem ansiado um pelo outro como adolescentes; talvez tenha sido o grande júbilo ao final de uma exitosa viagem de carro e o brilho da semana na ilha, ou quem sabe sua satisfação ao ouvir a canção de Fats Waller que ele tocou no antigo piano da *pensione*. Acima de tudo, foi a certeza de que tudo aquilo seria arrancado deles. Foram amigos por muito tempo e se amavam como velhos amigos se amam, mas naquela noite, no quarto do segundo andar, debaixo de um teto com pesadas vigas, eles se apaixonaram — como adolescentes.

O sentimento perdurou, mas a viagem foi se tornando menos deliciosa. As coisas correram literalmente ladeira abaixo quando tiveram de descer as montanhas a tempo de vencer o trânsito carregado e chegar ao aeroporto de Malpensa, em Milão, entregar o carro alugado e pegar o voo para Paris. Turim teria sido melhor. Erro de Roland. Daphne obstinadamente se comprometeu com o estilo de direção local, piscando repetidamente o farol e se aproximando em alta velocidade do carro que seguia à frente na entupida pista da esquerda. Roland, muito tenso, tratou de ficar calado.

Acostumados com a beleza e a paz, descobriram que não estavam preparados para enfrentar Paris. O apartamento ficava na rue de Seine. Turistas como eles se amontoavam nas ruas ao redor. O café da manhã nos bares locais, lamacento e fraco, tinha um gosto péssimo. Decidiram preparar seu próprio café no apartamento. No restaurante com duas estrelas no guia Michelin que Daphne queria lhe mostrar, os vinhos que comprava por cerca de quinze libras em Londres partiam, ali, dos duzentos euros. Aquelas eram queixas banais de turistas. Mas, no Petit Palais, que Daphne não visitava havia trinta anos, Roland teve o que ela chamou de "um faniquito". Foi embora mais cedo das galerias de quadros e esperou por ela no hall principal. Depois que se encontraram e foram embora juntos, ele soltou o verbo. Disse que se, alguma outra vez, precisasse ver mais uma Madona com a Criança, Crucifixo, Assunção, Anunciação e todo o resto, certamente "iria vomitar". Historicamente, declarou, o cristianismo havia sido uma mão fria e morta que sufocou a imaginação europeia. Que dádiva o fato de tal tirania haver terminado! O que parecia ser devoção era a conformidade forçada com um estado mental totalitário. Questioná-lo ou desafiá-lo no século XVI seria colocar sua vida em perigo. Tal como protestar contra o realismo socialista na União Soviética de Stalin. Não foi apenas a ciência que o cristianismo obstruíra durante cinquenta gerações, foi quase toda a cultura, quase toda a livre expressão e pesquisa. Enterrou as filosofias descomprometidas da Antiguidade clássica por séculos, forçou milhares de mentes brilhantes a se enfiarem nos buracos de coelho irrelevantes das chicanas teológicas. Espalhou sua assim chamada Palavra com violência brutal, sustentando-se graças à tortura, à perseguição e à morte. A bondade de Jesus, rá! Embora dentro da totalidade da experiência humana no mundo houvesse uma infinidade de temas, por toda a Europa os grandes museus estavam abarrotados com o mesmo lixo escabroso. Pior do que música pop era o concurso de canções da Eurovision em quadros a óleo e molduras douradas. Mesmo enquanto falava, Roland se surpreendeu com a força de seus sentimentos e o prazer de externá-los. Estava falando — explodindo — sobre outra coisa. Quando começou a se acalmar, disse que era um alívio ver a representação de um interior de casa burguesa, um pão sobre uma prancha de madeira ao lado de uma faca, um casal patinando de mãos dadas num canal congelado e tentando ter um momento de prazer "enquanto a porra do padre não estava olhando. Graças a Deus pelos pintores holandeses!".

Daphne, que a essa altura tinha oito semanas de vida, pôs a mão sobre o braço dele. Seu sorriso, doce e indulgente, o derreteu. Ela estava lhe dando uma lição em matéria de morrer, e disse: "Hora do almoço. Acho que você precisa tomar um drinque".

As rotinas de viagem e de ser turista numa cidade agitada começaram a cansá-la, ela quis voltar para casa. Encurtaram a visita em três dias, tomando o trem para Londres. Como havia ainda uma viagem pela frente, era melhor que ela descansasse na casa da Lloyd Square antes de partir. Cinco dias depois, com Daphne em boa forma, encheram seu carro de mantimentos e material para caminhadas. Mais uma vez ela insistiu em dirigir. Sua última chance, ficou repetindo. Segundo suas instruções, ele reservou um chalé no Lake District, perto do rio Esk. Ela estivera lá aos nove anos na companhia do pai, um médico do interior e naturalista amador muito competente. Lembrava-se do prazer que foi tê-lo só para ela. Juntos, pai e filha iam escalar o Scafell Pike, a mais alta montanha da Inglaterra, senão do mundo. O chalé, Bird How, nas áreas mais elevadas do vale, não tinha eletricidade, sendo parte da graça ser autorizada a acender as velas e levá-las para o quarto em meio às assustadoras sombras cambiantes.

Enquanto Daphne os conduzia pelos passos de Wrynose e Hardknott, Roland relembrou quando Lawrence, na época com catorze anos, anunciou que queria subir numa montanha. Dois dias mais tarde, eles se hospedaram num pub no vale Langstrath, saindo cedo para escalar a mesma montanha.

"Fiquei surpreso com sua capacidade física, a velocidade com que me obrigou a fazer a escalada."

Daphne riu. "Do jeito como você fala, parece até um pouco triste."

"Sinto falta dele."

Foram recebidos por nuvens baixas e uma chuva fina em Bird How, duas horas antes de escurecer. Chegava-se ao chalé por uma estradinha precária, e o carro baixo fez muito barulho ao roçar nas pedras salientes. Enquanto Daphne arrumava o chalé, Roland carregou as coisas através de um jardim de grama não aparada. Mesmo naquela luz mortiça, ele podia ver a beleza dos arredores. As colinas erguiam-se de ambos os lados. O Esk, invisível sob uma fileira de árvores, ficava abaixo de um prado em declive ladeado por muros de pedras. O chalé era simples. Não tinha banheiro — só havia água na pia da cozinha. A privada química ficava no porão com chão de pedras.

Amanheceu sem chuva, as nuvens começavam a se abrir. A previsão era de períodos de sol. Encheram as mochilas e foram pela trilha da fazenda, seguindo o rio na direção da nascente. Atravessaram para a margem oriental pela passarela da Taw House

Farm. Daphne queria levá-lo a um lugar. O caminho era macio sob os pés, mas andaram devagar, descansando a cada vinte minutos. Enquanto estava sentada numa escada alta sobre um muro de pedra, ela tomou um analgésico e, a partir de então, caminhou com um pouco mais de confiança. Levaram três horas para cobrir alguns poucos quilômetros até chegar ao local onde se atravessava a ponte de Lingcove. Ela estava animada. Ficou surpresa ao ver que a estrutura simples de pedra em formato de arco se encontrava exatamente como era cinquenta ano antes, quando, sentada perto dela com o pai, ele lhe contou sobre a guerra. Tinha servido no batalhão médico, cuidando dos soldados que lutavam para cruzar as planícies do norte da Alemanha na direção de Berlim. Ela disse a Roland que, embora não fosse de demonstrar sentimentos, ele segurou a mão da filha ao relatar seu trabalho e explicar, tão bem quanto podia a uma menina de nove anos, o sistema de triagem dos feridos. À medida que seu grupamento avançava para leste, distanciando-se de casa, ele escrevia cartas para a mãe de Daphne.

"Perguntei sobre o que ele falava. Ele disse que descrevia tudo, até mesmo os ferimentos de que tinha cuidado, dizendo que a amava muito e que, ao voltar, se casaria com ela e algum dia teriam uma linda filha como eu. Roland, não consigo expressar a alegria que foi para mim ouvir meu pai dizer isso. Era um homem extremamente reservado. Nunca tinha ouvido ele usar a palavra 'amor'. As pessoas não falavam essas coisas naquele tempo, não para as crianças. Ouvi-lo dizer que amava minha mãe me encheu de amor por ele. Contou que havia observado quando os engenheiros construíram às pressas uma ponte flutuante sobre o rio Elba. Ao passar num caminhão, duas rodas escaparam para fora da ponte e eles ficaram muito perto de cair em águas profundas. Os soldados tiveram de ter muito cuidado para descer, um por um. Ele contou essa história muito bem, virou uma espécie de filme de suspense. Eu estava agarrando a mão dele, a água correndo rio abaixo, a cachoeira atrás de nós. O caminhão estava inclinado, mas os soldados iam se salvar. Enquanto eu escutava, achei que nunca tivesse me sentido tão feliz."

Daphne e Roland subiram na pequena ponte e olharam rio abaixo. Após um silêncio, ela disse: "Estou tão feliz com você aqui, os dois momentos felizes quase formam todo o arco de minha vida. Gostaria que você viesse aqui sozinho com minhas cinzas. Trazer todas as crianças ao mesmo tempo não ia funcionar. Não venha com um amigo, não traga nenhuma de suas adoráveis ex-amantes. Em especial, não deixe o Peter se intrometer. Ele já me fez infeliz muitas vezes. De todo modo, odeia caminhar e ficar ao ar livre. Venha sozinho e pense em nossa felicidade aqui. Me jogue no rio". Depois acrescentou: "Se estiver ventando, pode descer e jogar da margem".

Essa última frase, a passagem súbita para um conselho banal, foi demais para ambos. Ficaram em silêncio e se abraçaram. Aquela conversa de felicidade, Roland pensou, era absurda. A aproximação de um grupo de turistas, ferindo a paisagem com seus anoraques de um azul elétrico, os incomodou e se separaram. Como não havia espaço na ponte para todos, Roland e Daphne voltaram para a margem leste, enquanto o amigável grupo esperava, e subiram alguns metros até chegar ao Lingcove Beck. Ali armaram o piquenique, diante da primeira queda d'água.

Ao terminarem, Daphne estava cansada demais para seguirem em frente e começaram uma lenta descida rumo à Bird How. No restante do dia, dormitaram na cama e Roland, que havia trazido uma biografia de Wordsworth, não foi capaz de encará-la ou o autor, folheando em vez disso revistas campestres deixadas por outros hóspedes. No começo da noite, ele foi para o lado de fora e contemplou a outra extremidade do vale, na direção de Birker Fell. A leve brisa em seu rosto trazia e amplificava o som do rio.

Pensou ouvir passos atrás da casa, às suas costas. Foi ver, mas não havia ninguém. Os passos ritmados se resumiram às batidas do seu coração. Voltando à paisagem do rio, viu uma coruja a cinquenta metros de distância, voando baixo e vindo em sua direção ao subir pelo prado, a cara branca plenamente visível. Por um instante, teve a impressão, mais uma alucinação, de que o fitava um rosto humano, antigo, indiferente. A imagem se desfez quando a coruja virou para a direita a fim de voar rio cima, paralelamente ao curso das águas, até que virou de novo à direita, atravessou o rio e desapareceu atrás de uma linha de árvores. Quando entrou no chalé, ouviu Daphne se mexendo e levou para ela uma caneca de chá. Não mencionou a coruja, certo de que ficaria triste de não tê-la visto.

Dois dias mais tarde, ele dirigiu de volta a Londres. Daphne dormiu durante uma parte do trajeto. Ao acordar, estavam próximos de Manchester. Ela tirou o disco da mochila, os melhores momentos de *A flauta mágica*.

"Tudo bem?"

"Claro. Aumente o volume."

Ouvindo o primeiro e rico acorde da abertura, Roland voltou a 1959, ao cheiro de tinta fresca que emanava dos cenários que retratavam um bosque tenebroso, ao pesado avental de algodão que foi obrigado a usar, à perplexidade diante do lugar em que devia estar e o que devia fazer; à tristeza não admitida de estar longe da mãe. Mais de três mil quilômetros. Na superfície da estrada que corria em sua direção, Roland viu os padrões do linóleo do prédio de música do Berners Hall. O fato de que a *overture* havia começado a entrar numa alegre correria não o liberou. Ele vinha se controlando diante da situação e, agora, Mozart e as recordações o estavam amolecendo. A inutilidade da coragem de Daphne ameaçava sua capacidade de controle. Encontrava-se na pista do meio a cento e vinte quilômetros por hora, ultrapassando uma fileira de caminhões, e sua vista estava ficando borrada. Como Daphne era calorosa, como era empática, como se esforçava tanto quando estava fadada ao fracasso!

"Preciso encostar o carro", ele murmurou. "Entrou um cisco no meu olho."

Ela voltou-se no banco para olhar pela janela de trás enquanto ele acelerava para vencer o comboio interminável.

"Entre agora", ela disse.

Com a ajuda de Daphne, ele se enfiou num espaço entre dois caminhões e parou no acostamento com as luzes de emergência piscando. Ela já tinha em mãos uma toalhinha de papel. Ele a pegou e desceu do carro. Em meio a uma tempestade de poeira, o desatento fragor industrial da M6 o restaurou enquanto enxugava os olhos. Quando deu a partida no motor, Daphne pousou a mão sobre seu pulso. Ela sabia.

Agora ele estava bem, já acostumado à ópera. Tinham percorrido mais de quinze quilômetros quando Daphne comentou: "Coitada da Rainha da Noite. Ela atinge todas aquelas notas muito altas, mas sabe que vai perder".

Roland olhou de relance para ela e se tranquilizou: queria mesmo dizer aquilo. Não se referia a si mesma.

Em casa, na noite seguinte, ao voltar do trabalho no hotel, deu com ela de joelhos na sala de visita cercada de álbuns de fotografia e centenas de fotos avulsas, algumas em preto e branco. Estava anotando tantas quantas podia a fim de que as crianças conhecessem os nomes de seus parentes mais distantes e dos amigos dela. Além disso, seriam lembradas das datas e localizações precisas de suas férias na infância. Escreveu longas cartas para cada uma delas, a serem lidas seis meses depois de sua morte. Com interrupções, a arrumação das fotografias tomou mais de duas semanas. Através de seu médico, Daphne tinha combinado que um funcionário do Serviço de Saúde cuidaria dela quando se tornasse incapaz. Começou a esvaziar os armários e gavetas de roupas. Algumas para serem jogadas fora, outras para serem lavadas, passadas a ferro, dobradas por ela mesma e levadas por Roland para uma unidade da Cruz Vermelha. Deu todos os casacos. Nunca veria outro inverno. Era implacável, Roland pensava: e se não morresse? Ele agarrava-se a essa esperança, coisas mais estranhas haviam acontecido em matéria de doenças.

Daphne não tinha dúvidas. "Não quero que você ou as crianças façam essas coisas. Lúgubre demais."

Ela retirou-se formalmente da associação de moradias e, com a ajuda de um amigo advogado, a transformou numa cooperativa. Foi ao escritório e fez um discurso de despedida para seus assistentes comovidos, voltando animada para casa com flores e caixas de chocolate. Roland temeu que ela tivesse uma reviravolta a qualquer momento. Mas, na manhã seguinte, estava no jardim, calçando as botas de caminhada e revolvendo o solo nos canteiros elevados. À tarde, o mesmo advogado veio auxiliá-la a arrumar os documentos relativos à casa. Peter tinha sido generoso com os três filhos na compra de suas residências. Daphne queria transferir a casa para Roland. Quando ele protestou, ela expôs suas condições. Não poderia ser vendida enquanto ele estivesse vivo. Continuaria a ser a casa da família. Lawrence também poderia ter um quarto. Útil para as crianças caso morassem fora de Londres, útil para as festas de Natal.

"Mantenha a casa funcionando", ela disse. "Isso me deixaria muito tranquila."

Após consultas telefônicas com os filhos, ficou decidido que a casa de Roland em Clapham seria vendida. Os planos de restaurá-la foram abandonados. Lawrence poderia utilizar o dinheiro a fim de adquirir um lugar para morar em Berlim, onde os preços eram mais baixos.

Segundo Roland, o paradoxo é que toda essa preparação —

fase dois — era uma maneira de não pensar no que estava chegando. Ela já estivera no consultório do médico para o que chamou de uma "atualização" nos remédios contra a dor. No final das manhãs e das tardes, ela dormia. Comia menos e, na maior parte das noites, ia para a cama antes das dez. Qualquer tipo de álcool a repugnava porque, dizia ela, tinha gosto de decomposição, o que era ótimo. Não beber ajudava a preservar sua energia.

Nem o início da fase três nem sua natureza faziam parte do dom de Daphne. Seu talento para a organização em parte ocultou a chegada daquela fase, que ocorreu aos poucos. Uma segunda atualização dos remédios contra a dor, as idas ainda mais cedo para cama, menos comida ainda, momentos de desorientação e irritabilidade, perda de peso visível, uma palidez intensa — todos avançando em dias distintos enquanto ela se ocupava com alguma coisa. Esses foram os pedregulhos esparsos que antecederam a avalanche. Ela chegou altas horas da noite, com um grito. A dor no lado do corpo e no estômago ultrapassara o alcance das pílulas mais recentes. Roland estava ao pé da cama, aturdido, vestindo calças jeans enquanto ela se contorcia em meio aos lençóis revirados. Daphne tentava lhe dizer alguma coisa entre os ataques de dor: não chamar uma ambulância. Mas isso era exatamente o que ele tencionava fazer. Ela não mais estava no comando. Os enfermeiros chegaram em dez minutos. Foi impossível vesti-la. Na parte de trás da ambulância, um dos enfermeiros lhe administrou morfina enquanto corriam para o Hospital Royal Free. Ela cochilou numa maca com rodinhas durante a espera de cinquenta minutos na sala de emergência. Roland e um auxiliar a levaram para sua enfermaria de referência, onde tinham todas as informações sobre ela. O médico deve ter previsto aquilo. Roland esperou junto ao balcão da enfermagem enquanto a "deixavam confortável". Quanto entrou, ela estava vestindo uma camisola de hospital e recebia alguma coisa por meio intravenoso. O oxigênio nas narinas, com seu som sibilante, trouxe de volta a cor ao seu rosto.

"Sinto muito", foram suas primeiras palavras.

Ele apertou sua mão e se sentou. Pediu desculpas: "Eu tive que trazer você para cá".

"Eu sei."

Depois de uma pausa, ela disse: "Não vai acontecer nada hoje à noite".

"Não, claro que não."

"Você devia ir para casa, dormir um pouco. Vem me ver de manhã."

Ao lhe dar uma lista de coisas para trazer, que anotou no celular, Roland sentiu a antiga Daphne de volta no comando e deixou o hospital às quatro da manhã tomado por uma esperança irracional.

Pouco depois das seis, com a bela luz da tarde de um fim de verão, ele entrou na estradinha que levava ao chalé. A superfície não parecia mais tão cheia de valas, ou o carro era mais alto. Antes de descer as coisas, deu uma olhada lá dentro. Tudo igual, até mesmo o cheiro de madeira encerada, até mesmo os exemplares de *Country Life* em cima de uma mesa de canto, até mesmo o silêncio absoluto. Mas, naquela noite, o sol pintava com a cor do mel o prado que descia em direção ao rio e todo o vale mais além. E ele já não tinha sessenta e dois anos. Precisou ir e voltar do carro quatro vezes para carregar tudo para dentro. A ausência dela naquele silêncio profundo o oprimia. Ocupou-se em desfazer a mala. Chegou a guardar as roupas nas gavetas apesar de que só ficaria lá duas noites.

Por fim, se serviu uma cerveja, levou para fora e se sentou perto da porta da frente num banco improvisado aberto na parede de pedra. Era tranquilizador sentar-se ali e contemplar o vale — aguardando que se dissipassem as vibrações causadas em seu corpo pelo motor muito exigido do carrinho. Sete anos. O que o fez demorar? Sua carta era clara: podia levar o tempo que quisesse. Não bastou o fato de que, durante todo aquele tempo, ele tivesse morado e até mesmo possuído sua casa, que tivesse se apropriado do seu escritório, que tivesse usado todas as noites suas já gastas panelas e frigideiras, que tivesse dormido na cama que antes dividiam. Nem bastaram os vários Natais celebrados na casa com Lawrence, Ingrid, Stefanie, Gerald, Nancy, Greta e seus namorados, namoradas, mais tarde maridos, esposas e por fim filhos. A lembrança de Daphne tinha sido forte em todas essas ocasiões. E ele não deixava que a essência carbonizada de sua mulher e do caixão dela se fosse. Precisava mantê-la perto. Somente após cinco anos, quando o vaso se tornou acima de tudo um lembrete de seu atraso, ele o embrulhou numa folha de jornal e o enfiou no fundo de uma gaveta.

Mais tarde, ao preparar o jantar, sentiu a tristeza baixar de novo. Fazia tempo que ela não estava tão presente em seus pensamentos. Doía. Essa era outra razão para o atraso, a relutância em enfrentar a perda mais uma vez. Melhor que ela tivesse sido enterrada inteira num cemitério de Londres que ele poderia visitar com frequência. Ser um ativo e macambúzio sacerdote em sua derradeira partida estava mexendo com coisas demais. Ele deveria ter feito aquilo logo. Duas semanas depois de sua morte, ficando numa pousada em Boot, subindo o rio sem chegar perto do chalé. Tinha reservado Bird How sem pensar. Era mórbido voltar para aquele lugar. Perguntou-se se devia fazer a mala e ir embora. Mas sabia que a mudança de local não melhoraria nada: até que suas cinzas estivessem no Esk, rumando para Ravenglass e o Mar da Irlanda, não seria possível encontrar alívio. Tinha de seguir em frente e fazer aquilo. Sofrer era adequado.

Havia planejado caminhar da ponte até Esk Hause e regressar pelas cachoeiras de Lingcove Beck. Porém, estudando os mapas com mais atenção, viu que era uma caminhada exigente demais para um homem da sua idade e com a sua forma física. Agora estava claro: cumpriria seu dever na ponte, voltaria de imediato para o chalé, poria as coisas no carro e partiria. Não seria capaz de passar outra noite em Bird How.

Entrou na trilha antes das nove, e como antes seguiu o vale rio acima, atravessando para a margem oriental na passarela da Taw House Farm. Tentou não pensar muito, precisava mantê-la fora de seus pensamentos, assim como a caminhada que tinham feito juntos. Não estava se dirigindo ao passado, mas saindo dele. Logo chegou a Bursting Gill, vendo Heron Crag do outro lado do rio, a menos de dez minutos da ponte. Após as chuvas recentes, o rio à sua esquerda corria veloz e magnificamente entre as rochas de granito, as samambaias nas colinas se erguiam a seu redor ainda verdes, no ar pairava o doce aroma de água roçando em pedra. Mas água e pedra não tinham cheiro. Tirou a mochila das costas. O vaso de cerâmica embrulhado num pedaço de lã e seus dois litros de água eram pesados. Ajoelhou-se junto ao rio para molhar o rosto com as mãos em concha.

Ele não se dera conta de como o trajeto era curto ou de quão rápido o havia percorrido. Naquele dia, Daphne tivera de descansar várias vezes. Pegou a mochila e subiu para a direita, na direção da Great Gill Head Crag, chegando a uma clareira na colina onde descansou em meio às samambaias. Estava trinta metros acima da trilha, com uma visão desimpedida do rio mais abaixo. Quarta-feira pela manhã, as férias escolares de verão terminadas e ninguém à vista, exceto um caminhante solitário, talvez a dois quilômetros dali, ou pouco mais. Ele ou ela dava a impressão de estar de pé e imóvel. Sentou-se e pegou a carta. Imediatamente escutou a voz dela.

Meu querido, você pode se desfazer das cinzas quando quiser. Não importa se levar vinte anos. Desde que possa caminhar sem ajuda até a ponte, se postar onde ficamos, pensar em nós dois e como estávamos felizes. Apaixonei-me como adolescente por um búlgaro. Ele me disse que um dia seria um poeta famoso. Será que conseguiu? É tão difícil prever as vidas. Voltei ao mesmo lugar mais de quarenta anos depois para me apaixonar por você, ou descobrir que me apaixonara havia muito tempo. Como foi maravilhoso dirigir o carro até lá através das montanhas! Obrigada por sua leitura dos mapas e por tocar a meu pedido uma canção sentimental no piano desafinado da *pensione*. Obrigada por tudo. Sei que essa será uma viagem dolorosa para você. Mais uma razão para agradecer. Sinto muito que tenha de fazê-la sozinho ao longo do belo rio. Meu querido, como eu amo você! Não esqueça! Daphne.

A proximidade e clareza de sua voz aguçaram a lembrança que tinha de sua bravura. Da dor que sentia ao escrever aquele bilhete na enfermaria superaquecida, com as cortinas verdes cercando a cama estreita e o tubo da bomba de morfina preso à base do polegar. Suas palavras corajosas e a caligrafia cheia de curvas exacerbaram a percepção de Roland do vale, a generosa luz e o generoso espaço, o rio sonoro indo aos trambolhões rumo a sudoeste, a sensação do capim debaixo de uma das mãos e agora, ao beber um grande gole, da garrafa de água fria na outra. Ele tinha sorte de estar vivo.

A carta era parte essencial do rito. Após a reler, ele se pôs de pé — talvez rápido demais —, tendo que esperar que passasse a tonteira súbita. Desceu então em direção ao rio. Costumava ter uma habilidade especial para descer inclinações íngremes quase correndo, saltando sobre pedras e platibandas abaixo dele como um cabrito montês. Agora, consciente das articulações dos joelhos, desceu de lado pela trilha com todo o cuidado. Aproximou-se da ponte de Lingcove num estado de espírito contemplativo. Esquecera que, naquela margem, havia um curral de ovelhas com muros de pedras. Passou por ele e parou diante da ponte. Aquele era um local popular para piqueniques, tirar fotografias ou beber um gole d'água. Naquela manhã, o lugar lhe pertencia por inteiro. A ponte era larga o bastante para duas ovelhas lado a lado. Subiu nela e, conforme as instruções, parou no topo do pequeno arco de pedra onde eles haviam ficado juntos. Tirou a mochila das costas e a pôs entre os pés, embora não estivesse pronto ainda para pegar o vaso. A hora era aquela, e ele não desejava apressá-la. Olhou rio abaixo. Como a brisa soprava leve, poderia lançar as cinzas dali mesmo. Pensou que, caso pudesse magicamente transpor-se para a pele de alguém naquele instante, escolheria o sereno pai de Daphne, um médico, sentindo a mão da menina apertar a sua ao lhe contar histórias da guerra e das cartas de amor para a mãe dela. A ideia era benigna, mas invocar um médico foi um erro. Não o levou à lembrança da felicidade repartida, mas ao que aconteceu depois, durante as últimas semanas de Daphne. Ele não era capaz de subjugar seus pensamentos desobedientes, que deslizavam para a agonia dela, para a agonia das crianças quando iam vê-la. Murchou na cama, o rosto apertando-se contra o crânio, os dentes projetando-se para fora — de modo que todos lutavam para ver a face conhecida sob a nova máscara. Sua pele queimava. Odiava dormir tanto, o torpor da morfina, os sonhos assustadores, dizia ela, porque eram tão vívidos quanto a vida, e ela tentava escapar deles. A língua coberta de feridas brancas; os ossos, segundo afirmava, em brasa. A dor lancinante no lado do corpo era como ela temia, e pior. Só restava escolher entre a dor e a morfina, com todos os sonhos sufocantes que se disfarçavam em realidade, embora o doutor insistisse em que os pacientes que tomavam morfina dormiam sem sonhar.

Quando Roland lhe perguntou se queria ir para casa, ela se mostrou apavorada: disse que se sentia mais segura onde estava. Pela mesma razão, não concordava em ser levada para uma instituição destinada a doentes terminais. Pouco depois os medicamentos não surtiam efeito sobre a dor e ela ansiava por morrer. Ali estava a humilhação que sempre havia temido, porém a dor a tornava insensível àquilo. Ouviu-a implorar baixinho a um médico que a libertasse. Tentou com as enfermeiras, agora suas amigas, que lhe injetassem uma dose excessiva de que ninguém saberia. Mas os funcionários, sempre bondosos, estavam obrigados pela lei a cumprir seu dever médico de mantê-la viva com dor até o fim. Estavam prontos a matá-la por omissão ao lhe negar comida e bebida. A sede intensa e incessante se somou à sua provação. Roland lhe umedecia os lábios com uma esponja molhada: eles estavam rachados como se ela tivesse rastejado por um deserto. Os olhos ficaram amarelos. O hálito era de coisa apodrecendo. Ele retirou o aviso de "nada pela boca" ao pé da cama e foi à estação das enfermeiras insistir em que lhe dessem água sempre que pedisse. Sacudiram os ombros. Tudo bem, não tinham o que objetar.

Pouco antes, mais uma vez havia sido apresentado ao Parlamento um projeto de lei que teria permitido a Daphne escolher o momento de sua morte. Os dignitários da igreja na Câmara dos Lordes, os arcebispos, lutaram contra ele. Ocultaram suas objeções teológicas apelando para histórias tétricas de parentes cobiçosos desejando se apossar do dinheiro. Os teólogos só mereciam desprezo. No hospital, conquanto jamais na presença dela, seu desdém — seu "momento" — era reservado para os dirigentes do establishment médico, os sisudos diretores de colégios e sociedades reais que não abriam mão de seu controle sobre a vida e a morte.

Roland disse tudo aquilo a Lawrence num corredor de hospital. Numa de suas arengas descuidadas, provavelmente foi ouvido por doutores que passavam. Transcorreram dois séculos antes que o establishment julgasse que valia a pena olhar por um microscópio a fim de examinar os micro-organismos que Antonie van Leeuvenhoek havia descrito em 1673. Puseram-se contra a higiene porque era um insulto à profissão, contra a anestesia porque a dor fazia parte da enfermidade dada por Deus, contra a teoria de que germes provocavam doenças uma vez que Aristóteles e Galen tinham tido ideias diferentes, contra a medicina baseada em evidências porque não era assim que se faziam as coisas. Agarraram-se a suas sanguessugas e ventosas por tanto tempo quanto foi possível. Até meados do século XX, defenderam a retirada em massa das amígdalas de crianças apesar das evidências em contrário. No final, a profissão sempre se adaptava. Talvez algum dia iriam se adaptar ao direito de uma pessoa racional escolher a morte em vez de uma dor insuportável e impossível de ser suprimida. Tarde demais para Daphne.

Lawrence o ouviu até terminar e, depois, pousou a mão no braço de Roland. "Pai, eles também devem ter rechaçado uma porção de más ideias. Quando a lei mudar, eles vão mudar também."

Caminhavam de volta para a enfermaria de Daphne: "Claro que vão, mas resistirão até o fim".

Sentado junto a ela dia após dia, cuidando dela, observando seu grotesco declínio, ele precisava culpar alguém ou alguma coisa. Cometendo uma blasfêmia, desejava que ela morresse. Queria isso quase tanto quanto ela.

Mais tarde, deixaram que a acompanhasse durante a noite. Quando morreu, às cinco da manhã, ele dormia na cadeira e não se perdoou. Acordou para ver alguém cobrindo o rosto dela com um lençol e ficou agitado. Uma enfermeira filipina foi dura com ele: "Meu querido, ela não acordou. Nos certificamos disso".

Portanto, ele pensou na ponte, aquilo foi também o que compartilharam durante quatro semanas e, no momento derradeiro, deixaram de compartilhar. A bondosa enfermeira não podia ter consciência de tudo. Ele cochilara por mais de uma hora. Nunca teria sabido caso Daphne houvesse acordado e chamado seu nome ao sentir que partia, levantando a mão na esperança de alcançar a dele. Ele não suportava pensar nisso, e nunca falou sobre o assunto com as crianças. Não tinha dúvida de que Lawrence diria alguma coisa racional e reconfortante. Só faria piorar as coisas.

Ainda estava a sós na ponte. Virou-se para olhar rio acima e, depois, para Lingcove Beck, na direção da queda d'água onde tinham almoçado. Tal como o rito exigia, ainda cumpria pensar na felicidade dos dois, porém ele não estava com pressa. Era capaz de lembrar-se ainda do que haviam comido. Nunca foram chegados a sanduíches sofisticados. Em vez disso, preferiram um pedaço de pão com cheddar, acompanhado de tomates, azeitonas pretas, cebolinhas, maçãs, nozes e chocolate. Exatamente o que trazia na mochila naquela manhã.

Ao olhar de novo rio abaixo, viu um caminhante dobrar uma ligeira curva. Provavelmente a pessoa que vira da colina, distante agora algumas centenas de metros. Observou, franzindo a testa, e, num impulso, se curvou para tirar os binóculos de um bolso lateral da bolsa. Ergueu-os, girou a rodinha do foco e, sem a menor dúvida, lá estava Peter Mount, deslocando-se no terreno irregular com hesitações e contrariedade. Sua superfície natural era a calçada. Ou o tapete felpudo. Sim, lá estava ele, o lorde Mount do Posse, outrora morador na Clapham Old Town, que vinha retomar Daphne dele graças a uma lógica deturpada: eu a conheci antes de você. Encontrava-se a minutos de distância. Roland sabia que poderia acabar com toda a discussão caso atirasse as cinzas no rio naquele instante. Mas não se deixaria pressionar nem ser vítima de um bully. Seguia instruções, e sua meditação sobre a felicidade dos dois mal começara. Guardou os binóculos e cruzou os braços. O ex-companheiro de sua mulher morta — não marido —, o pai de seus afilhados, subia a trilha. Parecia que seus sapatos não eram apropriados para atravessar os diversos riachos que desciam das colinas para chegar ao Esk. Em se tratando de alguém que abrigava esperanças razoáveis de receber o título de *sir* desde que doasse dinheiro suficiente para o partido, o boné de beisebol também não era adequado. Talvez quisesse transparecer juvenilidade. Fracassou, pois o rosto, tão gasto quanto o de Roland, era de um velho tomado pela irritação e o desconforto.

Roland estava ávido pelo confronto. O vaso de cerâmica permanecia seguramente embrulhado na mochila, acomodada entre seus pés, entre as botas pesadas adaptadas a três estações do ano. Adotou um brilhante sorriso de boas-vindas quando Peter parou ao pé da ponte e olhou para ele.

"Muito bem, Peter", disse Roland, levantando a voz para vencer o som das águas velozes, "essa é uma surpresa."

"A porra dos meus pés estão encharcados e acho que distendi um músculo." Cansado, se sentou numa pedra. Não carregava nenhuma bagagem.

"Coitadinho." Roland foi tomado por uma grande alegria. Pendurou a mochila num dos ombros e desceu para a margem do rio.

Peter tirou o boné e enxugou a testa com ele. "Já fez o troço?"

"Não."

"Muito bem. É essa a ponte certa?"

"Com certeza."

"Então está bem. Só me dê um minuto."

Impressionante o modo com que Peter falava como se a conversa da manhã anterior não tivesse acontecido. Sempre fazia as coisas do seu jeito. Seguia em frente, ignorando todos os obstáculos, até obter aquilo que desejava. Coisa útil, lá atrás, quando chegavam no local das apresentações, sempre como banda secundária, e o sistema de som ou a iluminação não estavam como ele queria, ou o pessoal da técnica se mostrava insensível.

Roland disse em tom casual: "E aí, para onde você está indo?".

"Para aqui mesmo."

Imitando Peter, numa homenagem a seus métodos, Roland disse: "Se atravessar a ponte e subir pela esquerda, vai chegar à Esk Hause. Vire à esquerda no topo e vai ver uma bela vista de Langdale".

Seu adversário se levantou. Sorria ao fazer um gesto de cabeça na direção da mochila de Roland. "Está aí dentro."

"Acho que vou esperar até você seguir seu caminho, Peter. Você sabe, pode também ficar nesta margem, subir até Lingcove Beck e apreciar umas cachoeiras bonitas. Se é que gosta desse tipo de coisa. Depois pode subir pela Bow Fell."

"Vamos, Roland. Chegou a hora de acabar com isso. Reservei uma mesa para o almoço no Askham Hall."

"Bem longe, mesmo de carro. Não se atrase por minha causa."

"Vou dizer o que faremos", disse Peter de forma razoável. "Faço o troço, e você observa." Deu um passo na direção de Roland, com o braço estendido como se quisesse lhe tomar a mochila.

Roland deu um passo atrás. "Ela não queria que você se envolvesse. Sinto muito, mas foi muito clara sobre isso."

Peter dobrou o boné de beisebol e o enfiou no bolso do paletó de lã. Afastou o olhar, aparentemente refletindo enquanto massageava o lóbulo da orelha entre o indicador e o polegar. "Acho que foi em Estocolmo. Trinta e cinco anos atrás. Ela estava grávida da Greta. Me disse o que queria se por acaso fosse embora primeiro. Eu lhe disse o que queria se por acaso eu fosse antes. Fizemos promessas solenes. Mais tarde, ao voltarmos, ela traçou um círculo no mapa. Que guardei desde então."

Puxou-o parcialmente para fora do bolso do paletó. Uma

velha sexta edição do *Ordnance Survey*, uma polegada para cada milha.

"Muito tempo atrás", disse Roland. "Antes da Angela, não é mesmo? Antes da Hermione? Antes de você bater nela?"

Para surpresa de Roland, Peter deu um passo decisivo em sua direção. Dessa vez, ele não recuou. De novo, de forma bem notável, Peter continuou como se Roland não tivesse dito nada. "E sempre mantenho minhas promessas."

Estavam suficientemente próximos, cara a cara, para que Roland pudesse sentir o cheiro da água de colônia usada por Peter.

"Eu também", disse Roland.

"Então, a coisa inteligente é fazermos isso juntos."

"Sinto muito, meu amigo. Já lhe disse por quê."

Peter agarrou a camisa aberta de Roland logo abaixo do botão de cima. Pegou o tecido de algodão sem apertar muito, quase carinhosamente. "Você sabe, Roland, sempre gostei de você."

"Posso ver." Ao falar, Roland ergueu a mão direita e segurou o pulso de Peter. Era um pouco mais grosso do que ele esperava, mas seu indicador tocou o polegar ao apertar mais fortemente. Só agora, tarde demais, compreendeu que iriam chegar às vias de fato. Incrível. Mas não havia outra saída. Tinham a mesma altura e a mesma idade, com um ou dois meses de diferença. Sabia que Peter nunca se exercitava, enquanto ele tinha atrás de si milhares de horas nas quadras de tênis. Haviam ficado bem para trás, porém tinha certeza de que possuía uma forma física e força residuais. Sem dúvida, restava alguma potência na mão que segurava a raquete, pois Peter gemeu ao largar a camisa de Roland. Ao mesmo tempo, Peter levantou a mão livre e apertou a garganta de Roland. Então, era para valer. Ao afastar a mão de Peter com uma bofetada, a mochila escorregou de seu ombro e caiu ao chão. Melhor assim, porque agora os dois se esforçaram para passar um braço pelo pescoço do outro e forçá-lo para baixo usando as pernas e um giro do corpo. Contrapondo-se aos movimentos um do outro, acabaram abraçados. Lá ficaram por um minuto, dois velhos, balançando-se e grunhindo na margem do Esk. Nenhum outro som além do correr das águas. Nenhum canto de pássaro. Nenhum caminhante apareceu para ficar perplexo com aquela visão. Tinham todo o Lake District só para decidirem a questão.

Mesmo enquanto lutava, Roland sentiu que tinha uma desvantagem. Sobrou tempo para pensar que o que estavam fazendo era absurdo. Saber disso era incapacitante. Será que ele estava lutando ou fingindo lutar? Peter era movido pela bênção da absoluta certeza e um propósito único: vencer. Ganhar as cinzas.

Roland liberou o braço direito e, usando a base da palma da mão, empurrou com força a cabeça de Peter por baixo do nariz, forçando-a para trás. Por fim, Peter teve de soltá-lo e recuou um passo, com nariz sangrando. Roland estava de costas para o rio. Verificou onde se encontrava a mochila. Ali ao lado, encostada ao muro do curral de ovelhas. Muito ofegantes, os dois se encararam a uma distância de menos de quatro metros. Para sua surpresa, Peter grunhiu e, de repente, se dobrou em dois, como se seu coração ou outro órgão interno estivesse falhando. Roland estava prestes a se aproximar para ajudá-lo, mas Peter se aprumou de novo trazendo na mão uma pedra do tamanho de uma bola de tênis. Só então Roland entendeu que naquela briga, como em todas, havia regras não explícitas, prestes a serem descartadas.

Peter enxugou o sangue no lábio superior. "Certo", murmurou, enquanto levava o braço para trás.

"Se você jogar essa pedra", Roland prometeu, "vou quebrar o seu pescoço."

Peter a atirou desajeitadamente, e Roland, também sem jeito, se abaixou e acabou ficando em sua trajetória. A pedra pegou no alto da testa, bem acima do olho direito. Ele não caiu. Em vez disso, se ergueu, zonzo, consciente, mas imobilizado, ouvindo um som contínuo e agudo. Peter farejou sua oportunidade, correu na direção dele e, usando as duas mãos empurrou seu peito com toda a força por sobre a íngreme borda pedregosa do rio. Naquela situação horrorosa, ele caiu até bem, ou pelo menos não desastrosamente. Pouco antes de perder o equilíbrio, conseguiu virar-se e cair de lado no chão, primeiro, e depois na água. O braço esquerdo amenizou parte da queda, a água serviu como proteção para sua cabeça. Ficou sob as águas apenas por alguns segundos, com sorte por estar distante da correnteza principal. De qualquer modo, o impacto foi colossal, como uma explosão, e ele perdeu o fôlego, lutando para respirar. Ao fazer força para se erguer, já desconfiava que havia algumas costelas fraturadas. Conseguiu pôr a parte superior do corpo para fora da água e se deitou de lado na beira do rio, recuperando o fôlego e sentindo que o som em seus ouvidos diminuía. Só então voltou a se lembrar de Peter. Virou a cabeça para olhar. Ele estava na ponte, derramando as últimas cinzas de Daphne no centro turbulento da correnteza. Viu Roland, levantou o vaso acima da cabeça como uma taça de futebol, e lhe lançou um sorriso jubiloso. Roland fechou os olhos. Nada daquilo importava. Quem quer que os tivesse depositado, os restos mortais dela estavam no rio, rumando para o Mar da Irlanda, tal como ela desejava. Ele poderia deixar-se ir, flutuar ao lado dela por todo o caminho.

Puxou as pernas para fora do rio e se sentou. Alguns segundos mais tarde, ouviu a voz de Peter, no alto da ribanceira.

"Tenho que correr. Atrasado para o almoço. Pena que não deu para fazermos o troço juntos. Você vai sobreviver."

Roland ficou sentado por meia hora, recuperando-se e verificando se os braços e as pernas não haviam sofrido fraturas. Tinha sorte, se essa era a palavra, de o dia estar quente. Por fim, se levantou e caminhou alguns metros rio abaixo onde era mais fácil subir. O vaso vazio se encontrava encostado à mochila, na qual procurou por analgésicos, paracetamol e ibuprofeno. Tomou um grama de cada com um grande gole d'água. Doeu ao erguer os braços para vestir o casaco. Abriu um bastão de caminhada retrátil e, com dificuldade e altos gemidos, pôs a mochila nas costas. Depois de vinte minutos, fazia bom progresso. A trilha era fácil e a descida pelo vale, imperceptível. As botas faziam um agradável ruído de água chapinhando, os analgésicos produziam seu efeito. O que pesava era a derrota. Tentou afastar o pensamento. Era a morte que tinha roubado Daphne, não Peter. Devaneios de vingança o ajudaram ao longo da caminhada, mas sabia que não faria coisa nenhuma. De volta ao chalé, onde não havia banheiro nem um chuveiro de água quente, mudou de roupa, acendeu a lareira e se sentou diante dela, comendo o lanche — nozes, queijo, uma maçã —, e depois caiu no sono.

Levou um tempão para encher o carro na manhã seguinte. As dores tinham aumentado durante a noite. Antes de partir, vasculhou os remédios na mochila em busca de mais analgésicos, juntamente com um modafinil para mantê-lo alerta e com a atenção na estrada. Isso tornou a viagem mais agradável. Em homenagem a Daphne, tocou sua seleção de trechos de *A flauta mágica* no aparelho que havia trazido — e ouviu sem ser jogado de volta ao passado. Sustentou-o a perspectiva de jantar com Lawrence, Ingrid e Stefanie.

Depois de três paradas no caminho, estacionou do lado de fora da casa da Lloyd Square no fim da tarde. Deparou-se com uma surpresa ao entrar. O hall estava cheio de bexigas e crianças soltando gritinhos. Lawrence e Ingrid tinham conseguido que Nancy, Greta e Gerald estivessem presentes com suas famílias. Na cozinha, tomando uma xícara de chá com Stefanie no colo, ele descreveu como escorregara na trilha e caíra no rio. Todos ficaram horrorizados com a ideia de que um velho pudesse sair sozinho e se arriscar numa aventura tão maluca. Antes de Roland tomar um banho de chuveiro, Gerald, agora um pediatra formado, examinou seus ferimentos. Casara-se recentemente com David, curador no Departamento de Grécia e Roma do Museu Britânico. O jovem doutor não se preocupou com os pavorosos arranhões no braço e perna do lado esquerdo de Roland, nem com o machucado heroico na testa. Não precisavam de pontos. No entanto, se interessou pela contusão no peito. O menininho sardento que costumava voltar da escola para dormir no quarto de Lawrence agora possuía a autoridade tranquila de um médico experiente. Recomendou radiografias, pois uma costela quebrada poderia perfurar a pleura.

Antes de participar da festa, Roland tomou outra pílula de modafinil para vencer a noitada. Eram quinze pessoas apertadas em volta da mesa de jantar, e dois bebês em cadeirões. Stefanie pedira para sentar-se a seu lado. Vez por outra, ela lhe tomava a mão e a apertava a fim de tranquilizá-lo. Puxou a cabeça dele para ficar à altura de seus lábios e sussurrou: "*Opa, ich mach mir Sorgen um dich*". Vovô, estou preocupada com você.

Mais tarde, Roland contemplou o grupo, a barulhenta e bem-intencionada família; um matemático que cuidava das mudanças climáticas, uma oceanógrafa, um médico, uma mãe em tempo integral, uma especialista em moradias, um assistente social, um advogado comunitário, um professor primário, um curador. Talvez todos eles fossem, no espírito dos tempos atuais, os novos irrelevantes. Por ora, naquele cantinho do mundo, Peter Mount e seus congêneres é que mandavam. Num instante de dissociação, ele viu os membros da família como figuras numa velha fotografia: todos nela, inclusive os bebês, Charlotte e Daphne, havia muito tinham envelhecido e morrido. Lá estavam eles, gente de 2018, inteligentes e tolerantes, cujas opiniões se perderam com o passar dos anos, cujas vozes se dissiparam até não deixarem eco.

Lawrence pôs-se de pé para propor um brinde, não apenas ao pai no aniversário de setenta anos, mas em memória da madrasta e por todas as crianças à mesa. Sentindo pontadas agudas em muitos lugares, Roland se levantou a fim de agradecer a todos, erguendo a taça em homenagem à esposa e aos netos. Provou a riqueza com um toque de ameixas do sul da Europa, vindo-lhe à mente a caminhada que ele e Daphne tinham feito através da ilha no Mediterrâneo até chegarem à praia com o bosque de moitas de bambu e a baía de serenas águas azul-escuras. Ao voltarem, sentiram o cheiro das ervas silvestres amassadas sob suas botas empoeiradas. Quando ela ainda era suficientemente forte para enfrentar o calor do dia e a distância com passadas fáceis. Sua mão subiu involuntariamente até o peito, para a área tensa e doída abaixo do coração. E ele agradeceu a todos outra vez.

Doze

A queda, a segunda em três anos, ocorreu em junho de 2020, não muito antes do fim do primeiro lockdown, quando Roland descia a escada. Terminara o primeiro rascunho de um artigo, "O legado de Thatcher", para uma revista norte-americana on-line. Cento e vinte e cinco dólares por mil palavras. Por que ela, por que agora? Não perguntou. Como empregado em tempo parcial no hotel, não iria receber nenhuma indenização segundo seus modernosos empregadores japoneses, interessados em quem tocasse bebop e blues arrojados. Tinha uma pensão do Estado e menos de três mil libras de poupança. Recomeçar como jornalista a qualquer preço era tudo que sobrava.

Desceu com cuidado, segurando o corrimão tal como recomendado insistentemente por Gerald. Ao cair no box, escorregar na banheira, tropeçar na calçada ou na beirada de tapetes, ao descer de ônibus ou caminhar por locais íngremes, era como muitos idosos começavam a morrer. O destino de Roland era a cozinha e um almoço tardio, uma lata de sardinhas no azeite e uma fatia de *pumpernickel* com uma xícara de chá forte. Mais gostoso do que parecia ao ser dito. Ao descer, pensava como poderia melhorar o artigo. O texto estava pesado, sisudo, sem vida. No site, homens e mulheres com um terço de sua idade publicavam matérias com uma piada e um tapa em cada linha, conseguindo apesar disso manter a aparência séria de conhecimento livresco ou político. Ele escrevera que, quase trinta anos depois de abandonar o posto, o legado de Thatcher e sua marca na psique do país eram profundos. Como suas impressões digitais estavam em tudo que se fazia atualmente, ela não seria esquecida: uma crise habitacional devida ao colapso do suporte social, um setor financeiro desregulado e enlouquecido por cuja cobiça o país pagava com a austeridade, uma noção incapacitante de grandeza nacional, uma desconfiança generalizada de alemães, franceses e outras nacionalidades, cidades de porte médio no norte das Midlands, País de Gales e o cinturão central da Escócia ainda em estado de coma por causa dos rigores do mercado livre por ela impostos, estatais vendidas, a farra dos proprietários de ações, fabulosas disparidades de renda, reduzida devoção ao bem comum, trabalhadores desprotegidos, rios borbulhando com lixo privatizado.

Ele não passava de um mero redator trabalhista e saudoso. Forçava a barra com "impressões digitais estavam em tudo que se fazia atualmente". Tanto quanto sabia, tratava-se de um lugar-comum ou roubara a frase de alguém. Precisava de algumas piadas. No lado positivo? Derrubou a ditadura fascista na Argentina, salvou a camada de ozônio e, por um breve espaço de tempo antes que desse as costas ao assunto, falou ao mundo sobre a mudança climática. Além disso, Thatcher abriu as lojas aos domingos, provocou a reforma do Partido Trabalhista, reduziu a inflação e os impostos, ajudou Reagan a confrontar a União Soviética, quebrou alguns sindicatos corruptos, deu o título de moradia a muita gente, mostrou às mulheres como intimidar homens em sua pompa e empoderamento. Continuava sem graça.

Esse esforço de imparcialidade deve ter perturbado seu senso de equilíbrio. Estava a dois degraus do térreo, e nisso deu sorte. A transição foi instantânea. Sentiu o impiedoso aperto de aço no peito antes que um clarão meteórico de dor atingisse o lado esquerdo de seu esterno. A estrela cadente aziaga. Abraçou o corpo que tombava para a frente. Tendo sido disparada a maravilhosa reação automática, suas mãos se afastaram voando do corpo a fim de proteger a cabeça ao aterrissar com um baque e se esparramar intacto sobre as lajotas do corredor. Quando se sentou, pontinhos luminosos flutuaram diante de seus olhos, mas a dor havia passado. Nenhum resquício. Nada de nada. Pôs-se de pé lentamente, se encostou na parede, curvado para a frente, joelhos dobrados, esperando o que iria acontecer. Nada. Não era nada.

Sacudiu a poeira da calça e foi até a cozinha. Como de hábito, havia deixado o rádio ligado. Um homem gritava furioso com uma mulher que chorava. A novela radiofônica *The Archers*. Insuportável. Desligou e iniciou seus preparativos. Era trabalho sério, não para fracos, puxar o anel que abriria a tampa de metal e revelaria ao mundo as três sardinhas bem acondicionadas, sem cabeça nem rabo, como crianças prontas para dormir. Ele poderia ter quebrado o pescoço. Mas só um idiota se apresentaria na emergência de um hospital se queixando do coração. E sair depois de haver inalado o vírus da peste de algum imbecil que não usava máscara e circulava pela sala de espera. Então, dias mais tarde, sentir o bico frio do respirador em sua língua antes de entrar em coma induzido, com uma chance em três de recuperar a consciência. Além do mais, não era seu coração. Tinha certeza de que eram as costelas, uma ponta de osso em algum lugar aguilhoando o tecido muscular, tal como um palito de coquetel varando uma enchova. As radiografias tinham mostrado somente fissuras, que deveriam se curar sozinhas. Mas ele era o paciente e sabia que sua teoria estava correta. Uma farpa microscópica de osso estava irritando um nervo. Quando se mexia de determinada maneira, a dor e a sensação de aperto se irradiavam pelo peito, embora não tão violentamente como agora há pouco. Gerald, apoiado por Lawrence, queria levá-lo a um cardiologista. Mas Gerald era pediatra. Os corações das crianças eram diferentes.

Roland bebeu o chá na sala de visita, inalterada desde os tempos de Daphne, exceto pela poeira e alguns milhares de fotografias espalhadas pelo tapete e dentro de três caixas de papelão. Inspirado por ela, um de seus projetos durante o lockdown consistiu em anotar e arrumar por data as pilhas aleatórias. Não era fácil. O progresso era lento. Uma montanha de fotografias que traziam recordações e provocavam dúvidas sobre amigos mortos ou perdidos, quando não lutas prolongadas para recordar nomes e lugares. Gastava muito tempo invejando a própria juventude. Um número excessivo de fotos de sua década perdida o mostravam com uma mochila, a aparência vigorosa e alegre, tendo ao fundo lindas montanhas ou desertos, flores silvestres ou lagos. Onde era aquilo, quem apertou o botão, em que ano foi isso? Era um estranho para si mesmo, um estranho que invejava. Agora parecia um tempo precioso, talvez a melhor coisa que tinha feito. Após a infância e o internato, antes de dar aulas de tênis, tocar música para mastigar e compor o texto de cartões festivos, quando tinha sido tão livre, tão dedicado a comemorar a própria vida? Fique calmo, ele tinha vontade de dizer ao homem jovem que o fitava. Vagando entre flores silvestres num prado, margeando riachos, a dois mil metros de altitude nas montanhas Cascade, em estado de euforia sonhadora depois de tomar mescalina, na companhia de bons amigos, o acampamento de base distante oito quilômetros — tudo aquilo tinha de ser visto como um sucesso.

Por dez anos, a partir de 2004, as fotografias foram tiradas usando câmeras digitais. Depois, por celulares digitais. As câmeras para amadores tinham desaparecido, assim como as máquinas de escrever e os despertadores de cabeceira, e em breve estariam esquecidas tal qual os rádios com válvulas e as cabines rolantes para banhos de mar. Ele tinha enviado grandes seleções de seus arquivos em formato JPEG para uma empresa em Swansea a fim de serem impressas a um custo razoável, prontas para serem anotadas. Depois se deu conta de que deveria ter feito o contrário, digitalizando uma seleção de suas fotos impressas antes de 2004. Poderia então ter entregado à família ou lhe enviado por e-mail toda a produção, facilmente replicável.

Sabia se virar na era digital, como um homem que usa um disfarce funcional, mas continuava a ser um cidadão do mundo analógico. Aquele único erro inicial estava minando seu senso de propósito e o fazendo prosseguir mais devagar. Tarde demais. Tarde demais e caro demais para voltar atrás, tedioso continuar. Faltava-lhe a disciplina de Daphne. Ela havia trabalhado até o fim do prazo. Ele era menos resoluto. Por isso, nunca chegaria nem perto de acabar. Ocasionalmente, ia até a sala, apanhava uma fotografia no chão, a estudava e entrava de mansinho num devaneio. Ao sair dele, fazia algumas anotações nas costas da foto. Desde o início do lockdown, havia anotado cinquenta e oito fotografias. Uma maneira ridícula de progredir. Naquela época comia menos, bebia mais e pensava um bocado. Tinha uma cadeira, uma vista e determinado copo que preferia. Entre seus temas, havia outros erros iniciais que se multiplicavam e abriam como um leque. Olhando de perto, os erros se dissolviam em perguntas. Hipóteses. Até mesmo em ganhos sólidos. Quanto a esses últimos, talvez estivesse se tapeando. Mas, ao passar em revista uma vida, era desaconselhável admitir muitas derrotas. Casar-se com Alissa? Sem Lawrence não haveria nenhuma alegria, nenhuma Stefanie, a nova e melhor amiga de Roland. E se Alissa tivesse ficado? Relera *A jornada* entre fevereiro e começo de março, quando ele e a maior parte das pessoas que conhecia haviam se trancado três semanas antes da decisão governamental. O romance permanecia bonito. Abandonar cedo os estudos? Se tivesse ficado, Miriam, segundo ela mesmo confessara, o arrancaria das salas de aula e ele afundaria. Mesmo agora, como se fosse uma perspectiva, aquele pensamento ainda o excitava um pouco. Abandonar o piano clássico e a oportunidade de se tornar um concertista? Então jamais teria conhecido o jazz, nunca teria sido livre enquanto tinha vinte anos, aprendido a respeitar o trabalho manual ou desenvolvido um *backhand* decente. Teria ficado preso a cinco horas por dia de treinamento pelo resto da vida. E quanto a não mandar Miriam para a prisão? Enquanto ela lá estivesse, a conexão entre eles haveria se mantido forte e deprimente. Essa era uma razão. Havia outras.

Casar-se com Daphne logo quando ela começara a morrer era coisa que entendia como inevitável, necessária, talvez o melhor que fizera até então. Será que deveria ter permanecido no Partido Trabalhista e lutado por suas tradições liberais e centristas? Teria ficado infeliz e indignado após quatro derrotas consecutivas. Quer dizer que sua vida era uma série ininterrupta de decisões corretas? Claramente não. Por fim, chegou ao verdadeiro cerne, o momento a partir do qual tudo se abria e crescia com a extravagância da cauda de um pavão: o menino trepando na bicicleta em plena crise dos mísseis em Cuba a fim de se entregar a Miriam para uma educação erótica e sentimental com o desfecho ridículo, a semana de pijama, que encerrou sua educação formal e distorceu seu relacionamento com as mulheres. Isso era difícil. Quando se perguntava se queria que nada daquilo tivesse acontecido, faltava uma resposta pronta. Essa, portanto, era a natureza do malefício. Com quase setenta e dois anos de idade, não se encontrava curado. A experiência o perseguia, não conseguia livrar-se dela.

Confinado em casa por uma pandemia, ali ancorado pelo

medo de morrer num respirador enquanto lutava para sorver o ar, sentado ao longo dos fins de tarde do inverno numa cadeira de balanço trazida da casa em Clapham, uma cadeira para velhos e mães que davam de mamar —, perguntando-se dentro de quanto tempo podia honrosamente se servir do primeiro drinque do dia, ele voltava a pensar na confrontação com Miriam Cornell na sua casa em Balham, naquela despojada sala de música. Tal como fazia na Old Town, ele se posicionara diante de uma porta-balcão que dava para um jardim. Cinco anos antes, tinha plantado uma macieira no gramado de Daphne para substituir a que havia cortado em Clapham. Não crescera muito, mas estava viva.

A casa de Miriam Cornell tinha portas-balcão mais imponentes, que davam para um cenário verdejante planejado por profissionais. Lembrava-se de como estava cansado ao final, desesperado para ir embora. Existia um vazio, um vácuo, uma mentira em que eram cúmplices. Graças a um acordo tácito, havia dois assuntos que não suscitariam. Primeiro, o mais fácil. Não podia referir-se ao prazer que compartilhavam em matéria de música, em tocar a obra para quatro mãos de Mozart em seu chalé. Ou a excitação de executar num piano de cauda a *Fantasia* de Schubert nos salões de Norwich, ou o ruidoso aplauso no concerto do colégio quando a criança-camundongo levara ao palco uma flor e um chocolate.

E então o assunto difícil. Durante aquela confrontação, eles não ousaram falar do que os unia, a alegria obsessiva, envolvente e ilimitada que era também ilegal, imoral e destrutiva. Há muito tempo, estiveram cara a cara, nus, na cama daquele pequeno quarto ensolarado que dava para o rio Stour. Ela não o deixava ir embora, e ele não queria ir. Uma vida depois, um indivíduo corpulento apareceu em sua esplêndida casa a fim de acusá-la. Ela também era uma pessoa diferente. Totalmente incorporados nas pessoas em que tinham se transformado, negaram a verdadeira história mesmo enquanto a discutiam. Tanto quanto se recordava, não se tocaram, não trocaram um aperto de mãos. Ele fez o papel de frio interrogador. Ela manteve de início uma fria dignidade e queria expulsá-lo, mas depois confessou. Ah, sim, ele era uma criança e se tratou de um crime, mas foi outra coisa além disso — e este era o problema. Ela não poderia tê-lo dito, e ele não teria escutado. Mentiram por omissão. Ela o havia amado e feito com que ele a amasse. O refém se apaixonou pelo algoz — a síndrome de Estocolmo. Na noite chuvosa em que fugiu, com o dinheiro juntado cavando valas no bolso de trás da calça, ele puxou o baú contendo todas as suas posses pelo gramado dela, mas nunca foi longe. Esse era o mal, o assunto proibido — a atração. A lembrança do amor permanecia, inseparável do crime. Ele não podia procurar a polícia.

Pôs-se de pé e olhou para as fotos que cobriam três quartos do largo tapete verde iraniano de Daphne. Arrumá-las em ordem cronológica, antes um projeto vital adequado para o período de lockdown, parecia agora inútil. Todos sabiam que a memória não funcionava assim, não era ordenada. Ali, junto a seu pé esquerdo, estava uma antiga polaroide, provavelmente tirada em 1976. Apanhou-a. Era uma foto pouco nítida e em nada excepcional de um laguinho redondo e lamacento. Risível como era remota do que ele e seu velho amigo John Weaver tinham visto então, um pequeno lago natural localizado no topo de uma falésia e diante do Oceano Pacífico. Visto a uma distância de dez metros das margens lamacentas e com seus poucos centímetros de profundidade, o laguinho parecia ferver, as águas em permanente movimento. Chegando mais perto, viram milhares de rãzinhas. Pareciam ter acabado de emergir de sua condição de girinos. Mais rãs do que água. Escorregavam umas nas outras, se enroscavam, um festim para o tipo certo de ave de rapina. Atrás do laguinho, o sol começava a baixar numa imensa planície de nuvens que se avermelhavam, mais baixa que as falésias e se estendendo até o horizonte. Ainda estavam a pouco menos de cinco quilômetros do rio Big Sur, para onde rumaram numa corridinha gostosa. Aos vinte e oito anos, era possível galopar por longas distâncias sem esforço. O caminho em meio ao chaparral californiano era duro, liso e descia ligeiramente. Que gloriosa meia hora foi aquela, deslizando pelo ar quente e perfumado, de peito nu sob o sol fraco!

Naquele ponto suas recordações cessavam, retornando quando já estava escuro e eles se encontravam num bar ao ar livre, com mesas dispostas em torno de uma piscina aquecida. Depois de um dia como aquele, os dois estavam num estado de espírito festivo. Cinco anos antes, John escapara à opressão de subempregos na Inglaterra e encontrara a liberação em Vancouver. Esse era o reencontro. Uma vez que o tema de ambos consistia na liberdade e estavam eufóricos, tiraram as roupas e entraram na piscina, andando de um lado para o outro, sem parar de falar, até serem interrompidos pelo dono do bar. Postado na beira da piscina, as mãos nos quadris, ele mandou que saíssem com uma declaração que gostavam de citar tempos depois: "Não está certo, e sei que não está certo".

Obedeceram e riram após se vestir. Mas era um local público, frequentado por famílias, e, afinal de contas, não passava das oito da noite. Não tinham razão ou necessidade de estarem nus. O dono estava certo. A frase, o modo como a pronunciou naquele instante, perseguiu Roland por muitos anos. Era um imperativo categórico? Não, pois se tratava de uma questão de contexto e convenções sociais. No entanto, quando pensava nos vários erros cometidos no curso da vida, num longo retrospecto, parecia que ele não tinha aquele senso imediato, automático e sólido que acompanha as mãos nos quadris. Quem mais, senão Roland, havia chegado aos mais de setenta anos à beira da indigência, morando numa casa cara que era dele por acidente e jamais poderia vender — uma casa paga por um homem que desprezava, recentemente agraciado com um título nobiliárquico e alto funcionário do governo Johnson? Não era certo, e ele sabia que não era certo, porém não havia nada que pudesse fazer. Era tarde demais.

Deixou a fotografia cair de suas mãos. Não teve vontade de escrever nada nas costas da imagem. Muita coisa para dizer. Subiu para o escritório. O lockdown estava prestes a acabar e todos os outros projetos não realizados se encontravam lá. As coisas usuais — ler toda a obra de Proust, aprender outro idioma, outro instrumento musical, no seu caso, árabe e bandolim. Resolvera ler o livro de Musil *O homem sem qualidades* em alemão. Até agora, setenta e nove páginas em três meses. Outra ambição consistia em aperfeiçoar sua compreensão da ciência, começando com as quatro leis da termodinâmica. Presumia que princípios básicos elaborados durante a idade do vapor deveriam ser suficientemente fáceis de serem entendidos. Mas posições iniciais simples desabrocharam em tamanha complexidade e abstração que em pouco tempo ele ficou para trás e se entediou. Apesar disso, na Segunda Lei, que era a terceira porque começaram de zero, foi lembrado de uma verdade óbvia para todos que possuíam uma casa. Assim como o calor decaía para o frio, e não o contrário, a ordem decaía para o caos, e nunca o contrário. Uma entidade complexa como uma pessoa acabava morrendo e se tornava uma pilha desordenada de fragmentos díspares que começavam a se separar. Os mortos jamais ressurgem na vida ordenada, nunca se tornam vivos, não importa o que os bispos digam ou finjam que acreditam. A entropia era um conceito perturbador e bonito que estava no cerne de muito da labuta e do padecer humanos. Tudo, em particular a vida, se desfaz. A ordem é uma grande pedra a ser rolada morro acima. A cozinha não se arruma por conta própria.

A casa estava desarrumada, embora não de uma forma abjeta. Ele não se importava, porém em breve as restrições seriam eliminadas e as crianças iriam visitá-lo. Lawrence e família em primeiro lugar, depois Greta, marido e filhos juntamente com Gerald e seu companheiro David, terminando com Nancy e sua família. Roland não podia ser visto desonrando a memória de Daphne ao descuidar de sua casa espaçosa e acolhedora. Não tinha condições de pagar a arrumadeira. As crianças haviam se oferecido para pagar o salário dela, mas ele era orgulhoso demais para aceitar. Uma pessoa pode limpar o local onde vive. Agora, o preço do orgulho precisava ser honrado. Cumpria abandonar seu estado habitual de devaneios e pôr mãos à obra. Tinha planejado começar no dia de sua queda.

Iniciaria pelos quartos do último andar, os mais fáceis. O aspirador de pó e os materiais de limpeza já estavam lá em cima graças a um começo em falso na semana anterior. Abriu as janelas dos dois quartos, passou um pano nas superfícies, desfez as camas e fez de novo, passou o aspirador no chão. Noventa minutos transcorreram antes que atacasse o banheiro. Estava de joelhos, lavando os lados da banheira, quando parou devido a um repentino pensamento — se sentia estranhamente contente, pensando apenas na próxima tarefa, perdido no presente, livre da introspecção e da retrospecção. Não era capaz de fazer aquilo para ganhar a vida, como alguns precisavam, mas merecia uma nota alta em matéria de escapismo. Deveria estar fazendo isso o tempo todo, dia após dia. Bom exercício. Se fosse decretado outro lockdown... Encontrava-se prestes a reiniciar quando o telefone tocou. Relutando, pôs a escova de lado e foi atender no quarto ao lado.

Era Rüdiger. Tinham conversado pelo Zoom algumas vezes desde março. Naquela época, a Alemanha vinha cuidando de sua epidemia com mais eficiência. Roland não gostava de ouvir falar nisso. Ficava feliz em saber que a Alemanha estava indo bem, mas era na essência um patriota e gostava de pensar que o seu país tinha condições de vencer um desafio. Em fevereiro, assistira a vídeos de equipes médicas exaustas no norte da Itália, incapazes de lidar com todos os casos de covid, e trabalhando apenas com pacientes que mostravam chances de sobreviver. Faltavam respiradores, oxigênio, máscaras cirúrgicas. Os agentes funerários não davam conta do excesso de cadáveres. Faltavam caixões. A Áustria fechou a fronteira. Como a doença não se espalharia para a Grã-Bretanha, se havia dezenas de voos diários vindos da Itália? O governo vacilava. Duas semanas mais tarde, em março, milhares de pessoas se reuniram em Cheltenham para o festival de corrida de cavalos. Dezenas de milhares assistiam às partidas de futebol. O governo permaneceu imóvel por mais uma semana.

"Está no inconsciente nacional", ele tentou explicar a seu amigo alemão. "Todos acham que já deixamos vocês para trás. Não pegamos mais suas doenças europeias."

Então Rüdiger, que não era chegado às conversas fiadas, falou: "Tenho três coisas a lhe dizer".

"Vá em frente."

"Uma boa, uma má, uma que pode ser qualquer coisa."

"Comece com a má."

"Ontem foi amputado o pé esquerdo de Alissa."

Roland ficou em silêncio. Havia uma história sobre Sartre que procurava lembrar. Provavelmente inverídica, fosse o que fosse. Perguntou: "O tabagismo?".

"*Genau*. Neuropatia distal. Depois a gangrena. Dizem que correu bem."

"Você a viu?"

"Muito drogada com a anestesia. Disse estar aliviada que tivessem amputado. Riu quando lhe disse que ela havia fumado pela arte. Muito bem. Agora a boa notícia. Aqui na minha cadeira tenho uma prova encadernada de seu novo romance."

"Maravilha. Qual a sua opinião?"

"Segue hoje um exemplar para você."

"E a outra coisa?"

"Ela quer vê-lo. Mais ou menos daqui a um mês, se puder. Obviamente, você terá de vir encontrar-se com ela. Paga por sua passagem aérea."

"Está bem", ele disse automaticamente. Estava sendo convocado, ordenado a pegar um avião, inalar coronavírus reciclados. Para enxotar tais pensamentos, ele disse: "Sim, eu vou".

"Eu tinha muita esperança de que você dissesse isso. Vou contar a ela agora mesmo."

"Eu mesmo pago a minha passagem."

"Ótimo."

"Ela quer ver Lawrence?"

"Só você."

Levou o material de limpeza para o andar de baixo, pronto para o trabalho no dia seguinte, tomou um banho de chuveiro e se sentou no jardim para comer um sanduíche. Alissa sem um pé não era mais estranha para ele que a Alissa que fumava um cigarro atrás do outro havia trinta anos. Se ela estivesse morrendo, Rüdiger teria dito. Mas nada o atraía na perspectiva de visitá-la. Nem mesmo curiosidade. Sua poupança encolheria um pouco. Por causa do lockdown, ele preferia não sair. Alissa Eberhardt era considerada a maior escritora alemã. Maior do que Grass havia sido, provavelmente sem nenhuma perda de prestígio. Quase tão grande quanto Mann. O sentimento pessoal mais forte que tinha por ela era de raiva, a essa altura muito desgastada, por ter rejeitado o filho. Raramente isso lhe vinha à cabeça. Em sua paisagem mental, ela estava bem onde se encontrava, imponente montanha vista de longe, alguém famoso que tinha conhecido quando não era ninguém, uma escritora extraordinária, talvez uma grande escritora. Nada existia entre eles, nada que desejasse lhe contar, nada que desejasse saber. Ela não precisava ouvir dele o quanto admirava sua obra. Então, por que ir? Porque ela havia perdido um pé? Sim, devido a ter se viciado conscientemente a uma substância ridícula que não produzia nenhuma euforia real. Uma droga de pobre, que as pessoas usavam só para satisfazer o desejo por mais. Como uma Cleópatra feia, sentindo fome onde mais se satisfazia. Caso Alissa necessitasse falar com ele antes que ambos fossem simplificados e dispersados pela entropia, que se acostumasse com uma prótese e depois viesse vê-lo em Londres, ali em sua antiga mesa de jardim. Sendo assim, cumpria telefonar para Rüdiger naquele momento e informar sobre sua mudança de opinião. Não. Ela já devia saber que ele prometera ir. Por isso, iria. Atenderia à sua convocação porque recusar exigia mais esforço.

O livro levou dez dias para chegar. A essa altura, embora não reluzisse como outrora, a casa de Daphne e seus cômodos estavam em ordem. Era julho, o lockdown terminara e a nação brincava. Mas nada havia mudado para Roland. Desembrulhou o romance, *Sua lenta redução*, e começou a ler. Mais longo que qualquer coisa que escrevera antes. Aqui estava por fim, aqui estava ele por fim, no primeiro capítulo, visto sob o microscópio de sua arte para se transformar no marido que era um bully opressivo e às vezes violento, abandonado certa manhã pela protagonista, Monique, deixando para trás a filha de sete meses. O marido, Guy, é inglês. A casa de que Monique sai fica em Clapham, no sul de Londres, numa vizinhança "detestável" por ser muito pobre e populosa. Ela é de origem franco-alemã e movida por ideais políticos que a maternidade vinha ameaçando sufocar. De volta a Munique, sua cidade natal, recuperando-se da dor da separação da filha, mergulha na política local ao trabalhar para o Partido Social-Democrata. Torna-se uma especialista em moradias populares de baixo custo. Nisso, Alissa pareceu valer-se da experiência de Daphne com vários tipos de inquilinos, desde gente confiável que trabalhava duro até bêbados caóticos que não pagavam o aluguel. Todos precisavam de abrigo.

Monique muda o nome para Monika. Então, por razões honestas mas executando de toda forma uma jogada brilhante, ela se torna uma ambientalista e muda de partido. Sua ascensão entre os Verdes é rápida. Dentro de cinco anos, ganha as eleições locais e consegue um assento no legislativo. Apaixona-se por Dieter, um chef que estava na moda e liderava uma revolução na *cuisine* alemã, de sua base pesada para sabores mediterrâneos mais leves. O título do romance se refere em parte ao termo culinário. Dez anos depois, ela é uma figura bem conhecida em Berlim, taticamente habilidosa, rumando para o topo. Mas, num movimento surpreendente, transfere sua lealdade para membros mais fracos do Partido Verde.

A essa altura, o ano era 2002 e o romance se transforma numa história contrafactual da política alemã. Devido a uma série de desencontros entre colegas e oponentes políticos, bem como graças a impiedosas manobras, Monika alcança a posição de primeira-ministra. Manterá tal cargo por mais de uma década, porém não se assemelha a Angela Merkel. Desde que passou a ocupar o posto supremo, os ideais políticos de Monika começam a erodir e tem início a sua lenta redução. Talvez, como sugere a narrativa, a deterioração tenha começado bem antes. Ao permitir a "lenta redução" nas emissões de carbono e domar os poderosos interesses no setor de carvão do país, ela se torna a principal defensora da energia nuclear. Seu partido a odeia por assumir tal postura, mas não consegue desalojá-la do poder. A fim de encorajar os investimentos internos de grandes indústrias norte-americanas de tecnologia, faz um acordo clandestino com o governo dos Estados Unidos para fornecer informações militares e outros tipos de ajuda durante a invasão do Iraque. Com vistas a manter sob controle o partido Alternative für Deutschland, ela fecha as fronteiras da Alemanha aos imigrantes. Para não ofender o importante eleitorado turco-muçulmano, se mostra ambivalente em certas questões relativas à liberdade de expressão.

Em Bruxelas, sempre consegue o que quer. Os franceses foram rebaixados à condição de parceiros menores ao concordar com suas posições. Monika garante que Berlim será a sede das Olimpíadas. Determina que a Alemanha se torne membro permanente do Conselho de Segurança das Nações Unidas. Para tal fim, estando no cargo há apenas oito anos, transforma a Alemanha numa potência nuclear, com cinco submarinos milagrosamente arrancados dos franceses. Quaisquer que sejam as chances em contrário, ela parece nunca perder uma luta. As diversas elites dos Verdes, do Partido Social-Democrata e mesmo uma ampla minoria da União Democrata-Cristã, de centro-direita, passam a detestá-la. Há substanciais manifestações estudantis contra ela. Mas, no país em geral, é adorada pelos eleitores. Bonita, espirituosa, tem um toque de gente comum e ganha as eleições. A nação está economicamente próspera, com pleno emprego, inflação baixa, salários em alta. O orgulho nacional nas nuvens após uma Olimpíada exitosa.

Mas, na vida privada, era uma mulher atormentada. A crueldade infligida por seu ex-marido ainda a perseguia, assim como a culpa com relação à filha, que Guy a impede de ver. Monika é escravizada sexualmente por Dieter, que se recusa a casar-se com ela e a faz infeliz com seus numerosos casos amorosos. Ela sabe, porém nunca é capaz de admitir, que, a fim de alcançar sucesso, teve de jogar um grupo de interesse, um lobby, contra outro, negando tudo em que acreditara no passado.

O leitor entende que se trata de uma história como a de Ícaro. Quando Dieter por fim a abandona, isso precipita em um colapso nervoso. Ela comete uma série de espetaculares erros políticos. Eles culminam num escândalo sobre propinas da indústria automobilística com que lida muito mal. Parece estar protegendo as pessoas erradas. Sofre uma depressão debilitante, agravada quando um antigo assistente de confiança publica o relato de uma cena sexual masoquista que testemunhou por acaso, envolvendo algemas e chicotes. Numa entrevista coletiva de imprensa, Dieter confirma o artigo e acrescenta algumas pitadas de pimenta por conta própria, inclusive a declaração muito citada de que "ela é vulnerável e ruim da cabeça". Seus adversários em Berlim sentem que chegou a hora, com Ícaro mergulhando em direção ao solo. Após uma moção no Bundestag, o Bundesrat invoca uma cláusula na Constituição e declara que a primeira-ministra, mentalmente instável, é incapaz de ocupar seu cargo. E é mesmo.

A ascensão e a queda de Monika é narrada com competência. O romance era sem a menor dúvida brilhante. Mas Roland estava obrigado a se rebelar contra o final. Um ano se passou. Afastada do cargo, desprezada pelas mídias, rejeitada por aliados, a ex-primeira-ministra viaja para Londres como cidadã comum. Guy ainda mora na mesma casa em Clapham, uma figura decrépita, encurvado e deformado pela gota. Fica pasmo ao abrir a porta e dar de cara com Monika, e a convida a entrar. Uma vida na política lhe ensinou a não perder tempo em reuniões com conversinhas fiadas. A conversa que mantêm na cozinha é curta. Ela veio para matá-lo. Pega uma faca na prancha magnética de Guy e o atinge no pescoço. Lava a lâmina, verifica que não há sangue em suas roupas e vai embora. À noite ela está de volta a seu apartamento em Berlim, o assassinato de Guy nunca é solucionado. No final do romance, ainda mais reduzida, Monika vive na obscuridade, num chalé perto do Parque Nacional da Suíça Saxônica, ainda atormentada por seus demônios, sua culpa, seu amor perdido, seus ideais descartados.

Roland esticou-se no sofá. Os últimos raios da luz solar na noite de verão, filtradas por um plátano, ondulavam na parede acima dele. Devia sentir-se honrado de que ela se importasse tanto com ele a ponto de matá-lo. Não fizera aquilo às pressas. Melhor se o tivesse liquidado logo no primeiro romance. Na chamada câmara de eco da internet, com seu quarto de século de existência, em dezenas de perfis constava a observação rotineira de que Alissa Eberhardt tinha morado em Clapham, Londres, tendo abandonado o marido e o filho pequeno a fim de se lançar na carreira literária. Dezenas de jornalistas do sexo feminino haviam se perguntado publicamente se essa era a única maneira em que uma mulher podia dedicar-se por completo à arte. As páginas que acompanhariam seu novo romance — haveria dúzias deles em muitos idiomas — presumiriam que Alissa o identificara como violento, que não tinha sido apenas por causa da carreira como autora que ela o havia deixado. Não teria afetado em nada sua história haver feito de Guy um francês, transformado Londres em Lyons, dado à família três filhos, nenhum dos quais com sete meses. O romance era uma acusação mentirosa, um ato de agressão — uma ficção, e era ali que, Roland sabia, ela se esconderia por trás das convenções do faz de conta.

Telefonou para Rüdiger naquela noite. Durante os anos em que dirigira a Lucretius Books, o editor aposentado aprendera a se manter calmo diante de todo tipo de raiva.

"Bem, eu disse a ela que você poderia ficar aborrecido."

"E o que ela disse?"

"Disse que era seu direito."

Roland respirou fundo. "É um insulto."

Ouvindo isso, Rüdiger permaneceu em silêncio, esperando pelo que ainda viria.

"Nunca fui violento com ela."

"Tenho certeza disso."

“Eu fui a parte ofendida. Nunca a critiquei em público. Quando Lawrence era pequeno, eu a encorajei a vê-lo. Ela fez tudo do jeito como quis.”

“Eu sei.”

Lutou para superar a irritação. “Me diga, por favor, Rüdiger. O que está acontecendo?”

“Não sei.”

“Ainda são só as provas. Você poderia persuadi-la a mudar isso.”

“Não sou mais seu editor. Quando era, ela não aceitava o que chamava de minha interferência.”

“Pode dizer o quanto estou indignado.”

“Se quiser.”

Ambos ficaram em silêncio por vários segundos, enquanto Roland se perguntava como terminar aquela chamada. Finalmente, ele falou: “Por que eu deveria me dar ao trabalho de ir vê-la?”.

“Só você pode decidir.”

Ao desligar, Roland se lembrou de que esquecera de perguntar sobre o pé de Alissa. Passou o resto da noite improvisando com mau humor no piano em seu estilo Keith Jarrett.

Lawrence e família chegaram no fim da tarde do dia seguinte. Foi uma reunião exuberante do tipo que se repetia em todo o país. Ele não via a família desde o Natal. Paul o olhou desconfiado e se escondeu atrás das pernas da mãe. Stefanie, com quase oito anos, parecia ter crescido cinco centímetros. De início circunspecta, foi ficando mais calorosa com o correr das horas. Quando se sentaram à mesa para tomar chá e sucos e comer bolo, ela pousou o queixo sobre a mão e deu a impressão de entrar num devaneio, fazendo com que Roland imaginasse já ver nela a jovem adolescente. O jantar das crianças, seguido de suas retardadas e distintas horas de ir para a cama, tomou a maior parte da noite. Roland teve meia hora com Stefanie no sofá. Era uma menina tímida, que se animava em conversas com uma só pessoa. Até os sete anos e meio, não gostava de ler livros sozinha. Preferia falar, ouvir, elaborar fantasias. Então se deu o milagre, tal como descrito por Lawrence num telefonema durante o lockdown. Na hora de dormir, ele recitou para ela de memória "A coruja e o gatinho". Havia esquecido o efeito que aquilo exercera sobre ele. "Foi como um salto com vara da imaginação. Ela quis ouvir de novo. E mais uma vez nas noites seguintes. Depois, leu por conta própria, guardou de cor, recitou no café da manhã. Agora está lendo. Uma transformação."

Tão logo teve Roland para si, ela falou em alemão e corrigiu o dele, exatamente como o avô lhe pedira.

Começou, como de hábito, com: "*Opa*, me conta alguma coisa".

Ele descreveu como, muito tempo atrás, duas meninas em Berlim costumavam lhe dar aulas de alemão.

"Me conta sobre essa época."

Fez sua vontade com histórias sobre a Líbia, a ida ao deserto com o pai para procurar escorpiões e ter encontrado um logo de cara, debaixo de uma pedra.

Ela já tinha ouvido aquela história, mas gostava de ouvir outra vez. "Ele mata a gente?"

"Acho que deixa doente por algum tempo."

Em troca, ela deu o nome de alguns novos amigos e descreveu suas personalidades. Decidira que ia ser uma fazendeira de horta orgânica. Seu método de nadar de costas tinha sido inventado por ela mesma. Roland lhe contou sobre as fotografias que estava tentando organizar. Antes que ela fosse para a cama, a levou até a sala para mostrar as fotos espalhadas no chão. Pôs em suas mãos a de Lawrence em férias na Grécia. Ela achou engraçado e paradoxal que seu pai pudesse algum dia ter tido quatro anos.

Só às dez os três adultos se sentaram para comer o jantar que Roland havia preparado. Falaram primeiro sobre as crianças e depois, inevitavelmente, sobre a pandemia, se seria decretado um segundo lockdown, a corrida para testar e produzir as vacinas. A falta de juízo das mídias sociais da nova era promovia curas falsas, encorajadas pelo presidente dos Estados Unidos. Pululavam as teorias conspiratórias raivosas e fóbicas.

Quando Roland deu a notícia sobre a amputação de Alissa, Lawrence disse: "Sinto muito saber disso".

Mas era claro que significava pouco para ele. Roland recordara-se da famosa história sobre Sartre, contada por Simone de Beauvoir. Ele fumava sessenta cigarros por dia e filosofava longamente acerca dos prazeres do fumo. Aquele vício estava arruinando sua saúde. Quando as pernas cederam e ele sofreu uma queda séria, o médico lhe disse francamente no hospital que, se continuasse a fumar, primeiro seus dedos do pé seriam amputados, depois o próprio pé e, por fim, as pernas. Caso ele abandonasse o vício, sua saúde seria restaurada. Escolha dele. Sartre disse que teria de refletir.

A piada, se é que existia alguma, não foi captada por Ingrid. Lawrence achou graça. A seguir, o trabalho deles. Ambos contribuíam para os estudos que constariam do relatório de 2021 do Painel Intergovernamental sobre Mudanças Climáticas, a ser apresentado dentro de dez meses. Os índices eram sombrios. O volume de dióxido de carbono na atmosfera atingira 415 partes por milhão, o nível mais alto em dois milhões de anos. As previsões de sete anos antes se comprovaram conservadoras. Eles achavam que alguns processos eram irreversíveis. Manter o aquecimento abaixo de um grau e meio era agora impossível. Recentemente, os dois tinham acompanhado uma equipe que, com permissão dos russos, voara acima de vastas áreas das florestas siberianas que pegavam fogo. Os cientistas locais lhes mostraram dados chocantes sobre o escapamento de metano de antiquados poços de petróleo, dizendo que transmitir aquelas informações para os escalões mais altos da burocracia poderia ameaçar suas verbas científicas. Os dados sobre o degelo na Groenlândia, no Ártico e na Antártica eram deprimentes. Apesar de toda a retórica, os governos e as indústrias ainda negavam tudo. Os líderes nacionalistas viviam uma ilusão. Incêndios florestais, inundações, seca, fome, megatempestades — esse ano seria pior até mesmo que o anterior, mas melhor que o seguinte. A catástrofe já estava à vista de todos.

Servindo o vinho que tinham trazido da Alemanha, Lawrence disse: "Acho que pode ser tarde demais. Estamos perdidos".

As janelas abertas deixavam entrar o ar quente da noite. Os três falavam e ouviam com naturalidade, num clima muito íntimo. Roland pensou que as coisas eram assim mesmo, o mundo balançando perigosamente em seu eixo, governado em lugares demais por homens vergonhosamente ignorantes, enquanto a liberdade de expressão corria risco e os espaços públicos digitais ressoavam com os gritos das massas delirantes. A verdade não era consensual. Novas armas nucleares se multiplicavam, comandadas pela inteligência artificial com capacidade de reação instantânea, ao mesmo tempo que os sistemas naturais mais vitais, inclusive as correntes de ar na atmosfera e as correntes oceânicas, se encontravam ameaçados. O mesmo se dava com os insetos polinizadores, as falésias submarinas de coral, a mistura biológica de solos naturalmente ricos e toda a diversidade da flora e da fauna — declinando ou se extinguindo. Partes do mundo estavam pegando fogo ou sendo cobertas por água. Ao mesmo tempo, no calor antiquado do núcleo familiar, tornado mais radiante pelo afastamento recente, ele sentia a felicidade que não podia ser eliminada mesmo ao imaginar todos os desastres iminentes no mundo. Não fazia sentido.

* * *

Mais tarde naquele julho de 2020, houve o enterro de um membro da família e outra morte em agosto. Primeiro, o marido de sua irmã, Michael, um gigante delicado, talentoso mágico amador, ex-enfermeiro do Exército e depois químico industrial. Um indivíduo com todo tipo de conhecimentos estranhos e úteis. Apenas duas semanas depois, morreu Henry, o irmão de Roland. Dos quatro filhos de Rosalind, foi o que mais perdeu na infância. Bom aluno na escola e chefe de turma, não houve dinheiro para que continuasse os estudos. Robert e Rosalind deveriam ter intervindo. Mas Henry jamais se queixou do curso de sua vida. Serviço militar e depois muitos anos numa alfaiataria, um primeiro casamento infeliz, os estudos para se tornar um contador e, por fim, a sorte maior de casar-se com Melissa.

Os enterros não tiveram caráter religioso e, em ambos, Roland leu um poema de James Fenton, "For Andrew Wood", onde se perguntava o que os mortos desejavam dos vivos e a pergunta era respondida com a proposta de um vínculo.

E assim os mortos deixam de sofrer
E podemos fazer as pazes
Criando um pacto
Entre amigos mortos e vivos

Melissa ouviu o poema no enterro de Michael e pediu que fosse repetido no de Henry. Após o segundo funeral, quando a família mais próxima se reuniu no canto de um pub mal-iluminado perto do crematório, Susan disse que o poema tornava possível a Michael e Henry permanecerem em suas vidas como presenças vivas. Melissa ia concordar quando caiu no pranto.

Melhor assim. A dificuldade foi ler o poema sem chorar, em

especial, na opinião de Roland, quando o poeta diz dos mortos, depois de se tornarem "menos egocêntricos":

E o tempo os encontraria generosos
Como costumavam ser.

Até mesmo pensar naqueles versos causava um aperto na garganta. Era Daphne, a generosa Daphne. Ainda doía, nove anos depois. Tanto quanto os sentimentos do poema, era o tom de tranquilização calma e descontraída que mexia com ele, além do conhecimento de que nada daquilo era verdade. Os mortos não podiam querer nada e nem todos haviam sido generosos. O poeta estava sendo bondoso, desejando consolar. A bondade habilidosa era o que tocava Roland. Na hora de recitá-lo, o truque consistia em enfiar a mão esquerda no fundo do bolso e beliscar a coxa. O arroxeado do segundo enterro se sobrepôs ao do primeiro.

Enquanto tomavam cerveja, Roland, Robert, Shirley, Susan e Melissa repassaram a história da família. O bebê na estação de Reading, o segredo guardado por toda a vida, a família fraturada. Robert, recém-saído do hospital depois de operar o coração, pensava em escrever suas memórias. Já tinha feito mais do que qualquer um na família para recuperar o que podia ser conhecido do passado. Cogitava contratar um ghost-writer. Não havia nada novo na história, mas precisavam falar de tudo aquilo como já tinham feito algumas vezes antes. Influenciada pelo poema de Fenton, a atmosfera era de perdão. O fato de que dois membros da família tinham ido se juntar a Rosalind e Robert amenizava os julgamentos. Ao remontarem o passado, Susan disse sobre sua mãe e seu padrasto: "Eles se meteram numa tremenda enrascada e, naquela época e na situação deles, nós poderíamos ter feito o mesmo, escondendo a coisa para sempre".

Seguiu-se um silêncio de compreensão. Por fim, Robert disse: "Eles me deram a duas pessoas maravilhosas. Não guardo nenhum rancor".

Seria possível fazer as pazes com a memória de seus pais mortos como Fenton propunha? Talvez não, porque, pouco antes de se dispersarem, Susan disse com raiva: "Mas há uma coisa que ele fez, e nunca vou perdoá-lo por aquilo. Nunca".

Pressionaram-na para que falasse mais.

"Sinto muito, não devia ter mencionado isso. Não vou contar nunca." E repetiu: "Nunca vou perdoá-lo".

Quando telefonou para ela à noite e perguntou de novo, Susan mudou de assunto.

As duas mortes e visitas dos filhos de Daphne com suas famílias o ocuparam ao longo de agosto. Não dissera a Rüdiger que tinha mudado de ideia sobre a visita. Soube por ele que Alissa usava uma cadeira de rodas. Com o passar das semanas do verão, ficou incerto sobre o que queria fazer. Talvez fosse covardia não desejar encontrar-se com ela. Talvez sua curiosidade acerca dela fosse maior do que pensava. Mas hesitava. Lawrence telefonou de Potsdam. No curso de vários anos tinha lido todos os romances da mãe e acabara de ler o exemplar de Roland de *Sua lenta redução*. Enquanto conversavam sobre o livro, Lawrence perguntou de repente: "Alguma vez você bateu nela?".

"Não."

"Alguma vez a impediu de me ver?"

"Nunca."

"Ela só falta dar seu nome."

"Isso me aborrece muito."

Lawrence deve ter refletido sobre o assunto e conversado com Ingrid. Em outro telefonema, ele disse: "Pai, você não pode deixar isso assim. Escreva para ela".

"Eu estava pensando em ir vê-la."

"Melhor ainda."

Desse modo, a decisão foi tomada. A essa altura, ele achou que podia ser tarde demais. O melhor conselho científico indicava um lockdown em setembro a fim de combater a segunda e grave onda de infecção. O número de casos aumentava de forma já bem conhecida. Mas ele estava tocando de novo no hotel e só conseguiu encontrar um substituto aceitável pelos gerentes no último dia de agosto. Não precisava ter se preocupado. Um conhecido, Nigel, velho amigo de Daphne que trabalhava no *Financial Times*, foi ao hotel certa noite e tomaram um drinque depois da apresentação de Roland. A direita libertária do Partido Conservador, que continha muitos eurófobos, se referia em privado ao ministro da saúde e seus assistentes como "a Gestapo" por acreditarem em lockdowns obrigatórios. Por uma questão de temperamento, o primeiro-ministro se inclinava naquela direção. Segundo Nigel, o rumor é que ele se oporia a um lockdown em setembro.

"Então, obviamente, o número de casos vai continuar a crescer e ele terá de fazer o troço queira ou não queira. Não aprendeu a lição de março."

No voo para Munique, Roland usou uma máscara cirúrgica doada por Gerald e ficou sentado, tenso, durante todo o trajeto, recusando comidas e bebidas, consciente de que todos em volta tinham metade de sua idade e provavelmente sobreviveriam a uma dose de covid sem nem saber que estavam infectados. Ele encontrava-se sentado junto à janela, com a visão de uma asa que tremia. Arriscando a vida para repreender uma antiga amante, agora aleijada. Loucura.

Passou a noite na casa de Rüdiger. Por muitos anos, ele tinha morado sozinho num grande apartamento no bairro Bogenhausen. Durante todo esse tempo, Roland nunca o ouvira se referir a um parceiro ou amante, homem ou mulher. Nunca pareceu correto perguntar, e agora era tarde demais. Ele tinha ficado rico com seu império editorial, apoiava a produção de óperas e a galeria Lenbachhaus, assim como diversas caridades locais, tendo se transformado num lepidopterista amador depois de aposentado. Era também praticante da pesca com mosca, preparando suas próprias iscas. Que vida! O cozinheiro de Rüdige serviu o jantar. Ouvindo o som remoto da louça sendo lavada na cozinha, Roland teve um raro momento de pesar por não ser rico. Teria se adaptado bem àquela vida. Precisaria adotar uma atitude diferente, uma orientação política diferente. Porém Rüdiger sempre tinha sido um homem de esquerda, doava generosamente para a Anistia e outras entidades. Generoso. A palavra levou Roland a descrever os dois enterros. A morte os conduziu à pandemia. Os números sobre a Alemanha ainda eram relativamente baixos. Tendo mostrado na televisão como entendia bem a virologia e a matemática do risco, a chanceler Merkel se mantinha numa posição precariamente elevada nas pesquisas de opinião. Ela serviu de fio condutor para o romance de Alissa. Estaria nas livrarias dentro de quatro semanas. Tinham sido publicadas algumas resenhas prévias. Uns declararam *A sua lenta redução* como mais uma obra-prima. Outros resmungaram.

"Ela é nossa maior romancista. Alunos de escola adolescentes têm de ler seus livros. Mas ela é branca, hétero, velha e disse coisas que alienam os leitores mais moços. Além disso, quando um autor está em cena por muito tempo, as pessoas começam a ficar cansadas dele. Mesmo quando faz uma coisa diferente a cada vez. Dizem: 'Está fazendo alguma coisa diferente — outra vez'."

Mas, até então, nenhuma menção na imprensa a Roland como alguém que batia na mulher.

"Talvez você consiga escapar dessa", Rüdiger brincou.

Mais tarde, ele deixou Roland na biblioteca tentando retomar sua luta com Musil e foi escrever e-mails. Voltou uma hora depois e disse: "Tenho pensado sobre isso. Devo ir com você amanhã. Pode ser difícil".

"Não quero que vá."

"Pelo menos deixe que o leve de carro até lá."

"Muito gentil de sua parte, Rudi. Mas prefiro fazer esse trajeto sem você."

"Então deixe que meu motorista o leve. Telefone para ele quando quiser voltar."

Pela manhã, chegando à cidadezinha, Roland pediu para ser deixado na rua principal onde ficava a parada de ônibus. Presumiu que tinha sido lá que Lawrence descera aos dezesseis anos. Roland esperou o carro se afastar. Podia ver a rua de Alissa cem metros à frente, do outro lado de onde estava. Já a vira antes pelos olhos do filho. Era como se estivesse no local de um sonho relembrado parcialmente. Lembrança e percepção presentes se enganavam mutuamente a fim de criar uma ilusão de retorno. A rua dela subia íngreme até onde se viam as primeiras dezenas de casas, um conjunto de pequenas variações da ideia vigorosa de um arquiteto. Casas baixas e taciturnas fortemente protegidas por vidro e cimento. Como se um gigante vingativo tivesse achatado uma criação de Frank Lloyd Wright. Talvez tivesse havido a proibição arquitetônica de árvores e arbustos a fim de exibir a pureza das linhas horizontais. Dez metros abaixo de uma ladeira alcantilada, virtualmente uma escarpa, os carros na rua principal entravam e saíam velozes da cidadezinha. Através de Rüdiger, ele tinha ficado sabendo que ela havia comprado a casa em 1988 com a renda de *A jornada*. Talvez num impulso, antes que a casa fosse construída e sem visitar o local. O que quer que tenha pensado quando se instalou, suas rotinas a ajudaram a manter-se lá. Todos aqueles livros, ensaios, material de pesquisa. Uma mudança seria disruptiva. Como não parecia uma vizinhança amigável, ela talvez apreciasse a anonimidade.

Ele andou mais devagar depois da segunda casa como imaginou que o filho tivesse feito. Tal como ele, Roland sentiu então que precisava de mais tempo. Quando tinha tido semanas para refletir! Era capaz de lembrar-se do insulto que ela fizera no livro, mas não conseguia naquele momento invocar sua raiva. Em vez disso, o que lhe veio foi uma barafunda de recordações anacrônicas, um bolo de sentimentos não digeridos e lembranças em que não havia tocado nem provado fazia anos. A champanhe bebida tarde da noite em cima de uma pedra de ribeirão perto do Monte Suilven, datilografar seus romances, sua aparição no apartamento de Brixton com uma sacola de mercado, a colcha felpuda sobre a qual decidiram se casar, Alissa de joelhos vestindo a calça jeans manchada de tinta, grafitando com uma lata de spray a cômoda comprada numa loja de segunda mão e posta no quarto de dormir da casa em Clapham, a briga feia sobre a Alemanha Oriental. E o sexo — no delta do Danúbio, em hotéis franceses, numa cama dura na Lady Margaret Road, no pomar de uma fazenda espanhola, só uma vez, silenciosamente, em Liebenau, e o nascimento assustador e magnífico que se seguiu. Havia mais, elas chegaram como se cuidadosamente enroladas ou comprimidas a marteladas por máquinas do tempo a fim de formar um único objeto. O que era aquilo — pedra informe, um ovo dourado? Mais como um fogo fátuo, uma ficção, só dele. Não seria compartilhada com ela, e essa era uma medida da perda que não o sensibilizava agora.

Mas havia aquela essência de que todos esquecem quando um amor remonta ao passado — como tinha sido, o que sentiu ao estarem juntos durante segundos, minutos e dias antes que tudo aquilo entendido como adquirido e normal houvesse sido abandonado. E mais tarde superado pelo relato de como tudo acabou, e mais tarde ainda pelas vergonhosas inadequações da memória. Paraíso ou inferno, ninguém lembra muito de nada.

Casos amorosos e casamentos há muito acabados acabam por se assemelhar a antigos cartões-postais: informação sumária sobre as condições climáticas, uma breve história, engraçada ou triste, bela imagem do outro lado. A primeira coisa a se perder, pensou Roland ao caminhar em direção à casa, era o elusivo eu, exatamente como você era, como era visto pelos outros.

Havia um pequeno carro branco estacionado em frente da casa e Roland parou junto a ele. Era lamentável que precisasse relembrar o óbvio — o fato de não ser a criatura ágil de seus pensamentos. Era um velho visitando uma velha. Alissa e Roland nus e deitados na grama de um bosque de azinheiras onde o Danúbio se dividia para desaguar no Mar Negro não existia em nenhum lugar do planeta com exceção de sua mente. Talvez na dela. Talvez aquelas azinheiras fossem pinheiros. Aproximou-se da porta baixa e larga. Ignorando o aviso em letras góticas que o mandava usar a entrada lateral, tocou a campainha.

Uma filipina baixinha, usando uma bata marrom, abriu a porta e se afastou para que ele passasse. Em se tratando de uma casa tão grande, o hall era acanhado. Esperou enquanto a mulher empurrava a porta com o mecanismo pneumático a fim de fechá-la. Ela se voltou para ele dando de ombros e com um sorriso simpático. Não era seu tipo de porta e eles não tinham uma linguagem comum para falar sobre ela. Naqueles poucos segundos, Roland se lembrou de sua visita a Balham para ver Miriam Cornell, e imaginou alguém como ele, um idiota arrogante, viajando pela Europa para fazer acusações contra mulheres do passado. Perdoou-se. Esse era apenas seu segundo acerto de contas em dezoito anos.

Foi levado a uma sala que ia até os fundos casa, sendo a porta fechada às suas costas. O aposento era tão escuro quanto parecia de fora. No ar pairava o cheiro intenso de fumo forte. Talvez Gauloises. Não sabia se eles ainda existiam. Ela estava numa extremidade da sala, na cadeira de rodas, sentada à uma mesa diante do computador de tela plana e cercada de várias pilhas altas de livros. Tudo que viu de início foi o brilho de seus cabelos brancos quando ela saiu de trás da mesa e disse, quase gritando: "Meu Deus! Olhe só essa sua barriga. E onde está o cabelo?".

Ele aproximou-se, decidido a sorrir. "Mantive os dois pés."

Ela riu alegremente. "*Einer reicht*!" Basta um.

Começaram de um modo louco. Como se ele tivesse ido parar na casa errada. Insultos de brincadeirinha nunca tinham feito o gênero dela. Uma vida de pronunciamentos públicos, de ser um tesouro nacional, a tinha liberado.

Ela levou habilmente a cadeira até onde ele se encontrava e disse: "Pelo amor de Deus, pode me dar um beijo depois de trinta anos?".

Ele não sabia como recusar seu pedido e desejava parecer controlado. Curvou-se para encostar os lábios em seu rosto. A pele era seca, quente e, como a dele, profundamente enrugada.

Ela tomou-lhe a mão e apertou com força. "O estado em que nos encontramos! Vamos brindar. Maria está trazendo uma garrafa."

Passava pouco das onze. Roland normalmente esperava até as sete da noite. Perguntou-se se Alissa estaria sob o efeito de analgésicos desinibidores. Alguns opioides tinham esse efeito. Ele disse: "Sem dúvida. Não temos nada a perder".

Ela fez um gesto indicando uma poltrona. Enquanto ele removia exemplares da *Paris Review*, ela acendeu um cigarro.

"Pode jogar no chão. Não tem problema."

Tratava-se de edições antigas, de época em que George Plimpton era editor. Alguém dissera a Roland que, desde então, uma geração mais moça assumira o comando. Talvez não fossem chegados à mistura de amargo racionalismo e feminismo da década de 1970 que caracterizava Alissa. Ela fizera inimigos desnecessários nos debates sobre gênero ao dizer num programa de entrevistas na televisão norte-americana que um cirurgião seria capaz de esculpir "uma espécie de homem" a partir de uma mulher, mas nunca haveria suficiente matéria-prima de boa qualidade para esculpir uma mulher a partir de um homem. Isso foi dito provocadoramente, à la Dorothy Parker, e provocou um imediato rugido de riso da plateia no estúdio. Mas aqueles não eram os tempos de Parker. Uma "espécie de homem" gerou os problemas costumeiros. Uma universidade da Ivy League rescindiu o diploma honorário de Alissa, enquanto algumas outras cancelaram seus convites para fazer palestras. Como um número maior de instituições se seguiu, sua turnê de palestras entrou em colapso. A revista *Stonewall*, também com novos dirigentes, disse que ela havia encorajado a violência contra pessoas trans. Na internet, suas observações a perseguiam. Uma geração mais moça sabia que ela se postara do lado errado da história. Rüdiger tinha dito a Roland que suas vendas nos Estados Unidos e na Grã-Bretanha sofreram.

Maria chegou com o vinho e duas taças numa bandeja, retirando-se logo depois.

Quando ergueram as taças, ela disse: "Soube pelo Rüdiger que você gostou dos meus livros. Generoso de sua parte, mas não me fale sobre isso. Já estou por aqui. De toda forma, cá estamos. Saúde. Como vai sua vida?"

"Bem e mal. Tenho enteados e netos deles. E dois netos como você. Perdi a Daphne."

"Coitada da Daphne."

Foi dito de forma casual, mas ele nada falou. Em vez disso, para esconder a irritação, tomou um gole maior do que tencionava. Ela o observava de perto, e fez um aceno de cabeça indicando a taça em sua mão.

"O que anda bebendo?"

"Reduzi para um terço de garrafa por dia. Depois um uísque para terminar. E você?"

"Começo por volta desta hora e vou até tarde. Mas nada de bebidas destiladas."

"E esses?" Gesticulou para a nuvem acima de sua cabeça.

"Reduzi para quarenta." Depois acrescentou: "Ou cinquenta. E quero que se foda".

Ele concordou com a cabeça. Havia tido versões diferentes daquela conversa com amigos de sua idade ou já entrados nos oitenta. Quase todos bebiam. Alguns tinham voltado a fumar maconha. Outros usavam cocaína, que fornecia em vinte minutos uma vaga lembrança do que era ser jovem. Ainda outros recorriam até mesmo a microdoses de LSD. Mas, em matéria de substâncias que afetavam a mente, o álcool na forma de vinho era difícil de ser batido, em especial por conta do gosto.

Sempre que seus olhares se cruzavam, ele aprimorava uma impressão adequada de seu rosto. Os traços de que se recordava estavam lá, confinados numa imagem ampliada e inchada. Ele era obrigado a imaginar que a bela aparência da mulher que amou havia sido pintada na superfície de uma bola de soprar vazia. Caso soprada com toda a força que ele viesse a ousar, veria os bem conhecidos olhos, nariz, boca e queixo se afastando, como galáxias no universo em expansão. Ela se encontrava lá em algum lugar, olhando para fora, tentando encontrar Roland em meio à sua própria ruína, um joão-ninguém careca e porcino, com aquele ar desapontado. Ele declarara beber menos do que bebia, e então esvaziou a taça enquanto ela mal tinha tocado na sua. O que os inchara não tinha sido a comida, e sim o descuido ou a rendição. Eles estavam se deixando ir. Ela, pelo menos, tinha um ou dois outros livros para escrever. Enquanto ele... mas estava divagando e ela dizia alguma coisa.

"Já falei a eles. Não vou mexer uma palha", disse Alissa em voz alta e tom de protesto, como se ele também houvesse insistido em que devia.

O coto na extremidade de sua perna esquerda estava envolvido numa meia de estilo masculino e repousava numa almofada branca equilibrada sobre o descanso de pés da cadeira de rodas. Ela não tinha nenhuma necessidade de mexer uma palha. Às vezes, ele ouvira autores de sucesso queixando-se em público sobre seus problemas, as distrações, as pressões. Isso sempre o deixava incomodado.

Ela continuou: "Eu disse, uma entrevista. Só uma! Para publicação em vários jornais, traduções, para ser reproduzida, irradiada, posta na internet, seja lá o que for, tudo de uma só vez".

O assunto era *Sua lenta redução*, como deveria ser feita a publicidade. Ele pensou que iria dar a partida e tentou ficar calmo. "É um bom romance. Não precisa fazer nada. Mas, Alissa, parece que você diz que eu batia em minha mulher."

"O quê?"

Ele repetiu.

Ela olhou para ele, perplexa, ou fingindo estar perplexa. "É um romance. Não as minhas memórias."

"Você já disse muitas vezes ao mundo: abandonou o marido e o bebê de sete meses em Clapham no ano de 1986. É o que consta em seu romance. Ela escapa da violência doméstica. Por que não de Streatham ou Heidelberg? Por que não uma criança de dois anos? Para a imprensa, a inferência será clara. Você sabe que nunca lhe dei um tapa sequer. Quero ouvir isso de você."

"Claro que não. Meu Deus!" A cabeça dela tombou para trás e ela contemplou o teto. As suas mãos se moviam sobre as grandes rodas que usava para se movimentar. Então ela disse: "Sim, usei nossa casa e tinha todo o direito de fazer isso. Lembro-me bem daquela merda. Odiava o lugar".

"Poderia ter inventado alguma coisa."

"Roland! Ora bolas! Será que uma futura chanceler alemã morou em nossa casa? Será que tenho dirigido o país secretamente durante os últimos dez anos? Sua garganta foi cortada? Vou ser presa por haver matado você com uma faca de cozinha?"

"As analogias não se sustentam. Você vem preparando o terreno por anos a fio. O marido e o bebê abandonados eram..."

"Ah, pare com isso!"

Falou gritando, mas sua raiva não a impediu de servir mais vinho nas duas taças. "Será que eu preciso mesmo lhe ensinar a ler um livro? Eu tomo emprestado. Eu invento. Vasculho minha própria vida. Pego de todos os lados. Modifico, deformo para servir ao que desejo. Não reparou? O marido abandonado tem dois metros de altura e um rabo de cavalo que você iria preferir morrer a usar. É louro, como o cara sueco que conheci antes de você, Karl. Sem dúvida, ele me bateu umas duas vezes. Mas não tinha uma cicatriz nem você. Isso tirei de um fazendeiro, perto de Liebenau, um velho nazista que era amigo do meu pai. E Monika, a primeira-ministra, tem um pouco de mim trinta anos atrás. Também de sua irmã, Susan, a quem eu amava. Tudo que aconteceu comigo e tudo que não aconteceu. Tudo que conheço, todos com quem me encontrei — tudo isso me pertence para misturar com o que for que eu invente."

Talvez ela não estivesse nem um pouco com raiva, pensou Roland, mas apenas falando num volume de voz insano. Ele disse: "Então ouça meu humilde pedido. Uma gotinha extra de invenção. Tire aquela nossa casa de merda de Clapham".

"Você não notou como ficou de fora das minhas memórias? Vou lhe dizer o que venho fazendo há trinta e cinco anos. Não escrever sobre você! Porra, Roland, eu protegi você!"

"De quê?"

"Da verdade... Meu Deus!" Ela tirou com dificuldade outro cigarro de um maço mole através do pequeno buraco no topo. Depois de aceso, tragou fundo e ficou mais calma. Ela havia pensado naquilo. Tinha uma lista.

"Das memórias que poderia ter escrito. Como você me entupiu, olhos, ouvidos, boca, com suas necessidades. Não apenas seu direito divino a certa sublime união de mentes e corpos nas nuvens. Mas sua bem trabalhada versão do que poderia ter sido. Aquele senso refinado de fracasso e autocomiseração pelo que a vida roubara de você. O pianista clássico, o poeta, o campeão de Wimbledon. Esses três heróis fora de seu alcance ocupavam um monte de espaço naquela casinha. Como é que eu ia respirar? Aí você inventou a paternidade e não parava de falar nela. Enquanto isso, a toda nossa volta, lixo, sujeira, pilhas de suas merdas indesejadas por toda parte. Eu não conseguia me mover. Não conseguia pensar. Para me livrar, paguei o mais alto preço, que foi Lawrence. Você era um grande tema, Roland. Alguma coisa sobre os homens que eu poderia ter contado ao mundo. Mas não contei! Nunca esqueci que você foi o único homem que amei em toda a vida."

Isso o surpreendeu. Enquanto Alissa expunha as acusações, ele fixara a vista no vinho derramado sobre a mesa com tampo de vidro. O tom paciente dele era falso. "Suas necessidades sexuais também eram urgentes. Aqueles bilhetes de rejeição faziam você urrar..."

"Roland, pare, pare, pare!" A cada palavra gritada ela socava o braço da cadeira de rodas. O que restava do cigarro voou de sua mão e aterrissou num tapete bem distante. Mas ela não perdeu o controle. Esperou enquanto ele se levantou, lhe devolveu o cigarro e voltou a sentar-se.

"Não estamos aqui para isso. Deixe eu lhe dizer. Eu também era desleixada na casa. Queria que você ajudasse um bocado a cuidar do bebê, depois o acusava de roubá-lo de mim. Queria muito sexo, tinha o que queria e fingia que só estava satisfazendo suas necessidades. A rejeição dos meus romances me deixou alucinada, e às vezes eu descontava em você, apesar de tudo que fez revisando e datilografando. Enxotava meu filho quando ele procurava por mim. Apesar disso, meus romances estão cheios de mulheres idiotas, exigentes e contraditórias que largam a família. Eu costumava apanhar das críticas feministas. Mas tenho homens idiotas também. A vida é uma tremenda confusão, todo mundo comete erros porque somos todos uns babacas de merda. Fiz muitos inimigos entre aqueles jovens puritanos por dizer isso. São tão idiotas quanto nós éramos. A questão, Roland, para você e para mim, é que não importa mais, e por isso o chamei. Ainda estamos aqui, e não por muito tempo. Eu em particular. Achei que podíamos comer e tomar um porre juntos, lembrar de tudo que foi bom. Em breve eles vão começar a imprimir os exemplares. Se isso faz você feliz, vou mudar Clapham, a idade do bebê e tudo mais. Isso não é nada. Não importa."

Ao olhar pasmo para ela, Roland por fim ergueu a taça, mas não bebeu de imediato. Em todo aquele jorro de palavras, o que ainda o interessava era a notícia de ser o único homem que Alissa tinha amado na vida. Verdade ou não, era extraordinário que o dissesse. Ele não podia dizer o mesmo a ela, não exatamente. Em vez disso, propôs um brinde: "Obrigado. Ao fato de que vamos comer e beber o dia inteiro".

Precisou levantar e se inclinar sobre a mesa para tocarem as taças. Ao fazê-lo, ela murmurou: "Excelente".

Naquele momento, Maria chegou com outra garrafa, talvez convocada por Alissa usando alguma campainha.

Roland disse: "Que tal isto: quando vinha subindo a sua rua, lembrei de vários lugares em que fizemos sexo".

Ela bateu palmas. "Essa é que é a ideia!"

Ele recitou os lugares, mais ou menos na ordem em que tinham lhe ocorrido. Enfim... compartilhando.

A cada local relembrado, a alegria dela aumentava. "Você se lembra de uma colcha? Esses homens!" E então: "Naquele bosque do Delta você pisou num espinho e se convenceu de que era um escorpião".

"Só na hora."

"Deu um salto de dois metros."

Surpreendeu-o que ela só tivesse uma vaga lembrança do dia que chegou de Brixton com sua sacola de mantimentos.

"Você disse que a comida era para 'depois'. Essa palavra... Quase desmaiei."

Ele também havia esquecido de alguns acontecimentos que ainda brilhavam para ela.

Alissa disse: "Tínhamos passado a noite na casa dos seus pais. Subimos no final da manhã, se não me engano para desfazer a cama. Antes que nos déssemos conta, estávamos dando uma rapidinha, no maior silêncio. Eu estava tensa porque imaginei que poderiam nos ouvir lá de baixo. A cama rangia. Elas sempre rangem quando tem alguém por perto".

"Rangem a verdade."

"Você se lembra que quando acabamos você não conseguia sair?"

"Sair do quarto?"

"Não, de dentro de mim! Tive uma espécie de espasmo. Chamam de vaginismo. Nunca tinha tido antes nem tive depois. Os dois sentindo dores e sua mãe chamando no pé da escada porque o almoço estava pronto."

"Apaguei essa dos registros. Como saí?"

"Cantamos músicas bobas. Quase num sussurro, para me distrair. Lembro de 'I'm Gonna Wash That Man Right Outa My Hair'."

"E, um ano depois, foi o que você fez."

De repente, ela ficou séria. A segunda garrafa já estava pela metade. "Venha cá, Roland, aqui do meu lado. Agora escute. Nunca tirei você dos meus cabelos como aquela canção promete.

Nunca. Se tivesse, você não estaria hoje aqui. Por favor, acredite em mim."

"Está bem. Entendi." Inclinou-se para a frente e se deram as mãos.

E assim o dia foi passando. Almoçaram no jardim. Eram velhos ou experientes demais para ficar bêbados de cair. Mais tarde, ele foi capaz de recordar quase tudo que disseram e registrou no diário. À tarde, falaram sobre a saúde de ambos.

"Você primeiro", ela disse.

Roland não deixou nada de fora: glaucoma de ângulo aberto, cataratas, estragos causados na pele pelo sol, hipertensão, uma costela fraturada que causava dores no peito, o potencial para o diabetes tipo dois devido a sua barriguinha, artrite nos dois joelhos, hiperplasia prostática — não sabia ainda se benigna ou maligna. Tinha medo demais para descobrir.

A essa altura já haviam entrado. O sol que baixava não trouxe mais luz para a sala de visita. Ela disse que estava com câncer de pulmão, já muito espalhado. Os médicos lhe davam razão por recusar qualquer tratamento. O outro pé provavelmente teria de ser amputado. Ela não se imporia a tensão de parar de fumar.

"Estou acabada", ela disse. "Tenho ainda um longo conto para escrever e, depois, vou ficar sentada aqui, esperando."

Ela insistiu então que parassem de falar sobre doenças. Conversaram acerca dos pais, como tinham feito muitos anos antes. Foi uma espécie de resumo elaborado em que não havia nada de novo a acrescentar, além das histórias de seus declínios e morte. Não mencionaram as memórias de Alissa e o rompimento com Jane. Ouviram algumas velhas canções sem se emocionar com elas. Era impossível recuperar a exuberância de antes do almoço. A gradual redução dos efeitos do álcool embotava o ânimo dos dois. A declaração desafiadora feita por ela de que nada importava parecia agora insignificante. Roland tinha de pegar um avião à noite. Tudo importava. Telefonou para o motorista de Rüdiger a fim de combinar a ida para o aeroporto.

Quando voltou a sentar-se a seu lado, ele disse: "Quase não vim, e fico feliz de ter vindo. Mas ainda há uma sombra, e só você pode fazer alguma coisa sobre ela. Evitamos o assunto. Você tem de ver Lawrence. Tem de falar com ele. Não pode evitar, Alissa. Levando em conta tudo que disse, precisa acontecer para o bem de vocês dois".

Ela fechou os olhos e os manteve cerrados durante suas primeiras palavras. "Tenho medo e vergonha... do que fiz, de como mantive isso por tanto tempo. Eu era uma fanática, Roland. Ignorei a linda carta daquele garoto. Quer saber? De fato a joguei fora! Fui cruel quando ele me procurou. Ele nunca vai me perdoar. É tarde demais para criar, sei lá, um relacionamento qualquer."

"Você pode se surpreender. Como eu fui surpreendido hoje."

Ela sacudia a cabeça. "Pensei nisso. Deixei para quando já era tarde demais."

"Vai mudar a maneira como ele pensa sobre você, mesmo depois da sua partida. Para o resto da vida dele." Ela continuava a sacudir a cabeça.

Roland pousou a mão na dela. "Está bem. Então simplesmente me prometa o seguinte. Que vai pensar nisso mais uma vez."

Ela não respondeu. Pensou ter visto a cabeça ser sacudida de novo, mas tão de leve que poderia ser um aceno de concordância. Ela dormitava.

Roland ficou sentado, observando-a, enquanto esperava pelo carro. Seus lábios estavam entreabertos, a cabeça tombada para um lado, a respiração difícil. Não duvidava de que ela estivesse morrendo. Alguém talvez pudesse pensar que a jovem mulher pálida e de olhos grandes se tornara uma figura grotesca, que falava muito alto. Todavia, quanto mais tempo ele passou em sua companhia naquele dia, mais nítido se tornou o rosto da mulher com quem se casara em 1985. Ficou tocado, ou sua vaidade ficou tocada, por saber que tinha sido seu único amor. Caso não fosse verdade, foi agradável ouvir aquilo. Caso fosse, então ela havia pagado por sua dúzia de livros com dois amores, um filho e um marido. Agora, segundo Rüdiger, ela não tinha mais ninguém, família, amigos íntimos. Vivia numa casamata escura de cimento, esperando morrer só. O tempo também o degradara, mas, de acordo com todos os critérios convencionais, ele era mais feliz. Embora não tivesse um livro, uma canção, uma pintura ou qualquer coisa inventada que sobrevivesse a ele. Será que trocaria sua família pelo metro de livros de Alissa nas estantes? Contemplou o rosto agora bem conhecido e sacudiu a cabeça em resposta. Não teria tido a coragem de romper com tudo como ela havia feito, apesar de os homens pagarem um preço menor — as biografias literárias estavam repletas de esposas e filhos abandonados devido ao chamamento maior. Muito veloz em matéria de sentir-se insultado, Roland tinha esquecido de que o homem no romance que tomara como sendo ele tinha dois metros de altura, era louro e exibia tanto uma cicatriz quanto um rabo de cavalo. Ela pronunciara a todo volume sua lição sobre a maneira correta de ler um livro.

Ouviu a campainha e o som dos passos rápidos de Maria indo até a porta. Pôs-se de pé lentamente, com cuidado para evitar outro de seus episódios de tontura. Ao sair da sala, se voltou na direção de Alissa para um longo e derradeiro olhar.

No novo ano, 2021, durante um eclipse após o solstício, começou o terceiro lockdown, o presidente dos Estados Unidos foi substituído em meio a distúrbios e, à meia-noite do dia 31 de janeiro, a Europa foi deixada para trás. Roland, mais uma vez a sós na grande casa da Lloyd Square, se livrou de duas obsessões e pôde dedicar-se por inteiro à ciência e à turbulenta política da epidemiologia. O mais recente lockdown havia sido postergado, assim como o primeiro e o segundo. Em mortes por milhão de habitantes, o país ocupava uma alta posição no mundo e o primeiro-ministro era popular. Mais ainda quando a vacinação teve início com uma eficiência bem-humorada, enquanto na Europa, em particular na Alemanha, o processo esbarrava em dificuldades. Nada era simples. O confinamento nacional se estendeu por um longo inverno e uma gélida primavera. O mal causado por ele foi impossível de mensurar. As estimativas eram condicionadas pela experiência local e a opinião dos políticos. Mas todos concordavam em que os malefícios eram sérios para as mentes e os corpos, para as infâncias, a educação, a renda das famílias e a economia em geral. A taxa de suicídios cresceu, bem como a de divórcios e violência doméstica — significando em essência que homens batiam em mulheres e crianças. No entanto, a maioria achava que era pior morrer de asfixia sem familiares ou amigos por perto, aos cuidados de estranhos sobrecarregados de trabalho. E a maioria, inclusive Roland, se submeteu.

Em meados de fevereiro, ele havia anotado a centésima fotografia — ele e Daphne nas margens do Esk, que se recordava haver sido tirada por um caminhante japonês solitário e solidário. Com isso, o projeto foi encerrado. A seleção abarcava uma vida — nos braços da mãe aos seis meses, de calça curta e orelhas de abano no deserto da Líbia, e depois o resto de seu elenco, pais e irmãos, duas esposas, filho e família, afilhados com suas respectivas famílias, amantes, amigos mais íntimos, o universo distinto das férias com pouca roupa, mochilas, o laguinho das rãs, o pessoal do hotel londrino, o Passo do Khyber, o Himalaia, a Causse de Larzac, de braços dados com Roy Dole numa geleira na Upper Engadin, Lawrence com dois meses no colo da mãe, Rüdiger quando ainda usava um brinco, e mais. Excluiu a foto pouco nítida de Miriam Cornell, de pé junto ao barracão onde presumivelmente suas coisas estavam trancadas naquele momento. Depois mudou de ideia e a acrescentou às cem, escrevendo nas costas: "Minha professora de piano de 1959 a 1964". Exceto nesse caso, eram dados os nomes de todos e explicados minuciosamente os contextos. O resto, bem óbvio ou para sempre um mistério, mesmo para ele, foi posto de volta em três grandes caixas de papelão, cujas tampas foram fechadas com fita adesiva e levadas até o sótão por uma escada instável.

Ao longo de fevereiro e março, ele começou e concluiu a leitura de todos os seus diários, em geral um por dia, quarenta no total. Empilhou-os sobre um banco na cozinha. Naquela noite, assistiu com melancolia a um campeonato de tênis em que os competidores eram craques já idosos, de trinta, quarenta e mesmo cinquenta anos atrás. À distância, aqueles homens e mulheres pareciam esbeltos e fortes. O mais velho tinha oitenta e um anos. Jogaram duplas, a maior parte do tempo plantados na linha de base ou alguns passos dentro da quadra, mas seus golpes, cuidadosamente trabalhados ao longo de décadas, eram velozes e baixos. Eles amavam a vida e, por isso, ainda se importavam caso perdessem. Fizeram birra diante da cadeira do juiz. Pelos padrões modernos, Roland sabia que havia envelhecido antes do tempo. Não havia nada que pudesse fazer sobre isso.

Dessa vez, se sentiu parte da comunidade atingida pelo lockdown. Fez o que todos fizeram: reparou que os dias estavam passando rápido demais, reservou pela internet férias que pensou que nunca seriam gozadas, tomou resoluções que não cumpriu, manteve contato com a família por telefone ou vídeo. Sozinho na casa, levou uma vida social agitada. O lado da família de Daphne, trocas sistemáticas com Lawrence e Ingrid em Potsdam e depois, em separado, com Stefanie. Conversou muito com Nancy, que vinha de carro de Stoke Newington, geralmente sem seus três barulhentos filhos, ao que ele manifestava um desapontamento rotineiro enquanto se sentia de fato aliviado. Na voz, maneirismos e aparência, Nancy se assemelhava muito a uma Daphne rejuvenescida e recém-chegada do reino dos mortos. O vírus fizera renascer seu passado. Por fim, voltou a entrar em contato com Diana, que dirigia uma maternidade em St. George, a capital de Granada, e se recusava a aceitar a aposentadoria. Carol tinha presidido um feudo na BBC até aposentar-se. Mireille seguiu o pai no serviço diplomático francês e também estava aposentada. Conversavam sobretudo acerca de filhos, netos e pandemia.

Ele sentia dores fortes nos joelhos quando fazia sua caminhada diária. O efeito secundário da artrite foi o ganho de peso por falta de exercício. Alissa tinha razão: sua barriguinha era ridícula. Houve uma pequena reincidência da dor no peito, mas nada que se comparasse ao ataque que o atirou escada abaixo. Pensou em substituir o gato que fora embora e ainda não tinha voltado depois que as restrições foram suspensas em meados de maio. Conversava uma vez por semana, sem tirar a máscara, com o alegre rapaz sique que entregava os mantimentos comprados pela internet. Mas Roland ocasionalmente entrava num estado de catatonia, um mundo de neutralidade emocional em preto e branco que podia durar uma hora ou até duas. Caso então lhe dissessem que jamais veria algum ser humano ou falaria com ele, não ficaria nem triste nem feliz. Naquele estado — depois de várias semanas —, conseguiu o que sempre considerara impossível exceto por um iogue em estado de graça: sentar-se numa cadeira por meia hora e não pensar em nada.

Aqueles eram os momentos mais difíceis, o retorno a seu estado de definhamento. Silêncio, solidão, inutilidade, lusco-fusco permanente. Os nomes dos dias da semana não significavam nada. Nem a medicina moderna. Até mesmo depois da primeira dose da vacina. Agora somos todos iguais perante a história, sujeitos a seus caprichos. Sua Londres era a do ano da peste, 1665, da cidade de madeira adoentada em 1349. Sentia-se velho, dependente da família. Para continuar vivo precisava evitar todos. E todos o evitarem. A fim de retomar sua pequena existência, se forçava a executar algum ato trivial, tal como se pôr de pé para levar de volta à geladeira uma garrafa de leite antes que o aquecimento central o azedasse.

Deixou escapar, talvez para Lawrence, uma referência à dor no peito. Em fins de fevereiro, toda a família estava em cima dele. Lawrence constantemente, Ingrid de maneira delicada e só de vez em quando. Numa visita, Nancy pegou sua mão enquanto estavam no jardim. Insistiu com ele, assim como os demais, que devia consultar um médico. Era como se Daphne estivesse falando. Em outra ocasião, Nancy levou Greta, ilegalmente, e as irmãs insistiram em conjunto. Ele as lembrou da queda que tinha sofrido no Lake District e da qual nunca se recuperara inteiramente. Eram as costelas. Numa hora de almoço, Gerald telefonou do Hospital Infantil da Great Ormond Street, durante algum intervalo para descanso de dez minutos. Ao falar, Roland podia ouvir o farfalhar da roupa de proteção feita de plástico. Sua voz, sem a menor inflexão, era a de alguém exausto. "Olhe, não tenho muito tempo. Um homem de mais de setenta anos com dores no peito que não procura saber do que se trata é um idiota."

"Obrigado, Gerald. Muito gentil de sua parte. Mas sei exatamente do que se trata. Levei aquele tombo caminhando no Lake District e..."

"Não vou dizer mais nada. Acabamos de perder outra criança na enfermaria de covid. Garoto de doze anos, de Bolton. Dentro de um minuto preciso descer e dar a notícia aos pais. Se você é incapaz de cuidar de sua própria saúde, bem, é uma pena." Desligou.

Devidamente repreendido, Roland ficou de pé na cozinha ao lado de seu almoço comido pela metade, o fone numa das mãos, a corporificação de um velho idiota. No escritório do segundo andar, escreveu um e-mail para Gerald pedindo desculpa por sua atitude frívola em tempos tão cruéis, elogiando sua coragem e dedicação. Sim, prometeu, iria ver um cardiologista tão logo terminasse o lockdown.

Seguia as notícias da pandemia, consultando diariamente o painel do Hospital Johns Hopkins e os sites do governo britânico para observar os números crescentes da terceira onda. Entre as pessoas diagnosticadas com covid nos vinte e oito dias anteriores, as mortes chegaram a 1400 por dia. E havia os que morriam sem diagnóstico. Todos diziam, mesmo os tabloides de direita, que Johnson deveria ter instituído o lockdown em setembro. Roland acreditava nos dados. Seria comum em todo o mundo acreditar nas informações oficiais? Então não podia ser tão ruim, ele se dizia nos melhores momentos. Os instrumentos do Estado, suas instituições, eram maiores que o governo do dia.

Ele e todos mais que tinham interesse já haviam aprendido o vocabulário da pandemia: taxa de transmissão, objetos contaminados, carga viral, memória imunológica, cepas e variantes. Não havia novidade em outro lockdown, nada a esperar senão a redução dos números e o alongamento dos dias quando os relógios deram um salto para a frente na semana posterior ao equinócio da primavera. O que o sustentava era sua descoberta, durante o primeiro lockdown, de que não havia nada de errado em um pouco de trabalho na casa. A movimentação física era salutar, e manter sua gaiola em ordem a fazia parecer maior. Conter a entropia de forma agradável esvaziava sua cabeça, embora ela estivesse vazia com frequência. Por extensão, começou a sentir prazer em jogar coisas fora. Começou com roupas, montes de suéteres, muitos com buracos de traças, calças jeans que o arranhavam e repreendiam pela mudança de formato, camisas de bilhões de cores. Não precisava de mais que dez pares de meias, não imaginava que voltaria a usar um terno ou uma gravata. Demorou-se diante do material de caminhadas, terminando por deixá-lo intacto. Livros que nunca tinha lido ou releria, velhos documentos de impostos, cabos eletrônicos irrelevantes... Era difícil parar. Encheu um quarto sem uso com sacos de lixo e caixas de papelão. Sentiu-se mais leve, até mesmo mais moço. As pessoas com distúrbios alimentares, pensou ele, devem ter como objetivo aquela sensação inebriante quando perdem peso para alçar voo do chão de suas existências, flutuar, livrar-se dos fardos do passado e do futuro, reduzidos ou elevados à condição pura de ser alegremente isentos de responsabilidade como crianças pequenas.

O processo de purificação o levou aos quarenta diários. Sua entrada mais recente datava de setembro. Um relato de mil palavras de suas horas com Alissa. Decidiu que os diários deviam acabar ali mesmo. Os dois haviam trocado algumas mensagens por e-mail, porém todas careciam — exatamente de quê? — de energia, de invenção, de propósito. De futuro. O assunto entre eles estava encerrado. Ela não mencionou sua saúde, mas Rüdiger o informou de que o declínio era constante.

Ler o material desde 1986 não lhe trouxe nenhuma nova compreensão de sua vida. Não havia temas óbvios, correntes subterrâneas em que não reparara à época, nada fora aprendido. O que encontrou foi uma grande massa de detalhes e acontecimentos, conversas, até mesmo gente de que nem se lembrava. Naquelas seções, era como se estivesse lendo acerca do passado de outro indivíduo. Não gostou de ver suas queixas nas páginas — sobre o fato de viver sem dinheiro de sobra, não ter o tipo de trabalho certo, não gozar de um casamento longo e feliz. Lera muitos livros. Seus comentários eram apressados, sem interesse. Como se mostravam fracos quando comparados com os diários de Jane Farmer! Ela tinha alguma coisa sobre a qual escrever: a civilização europeia em ruínas, os heroicos idealistas decapitados, enquanto ele era produto de uma paz duradoura. Recordava-se de suas virtudes estilísticas. As entradas dela, como as dele, eram coisas escritas antes de dormir, sem revisão. Mas sua maneira de situar ou desenvolver uma cena era muito superior, assim como a lógica e a tensão existentes entre uma frase e a seguinte. Seu dom de saber como um bom pormenor podia iluminar o todo possuía o brilho de uma inteligência vital. Era o mesmo que se via na prosa de Alissa. Enquanto ele simplesmente relacionava experiências, mãe e filha lhes davam vida.

Essa era uma boa razão para agir. Quando pensou em Lawrence ou algum descendente remoto lendo seus diários, soube o que devia fazer. Nancy e sua família haviam lhe dado uma tigela de fogo no Natal. No meio de uma tarde encoberta de meados de março, a encheu de lenha e carvão de churrasqueira. Quando o fogo pegou, se sentou ao lado, agasalhado por um casaco comprido e um chapéu de lã, e, segurando numa das mãos uma caneca de chá, com a outra alimentou as chamas, um volume de cada vez, com as recordações mal reproduzidas da segunda metade de sua vida. Relembrou então como tinha jogado os exemplares colegiais de Camus, Goethe e outros autores numa fogueira no jardim de Susan. Cinquenta e sete anos antes. Suportes para livros, o fim dos livros, emoldurar uma vida. Será que o de John Dryden, intitulado *Tudo por amor*, realmente queimou mais depressa e com labaredas mais vivas que os outros? Nesse ponto sua memória era falha. Esperava que sim.

Quando só restavam as cinzas ardentes, o frio o fez entrar para sentar-se na cadeira de sempre. Guardava mais nas lembranças e nas reflexões do que poderia encontrar nos diários. Havia correntes, tramas e desfechos que ninguém poderia haver previsto, porém, naquelas páginas extintas, ele não havia nem mesmo formulado as perguntas. Por que lógica, motivação ou rendição desesperada todos nós, hora após hora, nos transportamos, no curso de uma geração, da excitação otimista da queda do Muro de Berlim para a invasão do Capitólio norte-americano? Roland imaginara que 1989 era um portal, uma grande abertura para o futuro por onde todos passariam. Um cume. Agora, de Jerusalém ao Novo México, novos muros estavam sendo erguidos. Tantas lições desaprendidas! O ataque de janeiro ao Capitólio poderia ser somente uma rachadura, um momento singular de vergonha a ser discutido com perplexidade durante anos. Ou o portal para uma nova espécie de Estados Unidos, com o atual governo apenas como interregno, uma variante de Weimar. Encontre-me na Avenida dos Heróis de 6 de Janeiro. De cume a montinho de estrume em trinta anos. Só o olhar retrospectivo, a história bem pesquisada, era capaz de diferenciar os picos e as rachaduras dos portais.

Segundo Roland, um dos grandes inconvenientes de morrer consistia em ser removido da história. Tendo-a a seguido até então, ele necessitava saber como as coisas evoluiriam. O livro de que precisava tinha cem capítulos, um para cada ano: uma história do século XXI. Tal como as coisas se encontravam, ele talvez não fosse além de um quarto do caminho. Uma olhadela de relance no índice bastaria. O aquecimento global catastrófico seria evitado? Uma guerra sino-norte-americana estava inscrita no desenho da história? Será que o surto global de nacionalismo racista cederia lugar a alguma coisa mais generosa, mais construtiva? Seremos capazes de reverter a grande extinção de espécies que está em curso atualmente? A sociedade aberta encontrará maneiras novas e mais justas de florescer? A inteligência artificial nos fará mais sábios, mais loucos ou irrelevantes? Poderemos gerenciar o século sem uma troca de mísseis nucleares? A seu ver, o simples fato de chegarmos intactos ao último dia do século XXI, ao final do livro, seria um triunfo.

A tentação dos velhos, nascidos no meio das coisas, era ver em suas mortes o fim de tudo, o fim dos tempos. Dessa forma, suas mortes faziam mais sentido. Ele aceitava que o pessimismo era o bom companheiro da reflexão e do estudo, que o otimismo era a província dos políticos em quem ninguém acreditava. Conhecia as razões de ser alegre e, vez por outra, citara os índices, as taxas de alfabetização e coisas do gênero. Mas elas se referiam a um passado horroroso. Ele não podia deixar de reconhecer que havia uma nova feiura no ar. Nações dirigidas por criminosos bem-vestidos, ávidos por riqueza pessoal e mantidos no poder por serviços de segurança, reescrevendo a história e advogando um nacionalismo apaixonado. A Rússia era uma. Os Estados Unidos, num delírio de ódio, conspirações fantasiosas e supremacia branca, ainda poderia se transformar em outra. A China negara o conceito de que o comércio com o exterior abria mentes e sociedades. Agora que a tecnologia estava disponível, poderia aperfeiçoar o Estado totalitário e oferecer um novo modelo de organização social a fim de competir com as democracias liberais ou substituí-las — uma ditadura sustentada pelo fluxo confiável de bens de consumo e um grau dosado de genocídio. O pesadelo de Roland consistia na liberdade de expressão, um privilégio em retração que poderia desaparecer por mil anos. Foi o tempo que a Europa cristã na Idade Média viveu sem ela. O Islã nunca ligou muito para isso.

No entanto, cada um desses problemas era paroquial, vinculado a uma mera escala humana. Eles se encolhiam e endureciam num núcleo amargo envolto na casca da questão maior, o aquecimento do planeta, o desaparecimento de animais e plantas, a disrupção dos sistemas interligados dos oceanos, terra, ar e vida, belos e fundamentais entrelaçamentos ainda mal compreendidos apesar de estarmos obrigando que eles se alterem.

Da sala de visita de Daphne — a casa sempre seria dela —,

Roland observou o crepúsculo baixar sobre Londres. Se, por um golpe de sorte epifenomenal ele pudesse ler esse livro fictício, poderia ou não sentir-se tranquilizado. Ao menos sua curiosidade seria satisfeita. Que alívio significaria ler que seu pessimismo tinha sido exagerado! Havia um unguento refrescante que ele apreciava: as coisas nunca serão tão boas quanto esperamos nem tão ruins quanto tememos. Mas imagine mostrar a um bem-intencionado senhor eduardiano uma história dos primeiros sessenta anos do século XX. As carnificinas combinadas na Europa, Rússia e China o fariam cair no choro.

Basta! Aqueles deuses irados ou desapontados em forma moderna, Hitler, Nasser, Kruchev, Kennedy e Gorbatchev, podem ter moldado sua vida, mas isso não dava a Roland nenhum entendimento especial acerca das questões internacionais. Quem se importava com o que um obscuro sr. Baines, da Lloyd Square, pensava sobre o futuro da sociedade aberta ou o destino do planeta? Ele era impotente. Numa mesa a seu lado havia um cartão-postal de Lawrence e Ingrid. A imagem mostrava uma luminosa praia amarela tendo ao fundo dunas de areia e grama. A família estava passando "férias frias e ventosas na costa do Báltico". A caligrafia era de Ingrid. Acima das despedidas conjuntas, ela disse que o visitariam tão logo fossem suspensas as restrições, o que se esperava ocorrer em maio. Essas eram boas novas. Roland fechou os olhos. Entre ele e o filho sempre tinha havido uma questão não resolvida. Nenhuma inimizade, porém precisavam conversar.

Tudo começara no ano anterior, em setembro, quando Roland tinha voltado havia uma semana da visita a Alissa. Telefonou para Potsdam e Lawrence atendeu. Roland fez um relato, inteiramente benigno, das horas passadas com ela, dizendo: "Acho que você deveria ir vê-la. Sei que ela gostaria".

Fez-se silêncio. Então Lawrence disse: "Rüdiger passou o meu e-mail. Ela escreveu me convidando".

"O que você disse?"

"Nada ainda. Talvez não responda."

Roland deu-se conta de como desejava que o filho a visitasse. Precisava avançar com cautela. "Você sabe que ela está doente."

"Sei."

Roland era capaz de ouvir ao fundo Paul e a mãe cantado, *Es war einmal ein Mann, der hatte einen Schwamm*. Alissa costumava cantar aquilo para o bebê Lawrence. Era uma vez um homem que tinha uma esponja.

"Poderia ser importante para você. Senão pode lamentar para sempre."

"Ela quer que fique tudo bem entre nós. Nunca foi e não pode ser agora."

"Você está soando muito amargo. A ida lá pode ser uma maneira de lidar com isso."

"Francamente, papai, não estou. Ela nunca me vem à cabeça. Sinto muito que ela esteja doente ou seja lá o que for. Muitos que não conheço também estão. Por que eu deveria me importar com ela?"

Roland disse a coisa óbvia e idiota: "Porque é a sua mãe".

Com justiça, Lawrence não respondeu nem depois que Roland acrescentou: "Ela é a maior romancista da Europa".

Falaram sobre outras coisas. Numa conversa posterior, Roland disse: "Ao menos responda a ela".

"É possível que eu faça isso."

Quando a família chegou em maio, três dias depois de encerrado o lockdown, Roland teve a impressão de que Lawrence ainda não havia escrito. Em seu tom cantado e hesitante, num telefonema Ingrid havia dito ao sogro que pensava que ele devia deixar o assunto morrer. Ele concordou. Mas depois considerou seu dever fazer uma última tentativa. Pressionado, teria dificuldade em explicar por que aquele troço era importante para ele.

Sua própria visita havia resolvido alguma coisa. O filho achava que não tinha nada a resolver.

A família ficou de quarentena na casa, enquanto Roland se mantinha isolado no apartamento do porão. Passados os dez dias, Lawrence tomou emprestado o carro de Gerald e levou Roland para a consulta numa clínica especializada em coração no sul de St. Albans. Um médico semiaposentado que trabalhava lá, antigo mentor de Gerald, devolvia algum favor. Roland era contrário à medicina particular, mas, como se isso fizesse alguma diferença, foi informado de que não havia dinheiro envolvido.

No trajeto, presumindo ser sua chance derradeira, Roland suscitou a questão de Alissa.

"Achei que você ia perguntar, por isso escrevi para ela. Disse a ela para esquecer."

"Não me diga!"

"Não, fui muito delicado. Disse que não via propósito nenhum em nos encontrarmos agora, desejei melhoras de saúde. Juntei uma fotografia de seus netos."

"Ah, bom."

"Também pedi para ela não me escrever mais."

"Está bem."

"Mas uns dias depois chegou um embrulho enorme. Dentro havia uma caixa de madeira e um bilhete em que ela dizia que compreendia, mas pedia que aceitasse aquilo. Dentro estava aquele *Blaue Reiter Almanac*. 1912."

"Maravilha!"

"Autenticamos a validade. Incrível. E é bonito. Kandinsky, Münter, Matisse, Picasso. Vamos guardá-lo para Stefanie e Paul. Mas na caixa também vieram sete diários escritos pela *Oma*. 1946! Você sabia alguma coisa sobre eles?"

"Sabia."

"Lindamente escritos."

"Concordo."

"Levei uma semana de noites livres para ler todos. Aí mandei o material para Rüdiger. Que nem sabia que eles existiam, e ficou empolgado: a Lucretius Books vai publicá-los em alemão, em dois volumes. Uma editora de Londres também está interessada."

Roland fechou os olhos. "Brilhante", murmurou.

"Rüdiger acha que vai ser importante para os estudiosos como fonte de *A jornada*."

"Ele tem razão", disse Roland. "Mas é muito mais que isso."

A clínica, uma casa de campo em estilo Rainha Ana, com um campo abandonado de hóquei e duas quadras de tênis descuidadas, parecia um internato. Lawrence parou no estacionamento, mas não desceu. Ia visitar um amigo em Harpenden e voltaria tão logo recebesse um telefonema. Pai e filho se abraçaram desajeitadamente no espaço confinado. Ao aproximar-se do prédio, passando por uma fileira de árvores que escondia os carros, o estado de espírito de Roland se deteriorou. Tristeza por Alissa, encarando a morte e recebendo o e-mail de Lawrence, por mais que o merecesse, para depois empacotar os tesouros que gostaria de entregar em mãos. E, por fim, a publicação de Jane. Redenção, mas tarde demais. Ao abrir as portas duplas de vidro e entrar na recepção da clínica, já não tinha tanta certeza de que seu coração estava em boas condições. Toda uma instituição dedicada a descobrir que não. Como enfrentar a todos? Mesmo o recepcionista de barba grisalha tinha o ar sério de um especialista.

Enquanto aguardava para ser chamado, se perguntou se o filho o levara até lá, com apoio de toda a família, a fim de certificar-se de que ele não fugiria ao compromisso. Sentiu um gosto de velhice, a consciência possivelmente paranoica de que as questões estavam sendo resolvidas às suas costas. E no fim da linha: "Temos que interná-lo num asilo".

No início da provação matinal, passou quinze animados minutos com o mentor de Gerald. Michael Todd. Um sujeito grandalhão e rosado, com a cabeça tão careca e reluzente que exibia uma tênue faixa verde refletindo a vegetação do lado de fora da janela. O sr. Todd explicou a programação. Voltariam a se encontrar depois que a concluísse. Os resultados dos exames de sangue já haviam chegado. Quando lhe pediu que descrevesse as dores no peito, Roland não mencionou a teoria das costelas. Dois minutos com o estetoscópio e foi levado embora. Apesar de ter sido submetido a uma amistosa atenção de peritos e nada doesse, foram duas horas desagradáveis. Radiografia, uma estrondosa ressonância magnética, esteira rolante, eletrocardiograma. Numa tela de ultrassom, viu em tempo real seu coração, ativo no escuro e a seu serviço por setenta e tantos anos, fazendo o som precário de quem patinha na água. As máquinas e seus hábeis técnicos não estavam ali à toa. Ele tinha alguma doença cardíaca.

Foi levado de volta à presença do sr. Todd. Uma pilha de papéis à sua frente. Ele os estava lendo quando Roland se sentou do outro lado da mesa e esperou. Difícil não sentir que o veredito prestes a ser anunciado era moral e não médico. Ele era uma pessoa boa ou má? O coração em causa acelerou. Estava esperando para saber se tinha passado de ano. Seu futuro estava na balança.

Finalmente, Michael Todd ergueu a vista, tirou os óculos e disse em tom neutro: "Bem, Roland — posso chamá-lo assim? —, tanto quanto vejo não há nada de errado com seu coração. Estou vendo o culpado aqui, um osteófito, uma pequena farpa de osso de uma costela pressionando um nervo. Daí a dor a que você se refere. Deve ter tido uma fratura nesse ponto".

"Levei um tombo feio dois ou três anos atrás."

"Conte como foi."

"O atual ministro da saúde me empurrou num rio."

"Não me diga que foi Peter Mount! Lorde Mount. Que tal

isso? Fomos colegas de escola. E ele atacou você? Não me surpreende. Sempre foi um bully violento. Seja como for, meu colega vai lidar com seu osteófito."

Passou-lhe a imagem. Roland não conseguiu ver nada, mas a devolveu com um aceno positivo da cabeça.

"Você deve viver bem além dos oitenta. Mas precisa dar um jeito no seu peso e na falta de exercício. Pare de beber todos os dias. Arranje uns joelhos novos. O resto virá."

Ele não telefonou de imediato para Lawrence. Em vez disso, deu uma lenta caminhada em torno do perímetro do campo de hóquei. A fantasia era irresistível. Ali era seu colégio. O próprio diretor acabara de lhe dar os resultados. Ele tinha passado, como sabia que iria passar. Onze notas dez! Estava ganhando a chance de ler o "capítulo trinta e cinco".

Em casa, naquela noite, telefonou a Gerald para lhe agradecer.

"Tirou um peso de cima de nós, Roland. Conheço uma cirurgiã brilhante para você. Ela trabalha no Hospital do University College. Um joelho de cada vez, é claro, mas você pode voltar às quadras na próxima Páscoa."

Greta telefonou, seguida de Nancy. Ingrid e Lawrence foram à sala de visita brindar com vinho e seu cordial de limão. Ele se sentiu uma fraude. Além de não estar doente, não realizara nada. Mas elegantemente se comportou como se tivesse conquistado alguma coisa.

Enquanto Lawrence punha Paul para dormir e Ingrid cozinhava, ele teve Stefanie só para si. Agora que ela lia, tinham ainda mais coisas para conversar. Falavam exclusivamente em alemão. Do lado de fora, a noite era luminosa mas as portas-balcão permaneciam fechadas porque fazia quatro graus e o vento soprava forte. Roland estava na cadeira de balanço de sempre e ela se pôs a seu lado. Ultimamente havia perdido outro dente e o pusera debaixo do travesseiro. Pela manhã, lá havia uma moeda de dois euros.

"*Ich weiß dass Mama sie dort hingelegt hat!*" Eu sei que foi mamãe quem pôs lá.

Naquela tarde, ela tinha lido *Flix*, o livro de Tomi Ungerer sobre um cachorro nascido de pais que eram gatos. Sem que ela soubesse, Roland também havia lido. Uma fábula com moral, mas engraçada e inteligente.

Stefanie encostou-se em seu ombro ao explicar a trama. "*Opa, er muss gebratene Maus essen und lernen, auf Bäume zu klettern*!" Ele é obrigado a comer ratos assados e aprender a subir nas árvores. Flix é um bichinho feio, adorado pelos pais, e cresce num mundo de gatos. Fica sabendo que sua bisavó felina se casara em segredo com um buldogue francês. Os genes caninos haviam ressurgido. Por sorte, ele tem como padrinho um cachorro que o ensina as maneiras de ser de um cão, inclusive a fala respectiva. Mas é difícil se dividir entre duas culturas. Com o tempo, se torna um político e faz campanha em favor do respeito mútuo, direitos iguais e o fim da segregação entre gatos e cachorros.

Quando ela terminou o relato, ele perguntou: "Você acha que a história está tentando nos dizer alguma coisa sobre as pessoas?".

Stefanie olhou para ele sem expressão. "Não seja bobo, vovô. É sobre gatos e cachorros."

Ele a entendeu. Vergonha arruinar uma boa história transformando-a numa lição. Podia ficar para mais tarde. Dos gatos para o poema que a estimulara a ler, "A coruja e o gatinho", foi um passo. Juntos, declamaram-no em inglês. Roland contou como o pai dela, quando pequeno, pedia para ouvir aquilo todas noites, e sempre gritava: "'Você é, você é! Seu nariz, seu nariz! A lua, a lua!'."

Ela perguntou: "*Und was liest du, Opa*?". O que você está lendo?

"Bom, tem um livro imaginário que quero ler. É muito interessante e tão imenso que acho que nunca vou terminar de ler ele todo."

"Quem aparece nele?"

"Absolutamente todo mundo, inclusive você. É tão comprido assim porque cobre cem anos."

"*Und was passiert*?" O que acontece?

"É isso que eu adoraria descobrir."

Ela passou o braço por seu pescoço, desejosa de entrar na brincadeira. Como de hábito, queria ajudá-lo. "Eu vou chegar ao fim, vovô." Refletiu e acrescentou: "*Ich werde es lesen, wenn ich Erwachsen bin und es dir sagen*". Vou ler o livro e, quando crescer, conto para você.

"No último capítulo, você vai ter a minha idade."

A ideia estapafúrdia a fez sorrir. E ele voltou a ver que ela tinha, de cada lado, falhas inocentes onde em breve apareceriam os dentes definitivos. Tinha sido um erro haver mencionado sua história quimérica do século XXI. Não era um livro infantil. Ele a amava e, naquele momento de liberação, pensou que nada aprendera na vida e jamais aprenderia. Voltou-se e a beijou de leve no rosto. "Minha querida, algum dia você pode me contar tudo sobre ele. Mas agora sua mãe está nos chamando para jantar. Você faz o favor de sentar a meu lado?"

Levantou-se da cadeira, mas rápido demais e sofreu um daqueles episódios de vertigem em que parecia flutuar num denso oceano negro que ondulava ligeiramente. Sua mão encontrou a cadeira para apoio.

"*Opa*?"

Sim, tinha sido um erro mencionar tal livro quando transmitia a ela um mundo danificado.

Sua cabeça então clareou, mas ele continuou a agarrar as costas da cadeira, decidido a não cair e alarmar a menina.

“Estou bem, *meine Liebling.*”

Ela falou baixinho, na voz cantante e persuasiva que às vezes ouvia a mãe usar com o irmãozinho: “*Komm Opa. Hier lang*”. Vem, vovô. É por aqui. Com a testa enrugada pela preocupação, pegou sua mão livre e começou a levá-lo para atravessarem a sala.

Agradecimentos

Sou grato aos seguintes livros e autores: *A rosa branca*, de Inge Scholl; *A Noble Treason* [Uma nobre traição], de Richard Hanser; *Complete Surrender* [Rendição total], de Dave Sharp; e *Robert Lowell*, de Ian Hamilton. Meus mais sinceros agradecimentos a Reagan Arthur, Georges Borchardt, Suzanne Dean, Louise Dennys, Martha Kanya Forstner, Mick Gold, Daniel Kehlmann, Bernhard Robben, Michal Shavit, Peter Straus e LuAnn Walter. Agradecimentos especiais a Tim Garton Ash e Craig Raine pelas cuidadosas leituras e úteis anotações, a James Fenton pela permissão de citar trechos de seu poema "For Andrew Wood", a David Milner por seu brilhante trabalho de revisão e, como sempre, a Annalena McAfee, que leu competentemente muitos rascunhos sucessivos. Por fim, agradeço a meu professor de inglês, o falecido Neil Clayton, que insistiu em que eu usasse seu nome sem alteração, e uma calorosa saudação, vencendo décadas, a todos os meninos e professores que passaram pela estranha e maravilhosa Woolverstone Hall School. Nenhuma professora de piano como Miriam Cornell jamais trabalhou lá.

Ian McEwan
Londres, 2022

ESTA OBRA FOI COMPOSTA POR ACOMTE EM ELECTRA E IMPRESSA PELA
GRÁFICA SANTA MARTA EM OFSETE SOBRE PAPEL PÓLEN SOFT DA SUZANO S.A.
PARA A EDITORA SCHWARCZ EM SETEMBRO DE 2022

A marca FSC® é a garantia de que a madeira utilizada na fabricação do papel deste livro provém de florestas que foram gerenciadas de maneira ambientalmente correta, socialmente justa e economicamente viável, além de outras fontes de origem controlada.

35
ANOS